쿠오 바디스 2

Quo Vadis

일러두기

이 책에 실린 그림들은 『쿠오 바디스의 작가와 화가(L'Écrivain et le Peintre de Quo Vadis)』(1912)에 실린 얀 스티카(Jan Styka, 1858~1925)의 「쿠오 바디스 연작」에서 선별하여 수록하였다.

쿠오 바디스 도미네(주여 어디로 가시나이까)

로마의 대화재

원형경기장에서의 순교

우르비 에트 오르비(이 도시와 이 세상에 축복을)

순교 직전 기도하는 사람들

네로의 죽음

세계문학전집 129

쿠오 바디스 2

Quo Vadis

헨릭 시엔키에비츠

최성은 옮김

민음사

차례

1권 차례

제36장

로마에서는, 황제가 오스티아에 들러 최근 알렉산드리아에서 곡식을 운반해 온 세계에서 가장 큰 배를 볼 예정이며, 거기서 리토랄리스 가도를 따라 안티움으로 갈 예정이라는 소문이 돌았다. 그것은 황제가 출발하기 며칠 전부터 이미 널리 알려져 있었으므로 출발 당일이 되자 오스티아 문에는 그 지역 모든 주민들과 세계 여러 나라의 다양한 인종들이, 아직 한번도 구경하지 못한 황제의 행렬을 가까이에서 보려고 이른 아침부터 몰려들었다. 안티움까지 가는 길은 그리 멀지 않았고, 또 험하지도 않았다. 안티움은 도시 자체가 화려하고 편리하게 꾸며진 주택과 별장으로 이루어져 있으므로 일상생활에 필요한 물건은 물론, 당시로서는 최고의 정성을 들여 만든 고가의 사치품을 얼마든지 구할 수 있었다. 그러나 황제는 그런 것에 상관없이 여행을 할 때는 반드시 온갖 악기나 집기는 물론 조각상과 모자이크에 이르기까지 평소 자기가 좋아하는 물건들은 무엇이든 다 가지고 다니는 습관이 있었다. 더구나 휴식을 취하거나, 식사를 하기 위해 도중에 잠시 멈출 때에도 그 물건들을 모조리 늘어놓지 않고는 못 배겼다. 그렇기 때문에 황제가 행차할 때에는 수많은 조신들과 근위병들, 노예들이 따라다녔으며, 또한 조신들과 근위대 지휘관들은 제각기 자신들의 종을 거느리고 있어 끝없이 긴 행렬만으로도 사람들의 눈길을 끌었다.

그날 아침 염소 가죽으로 발을 싸고 얼굴이 검게 그을린 캄파니아[1]의 목자들이 500마리의 암당나귀를 몰고 도시를 통과했다. 황후가 안티움에 도착한 다음 날부터 곧장 여느 때처럼 당나귀 젖으로 목욕할 수 있도록 하기 위해서였다. 500마리의 당나귀가 떼 지어 지나가자 거리에는 구름 같은 먼지바람이 일었다. 사람들은 그 흙먼지 속에서도 쫑긋대는 당나귀의 길쭉한 귀를 보고 신기하다고 소리 지르거나, 목자들이 채찍을 휘두르는 소리와 그들의 사나운 고함 소리를 재미있어 했다. 당나귀가 지나간 후 한 무리의 소년들이 한길로 뛰어나와 거리를 말끔히 청소하고 꽃과 솔잎을 뿌렸다. 사람들은 자랑스러운 얼굴로 안티움까지 가는 길이 이렇게 쭉 꽃으로 덮여 있을 것이며, 그 꽃들은 근처의 개인 정원에서 따왔거나, 무기오니스 성문 옆 꽃장수에게서 비싼 값에 사온 게 틀림없다고 수군거렸다.

시간이 흘러감에 따라 군중은 점점 불어나 혼잡을 이루기 시작했다. 식구가 모두 함께 나온 가족들은 기다리기가 지루한지 케레스[2]의 새로운 신전에 쓰려고 갖다 놓은 돌 위에 음

1) 중부 이탈리아의 지방. 나폴리, 카푸아 등의 도시가 있음.

식을 펼쳐놓고 노천에서 점심 식사를 하기도 했다. 사람들은 여기저기 떼를 지어 몰려 있었다. 그리고 어느 무리에나 적어도 한 사람씩은 박식한 체하며 나서는 사람이 있게 마련이었다. 화제는 주로 황제의 이번 행차와 앞으로의 여행 전반에 관한 것이었고, 뱃사람들이나 퇴역한 노병들은 그들이 원정 갔을 때 들었던, 로마인의 발자취가 미치지 않은 먼 나라에 대해 신기한 이야기들을 떠벌렸다. 아피아 가도 너머로는 한 발자국도 나가 본 적이 없는 작은 마을의 사람들은 넋 놓고 귀를 기울였다. 인도나 아라비아에서 일어난다는 믿지 못할 기적들, 브리타니아 근처의 군도에 있는 한 무인도에서 브리아레우스[3]가 잠자고 있는 사투르누스를 밧줄로 묶었다는 이야기, 히페르보레오이[4] 사람들과 그들이 살고 있다는, 바다가 온통 얼음으로 뒤덮인 북극 지방에 대해서, 그리고 오케아누스[5]에서는 석양이 깊은 바다 속으로 가라앉을 때마다 물이 으르렁댄다는 이야기…… 그런 이야기들은 플리니우스[6]나 타키투스[7] 같은 사람들도 믿었으니, 평민들은 당연히 사실로 여겼다. 황제가 참관하기로 되어 있는 거대한 배 이야기도 나왔다. 그 배는 400명의 승객과 같은 수의 선원, 그리고 2년분의 밀과 여름철 경기에 동원할 수많은 들짐승을 싣고 왔다는 것이다. 그 모든 것이 백성들에게 먹을 것과 오락거리를 제공하기

---

2) 곡물, 수확의 신.

3) 팔 또는 손이 100개인 거인.

4) 그리스 신화에 나오는 전설적인 민족. 먼 북쪽에 살았다고 함.

5) 로마 사람들이 지구의 대륙을 둘러싸고 있다고 믿었던 대양.

6) 로마의 박물학자.

7) 로마의 역사가.

위한 것이어서 모두들 황제에 대해 호감을 갖고 있었다. 그래서 군중은 성대하게 환영할 준비를 갖추고 황제를 기다렸다.

이윽고 근위대 소속의 누미디아 기병대가 제일 먼저 그 모습을 드러냈다. 그들은 황색 군복에 붉은 허리띠를 두르고 있었으며, 커다란 귀걸이가 거무스름한 얼굴에 황금빛 광채를 비쳐주고 있었다. 손에는 대나무 손잡이가 달린 창을 들고 있었는데 창끝이 햇살을 받아 불꽃처럼 번쩍였다. 그 뒤로 종교의식을 연상케 하는 긴 행렬이 뒤따랐다. 사람들은 좀 더 자세히 보려고 앞으로 밀려들었으나, 근위대의 보병 부대가 성문에서부터 도로 양쪽으로 정렬하여 길로 나오려는 사람들을 제지했다. 그러는 동안 신작로에는 자줏빛, 붉은빛, 보랏빛 등 호화찬란한 색깔의 천막과 황금 실을 섞어 짠, 눈처럼 하얀 아마포 천막들, 동방에서 가져온 양탄자, 키트레아[8]로 만든 탁자, 진귀한 모자이크와 각종 식기들, 황제의 식탁에 뇌수와 혓바닥을 올리기 위해 동쪽과 서쪽, 남쪽에서 가져온 새들이 들어 있는 조롱, 갖가지 포도주가 담긴 항아리들, 그리고 과일 광주리 등을 실은 수레가 줄지어 움직였다. 수레에 실어 운반하면 흠집이 나거나 부서질 염려가 있는 물건들은 노예들이 직접 들고 갔다. 코린투스 청동으로 만든 각종 집기와 조각상을 들고 가는 종들만 해도 수백 명이었다. 어떤 노예들은 에트루리아[9]와 그리스의 꽃병을 날랐고, 또 다른 무리는 금은으로 된 그릇과 알렉산드리아의 크리스털 술잔을 들고 따랐다. 그 무리들 틈에는 근위대의 기마병과 보병들이 끼어

8) 아프리카 산 향나무.

9) 로마 건국 시 로마 북쪽 지방에 있던 왕국.

있었으며, 그 옆에는 가죽 끝에 철 또는 납덩이를 단 채찍으로 무장한 감독이 붙어 서서 눈에 불을 켜고 감시하고 있었다.

갖가지 호화로운 물건들을 조심스럽게 들고 가는 행렬은 중요한 예식을 치르는 것 같은 장엄한 분위기를 자아내고 있었다. 특히 황제와 조신들의 악기를 들고 가는 무리들은 더욱 숙연하고 신성하게 보였다. 하프와 그리스의 류트, 헤브라이와 이집트의 비파, 리라[10], 키타라[11], 팬파이프, 길게 구부러진 뿔 나팔, 덜시머[12]를 든 행렬이 줄을 이었다. 황금과 청동, 보석과 진주 등으로 장식된 형형색색의 악기가 햇빛에 반짝이면서 끝없이 줄지어 가는 모습은, 마치 세상 구경을 나온 아폴로와 바쿠스 신의 행차인 것처럼 화려했다. 몇 대의 호화로운 수레가 뒤를 따랐는데, 수레 안에는 손에 디오니소스의 지팡이[13]를 든 남녀 광대와 무희들이 맵시 있게 앉아 있었다. 그 뒤로는 노동은 시키지 않고 환락에만 동원되는 특별한 노예들이 뒤따랐는데, 그들은 그리스와 소아시아에서 특별히 선발해 온 소년 소녀들이었다. 다들 머리를 길게 늘어뜨리거나 고수머리를 둘둘 감아 올려 황금 그물로 감싸고 있었다. 아모르와 같은 사랑스런 얼굴에는 두껍게 분칠을 했는데, 부드러운 피부에 캄파니아에서 불어오는 바람을 직접 쐬지 않도록 하기 위해서였다.

그 뒤를 이어 건장한 체격에 수염을 덥수룩하게 기르고, 금발 또는 붉은색 머리카락에 푸른 눈을 가진 시캄브리아 인[14]

10) 고대 그리스의 7현금.
11) 거문고 비슷한 현악기.
12) 키타라와 비슷한 사각형의 현악기.
13) 꼭대기에 솔방울을 달고 포도 잎사귀 따위를 감았음.

부대가 나타났다. 선두에는 '이마기나리우스'[15]라고 불리는 기수들이 로마의 문장과 글자를 새긴 금속판, 게르마니아와 로마의 제신상, 그리고 황제의 조상과 흉상 등을 앞세우고 걸었다. 그들이 입고 있는 가죽옷과 갑옷 사이로 햇볕에 검게 그을린 강인한 팔뚝이 드러나 보였다. 그들은 마치 전쟁을 위해 세상에 태어난 전투 도구처럼 보였으며 육중한 무기들을 가볍게 들고 있었다. 박자에 맞춰 보무당당하게 행진하는 그들의 힘찬 발자국 소리에 대지가 진동하는 것 같았다. 기수들은 마치 황제에게라도 대항할 만한 힘이 있다는 듯이 거리에 서 있는 군중을 거만한 눈길로 바라보았다. 대부분이 오래전 쇠사슬에 묶여 로마로 끌려온 자들이었으나, 개구리 올챙이 적 생각을 못하는지 지금은 자못 도도하게 행세하고 있었다. 그러나 이 정예부대의 숫자는 극히 적었다. 근위대 본대는 도시의 경비와 질서를 유지하기 위해 로마에 남아 있으라는 명령을 받았기 때문이다.

그들이 지나간 다음, 궁궐에서 네로가 사육하는 사자와 호랑이들이 지나갔다. 네로가 디오니소스의 흉내를 내고자 할 때를 대비하여 데리고 온 것이다. 아랍인들과 인도인들이 끝에 고리가 달린 쇠사슬에 묶어 몰고 가는데, 그 쇠사슬을 전부 꽃으로 장식했기 때문에 마치 화환들이 굴러가는 것처럼 보였다. 노련한 조련사들에게 잘 훈련된 야수들은 졸린 듯한 푸른 눈을 들어 군중을 쳐다보았다. 가끔 콧구멍을 벌름거리며 사람 냄새를 맡기도 하고, 비늘이 돋은 혓바닥을 내밀어

14) 라인 강 우측 하류 지방에 거주하던 게르마니아의 호전적인 부족.
15) 황제의 초상이 그려진 군기를 든 기수.

주둥이를 핥기도 했다.

드디어 황제를 태운 마차와 가마의 행렬이 나타났다. 큰 것, 작은 것, 황금색, 보라색…… 크기와 색깔, 모양은 각양각색이었지만, 어느 것이나 모두 상아와 진주, 반짝이는 보석으로 아름답게 치장되어 있었다. 로마풍으로 무장한 이탈리아인들의 대대[16]로 구성된 소규모 근위대가 황제를 호위하고 있었다. 그 다음에는 화려한 복장의 시종 노예와 소년들이 뒤따랐고, 마침내 황제의 모습이 보였다. 군중의 환호성으로 멀리서도 황제가 오는 것을 알 수 있었다.

군중 속에는 사도 베드로도 섞여 있었다. 그는 생전에 한 번쯤 황제의 얼굴을 봐두고 싶었던 것이다. 두터운 베일로 얼굴을 가린 리기아와 우르수스도 그 옆에 서 있었다. 천하장사인 우르수스는 이 무질서하고 혼잡한 군중 속에서도 리기아를 안전하게 보호하고 있었다. 리기 족의 거인은 신전을 증축하기 위해 쌓아놓은 육중한 돌을 두 손으로 번쩍 들어 가져와서 사도로 하여금 그 위에 올라서게 하여 황제의 모습을 잘 볼 수 있게 해주었다. 배가 물살을 가르고 나가듯 우르수스가 군중을 헤치고 지나가자 사람들은 처음에 투덜거렸으나, 힘이 센 장정 네 사람이 덤벼들어도 꿈쩍하지 않을 커다란 돌을 그가 혼자서 거뜬히 들어올리자, 그 투덜거림은 "오, 이럴 수가!" 하는 경탄으로 바뀌었다.

---

16) 로마는 BC 107년부터 군사 제도를 개혁하여, 징병제를 지원제로 바꾸었음. 그 후 아우구스투스 시대에 로마 시민이 아닌 속주민들도 로마군에 지원이 허용되어, 보조병이기는 하지만 정규 로마군이 될 수 있게 됨으로써 다양한 민족으로 군대를 구성했음. 여기에서 대대는 순수한 로마 시민으로만 구성된 지원병 부대를 말함.

마침내 황제가 눈앞에 다가왔다. 황제가 탄 마차는 마치 거대한 천막처럼 보였는데, 발굽에 금으로 징을 박은 여섯 필의 이두메아[17] 산 백마가 끌고 있었다. 일부러 마차의 천막을 걷어서 양쪽을 터놓았기 때문에 시민들이 황제의 모습을 잘 볼 수 있었다. 마차 안에는 다른 사람이 동승할 수 있는 자리가 넉넉히 마련되어 있었지만, 네로는 구경꾼들의 시선을 자기에게만 집중시키기 위해 발 앞에 난쟁이 노예 단둘만을 거느리고 있을 뿐이었다. 머리에 월계관을 쓰고, 흰 튜닉 위에 자수 정빛 토가를 입고 있었는데, 그 토가의 색이 얼굴에 푸르스름한 빛을 드리웠다. 네아폴리스에서 돌아온 후 그는 훨씬 뚱뚱해졌으며, 얼굴은 더 넓적해졌다. 턱이 두 겹으로 축 늘어져 입이 코에 붙은 것 같았는데, 지금은 아예 콧구멍과 입이 합쳐진 것같이 보였다. 돼지같이 살찐 굵은 목에 여전히 비단 목도리를 감고, 허옇고 투실투실한 손으로 그 목도리를 쉬지 않고 만지작거리고 있었다. 손등에는 핏자국처럼 보이는 붉은 털이 수북이 자라 있었다. 손에 털이 없으면 손가락이 떨려서 류트를 연주하는 데 지장이 있다는 말을 누군가로부터 들은 후에는 제모사에게 그 털을 깎지 못하게 했던 것이다. 얼굴에는 언제나 그렇듯이 무력감과 피로, 권태의 기색이 역력했다. 한마디로 그 모습은 괴기스러우면서 비천한 어릿광대처럼 보였다.

네로는 마차에 탄 채 좌우로 얼굴을 돌리며 이따금 눈을 껌뻑이면서 환영하는 군중의 아우성에 귀를 기울였다. 여기저기서 환호성과 갈채가 터져 나왔다. "환영합니다, 신성한 황제

---

17) 팔레스티나 남부 지방.

여! 제왕이여! 아폴로의 아들이여! 아폴로여!" 네로는 그런 외침을 들으며 만면에 미소를 지었으나, 간혹 어두운 그림자가 스치기도 했다. 그것은 워낙 빈정대기를 좋아하는 로마 시민들이 위대한 개선장군이나 그들이 존경하는 인물들에게도 때때로 신랄한 조소를 퍼붓곤 했기 때문이었다. 예전에 율리우스 케사르가 로마에 입성했을 때, 누군가가 "시민들이여, 그대들의 아내를 숨겨라! 대머리 망나니가 돌아왔다!"라고 외쳤다는 것은 널리 알려진 일화였다.

사무심이 강한 네로는 조금이라도 자기를 조롱하거나 비난하는 소리를 들으면 참지 못했다. 군중 속에서 "붉은 수염! 붉은 수염! 그 불꽃 같은 수염은 어떻게 했느냐? 그 붉은 수염에서 로마에 불이라도 옮겨 붙을까 봐 두려운가 보지?" 하는 고함 소리가 들렸다. 그렇게 소리친 사람들은 그 야유가 족집게같이 정확한 예언이 되리라고는 꿈에도 생각지 못했을 것이다. 정작 황제는 그러한 빈정거림을 대수롭지 않게 여겼다. 벌써 몇 년째 수염을 기르지 않고 있기에 더욱 그럴 수 있었던 것이다. 그는 오래전에 수염을 깎아 황금 상자에 넣어 카피톨리움 신전에 바쳤던 것이다. 군중 속에는 쌓아놓은 석재나 신전 뒤에 숨어서 "제 어미를 죽인 놈! 네로! 오레스테스[18]! 알크메온[19]!"이라고 외치거나 "옥타비아는 어떻게 했느냐?" "황제의 자수정빛 옷을 벗어라!" 하며 악을 쓰는 자들이 있는가 하면, 바로 뒤에 따라오는 포페아를 향해서 "노랑머리!"라

18) 미케네의 왕 아가멤논의 아들. 아버지를 살해한 어머니를 죽임.

19) 아르고스의 왕자. 어머니의 술수로 테베 전쟁에서 전사한 아버지의 복수를 위해 어머니를 죽임.

고 고함치는 사람도 있었다. 노랑머리라는 것은 매춘부를 가리킬 때 하는 말이었다. 네로는 음악으로 단련된 예민한 귀로 그 모욕적인 말들을 낱낱이 알아들었다. 그런 욕설을 하는 자들이 누구인지 찾아보려는 듯 네로는 초록색 에메랄드 구슬을 꺼내서 눈에 갖다 댔다.

이리저리 둘러보던 네로의 시선이 공교롭게도 돌 위에 서 있는 사도 베드로와 마주쳤다. 순간, 두 사람은 서로를 뚫어지게 쏘아보았다. 화려하게 치장한 행렬 속에서도, 길가에 늘어서 있는 수많은 군중 속에서도, 바로 지금 지상의 두 지배자가 마주 보고 있다는 사실을 눈치 챈 사람은 아무도 없었다. 한 사람은 머지않아 피비린내 속에서 사라져버릴 인물이고, 또 한 사람은 비록 남루한 라케르나[20]를 걸친 노인이지만 장차 로마와 온 세계를 영원히 지배할 인물이었다.

황제가 지나가자, 바로 그 뒤에는 만인이 증오하는 포페아가 아프리카 인 여덟 명이 메고 있는 화려한 황금 가마를 타고 뒤따랐다. 그녀는 네로와 똑같은 자수정색 겉옷을 입고 짙은 화장을 한 채, 몸을 꼿꼿이 세우고 생각에 잠긴 듯 도도하게 앉아 있었다. 그 모습은 앞서 노예들이 운반한 여신상처럼 아름답기는 했지만, 얼굴 가득 독기가 서려 있어 사악해 보였다. 남녀 시종들이 그 뒤를 따랐고, 각종 물품들과 의상을 잔뜩 실은 수레의 행렬이 길게 이어졌다.

해가 기울 무렵에야 간신히 조신들의 행렬이 시작되었다. 뱀처럼 꿈틀거리며 끊임없이 빛깔을 바꾸고 있는 화려한 행렬이 끝없이 이어졌다. 심드렁한 표정을 짓고 있는 페트로니우

---

20) 로마인의 외투의 일종. 비옷으로도 쓰임.

스는 군중으로부터 열렬한 환영을 받으면서도 여신과 같이 아름다운 노예와 함께 점잖게 가마 속에 앉아 있었다. 티겔리누스는 흰색과 자주색 깃털로 장식한 네 필의 말이 끄는 마차를 타고 있었다. 그는 마차에서 여러 번 몸을 일으켜 황제가 옆에 타라고 손짓해 주기를 고대하며 목을 길게 늘여 살피고 있었다. 군중은 박수로 리키니아누스 피소[21]를 환영했고, 비텔리우스는 조소로써, 바티니우스는 휘파람으로 맞이했다. 집정관인 리니키우스와 레카니우스가 지나갈 때는 별다른 반응을 보이지 않았다. 무슨 이유인지는 모르지만 시민들로부터 많은 지지를 받고 있는 툴리우스 세네키오와 베스티누스가 지나갈 때는 당연히 박수갈채가 터졌다. 조신의 행렬은 도무지 그칠 줄을 몰랐다.

로마에서 재력이 있는 사람, 지체 높은 양반, 내로라하는 명사들은 모두 안티움으로 가는 것 같았다. 네로는 여행할 때면 언제나 수천 대의 수레를 거느렸고, 수행자들의 인원은 한 개 군단의 병력[22]보다 많았다. 일행 가운데는 도미티우스 아페르와 늙은 루키우스 사트루니우스도 있었고, 몇 년 후에 황제의 관을 받기 위해 로마로 돌아오게 되지만, 아직은 유대 원정에 출정하지 않고 있던 베스파시아누스와 그의 아들[23], 소(小) 네르바, 루카누스, 안니우스 갈로나, 퀸티아누스, 그 밖에 부귀와 미모, 사치와 향락으로 명성이 자자한 수많은 귀부인들도 섞여 있었다.

---

21) 당시 유력한 원로원 의원. 관대하고 친절하며 훤칠한 외모를 지녔음. 후에 네로 암살의 주모자가 됨.

22) 당시 기준으로 보면 약 6000명.

23) 티투스를 말함.

낯익은 명사들의 얼굴을 정신없이 쳐다보고 있던 군중의 시선이 마구와 전차, 말, 그리고 세계 각국의 고유한 민속 의상을 차려입은 시종들에게로 옮겨갔다. 그 화려하고 으리으리한 행렬의 홍수 속에서 민중은 자기들이 무엇을 보고 있는지조차 제대로 알지 못했다. 진귀한 보석들이 온통 황금빛과 자줏빛, 보랏빛 광채를 내면서 반짝이고, 아마포와 진주, 상아 또한 형형색색의 광휘를 발하고 있어 눈뿐만 아니라 마음까지도 완전히 현혹되어 버렸다. 태양마저도 그 장대한 행렬 앞에서는 잠시 빛을 잃은 듯했다. 군중 속에는 굶주림에 눈이 푹 꺼진 빈민들도 섞여 있었다. 그러나 그들은 눈앞에 펼쳐진 장관을 보면서 선망과 동경보다는 기쁨과 자부심에 부풀어 있었다. 이 행렬이야말로 온 세계가 그 앞에 무릎 꿇고 절하는 로마의 힘과 불멸을 상징하는 것이라고 생각했기 때문이다. 로마의 권세는 영원히 계속될 것이고, 로마 백성은 그 어떤 민족보다 번영할 것이며, 로마의 힘에 감히 대항하는 자는 없으리라고 그 당시 사람들은 누구나 믿고 있었다.

비니키우스는 행렬의 거의 맨 끝에 있었는데, 뜻밖에 군중 속에서 사도 베드로와 리기아를 발견하고 마차에서 재빨리 뛰어내렸다. 그는 헐레벌떡 일행에게 다가가 반갑게 인사했다. 그러고는 잠시도 지체하지 않고 황급히 말했다.

"와주었군요, 리기아. 뭐라고 감사의 말을 해야 할지 모르겠소. 아, 리기아……! 내게는 이 이상의 길조가 없는 듯하오. 자, 그럼 또 한 번 작별 인사를 해야겠군요. 그저 잠시 떠나 있는 것이지 오랜 이별은 아닙니다. 가는 길에 파르티아의 말을 곳곳에 준비해 놓고 공식적으로 귀경 허락이 날 때까지 틈틈이 당신에게 달려가겠소. 자, 그럼 안녕히!"

"부디 건강하세요, 마르쿠스!" 리기아가 나지막한 목소리로 덧붙였다. "그리스도의 보살핌 속에 바오로 님의 가르침으로 당신의 영혼이 눈뜰 수 있도록 기도하겠어요."

자기가 하루라도 빨리 그리스도교 신자가 되기를 리기아가 진심으로 소망하고 있다는 것을 알고 비니키우스는 그 말을 마음에 새기면서 기쁘게 말했다.

"내 눈의 빛이여! 당신의 말대로 될 겁니다. 바오로 님은 내 종들과 함께 따로 걸어가겠다고 하셨지만, 내 마차에 함께 타고 계십니다. 그분은 내 스승이고, 동시에 내 친구입니다. 떠나기 전에 그 베일을 벗고 한 번만 얼굴을 보게 해주오. 왜 그렇게 얼굴을 가리고 있소?"

그녀는 한 손으로 베일을 살짝 들췄다. 그러자 눈부시게 환한 얼굴과 미소 띤 영롱한 두 눈이 나타났다.

"베일을 쓰면…… 안 되나요?"

그 미소에는 순진한 처녀다운 수줍음이 어려 있었다. 비니키우스는 뚫어지게 그녀를 쳐다보면서 대답했다.

"그러면 내 눈이 당신의 얼굴을 볼 수 없지 않소? 나는 죽을 때까지 당신만을 바라보고 싶소."

그러고는 우르수스를 돌아보며 말했다.

"우르수스, 부디 당신의 눈동자처럼 아가씨를 소중하게 보호해 주시오. 이 사람은 당신뿐 아니라 내게도 공주님이니까 말이오……. 오, 도미나[24]여!"

비니키우스는 리기아의 손을 잡고 입술을 갖다 댔다. 주위 사람들이 모두 소스라치게 놀랐다. 세도가의 조신이 노예처럼

24) '부인, 마님'이란 뜻.

허름한 복장을 한 처녀에게 그처럼 공손하게 인사하는 것이 납득되지 않았기 때문이다.

"그럼, 안녕히……."

비니키우스는 벌써 한참이나 앞선 황제의 행렬을 따라잡느라고 급히 서둘렀다. 사도 베드로는 그의 뒷모습을 향해 남모르게 성호를 그었다. 사람 좋은 우르수스는 훌륭한 사람이라며 비니키우스를 칭찬하기 시작했는데, 젊은 여주인이 열심히 귀를 기울이고 감사의 눈길을 보내자 기뻐했다.

끝이 없을 것만 같던 황제의 행렬도 황금빛 먼지 속으로 사라졌다. 그들은 한동안 행렬이 지나간 방향을 바라보며 우두커니 서 있었다. 그때 우르수스가 밤마다 일하러 다니는 방앗간 주인 데마스가 다가와서 사도의 손에 입 맞추고 자기 집에 들러서 함께 식사해 주십사고 말했다. 자기 집은 엠포리움에서 그리 멀지 않으며, 더군다나 온종일 길에 서 있느라고 시장하고 피로하실 테니 꼭 함께 가자고 청했다.

일행은 데마스와 같이 그의 집으로 가서 식사도 하고, 휴식도 취했다. 그리고 해질 무렵이 되어 티베리스 강 건너편에 있는 거처로 돌아가기 위해 그 집에서 나왔다. 에밀리아 다리를 건너 강 저편으로 갈 생각이었으므로 아벤티누스 언덕의 한가운데를 가로질러 디아나 신전과 메르쿠리우스 신전 사이를 지나 푸블리쿠스 언덕을 통과했다. 사도 베르도는 언덕 꼭대기에 서서 석양에 묻혀 어둠 속으로 자취를 감추는 수많은 건물들을 내려다보며, 자신이 하느님의 말씀을 전파하기 위해 찾아온 그 도시의 웅장함과 거대한 힘을 생각했다. 지금까지 여러 곳을 돌아다니면서 세계 여러 나라에 뻗쳐 있는 로마의 군사력과 지배력을 목격했으나, 그것들은 오늘 처음 가까이에서 본 황제가 지닌 막강한 권력에 비하면 극히 일부분에 불과한 것이었다. 이 도시는 방대하고, 힘 있고, 잔악하며, 타락한데다가, 부패했으나 초인적인 힘을 가지고 있었다. 황제는 자기 형제와 모친, 아내를 살해한 자이며, 지금 그의 뒤를 따라가고 있는 조신들의 숫자에 뒤지지 않을 만큼 많은 원혼들이 황제의 뒤를 쫓아가고 있을 것이다. 그러나 이 방탕한 광대는 서른 개 군단의 최고 지휘자이며, 천하를 호령하는 통치자이기도 하다. 황금색과 진홍색 옷을 걸친 조신들도 내일이 운명은 알 수 없지만, 현재는 조그만 이웃 나라의 왕보다 큰 권세를 누리고 있다. 이 모든 것들이 한 덩어리가 되어 방종과 부정으로 얼룩진 지옥의 왕국을 이루고 있는 것이다.

베드로의 소박하고 순수한 마음에는 의문이 생겼다. 어찌하여 하느님께서는 악마들에게 이런 큰 힘을 허락하셨을까? 왜 악마에게 세상을 맡기시어 마음대로 주무르게 하실까? 악마가 세상을 짓밟고, 사람들의 피와 눈물을 짜내고, 바람처럼 휘두르고, 폭풍처럼 쓸어가고, 불꽃처럼 태워버리는데도 왜 가만히 내버려 두시는 걸까? 이런저런 생각으로 머릿속이 혼란스러워지자 사도는 주님을 향해 기도했다.

"주여, 당신께서 보내신 이 도시에서 저는 어떻게 시작해야 하겠습니까? 땅도 바다도 이 도시의 것이고, 지상의 짐승이나 물속의 생물도 이 도시의 것이며, 다른 도시나 왕국들도, 그것을 수호하는 서른 개 군단도 모두 이 도시의 것입니다. 하지만 저는 그저 호숫가에 살던 한낱 어부에 지나지 않습니다. 아아, 주여! 제가 무엇부터 시작하면 좋겠습니까? 어떻게 하면 이 도시의 악을 제거할 수 있겠습니까?"

기도하는 베드로의 은백색 머리가 떨리고 있었다. 하늘을 우러러보며, 온 힘을 다해 하느님을 부르며 기도하는 그의 가슴속은 한없는 비애와 두려움으로 가득 차 있었다.

"도시 전체가 불타고 있는 것 같아요!"

느닷없는 리기아의 목소리에 기도는 중단되었다.

사실 그날따라 서산으로 넘어가는 석양빛이 심상치 않았다. 태양은 이미 절반가량 야니쿨룸 언덕을 넘어갔으나 하늘은 온통 붉은색으로 벌겋게 물들어 있었다. 그들은 먼 곳을 바라보았다. 맞은편에는 대경기장을 둘러싼 기다란 벽이 보였고, 그 위로 팔라티움 궁전이 우뚝 서 있었다. 바로 그 앞에는 보아리움 광장[25]과 벨라브룸[26]이 있고, 그 사이에 카피톨리움 언덕의 주피터 신전 꼭대기가 보였다. 벽들도, 기둥들도, 신전의 지붕들도 전부 황금빛과 진홍빛으로 물들어 있었다. 멀리 보이는 강은 너무 붉어서 마치 핏물이 흐르는 것 같았다. 해가 언덕 뒤편으로 넘어감에 따라 그 붉은 기운은 점점 더해져 마치 시뻘겋게 타오르는 불덩이처럼 변하더니 점점 더 거센 기운으로 넓게 퍼져나갔다. 마침내 그 붉은빛이 일곱 개의 언덕을 모두 휘감고 그 언저리까지 전부 뒤덮었다.

"정말로 도시 전체가 불타고 있는 것 같아요!"

리기아가 같은 말을 되풀이했다.

베드로는 한 손으로 눈을 가리며 대답했다.

"하느님의 노여움이 이 도시에 내린 것입니다."

25) 에밀리아 다리 남쪽에 가축 시장이 있는 지역.

26) 아벤티노 언덕 가까이에 있는 지역.

제37장

비니키우스로부터 리기아에게—

사랑하는 그대여, 이 편지를 가지고 가는 플레고니우스는 그리스도교인으로 앞으로 당신이 직접 해방시키게 될 노예 중 하나입니다. 옛날부터 내 집에 있던 하인이므로 이 편지가 당신 아닌 다른 사람 손에 들어갈 염려가 없기에 안심하고 씁니다.

지금 편지를 쓰고 있는 곳은 라우렌툼[1]인데, 우리는 더위를 피하기 위해 이곳에 잠시 머물고 있습니다. 오토는 이곳에 훌륭한 별장을 가지고 있었는데, 언젠가 그것을 포페아에게 선사했습니다. 그 후 포페아는 오토와 이혼했음에도 불구하고, 뻔뻔스럽게도 그 멋진 별장을 여전히 자기 것으로 여기고 있습니다. 지금 내 주변에 널려 있는 그런 여자들을 보면서 나는 당

1) 중부 이탈리아의 해안 도시.

신을 생각합니다. 데우칼리온[2]이 던진 돌에서 갖가지 종류의 인간이 태어났다는 말이 사실이라면, 당신은 아마도 여러 종류의 광석 가운데 수정에서 태어난 것이 분명합니다. 진심으로 당신을 찬미하고 사랑하기에 나는 될 수 있는 한 당신에 관한 얘기만 하고 싶습니다. 그러므로 여행 중에 일어난 일, 나의 근황, 그리고 궁궐의 새 소식 따위는 쓰고 싶지 않지만 몇 가지만 간단히 적겠습니다.

황제는 포페아가 은밀하게 준비한 호화로운 연회에 참석했습니다. 초대된 조신들은 얼마 안 되었지만, 페트로니우스 삼촌과 나도 거기에 끼어 있었습니다. 점심 식사 후 우리는 황금빛 범선을 타고 바다에 나갔습니다. 해면은 잠잠했고, 당신의 눈처럼 푸른빛을 띠고 있었습니다. 우리는 모두 손수 배를 저었습니다. 집정관이나 그 아들이 직접 노를 저으면 황후가 좋아하리란 것을 알고 아첨하기 위해서였습니다. 자줏빛 토가를 입은 황제는 범선의 키 근처에 앉아서 전날 밤 디오도르와 함께 지은 「바다의 찬가」를 불렀고, 다른 배에 타고 있던 인도 출신의 노예들이 커다란 소라 껍질로 만든 나팔로 반주를 했습니다. 그때 음악 소리에 홀려 암피트리테[3]의 심해에서 솟아오른 듯 수많은 돌고래가 나타났습니다. 그때 내가 무엇을 하고 있었는지 아십니까? 나는 당신을 생각하고, 당신을 그리워하고 있었습니다. 청정한 바다도, 그날의 화창한 날씨도, 아름다운

---

2) 주피터가 대홍수를 일으켜 인류를 몰살시킬 때 데우칼리온과 그의 아내 피라만 살려두었고, 이들이 주피터의 명으로 돌을 어깨 뒤로 던져 데우칼리온이 던진 돌은 남자로, 피라가 던진 돌은 여자로 변해 수많은 후손이 태어났음.

3) 바다의 여신. 포세이돈의 아내.

음악도, 모두 당신에게 바치고 싶었습니다. 나의 여왕이여, 언젠가는 로마에서 멀리 떠나 이런 바닷가에서 살고 싶지 않습니까? 나는 시칠리아에 영지를 가지고 있습니다. 그곳에 있는 아몬드 나무숲은 봄이 되면 연분홍 꽃이 만발하고, 휘어진 나뭇가지가 물에 닿을 정도로 바다에 가까이 있습니다. 나는 거기에서 당신에게 사랑을 바치고, 바오로 사도께서 일러주신 진리를 실천하고 싶습니다. 이제야 비로소 나는 그 가르침이 사랑과 행복에 어긋나는 것이 아님을 알았습니다. 사랑하는 리기아, 나와 함께 그곳에 가지 않으시렵니까?

당신의 대답을 듣기 전에 먼저 배 위에서 일어난 사건에 대해 말씀드리겠습니다. 우리가 해안에서 꽤 멀어졌을 때, 멀리 앞쪽에 돛이 하나 보였습니다. 그래서 그 배가 평범한 어선이냐, 아니면 오스티아에서 오는 대형 범선이냐 하는 논쟁이 벌어졌습니다. 그것을 제일 먼저 알아맞힌 사람이 바로 나였습니다. 그러자 황후는 나에게 누구든지 내 눈앞에서는 아무것도 숨길 수 없겠다고 말하는 것이었습니다. 그러더니 갑자기 베일로 얼굴을 깊숙이 가리고는, 그래도 자기가 누구인지 알아볼 수 있겠느냐고 물었습니다. 페트로니우스 삼촌께서 끼어들어 태양조차도 구름에 가리면 볼 수 없다고 대신 대답해 주었습니다. 그러자 황후는 웃음으로 가볍게 넘겨버리고는 비니키우스처럼 예민한 사람의 눈을 흐리게 하는 것은 오직 사랑뿐이라고 말하더군요. 그러고는 궁전 안의 여러 귀부인들의 이름을 대면서 내가 사랑하는 사람이 누구냐고 묻기도 하고, 자기가 맞혀 보겠다고도 했습니다. 나는 묻는 말에만 침착하게 대꾸하고 있었는데, 마침내 포페아가 당신의 이름을 꼽는 것이 아니겠습니까! 그러고는 얼굴에서 베일을 벗으며 매서운 눈초리로 나를 쏘아보는 것이었습니다. 그때 나는 진심으로 페트로니우스 삼촌에게 고마움을 느꼈습니다. 삼촌이 마침 배를 기울게 해서 모든 사람들의 주의를 내게서 딴 곳으로 돌려주셨거든요. 만일 당신에 대해 단 한마디라도 악의에 찬 조롱이나 비난을 했더라면, 나는 아마 노여움을 참지 못하고 그 교활하고 변덕스러운 여자의 머리를 노로 내리치고 말았을 것입니다. 당신은 내가 출발하기 전날 밤 리누스의 집에서 들려준 이야기, 그러니까 아그리파 호반에서의 일들을 기억하고 있을 줄 압니다.

페트로니우스 삼촌은 언제나 내 일을 염려해 주십니다. 오늘도 황후의 자존심을 건드리지 말라고 내게 신신당부했습니다. 그러나 삼촌은 리기아 당신만이 내게 유일한 기쁨이요, 아름다움이고 사랑이라는 것과 포페아에 대해서는 혐오와 경멸만을 느낀다는 것을 모르시는 것 같습니다. 당신은 내 영혼을 완전히 변화시켰습니다. 당신 덕분에 나는 이제 예전의 방탕한 삶으로 돌아가지 않게 되었습니다. 그 문제로 인해 내 신상에 무슨 위험한 일이 일어나지 않을까 걱정할 필요는 없습니다. 포페아는 나를 사랑하고 있는 것이 아닙니다. 그 여자는 그 누구도 사랑할 줄 모르는 인간입니다. 남자에 대한 포페아의 병적인 집착과 욕망은 황제로 인한 분노와 반발심에 기인한 겁니다. 황제는 여전히 포페아에게 눌려 지내며 어쩌면 아직 그녀를 사랑하고 있는지도 모릅니다만, 분명한 건 자기의 파렴치한 성품과 악행들을 그녀에게 감출 수도 없게 되었고, 감추려고 들지도 않는다는 것입니다.

그 밖에 당신을 안심시킬 수 있는 또 한 가지 사실이 있습니다. 베드로 사도님께서는 헤어질 때 내게 말씀하시기를 황제를 두려워하지 말라고 하시며, 그가 내 머리카락 하나도 건드리지 못할 것이라고 했습니다. 나는 그분의 말씀을 믿습니다. 내 영혼 안에서 "사도님의 말은 반드시 이루어지리라."는 속삭임이 끊임없이 들립니다. 그분께서 우리의 사랑을 손수 축복해 주셨으니, 황제도, 지옥의 모든 악마도, 그리고 운명도 내게서 당신을 떼어놓을 수 없을 것입니다. 아아, 리기아! 나는 이런 생각을 하면 마치 평화와 행복이 가득한 천국에 있는 듯합니다. 그리스도교도인 당신은 아직은 신자도 아닌 내가 천국을 말하고, 운명 운운하는 것을 언짢게 여길지도 모르겠습니다. 불쾌하다면 용서해 주십시오. 절대 고의가 아니니까요……. 비록 나는 아직 세례를 받아 죄를 깨끗이 씻지는 못했지만, 내 마음은 빈 술잔과 같이 말끔히 비워져 있으니 타르수스의 바오로께서 감미로운 진리의 말씀으로 그것을 가득 채워주실 겁니다. 그 말씀의 잔은 바로 당신의 잔과 같은 것이기에 내게는 한층 향기로울 것입니다. 아아, 나의 여신이여! 예전에 이 잔에 가득 차 있던 저주받은 더러운 물을 다 쏟아버리고, 맑은 샘물 옆에 서 있는 목마른 사람처럼 그 빈 잔을 내밀고 있는 나를 갸륵하다고 칭찬해 주십시오. 당신의 눈 속에서 기쁨의 빛을 보고 싶습니다.

안티움에 가면 밤낮으로 바오로 사도님의 가르침을 들으며 지내겠습니다. 그는 여행 첫날부터 내 노예들에게 대단한 감화를 주었습니다. 그들은 바오로 님의 주위에 모여 마치 그가 기적을 행하는 초자연적인 존재인 것처럼 받들고 있습니다. 나는 어제 사도님의 얼굴에서 희열의 빛을 보았습니다. 무엇을 하고 계시는지 물었더니 "나는 씨를 뿌리고 있습니다."라고 대답하시더군요. 페트로니우스 삼촌이 바오로 사도께서 내 일행과 함께 있다는 얘기를 듣고 그를 만나보고 싶어 하십니다. 갈리오[4)]

를 통해 소식을 들은 세네카도 마찬가지입니다.

어느덧 별빛이 흐려지고 새벽 하늘에 샛별만이 또렷하게 빛나고 있습니다. 머지않아 여명이 바다를 장밋빛으로 물들일 것입니다. 지금 이 순간 모두가 잠들어 있는데 나만 홀로 깨어, 사랑하는 당신을 그리워하고 있습니다. 새벽을 맞는 지금 이 순간, 당신에게 문안 인사를 드립니다. 아아, 사랑하는 리기아, 내 약혼녀여!

---

4) 세네카의 동생.

제38장

비니키우스로부터 리기아에게—

그리운 사람이여, 당신은 혹시 아울루스 내외와 함께 안티움에 와본 적이 있습니까? 와본 적이 없다면 언젠가 당신과 함께 꼭 이곳에 오고 싶습니다. 라우렌툼에서 이곳으로 오는 길에는 해안을 따라 별장들이 줄지어 늘어서 있습니다. 안티움에는 저택과 주랑이 끝없이 이어져 있고, 화창한 날에는 둥근 기둥들이 맑은 바닷물에 고스란히 비칩니다. 나도 이 바닷가에 별장을 가지고 있습니다. 별장 뒤에는 올리브 정원과 사이프러스 숲이 있습니다. 이 별장도 머지않아 당신의 것이 될 것이라고 생각하니, 지금 내 눈에는 대리석 기둥이 더욱 하얗게 보이고, 정원의 그림자는 더욱 짙고, 바다는 더욱 청명하게 보입니다. 오, 리기아여! 인생에 있어서 사랑이라는 것이 얼마나 우리를 행복하게 하는지! 늙은 별장지기 메니클레스는 도금양 나무 밑에다 아이리스를 듬뿍 심었습니다. 그 꽃을 보노라니 아울루스 댁의 연못과 당신과 나란히 거닐던 그 정원의 아이리스가 생각납니다. 이곳에 핀 아이리스를 보면 당신도 분명 당신의 집에 있는 것처럼 익숙한 느낌이 들 것입니다. 그러므로 안티움도 내 별장도 모두 당신 마음에 꼭 들 것입니다.

이곳에 도착하자마자 나는 점심 식사를 하며 긴 시간 동안 바오로 사도님과 이야기를 나누었습니다. 우리는 먼저 당신 이야기를 했습니다. 그 다음 바오로 님께서는 내게 교리를 가르쳐주셨고, 나는 여러 시간 열심히 그의 가르침을 들었습니다. 설사 내게 페트로니우스 삼촌에 견줄 만한 글재주가 있다 해도, 그때 내 영혼과 내 생각이 어떤 체험을 했는지를 제대로 표현할 수는 없을 것 같습니다. 나는 지금까지 이 세상에 사람들이 모르는 이런 행복과 평화, 아름다움이 존재하리라고는 꿈에도 생각지 못했습니다. 그러나 이 모든 것들에 대해서는 당신과 직접 얘기를 나누게 될 그때까지 가슴에 담아두겠습니다. 틈을 내서 꼭 로마로 가겠습니다. 하지만 한 가지만 대답해 주십시오. 이 세상에는 베드로 사도님이나 타르수스의 바오로 님과 같은 분들이 있는가 하면, 네로 황제와 같은 자도 있으니 도대체 어떻게 된 것입니까? 내가 이런 의문을 품게 된 것은 바오로 님의 가르침을 들은 바로 그날 밤, 네로 황제와 함께 있었기 때문입니다.

그때 내가 그곳에서 무슨 얘기를 들었는지 아시겠습니까? 황제는 자기가 지은 트로이의 멸망에 관한 시를 읊조리고는 아직까지 도시가 불에 타는 광경을 보지 못한 것이 너무나 애석하다는 것이었습니다. 그러더니 프리아무스[1]가 부럽다고 하더군요. 그 왕은 자기가 태어나 자란 도시가 대화재로 멸망하는 것을 직접 보았으니 행복한 사람이라는 것입니다. 그러자 옆에 있던 티겔리누스가 "폐하, 명령만 하시면 저는 당장 횃불을 곳곳에 던져서 날이 새기 전에 안티움이 불타는 광경을 보여드리겠습니다."라고 말했습니다. 그 말을 들은 황제는 어리석다며 티겔리누스에게 핀잔을 주었습니다. "만일 안티움을 태워버리면 짐은 어디에 가서 맑은 바다 공기를 마실 것이며, 신들이 내려주신 선물이자 인류를 위해 공헌할 의무를 지닌 짐의 아름다운 목소리를 어디에서 보호할 수 있단 말인가? 로마야말로 짐에게 해를 끼치고 있다. 수부라와 에스퀼리누스 언덕에서 풍겨오는 악취와 탁한 공기가 바로 짐의 목소리를 망치는 원흉이다. 로마가 불에 타면 안티움보다 백배는 더 장엄하고 비극적인 광경을 연출하지 않겠는가?" 하고 말했습니다. 그러자 그 자리에 있던 사람들은 세계를 정복한 도시가 잿더미로 변하는 것은 유례없는 참극이 될 것이라며 저마다 한마디씩 했습니다. 황제는 로마 재건에 관한 자기의 구상을 신이 나서 설명하더니, 그 비극의 순간에 탄생하게 될 자신의 시가 호메로스의 시를 능가할 것이라고 장담했습니다. 그러면서 자기가 짓게 될 시는 호메로스를 비롯하여 전대의 유명한 작가들이 쓴 작품들을 모조리 무색하게 만들 테니까, 후대 사람들의 격찬을 독차지하게 될 것이라고 되풀이해서 말하는 것이었습니다. 술에 취한 조신들은 "지당한 말씀입니다! 그렇게 하시옵소서!"라며 황제의 말에 화답했습니다. 그러나 황제는 "아니다……. 목적을 달성하려면 너희들보다 훨씬 충성스럽고, 헌신적인 신하가 있어야 한다."고 대답했습니다. 솔직히 말하면 나는 그 말을 듣

1) 트로이의 마지막 왕.

자 불안감을 느꼈습니다. 그것은 무엇보다 사랑하는 당신이 로마에 있기 때문입니다. 하지만 지금은 그런 쓸데없는 걱정을 한 것이 우스울 정도입니다. 황제나 조신들이 아무리 미쳤다 해도 설마 그런 무모한 짓을 저지르지는 못할 텐데 말입니다. 사람이란 사랑하는 사람이 생기면 무슨 일에나 신경이 예민해지는 모양입니다.

나는 리누스의 집이 티베리스 강 건너편, 아무런 보호도 받지 못하는 구역의 좁은 골목에 있는 것이 왠지 마음에 걸립니다. 그런 외진 곳에 있으면 유사시에 누구 하나 돌봐 줄 사람이 없을 테니 말입니다. 호화로운 팔라티움 궁전이 당신에게 걸맞은 곳이라고는 생각지 않습니다. 그런 까닭에 내가 바라는 것은, 당신이 어렸을 때부터 몸에 밴 소박한 기쁨과 평화만은 부족함 없이 누릴 수 있도록 해주고 싶다는 것입니다. 리기아, 제발 부탁이니 아울루스 장군 댁으로 돌아가 주십시오. 나는 이 문제에 대해 거듭 생각해 보았습니다. 만일 황제가 로마에 있다면 당신이 아울루스의 집으로 돌아갔다는 말이 종들의 입을 통해 즉시 팔라티움 궁전으로 전해져 황제의 귀에 들어가겠지요. 그렇게 되면 황제의 기억 속에 당신이 되살아나서 자기의 뜻을 어겼다는 이유로 당신을 문책하고 벌을 내릴지도 모릅니다. 하지만 황제는 당분간 안티움에 묵을 것 같습니다. 그가 로마로 돌아갈 때쯤엔 당신에 대한 노예들 사이의 소문도 수그러들 것입니다. 리누스와 우르수스도 지금처럼 당신과 한 집에서 살 수 있습니다. 황제가 다시 팔라티움 궁전으로 돌아가기 전에, 소중한 당신이 카리내에 있는 내 집을 당신 집으로 여기며 함께 살 수 있게 되면 얼마나 기쁠까요! 당신이 우리 집 문턱을 넘어서게 될 바로 그날, 그때, 그 순간에 축복이 있으라!

지금 내가 바오로 사도의 교리를 통해 믿게 된 그리스도께서 그렇게 될 수 있게 도와주신다면 그의 이름에도 축복이 있을지어다! 아, 이 꿈이 이루어진다면 나는 그분을 섬기며, 내 피도, 목숨도 모두 바치겠습니다. 아니, 말을 바꾸겠습니다. 우리 목숨이 끊어지는 그날까지 함께 그리스도를 섬깁시다.

아아, 리기아! 나는 당신을 사랑합니다. 온 마음을 다해 당신의 건강과 평화를 빌겠습니다.

제39장

우르수스는 우물에서 물을 긷고 있었다. 밧줄에 매단 두 개의 두레박을 끌어올리면서 리기 족의 노래를 흥얼거리다가 흐뭇한 눈길로 리기아와 비니키우스 쪽을 바라보았다. 두 사람은 리누스의 집 정원에 있는 사이프러스 나무들 사이에 서 있었는데 그 모습이 마치 눈처럼 하얀 두 개의 조각상처럼 보였다. 산들바람도 두 사람의 옷자락을 흐트러뜨리지 않았다. 황금빛과 보랏빛에 물든 석양을 받으면서 두 사람은 손을 맞잡고 다정하게 이야기를 나누고 있었다.

"마르쿠스, 황제에게 알리지 않고 이렇게 몰래 안티움을 떠나와도 괜찮나요?"

리기아가 걱정스럽게 물었다.

"염려 마시오." 비니키우스가 대답했다. "황제는 이틀 동안 테르프노스와 함께 방 안에 들어앉아 새로운 노래를 짓겠다고 말했소. 그는 가끔씩 그런 짓을 하는데, 그동안에는 다른 일에 일체 관심을 보이지 않고, 신경도 쓰지 않지요. 이렇게 당신 곁에서 당신을 바라보고 있는 내게 지금 황제 따위는 아무것도 아닙니다. 나는 당신을 보고 싶은 마음을 참을 길이 없었소. 요새는 밤에 잠도 잘 이루지 못하오. 어쩌다 지쳐서 깜빡 잠이 들었다가도, 당신 신변에 위험이 닥친 것만 같은 불안감에 갑자기 눈을 뜨고 일어난 적이 한두 번이 아니었소. 어떤 때는 안티움에서 로마까지 나를 태워다 줄 말들을 도둑맞는 꿈을 꾸기도 했소. 그 말들만 있으면 나는 황제의 급사(急使)보다도 더 빨리 로마로 달려올 수 있소. 나는 더 이상 당신과 떨어져서는 살 수가 없어요. 당신을 너무나도 사랑하오. 아아, 무엇과도 바꿀 수 없는 내 소중한 사람이여!"

"저도 꼭 당신이 오실 것만 같아서 우르수스를 두 번씩이나 카리내에 있는 당신 집으로 보내서 당신 소식을 물었지요. 리누스와 우르수스가 그런 저를 보고 웃어도 어쩔 수 없었답니다."

비니키우스를 기다리고 있었다는 리기아의 말이 거짓이 아니라는 것은 평소에 늘 입는 검은 옷이 아니고, 부드러운 흰 스톨라[1]를 입고 있는 것만 보아도 알 수 있었다. 아름다운 옷자락 밖으로 드러난 두 팔과 얼굴은 마치 눈 속에 피어난 담황색 앵초꽃과도 같았다. 머리에는 분홍빛 아네모네가 몇 송이 꽂혀 있었다.

비니키우스는 그녀의 손에 입을 맞추었다. 두 사람은 야생 포도 덩굴로 뒤덮인 돌 의자에 앉아서 서로 어깨를 맞댄 채 말없이 석양을 바라보고 있었다. 석양의 마지막 광채가 두 사

1) 고대 로마의 부녀자들이 입던 길고 헐거운 웃옷.

람의 눈에서 반사되고 있었다. 황혼녘의 고즈넉한 분위기가 두 젊은이의 마음을 사로잡았다.

"아, 이곳은 얼마나 평화로운지! 세상은 또 얼마나 아름다운지!"

비니키우스가 나지막한 목소리로 말했다.

"오늘 저녁은 날씨마저도 더할 나위 없이 맑군요. 태어나 이런 행복은 처음 느껴보는 것 같소. 리기아, 말 좀 해봐요. 대체 어떻게 된 것이오? 전에는 이런 사랑이 존재하리라고는 짐작도 하지 못했소. 지금까지 사랑이란 끓어오르는 피와 불타는 욕정에 지나지 않는다고 생각했지요. 그런데 지금은 한 방울의 피와 한 번의 숨결에도 얼마든지 사랑이 깃들 수 있다는 것을 깨달았소. 잠과 죽음이 우리의 영혼에 안식을 주듯이 나는 사랑을 통해 한없이 감미로운 평화를 맛보게 되었소. 이것은 신선한 충격이오. 저 조용한 숲을 보면 내 마음속에도 신비스러운 정적이 스며드는 것 같소. 난생 처음 이런 기쁨이 이 세상에 존재한다는 것을 알게 되었소. 당신과 폼포니아 그레키나가 그처럼 평화롭게 보였던 이유가 이제 밝혀졌소……. 그렇소……! 그 평화는 그리스도께서 주신 것이오!"

리기아는 화사한 얼굴을 비니키우스의 어깨에 살며시 기대며 속삭였다.

"아, 마르쿠스……."

리기아는 감격해서 더 이상 말을 잇지 못했다. 기쁨과 감사의 마음과 더불어 이제야말로 이 사람을 마음껏 사랑해도 좋다는 확신이 들었다. 어느덧 그녀의 눈에는 감동의 눈물이 가득 고였다. 비니키우스는 그녀의 가냘픈 몸을 두 팔로 안아 품 안으로 끌어당기며 말했다.

"리기아, 내가 처음으로 주님의 이름을 들은 그 순간에 축복이 내리기를 바라오."

리기아가 속삭이듯이 말했다.

"사랑해요, 마르쿠스!"

두 사람은 잠시 침묵했다. 가슴이 너무 벅차 더 이상 아무 말도 할 수 없었던 것이다. 보랏빛을 띤 마지막 석양이 사이프러스 나무숲 저편으로 스러졌다. 어느 틈에 달이 떠올라 정원을 온통 은빛으로 수놓았다.

"나는 알고 있소……. 여기에 들어오자마자 당신 손에 입맞추면서 당신의 눈에 드리운 의문의 그림자를 보았소. 당신이 믿고 있는 그 신성한 가르침을 내가 충분히 이해하게 되었는지, 세례를 받았는지…… 당신은 지금 그것을 궁금하게 여기고 있지요……. 그렇소. 아직 세례를 받지는 못했습니다. 사랑하는 그대, 왜 그런 줄 알겠소? 바오로 사도께서 내게 이렇게 말씀하셨기 때문이오. '하느님께서 이 세상에 오셔서 인류의 죄를 대속하시기 위해 십자가에 못 박혔다는 사실을 당신이 믿도록 한 사람은 나입니다. 그러나 그리스도의 이름으로 당신의 머리에 손을 얹고 당신을 처음 축복한 분은 베드로 사도님이십니다. 그러니 그분께서 직접 은총의 샘물로 당신의 죄를 씻고, 세례를 베푸셔야 한다고 생각합니다.' 내가 세례를 받을 때는 내게 가장 소중한 사람인 당신도 꼭 참석해 주오. 폼포니아께서도 대모로서 참석해 주셨으면 하오. 그 때문에 나는 구세주와 그의 감미로운 가르침을 믿으면서도 아직 세례를 받지 않은 것이오.

분명 바오로 사도께서 나로 하여금 교리를 받아들이게 했고, 나를 크게 변화시켰소. 그래요, 나는 주님께서 이 세상에 오셨다는 사실을 조금도 의심하지 않고 믿습니다. 그리스도의 제자였던 베드로 사도가 증언하고, 부활하신 그리스도의 모습을 직접 본 바오로가 보증하는데, 어떻게 믿지 않을 수 있겠소? 그리스도께서는 죽음에서 부활하셨으니 그분이야말로 하느님의 아들이라는 것도 믿지 않을 수 없지요. 더구나 시내에서도, 호숫가에서도, 산 위에서도 그리스도를 본 사람들이 있으니……. 그들은 하나같이 거짓말이라고는 해본 적이 없는 정직한 사람들이오. 사실 나는 오스트리아눔에서 처음 베드로 사도의 설교를 들었을 때부터 이미 모든 것을 믿고 있었소. 온 세상 사람들이 다 거짓말을 해도 '나는 보았다.'고 하시는 베드로 사도의 말씀만은 진실이라고 확신했던 것이오……. 그러나 나는 당신들이 믿고 있는 교리가 두려웠어요. 그 가르침이 당신을 내게서 영영 빼앗아갈 것만 같았기 때문이오. 그 가르침에는 지혜도, 아름다움도, 행복도 없으리라고 생각했소. 그러나 그 교리를 알게 된 지금은 내 생각이 잘못이라는 것을 깨달았습니다. 허위가 아닌 진리, 증오가 아닌 사랑, 악이 아닌 선, 거짓이 아닌 진실, 그리고 복수가 아닌 자애로써 세상을 다스려야 한다는 것도 알게 되었소. 만약 이런 숭고한 가르침을 원하지 않고 받아들이려 하지 않는 자가 있다면, 그 사람은 대체 어떤 사람이겠소? 다른 가르침들도 정의를 추구하기는 하지만, 인간의 마음에 스며들어 삶을 올바르게 이끌어주는 것은 그리스도의 가르침뿐이라고 생각합니다. 더욱이 이 종교는 사람들의 마음을 당신과 폼포니아처럼 맑고 깨끗하게 닦아주고, 올곧게 가꾸어주질 않소? 만일 그 사실을 깨닫지 못했다면 나는 눈뜬장님일 것이오. 그리스도께서는 그 전능하신 손으로 우리에게 영원한 생명과 무한한 행복을 내려주신다고 약속하셨지요. 그러니 우리가 더 이상 무엇을 바라겠소?

가령 내가 세네카에게 '나는 덕에 얽매이지 않고 마음대로 행동할 때 더 많은 행복을 느끼는데, 당신은 왜 내게 덕을 권유하십니까?' 하고 묻는다면, 그는 납득할 만한 대답을 못할 것이오. 그러나 지금 나는 왜 덕이 필요한지 이해하게 되었어요. 그것은 덕의 근원인 사랑과 선(善)이 바로 그리스도에게서 비롯되었기 때문이오. 죽음을 맞아 눈감은 후에도 새로운 삶과 행복을 만나고, 나 자신과 사랑하는 당신을 되찾기 위해서는 마음속에 덕을 간직해야 한다는 것을 깨달았소. 진리를 일깨워 주고, 죽음을 극복하게 해주는 이 가르침을 어찌 받아들이지 않을 수 있으며, 어찌 사랑하지 않을 수 있겠소? 악을 버리고 선을 택하고 싶지 않은 자가 세상에 어디 있겠소? 전에 나는 이 교리가 행복에 역행하는 것이라고 착각하고 있었소. 그러나 바오로께서는 이 교리가 행복을 앗아가는 것이 아니라 오히려 더 큰 행복을 가져다주는 것임을 일깨워 주셨지요. 그 말의 의미를 이제야 겨우 알게 되었다오. 만일 내가 폭력을 써서 당신을 우리 집으로 데려다놓았으면 이런 뿌듯한 행복은 결코 맛보지 못했을 거요. 아까 당신은 나를 사랑한다고 말했소. 온 로마의 권력을 다 동원한다 해도 당신의 입에서 억지로 그 말이 나오게 할 수는 없었을 것이오. 아아, 리기아! 이 가르침이 얼마나 훌륭하고 신성한 것인지 나는 내 이성을 통해서도 알 수 있고, 내 감성을 통해서도 느낄 수 있소. 그러니 누가 감히 저항할 수 있겠소?"

리기아는 열심히 그의 말에 귀 기울이고 있었다. 비니키우스의 얼굴을 가만히 바라보는 그녀의 푸른 눈동자는 달빛 아래 이슬을 머금은 한 송이 꽃처럼 평화롭고 신비스러워 보였다.

"마르쿠스, 저도 그렇게 생각합니다. 옳은 말씀이에요."

지금 이 순간 두 사람은 더할 나위 없이 행복했다. 자기들은 사랑뿐만이 아니라 그보다 더 큰 힘에 의해 결속되어 있다는 것을 깨달았기 때문이었다. 그 힘은 부드러운 동시에 거역하기 힘든 강한 것이기도 했다. 그 힘만 있으면 그들의 사랑은 그 어떤 변화나 실망, 배반에 부딪힌다 해도, 나아가 죽음 앞에서도 결코 흔들리지 않으리라. 두 사람은 무슨 일이 있어도 자기들의 사랑은 변치 않을 것이며, 그 무엇도 둘을 갈라놓을 수는 없으리라는 굳은 신념에 차 있었다. 그들의 영혼에는 이루 말할 수 없는 잔잔한 평화가 스며들어 있었다. 비니키우스의 가슴에는 지금까지 자기가 모르고 있었고, 또 베풀 수도 없었던 전혀 새로운 감정, 맑고 심오한 사랑이 샘솟았다. 그에게는 모든 것이 이 사랑의 감정과 결합되어 있었다. 리기아와 그리스도의 가르침, 고요히 잠들어 있는 사이프러스 나무숲을 은은하게 비추는 달빛, 평온한 이 밤, 그리고 삼라만상 모든 것이 오직 사랑만으로 가득 차 있는 것 같았다.

비니키우스는 떨리는 목소리로 말을 이었다.

"당신은 내 영혼의 영혼이고, 언제까지나 이 세상에서 가장 소중한 존재입니다. 우리 두 사람의 심장은 함께 박동할 것이며, 그리스도께 한마음으로 감사하고, 한목소리로 찬미의 기도를 드릴 것입니다. 이 세상을 함께하며, 자애로우신 하느님을 함께 받들고, 비록 죽음이 닥쳐온다 해도 즐거운 꿈에서 깨어난 듯 우리 두 사람의 눈은 다시 새로운 광명을 향해 활짝 열리게 될 것입니다. 세상에 이보다 더한 행복이 어디 있겠소! 다만 한 가지 이상한 것은, 내가 왜 진작 이 사실을 몰랐을까 하는 점이오.

나는 지금 이 가르침에 감히 대항할 자는 하나도 없으리라는 생각을 하고 있소. 200년, 혹은 300년 후에는 온 세계가 전부 이 가르침을 받아들일 날이 올 것이오. 사람들은 주피터를 잊고, 그리스도 이외의 다른 신들은 다 사라져버리고, 그리스도교인들의 교회 이외에 다른 신전들은 다 없어질 것이오. 행복을 원치 않는 사람은 아무도 없으니까 말이오.

참, 얼마 전에 바오로 사도와 페트로니우스 삼촌이 그리스도교에 대해서 얘기하는 것을 들었소. 결국 삼촌께서 마지막에 뭐라고 했는지 아십니까? '도무지 내게는 맞지 않는군…….' 고집 센 삼촌은 고작 이 말밖에 하지 못하셨소."

"바오로 사도님께서 뭐라고 하셨는데요?" 리기아가 물었다.

"어느 날 밤 우리 집에서 있었던 일이오. 셋이 모였는데 페트로니우스 삼촌은 여느 때처럼 가벼운 농담으로 이야기를 시작했소. 그때 바오로 사도가 말을 걸었지요.

'현명한 페트로니우스, 당신은 그때 세상에 태어나지도 않았는데 그리스도께서 이 세상에 존재하셨고, 죽음에서 부활하신 것을 어떻게 단정적으로 부인할 수 있습니까? 베드로와 요한은 부활하신 그리스도를 실제로 보았습니다. 나도 다마스쿠스로 가는 도중 이 두 눈으로 똑똑히 보았습니다. 먼저 당신의 지혜로 우리가 거짓말쟁이라는 것을 증명하고, 그 다음에 우리들의 증언을 부정해 보십시오.'

그러자 페트로니우스 삼촌은 자기로서는 부정할 생각은 없다고 하면서 세상에는 불가사의한 일이 믿을 만한 사람들에 의해 진실로 확인되는 경우가 적지 않다는 것을 알고 있다고 대답하셨소. 그러나 새로운 이방의 신이 나타났다는 것과, 그 신의 가르침을 개인이 받아들이는 것은 별개의 문제라고 덧붙이더군요.

'나는 삶을 어지럽히고, 그 아름다움을 손상시킬 염려가 있는 것은 그것이 무엇이든 전혀 알고 싶지 않습니다. 우리 로마의 신들이 실제 존재하든 안 하든 그런 것은 아무래도 상관없습니다. 분명한 것은 그 신들이 모두 아름답다는 것입니다. 그들이 있다고 생각하면 즐겁고, 또 근심 걱정 없이 살아갈 수 있거든요.'

바오로 사도는 이렇게 대답하셨소.

'당신은 시련과 번뇌를 두려워하여 사랑과 정의와 자비의 가르침을 거부하고 있습니다. 그러나 페트로니우스, 한번 생각해 보십시오. 정말 당신네들의 삶에는 아무 걱정이 없습니까? 우리는 아무리 부유하고, 권력이 있는 사람이라도 곤히 잠든 한밤중에 사형 선고 전갈을 받고 벌떡 일어나야 할지도 모르는 시대에 살고 있습니다. 당신에게 묻고 싶습니다. 가령 황제가 지금이라도 자비와 정의를 근본으로 삼는 이 가르침을 받아들이면 당신의 행복은 확실하게 보장받을 수 있지 않겠습니까? 당신은 삶의 즐거움을 놓치게 될까 봐 걱정하고 있지만, 그리스도의 시대가 오면 오히려 당신의 삶에는 더 많은 희열이 깃들게 될 것입니다. 인생을 아름답게 가꾸는 문제만 해도 그렇습니다. 당신들은 사악하고, 복수를 좋아하고, 음탕하고, 거짓투성이인 무수한 신들을 위해서 그렇게 많은 훌륭한 신전과 조상을 만들었는데, 미의 근원이자 사랑과 진리 자체이신 유일한 하느님을 위해서는 무슨 일이든 할 수 있지 않겠습니까? 당신은 풍족하고 호화스러운 삶을 누리고 있으니 자신의 운명에 대해 자신 있게 말할 수 있는 겁니다. 하지만 귀족들 중에는 비록 명문가에서 태어났어도 어쩌다가 몰락하여 소외당하는 운 나쁜 사람들도 적지 않은 세상이니 당신의 운명도 장담할 수만은 없는 것입니다. 만일 당신이 그런 처지가 된다면 다른 사람들이 그리스도를 믿는 것이 당신 같은 귀족들에게는 더 이롭지 않겠습니까?

이 로마에서는 신분이 고귀한 사람들이 자식 기르기가 귀찮아 다른 곳에 맡기는 경우가 허다합니다. 잘 아시다시피 그런 아이들을 '알룸누스'[2]라고 합니다만, 이를테면 당신도 그런 신세가 되었을지 모르는 일 아닙니까? 그러나 만일 당신의 부모가 우리의 가르침에 따라 살았다면 그런 일은 절대로 일어나지 않았을 것입니다. 그런 당신이 어른이 되어 사랑하는 처녀와 혼례를 치르고 나면 당신은 죽을 때까지 아내가 절개를 지켜주기 바랄 것입니다. 그러나 오늘날 당신들 사회에서는 어떤 일이 벌어지고 있습니까? 남편에게 성실해야 할 아내들이 타락과 방종, 불륜으로 정절을 더럽히고 있습니다. 당신네들은 '우니비라', 즉 한 남자만을 섬기는 여자를 보면 깜짝 놀라곤 합니다. 그러나 나는 분명히 말할 수 있습니다……. 마음속에 그리스도를 모신 여인들은 남편에 대한 정절을 절대로 깨뜨리지 않습니다. 또한 그리스도교도라면 남편 또한 아내에게 성실합니다. 당신들은 지배자나 아버지, 어머니, 아내나 자식들, 당신들의 노예들까지도 믿지 못하고 있습니다. 온 세계가 당신들 앞에서 벌벌 떨고 있지만, 당신들은 노예 앞에서 벌벌 떨고 있습니다. 왜냐하면 노예들이 당신들의 학대에 항거하여 그동안 여러 번 그랬듯이 언제 또 무섭게 봉기할지 모르기 때문입니다.

---

2) 입양아.

당신은 재산이 많습니다. 그러나 내일이라도 전 재산을 내놓으라는 벼락같은 명령이 떨어질지 모릅니다. 당신은 아직 앞날이 창창합니다. 그러나 당신의 목숨은 당장 내일을 기약할 수 없습니다. 당신은 사람을 좋아합니다. 그러나 언제 배신당할지 모릅니다. 당신은 별장이나 조각품을 아낍니다. 그러나 내일 당장 판다타리아 황야[3]로 추방당할지도 모릅니다. 당신은 수많은 노예들을 거느리고 있습니다. 그러나 내일 당장 그 하인들로 인하여 피를 흘리게 될지도 모릅니다. 그렇다면 당신들이 어떻게 마음 편히 행복하고 즐겁게 살 수 있겠습니까?

내가 말씀드리고 싶은 것은 사랑입니다. 다시 한 번 강조하면 지배자는 신하를 사랑하고, 주인은 종을 사랑하고, 종은 사랑으로써 주인을 섬기라는 것, 그리고 정의와 자비를 실천하라는 것입니다. 그렇게만 하면 끝없는 바다처럼 무한하고 영원한 행복을 약속받을 수 있습니다. 페트로니우스여, 어찌하여 당신은 이 가르침이 삶을 헛되게 한다고 생각합니까? 이 가르침은 삶을 윤택하게 해줄 것입니다. 마치 로마의 힘이 온 세계를 정복한 것처럼 이 교리가 세상에 널리 퍼지면 당신 또한 훨씬 더 행복하고 안전한 삶을 누리게 될 것입니다.'

바오로 사도님의 말씀은 대강 이런 것이었소. 오, 리기아, 그러자 페트로니우스 삼촌은 졸린 듯한 얼굴로 '내게는 맞지 않는 것 같군요…….'라고 말하며 작별 인사를 하는 것이었습니다. 그러고는 '유대에서 오신 분이시여, 나는 당신의 가르침보다 에우니케가 좋습니다. 그러니 나는 연단 위에서 당신

3) 이탈리아 중부 지방 캄파니아 앞바다의 섬. 유형지.

과 탁상공론을 벌일 생각은 추호도 없습니다.'라고 말씀하시더군요. 오히려 곁에 있던 내가 사도님의 말씀에 끌려 시간 가는 줄을 몰랐지요. 특히 그분께서 우리 주위에 있는 여자들의 품행에 관해 말씀하실 때는 마치 봄날 비옥한 토양에서 피어난 백합처럼 당신을 정숙하게 가꾸어준 이 종교를 진심으로 찬양했소. 나는 그때 생각했소.

'포페아는 두 남편을 버리고 네로의 품에 안겼다. 그뿐인가? 칼비아 크리스피닐라나 니기디아 같은 여자들도 있다. 폼포니아 말고 내가 아는 많은 여자들이 정조를 버리고 서약을 같이 지웠다. 비록 내가 믿는 모든 이들이 나에게 등을 돌리고 나를 배신한다 해도 내가 사랑하는 여인, 리기아만은 나를 떠나거나, 실망시키거나, 우리 집 화롯불을 꺼뜨리지 않으리라.' 그래서 나는 당신께 보답할 수 있는 길은 당신에 대한 사랑과 존경을 영원히 간직하는 것이라고 생각했다오.

안티움에서 나는 마치 당신이 내 곁에 있는 것처럼 끊임없이 당신과 얘기하며 지냈소. 혹시 당신이 느꼈을지 모르겠지만, 당신이 나를 피해 궁궐에서 도망갔기 때문에 당신에 대한 내 사랑은 백배나 더 커졌소. 이제 내게는 황제의 궁궐 따위는 안중에도 없소. 그곳의 환락도, 그곳의 음악도 다 싫소. 내게 필요한 것은 오직 당신뿐이오. 당신이 한마디만 하면 로마를 떠나 먼 곳에 가서 함께 살 수도 있소."

리기아는 그의 가슴에 얼굴을 파묻은 채 무엇인가를 골똘히 생각하다가 은빛으로 반짝이는 사이프러스 나뭇가지를 쳐다보며 대답했다.

"네, 마르쿠스! 그렇게 하는 것이 좋겠어요. 언젠가 시칠리아에 대해서 편지에 쓰셨지요. 마침 아울루스 내외분도 노후에는 그곳에 가서 살고 싶어 하시니까……."

비니키우스는 이 말을 듣고 매우 기뻐하면서 리기아의 말을 가로막았다.

"그래요, 잘 생각했어요. 우리 가문의 영지는 바로 그 이웃에 있소. 아름다운 해변이 있고, 로마보다 온화한 날씨에 밤에는 더욱 평온하다오. 어딜 가든 달콤한 향기로 가득 차 있을 뿐만 아니라 항상 맑은 공기를 호흡할 수 있는 곳이오. 그곳에서는 삶이 곧 행복이라오."

이제 비니키우스는 장래를 꿈꾸기 시작했다.

"그곳에 가면 모든 근심을 다 잊을 수 있소. 숲 속에 들어가 올리브 나무 사이를 산책하고, 나무 그늘에서 쉬기도 합시다. 아아, 리기아! 서로 사랑하고 위하면서, 둘이 함께 바다와 하늘을 보고, 함께 사랑의 하느님을 찬양하고, 욕심 없이 바르고 성실하게 살아간다면…… 이 얼마나 멋진 인생이겠소?"

두 사람은 잠시 침묵 속에 행복한 앞날을 그려보고 있었다. 비니키우스는 더욱 힘을 주어 리기아를 끌어안았다. 그때 비니키우스의 손가락에 낀 귀족의 금반지가 달빛에 반짝였다. 그 지역에 사는 가난한 일꾼들은 이미 잠자리에 들었는지 사방이 적막 속에 잠겨 있었다.

"그렇게 되면 어머니도 만날 수 있겠지요?" 리기아가 물었다.

"물론이죠, 리기아. 종종 그분들을 우리 집에 초대하고, 우리도 자주 찾아뵙도록 합시다. 베드로 사도님도 모시고 가서 다 함께 사는 것은 어떻소? 그분은 연로하신 데다, 너무 무리하며 다니시는 탓에 허리가 다 구부러지셨더군요. 그러면 바오로 사도님도 우리 집에 자주 오실 거요. 그의 힘을 빌리면 아울루스 플라우티우스 장군을 입교시키는 것도 어렵지 않을 테고 말이오. 로마의 군인들이 세계 여러 곳에 식민지를 건설하듯이 우리도 그리스도교 교구를 넓혀나가는 거요!"

리기아는 비니키우스의 손을 잡더니 그 손에 자기의 입술을 맞추려고 했다. 비니키우스는 행여 행복이 자취를 감출까 봐 두려운 듯이 조심스럽게 속삭였다.

"안 돼요, 리기아! 안 됩니다. 섬기고 존경하는 것은 나의 몫이오. 자, 어서 손을 이리 주시오."

"당신을 사랑해요!"

비니키우스는 재스민 꽃처럼 새하얀 리기아의 손에 정성스레 입을 맞췄다. 잠시 동안 그들의 귀에는 두근대는 심장의 고동 소리 외에 아무 소리도 들리지 않았다. 주위는 바람 한 점 없고, 사이프러스 나무숲도 숨을 멈춘 듯 잎사귀 하나 흔들리지 않았다.

그때였다. 갑자기 멀리서 천둥 같은 소리가 지축을 뒤흔들며 요란하게 울려 퍼졌다. 리기아는 깜짝 놀라 몸을 부르르 떨었다. 비니키우스가 몸을 벌떡 일으키며 말했다.

"사육장에 가둬놓은 사자가 울부짖는 소리입니다."

두 사람은 귀를 기울였다. 첫 번째 울음소리에 이어 거기에 응답이라도 하듯 두 번…… 세 번…… 열 번…… 로마 시내 곳곳에서 사자들이 포효하는 소리가 들려왔다. 로마에서는 때로 여러 곳의 경기장에 수용된 사자의 수가 수천 마리에 이르는 경우도 있었다. 밤이 되면 그 사자들은 철책에 가까이 다가와 커다란 머리를 쳐들고 자유를 누리던 초원을 그리워하면서 울부짖는 것이었다. 지금도 그리움이 사무쳤는지 밤의 적막을 깨뜨리고 서로를 향해 울부짖으며 온 도시를 공포에 몰아넣었다. 그 으르렁대는 소리에는 뭔가 말로는 표현할 수 없는 무시무시하고 불길한 조짐이 깃들어 있었다. 그 소리에 찬란하고 평화로운 미래의 꿈이 깨져 버리자 리기아의 가슴에 알 수 없는 슬픔과 두려움이 몰려왔다.

비니키우스가 두 팔로 그녀를 힘차게 끌어안으며 말했다.

"두려워할 것 없어요. 곧 검투 시합이 열리기 때문에, 어느 사육장에나 사자들이 가득 차 있어서 그런 것입니다."

두 사람은 리누스의 집으로 들어갔다. 사자의 울음소리는 더욱 사납게 울려 퍼졌다.

제40장

안티움에서 페트로니우스는 황제의 총애를 받기 위해 애태우는 다른 조신들을 물리치고 네로의 사랑을 독점했다. 반면에 티겔리누스의 세력은 완전히 땅에 떨어진 상태였다. 로마에서 티겔리누스는 위험인물을 제거하고, 그 재산을 몰수하고, 여러 가지 정치적인 사안들을 처리하고, 로마인들의 사치스럽고 잔인한 악취미에 걸맞은 놀라운 구경거리들을 만들어, 황제의 괴팍한 취향을 만족시켜 줌으로써 무슨 일에나 능란하다는 평가를 받았다. 하지만 푸른 바다가 내려다보이는 별궁에서 그리스의 헬레니즘 문화를 본보기로 한 삶을 즐기고 있는 이곳 안티움에서는 더 이상 그의 존재가 필요치 않았던 것이다. 아침부터 저녁까지 시를 낭송하고, 그 구성이나 완성도에 대해 토론하고, 멋진 시구를 칭송하며, 음악과 연극에 몰두했다. 황제는 특히 그리스의 천재 시인들이 인생을 노래하며, 아름답게 묘사한 대목에 탐닉했다. 이런 환경 속에서 티겔리누스를 비롯한 그 어떤 조신들보다 학식이 풍부하고, 재치 있고, 화술이 뛰어나며, 섬세한 감성과 고상한 취향을 가지고 있는 페트로니우스가 두각을 나타내는 것은 당연한 일이었다. 황제는 줄곧 페트로니우스와 동석하기를 바라고, 모든 일을 그와 의논했으며, 시를 지을 때에도 그의 충고를 귀담아 듣는 등 전보다 훨씬 친밀감을 보였다. 조신들은 마침내 페트로니우스의 세력이 최고에 달했고 황제와의 교분이 완전히 두터워졌다고 판단하고, 그런 관계가 탄탄하게 지속되리라고 여겼다.

지금까지 이 세련된 쾌락지상주의자를 냉정한 눈으로 바라보던 사람들도 그의 호감을 사고 가깝게 지내려고 애썼다. 그 중에는 페트로니우스가 황제의 총애를 받는 것을 보면서 진심으로 기뻐하는 사람들도 꽤 있었다. 페트로니우스는 사람들의 속마음을 한눈에 꿰뚫어 보고, 한때 적이었던 사람들이 아첨을 해도 회의론자다운 미소로 너그럽게 받아들일 줄 아는 사람이었다. 또한 게을러서인지, 교양 있는 성품 때문인지는 모르지만 아무튼 다른 사람을 파멸시키거나 해를 끼치기 위해 자신의 세력을 남용하는 일도 없었다. 만일 페트로니우스가 티겔리누스를 쓰러뜨리려고 한다면 그 기회는 얼마든지 있었다. 그러나 그는 그저 티겔리누스를 비웃고, 그의 무식함과 천박함을 지적하는 데 그쳤다. 로마의 원로원 의원들은 안도의 숨을 내쉬었다. 한 달 반 동안 사형 선고가 한번도 내려지지 않았던 것이다. 안티움과 로마에서는 황제와 그 총신들의 방탕한 짓거리가 사라지고, 그들의 취향이 퍽 고상해졌다는 소문이 퍼졌다. 티겔리누스의 농간에 짐승처럼 놀아나는 황제보다는 품위를 지키는 황제를 받드는 편이 훨씬 낫다고들 했다. 티겔리누스 자신도 어쩔 수 없게 되어 페트로니우스 앞에서 자기가 졌다는 사실을 솔직히 시인할까 망설였다. 그것은 황제가 온 로마와 궁전을 다 뒤져도 서로 이해할 수 있는 영혼, 즉 참다운 그리스인은 둘밖에 없는데, 그것은 황제 자신과 페트로니우스뿐이라고 몇 번이나 강조했기 때문이다.

주변 사람들은 페트로니우스의 놀라운 수완과 기지를 보고, 황제에 대한 그의 감화가 누구도 따를 수 없을 만큼 절대적이며 그 영향력이 오래 지속될 것이라고 확신했다. 만일 페트로니우스가 없다면 황제는 앞으로 어떻게 지낼 것인가? 누구와 함께 시와 음악, 전차 경주에 대해 이야기를 나눌 것이며, 자기 작품이 완벽한지 아닌지를 확인하기 위해 누구의 조언을 들어야 할 것인가? 이러한 질문들에 명백히 대답할 수 있는 사람은 아무도 없다. 그런데 정작 페트로니우스는 어떤 일에도 얽매이거나 집착하지 않는 평소의 버릇대로 자기의 지위를 대수롭지 않게 여겼다. 여전히 귀찮은 듯 무심하고 여유 있는 태도에 전과 다름없이 매사 회의적이었다. 그는 가끔 다른 조신들에게 그들도, 자기 자신도, 황제도, 아니 온 세계까지도 가소롭게 보는 듯한 인상을 주곤 했다. 때로는 면전에서 황제를 비난하는 것 같은 대담한 언행을 서슴지 않아, 조신들을 놀라게 하는 경우도 있었다. 그러나 그 자리에 함께 있는 사람들이 좀 지나쳤다고 생각하며 저러다 스스로 파멸을 초래하지나 않을까 아슬아슬한 분위기가 고조될 때쯤이면, 갑자기 그럴듯한 말로 자연스럽게 둘러대어 결국엔 자기에게 유리한 쪽으로 이끄는 뛰어난 재주를 가지고 있었다. 페트로니우스의 그런 임기응변에 사람들은 모두 경탄을 금치 못했고, 어떤 난국도 타개해 나갈 것이라고 확신했다. 비니키우스가 로마에 다녀온 지 일주일쯤 지난 어느 날, 황제는 조그만 모임을 열어 자기가 지은 「트로이의 멸망」 가운데 몇 구절을 읽었다. 낭독이 끝나고 조신들의 열띤 찬사가 가라앉자 페트로니우스는 눈짓으로 묻는 황제에게 대답했다.

"평범하군요. 불태워 버리는 것이 좋을 듯합니다."

그곳에 있던 사람들은 두려운 나머지 심장이 멈추는 듯했다. 네로는 어릴 때부터 면전에서 이처럼 무례한 말을 함부로 하는 사람을 본 적이 없었다. 그 자리에 있는 사람들 가운데 오직 티겔리누스의 얼굴만이 기쁨으로 밝아졌다. 비니키우스의 얼굴은 사색이 되었다. 한번도 만취한 적이 없는 삼촌이 술에 취해 실수하는 것이 아닌가 하고 크게 걱정이 되었던 것이다.

"그래, 이 시에 어떤 결점이 있단 말이지?"

네로는 부드러운 음성으로 물었으나, 손상된 자존심으로 인해 그 목소리는 분명 떨리고 있었다.

"이 사람들의 말을 믿지 마십시오." 페트로니우스가 반론을 전개했다.

그는 주위 사람들을 가리키며 "이자들은 아무것도 모릅니다. 폐하께서는 이 시에 어떤 결점이 있느냐고 물으셨습니다. 진실을 원하신다면 솔직하게 말씀드리겠나이다. 만일 이 시가 베르길리우스나 오비디우스의 작품이라면, 아니 호메로스의 작품이라고 해도, 그것은 충분히 훌륭합니다. 그러나 폐하의 작품으로서는 결코 뛰어난 것이 아닙니다. 폐하께서는 이런 평범한 시를 쓰셔서는 안 됩니다. 폐하의 시에 나오는 화재(火災)는 생동감이 없으며, 거기에는 뜨거운 열기가 부족합니다. 루카누스의 아첨 따위는 한 귀로 흘려버리십시오. 만일 루카누스가 이런 시를 썼다면 저는 그를 천재라고 치켜세우겠지만, 폐하의 경우에는 다릅니다. 왜 그런 줄 아십니까? 폐하께서는 그들에 비길 수 없을 정도로 훨씬 위대하시기 때문입니다. 폐하처럼 신들로부터 많은 재능을 받으신 분에게는 당연히 더 많은 것을 기대하게 되는 법이지요. 그러나 폐하께서는 요즘 너무 나태해지신 듯합니다. 식사 후에 마땅히 시작(詩作)에 전념하셔야 할 때도 낮잠을 주무시는 경우가 허다합니다. 지금까지 이 세상에서 들어보지 못한 걸작을 내놓으셔야 할 폐하이시기에 이렇게 간청하옵니다. 아무쪼록 더 위대한 작품을 만들어주십시오."

페트로니우스는 조롱과 책망이 섞인 어조로 심드렁하게 말했으나 황제는 감격해서 눈물을 글썽이며 말했다.

"신들은 내게 많은 재능을 주시지는 않았으나…… 그보다 더 큰 것을 주셨다. 그것은 진정한 평론가이자, 친구이며, 짐의 면전에서 진실을 말할 수 있는 단 한 사람의 신하를 내려주신 것이다."

이렇게 말하고 나서 황제는 붉은 털로 덮여 있는 기름진 손을 델포이의 신전에서 약탈해 온 황금 촛대 쪽으로 내밀어 시를 태워버리려고 했다. 그러자 옆에 있던 페트로니우스가 종이에 채 불이 붙기 전에 그것을 빼앗았다.

"아니 되옵니다, 아니 되옵니다! 폐하의 시로서는 흡족하지 않지만, 그래도 이 시는 인류를 위해 보존해야 할 불후의 명작입니다. 태워버리시려거든 제게 주십시오."

"그러면 짐이 고안한 상자에 넣어 그대에게 보내도록 하겠다."

네로는 페트로니우스를 껴안았다.

잠시 후 네로가 말했다.

"그렇다. 그대의 말이 맞다. 짐이 묘사한 트로이의 화재는 충분히 실감이 나지 않는다. 짐이 표현한 열기만으로는 부족하다. 짐은 그동안 그저 호메로스와 어깨를 나란히 할 수만 있다면 그 정도로 만족하다고 생각해 왔다……. 자신감이 부족하고, 나의 재능을 과소평가하려는 성향이 그동안 짐의 시작(詩作)에 방해가 되었던 것이다. 그러나 그대는 짐의 눈을 뜨게 했다. 그대가 지적한 결함이 어디서 비롯됐는지 알겠느냐? 조각가가 신의 조상을 만들려면 그것을 본뜰 모형이 필요하다. 그런데 짐에게는 그 모형이 없었던 것이다. 나는 지금까지 대도시가 불타는 것을 한번도 본 적이 없다. 짐의 글에 사실성이 결여된 것은 바로 그 때문이다."

"바로 그 점을 깨달으셨기에 폐하께서는 위대한 예술가이십니다."

네로는 잠시 생각에 잠겼다가 이렇게 말했다.

"페트로니우스, 하나만 더 대답해 다오. 그대는 트로이가 불탄 것을 애석하게 여기는가?"

"애석하게 생각하느냐고요? 비너스의 절름발이 남편[1]을 두고 맹세합니다만, 조금도 애석하지 않습니다. 그 이유를 말씀드리겠습니다. 만일 프로메테우스가 인류에게 불을 주지 않았고, 그리스인들이 프리아무스 왕에게 싸움을 걸지 않았다면, 트로이의 화재는 일어나지 않았을 것입니다. 그러나 만약 그 불이 없었다면 에스킬루스[2]도 『프로메테우스』를 쓰지 못했을

1) 불의 신 헤파이스토스를 말함. 주피터와 헤라의 아들로 날 때부터 절름발이였는데 주피터가 비너스와 결혼시켰음. '불카누스'와 동일시됨.

것이고, 저 트로이 전쟁이 없었다면 호메로스도 『일리아스』를 쓰지 못했을 것입니다. 저는 그 초라하고 지저분한 시골 마을을 보존하는 것보다는 『프로메테우스』와 『일리아스』가 세상에 빛을 보게 된 것을 기쁘게 생각합니다. 그 도시는 지금까지 남아 있어 봤자 고작해야 무능한 지방 장관이 그 도시의 촌놈들과 분쟁이나 일으켜서 폐하를 번거롭게 해드렸을 것입니다."

"그야말로 올바른 이성을 가진 사람의 적절한 대답이로구나." 황제가 말했다. "시와 예술을 위해서는 모든 것을 희생해도 좋고, 또 마땅히 그렇게 하지 않으면 안 된다. 호메로스의 『일리아스』에 소재를 제공한 아카이아 인들은 참으로 행복한 사람들이다. 조국의 멸망을 두 눈으로 지켜 본 프리아무스 왕 또한 행복한 친구이다. 그런데 짐은 이게 뭐란 말이냐. 아직까지 도시가 불타는 것을 본 적이 없으니……."

순간 침묵이 흘렀다. 정적을 깨뜨린 것은 티겔리누스였다.

"폐하, 이미 말씀드렸다시피, 단 한마디 명령만 내려주시면 즉시 안티움을 불태워 보여드리겠습니다. 만일 폐하께서 여기 있는 이 별장과 궁전을 아깝다고 여기신다면 오스티아 항구에 정박해 있는 선박들을 모조리 불 지르겠습니다. 그렇지 않으면 알바누스 산기슭에 목조 도시 하나를 세워 폐하께서 직접 불을 지르실 수 있게 하겠습니다. 폐하의 뜻은 어떠신지요?"

네로는 경멸에 찬 눈으로 티겔리누스를 보며 말했다.

"나더러 고작 나무토막 따위가 타는 것이나 보란 말이냐? 티겔리누스, 그대의 머리도 이제 녹슬었구나. 게다가 그대는 고작 그대가 말한 것 이상의 희생은 지나치다고 생각하는 모

---

2) BC 5세기 그리스의 3대 비극시인 중 하나.

양인데, 정녕 짐의 재능과 짐이 쓴 「트로이의 멸망」을 그렇게 대수롭지 않게 생각하느냐?"

티겔리누스는 무안해서 쩔쩔맸다. 네로는 화제를 바꾸려는 듯 이렇게 덧붙였다.

"드디어 여름이 되었구나. 오, 로마는 지금쯤 악취를 풍기고 있겠지……! 곧 여름철 경기를 개최해야 할 테니 돌아가지 않을 수도 없고……."

잠시 후 티겔리누스가 나지막하게 속삭였다.

"폐하, 조신들이 다 물러간 후에 은밀하게 드릴 말씀이 있습니다."

한 시간쯤 후에 비니키우스는 페트로니우스와 함께 별궁을 나섰다.

"아까는 삼촌 때문에 간 떨어지는 줄 알았습니다. 혹시 약주가 과하셔서 일을 저지르시는 건 아닌지 가슴 졸였죠. 삼촌께서는 지금 목숨을 가지고 장난하고 계십니다……."

"궁전은 내 투기장이나 다름없다." 페트로니우스는 대수롭지 않다는 듯 대답했다.

"적어도 그곳에서는 내가 제일가는 검투사라고 생각하며 마음껏 즐기는 중이다. 당장 오늘 밤만 해도 그 결과가 어떻게 되었는지 보았지? 내 세력이 더욱 커지지 않았니? 황제는 자기의 시를 황금 상자에 넣어 내게 보낼 것이다. 그 황금 상자는 터무니없이 화려하면서 속물스러운 것이겠지. 나는 그 상자를 내 주치의에게 주어, 그 속에 설사약이나 보관하라고 할 작정이다. 오늘 밤 내가 황제에게 그런 대담한 행동을 한 것은, 내 성공을 보면 티겔리누스가 틀림없이 흉내 내려 들 것이라는 것을 뻔히 알고 있었기 때문이다. 그러면 또 어떤 결과를 초래하게 될지 한번 상상해 보렴. 그것은 마치 피레네 산맥의 곰이 줄타기를 하는 꼴과 같을 게다. 그 광경을 보면서 나는 데모크리투스[3]처럼 실컷 비웃어줄 생각이다. 마음만 먹으면 티겔리누스를 실각시키고, 내가 근위대 사령관이 될 수도 있지. 그러면 붉은 수염조차도 완전히 내 손아귀에서 놀아나게 된다. 하지만 모든 것이 다 귀찮기만 하구나……. 그저 지금 이대로의 삶이 좋다……. 비록 황제의 시시한 작품을 상대해야 하는 고충이 있지만 말이다."

"비난을 칭찬으로 받아들이게 하시다니 참으로 대단하십니다. 그런데 그 시는 정말 그렇게 형편없는 겁니까? 저는 그 방면에 대해서는 문외한이니 말입니다."

"뭐, 특별히 다른 시보다 못할 것도 없지. 물론 루카누스가 더 뛰어나지만, 붉은 수염에게도 어느 정도 수준은 있단다. 만사를 제쳐놓고 시와 음악에 몰두하니까. 조만간 우리는 황제가 「비너스 찬가」에 붙인 곡을 감상하기 위해 또다시 황제를 만나야 한다. 아마도 오늘이나 내일쯤이면 완성되겠지. 그것을 듣게 될 사람은 몇 명 안 될 것이다. 나와 너, 툴리우스 세네키오와 소(小) 네르바 정도겠지……. 언젠가 네게 한 말 기억나니? 비텔리우스가 연회가 끝나면 홍학의 깃털을 목구멍에 집어넣어 먹은 것을 토해 내는 것처럼 나도 황제의 시를 구토용으로 쓴다고 했던 것 말이다……. 그것은 사실이 아니란다. 네로도 가끔은 꽤 괜찮은 시를 쓰기도 하니까. 「헤카베[4]의 슬픔」이란 시는 정말 감동적이지. 헤카베가 아이를 낳으며

---

3) BC 5세기 트라키아의 철학자. '웃는 철학자'라 불렸음.

4) 트로이의 왕비.

진통을 호소하는 내용인데, 아마도 그 시를 지을 때, 한 자 한 자 고통스러울 만큼 심혈을 기울인 것 같다……. 그러니 그처럼 훌륭한 표현을 할 수 있었겠지. 나는 가끔 그가 불쌍하다는 생각이 든다. 폴룩스를 두고 맹세하겠다! 그런 흉측한 결합체가 세상에 또 어디 있겠니! 칼리굴라에게도 난폭한 광기가 있었지만, 네로와 같은 괴물은 아니었지."

"붉은 수염의 횡포가 대체 어디까지 갈지 감히 누가 예측할 수 있겠습니까?"

비니키우스가 말했다.

"아무도 모르는 일이지. 어쩌면 붉은 수염은 수백 년이 흐른 뒤에도 그 이름만 들어도 치를 떨 만큼 끔찍한 짓을 저지를지도 모른다. 그러나 내가 흥미를 느끼고 관심을 끊지 못하는 것은 바로 그 때문이다. 가끔 나는 사막으로 달아난 암몬[5] 신전의 주피터처럼 모든 일에 싫증을 느끼고 지루할 때가 있는데, 만일 내가 다른 황제를 섬겼다면 그 백배는 더 무료했을 것이라는 생각이 든다.

그나저나 네 친구, 그 자그마한 유대인 바오로는 굉장한 웅변가이더구나. 그 사실만큼은 인정한다. 그런 사람들이 그 가르침을 설교하며 돌아다니고 있으니, 우리 로마의 신들도 여간 조심하지 않으면 안 되겠더라. 그렇지 않으면 언제 찬밥 신세가 될지 모르는 일이니까. 그자가 말한 것처럼 황제가 그리스도교 신자라면 우리는 모두 안심하고 살 수 있겠지. 그러나 그 타르수스의 예언자는 나를 설득하려 할 때, 그 '불안'이

5) 에티오피아의 신. 주피터가 마의 신 티폰과 싸울 때 숫양의 모습으로 변신하여 아프리카 사막으로 도망쳤다고 하며, 주피터와 동일시됨.

야말로 내게는 삶의 활력소가 되어준다는 사실을 알지 못했던 것이다. 도박을 하지 않는 자는 당연히 돈을 잃지 않지만, 그래도 사람들은 도박을 한다. 그 속에서 짜릿한 전율과 재미를 맛보기 때문이지.

내가 아는 기사나 원로원 의원의 아들 중에는 자원하여 위험을 무릅쓰고 검투사가 된 사람도 있다. 너는 내가 목숨을 가지고 장난하고 있다고 했다. 그 말은 분명 사실이지만 그런 아슬아슬한 상황이 내게 기막힌 쾌감을 준다는 생각은 안 해 보았느냐? 그러나 너희 그리스도교 신자들이 말하는 '덕'인가 뭔가 하는 것은 세네카의 훈계와 같아서 하루만 들어도 골치가 지끈지끈하다. 바오로의 설교가 내게 아무런 효과가 없는 이유가 바로 거기에 있는 것이다. 나 같은 사람은 도저히 그 가르침을 받아들일 수 없다는 것을 바오로는 틀림없이 알고 있을 것이다. 네 경우는 다르지. 너와 같은 부류의 사람은 '그리스도'라는 말만 들어도 전염병을 대하듯 멀리하든가, 아니면 자진해서 그리스도교도가 되어버리든가, 둘 중에 하나를 분명하게 선택한다. 내가 지금 하품을 하고 있지만, 어쨌든 그들의 가르침이 옳다는 것만큼은 인정한단다. 아닌 게 아니라 우리는 다들 미쳤고, 끝없는 나락을 향해 추락하고 있다. 알 수 없는 무엇이 앞길에 도사리고 있고, 발밑에서는 무엇인가가 부서지고 있으며, 주위에서는 끊임없이 무엇인가가 멸망하고 있다. 사실이다! 하지만 우리는 언젠가는 죽게 마련이므로 그때까지는 삶을 즐겨야 한다. 삶의 무거운 짐을 일부러 떠안거나, 아니면 아직 죽음이 찾아오지도 않았는데 먼저 죽음을 대비하는 그런 삶은 딱 질색이다. 삶은 어디까지나 삶 그 자체를 위해 있는 것이지 죽음을 위해 있는 것은 아니니까 말이다."

"아무튼 저는 삼촌이 걱정스럽습니다."

"내 염려는 하지 않아도 된다. 나 자신도 나를 불쌍하게 여기고 있으니까. 예전엔 너도 우리와 함께 즐겁고 유쾌하게 살았다. 아르메니아에서 싸울 때만 해도 너는 로마를 사랑하고 동경하지 않았느냐?"

"저는 지금도 로마를 사랑하고 동경하고 있습니다."

"그래, 그럴 테지. 티베리스 강 건너편에는 베스타의 여제사와 같은 네가 사랑하는 그리스도교 처녀가 있으니까. 나는 그 사실을 별로 이상하게 생각지도 않고, 또 그 때문에 너를 탓할 생각도 없다. 그러나 이해가 가지 않는 것은 네 스스로가 '행복의 바다'라고 말한 신앙을 가지고 있으면서, 또 머지않아 너의 사랑이 결실을 맺는다면서 네 얼굴이 여전히 슬퍼 보인다는 점이다. 폼포니아 그레키나는 언제 보아도 우울해 보이고, 너 또한 그리스도교 신자가 된 다음부터는 좀처럼 웃는 얼굴을 볼 수 없게 되었으니 내가 어떻게 그 종교가 기쁨이라는 네 말을 받아들일 수 있겠느냐. 로마에 갔다 온 뒤로 너는 전보다 더 슬퍼 보이는구나. 만일 그리스도교인들의 사랑이 그런 것이라면 바쿠스의 빛나는 고수머리에 대고 맹세하는데, 나는 절대로 그런 종교는 갖지 않겠다."

"그것은 다른 문제입니다." 비니키우스가 설명했다. "바쿠스의 고수머리가 아니라, 제 선친의 영혼을 두고 감히 말씀드립니다만, 제가 지금 느끼고 있는 이런 뿌듯한 행복은 전에는 결코 맛보지 못한 것입니다. 하지만 행복을 실감할수록 끝없는 동경과 목마름을 느끼게 됩니다. 더욱 불가사의한 것은, 이렇게 리기아를 떠나 있으면, 웬일인지 그녀에게 위험이 다가오지나 않을까 하는 생각에 자꾸만 불안해진다는 사실입니다. 그 위험이 무엇인지, 어디서 오는 것인지는 잘 모르겠으나, 어쨌든 폭풍이 불어 닥치기 전에 미리 감지할 수 있는 것처럼, 제 육감으로 그 위험이 분명히 느껴집니다."

"이틀 안에 안티움을 떠나 마음대로 휴가를 즐겨도 좋다는 허락을 받게 해주마. 포페아도 요새는 잠잠하니 내 생각엔 너나 리기아에게 해로운 짓은 하지 않을 게다."

"오늘도 포페아는 제게 로마에서 뭘 했느냐고 물었습니다. 로마에 다녀온 일은 아무에게도 알리지 않았는데……."

"아마 부하들에게 명령해서 은밀히 네 뒤를 밟게 했을 것이다. 하지만 요즈음에는 포페아도 감히 내 뜻을 가볍게 여길 수는 없게 되었지."

비니키우스는 잠시 멈추어 서서 말했다.

"바오로 사도의 말씀으로는, 하느님께서 가끔씩 미리 경고하시는 일은 있지만, 그래도 운수나 미신 따위에 의존해서는 안 된다고 하셨습니다. 그래서 저도 그 예감에 신경 쓰지 않으려고 합니다만, 어쩐지 떨쳐버릴 수가 없습니다. 제 마음의 무거운 짐을 덜기 위해 제게 일어난 일을 아저씨께 그대로 말씀드리겠습니다. 오늘처럼 맑게 갠 조용한 밤이었습니다. 저는 리기아와 나란히 정원에 앉아 앞으로의 삶을 의논하고 있었습니다. 그때 저는 매우 행복했고, 제 마음은 한없이 평화로웠습니다. 그런데 갑자기 사자가 포효하기 시작했습니다. 로마에서는 별로 새삼스러운 일이 아닌데도, 웬일인지 그때부터 제 마음이 안정을 잃었습니다. 그 울부짖음 속에 어떤 위험이 도사리고 있고, 그 소리가 불행의 전조인 것 같았습니다. 아시다시피, 저는 그렇게 쉽게 무서움을 느끼는 사람이 아닙니다만, 그때는 뭐라고 말할 수 없는 커다란 공포가 밤의 어둠 속에 숨어 있는 것만 같았습니다. 너무나 뜻밖이고, 괴이한 일이었기에 아직까지 그 사자들의 울부짖음이 제 귓가에 생생하게 들리고, 끊임없이 제 마음을 뒤흔들고 있습니다. 마치 리기아가 무서운 일을 당하여…… 아니 그 사자들에게 쫓겨 제게 살려달라고 애원하는 것 같은 생각이 들기도 합니다. 저는 괴롭습니다……. 페트로니우스 삼촌, 제가 하루빨리 로마로 돌아갈 수 있게 황제의 허락을 받아주십시오. 그렇지 않으면 황제의 허락 없이 그냥 이곳을 떠나겠습니다. 다시 한 번 말씀드리지만, 저는 더 이상 이곳에 가만히 있을 수가 없습니다. 도저히 견딜 수 없습니다!"

비니키우스의 말을 듣고 페트로니우스는 한바탕 크게 웃음을 터뜨렸다.

"아직은 집정관의 아들이나 그의 아내를 투기장에서 사자의 밥으로 만들 만큼 그런 무모한 짓들은 하지 않을 게다. 물론 너희들도 어떤 식으로든지 죽음을 당할는지도 모르지만, 적어도 그런 무자비한 방법으로 사형에 처해지지는 않을 것이다. 게다가 그것이 사자의 울음소리라고 어떻게 확신할 수 있니? 게르마니아의 들소가 우는 소리는 사자의 울음소리와 비슷하지 않니. 나는 예언이라든가 운명 따위는 믿지 않는다. 어젯밤 날씨는 온화한데, 수많은 유성들이 사방에 비처럼 쏟아지는 것을 보았다. 사람들은 별똥별을 보면 대체로 불길한 징조로 여기지만, 나는 마음속으로 이렇게 생각했지. 저 속에 내 별도 섞여 있다면, 적어도 내게는 친구가 많은 셈이로구나!"

페트로니우스는 잠시 말을 중단하고 생각에 잠겼다가 다시 말을 이었다.

"어쨌든 너희들이 믿는 그리스도가 죽음에서 부활했다면, 그리스도는 너희들을 죽음에서 지켜줄 것이 아니냐?"

"틀림없이 그럴 겁니다."

이렇게 대답하며 비니키우스는 별이 총총한 밤하늘을 올려다보았다.

제41장

네로는 키프루스 여신[1]에게 바치는 찬가를 직접 반주하며 노래했다. 가사도 곡도 모두 그가 손수 지었다. 이날은 웬일인지 목소리가 맑게 나와서 자기의 연주가 듣는 사람들을 감동시키고 있다는 것을 스스로도 실감하는 듯했다. 그런 자신감이 그의 목을 통해 울려 퍼지는 선율 하나하나에 큰 힘을 실어주었다. 네로는 자신의 노랫소리에 흠뻑 도취되어 연주의 절정에 이르자 감격에 겨워 얼굴이 새하얘졌다. 그가 청중의 찬사를 묵살한 것은 난생 처음이었다. 그는 잠시 두 손을 키타라 위에 올려놓고 머리를 숙인 채 말없이 앉아 있다가, 벌떡 일어서며 말했다.

"짐은 피곤하다. 신선한 공기를 마셔야겠다. 그동안 키타라를 조율해 다오."

---

1) 비너스 여신.

네로는 목에 비단 목도리를 둘렀다.

"그대들은 짐과 함께 가자."

아트리움 한구석에 앉아 있는 페트로니우스와 비니키우스에게 네로가 말했다.

"비니키우스, 나를 좀 부축해 다오. 짐은 기진맥진했어. 페트로니우스와는 음악에 관해 얘기하고 싶다."

세 사람은 눈같이 흰 석고를 깔고 그 위에 샤프란 꽃잎을 뿌려놓은 발코니로 나갔다.

"여기서는 숨쉬기가 한결 낫구나." 네로가 말했다. "짐은 지금 만족스럽지만, 한편으로는 우울하기도 하다. 조금 전에 그대들에게 들려준 노래 같으면, 큰 무대에서 연주를 한다 해도 지금까지 어떤 로마인도 거두지 못한 성공을 거둘 수 있으리라 믿지만…… 그래도……."

"폐하께서는 로마에서도 아카이아에서도 얼마든지 훌륭하게 공연하실 수 있습니다. 폐하, 저는 진심으로 마음 깊이 탄복하고 있나이다."

페트로니우스가 대답했다.

"그래, 짐도 익히 알고 있다. 그대는 너무 게을러서 아첨도 못하는 위인이다. 그리고 툴리우스 세네키오처럼 거짓이 없는 사람이다. 그러나 세네키오보다는 그대가 음악에 조예가 깊다. 내 작품에 대한 그대의 허심탄회한 의견을 듣고 싶다."

"폐하께서 읊으시는 시나, 경기장에서 전차 모는 모습, 그리고 폐하의 명으로 만들어진 아름다운 조각상이나 웅장한 신전들, 또 훌륭한 회화들을 감상하노라면 어느 틈에 그 아름다움을 속속들이 이해하게 되고, 또 저절로 찬미하게 됩니다. 그러나 음악, 특히 폐하의 노래를 경청하고 있노라면 제 앞에 새로운 환희와 아름다움이 열리는 것을 느낍니다. 저는 그것을 따라가 잡고 싶습니다. 그러나 제가 그것을 미처 포착하기도 전에 또다시 새로운 환희와 아름다움이 연달아 밀어닥칩니다. 그것은 마치 먼 곳에서 밀려오는 대양의 파도와 같습니다. 그래서 폐하, 저는 음악이란 바다와 같은 것이라고 생각합니다. 저희들이 아무리 한쪽 끝에 서서 멀리 보려 해도 대양은 그 끝을 볼 수가 없는 것입니다."

"아아, 그대의 심미안은 참으로 예리하구나!" 네로가 말했다.

한동안 네로는 말없이 발코니를 왔다 갔다 했다. 그의 발에 샤프란 꽃잎이 밟히는 소리 외에는 주위가 쥐 죽은 듯 고요했다.

"그대는 짐의 의중을 적절하게 표현해 주었다." 네로는 마침내 말문을 열었다. "늘 하는 말이지만 로마에서 짐을 진정으로 이해하는 사람은 그대밖에 없다. 그래, 짐도 음악에 대해서 그대와 같은 의견을 가지고 있다. 악기를 연주하고 노래를 부를 때면, 짐의 제국은 물론, 세계 어느 곳에서도 볼 수 없는 새로운 무엇인가가 눈앞에 펼쳐지곤 한다. 짐은 황제다. 온 세계가 짐의 수중에 있고, 무엇이든지 할 수 있다. 그러나 음악은 짐이 지금까지 알지 못했던 새로운 왕국, 새로운 산과 바다, 새로운 환희를 발견하게 해준다. 짐은 그것이 무엇이라고 정확히 표현할 수가 없다……. 그저 느낄 뿐이다. 연주에 몰두할 때면 신을 느끼고, 눈앞에 올림푸스가 펼쳐진다. 이 세상의 것이 아닌 듯한 신선한 바람이 불어오고, 형언할 수 없을 만큼 위대하고 심오하며, 또한 아침 햇살처럼 찬란한 무엇인가가 마치 안개를 뚫고 스며나오듯 눈앞에 펼쳐지는 것이다. 우주 전체가 짐의 둘레에서 빙글빙글 돌며 음악을 연주하는 것만 같다. 짐은 그대들에게 솔직하게 말하고자 한다."

이 대목에서 네로의 목소리는 감동으로 떨렸다.

"신이면서 동시에 황제인 짐도 그 위대한 영감의 순간에는 나 자신이 한낱 먼지처럼 하찮게 여겨진다. 이 사실을 믿을 수 있겠는가?"

"믿고말고요. 위대한 예술가만이 예술에 견주어 자기를 하찮게 느낄 수 있는 법입니다."

"오늘 밤에는 흉금을 터놓고 이야기하자꾸나. 절친한 친구를 대하듯이 짐의 마음을 열어 보이겠다. 그대는 짐이 눈뜬장님이나 이성을 잃은 사람이라고 생각하느냐? 로마의 거리마다 벽에 짐에 대한 욕설이 써 있는 것을 알고 있다. 그들은 이구동성으로 짐을, 어미를 죽이고 아내를 살해한 자라며 비난하고 있다. 게다가 티겔리누스가 짐의 명령을 받아 나의 적에 대해 사형을 몇 번 집행한 것을 가지고, 그들은 짐을 악한이나 폭군으로 부른다고 한다……. 짐은 그런 사실들을 모두 알고 있다! 친애하는 그대여, 그들이 나를 괴물로 생각하고 있단 말이다……! 그들이 짐을 잔인한 사람이라고 하니까, 때로는 정말 짐이 잔인한 게 아닐까 하고 자문하기도 한다. 어떤 인간의 행위가 때때로 잔혹하게 보인다 해도 그 인간 자체는 그렇지 않을 수도 있다는 것을 그들은 이해하지 못하고 있지. 아아, 그 누구도, 어쩌면 그대조차도 이 말을 믿어주지 않을지 모르지만, 음악이 짐의 영혼을 어루만져 줄 때, 짐은 가끔 요람 속의 어린아이처럼 순수해질 때가 있다. 하늘에서 빛나는 저 별들의 이름으로, 짐의 이 말이 진실이라는 것을 맹세한다. 사람들은 짐의 내면에 얼마나 많은 선(善)이 담겨 있는지 모르고 있다. 음악이 마음의 문을 열 때, 그 속에서 숭고한 보배가 무궁무진하게 쏟아져 나온다는 사실을 모르고 있단 말이다."

지금 이 순간 네로가 진심으로 속마음을 털어놓고 있다는 것을 페트로니우스는 조금도 의심하지 않았다. 이기심과 횡포, 그리고 겹겹이 쌓여 있는 죄악 속에 깊숙이 묻혀 있는 순수한 영혼이 음악을 통해서 밝은 빛으로 나올 수 있다는 것도 의심하지 않았다.

"다른 사람들도 저처럼 가까운 곳에서 폐하를 이해할 수 있는 기회를 가질 필요가 있습니다. 온 로마 사람들은 안타깝게도 폐하의 진면목을 모르고 있습니다."

페트로니우스가 말했다.

황제는 더 이상 부당한 평판을 견딜 수 없다는 듯 비니키우스의 팔에다 더욱 세게 몸을 기대며 대답했다.

"티겔리누스의 말을 들으면, 원로원에서는 디오도르와 테르프노스의 키타라 연주 솜씨가 짐보다 낫다고 쑥덕거린다고 한다. 그놈들은 사사건건 짐을 깎아내리려고 하니까. 그러나 그대는 언제나 바른 말을 하는 사람이니 묻겠노라. 그들의 솜씨가 짐보다 나은가, 그렇지 않으면 짐과 같은 수준인가? 사실대로 이야기해 다오."

"말씀드릴 필요조차 없습니다. 폐하의 연주는 부드러우면서도 힘이 넘칩니다. 폐하께서 예술가라면 그자들은 단지 손재주가 뛰어난 장인에 불과합니다. 한번 그들의 연주를 귀담아들어보시면 폐하의 솜씨가 그들보다 얼마나 탁월한지 아시게 될 겁니다."

"그렇다면 그놈들을 살려두겠다. 그놈들은 방금 자네에게 생명의 빚을 졌다는 것을 모르겠지. 게다가 그놈들을 사형시켜 버리면 대신 딴 놈들을 또 고용해야 하니까 번거롭기도 하고."

"뿐만 아니라 세상 사람들은 폐하께서 자신의 음악을 너무 사랑하시는 나머지 로마 제국 내에서 가인(歌人)들을 박해하신다고 떠들어댈 것입니다. 부디 예술을 위해서 예술을 박해하는 처사는 삼가해 주시옵소서."

"그대는 티겔리누스와는 정말 다르구나." 네로가 말했다. "그러나 그대도 알고 있듯이, 짐은 다방면에서 뛰어난 예술가이다. 그러나 그중에서도 음악은 아직까지 짐의 생각이 미치지 못했던 새로운 영역, 짐의 지배 밖에 있는 미지의 나라, 짐이 모르던 새로운 희열과 행복의 세상을 짐에게 열어준다. 그렇기 때문에 짐은 평범한 인간으로 살아갈 수가 없는 것이다. 때로 음악은 세속적 한계를 초월한 고차원적인 가치가 존재함을 일깨워 준다. 짐은 신이 짐에게 베풀어준 모든 능력을 발휘하여 그것을 탐구하고자 한다. 올림피아의 세계에 도달하려면 지금까지 아무도 하지 못한 무엇인가를 감행해야 할 것이다……. 선이든, 악이든 인간의 한계를 넘어서지 않으면 안된다고 생각한다. 사람들이 짐을 가리켜 미쳤다고 떠들어대는 것도 잘 안다. 그러나 짐은 결코 미친 것이 아니다. 단지 뭔가를 정신없이 찾아 헤매고 있을 뿐이다. 가끔씩 광인처럼 돌변하는 것은, 찾아도 찾아도 발견할 수 없는 그 무엇 때문에 도저히 견딜 수 없어 몸부림칠 때이다. 그대는 알겠는가? 짐은 인간 이상의 위대한 존재가 되고 싶다. 그래야만 짐은 비로소 예술가로서 최고의 경지에 이를 수 있는 것이다."

네로는 비니키우스에게는 들리지 않게 목소리를 낮추어 페트로니우스의 귀에 대고 속삭이기 시작했다.

"그대는 알고 있겠지? 짐이 어머니와 아내를 죽이라고 명령한 것도 그 때문이란 사실을……. 짐은 '미지의 세계'를 여는 문에다 인간이 바칠 수 있는 최상의 제물을 바치고 싶었던 것이다. 그래야 그 문이 열려 그 안에 있는 신비로운 가치를 볼 수 있으리라고 생각한 것이다. 만약 그것이 정말 비범하고 위대한 것이라면, 비록 인간의 이해를 벗어난, 놀랍고 무서운 희생을 초래한다 해도 개의치 않으려 했던 것이다. 그러나 그것만으로는 부족했다. 엠피리우스[2]의 문을 열려면 상상을 초월할 만한 희생이 필요하다. 어쨌든 운명이 바라는 대로 맡겨 둘 수밖에 없도다."

"그럼 폐하께서는 어떻게 하실 생각입니까?"

"곧 보여주겠다. 그것도 그대가 예상하는 것보다 훨씬 빨리. 아무튼 네로가 두 사람이라고 생각하면 된다. 하나는 모두가 알고 있는 바로 그 네로이고, 또 한 사람은 그대만이 알고 있는 예술가로서의 네로이다. 만일 후자인 네로가 죽음의 신처럼 살육을 저지르고, 바쿠스처럼 미쳐 날뛴다 해도, 그것은 지루하고 천박한 일상의 삶이 너무 지겨워서 그런다는 것을 알아야 한다……. 그런 천박하고 권태로운 세상은 쇠망치와 불을 동원해서라도 말끔히 없애버려야 한다……! 이 세상 그 누구도, 아마 그대까지도, 짐이 이렇게까지 위대한 예술가라는 사실은 모르고 있을 것이다. 짐이 고민하고 괴로워하는 것은 바로 그 때문이다. 솔직히 말하자면 짐의 영혼은 저 맞은편에 시커멓게 우거진 사이프러스 나무숲처럼 침울할 때가 있다. 황제라는 지상 최대의 권력과 예술가로서 최고의 재능

---

2) 아주 높은 하늘.

을 동시에 짊어진다는 것은 한낱 인간으로서 감당하기 힘든 일이다."

"폐하, 진심으로 공감하는 바입니다. 폐하를 신처럼 섬기고 있는 이 비니키우스는 말할 것도 없고, 바다도, 육지도 모두 저와 같이 느낄 것입니다."

"비니키우스는 전부터 내 마음에 들었다. 다만 그가 섬기는 건 군신(軍神) 마르스이지 뮤즈[3]는 아닌 것 같다만……."

"지금 비니키우스는 모든 것을 제쳐놓고 아프로디테를 섬기고 있는 중입니다."

그 순간 페트로니우스는 조카의 문제를 한번에 해결하는 동시에, 그를 위태롭게 할 염려가 있는 모든 위험 요소를 깨끗이 제거하기로 작정했다.

"트로일루스가 크리세이스와 사랑에 빠진 것처럼[4] 이 애는 지금 사랑에 눈이 멀었습니다. 아아, 폐하! 비니키우스가 로마에 돌아갈 수 있게 허락해 주십시오. 그렇지 않으면 그리움에 기력을 잃고 말 것입니다. 기억하실지 모르겠지만, 전에 폐하께서 그에게 주신 리기 족 인질을 다시 찾은 것입니다. 안티움으로 올 때 비니키우스는 그 여자를 리누스라는 사람의 집에다 맡기고 왔답니다. 그때 말씀을 드리지 않은 것은 폐하께서 「비너스 찬가」를 짓고 계셨기 때문입니다. 폐하의 시작(詩作)이야말로 무엇보다 중대한 일이니까요. 비니키우스는 처음에는 그 여자를 정부로 삼을 작정이었으나, 루크레티아[5]처

---

3) 시와 음악, 무용을 관장하는 아홉 여신.

4) 크리세이스는 트로이의 왕자 트로일루스의 애인.

5) 정숙하고 어진 여자로 실존 인물.

럼 정숙한 여인이라는 것을 알았기에, 그 덕을 높이 사서, 지금은 정식으로 결혼하겠다고 합니다. 그 여자는 원래 왕의 딸이므로, 비니키우스의 품위를 손상시키지는 않을 것입니다. 그러나 그는 고지식한 군인이기에 밤낮을 한숨으로 보내며 안절부절못하면서 최고 사령관이신 폐하의 허가만 애타게 기다리고 있는 중입니다."

"최고 사령관은 부하가 아내를 얻는 일까지 일일이 참견하지는 않는다. 그런데 왜 구태여 짐의 허락을 얻고자 하는가?"

"폐하! 방금 말씀드린 바와 같이 비니키우스는 폐하를 신처럼 섬기고 있나이다."

"그렇다면 허락을 받은 것이나 다름없다. 그 처녀는 꽤 미인이긴 하지만, 엉덩이가 너무 작더구나. 황후는 팔라티움 궁정원에서 그 처녀가 우리 공주에게 마술을 걸었다고 원망이 이만저만이 아니던데……."

"그때 제가 '신은 사악한 저주에 걸리는 법이 없다.'고 티겔리누스에게 말했습니다. 그 말에 티겔리누스는 몹시 당황했었고, 폐하께서는 '하베트(Habet)!'[6]라고 말씀하셨습니다."

"그래, 기억이 나는구나."

네로는 이렇게 말하며 비니키우스 쪽을 돌아보았다.

"그대는 페트로니우스의 말대로 그 처녀를 사랑하고 있는가?"

"사랑하고 있습니다, 폐하!" 비니키우스가 대답했다.

"그럼, 그대에게 명하노라. 내일 당장 로마로 돌아가서 그 처녀와 결혼식을 올리도록 하라. 단, 짐 앞에 다시 나타날 때

---

6) '옳다!' 라는 뜻.

는 반드시 결혼반지를 끼고 돌아와야 한다."

"폐하, 진심으로 감사드립니다."

"아, 누군가를 행복하게 해주는 것은 정말 기분 좋은 일이구나. 평생을 이런 일만 하면서 살아갈 수 있다면 얼마나 좋겠느냐?"

"한 가지만 더 은혜를 베풀어주십시오." 페트로니우스가 덧붙였다. "폐하의 뜻을 황후 마마의 어전에서 분명히 밝혀주십시오. 비니키우스는 감히 황후께서 싫어하시는 여자와 결혼할 생각은 절대 하지 않을 것입니다. 그러나 폐하께서 단 한마디, 즉 이 결혼이 폐하의 뜻에 따라 성립된 것이라고 말씀해주시면, 황후 마마께서도 생각을 달리 하실 것입니다."

"그렇게 하마." 황제가 말했다. "짐이 그대와 비니키우스의 청을 거절할 수는 없지."

황제는 별채를 향해 걷기 시작했다. 두 사람이 그 뒤를 따랐다. 일이 잘 풀렸다는 생각에 두 사람은 무척 기분이 좋았다. 비니키우스는 페트로니우스의 목을 끌어안고 감사의 뜻을 표시하고 싶은 것을 억지로 참았다. 이제는 모든 위험과 난관이 다 사라진 듯싶었다.

별채의 아트리움에서는 소(小) 네르바와 툴리우스 세네키오가 황후와 이야기를 하고 있었으며, 테르프노스와 디오도르는 키타라를 조율하고 있었다. 네로는 아트리움에 들어서자 귀갑(龜甲)으로 장식한 호화로운 의자에 앉아 시종인 그리스 소년에게 귓속말을 해서 내보낸 뒤, 그가 돌아오기를 기다리고 있었다.

이윽고 소년이 조그만 황금 상자를 들고 돌아왔다. 네로는 그것을 열어 커다란 오팔이 주렁주렁 달린 목걸이를 꺼내 보이며 입을 열었다.

"오늘 같은 밤에 어울리는 보석이다!"

"마치 샛별처럼 찬란하게 빛나는군요!"

황제가 그 목걸이를 자기에게 주려는 것으로 착각하고 포페아가 이렇게 말했다.

황제는 그 장밋빛 목걸이를 들어 잠시 동안 들여다보더니 말했다.

"비니키우스, 이 목걸이를 그 리기 족의 왕녀에게 짐의 선물로 주고, 그 처녀와 결혼할 것을 그대에게 명하노라."

포페아는 갑작스러운 어명에 놀라움과 노여움으로 눈을 부릅뜨고 황제로부터 비니키우스에게로 시선을 옮겼다가, 페트로니우스를 지그시 노려보았다. 그러나 페트로니우스는 태연하게 안락의자에 몸을 파묻고는, 마치 그 형태를 상세하게 기억해 두려는 듯이 한 손으로 하프의 잘록한 부분을 쓰다듬고 있었다. 그동안 비니키우스는 황제에게 깊숙이 머리 숙여 감사의 뜻을 표하고, 페트로니우스의 곁으로 다가와 말했다.

"삼촌께서 오늘 저를 위해 베풀어주신 은혜에 어떻게 보답해야 할지 모르겠습니다."

"에우테르페[7]에게 한 쌍의 백조를 바쳐라. 황제의 노래를 찬양하고, 아까 걱정했던 불길한 조짐 따위는 깨끗이 잊어버려라. 앞으로는 사자의 울음소리가 리기 족의 백합과 너의 잠을 방해하지 않기를 빌겠다."

페트로니우스가 대답했다.

"네, 이제 마음이 놓이는군요."

---

7) 아홉 명의 뮤즈 가운데 음악과 서정시의 여신.

"운명의 여신이 너희 두 사람에게 축복을 내려주시길 빌겠다. 그러나 아직은 조심해야 한다……. 황제가 지금 막 하프를 들려고 한다. 숨죽이고 열심히 듣다가 적절한 순간에 눈물을 흘려라."

과연 황제는 하프를 손에 들고, 눈을 치켜떴다. 순간 모든 대화가 중단되고, 다들 화석으로 변한 듯 꼼짝 않고 황제를 바라보았다. 다만 테르프노스와 디오도르만이 황제의 노래에 반주하기 위해, 서로 눈짓을 하고 고개를 갸우뚱거리면서 황제의 입술에서 노래가 시작되기를 기다리고 있었다.

바로 그때였다. 갑자기 현관 쪽에서 인기척과 함께 수선거리는 소리가 나더니, 휘장 뒤에서 황제의 해방노예 파온과 집정관 레카니우스가 황급히 나타났다. 네로는 눈살을 찌푸렸다.

"용서하십시오, 폐하!" 파온이 숨을 헐떡이며 말했다.

"로마에 불이 났습니다. 시가지 대부분이 화염에 싸여 있습니다!"

이 보고를 듣고 사람들은 모두 벌떡 일어섰다. 네로는 하프를 내려놓고 소리쳤다.

"아아, 신이시이여! 드디어 짐도 불꽃으로 뒤덮인 대도시를 직접 보며 위대한 「트로이의 멸망」을 완성할 수 있게 되었습니다!"

황제는 집정관을 향해 물었다.

"지금 곧바로 떠나면 불구경을 할 수 있겠는가?"

"폐하!" 사색이 된 집정관이 대답했다.

"온 도시가 불바다입니다. 시민들은 연기 때문에 모두 질식 상태에 있습니다. 정신을 잃은 사람도 있고, 미쳐서 불 속으로 뛰어 들어가는 사람도 있습니다……. 로마는 지금 멸망해

가고 있습니다, 폐하!"

황제를 제외한 모든 사람들은 아연실색해서 아무 말도 하지 못했다. 침묵을 깨뜨린 것은 비니키우스였다.

"바에 미세로 미히(Vae misero mihi)!"[8]

젊은이는 토가를 벗어 던지고, 튜닉 바람으로 별채에서 뛰쳐나갔다.

네로가 하늘을 향해 두 팔을 높이 들어올리며 외쳤다.

"재앙이 가득하기를, 프리아무스의 성스러운 도시여!"

8) '이 무슨 기구한 운명이란 말인가!' 라는 뜻.

제42장

비니키우스는 두세 명의 노예들에게 따라오라고 명령하고 곧 말에 올라탔다. 그는 어둠에 싸여 을씨년스러운 안티움의 밤거리를 지나 라우렌툼으로 가는 컴컴한 도로를 전속력으로 달렸다. 청천벽력과도 같은 끔찍한 소식에 그는 거의 미친 사람처럼 정신을 가누지 못했다. 머릿속이 몽롱해져서 지금 대체 무슨 일이 일어나고 있는지 갈피를 잡을 수가 없었다. 다만 '불행'이 등 뒤에 붙어 앉아 그의 귀에 대고 "로마는 불타고 있다!"고 소리 지르면서, 자기와 말을 채찍질하여 미친 듯이 불 속으로 치닫게 하고 있다는 생각만이 머릿속에 맴돌고 있었다. 비니키우스는 투구도 쓰지 않고 튜닉 바람으로 말을 몰았다. 머리는 말의 목에 찰싹 갖다 붙이고 앞도 보지 않은 채, 가는 길에 일어날 수도 있는 위험이나 장애물은 아랑곳하지 않고, 무작정 달렸다. 적막을 가르며 말발굽 소리가 울려 퍼지는 가운데 밤하늘에는 별이 영롱하게 반짝이고 있었다.

말도, 기수(騎手)도 달빛을 받아 마치 꿈속의 한 장면처럼 보였다. 이두메아 산 종마는 귀를 늘어뜨리고 목을 앞으로 길게 뽑은 채, 사이프러스 나무와 그 사이사이에 띄엄띄엄 흩어져 있는 하얀 별장들을 뒤로 하며 쏜살같이 질주했다. 돌바닥에 부딪치는 말발굽 소리에 놀란 개들이 잠을 깨어 도처에서 짖어대기 시작했다. 비니키우스와 그의 말은 속도가 매우 빨라 순식간에 사라져갔지만, 그가 지나간 뒤에도 개들은 여전히 머리를 쳐들고 달을 향해 짖어댔다.

비니키우스의 말보다 느린 말을 타고 뒤따라오던 노예들은 차츰 뒤쳐지기 시작했다. 비니키우스는 잠든 듯 고요한 라우렌툼을 폭풍처럼 지나 아르데아 쪽으로 말 머리를 돌렸다. 그곳과 아리키아, 보빌레와 우스트리눔에는 안티움에 온 이래 로마 왕래를 신속하게 하기 위해 바꿔 탈 수 있는 말을 준비해 둔 곳이다. 비니키우스는 말이 기진맥진할 때까지 계속해서 달렸다. 아르데아를 지나자 멀리 북동쪽 하늘에 장밋빛 광채가 보였다. 밤이 이슥했고 게다가 7월의 밤은 유난히 짧았으므로 벌써 동이 터오는 것으로 착각했다. 그러나 불현듯 그 장밋빛이 화염에 불타고 있는 로마로부터 나오는 불빛인지도 모른다는 불안한 마음이 들자, 비니키우스는 터져 나오는 분노와 절망의 절규를 억누를 수가 없었다.

"로마는 온통 불바다입니다!"라고 외치던 레카니우스의 말이 아직도 귓가에 생생했다. 리기아를 구출하기는커녕, 온 도시가 잿더미로 변하기 전에 도착하는 것조차 불가능하리라고 생각하니 눈이 뒤집히고, 미칠 것만 같았다. 비니키우스의 초조한 마음은 어느새 질주하는 말보다 빠르게, 마치 불길한 검은 새 떼처럼 그 자신보다 훨씬 앞서 날아가고 있었다. 그는 로마의 어느 지역에서 불이 시작되었는지 전혀 알지 못했다. 그러나 티베리스 강 건너편에는 집들이 밀집되어 있고, 목재 창고나 노예시장이 서는 판잣집들이 촘촘히 들어서 있으므로 쉽게 불길이 번질 가능성이 많았다.

로마에서는 화재가 자주 발생하는 편이었다. 그리고 그때마다 빈민이나 야만스러운 민중이 살고 있는 지역에서는 폭동과 약탈이 어김없이 행해졌다. 그런 판국이니 세계 각지에서 모여든 부랑자들이 사는 티베리스 강 건너편에서는 어떤 불상사가 일어날지 알 수 없었다. 순간 비니키우스는 우르수스와 그의 초인적인 힘을 떠올렸다. 하지만 설령 그가 타이탄[1]이라 해도 혼자 힘으로 어떻게 그 무서운 화마와 싸울 수 있단 말인가! 노예들의 반란은 이미 오래전부터 로마 사람들을 괴롭혀온 악몽이었다. 소문에 의하면, 수십만 명에 이르는 노예들이 스파르타쿠스[2] 시대를 꿈꾸면서, 압제자와 로마에 대항하여 무기를 들고 일어설 기회를 호시탐탐 노리고 있다고 했다. 그런데 지금이야말로 절호의 기회가 아니겠는가! 지금 로마에서는 화재뿐만 아니라 대대적인 투쟁과 살육이 벌어지고 있을지도 모른다. 어쩌면 황제의 명을 받고 근위대가 출동하여 닥치는 대로 학살을 자행하고 있을지도 모르는 것이다. 이런 생각을 하자 비니키우스는 공포에 질려 머리카락이 곤두섰다.

비니키우스는 얼마 전부터 황제의 궁전에서 이상할 정도로 끈질기게 되풀이되던 도시의 화재에 관한 이야기를 상기했다. 정말 큰 화재를 목격한 경험이 없는데 어떻게 대도시가 불타

1) 그리스 신화 속의 초인적인 거인들.

2) 고대 로마의 노예 검투사. BC 73년 노예해방전쟁을 일으켰으나 실패했음.

는 광경을 생생하게 묘사할 수 있겠느냐고 불만을 터뜨리던 황제, 티겔리누스가 목조 가옥을 급조해서 태우든지 안티움 시가지에 불을 질러 보이겠다고 제안했을 때 황제가 모욕적으로 무안을 준 사건, 마지막으로 황제가 로마와 수부라의 더러운 골목길을 저주하던 모습이 떠올랐다. 그렇다! 황제가 로마를 불태우라고 명령한 것이다! 황제가 아니면 그런 명령을 내릴 수도 없고, 티겔리누스가 아니면 그런 명령을 실행할 자도 없다. 만일 황제의 명으로 로마에 불을 지른 것이라면, 역시 황제의 명령으로 시민들이 학살당할지도 모른다. 그렇지 않으리라고 그 누가 장담할 수 있으랴! 저 괴물은 그런 짓을 저지르고도 남을 인물이다. 아아, 이 얼마나 무서운 재앙인가! 대화재와 노예들의 반란, 살육! 그로 인해 시민들은 격분할 테고, 어쩌면 폭동이 일어날지도 모른다. 바로 그 혼란의 도가니 속에 리기아가 있다. 비니키우스의 탄식과 신음 소리는 폭풍처럼 콧김을 내뿜으며 헐떡이는 말의 가쁜 숨소리에 뒤섞였다. 말도 사람도 모두 아르데아에서 아리키아까지 숨이 턱에 차도록 쉬지 않고 달려왔기에 지칠 대로 지쳐 있었다. 화염에 휩싸인 저 도시에서 대체 누가 리기아를 구출할 수 있단 말인가? 비니키우스는 달리는 말 등에 엎드려 갈기를 움켜쥐고, 괴로운 마음을 참을 길 없어 말의 목을 물어뜯으려 했다. 그때 반대편에서 안티움을 향해 말을 타고 바람처럼 달려오는 사람이 있었다. 그는 "로마는 멸망하고 있소!"라고 소리를 지르며 비니키우스의 옆을 스쳐 순식간에 멀리 사라졌다. 순간 비니키우스의 귀에 "신들이여……."라는 외침이 들려왔으나, 다음 말들은 말발굽 소리에 묻혀 들리지 않았다. 비니키우스는 그 낯선 사내가 던진 '신'이라는 말에 갑자기 정신이 번쩍

들었다. 그는 고개를 든 채 별이 총총한 하늘을 향해 두 팔을 벌리고 기도하기 시작했다.

"저는 불타고 있는 신전에 있는 신들이 아니라 유일한 신이신 그리스도 당신께 기도합니다……. 당신은 몸소 고통을 당하셨습니다. 당신은 인간의 고통을 이해하시는 자비로운 분이십니다. 인간에게 자비를 가르치기 위해 이 세상에 오셨으니, 부디 자비를 베풀어주소서. 당신이 정말 베드로 님이나 바오로 님의 말씀과 같은 그런 분이시라면, 리기아를 구해 주실 것이라고 믿습니다. 당신의 손길로 리기아를 안고, 불 속에서 꺼내 주십시오. 당신만이 그 일을 하실 수 있습니다. 그녀를 제게 돌려주시면 저는 당신께 제 피를 바치겠습니다. 만일 저를 위해서 그렇게 해주실 수 없다면 그녀를 위해서 그렇게 해주십시오. 그녀는 그리스도 당신을 사랑하며, 당신을 믿고 있습니다. 당신은 사후의 영원한 삶과 행복을 약속하십니다만, 그녀는 아직 죽을 나이가 아닙니다. 그녀를 살려주십시오. 당신께서 친히 두 팔로 리기아를 안고 로마에서 구해 주십시오. 당신께서는 하려고만 하시면 능히 하실 수 있는 분이오니……."

비니키우스는 여기서 말을 끊었다. 더 이상 기도를 계속하다가는 하느님께 대한 예의를 벗어나게 될까 봐 겁이 났기 때문이다. 지금이야말로 그 어느 때보다 하느님의 자비와 은총이 절실한 때이기에 신성을 모독하는 언사를 절대로 써서는 안 된다고 생각했다. 그런 생각을 하는 것만으로도 몸서리가 쳐졌다. 비니키우스는 하느님께 대한 불손한 생각을 떠올리지 않으려고 마음을 가다듬으며, 다시 말 등에 채찍질을 가하기 시작했다. 잠시 후 로마와 안티움의 중간에 있는 아리키아의 흰 성벽이 달빛 속에 우뚝 서 있는 것이 보였다. 비니키우스는 질풍같이 달려 도시 어귀의 숲 속에 자리 잡고 있는 메르쿠리우스 신전을 지나쳤다. 그 도시에도 분명 로마의 화재 소식이 전해진 듯 신전 앞에 많은 사람들이 모여 있었다. 손에 횃불을 들고 계단이나 원주 사이에 서서 신의 가호를 구하는 모습이 눈에 띄었다. 아르데아에서 그곳까지 올 때만 해도 길가에 사람들이 없었는데, 이제는 밀려드는 인파에 마음대로 말을 몰 수 없을 지경이었다. 숲을 향해 뻗어 있는 오솔길에도, 그리고 한길에도 군중이 몰려 있었다. 시내에서 사람들이 아우성치는 소리가 들려왔다. 비니키우스는 빽빽하게 몰려 있는 인파를 헤치고, 그중 몇몇을 짓밟기도 하면서 바람처럼 빠르게 아리키아 시내로 말을 몰고 들어갔다.

"로마가 타고 있다! 로마에 큰불이 났다! 신들이여, 로마를 구해 주소서!"

여기저기서 이런 외침이 들려왔다.

기진맥진한 말이 비틀거리며 쓰러질 뻔했으나 비니키우스가 고삐를 세차게 잡아당기는 바람에 그 자리에 주저앉았다. 다행히 그곳은 비니키우스가 바꿔 탈 말을 준비해 놓은 여관 앞이었다. 숙소 앞에서 주인의 도착을 기다리고 있던 노예들은 그의 명령을 받고는 혈기왕성한 새 말을 끌어내기 위해 쏜살같이 마구간으로 달려갔다. 마침 그때 열 명쯤 되는 근위대 기병들이 지나가는 것을 본 비니키우스가 그들을 불러세웠다. 혹시라도 로마에서 안티움으로 보고하러 가는 길이라면 무슨 소식이라도 들을 수 있지 않을까 해서였다.

"시내의 어느 쪽에서 화재가 난 것이냐?"

"당신은 누구십니까?" 지휘관이 물었다.

"나는 군사 호민관 비니키우스로 황제의 총신이다. 어서 묻는 말에 대답하라."

"불은 대경기장 근처에 줄지어 늘어선 노점에서 일어났습니다. 우리가 출발 명령을 받았을 때는 이미 온 시내가 불길에 휩싸여 있었습니다."

"티베리스 강 건너편은 어떠냐?"

"아직 거기까지는 옮겨 붙지 않은 모양입니다. 하지만 불길이 워낙 사나운 기세로 여러 곳으로 번지고 있어서 손을 쓸 틈이 없습니다. 시민들은 뜨거운 불길과 연기에 쓰러져 죽어가고 있습니다만, 도저히 구출할 방도가 없습니다."

마침 그때 노예들이 비니키우스가 타고 갈 새 말을 끌고 왔다. 젊은 호민관은 말에 뛰어오르자마자 또다시 달리기 시작했다. 비니키우스는 알바롱가[3]와 그곳의 아름다운 호수를 오른편에 끼고 알바눔[4]을 향해 숨가쁘게 달렸다. 아리키아부터는 가파른 오르막길이어서 지평선도, 그 너머에 있는 알바눔도 전혀 보이지 않았다. 그러나 일단 정상에만 오르면, 새로운 말이 기다리고 있을 보빌레와 우스트리눔뿐 아니라 로마도 볼 수 있다. 알바눔 저편으로 아피아 가도를 따라 양쪽에 평평하고 나지막한 캄파니아 평원[5]이 펼쳐져 있고, 그곳에서부터 아치형의 수도교(水道橋)[6]가 로마로 통해 있을 뿐, 그 밖에

---

3) 로마 시의 동남쪽 라티움에 있는 도시. 로마의 건국시조인 에네아스의 아들 아스카니우스가 이곳에 도시를 세웠다고 함. 로마 시의 모체.

4) 알바누스 호수 남서쪽에 있는 도시.

5) 여기서는 로마 근교의 평야 지대를 말함.

6) 로마 시내에 맑은 물을 공급하기 위해 건설한 긴 다리. 보통은 아치 형태의 2층으로 된 구조물인데 맨 위의 물길을 통해 로마 주변의 산에서 솟아나는 물이 흘러 들어오게 되어 있음.

는 시야를 가로막는 것이 없었기 때문이다.

"꼭대기에 오르면 불길이 보일 것이다." 비니키우스는 혼잣말을 하며 다시 채찍을 휘둘렀다. 그러나 정상에 채 다다르기도 전에 벌써 뜨거운 바람이 불어왔고, 매캐한 연기 냄새가 코를 찔렀다. 산꼭대기 주변이 황금빛으로 빛나고 있었다. '불이다!' 하고 비니키우스는 생각했다.

이미 날이 밝기 시작하면서 새벽 기운이 사라지고 해가 떠오르기 시작했다. 근처의 언덕들은 불빛과 아침 햇살을 동시에 받아 황금색과 선홍색으로 물들어 있었다. 마침내 비니키우스가 언덕 위에 이르자 무서운 광경이 눈에 들어왔다. 지상이 온통 연기로 뒤덮여 있었는데, 마치 거대한 구름 덩이가 땅 위를 기어가고 있는 것처럼 보였다. 시가지는 물론이고 수도(水道)와 별장, 수목들이 그 연기 구름에 가려졌고, 칙칙한 잿빛 평원 너머로 불타는 로마가 어렴풋이 보였다.

이 화재는 그 규모가 너무 커서 집 한두 채가 불타는 경우와는 달랐다. 위를 향해 솟아오른 불기둥 모양이 아니라 마치 동이 틀 때처럼 기다란 띠 모양을 하고 있었다. 그 띠 위에는 거대한 연기의 장벽이 세워져 있었다. 그 벽의 어떤 부분은 시커멓게 보이기도 하고, 어떤 부분은 피처럼 검붉은 빛이나 선홍색을 띠고 있었는데, 흩어졌다가는 뭉치고, 부서졌다가는 이어지기도 하면서 마치 뱀처럼 구불구불 소용돌이치며 꿈틀거렸다. 그 연기가 거대한 불꽃을 뒤덮을 때에는 불길은 잠시 가느다란 끈처럼 오그라들었다. 그러다가 불길이 밑에서 연기를 밀고 올라오면 장벽의 아랫부분은 화염의 물결로 변해 이글이글 타면서 넘실거렸다. 연기와 화염은 지평선의 한쪽 끝에서 다른 끝까지 길게 이어졌으며, 마치 거대한 숲이 지평선을 가리듯 사방을 뒤덮고 있어 사비니 구릉은 전혀 보이지 않았다.

비니키우스는 그 광경을 보는 순간, 로마뿐만 아니라 전 세계가 불타고 있으며, 그 어떤 존재도 이 불길에서 살아남을 수 없을 것이라는 생각이 들었다.

불타는 쪽에서 점점 더 거센 바람이 불어와 물건이 타는 냄새와 매캐한 연기 냄새가 코를 찔렀다. 연기는 주위의 초목들까지 뒤덮고 있었다. 날이 환히 밝자 태양이 알바누스 호수를 내려다보고 있는 산봉우리들을 비췄다. 황금빛 아침 해도 연기에 가려 마치 병이 든 듯 우중충한 붉은빛을 띠고 있었다. 알바눔이 가까워짐에 따라 점점 짙어지는 연기를 헤치며 비니키우스는 더욱 급히 말을 몰았다. 그 도시도 완전히 연기에 싸여 앞이 보이지 않을 정도였다. 겁에 질린 시민들은 안절부절못하고 한길에 나와 있었다. 알바눔에서도 이렇게 호흡이 곤란할 정도이니 로마는 말할 필요도 없을 것이다.

비니키우스는 또다시 절망과 공포에 휩싸여 온몸이 마비되는 것 같았다. 하지만 될 수 있는 한 정신을 가다듬고 기운을 차리려고 애썼다. 그러면서 로마의 전 지역이 한꺼번에 다 탈 수는 없을 것이라는 생각이 들어 다소 안심이 되기도 했다.

'바람이 북쪽에서 불고 있다. 그래서 연기가 이쪽으로만 흘러오는 것이다. 그것은 반대편에는 불기가 없다는 뜻이다. 티베리스 강 건너편은 강물을 사이에 두고 있으니 안전할 수도 있다. 아무튼 우르수스가 함께 있으니 리기아를 보호하기 위해 틀림없이 야니쿨룸 문 밖으로 데리고 나갔을 것이다. 전 세계를 지배하고 있는 대도시가 그 시민들과 함께 하루아침에 지상에서 완전히 사라진다는 것은 있을 수 없는 일이다. 적군이 도시를 점령하여 집집마다 불을 놓고, 학살을 자행해도 용케 도망쳐 살아남는 사람들도 얼마든지 있지 않은가. 리기아는 필경 무사할 것이다. 게다가 몸소 죽음을 극복하신 그리스도께서 그녀를 보호하고 계시지 않은가.'

비니키우스는 이렇게 생각하며 또다시 기도하기 시작했다. 몸에 밴 습관에 따라 기도 중에 그리스도에게 공물과 제물을 바치겠다고 맹세했다. 알바눔 주민들은 거의 전부가 불의 추이를 살펴보기 위해 지붕이나 나무 꼭대기에 올라가 있었다. 알바눔을 빠져나오자 비니키우스의 불안은 다소 진정되었고, 어느 정도 냉정을 되찾을 수 있었다. 문득 리기아가 우르수스와 리누스뿐만 아니라 베드로 사도의 보살핌도 받고 있을 것이라는 생각이 떠올랐다. 그러자 그 생각만으로도 어느 정도 마음이 놓였다. 사도 베드로는 비니키우스에게 신비스럽고 초인적인 존재였기 때문이다. 처음 오스트리아눔에서 그의 설교를 들었을 때부터 그는 범상치 않은 위력을 느꼈다. 그것에 대해서는 안티움에 도착하자마자 리기아에게 편지에 쓰기도 했다. 그 노인의 말 한 마디 한 마디가 진리이고, 머지않아 그 진리가 널리 전파될 날이 오리라고 적어 보냈던 것이다. 부상당해 누워 있는 동안 비니키우스는 베드로와 더욱 가까워졌으며, 오스트리아눔에서 받은 감명이 결국 흔들리지 않는 굳은 신앙으로 발전하게 된 것이다. 베드로 사도가 비니키우스와 리기아의 사랑을 축복하고, 두 사람을 맺어주었으니 리기아는 절대로 화마에 희생될 리가 없다. 로마가 벌써 잿더미로 변해 버렸을지도 모르지만, 그녀의 옷깃에는 단 하나의 불똥도 튀지 않았으리라. 한숨도 자지 않고 줄곧 말을 탄 데다, 충격과 불안이 뒤섞이면서 이 젊은 호민관은 야릇한 흥분을 느꼈다.

지금 그에게는 이 세상에 불가능한 일은 없을 것 같았다.

'베드로 사도께서 타오르는 불을 향해 성호를 그으면서, 한마디 호령으로 불길을 가르면 그들은 무사히 그 불꽃의 한복판을 통과할 수 있을 것이다. 더욱이 베드로 사도는 앞일을 내다보는 사람이므로, 아마 재난을 미리 예상하고 있었을 것이다. 그렇다면 그리스도교도들에게 미리 경고하여, 그들을 시외로 대피시켰는지도 모른다. 그들 가운데는 베드로 사도가 친딸처럼 사랑하는 리기아도 끼어 있을 것이다.'

이렇게 생각하자 비니키우스의 가슴속에는 점점 확고한 희망이 싹텄다. 만일 리기아와 그 일행이 시외로 빠져나왔다면, 보빌레나 혹은 도중에서 만날 수도 있으리라. 어쩌면 사랑하는 사람의 그리운 얼굴이 캄파니아 평원을 휩쓸고 지나가는 연기 속에서, 불쑥 나타날지도 모른다.

비니키우스의 예상은 들어맞는 듯했다. 로마를 빠져나와 알바누스 산으로 향하는 사람들과 마주치는 일이 점점 더 잦아졌기 때문이다. 간신히 불길을 빠져나온 사람들은 저마다 연기가 닿지 않는 곳을 향해 죽을 둥 살 둥 달려가고 있었다. 우스트리눔에 도착하기도 전에 벌써 들끓는 인파로 혼잡을 이루어서, 비니키우스는 어쩔 수 없이 말의 속도를 늦춰야만 했다. 어깨에 짐을 짊어지고 걷는 사람들, 가재도구와 귀중품을 실은 마차와 노새, 식량이나 여러 가지 집기를 잔뜩 실은 수레, 유복한 시민들이 탄 가마를 메고 가는 노예들과도 마주쳤다. 우스트리눔에는 이미 로마에서 온 피난민으로 가득 차 있어서 군중을 헤치고 지나기가 무척 힘들었다. 시장이나 신전의 기둥 옆에도, 길거리에도 수많은 피난민들이 몰려 아우성을 치고 있었다. 아무 데나 천막을 치고 그 속에 온 가족이 들어앉아 있는 모습도 보였고, 땅 위에 털썩 주저앉아 악을 쓰며 신의 이름을 부르거나, 운명을 저주하는 이도 있었다. 모두 넋을 잃고 있었으므로, 무엇을 물어볼 수조차 없었다. 비니키우스가 말을 걸어도 아예 거들떠보지도 않거나, 공포에 질린 눈을 부릅뜨고 로마도 세계도 모두 망해 가고 있다고 악을 쓰기도 했다. 로마에서 온 남녀노소 피난민의 수는 시시각각으로 늘어, 혼잡과 탄식은 급기야 극에 달했다. 일행을 잃어버린 사람들은 큰 소리로 이름을 부르며 군중 속을 헤집고 다녔다. 천막을 치기 좋은 장소를 서로 차지하려고 주먹다짐을 하는 사람들도 있었다. 캄파니아의 야만스러운 양치기들이 몰려와 혼란을 틈타 도둑질을 하기도 했다. 여기저기서 온갖 종족들의 노예와 검투사들이 거리의 저택과 별장을 뒤져 값비싼 물건들을 약탈하기 시작했고, 시민을 보호하기 위해 출동한 병사들과 실랑이를 벌이기도 했다.

비니키우스는 여관 앞에서 바타비 족[7] 노예들의 보호를 받으며 서 있는 원로원 의원 유니우스를 통해 비로소 화재의 전말을 들을 수 있었다. 불은 팔라티움 언덕과 캘리우스 언덕에 접한 대경기장 근처에서 일어났으며, 불길이 무척 빠른 속도로 번졌기 때문에 도시의 중심부는 순식간에 화염에 휩싸이게 되었다고 했다. 부렌누스[8] 시대 이래로, 로마가 이처럼 큰 재앙을 입은 것은 처음이었다.

"대경기장은 모두 불에 타버렸습니다. 그 근처의 가게들이나 저택들도 마찬가지입니다. 아벤티누스 언덕이나 캘리우스

7) 지금의 네덜란드 땅에 거주하던 부족들.

8) BC 390년 로마 시를 일곱 달 동안 점령했던 켈트 족의 왕.

언덕도 불타고 있습니다. 팔라티움 언덕의 불길은 카리내까지 번졌습니다."

유니우스는 카리내에 호화로운 저택을 소유하고 있고, 또 훌륭한 미술품을 많이 가지고 있었기에 말을 마치자마자 한 줌의 재를 자기 머리에 뿌리면서 절망적인 신음 소리를 냈다. 그러자 비니키우스는 그의 어깨를 잡아 흔들며 말했다.

"내 집도 카리내에 있습니다. 모든 것이 불에 타 없어질 바에야, 차라리 우리들의 집도 함께 불타 버리는 게 낫죠."

문득 비니키우스는 리기아가 자기의 권유에 따라 아울루스 장군 댁으로 거처를 옮겼을지도 모른다는 생각을 했다. 그래서 다시 유니우스에게 물었다.

"파트리키우스 거리는 어떻습니까?"

"거기도 불에 타고 있습니다." 유니우스가 대답했다.

"티베리스 강 건너편은요?"

유니우스는 뜻밖이라는 듯 비니키우스를 쳐다보았다.

"아니, 그런 곳은 무엇 때문에 신경을 쓰십니까?"

유니우스는 골치 아프다는 듯 관자놀이를 두 손으로 누르며 물었다.

"내게는 티베리스 강 건너편이 로마 전체보다 더 소중합니다."

비니키우스가 거의 악을 쓰다시피 대답했다.

"그곳에 가려면 포르투엔시스 가도를 통과해서 가는 수밖에 없습니다. 아벤티누스 근방은 열기로 질식하게 될 테니 말입니다……. 강 건너라……? 잘은 모르겠지만, 내가 로마를 빠져나올 때는 아직 불이 거기까지는 번지지 않은 것 같았는데…… 그렇지만 지금은 어떨지……. 뭐, 오직 신들만이 아시겠지요…….”

유니우스는 여기서 잠시 망설이다가 목소리를 낮추며 말했다.

“당신은 배신할 사람이 아니라고 생각되기에 믿고 말하는 겁니다만…… 이건 보통 화재가 아닙니다. 애초에 대경기장의 불은 끄지 말라는 명령이 내려졌답니다……. 이 두 귀로 똑똑히 들었습니다. 그 주변의 집들이 불에 타기 시작했을 때, 어디선가 수천 명의 목소리가 ‘불을 끄는 놈은 죽이겠다!’고 외치고 다녔습니다. 그리고 어떤 놈들인지 정체는 모르겠지만 거리를 뛰어다니며 집집마다 횃불을 던져 넣는 것을 본 사람이 많다고 합니다. 지금 로마 시민들은 흥분해서 황제의 명령으로 불이 났다고 고함치고 있습니다……. 뭐, 이쯤 해두죠. 아무튼 로마도, 우리도, 나 자신도 모두 끝장입니다. 거기서 지금 벌어지고 있는 광경은 도저히 인간의 언어로는 표현할 수 없을 정도입니다. 사람들은 불 속에서 타 죽기도 하고 혼란 속에서 우왕좌왕하며 자기들끼리 싸우고 죽이기도 하는 판입니다……. 로마 최후의 날이 온 것입니다!”

유니우스는 “로마도, 우리도, 모두 끝장입니다.”라는 말을 되풀이하면서 땅이 꺼지게 한숨을 내쉬었다.

비니키우스는 다시 말에 뛰어올라 아피아 가도를 달리기 시작했다. 로마에서 밀려오는 피난민의 인파와 수레의 흐름을 헤치고 가는 것은 마치 홍수를 거슬러 올라가는 것과 같이 힘겨운 일이 아니었다. 드디어 거대한 화염에 휩싸인 도시가 한눈에 들어왔다. 불과 연기의 바다는 무서운 열기를 내뿜고 있었다. 화마의 포효가 워낙 거세어 사람들의 비명 소리조차 삼켜버렸다.

제43장

비니키우스는 로마를 둘러싼 성벽이 가까워지면서, 그래도 로마까지 오는 여정이 시내 중심부를 뚫고 들어가는 것보다는 훨씬 수월했다는 것을 알게 되었다. 아피아 가도는 군중으로 혼잡을 이루어 통과하기가 매우 어려웠다. 길 양쪽에 있는 집과 밭, 묘지와 정원, 신전은 전부 피난처가 되어 있었다. 아피아 문 근처에 있는 마르스 신전에는 잠자리를 차지하기 위해 시민들이 문을 부수고 들어가는 사태가 발생하고, 묘지에서는 비석 근처를 서로 차지하려다가 유혈극이 벌어지기도 했다. 우스트리눔에서 목격한 혼란 정도는 로마 시의 성벽 아래에서 벌어지고 있는 참사에 비하면 사소한 일에 불과했다. 지금은 법의 위력도, 권력도, 가족간의 혈연관계도, 신분의 귀천도 모두 사라져버렸다. 노예들이 시민들을 몽둥이로 두들겨 패는 장면도 눈에 띄었다. 시장에서 훔친 술을 마시고 취한 검투사들이 무리 지어 고래고래 고함을 지르면서 광장이나 이곳저곳을 날뛰고 돌아다니며 사람들을 함부로 짓밟고, 괴롭히고, 약탈하며 행패를 부렸다. 노예시장에 막 끌려온 수많은 야만인들은 팔리기 전에 모두 도망쳤다. 로마의 화재와 파멸은 그들에게는 노예제도의 종말을 의미하기도 했고, 복수를 위한 좋은 기회이기도 했다. 화재로 전 재산을 잃어버린 시민들이 절망한 나머지 두 손을 들어 신들에게 구원을 청하는 기도를 하는가 하면, 한편에서는 도망쳐 나온 노예들이 기뻐 날뛰며 시민들을 쫓아다니고, 사람들의 옷을 빼앗기도 하며, 젊은 여자에게 달려들기도 하였다. 게다가 옛날부터 로마에 봉사해 온 노예들과 양모로 만든 누더기 외에는 아무것도 걸치지 못한 빈민들, 낮에는 좀처럼 모습을 드러내지 않아서 로마에 이런 사람들이 살고 있었나 의심이 가는 뒷골목의 험상궂은 종족들이 거기에 가담했다. 아시아 인, 아프리카 인, 그리스 인, 트라키아 인, 게르마니아 인, 브리타니아 인 등 여러 인종들이 갖가지 자기네 언어로 떠들어대면서, 오랜 세월 동안 겪은 소외와 가난에 대한 해묵은 원한을 풀기라도 하겠다는 듯 마음껏 활개치고 돌아다녔다. 근위병들이 태양과 화염에 번쩍이는 투구를 쓴 채 시민들을 보호하기 위해 군중 틈에서 동분서주하다가 이 난폭한 야만인들과 충돌하기도 했다.

비니키우스는 지금까지 도시가 정복되는 장면을 여러 차례 목격했지만 절망과 통곡, 고통, 신음, 야만적 환희, 광란, 분노, 방종 등이 뒤범벅된 이처럼 극심한 참상은 본 적이 없었다. 미쳐 날뛰는 군중의 뒤에서는 맹렬한 불길이 세계 최대의 도시를 언덕 꼭대기까지 태우고 있었다. 불은 점점 더 위세를 부리며 사람들의 숨통을 조였고, 연기는 도시를 완전히 뒤덮어 창공을 볼 수가 없었다. 청년 호민관은 몇 번이나 생명의 위험에 몸을 던지면서 혼신의 힘을 다해 간신히 아피아 문 앞에 도착했다. 그러나 카페나 성문[1] 일대는 혼잡이 심할 뿐더러 뜨거운 열기 때문에 숨이 막혀, 그 문을 통해서는 시내로 들어갈 수가 없었다. 당시에는 아직 보나데아[2] 신전 앞에 있는 트리게미나 문[3] 옆의 다리가 놓여 있지 않았기 때문에, 티베리스 강을 건너려면 수프리키우스 다리를 통과해야만 했다. 그렇게 하려면 지금 온통 불바다가 되어 있는 아벤티누스 언덕을 지나갈 수밖에 없는데, 그것은 도저히 불가능한 일이었다. 비니키우스는 일단 우스트리눔으로 되돌아가서, 아피아 가도를 벗어나 도시의 아래쪽, 하류로 돌아가는 것이 좋겠다고 판단했다. 포르투엔시스 가도로 가면 티베리스 강 연안으로 바로 통한다는 것을 알고 있었던 것이다. 그러나 그것마저도 아피아 가도가 점점 혼잡해지는 바람에 쉬운 일이 아니었다. 칼이라도 차고 있으면 사람들을 헤치고 지나갈 수 있겠지만, 화재 소식을 듣자마자 그대로 빈손으로 안티움에서 달려왔기에 수중에는 칼이 없었다. 비니키우스는 메르쿠리우스 샘 근처에서 안면이 있는 근위대 백인대장을 만났다. 그는 수십 명의 부하를 거느리고 신전을 지키고 있었다. 비니키우스는 백인대장에게 자기를 따르라고 명령했다. 비니키우스가 호민관이며 황실의 총신이라는 것을 잘 알고 있던 백인대장은 감히 그의 명령에 거역하지 못했다.

비니키우스는 직접 그 부대를 지휘하였다. 그때는 이웃을

1) 아피아 가도에서 로마 시내로 진입하는 관문.
2) 여성들만이 숭배한 로마의 여신.
3) 아벤티누스 언덕의 북쪽에 있는 문. 세 개의 똑같은 아치로 이루어져 있음.

사랑하라는 바오로 사도의 가르침도 잊어버리고, 길을 비켜주지 않는 사람들을 향해 칼을 휘두르며 전진했다. 사람들은 그와 그의 부하들에게 저주와 욕설을 퍼부으며 돌팔매질을 했다. 그러나 비니키우스는 개의치 않고 한시바삐 몸을 자유롭게 움직일 수 있는 데까지 빠져나가려고 진땀을 뺐다. 조금씩 조금씩 혼신의 힘을 다해 앞으로 나갔지만 그것은 결코 쉬운 일이 아니었다. 한데서 잠을 자려고 야영 준비를 하던 시민들은 길을 비켜주지 않고, 황제와 근위대에게 욕을 하며 대들었다. 위협과 반항의 기세를 보이는 무리들도 있었다. 그때 비니키우스의 귀에 불을 지른 범인이 네로라며 비난하는 사람들의 아우성이 들려왔다. 황제와 포페아를 죽여버리라고 공공연히 소리치는 사람도 있었다. "어릿광대!", "바보!", "어미를 죽인 놈!" 등 갖가지 욕설이 사방에서 터져 나왔다. "그놈을 티베리스 강에다 처넣자!", "로마 시민들은 이제 더 이상은 참을 수 없다!" 하고 악을 쓰는 사람도 있었다. 누가 보더라도 한 사람의 지도자만 나선다면 당장이라도 무서운 폭동으로 폭발할 기세였다. 그러는 동안 군중의 분노와 절망의 화살이 황제의 근위대에게로 모아지고 있었다. 더구나 길바닥에는 식량을 담은 상자와 항아리, 값비싼 가구와 식기, 아기의 요람, 이불, 수레, 가마 등…… 화재 현장에서 급히 끄집어낸 물건들이 산더미처럼 쌓여 있어 근위대는 더욱더 꼼짝할 수가 없었다. 곳곳에서 충돌이 벌어졌으나 군중에게는 무기가 없었으므로 근위대는 비교적 신속하게 그들을 진압할 수 있었다.

비니키우스는 라티나 가도를 비롯하여 누미키아 가도, 아르데아 가도, 라비니아 가도, 오스티아 가도 등 여러 곳을 달려 수많은 별장과 정원, 묘지, 신전을 지나서 알렉산드리아 거리에 도달했다. 그리고 그곳에서 티베리스 강을 건넜는데, 마침 그 부근은 통행인도 적었고, 연기도 별로 심하지 않았다. 비니키우스는 피난민들로부터 티베리스 강 건너편은 현재 골목 몇 군데에만 불이 붙었으나, 불길이 너무 거세어 아무도 손대지 못하고 있다는 이야기를 들었다. 그곳에서도 집집마다 횃불을 던져 불을 지르며, 명령을 받고 하는 일이니 불을 끄는 사람은 죽여버린다고 소리치는 놈들이 있었다는 말을 들었다. 순간 청년 호민관은 명령을 내린 사람이 황제라는 것을 추호도 의심하지 않았다. 군중이 황제에게 복수하겠다고 아우성치는 것은 지극히 당연한 일이라는 생각이 들었다. 미트리다테스[4]를 비롯하여 아무리 로마에 원한이 사무친 적이라도 이보다 더 심한 짓은 하지 못했을 것이다. 어떻게 황제라는 자가 이렇게 잔악한 행위를 저지를 수 있단 말인가? 네로는 이제 미칠 대로 미쳐서 도를 넘어버렸다. 그의 치하에서는 인간다운 삶이란 이룰 수 없는 꿈이 되어버렸다. 하지만 네로의 전성기도 이제 끝났다. 그 짐승 같은 광대는 불타고 있는 이 로마의 잔해와 더불어 자신의 죄업을 짊어지고 흔적도 없이 파묻힐 것이라고 비니키우스는 생각했다. 지금 절망에 빠진 군중의 선두에 설 만한 용기 있는 인물이 단 한 명이라도 나서면 그 일은 불과 몇 시간 내에 실현될지도 모른다. 그 순간 로마 시민의 복수를 위해 비니키우스 자신이 용감하게 나서야 하지 않을까 하는 생각이 머릿속을 스쳤다. 자기가 그 역할을 하면 어떨까? 비니키우스 가문은 최근까지 대대로 집정관을

4) 소아시아 폰투스의 왕. BC 63년 로마군과 여러 차례 싸워 패하자 자살했음.

배출한 명문으로, 온 로마에서 그 이름을 모르는 사람이 없었다. 시민들이 필요로 하는 것은 바로 그런 명성을 지닌 지도자일 것이다. 언젠가 수도 경찰청장인 페다니우스 세쿤두스의 노예 400명에게 사형 선고가 내려졌을 때에도 폭동이나 반란이 일어날 뻔했다. 그러니 지난 팔 세기 동안 있었던 그 어떤 참화보다 끔찍한 재앙을 겪고 있는 지금과 같은 판국에서는 극에 달한 군중의 분노가 어떤 폭동과 내란으로 이어질지 예측할 수가 없는 것이다. 지금 로마 시민에게 무기를 들고 일어서라고 선동하는 자는 틀림없이 네로를 굴복시키고 황제의 자줏빛 토가를 입게 되리라. 나라고 왜 그런 일을 할 수 없단 말인가? 나는 황제의 조신들 가운데 누구보다 강하고, 용기 있으며, 또 젊다. 네로는 국경을 수호하는 서른 개 군단의 최고 통솔자이지만 그 군단도, 지휘관들도, 로마와 모든 신전이 불타 없어졌다는 말을 들으면 필경 동요할 것이다. 그러면 나, 비니키우스도 얼마든지 황제가 될 수 있다. 조신들 사이에서는 다음번 황제는 오토가 되리라는 예언이 있다는 소문이 떠돌고 있었다. 내가 오토보다 못한 것이 무엇인가? 게다가 그리스도께서 그 전능하신 힘으로 도와주실지도 모른다. 아니, 어쩌면 지금 머릿속에 떠오른 이 영감도 그리스도께서 내려주신 것이 아닐까? '아아, 만일 그렇게만 된다면…….' 하고 비니키우스는 마음속으로 부르짖었다. 그렇게만 된다면 리기아가 처한 위험과 자기가 당한 고통에 대해 네로에게 통쾌하게 복수할 수 있다. 정의와 진리를 기반으로 로마를 통치하여 그리스도의 교리를, 멀리 유프라테스 강에서 안개 낀 브리타니아의 해변에까지 전파하고, 리기아에게도 자줏빛 토가를 입혀 세계의 여왕으로 만들어줄 수도 있다.

불타는 건물에서 솟구치는 불기둥처럼 비니키우스의 머릿속에 갑자기 떠오른 이런저런 생각들이 순식간에 타다 남은 불씨처럼 사그라지기 시작했다. 무엇보다 급한 것은 리기아를 구해 내는 일이다. 끔찍한 비극의 현장, 불과 검은 연기의 바다, 참혹한 현실이 바로 눈앞에 생생하게 다가오자 비니키우스는 다시 두려움에 사로잡혔다. 베드로 사도가 리기아를 구해 주었을지도 모른다는 희망은 어느 틈에 사라지고 말았다. 그는 티베리스 강 건너편으로 바로 이어지는 포르투엔시스 가도에 도착할 때까지 완전히 절망에 빠져 있다가 문에 가까이 이르러서야 간신히 마음을 다잡았다. 거기서 그는 피난민들에게서 들은 대로 몇 군데 골목을 제외하고는 불길이 아직 속속들이 다 번지지는 않았다는 것을 확인할 수 있었다.

티베리스 강 건너편은 도심보다는 양호한 편이었지만, 그래도 연기가 자욱했고, 거리에는 점점 더 많은 피난민들이 몰려나오고 있었다. 다른 곳보다 시간적인 여유가 있었기에 모두들 하나라도 더 많은 짐을 가져가려고 커다란 짐 보따리들을 들고 있어서 앞으로 나아가는 것이 더욱 힘들었다. 포르투엔시스 가도조차도 곳곳에 피난민과 짐으로 가득 차 있었고, 나우마키아 아우구스타[5] 근처에는 자질구레한 물품들이 산더미처럼 쌓여 있었다. 비좁은 골목길에는 짙은 연기가 들어차 있어 접근조차 할 수 없었다. 수많은 사람들이 그곳에서 떼 지어 빠져나오고 있었다. 비니키우스는 도처에서 무서운 장면을 목격했다. 서로 반대 방향에서 밀려온 두 갈래 인파가 골목

5) 초대 황제 아우구스투스가 만든 큰 연못으로 모의 해전을 벌였음. 네로 시대에는 흙을 덮어 경기장으로 사용했음.

안에서 충돌하여, 서로 치고받고, 짓밟고 밀치며 사투를 벌이고 있었다. 극심한 혼란 속에서 가족들이 뿔뿔이 흩어지는가 하면, 잃어버린 자식을 애타게 부르는 어머니들도 있었다. 이곳이 이 정도인데, 불길에 더 가까운 곳은 어떨까 생각하니 비니키우스는 소름이 끼쳤다. 무서운 비명과 난장판 속에서는 누구에게 무엇을 물어볼 수도 없었고, 다른 사람이 하는 소리를 알아들을 수도 없었다. 이따금 강 건너편에서 검은 연기가 소용돌이치며 몰려와 스스로 그 무게를 견디지 못하고 땅 위를 기어가듯 스치면서 마치 밤의 장막처럼 집과 사람, 그 밖의 모든 것들을 뒤덮었다. 순간 거센 불길과 함께 바람이 불어와 연기를 흩뿌려 놓았다. 그 바람에 비니키우스는 리누스의 집 쪽으로 빠지는 샛길로 접어들기 위해 온갖 고생을 감수해야만 했다. 7월 한낮의 폭염에다 화재 지역에서부터 밀려드는 뜨거운 열기가 더해져 견딜 수가 없을 지경이었다. 게다가 연기 때문에 눈이 쓰라리고, 숨이 막혔다. 불길이 강을 건너오지 못할 것으로 속단하며 집에 버티고 있던 사람들도 결국에는 집을 떠날 수밖에 없게 되어 인파는 더욱 불어났다. 비니키우스를 따라오던 근위대원들은 점차 뒤쳐지기 시작했다. 혼잡 속에서 누군가가 망치로 비니키우스의 말을 내리쳤다. 말은 피가 줄줄 흐르는 목을 쳐들고 앞발을 들어올리며 제멋대로 날뛰었다. 비니키우스가 입고 있는 값비싼 튜닉을 보고 사람들은 그가 지체 높은 궁정의 조신이라는 것을 알아차리고 "네로와 방화범들을 죽여라!" 하고 악을 써댔다. 매우 위험한 순간이었다. 수백 명의 사람들이 비니키우스를 향해 손을 뻗친 것이다. 그러자 놀란 말이 군중을 마구 짓밟으며 달리기 시작했다. 그때 또다시 시커먼 연기가 밀려와 거리를 뒤덮었다.

비니키우스는 더 이상 말을 모는 것이 불가능하다고 판단하고, 말에서 내려 뛰기 시작했다. 이따금 벽에 몸을 기대어 피난민의 인파가 지나가는 것을 기다리기도 했지만, 될 수 있는 한 서둘렀다. 문득 자기가 지금 헛고생을 하고 있는 것이 아닐까 하는 의구심이 솟아났다. 리기아는 이미 로마에 없을지도 모른다. 도움을 받아 다른 곳으로 피신했을 수도 있다. 이런 북새통 속에서 리기아를 찾는 것은 바닷가에 떨어진 바늘을 찾는 것보다 더 어려울 것이다. 그러나 비니키우스는 목숨을 걸고서라도 리누스의 집까지는 가보고야 말겠다고 결심했다. 자욱한 연기 속에서 간간이 걸음을 멈추고 눈을 비비면서 앞으로 나아갔다. 급기야 그는 튜닉 자락을 찢어 코와 입을 가리고 달리기 시작했다.

강가에 다가가자 열기는 한층 더 심했다. 그는 대경기장 근처에서 화재가 처음 발생했다는 것을 알고 있었으므로, 불길이 그곳에서 가까운 곳에 있는 보아리움 광장이나 벨라브룸 쪽에서 밀려오고 있다고 생각했다. 그러나 열기가 점점 더 심해져 도저히 숨을 쉴 수가 없었다. 비니키우스가 마지막으로 목격한 사람은 목발을 짚고 피난을 가는 노인이었다. “케스티우스 다리 근처에는 가지 마시오! 섬 전체가 불길에 휩싸여 있으니까!” 하고 소리를 질렀다. 사실 더 이상 헤매고 다닐 여유가 없었다. 리누스의 집은 유대인 거리를 향해 구부러진 길목 어귀에 있었다. 청년 호민관은 구름처럼 피어오르는 연기 속에서 여기저기 불길이 치솟는 것을 보았다. 섬뿐 아니라 티베리스 연안도, 리기아가 살고 있는 골목의 반대쪽 끝도 불에 훨훨 타고 있었다.

비니키우스는 리누스의 집이 정원 가운데 있다는 것을 생각해 냈다. 그 정원과 티베리스 강 사이에는 그리 넓지 않지만 공터가 있었다. 그러자 다소 안심이 되었다. 아마 불은 그 공터에서 멈추었을지도 모른다. 비니키우스는 이런 희망을 품고 죽을힘을 다해 달려갔다. 바람이 불 때마다 열기와 연기뿐 아니라 불똥까지 날아와서 언제 그곳까지 불길이 옮겨 붙을지 모르는 위험한 상황이었다. 자칫하면 나중에 되돌아갈 길이 끊길 수도 있었다.

마침내 비니키우스는 연기의 장막을 통하여 리누스의 집 정원에 있는 사이프러스 나무를 볼 수 있었다. 공터의 건너편에 있는 집들은 잘 마른 장작더미가 타듯이 기승을 부렸으나, 리누스의 조그만 집에는 아직 불이 붙지 않았다. 비니키우스는 감사의 눈길로 하늘을 쳐다보고는 뜨거운 화기에 온몸이 후끈거리는 것을 무릅쓰고 그 집을 향해 달려갔다. 그는 닫혀 있는 문을 부수고 집 안으로 황급히 뛰어 들어갔다.

정원에는 사람의 그림자도 없었고, 집 안도 텅 비어 있었다.

'아마 연기와 불길 때문에 다들 기절했을지도 몰라.' 비니키우스는 허둥댔다.

"리기아! 리기아!"

아무 대답이 없었다. 정적을 뚫고 멀리서 불덩이가 터져 오르는 굉음만 들려올 뿐이었다.

"리기아!"

돌연 그의 귓가에 며칠 전 바로 이 정원에서 불길하게 들었던 것과 똑같은 짐승의 울음소리가 울려 퍼졌다. 가까운 섬에 있는 아스클레피오스[6]의 신전 근처에 있는 야수들의 사육장이

---

6) 의술의 신.

불에 타고 있는 것 같았다. 그 우리 안의 온갖 맹수들, 그중에서도 특히 사자들이 겁에 질려 울부짖기 시작한 것이다. 비니키우스는 몸서리를 쳤다. 벌써 두 번째 같은 일이 반복되고 있다. 얼마 전에도 리기아에게 사랑을 고백하던 순간, 이 무서운 소리가 불행을 예고하는 것처럼, 그리고 앞으로 닥쳐올 재난의 전조처럼 그렇게 들려오지 않았던가? 그러나 그것은 순간적인 느낌에 불과했다. 야수가 울부짖는 것보다 더 맹렬하고 무시무시하게 위압적으로 으르렁대는 화염의 포효를 들으면서 비니키우스는 정신을 가다듬고 순간적으로 엄습했던 그 불안한 생각을 털어버렸다. 아무리 불러도 대답이 없는 것으로 보아 리기아는 매연에 질식하여 기절했을 것 같았다. 비니키우스는 집 안으로 뛰어 들어갔다. 조그만 아트리움은 텅 비어 있었고, 자욱한 연기 때문에 아무것도 보이지 않았다. 비니키우스가 두 손으로 침실 문을 열기 위해 더듬거리고 있는데, 어디선지 희미한 불빛이 새어 나왔다. 빛을 따라 가보니 라라리움이 있었는데, 거기에는 선조의 조각상 대신에 십자가가 모셔져 있고, 그 십자가 아래 조그만 등잔불이 깜빡이고 있었다. 자기가 리기아를 찾는 것을 도우려고 빛을 내려주셨다는 생각이 그리스도교의 가르침에 갓 눈뜬 젊은이의 머릿속에 번개처럼 스치고 지나갔다. 그는 등잔을 들고 침실 안으로 들어갔다. 한 손으로 커튼을 올리고 한 손으로 등잔불을 비추며, 방 안을 샅샅이 뒤졌으나 그곳에는 아무도 없었다.

그곳은 리기아의 침실이 확실했다. 벽에 그녀의 옷이 걸려 있었고, 침대 위에는 카피티움, 즉 여자들이 튜닉 안에 입는 몸에 붙는 상의가 놓여 있었기 때문이다. 비니키우스는 그것을 집어 무의식중에 입을 맞춘 다음 어깨에 걸치고는 다시 리기아를 찾기 시작했다. 집이 워낙 작아 순식간에 전체를 돌아볼 수 있었다. 그러나 지하실까지 다 뒤져도 어느 곳에도 인기척이 없었다. 그렇다면 리기아와 리누스, 우르수스도 이 지역 다른 주민들과 함께 어딘가 안전한 곳으로 피신한 것이 분명했다. '성문 밖에 있는 군중 속에서 그들을 찾아야겠다.' 고 비니키우스는 생각했다.

비니키우스는 포르투엔시스 가도에서 그들과 만나지 못한 것을 별로 이상하게 여기지 않았다. 왜냐하면 그들은 반대편으로 해서 티베리스 강을 건넌 뒤 바티카누스 언덕 쪽으로 갔을지도 모르기 때문이다. 어쨌든 그들은 무서운 불길만은 피할 수 있었으리라. 비니키우스는 가슴속에서 무거운 돌덩이를 빼낸 듯 안도의 숨을 내쉬었다. 혹시 피난하는 도중에 무슨 끔찍한 위험이라도 당하지 않았을까 하는 점이 염려되었지만, 우르수스의 초인적인 힘을 떠올리며 자위했다. 그러자 비니키우스는 이제는 자기가 그곳에서 빠져나가는 것이 급선무라는 것을 깨달았다. '우선 여기서 빠져나가 아그리피나 정원 쪽으로 가보자. 거기에 가면 틀림없이 리기아 일행을 찾아낼 수 있을 것이다. 바람이 사비니 산 쪽에서 불어오고 있으니까 그곳이라면 연기도 그리 심하지는 않으리라.'

이제 비니키우스는 무엇보다 자신의 안전을 생각해야 했다. 불길이 파도처럼 섬 쪽에서 점차 가까이 몰려와서 자욱한 연기구름이 리누스의 집이 있는 골목 전체를 뒤덮고 있었다. 리누스의 집에서 들고 나온 등잔불은 바람에 꺼져버렸다. 비니키우스는 한길에 다다르자, 아까 지나쳐 왔던 포르투엔시스 가도 쪽으로 온 힘을 다해 뛰기 시작했다. 불길이 뜨거운 입김을 내뿜으며 그를 바짝 뒤쫓았고, 새로이 피어나는 연기가 끊임없이 그를 휘감았다. 불똥이 튀어서 그의 머리카락과 목덜미, 옷 위에 마구 떨어졌다. 입고 있는 튜닉 군데군데에서 타는 냄새가 났으나 그런 것은 거들떠볼 겨를이 없었다. 연기 때문에 질식하게 될까 봐 그는 죽을힘을 다해서 뛰고 또 뛰었다. 입안은 매연과 흙먼지로 가득 찼고, 목구멍과 폐는 불덩이처럼 뜨거웠다. 피가 머리로 솟구쳐서 붉게 충혈된 비니키우스의 눈에는 사방이 온통 붉게만 보여서, 연기조차도 시뻘겋게 느껴질 정도였다.

비니키우스는 절망 중에 '이 불은 마치 살아 있는 생명체같이 정말 끈질기게 따라오는군. 차라리 땅바닥에 쓰러져 죽는 편이 낫겠다.'고 생각했다. 발걸음을 옮기는 것조차 점점 힘에 겨웠다. 머리에서부터 목과 등에 이르기까지 땀으로 범벅이 되었고, 그 땀은 끓는 물처럼 온몸을 달구었다. 끊임없이 마음속으로 리기아의 이름을 부르지 않았다면, 그리고 어깨에 두르고 나온 리기아의 옷으로 입을 틀어막지 않았다면, 비니키우스는 벌써 질식하여 쓰러졌을 것이다. 그렇게 한참을 무작정 달리다 보니 지금 자기가 가고 있는 곳이 어딘지조차 분간할 수 없게 되었다. 점점 의식이 희미해져 가면서도, 어서 이곳을 빠져나가 베드로 사도가 자기와 짝 지어준 리기아가 기다리고 있는 넓은 들판으로 가야 한다는 생각만은 놓치지 않았다. 갑자기 비니키우스는 죽음에 직면한 사람이 환영을 보는 것처럼, 반쯤은 열에 들떠 무슨 일이 있어도 죽음을 물리치고 리기아와 반드시 결혼할 수 있으리라는 기적과도 같은 확신을 품게 되었다.

비니키우스는 술 취한 사람처럼 비틀거리면서 계속해서 거리를 가로질러 달려갔다. 그러는 동안 그 광활한 도시를 집어

삼킨 괴물 같은 불길에 변화가 일어났다. 지금까지는 다만 연기를 내뿜으며 주춤거리던 불길이 하나의 거대한 불바다가 되어 폭발한 것이다. 이제 바람은 더 이상 연기를 실어오지 않았다. 이미 거리 곳곳에 퍼져 있던 연기는 작열하는 대기의 거대한 소용돌이로 인해 위로 솟구쳐 올랐다. 그 소용돌이와 함께 무수히 많은 불똥이 튀기 시작하여 마치 불바다 속을 지나는 것 같았으나, 대신 사방이 조금 전보다는 잘 보이게 되었다. 기진맥진해서 막 쓰러지려고 하는 찰나 거리의 모퉁이가 눈에 들어왔다. 다시 힘을 얻은 비니키우스는 그 모퉁이를 돌아 포르투엔시스 가도와 코데타 평지로 통하는 도로에 들어설 수 있었다. 그곳까지는 불똥이 날아오지 않았다. 일단 포르투엔시스 가도로 나가기만 하면, 설사 혼수상태가 되어 쓰러진다 해도 구조될 수 있다는 한 가닥 희망을 품고 비니키우스는 계속 달렸다.

한참 가다 보니 저 멀리 또다시 구름 같은 것이 뭉게뭉게 피어오르는 것이 보였다. 비니키우스는 '만일 저것이 연기라면 이제는 정말 끝장이다.'라고 생각하면서 혼신의 힘을 다해 연기를 헤치며 달렸다. 도중에 불똥이 옮겨 붙은 튜닉을 훌훌 벗어 던지자, 마치 네수스[7]의 속옷[8]처럼 그 옷은 즉시 스르르 불에 타버렸다. 비니키우스는 리기아의 옷으로 겨우 머리와 입을 가리고 거의 알몸이 되어 뛰었다. 가까이 다가가니 조금

---

7) 헤라클레스의 아내를 뺏으려다 화살로 사살된 반은 말이고 반은 인간인 괴물.

8) 네수스는 헤라클레스에게 복수를 하기 위해 자신의 피가 묻은 속옷을 헤라클레스에게 입히면 영원히 사랑받게 된다고 헤라클레스의 아내를 속였음. 결국 헤라클레스는 이 옷을 입고 불에 타 죽게 됨.

전에 연기라고 생각했던 구름 같은 것이 먼지라는 것을 알 수 있었다. 그리고 그 속에서 수많은 사람들의 고함과 아우성이 들려왔다.

'폭도들이 또 민가를 약탈하고 있구나.'

비니키우스는 이렇게 생각하면서 소리 나는 쪽을 향해 달렸다. 어쨌든 저곳에는 사람들이 있다. 그들은 나를 도와줄지도 모른다. 그런 희망을 안고 그는 있는 힘을 다해 살려달라고 소리쳤다. 그것이 그의 마지막 외침이었다 별안간 눈앞이 시뻘겋게 번하더니, 숨을 쉴 수 없었고, 온몸에 맥이 탁 풀렸다. 비니키우스는 그 자리에 털썩 쓰러졌다.

사람들은 비니키우스의 고함 소리는 듣지 못했지만, 다행히 그가 쓰러지는 모습을 보았다. 두 남자가 물이 가득 든 바가지를 들고 뛰어왔다. 탈진해서 쓰러지긴 했지만 비니키우스의 의식은 아직 가물가물 남아 있었다. 그는 두 손으로 바가지를 움켜잡고 벌떡벌떡 절반이나 물을 들이켰다.

"고맙소. 자아, 나를 좀 일으켜주시오……. 혼자 걸어갈 수 있으니……." 비니키우스가 말했다.

일꾼 한 사람이 그의 머리 위에 물을 끼얹어 주었다. 그러고는 두 사람이 힘을 합해 그를 일으켜 다른 사람들이 모여 있는 곳까지 부축해서 데리고 갔다. 사람들은 그를 에워싸고 부상이 심하지는 않은지 걱정스럽게 물었다. 그들의 태도가 너무나 친절해서 비니키우스는 놀라지 않을 수 없었다.

"여러분은 대체 어떤 분들이십니까?"

"불이 포르투엔시스 가도까지 번지지 않게 여기 있는 집들을 부수고 있습니다."

일꾼 중 한 사람이 대답했다.

"제가 쓰러졌을 때 도와주셨죠? 정말 감사합니다."

"도움을 청하는 사람을 못 본 체할 순 없죠."

사람들은 이구동성으로 대답했다.

이른 아침부터 줄곧 약탈과 주먹다짐을 일삼는 짐승 같은 사람들만 보아온 비니키우스는 한동안 어리둥절해서 그들의 얼굴을 주의 깊게 바라보다가 "여러분…… 그리스도께서 당신들에게 은혜를 베푸시길 빕니다." 하고 말했다.

"그리스도의 이름에 영광이 있기를!" 많은 사람들이 일제히 대답했다.

"리누스는 어디 있습니까?" 비니키우스가 물었다. 그러나 그는 더 이상은 물을 수도, 대답을 들을 수도 없었다. 흥분한 데다가 지칠 대로 지쳐 또다시 의식을 잃고 말았던 것이다. 간신히 정신을 차렸을 때는 코데타 평지에 있는 한 정원에서 몇몇 남자와 여자들에게 둘러싸여 있었다.

"리누스는 어디에 있습니까?" 이것이 그가 눈을 뜨고 제일 먼저 한 말이었다.

잠시 아무 대답도 없었다. 조금 후 비니키우스의 귀에 낯익은 목소리가 들려왔다.

"그분들은 노멘타나 문을 통해 오스트리아눔으로 가셨습니다……. 이틀 전에요……. 안심하십시오, 페르시아의 왕이시여!"

비니키우스는 자리에서 벌떡 일어나 앉았다. 눈앞에는 뜻밖에 킬로가 서 있었다.

"나리!" 하고 그리스인이 입을 열었다. "카리내에도 벌써 불이 붙었으니, 나리의 저택도 이미 잿더미가 되었을 것입니다. 그래도 나리는 언제나 마이다스와 같은 부자이십니다.

아, 그러나 이 무슨 끔찍한 변고란 말입니까! 세라피스[9]의 아드님이여! 그리스도교 신자들은 이미 오래전부터 로마가 불로 멸망할 것이라고 예언했습니다……. 리누스는 지금 주피터의 따님을 데리고 오스트리아눔으로 피난 갔습니다……. 아아, 로마가 이런 참혹한 꼴을 당하다니!"

비니키우스는 또다시 의식이 몽롱해졌다.

"그 두 사람을 보았단 말인가?" 비니키우스가 물었다.

"보다마다요……. 제 이 두 눈으로 똑똑히 보았습니다, 나리. 그리스도와 또는 신들이 돌보아 주신 덕택으로 저는 이런 좋은 소식을 가지고 나리의 은혜에 보답할 수 있게 되었습니다. 아아, 오시리스[10]여! 저는 나리께 그 이상으로 은혜를 갚겠습니다. 불타고 있는 저 로마에 대고 맹세하나이다."

날은 저물고 있었지만, 불길이 더욱 사나워진 탓에 정원은 대낮처럼 밝았다. 지금은 도시의 몇몇 지역이 타고 있는 것이 아니라, 로마라는 도시 전체가 끝에서 끝까지 불바다를 이루고 있었다. 눈이 닿는 아득히 먼 곳까지 하늘은 온통 붉은빛으로 물들어 있었다……. 그날 온 세상에는 붉은 밤이 찾아왔다.

9) 고대 이집트의 최상의 신. 로마에까지 전파됨.

10) 고대 이집트에서 저승을 지배하고 죽은 사람을 심판하는 신.

제44장

활활 타오르는 도시의 불빛은 인간의 눈길이 미칠 수 없는 먼 곳까지 넓게 퍼져 온 하늘을 비추고 있었다. 둥근 보름달이 산 뒤쪽으로부터 떠올랐으나, 이글이글 타오르는 불길의 광채에 눌려 벌겋게 달군 구릿빛을 띤 채, 세계를 호령하던 대도시가 멸망해 가고 있는 것을 경이로운 눈길로 굽어보는 듯했다. 붉은 장밋빛으로 물든 광활한 하늘에는 역시 장밋빛의 별들이 반짝이고 있었다. 맑은 날에는 달빛과 별빛으로 하늘이 더 밝지만 지금은 대지가 하늘보다 더 환했다. 로마는 타오르는 거대한 장작더미가 되어 캄파니아 평원을 시뻘겋게 물들였다. 그 피처럼 붉은 빛깔로 인해 먼 곳에 있는 산과 별장, 신전, 기념비, 그리고 주변의 여러 언덕에서 시내를 향해 뻗은 수도교(水道橋)가 또렷하게 모습을 드러냈다. 그 위에는 단순히 안전을 위해 피난 나온 사람들과 불구경을 하기 위해 모여든 사람들로 인산인해를 이루고 있었다.

계속해서 불길은 도시의 새로운 구역을 속속 집어삼키고 있었다. 처음에 화재가 발생한 곳 외에도 곳곳에서 불길이 치솟는 것을 보면, 파멸을 재촉하는 누군가의 손이 일부러 불을 지르고 있는 것이 분명했다. 불은 로마의 기반인 일곱 개의 언덕을 타고 파도처럼 골짜기로 밀려왔다. 그 골짜기에는 5층 혹은 6층짜리 건물이 빽빽하게 들어서 있고, 소매상들과 관람객들에게 다양한 오락거리를 제공하기 위해 임시로 세운 조립식의 목조 원형경기장을 비롯해 올리브와 곡식, 호두, 솔방울 등 가난한 천민들의 식료품들과 목재, 비좁은 골목길에 모여 사는 빈민들에게 가끔씩 황제가 나누어주는 의복 등을 보관하는 창고가 밀집되어 있었다. 근처에는 타기 쉬운 물건들이 잔뜩 쌓여 있었으므로 불은 걷잡을 수 없이 무서운 속도로 번져나가 다른 거리들도 속속 잿더미로 만들어가고 있었다. 교외에서 천막을 치고 노숙하는 사람들이나, 수도교 위에 서 있는 사람들은 이제 불꽃의 빛깔만 봐도 무엇이 타고 있는지 알 수 있었다. 불바다 속에서 미친 듯 휘몰아치는 돌풍과 함께 수천, 수만 개나 되는 빨갛게 달구어진 호두와 아몬드 껍질이 타닥타닥 소리를 내면서 별안간 공중으로 어지럽게 날아오르는 모양은 마치 밤하늘을 나르는 수많은 황금빛 나비 떼 같았다. 그것들은 허공에서 소리를 내며 터지거나, 아니면 바람에 날려 먼 동네, 수도 위, 혹은 로마 근교의 벌판에 떨어지곤 했다. 이제 불을 끌 수 있다는 희망은 조금도 없었다. 한쪽에서는 로마의 피난민들이 한꺼번에 우르르 성문을 통과하여 시외로 쏟아져 나오는가 하면, 다른 한편에선 로마 근교의 작은 마을에 사는 사람들과 농민들, 그리고 캄파니아 평원의 야만적인 양치기들이 약탈을 하기 위해 떼 지어 로마로 몰려가는 통에 혼란은 시시각각 더해만 갔다.

군중의 입에서는 "로마가 멸망한다!"는 고함 소리가 끊이지 않았다. 그 대도시가 파멸로 치닫는다는 것은 당시로서는 곧 지배 체제의 종말이라고 할 수 있었고, 민중을 하나로 묶어놓고 있던 모든 속박으로부터의 해방을 의미하는 것이기도 했다. 대부분이 노예들이거나 혹은 이방인 출신인 폭도들에게는 로마의 통치 따위는 아무래도 좋았다. 그저 그 도시가 잿더미로 화하면 자기들이 쇠사슬에서 벗어나 자유의 몸이 된다는 사실만 두 손 들어 환영할 뿐이었다. 이제 군중은 도처에서 점점 위협적인 태도를 취했고, 폭행과 약탈은 더욱 극심해졌다. 지금은 모두 로마가 멸망해 가는 광경에 정신을 빼앗기고 있지만, 일단 도시가 잿더미로 변하고 나면 당장이라도 살육이 벌어질 판국이었다. 수만 명에 이르는 노예들은 로마가 헤아릴 수 없을 만큼 많은 신전과 성곽들 외에도 세계 각처에 수십 개 군단의 병력을 보유하고 있다는 사실을 아는지 모르는지, 오직 자기들을 이끌 지도자가 나서서 통솔해 주기만을 기다리고 있는 것 같았다. 군중은 스파르타쿠스의 이름을 외쳤으나 그는 이미 살아 있는 인물이 아니었다. 오합지졸의 시민들이 구름처럼 모여들면서 닥치는 대로 무기를 들었다. 각양각색의 괴이한 소문들이 성문에서 성문 일대를 떠돌아 다녔다. 어떤 사람은 불카누스[1]가 주피터의 명령을 받고 땅속에서 불을 내뿜어 로마를 파멸시킨 것이라고 했고, 어떤 사람은 루브리아가 저지른 죄에 대해 베스타 신이 벌을 내린 것이라고 말했다. 신의 노여움 때문이라고 생각하는 사람들은 화재 현

1) 불의 신.

장에서 물건을 건져낼 생각은 하지 않고, 신전에 틀어박혀 제신들의 자비만 빌고 있었다. 그러나 가장 널리 퍼진 소문은 황제가 수부라 거리에서 풍기는 악취를 못 참아 '네로니아'라는 새로운 도시를 세우려고 로마를 불태워 버리라는 명령을 내렸다는 설이었다. 그 말을 듣고 군중은 미친 듯이 격분했다. 비니키우스가 생각한 것처럼 그 증오와 반발심을 적절히 이용할 줄 아는 용기 있는 야심가만 있었더라면, 네로의 몰락은 몇 년쯤 앞당겨졌을지도 모르는 일이었다.

황제가 안전히 실성해서 근위병이나 검투사들로 하여금 시민들을 습격하게 하고, 대규모 학살을 자행하게 했다는 새로운 소문이 돌았다. 사육장의 짐승들이 풀려나온 것도 붉은 수염의 명령 때문이 확실하다며, 신의 이름을 걸고 큰 소리로 단언하는 자들도 나섰다. 거리에서 불타는 갈기를 흔들어대는 사자나 미쳐 날뛰는 코끼리, 사람을 밟아 뭉개는 들소를 보았다는 자도 있었다. 사실 그것들은 전혀 근거 없는 소문만은 아니었다. 몇몇 지역에서는 불길이 다가오는 것을 보고 놀란 코끼리가 우리를 부수고 밖으로 뛰쳐나와, 불길이 미치지 않은 곳을 향해 폭풍처럼 질주하며, 앞을 가로막는 것은 뭐든지 닥치는 대로 들이받고, 짓밟은 사례가 있었기 때문이다. 소문에 의하면 불에 타 죽은 사람의 수는 수만 명에 이른다고 했으나, 실제로는 더 많은 사람이 죽었다. 전 재산이나 사랑하는 사람을 잃고 절망한 나머지 불 속으로 뛰어든 사람도 있었다. 카피톨리움 언덕과 퀴리날리스, 비미날리스, 에스퀼리누스 언덕들 사이, 또 팔라티움 언덕과 캘리우스 언덕 사이 등, 번화하기로 소문난 도시의 중심부 곳곳에서 한꺼번에 불이 났기 때문에, 많은 이들이 갈팡질팡하며 같은 방향으로 달아나

다가, 뜻밖에 반대쪽에서 홍수처럼 밀려오는 새로운 불길에 휩싸여 무참히 떼죽음을 당하기도 했다.

시민들은 공포와 혼란, 광기에 휩싸여 어디로 피해야 할지 어떻게 해야 할지 갈피를 잡지 못했다. 도로마다 가구와 그 밖의 여러 가지 물건들이 산더미처럼 쌓여 있어 빠져나갈 길이 거의 막혀 있었다. 시장이나 광장, 몇 년 후에 플라비우스 원형경기장[2]이 세워지게 되는 곳, 대지의 여신 테라를 기리는 신전 주위와 리비에 주랑 근처, 그보다 조금 위에 있는 주노 혹은 루키나[3] 신전 주변, 다시 비브리우스 언덕과 에스퀼리누스의 오래된 성문 사이 등으로 도망친 사람들은 하나같이 모두 화마의 제물이 되어 비참하게 죽어갔다. 불길이 미치지 않은 여러 곳에서도 나중에 검게 그을린 수백 구의 시체들이 발견되었다. 그 불쌍한 희생자들은 불길을 피하기 위해 바닥의 평석(平石)을 떼어내고 몸을 반쯤 땅속에 파묻고 있었다. 도시 중심부에서는 일가족 모두가 살아남은 경우는 드물었다. 성벽이나 성문 근처, 모든 도로에서는 불길과 인파 속에서 죽어간 사랑하는 혈육의 이름을 불러대는 여자들의 절망적인 외침이 메아리쳤다.

어떤 사람들은 신들에게 자비를 빌고, 어떤 사람들은 이 무서운 재앙을 가져온 신들을 비난했다. '해방의 신' 주피터의 신전을 향해 두 손을 높이 쳐들고 "당신이 해방의 신이라면 제발 당신의 제단과 이 도시를 구해 주십시오." 하고 탄원하

---

2) AD 71년 베스파시아누스 황제가 이 경기장을 착공했음. 플라비우스는 베스파시아누스의 가문 이름. '콜로세움'이라고 불림.

3) 분만과 해산을 주관하는 여신. 주노와 동일시 됨.

는 노인들의 모습도 보였다. 시민들의 분노는 차츰 로마의 오래된 신들에게로 향하고 있었다. 그 오래된 신들이야말로 당연히 다른 신들보다 각별하게 이 도시를 지켜주어야 할 의무가 있다고 생각했기 때문이다. 하지만 결국 모든 신들이 무력하다는 것을 깨닫게 된 사람들은 신들을 비웃었다. 이집트 제사들의 한 무리가 캘리몬티움[4] 문 근처에 있는 신전에서 간신히 구해 낸 이시스의 신상을 받들고 아시날리아 가도에 나타나자, 군중은 그 행렬 속으로 쳐들어가서, 이시스 신상을 실은 수레를 날쥐하여 아피아 성문까지 끌고 가서 마르스 신전에 옮겨놓았다. 또한 자기들에게 저항한 제사들을 마구 폭행하는 일까지 벌어졌다. 곳곳에서 세라피스나 바알[5], 야훼의 이름을 부르는 소리가 들려왔다. 야훼의 신봉자들은 수부라 근처의 골목이나 티베리스 강 건너에서 한꺼번에 몰려나와 성벽 아래 벌판을 고함 소리와 울부짖음으로 가득 채웠다. 그들의 외침에서는 어딘지 모르게 개선식과 같은 승리의 자부심이 풍겨 나왔다. '온 세상의 주'를 찬양하는 유대교도들의 합창에 동참하는 시민이 있는가 하면, 그런 환호성에 분개하여 폭력으로 막으려는 사람도 있었다. 곳곳에 야훼를 따르는 유대교인들이 모여 남녀노소를 막론하고 기묘하면서도 엄숙한 노래들을 불렀다. 의미는 잘 알 수 없었지만, "보라! 분노와 재앙의 날, 심판관이 오신다!"라는 구절이 되풀이되고 있었다. 밤을 지새운 사람들의 물결은 술렁이는 바다처럼 불타는 도시를 에워쌌다.

---

4) 캘리우스 언덕을 포함한 로마의 한 지역.

5) 고대 셈 족의 태양신.

그러나 한탄도, 비난도, 성가도 아무 소용이 없었다. 이 재앙은 예정된 운명처럼 극복할 수도, 용서받을 수도 없는 확고한 것으로 다가왔다. 폼페이우스 원형경기장 주변에서는 전차경기에 쓰이는 각종 마구들과 검투 시합에 필요한 삼베와 아마천 등을 쌓아놓은 창고가 불타기 시작했고, 동시에 삼베에 칠하는 송진을 담은 통들을 보관한 곳에서도 불길이 치솟기 시작했다. 몇 시간 동안에 마르스 광장 뒤쪽 지역 전체가 황금빛 불꽃에 휩싸였다. 공포에 질려 얼이 빠진 군중은 잠시 동안 눈앞에 펼쳐지고 있는 불빛을 태양빛으로 착각하기도 했다. 세계가 멸망함에 따라 밤낮이 뒤바뀌어 버린 것이다. 얼마 후 그 일대에 시뻘건 핏빛의 어마어마한 불길이 일어나 다른 불꽃들을 완전히 제압했다. 지상의 불바다에서 거대한 불기둥이 하늘을 향해 분수처럼 솟아오르고, 그것이 공중에서 흩어져 깃털처럼 퍼져나갔다. 바람이 불어와 그 불깃털이 황금빛 불티와 실오라기 같은 금빛 불꽃으로 바뀌어 멀리 캄파니아 상공을 지나 알바누스 산에까지 날아갔다. 밤은 점점 더 환해졌다. 이제는 대기 속에도 불빛뿐만이 아니라 불길이 배어든 것 같았다. 티베리스 강은 불빛에 물들어 핏물이 흐르는 것처럼 보였다. 이 불행한 도시는 하나의 거대한 지옥으로 탈바꿈했다. 불길은 차츰 넓은 공간을 차지하며 사방으로 치닫고 있었다. 언덕을 기습하고, 넓은 벌판과 계곡을 메우면서 날뛰고, 아우성치며, 천둥처럼 울부짖었다.

제45장

직물업을 하는 마크리누스가 비니키우스를 자기 집으로 데리고 갔다. 그는 비니키우스를 깨끗이 씻긴 다음, 갈아입을 옷과 음식을 주었다. 완전히 원기를 회복한 청년 호민관은 한시라도 빨리 리누스를 만나러 가야겠다고 말했다. 그리스도교 신자인 마크리누스는 킬로가 이미 말한 대로 리누스가 선임 사제인 클레멘스와 함께 오스트리아눔으로 갔으며, 그곳에서 새로 입교한 많은 신자들에게 베드로 사도가 세례를 주기로 되어 있다는 소식을 전해 주었다. 리누스가 이틀 전 가이우스라는 사람에게 자기의 집을 맡기고 어디론가 떠났다는 것은 이 지역 그리스도교 신자들 모두가 알고 있는 사실이었다. 그 말을 들은 비니키우스는 리기아도, 우르수스도 그 집에 남지 않고 일행과 함께 오스트리아눔으로 갔음에 틀림없다는 확신을 갖게 되었다. 그러자 그의 마음은 훨씬 가벼워졌다.

리누스는 연로했으므로 하루 만에 티베리스 강변에서 멀리 떨어진 노멘타나 문까지 갔다가 다시 강 건너까지 돌아오지는 못했으리라. 그렇다면 세례식이 거행될 때까지 며칠 동안은 성문 밖에 있는 그리스도교 신자의 집에 거처할 것이고, 리기아와 우르수스도 그와 함께 있는 것이 틀림없었다. 불은 에스퀼리누스 언덕 건너편의 경사진 곳까지는 미치지 않았으니, 그들은 분명 화재를 피할 수 있었을 것이다. 비니키우스는 이 모든 일이 그리스도의 특별한 배려라고 생각했다. 그리스도의 각별한 보살핌을 실감하면서 그의 가슴은 예전에 경험하지 못한 뜨거운 사랑으로 벅차올랐다. 그는 자신의 남은 생애를 다 바쳐 이 은총에 보답하리라고 맹세했다.

그러기 위해서라도 서둘러 오스트리아눔에 가야만 했다. 그곳에 가면 리기아는 물론이고, 리누스나 베드로 사도도 만날 수 있다. 비니키우스는 그들을 데리고 어딘가 먼 곳으로, 가령 시칠리아에 있는 그의 별장으로 가고 싶었다. 로마는 지금 불타고 있다. 며칠 후에는 잿더미만 남게 될 것이다. 재난과 폭도들 틈에서 살아야 할 이유가 무엇인가? 시칠리아에 있는 영지에 가면 충직한 노예들의 시중을 받으며 전원의 정적을 만끽하고, 그리스도의 품 안에서 베드로 사도의 축복을 받으며 평화롭게 살아갈 수 있다. 그러려면 무엇보다 먼저 그들을 찾아야 한다!

하지만 그게 어디 쉬운 일이란 말인가! 비니키우스는 아피아 가도에서 티베리스 연안까지 오는 동안 부딪쳤던 여러 가지 난관과, 포르투엔시스 가도로 돌아오느라고 긴 시간을 허비한 것을 떠올렸다. 그래서 이번에는 반대 방향으로 돌아가기로 했다. 개선 가도로 나가면 강을 따라 에밀리아누스 다리에 이르게 된다. 거기서부터 핀키우스 언덕을 넘어서 마르스 광장을 따라가면 폼페이우스, 루쿨루스, 살루스티우스의 세 정원을 통과하여 노멘타나 가도로 빠질 수 있다. 그것이 가장 빠른 지름길이다. 그러나 마크리누스나 킬로는 반대했다. 아직 불이 거기까지는 번지지 않았지만, 그쪽의 시장이나 거리가 모두 인파와 짐들로 가득 차서 움직이기가 힘들 것이라는 이유에서였다. 킬로는 바티카누스의 평지를 지나, 플라미니아 문 쪽으로 가서, 거기서 강을 건너 성벽의 바깥쪽에 있는 아킬레스 정원의 뒤쪽으로 해서 살라리아 문으로 가는 게 낫다고 권했다. 비니기우스는 잠시 망설이다가 킬로의 의견에 따르기로 했다.

마크리누스는 집을 지키기 위해 함께 갈 수 없었으나 노새 두 마리를 빌려주었다. 한 마리는 나중에 리기아를 찾았을 때 그녀를 태우라는 뜻에서였다. 노예도 한 명 데려가라고 했으나 비니키우스는 도중에 근위병을 만나면 얼마든지 데려갈 수 있으므로 정중하게 사양했다.

비니키우스는 즉시 킬로와 함께 출발하여 야니쿨렌시스 지역을 지나 개선 가도에 이르렀다. 거기도 역시 공터에는 피난민의 천막들이 늘어서 있었으나, 대부분의 주민들이 벌써 포르투엔시스 가도를 따라 바다 쪽으로 피난을 떠난 뒤였으므로, 그곳을 통과하기는 힘들지 않았다. 그들은 세프티미아 문을 통과하여 도미티아의 멋진 정원과 강 사이로 나아갔다. 정원의 거대한 사이프러스 나무들은 불빛을 받아 노을에 물든 듯 불그스름하게 보였다. 갈수록 길은 한산해졌다. 가끔 떼지어 시내로 몰려드는 농민들 외에는 앞길을 막는 것은 없었다. 비니키우스는 가능한 한 빠르게 노새를 몰았다. 킬로도 뒤처지지 않고, 비니키우스의 뒤를 바짝 따라오면서 중얼거렸다.

"불길이 뒤쪽에 있기 때문에 등이 뜨겁군. 한밤중에 이 길이 이처럼 밝은 것은 처음 있는 일이야. 오, 제우스여! 부디 소나기를 내리셔서 이 무서운 불을 꺼주시옵소서. 그렇게 해주시지 않으면 당신이 로마를 사랑하신다는 것은 다 거짓이라고 여기겠습니다. 인간의 힘으로는 도저히 이 불을 끌 수가 없습니다……. 그리스를 포함하여 온 세계가 그 앞에 머리를 조아리던 위대한 로마도 이제는 끝장입니다. 지금은 무서운 불길을 제일 먼저 목격한 이 그리스인이, 그 불에 콩을 구워 먹을 수도 있게 되었습니다. 이렇게 될 줄 누가 알았겠습니까? 앞으로 로마도 없어질 것이고, 로마의 귀족들도 사라질 것입니다. 누구나 그 폐허를 밟고 돌아다닐 수 있고, 입김으로 불어서 마음대로 그 재를 날려버릴 수도 있을 것입니다. 아아, 신들이여! 세계를 정복한 이 대도시의 잔재를 아무렇지도 않게 날려버릴 수 있다니! 그리스인도, 그 어떤 야만인들도 그런 짓은 감히 꿈도 꾸지 못했습니다……. 재가 산더미처럼 쌓여 있으니 누구든지 원하면 그 재를 훌훌 불어버릴 수 있습니다. 양치기가 목장에서 피워 올린 모닥불이나, 대도시의 화재나 남는 것은 다 같은 잿더미가 아닙니까? 어차피 바람이 불면 날아가 버릴 운명일 테니 말입니다."

킬로는 때때로 뒤돌아서서 불바다를 바라보았다. 그는 심술궂은 표정을 감추지 못하고 들떠 있었다. 그는 또 혼잣말을 했다.

"망한다, 망해! 로마가 이 지상에서 사라지는 것이다. 세계는 이제 어디에다 곡식과 올리브, 돈주머니를 보낼 것인가? 이제 누가 백성들로부터 돈과 눈물을 착취할 것인가? 대리석은 불에 타지 않지만, 머지않아 불길 속에서 부스러질 것이다. 카피톨리움도, 팔라티움 궁전도 다 무너져 폐허가 되고 말 것이다. 아아, 제우스여! 로마가 양치기라면, 다른 나라의 국민들은 양들과 마찬가지였습니다. 양치기는 배가 고플 때 어린 양을 죽여 그 고기를 먹고, 가죽은 신들의 아버지이신 당신께 바쳤습니다. 아아, 구름을 휘몰아치는 신이시여! 이제는 누가 양을 죽여 당신께 가죽을 바치겠습니까? 누구의 손에 양치기의 채찍을 넘겨주실 작정이십니까? 아, 아버지여! 마치 당신이 번갯불로 점화하신 것처럼 로마는 불타고 있습니다."

"어서 가자! 거기서 뭘 꾸물거리고 있느냐?"

비니키우스가 고함을 질렀다.

"나리, 저는 주피터의 신성한 도시인 로마의 운명을 생각하며 울고 있었습니다."

한동안 두 사람은 불꽃이 튀는 소리와 새의 날갯짓에 귀를 기울이며 잠자코 노새를 몰았다. 캄파니아의 별장이나 작은 마을을 보금자리로 삼고 있는 수많은 비둘기와 그 근처 해안이나 산에서 날아온 온갖 들새들이 맹렬하게 타오르는 불길의 광채를 햇빛으로 착각했는지 무리 지어 불을 향해 날아들고 있었다.

침묵을 깬 것은 비니키우스였다.

"불이 처음 났을 때 너는 어디에 있었느냐?"

"나리, 그때 저는 대경기장 근처에 가게를 가지고 있는 제 친구 에우리키우스를 찾아가는 길이었습니다. 그리스도의 가르침을 묵상하며 걷고 있는데, 갑자기 여기저기서 '불이야!' 하고 외치는 소리가 들려왔습니다. 많은 사람들이 불을 끄기 위해서, 또는 호기심에 끌려 경기장 주위에 모여들었습니다. 경기장은 온통 불길에 휩싸였고, 빠른 속도로 다른 곳으로 번지기 시작했으므로 주민들은 무엇보다 자신의 안전을 먼저 생각하지 않으면 안 되었습니다."

"집집마다 횃불을 던져 넣는 놈들을 보았나?"

"보다마다요. 에네아스의 자손이시여! 저는 그놈들이 사람들을 헤치고 지나가기 위해 함부로 칼을 휘두르는 것도 보았습니다. 선량한 시민들을 마구 죽이고, 길바닥에 널브러진 사람의 오장육부를 사정없이 짓밟는 것도 보았습니다. 아아, 만일 나리께서 그 꼴을 보셨더라면 야만족이 로마를 정복하여 살육을 자행하는 것으로 생각하셨을 것입니다! 모두가 세상의 종말이 왔다고 소리쳤습니다. 어떤 사람은 아예 망연자실해서 피신하는 것도 잊은 채 불길이 코앞에 다가올 때까지 우두커니 서 있었습니다. 미쳐서 날뛰는 자도 있었고, 절망한 나머지 울부짖는 사람도 있었습니다. 그러나 저는 기뻐 날뛰는 무리들도 보았습니다. 아무튼 나리, 세상에는 귀족 나리들께서 이룩해 놓으신 관대한 통치에 대한 고마움도, 그리고 민중이 가진 것을 모두 빼앗아 나리들의 소유로 만드는 것이 지당하다고 인정하는 저 정정당당한 법률에 대한 고마움도 모르는 배은망덕한 놈들이 많이 있습니다. 그런 인간들은 신의 뜻을 모르고 있는 것입니다."

비니키우스는 자신의 현안 문제에 깊숙이 빠져 있어 킬로의 말 속에 담긴 빈정거림을 알아채지 못했다. 살육과 칼부림이 난무하는 이 끔찍한 아비규환 속에 혹시 리기아가 있을지도 모른다고 생각하니 전율을 금할 수 없었던 것이다. 그래서 지금까지 여러 차례 확인했음에도 불구하고 다시 한 번 킬로에게 물었다.

"그래, 너는 정말로 그들을 오스트리아눔에서 보았단 말이냐?"

"틀림없이 보았습니다. 비너스의 아드님이시여! 리기아 공주도, 그 마음씨 좋은 리기 인도, 믿음이 깊은 리누스도, 사도 베드로도 모두 보았습니다."

"화재가 나기 전에 말인가?"

"네, 불이 나기 전입니다. 미트라[1]여!"

비니키우스는 문득 킬로가 또 거짓말을 하는 게 아닐까 하는 의심이 솟구쳤다. 그래서 그는 노새를 멈춰 세우고, 그 늙은 그리스인을 무서운 눈으로 노려보았다.

"너는 거기서 뭘 했지?"

이 질문에 킬로는 당황했다. 다른 많은 이들과 마찬가지로 그도 로마의 멸망과 더불어 로마의 지배도 다 끝났다고 믿고 있었는데, 막상 지금 비니키우스와 단둘이 얼굴을 맞대고 있자니 겁이 났다. 킬로는 전에 이 젊은 군인이 자기에게 그리스도교인들, 특히 리누스와 리기아의 동정을 살피지 말라고 엄명한 것을 기억해 냈다.

"나리!" 킬로가 말했다. "나리께서는 왜 제가 그분들을 사랑한다는 것을 믿어주시지 않습니까? 저는 그분들을 사랑하고 있습니다! 이제 저도 반쯤은 그리스도교 신자가 되었기에 오스트리아눔에 갔던 것입니다. 일찍이 피론[2]은 덕이란 철학보다 숭상할 만한 가치가 있는 것이라고 가르쳤습니다. 그래서 저는 그 덕이 많은 분들을 점점 더 존경하게 되었습니다. 게다가 나리께서도 아시다시피 저는 가난하기 짝이 없습니다. 나리께서 안티움에 계신 동안에 굶주림에 못 이겨 오스트리아

---

1) 페르시아의 태양신.

2) BC 3세기 그리스의 회의론자, 철학자.

눔 벽에 기대어 앉아 책을 펴놓고 오가는 사람들의 적선을 기다리곤 했습니다. 그리스도교 신자들은 자신들도 가난하면서 다른 로마 시민들이 주는 것을 모두 합한 것보다 더 많은 도움을 베풀어주기 때문입니다."

듣고 보니 그럴듯해서 비니키우스는 얼굴 표정을 누그러뜨리며 말했다.

"그런데도 너는 지금 리누스가 어디 있는지도 모른단 말이냐?"

"나리, 나리께서는 전에 제가 호기심이 많다고 엄중한 벌을 내리시지 않았습니까?"

그리스인이 대답했다.

비니키우스는 입을 다물었다. 두 사람은 말없이 계속 앞으로 나아갔다.

"나리……." 잠시 후 킬로가 말을 걸었다. "제가 아니었으면, 나리께서는 그 아가씨를 찾지 못하셨을 것입니다. 만일 제가 다시 그 아가씨를 찾아드리면, 설마 이 가난뱅이 철학자를 모른 척하시지는 않겠지요?"

"아메리올라에 있는 포도원이 딸린 집을 네게 주마." 비니키우스가 대답했다.

"아아, 헤라클레스여, 감사합니다! 포도원이 딸린 집이라고요……? 고맙습니다, 나리! 포도원이 딸린 집이라……."

두 사람은 불빛으로 벌겋게 물든 바티카누스 언덕을 지나고 있었다. 그들은 나우마키아 경기장을 지나 오른쪽으로 접어들었다. 바티카누스 평지를 가로질러 강을 건넌 뒤, 플라미니아 문으로 가기 위해서였다. 갑자기 킬로가 노새를 멈춰 세우고 말했다.

"나리, 좋은 생각이 떠올랐습니다."

"말해 봐라." 비니키우스가 대답했다.

"야니쿨루스 언덕과 바티카누스 언덕 사이에 있는 아그리피나 정원 뒤에는 황제를 위해 경기장을 건설하는 데 쓰이는 돌과 모래를 파내는 갱도가 있습니다. 들어보십시오, 나리! 티베리스 강 연안에는 유대인들이 많이 살고 있는데, 최근에 그들이 그리스도교 신자들에게 잔혹한 박해를 가하기 시작했습니다. 클라우디우스 시대에도 소동이 일어나서 황제가 유대인들을 로마에서 추방하셨던 사건을 나리도 기억하고 계실 겁니다. 그러나 지금은 모두 로마로 되돌아왔습니다. 유대교에 호의를 가지고 있는 황후의 세력을 믿고 더욱 심하게 그리스도교 신자들을 괴롭히고 있는 것입니다. 제 눈으로 똑똑히 보았기에 확실히 알고 있습니다! 아직 그리스도교 신자들에 대한 추방령은 내리지 않았습니다만, 유대인은 로마의 총독을 찾아가 그리스도교 신자들이 어린아이들을 죽이고, 당나귀 머리를 숭배한다는 둥, 또는 원로원에서 승인하지도 않은 가르침을 퍼뜨린다는 둥 중상모략을 하고 있습니다. 뿐만 아니라 자기들도 직접 그리스도교 신자들을 두들겨 패기도 하고, 기도소에 돌멩이를 던져 피해를 주기도 합니다. 그렇기 때문에 그리스도교 신자들은 유대인들을 피해 숨을 곳을 찾지 않으면 안 되게 되었습니다."

"그래서 하고 싶은 말이 뭐냐?" 비니키우스가 물었다.

"유대인들의 회당은 지금 버젓하게 티베리스 강 건너편에 있습니다만, 그리스도교 신자들은 박해를 피해 숨어서 예식을 행할 수밖에 없게 되었습니다. 성 밖에 있는 다 허물어져 가는 움막이나 모래 동굴 속에서 기도 모임을 갖고 있지요. 티베리스 강 건너편에 사는 사람들은, 강변에 줄줄이 세우는 건물이나 경기장을 짓기 위해 모래와 돌을 채굴하는 갱도의 굴 안에서 집회를 하고 있습니다. 지금 로마가 불타고 있으니 틀림없이 그리스도교 신자들이 그곳에 모여 기도하고 있을 것입니다. 지금쯤 지하의 갱도에는 수많은 사람들이 모여 있을 겁니다. 그래서 가는 길에 거기에 들러보자는 것입니다."

"하지만 넌 아까 리누스가 오스트리아눔에 가 있을 것이라고 말하지 않았느냐?"

비니키우스는 더 이상 참을 수 없다는 듯 외쳤다.

"나리께서는 제게 아메리올라에 있는 포도원이 딸린 집을 주시겠다고 약속하셨습니다." 킬로가 말했다. "저는 아가씨가 계실 만한 곳은 모두 찾아봐야 한다고 생각합니다. 화재가 발생한 뒤에 그분들은 티베리스 강 건너로 돌아오셨는지도 모릅니다……. 아니면 지금 우리들이 변두리를 걷고 있는 것처럼, 그분들도 그렇게 도시 근교를 헤매고 있을지도 모릅니다. 리누스는 자기 집을 가지고 있으므로 집에 불이 번졌는지 확인하고 싶었을 것입니다. 만일 그들이 돌아왔다면, 페르세포네[3]를 두고 맹세하지만, 지금 그들은 지하 갱도에서 기도하고 있을 것입니다. 그곳에서 그들을 찾지 못한다 해도 적어도 소식은 들을 수 있을 겁니다."

"음……. 그 말도 일리가 있다. 아무튼 가보자." 호민관이 대답했다.

킬로는 조금도 주저하지 않고 언덕을 향해 왼쪽으로 돌아갔다. 언덕의 경사에 가리어 잠시 로마의 불길이 보이지 않았

3) 지옥의 신 하데스의 아내, 지하의 여신.

다. 일대의 높은 봉우리들은 모두 불빛을 받아 환했으나, 두 사람이 걷고 있는 곳은 언덕의 그림자로 인해 그늘져 있었다. 경기장을 지나 한참 왼쪽으로 접어들자 마침내 좁고 컴컴한 협곡이 나타났다. 그런데 그 어둠 속에서 수많은 등불이 깜빡이는 것이 보였다.

"저기 있습니다. 오늘은 평소보다 많이 모일 것입니다. 다른 기도소들은 불에 탔거나 연기로 가득 찼을 테니까요."

킬로가 설명했다.

"그렇겠구나. 노랫소리가 들린다." 비니키우스가 맞장구쳤다.

과연 그 어두운 굴속에서 노랫소리가 흘러나와 언덕 위에까지 메아리치고 있었다. 등불들이 그 굴속으로 하나하나 빨려 들어가는 게 보였다. 옆에 있는 골짜기에서 끊임없이 사람들이 모여들어, 비니키우스와 킬로는 어느 틈에 군중의 무리에 섞여들게 되었다.

킬로는 노새에서 내린 다음 지나가는 젊은이를 손짓해서 불렀다.

"나는 그리스도교의 장로이다. 우리들의 노새를 맡아다오. 그대에게 축복을 내리고 죄를 사하여 주리라."

킬로는 대답은 듣지도 않고 젊은이에게 고삐를 건네준 뒤, 비니키우스와 함께 이동하는 군중 틈으로 재빨리 들어갔다.

등불의 희미한 빛에 의지하여 좁고 캄캄한 갱도를 한참 내려가니 마침내 넓적한 동굴이 나타났다. 최근까지 돌을 파냈는지 아직도 사방을 둘러싼 벽에는 울퉁불퉁한 흔적들이 생생하게 남아 있었다.

그곳은 지금까지 걸어온 좁은 갱도보다는 훨씬 환했다. 등불 외에도 촛불과 횃불로 밝혀져 있어 사람들이 무릎 꿇고 두 손을 높이 쳐들고 있는 광경이 잘 보였다. 리기아와 사도 베드로, 리누스의 모습은 눈에 띄지 않았지만, 모두 엄숙하고, 감격에 찬 표정을 짓고 있었다. 그들 중 몇몇 사람의 얼굴에는 근심과 불안이, 그리고 어떤 사람들의 표정에는 희망의 빛이 드리워져 있었다. 위쪽을 향한 눈동자들은 등불에 반사되어 반짝였고, 백묵처럼 하얀 이마에는 땀방울이 송송 맺혀 있었다. 성가를 부르는 사람, 열정적으로 그리스도를 찾는 사람, 자기 가슴을 치는 사람 등 갖가지 행동을 하면서도 하나같이 어떤 기적적인 조짐이 일어나기를 기대하는 기색이 역력했다.

이윽고 성가 소리가 그쳤다. 신자들이 서 있는 곳보다 한층 높은 곳에 있는, 큰 바위를 들어낸 벽의 우묵한 곳에 비니키우스도 잘 아는 크리스푸스가 나타났다. 그의 얼굴은 반쯤 얼이 빠진 사람처럼 몽롱하고, 창백하며, 열정적이고, 준엄하게 보였다. 사람들의 시선은 용기와 희망을 심어주는 위안의 말을 기대하며 일제히 그에게 쏠렸다. 그는 신자들을 향해 손으로 성호를 긋고 나서 무엇인가에 쫓기는 사람처럼 빠르게 절규하듯 말하기 시작했다.

"회개하십시오! 때가 왔습니다! 주께서는 악행과 간음으로 더럽혀진 또 하나의 바빌론에 파멸의 불을 내리신 것입니다. 심판의 시간, 분노와 재앙의 때가 왔습니다! 주님께서 재림을 약속하셨으니 여러분은 머지않아 그분을 뵐 수 있을 것입니다. 그러나 그리스도께서는 여러분을 죄에서 해방시키기 위해 피를 흘리신 '하느님의 어린양'으로서가 아니라, 죄인과 믿지 않는 자들을 깊은 구렁 속에 빠뜨리심으로써 자신이 세우신 정의를 실현하시는 '심판관'으로 오시는 것입니다. 아아, 가

였은 세상, 불쌍한 죄인들이여! 그들은 죄를 지었으니, 자비가 허락되지 않을 것입니다. 아아, 그리스도여! 당신이 보입니다! 별들은 이미 소나기처럼 땅에 떨어졌고, 태양은 빛을 잃었습니다. 대지는 심연의 입을 벌리고 있고, 죽은 사람들이 무덤에서 깨어나고 있습니다. 당신께서는 천사들의 나팔 소리가 울려 퍼지는 가운데, 벼락과 번개를 타고 지상으로 강림하십니다. 저는 당신의 모습을 보며, 당신의 목소리를 듣습니다. 아아, 그리스도여!"

여기서 크리스푸스는 말을 중단하고 얼굴을 쳐들더니 먼 곳을 응시했다. 갑자기 동굴 속에 한 번, 두 번, ……, 열 번 희미하게 폭죽 소리 같은 것이 울려 퍼졌다. 그것은 로마의 불타는 집들이 우르르 무너지는 소리였다. 그러나 그곳에 있는 그리스도교인들은 대부분 그 요란한 소리를 무서운 심판의 시간이 다가오고 있는 명백한 조짐으로 받아들였다. 신자들 대부분이 그리스도의 재림과 세상의 종말이 곧 닥쳐올 것이라고 믿고 있었고, 로마의 대화재로 인해 그 믿음이 더욱 확고해진 탓이었다. 신자들은 하느님에 대한 두려움에 휩싸였다. 여기저기서 "심판의 날이 왔다! 마침내 눈앞에 다가왔다!" 하고 술렁거리기 시작했다. 어떤 사람은 당장이라도 지축이 흔들리면서 대지가 갈라져, 그 속에서 지옥의 괴물들이 튀어나와 죄인들에게 덤벼들 것 같은 두려움에 두 손으로 얼굴을 가렸다. "그리스도여, 저희에게 자비를 베푸소서!", "구세주여, 저희를 불쌍히 여기소서!" 하고 고함을 치는 사람들도 있었다. 또 자신의 죄를 소리 높여 고백하는 사람도 있었고, 무서운 순간이 닥쳤을 때 떨어지지 않으려는 듯 친지의 팔을 꽉 붙잡는 사람도 있었다.

하지만 그중에는 두려움은커녕, 마치 천상의 환희를 맛보고 있는 듯 빛나는 얼굴에 미소까지 머금은 사람도 있었다. 여기저기서 웅성거리는 소리가 들려왔다. 그것은 종교적으로 감흥을 받은 사람들이 알아들을 수 없는 언어나 노래를 흥얼거리는 소리였다. 어두운 구석에서 누군가가 "잠든 자여, 깨어나라!" 하고 소리쳤다. 그 모든 목소리를 제압하듯이 크리스푸스가 크게 외쳤다. "깨어나라! 깨어나라!"

이따금 모두가 숨을 죽이고 무엇을 기다리는 듯 물을 끼얹은 것처럼 숙연해지기도 했다. 그러다가 멀리서 또다시 불에 탄 집들이 무너져 내리는 굉음이 들려오면, 새로운 방언과 기도, 함성이 계속되는 것이었다.

"구세주여, 저희를 불쌍히 여기소서!"

잠시 후 크리스푸스가 더욱 큰 소리로 외쳤다.

"여러분이 소유한 이 지상의 재물을 모두 잊어버리십시오. 대지는 곧 여러분의 발밑에서 무너질 것입니다. 지상의 사랑을 버리십시오. 주님께서는 자기의 처자식을 주님보다 더 사랑하는 자를 멸망시키실 것입니다. 창조주의 피조물을 창조주보다 더 사랑하는 자에게 재앙이 있으라! 부유한 자에게 재앙이 있으라! 사치하는 사람, 방탕한 자에게도 재앙이 있으라! 그런 자의 남편과 아내, 자식들에게도 재앙이 있으라!"

별안간 동굴 안이 술렁거렸다. 사람들은 다들 땅에 엎드린 채 악마를 막으려는 듯 두 손을 앞으로 내밀고 성호를 그으며, 숨을 죽였다. 가쁘게 몰아쉬는 숨소리와 함께 "예수님, 예수님, 예수님!" 하는 두려움에 찬 속삭임과 어린아이의 울음소리만이 간간이 들릴 뿐이었다. 그때 바닥에 엎드린 신자들의 머리 위에서 온화한 목소리가 울려 퍼졌다.

"평화가 그대들과 함께!"

때마침 동굴에 들어온 베드로 사도의 목소리였다. 그 한마디에 마치 목자를 본 양 떼처럼 모든 신자들의 공포가 눈 녹듯 사라졌다. 사람들은 몸을 일으켰다. 가까이 있던 사람들은 마치 어미 새의 날개 밑에서 보살핌을 구하는 어린 새들처럼 베드로 사도의 무릎 앞에 모여들었다. 베드로 사도는 신자들을 향해 손을 내밀며 말했다.

"여러분은 무엇을 그렇게 두려워하십니까? 감히 누가 때가 오기도 전에 앞날의 일을 미리 단언할 수 있겠습니까? 주님께서는 불로써 바빌론을 벌하셨습니다. 그러나 세례를 받아 깨끗하게 되고, '어린양'의 피로써 속죄받은 사람은 주님의 무한한 은총을 받을 것입니다. 여러분은 성스러운 그분의 이름을 부르며 얼마든지 평화롭게 죽음을 맞을 수 있습니다. 평화가 그대들과 함께하기를!"

크리스푸스의 무시무시하고, 무자비한 설교에 마음 졸였던 모든 사람들에게 방금 들은 베드로 사도의 말은 향유처럼 부드럽게 느껴졌다. 이제 하느님에 대한 두려움 대신, 하느님에 대한 사랑이 그들의 영혼을 충만하게 채웠다. 신자들은 그동안 사도들의 설교를 통해 배운 대로 그들이 사랑해야 할 대상인 인자로운 그리스도의 존재를 다시 한 번 확인했다. 그분은 결코 무자비한 심판관이 아니다. 그분은 한없는 자비로 모든 인간을 감싸 안아 죄를 사해 주시는 다정하고 인내심 많은 '어린양'이시다. 사람들은 두려움에서 벗어나 안도의 숨을 내쉬며 사도에게 진심으로 감사를 드렸다. 여기저기서 "우리는 당신의 양 떼입니다! 부디 우리를 지켜주소서!" 하는 소리가 들려왔다. 베드로 사도 가까이에 있던 사람들은 "재앙의 날에

우리를 저버리지 마십시오!" 하고 애원을 하기도 했다. 모두들 베드로 사도 앞에 엎드렸다. 비니키우스도 사도에게 다가가 그의 옷자락을 잡고, 고개를 숙인 채 말했다.

"사도님, 저를 구해 주십시오! 저는 화염에 싸인 혼잡한 거리와 인파 속에서 리기아를 찾아 헤맸으나 결국 어디에서도 그녀를 찾지 못했습니다. 하지만 사도님께서는 그녀를 제게 돌려주실 수 있으리라고 확신합니다."

베드로는 호민관의 머리 위에 두 손을 얹으며 말했다.

"믿으시오. 그리고 나와 함께 갑시다."

제46장

로마는 여전히 불타고 있었다. 제일 먼저 대경기장이 잿더미가 되었고, 최초로 불이 붙은 구역부터 한길과 골목에 있는 집들이 차례차례 무너졌다. 집이 무너질 때마다 불기둥이 하늘 높이 치솟았다. 바람의 방향이 바뀌어 바다 쪽에서 바람이 맹렬하게 불어 닥치자, 화염과 타다 남은 나무토막, 불티 섞인 뜨거운 재 따위가 캘리우스, 에스퀼리누스, 비미날리스 언덕으로 마구 날아들었다. 결국 당국에서도 화재 진압을 위한 대책을 세우게 되었다. 사흘 전 안티움에서 급히 돌아온 티겔리누스는 에스퀼리누스 언덕에 있는 집들을 부수어 더 이상 불길이 옮겨 붙지 못하도록 큰 공터를 만들라고 명령했다. 그러나 그것은 아직 불붙지 않은 도시의 일부를 간신히 구할 정도의 궁여지책이었을 뿐, 이미 불이 붙은 시가지는 속수무책이어서 아예 포기할 수밖에 없었다. 아무튼 화재로 인해 으레 일어나게 될 온갖 사태에 대해서 방법을 강구할 필요가 있었다. 로마와 더불어 헤아릴 수 없이 많은 재산이 소실되었고, 로마 시민 대부분이 빈털터리가 되었다. 수십만에 이르는 난민들이 성벽 주위를 배회하였고, 다음 날부터는 당장 굶주림에 시달리기 시작했다. 로마에 비축되어 있던 풍부한 식량이 도시와 함께 타버렸을 뿐 아니라, 권위와 질서가 무너지고 혼란에 빠진 아수라장 속에서 난민들을 위해 새로운 식량을 가져와야겠다고 생각하는 사람은 하나도 없었다. 티겔리누스가 도착하고 난 후에야 식량을 조달하기 위해 오스티아에 전령을 보냈다. 그동안 민심은 점점 험악해져 가고 있었다.

아피아 수도(水道) 부근에 있는 티겔리누스의 숙소에는 아낙네들이 떼 지어 몰려와서 새벽부터 밤늦게까지 "먹을 것을 달라! 집을 달라!"며 악을 썼다. 살라리아 가도와 노멘타나 가도 사이에 있는 병영에서 파견된 근위대가 온 힘을 다해 질서를 잡아보려고 애썼으나 결국 허사가 되고 말았다. 군중은 도처에서 공공연하게 무기를 들고 일어났다. 무기가 없는 사람들은 불타는 시가지를 손가락질하며 "차라리 저 불 속에서 죽게 해다오!" 하고 소리를 지르기도 했다. 그들은 황제와 조신들과 근위대에게 욕을 퍼부었다. 분노한 군중은 갈수록 사나워졌다. 티겔리누스조차 밤하늘로 솟아오르는 수천 개의 불기둥을 보면서, 마치 그것이 적군의 진영에서 피어나는 모닥불 같다고 생각할 정도였다. 티겔리누스의 명령에 따라 오스티아를 비롯한 주위의 여러 도시와 마을에서 가능한 한 많은 양의 밀가루와 구운 빵이 도착했다. 그러나 식량을 실은 첫 번째 수레가 한밤중에 시장 근처에 나타나자, 군중은 아벤티누스 언덕 쪽에서 문을 부수고, 한꺼번에 달려들어 먹을 것을 쟁취하려고 난장판을 벌였다. 그들은 타오르는 불빛 아래서 빵 조각을 차지하기 위해 피 흘리며 싸웠고, 그로 인해 수많은 빵들이 땅바닥에 떨어져 짓밟혔다. 자루가 터져 쏟아져 나온 밀가루로 인해 양곡 창고에서 드루수스와 게르마니쿠스의 개선문에 이르는 도로가 눈이 쌓인 듯 하얗게 변했다. 군대는 성난 군중을 진압하기 위해 어쩔 수 없이 화살과 투석기를 사용하지 않을 수 없었다. 그제야 군중은 뒤로 물러섰다.

브렌누스가 지휘하는 갈리아 족의 침입 이래, 로마가 이처럼 엄청난 재난에 처한 적은 일찍이 없었다. 사람들은 두 화재를 비교하면서, 갈리아 족 침입 때에는 적어도 카피톨리움 언덕은 남아 있었는데, 이번에는 카피톨리움마저도 화마에 휩쓸렸다며 비통해했다. 실제로 주피터 신전의 대리석이 불에 타지는 않았지만, 밤중에 바람이 잠시 불길을 솟구치게 할 때면 신전을 따라 죽 늘어선 기둥들이 마치 불타는 석탄처럼 벌겋게 보였다. 게다가 브렌누스 시대의 로마 사람들은 준법정신이 투철하고, 훈련이 잘 되어 있었으며, 도시와 신전을 사랑하는 애국적인 시민들이었다. 그러나 지금 불길에 휩싸여 있는 도시의 성벽 주위를 떠돌고 있는 사람들은 세계 여러 곳에서 흘러 들어와 언어도 다양했고, 부랑자가 아니면 대부분이 노예나 해방노예들이기 때문에 성품이 거칠고, 방종하며, 무질서했다. 또한 늘 굶주림과 빈곤에 찌들어 황제와 로마의 권위에 대해 반감을 품고 있었다.

그러나 엄청난 화재는 사람들을 공포의 도가니로 몰아넣었고, 결국 기세등등하여 날뛰던 폭도들의 기세도 어느 정도 꺾였다. 화재 후에는 어김없이 뒤따르는 기아와 전염병의 재앙 또한 우려되었다. 설상가상으로 7월의 뜨거운 햇볕이 사정없이 내리쬐였다. 화염과 폭염으로 뜨거워진 공기는 숨조차 쉴 수 없을 지경이었다. 밤이 되어도 휴식은커녕 지글지글 끓는 생지옥을 연상케 했으며, 낮에는 소름 끼치는 불길한 조짐들만 눈앞에 펼쳐졌다. 일곱 개의 언덕으로 에워싸인 거대한 도시의 중심부는 요란한 소리를 내며 폭발하는 화산의 분화구처럼 보였으며, 그 주변은 멀리 알바누스 산까지 판잣집과 천막, 오두막, 마차, 수레, 들것, 노점, 모닥불 등이 발 디딜 틈도 없이 죽 들어차 있어 마치 하나의 커다란 야영장처럼 보였다. 모든 것이 연기와 먼지로 뒤덮여 있었으며, 태양마저 매연으로 인해 그 빛을 잃었다. 도처에 소란과 비명, 위협과 증오, 싸움질이 난무한 가운데, 남녀노소 할 것 없이 모두 험악한 표정을 짓고 있었다. 로마인들 틈에는 그리스인, 털이 많은 푸른 눈의 북방 민족, 아프리카 사람과 아시아 사람이 있었으며, 시민들 가운데에도 노예와 해방노예, 검투사, 장사꾼, 수공업자, 농부와 병사들이 뒤섞여 있어 마치 인종 전시장에 모인 사람의 물결이 화염의 섬을 둘러싸고 출렁이는 것 같았다.

바람이 여기저기 파도를 휩쓸고 다니듯 온갖 소문들이 도시를 뒤흔들었다. 그중에는 좋은 소문도 있고 나쁜 소문도 있었다. 많은 식량과 의복이 시장으로 운반되는 중이며, 그것을 무상으로 배급하리라는 내용이 있는가 하면 황제의 명령으로 소아시아와 아프리카의 여러 속주에서 공출해 온 재물을 시민들에게 분배하여 그것으로 각자 집을 지을 수 있게 한다는 희망적인 소문도 있었다. 그러나 한편에서는 시내의 수도에 누군가가 독을 풀었다느니, 네로가 그리스나 이집트로 이주하여 거기서 세계를 통치하기 위해 로마를 불사르고, 시민들을 전부 학살하려 한다느니 하는 소름 끼치는 말들도 들려왔다. 어느 소문이나 번개처럼 빠르게 퍼져 나갔다. 폭도들은 그 모든 것을 전부 사실로 믿으며, 희망과 분노, 공포, 호기심 따위의 여러 가지 감정에 휩쓸리곤 했다. 엎친 데 덮친 격으로 천막으로 피신한 수천 명의 이재민들 사이에 전염병이 돌기 시작했다. 말세가 와서 세계가 불로 멸망한다는 그리스도교의 믿음이, 전통적인 로마의 제신을 숭배하는 사람들 사이에 나날이 번져갔다. 많은 사람들이 자포자기하여 정신을 차리지 못하고 살팡질팡했다. 불빛에 물든 구름 사이에서 지상의 파멸을 내려다보고 있는 신들의 환영을 보면서 실의에 빠진 사람들은 손을 들어 자비를 구하기도 하고, 그들을 저주하기도 했다.

한편 병사들이 일부 시민들의 도움을 얻어 에스퀼리누스 지역과 캘리우스 지역, 그리고 티베리스 강 건너편 일대에서 건물을 부수기 시작했다. 그 결과 그 일대는 꽤 많은 가옥이 화재를 면할 수 있었다. 그러나 오랜 세월 수많은 정복을 통해 손에 넣은 무수한 보물들, 값비싼 예술품과 화려한 신전, 지난날 로마의 영광을 상기시키는 귀중한 유적들은 모두 사라져 버렸다. 남은 것이라곤 오직 중심부에서 멀리 떨어진 타다 남은 몇몇 지역뿐이었다. 수십만 로마 시민들이 집을 잃고, 거리에 나서게 되었다. 군대가 집을 부수고 돌아다니는 것은 불이 옮겨 붙는 것을 방지하기 위해서가 아니라, 시내에 아무것도 남기지 않기 위해서라는 소문을 퍼뜨리는 자도 있었다. 티겔리누스는 황제에게 여러 차례 편지를 보내어 하루빨리 로마에 돌아와 시민들에게 얼굴을 보여주고, 그들을 진정시켜 달라고 애원했다. 그러나 황제는 도무스 트란지토리아[1]에 불이

1) 네로가 로마 시내 중심부에 건설하려 했던 '도무스 아우레아(황금의 궁전)'로 들어가는 거대한 건축물.

붙을 때까지는 꼼짝도 하려 하지 않았다. 그리고 마침내 그곳에 불이 붙었다는 전갈을 받고서야, 절정에 다다른 대참사를 보기 위해 로마로 출발했다.

제47장

불은 그동안 노멘타나 가도에까지 이르렀으나, 갑자기 바람의 방향이 바뀌어서 라타 가도에서 티베리스 강 건너편으로 번졌다. 그리고 카피톨리움을 에워싸고, 보아리움 광장으로 퍼져나가 처음에 용케 화재를 면했던 지역까지 모조리 태우고는 다시 팔라티움 궁전 쪽으로 다가갔다. 티겔리누스는 근위대 병사들을 전부 집결시키고, 점차 로마를 향해 가까이 오고 있는 황제에게 연달아 전령을 파견하여, 불길이 점점 더 세차게 타오르고 있으니, 그 장엄한 광경을 마음껏 감상하실 수 있으리라고 전했다. 그러나 네로는 불타는 도시를 더욱 생생하게 보기 위해 한밤중에 도착할 예정이었다. 그래서 일부러 알바누스 수도(水道) 부근에서 행차를 멈추고 시간을 끌었다. 그동안 네로는 비극 배우 알리투루스를 자신의 천막으로 불러들여, 그의 도움을 받아가며 화재 현장에서 시를 읊을 때의 동작과 표정, 시선 처리 등을 익혔다. 네로는 "오, 성스러운 도시여, 그대야말로 이다[1]의 산보다도 굳건하였건만!"이라는 대목에서 두 손을 모두 들어올려야 좋을지, 아니면 한 손에 류트를 든 채 다른 한 손만을 올릴 것인지에 대해 비극 배우와 진지하게 토론했다. 지금 네로에게는 시 낭송 때 표정이나 동작을 감동적으로 연기하는 것이 다른 어떤 사안보다 더 중요했다. 해질 무렵 네로는 서서히 출발했다. 시의 내용에 대해서는 페트로니우스와 의논했다. 대화재를 위해 헌정될 그 시에 제신에 대한 비장한 원망을 몇 구절 넣는 것이 좋은지, 예술적인 완성도를 따져볼 때, 자기가 태어난 고향의 몰락을 바라보는 사람의 입에서 그런 말 정도는 나와야 자연스러운 것이 아닌지 서로 의견을 주고받았다.

한밤중이 되어서야 네로는 조신과 원로원 의원, 기사, 해방 노예와 노예들, 부녀자들, 어린아이들로 구성된 자신의 '충성스런 일행'과 더불어 로마 성벽 근처에 도착했다. 16000명에 이르는 근위대가 황제의 순조롭고 안전한 로마 입성을 위해 전투대형을 갖추어 도로 양쪽을 삼엄하게 경계했으며, 흥분한 군중이 황제에게 함부로 달려들지 못하도록 선을 그어놓고 접근을 막았다. 시민은 행렬의 선두가 보이자 욕지거리를 퍼붓고, 소리 지르고, 휘파람을 불어댔지만, 감히 덤벼드는 자는 없었다. 오히려 여기저기서 환호하는 자들이 있었는데, 그들은 본래 가진 것이 없어 화재로 잃은 것도 없고, 그저 곡식이나 올리브, 의류나 금전이 평소보다 많이 배급될 것을 기대하는 천민들이었다. 마침내 티겔리누스의 명령으로 나팔과 뿔피리 소리가 울려 퍼지자 아우성과 휘파람 소리, 박수갈채가 다

1) 크레타 섬에 위치한 산으로 주피터가 양육된 곳.

잠잠해졌다. 네로는 오스티아 문 앞에 도착하자 행렬을 멈추게 하고 소리쳤다.

"집 없는 백성에 집 없는 황제. 오늘 밤 나는 이 불운한 머리를 어디에 뉘일꼬!"

델피누스 언덕을 지나 아피아 수도교에 도달하자, 네로는 자신을 위해 특별히 설치한 계단으로 올라갔다. 키타라나 류트, 그 밖의 다른 악기를 든 합창단과 조신들이 그 뒤를 따랐다.

모두 사람이 숨을 죽이고, 네로의 입에서 흘러나올 위대한 가사를 외우려고 정신을 바짝 차렸다. 만일 제대로 외우지 못하면 자기들의 신변이 안전하지 못하다는 것을 잘 알고 있었기 때문이다. 아무튼 황금으로 만든 월계관을 쓰고 자줏빛 토가를 입은 네로는 근엄한 표정을 짓고, 타오르는 불길을 지긋이 바라보고 있었다. 테르프노스로부터 황금 류트를 건네받고는 천상의 영감이라도 기다리는 듯 눈을 들어 화염에 물든 하늘을 하염없이 바라보고 있었다.

시민들은 피처럼 붉은 불빛을 받은 네로의 모습을 지켜보았다. 불꽃은 먼 곳에서 뱀처럼 혀를 날름거리며 날뛰고 있었고, 예로부터 전해 내려온 로마의 온갖 거룩한 기념물들을 에워싸고 있었다. 에반데르[2]가 지은 헤라클레스 신전도, 주피터 신전도, 먼 옛날 세르비우스 툴리우스[3]가 지은 루나 신전도, 누마 폼필리우스[4]의 궁전도, 로마 시민들의 가신(家神)을 모신

2) 메르쿠리우스 신의 아들. 이탈리아에 와서 팔라티움 시를 창건함.
3) 왕정 로마 시대의 제6대 왕.
4) 왕정 로마 시대의 제2대 왕.

베스타 신전도 모두 타고 있었다. 파도치는 불꽃 사이로 이따금 카피톨리움 신전이 보였다. 로마의 영광스러운 과거, 로마의 영혼이 모조리 타고 있었던 것이다. 그러나 황제라는 자는 손에 류트를 들고, 비극 배우와도 같은 비장한 표정을 짓고 서 있었다. 그는 눈앞에서 멸망해 가고 있는 조상의 도시에는 아무 감정이 없는 듯, 다만 어떤 몸짓과 감동적인 언어로 이 참화의 장대함을 표현할 수 있을까, 어떻게 하면 조신들로부터 경탄을 불러일으키고 열렬한 찬사와 갈채를 받을 것인가 하는 문제에만 골몰해 있었다.

네로는 그 도시를 증오하고, 시민들을 미워하고 있었다. 그가 사랑하는 것은 오로지 자기의 노래와 시뿐이었다. 따라서 그는 자기가 쓰고 있는 비극과 흡사한 광경을 직접 볼 수 있게 된 것이 더할 수 없는 행운이라고 여겼다. 시를 짓는 작가로서 그는 지금 더없이 행복했고, 시를 노래하는 가수로서 충만한 영감을 얻은 것에 마냥 흡족했다. 눈앞에 펼쳐진 경이로운 광경에 말할 수 없는 흥분을 느끼면서, 트로이의 몰락도 이 거대한 도시의 멸망에 비하면 아무것도 아니었으리라고 자신했다. 도대체 이보다 더한 기쁨을 어디서 찾을 수 있단 말인가? 온 세계를 지배하는 로마가 지금 불타고 있다. 그리고 자신은 아치형의 수도교 위에 서서 손에는 황금 류트를 들고, 자줏빛 어의(御衣)로 몸을 휘감고 만인의 주시 속에, 엄숙하게 시상(詩想)에 잠겨 있는 것이다. 발아래 어둠 속에서는 수많은 백성들이 자신들의 비참한 처지를 한탄하며 울부짖고 있다. 얼마든지 울부짖어라. 세월이 흘러 수천 년이 흐른 뒤에도, 사람들은 이 밤에 '트로이의 대화재와 멸망'을 노래한 이 시인의 위대함을 영원히 잊지 않고 찬양할 것이다. 자신에 비하면 호메로스 같은 존재는 아무것도 아니다! 속을 도려낸 리라[5]를 들고 있는 아폴로조차도 감히 나에게 견줄 수 있겠는가!

네로는 드디어 두 손을 들어올려 류트를 타면서 프리아무스의 말을 인용하기 시작했다.

"아아, 내 어버이의 보금자리여! 그리운 요람이여!"

드넓은 야외인 데다가 가늘게 떨고 있는 네로의 작은 목소리는 화마의 울부짖음과 군중의 아우성에 묻혀 거의 들리지 않았다. 악기의 반주 소리 또한 파리가 날갯짓하며 윙윙거리는 것처럼 희미하게 들릴 뿐이었다. 그러나 수도교 위에 모인 원로원 의원이나, 관리와 조신들은 머리를 조아리고 황홀경에 빠진 듯 열심히 귀를 기울였다. 네로는 오랫동안 쉬지 않고 노래를 불렀고, 그 가락은 점점 구슬픈 음색으로 이어졌다. 이따금 숨을 돌리기 위해 노래를 멈추면, 합창단이 네로가 노래한 마지막 구절을 되풀이했다. 그러자 네로는 비극 배우인 알리투루스에게 배운 대로 어깨에 걸친 시르마[6]를 과장스러운 동작으로 벗어 던진 다음 류트의 현을 뜯으며 다시 노래를 불렀다. 마침내 미리 준비한 노래가 끝나자, 네로는 눈앞에 펼쳐진 장엄한 광경을 어떤 비유를 들어 표현할까 고민하면서 즉흥시를 읊기 시작했다. 그의 얼굴 표정은 시시각각 바뀌었다. 그는 자신이 태어난 도시가 멸망하는 것에는 별다른 감회가 없었지만, 자기가 창작한 시의 비장미에 스스로 도취해서 갑자기 류트를 땅에 집어 던지고, 벗었던 시르마로 다시 몸을 감싸고는, 화석처럼 그 자리에 우뚝 서서 꼼짝도 하지 않았다.

---

5) 고대 그리스의 7현금.

6) 비극 배우들이 입는 땅에까지 끌리는 긴 옷.

그 모습은 마치 팔라티움 궁전의 안뜰을 장식하는 니오베[7] 일가의 조각상과 같았다.

짧은 침묵 후에 폭풍과도 같은 박수갈채가 터졌다. 그러나 멀리 떨어져 있는 군중은 분노와 야유로 응수했다. 그들은 황제가 불구경을 즐기고, 자기 노래에 흥을 돋우기 위해 로마에 불을 질렀다는 사실에 조금도 의심의 여지가 없다고 확신했다. 네로는 수십만의 시민들이 격분해서 외치는 소리를 듣고 그 뜻밖의 반응에 억울하다는 듯이 체념에 잠긴 씁쓸한 미소를 짓고 조신들을 향해 이렇게 말하는 것이었다.

"로마인들이란 저렇게도 짐의 시를 이해하지 못하는구나."

"못된 놈들!" 바티니우스가 대답했다. "폐하, 근위대에게 돌격 명령을 내리시어 놈들을 처벌하십시오."

네로는 티겔리누스를 향해 물었다.

"병사들의 충성심을 믿어도 되겠나?"

"여부가 있겠습니까, 폐하." 근위대장이 대답했다.

그때 옆에 있던 페트로니우스가 어깨를 으쓱하며 말했다.

"저들의 충성심은 믿을 수 있습니다만, 저들의 숫자로는 안심이 안 됩니다. 잠시 여기 이대로 머물러 계십시오. 그래도 여기가 제일 안전합니다. 우선 시민들을 진정시키지 않으면 안 됩니다."

세네카도, 집정관인 리키니우스도 같은 의견이었다. 그 사이 아래쪽의 소란은 걷잡을 수 없이 커져갔다. 시민들은 돌멩

---

7) 테베의 왕비. 많은 자식을 둔 것을 자랑하여 신들의 질투를 받아 자식들이 모두 죽었고, 신들은 그녀를 바위로 만들었다. 그러나 흐르는 눈물은 그치지 않았다고 함.

이, 천막의 기둥, 짐차나 수레에서 떼어낸 널빤지 등, 여러 종류의 도구들로 무장을 하고 있었다. 잠시 후 몇 명의 근위대 지휘관들이 와서 현재 군인들은 시민들에게 밀리면서도 간신히 대열을 사수하고 있으나, 돌격 명령을 받지 않았으므로 어찌할 바를 모르고 있다고 보고했다.

"신들이여!" 네로가 소리쳤다. "아아, 세상에 이런 끔찍한 밤이 있단 말인가! 한쪽에는 불, 다른 한쪽에는 성난 군중의 물결이라니……."

네로는 이 긴박한 상황을 어떤 멋진 말로 표현할 수 있을까 생각해 보려 했으나, 옆에 있는 신하들이 모두 사색이 되어 불안해하고 있으므로, 자기도 갑자기 무서운 생각이 들었다.

"모자가 달린 검은 외투를 가져오라!" 네로가 소리를 질렀다.

"저들에게 정녕 칼을 겨눠야 한단 말인가?"

"폐하!" 티겔리누스가 자신 없는 목소리로 말했다.

"저는 최선을 다했습니다만, 위험이 임박해 오고 있습니다. 폐하, 폐하께서 군중에게 친히 말씀을 하셔야겠습니다. 모든 일을 잘 처리하겠다고 약속을 하십시오."

"황제가 직접 폭도들 앞에 나서야 한단 말이냐? 안 된다! 누군가 짐의 이름으로 대신 말하도록 해라. 누가 짐 대신 그 일을 하겠느냐?"

"제가 하겠습니다." 페트로니우스가 차분하게 말했다.

"그래, 그렇게 해다오. 그대는 언제나 어려운 일이 있을 때마다 짐의 가장 충실한 친구였다……. 가서 저들에게 무슨 약속이든지 마음대로 해라."

페트로니우스는 태연하면서도 조롱 섞인 얼굴로 조신들을 둘러보았다.

"원로원 의원 여러분은 나를 따르시오! 그리고 피소와 네르바, 세네키오도 함께 갑시다!"

이렇게 말하며 페트로니우스는 천천히 수도교를 내려갔다. 그가 호명한 사람들은 잠시 머뭇거렸으나 그의 의연한 태도에 용기를 얻었다. 페트로니우스는 아케이드[8]의 끝에 멈춰 선 뒤 백마를 가져오라고 명령했다. 그는 백마에 올라타고 행렬의 선두에 서서 근위대의 긴 대열을 지나 폭도들의 무리가 있는 곳으로 향했다. 몸에는 무기 하나 지니지 않았고, 늘 가지고 다니는 가느다란 상아 지팡이를 들고 있을 뿐이었다.

페트로니우스는 군중 속으로 말을 몰았다. 화염의 불빛에 비친 사람들은 갖가지 무기를 쥔 손을 높이 쳐들고 있었다. 모두 붉게 충혈된 눈에 비지땀을 흘리면서 입에서는 거품을 뿜어대며 악을 쓰고 있었다. 미친 듯이 아우성을 쳐대는 성난 군중의 물결이 페트로니우스와 그 일행을 에워쌌다. 셀 수 없이 많은 머리들이 빽빽하게 들어차 마치 폭풍우가 몰고 온 파도처럼 술렁대며 거센 노도의 물결을 이루고 있었다.

분노의 외침은 점점 커져서, 인간의 소리라고는 할 수 없는 기괴한 함성으로 바뀌었다. 막대기와 쇠스랑, 심지어는 칼날이 페트로니우스를 위협했으며, 탐욕스런 손길들이 그와 그의 말고삐를 향해서 쉴 새 없이 다가왔다. 그러나 페트로니우스는 조금도 동요하지 않고, 여느 때와 다름없이 냉랭하고, 무관심하고, 군중을 무시하는 듯한 표정을 지은 채, 침착하게 군중 속으로 파고들어 갔다. 그는 이따금 군중 가운데서 무례해 보이는 사람의 머리를 지팡이로 툭툭 쳤는데, 평소에 군중

8) 아치를 이루는 기둥들이 죽 늘어서 있는 회랑.

을 헤치고 지나갈 때와 다를 바가 없는 모습이었다. 그의 태연하고 자연스러운 태도에 오히려 폭도들이 놀랄 지경이었다. 마침내 그가 누구인지를 알아본 군중이 일제히 환호성을 올렸다.

"페트로니우스다! '고상한 판관'이다!"

"페트로니우스다!" 사방에서 고함 소리가 들려왔다.

그의 이름이 되풀이될 때마다 군중의 기세가 점차 누그러졌으며, 흥분도 서서히 가라앉았다. 이 세련된 귀족은 결코 민중의 인기에 연연하지 않았지만, 그들로부터 늘 존경을 받고 있었다. 예전부터 페트로니우스는 시민들 사이에서 인간적이고 관대한 사람으로 통하고 있었는데, 페다니우스 세쿤두스 경찰청장의 노예 반란 사건 이후 특히 그 인기가 높아졌다. 당시 반란을 일으킨 청장의 노예들을 전부 사형에 처한다는 무자비한 선고를 철회할 것을 주장한 이래 많은 노예들이 그에 대해 존경심을 품게 된 것이다. 천대받는 불행한 처지에 놓인 사람들은 조금만 동정을 베풀면, 금방 그 사람을 따르게 마련이다. 게다가 지금은 다들 황제가 전하라는 말이 무엇인지 궁금했다. 페트로니우스가 황제를 대신하여 이 자리에 나왔다는 것은 아무도 의심하지 않았다.

페트로니우스는 가장자리를 진홍색 테두리로 장식한 흰 토가를 벗어 높이 쳐들고, 발언을 하겠다는 뜻으로 그것을 흔들었다.

"쉿! 조용히!" 사람들이 여기저기서 외쳤다.

주위는 순식간에 조용해졌다. 페트로니우스는 안장 위에서 몸을 곧추세우고 낭랑한 목소리로 또박또박 말하기 시작했다.

"시민 여러분! 지금부터 내가 말하는 것을 멀리 뒤에 있는 사람들에게도 전해 주시오. 그리고 당부하거니와, 여러분은 경기장의 야수와는 다른, 인간다운 태도를 취해 주기 바라오."

"자, 들어보자! 어디 들어보자!"

"잘 들으십시오. 로마는 곧 재건될 것입니다. 우선 루쿨루스[9], 메케나스[10], 아그리피나[11]의 세 정원과 황제의 정원을 여러분에게 개방하겠습니다. 내일부터 곡식과 포도주, 올리브의 배급이 실시될 예정이므로, 여러분은 누구나 배불리 먹고 마실 수 있게 됩니다. 또한 황제께서는 지금까지 구경한 적이 없었던 성대한 경기를 개최하고, 향연을 베풀고 풍성한 선물을 나누어주실 예정입니다. 여러분은 불이 나기 전보다 더 풍족하게 살게 될 것입니다."

물에 돌을 던지면 가운데에서 바깥쪽으로 파문이 일 듯 가까이 있던 사람들의 말이 멀리 뒤에 있는 사람들에게로 차츰 전달되어 사방으로 퍼져나갔다. 여기저기서 환호와 갈채가 일어나더니, 마침내 그것은 하나의 커다란 함성으로 변했다.

"빵을 달라! 경기를 열어달라!"

페트로니우스는 토가를 입고 잠시 꼼짝도 하지 않고 군중의 소리에 귀를 기울였다. 새하얀 복장을 한 그의 모습은 대리석 조상을 연상케 했다. 사람들의 함성은 화염의 포효가 들리지 않을 만큼 우렁찼으며, 점점 더 멀리, 더 속속들이 퍼져나갔다. 그러나 황제의 사신은 할 말이 더 남은 듯 그대로 자리를 지키고 있었다. 페트로니우스는 다시 손을 들어 조용히 하라

---

9) BC 1세기 장군. 소아시아의 폰투스 왕국을 정복했음.

10) 초대 황제 아우구스투스의 친구이자 고문. 예술과 문학의 후원자.

11) 여기서는 네로의 어머니가 아니라 아우구스투스의 손녀인 대(大) 아그리피나를 가리킴.

는 손짓을 하며 큰 소리로 말했다.

"나는 여러분에게 '빵과 경기'를 약속하겠습니다. 그러니 여러분은 먹을 것과 입을 것을 주시는 황제를 위해 만세를 외쳐주시오. 자아, 그런 후에는 각자 돌아가서 잠자리에 드시오. 시민 여러분, 머지않아 곧 새 날이 올 것이오."

말을 마치고 페트로니우스는 왔던 길을 되돌아가기 위해 말고삐를 돌렸다. 그는 길을 가로막는 자들의 머리를 지팡이로 가볍게 두드리면서 유유히 근위대의 대열이 있는 곳으로 돌아왔다.

잠시 후 페트로니우스는 수도교의 아케이드 밑에 도착했다. 위쪽에서 기다리던 사람들은 모두 겁에 질려 있었다. '빵과 경기'라는 말이 잘 들리지 않았기 때문에 또다시 새로운 소요가 일어났다고 생각한 것이다. 페트로니우스가 무사히 돌아오리라고 예상한 사람은 아무도 없었다.

네로는 페트로니우스의 얼굴을 보자 그를 반기기 위해 친히 계단 아래까지 내려갔다. 그는 흥분한 나머지 창백한 얼굴로 물었다.

"어떻게 되었는가? 그래, 그놈들은 어떻던가? 이미 난리가 벌어졌나?"

페트로니우스는 숨을 깊게 들이마셨다가 내뱉으며 말했다.

"폴룩스에게 맹세하는데, 그놈들이 어찌나 땀을 흘리는지 그 냄새를 견딜 수가 없었습니다! 누구 향유 가진 사람 없소? 토할 것만 같소."

그리고 황제를 돌아보며 말했다.

"저는 그들에게 약속했습니다. 곡식과 올리브를 배급하고, 정원을 개방하며, 경기를 개최하겠다고 말입니다. 그들은 폐하를 다시 신처럼 받들 것이며, 폐하를 위해 갈라진 입술로 만세를 외칠 겁니다. 오, 신들이여! 평민들은 왜 저렇게 역겨운 냄새를 풍기는지 모르겠습니다."

"저는 근위대에게 출동 준비를 시키고 대령하고 있었습니다……. 만일 페트로니우스가 군중을 진정시키지 못하면, 저 귀찮은 놈들이 영원히 입을 놀리지 못하게 할 참이었습니다. 폐하, 제게 근위대를 출동시키라는 명령을 내리시지 않은 것은 유감입니다."

티겔리누스가 원망스러운 목소리로 외쳤다. 페트로니우스는 티겔리누스를 바라보더니 어깨를 으쓱하며 말했다.

"아직은 기회가 있소. 이것으로 모든 일이 다 해결된 것은 아니니 말이오. 어쩌면 내일이라도 당장 병력을 사용하지 않으면 안 될 일이 생길지도 모르오."

"아니, 아니다!" 황제가 중간에 끼어들었다. "짐은 그들을 위해 정원을 개방하고, 양식을 분배할 것을 명하겠다. 수고했다, 페트로니우스! 검투 경기도 곧 개최하겠노라. 그리고 오늘 너희들 앞에서 부른 노래를 시민들 앞에서 불러 보이겠다."

황제는 페트로니우스의 어깨에 두 손을 올려놓고 잠시 아무 말도 하지 않았다. 그러더니 곧 기분을 가라앉히고 질문을 던졌다.

"솔직하게 말해 다오. 아까 짐이 노래를 부를 때, 그 모습이 어떠했는가?"

"폐하께서는 그 광경에 너무도 잘 어울리셨고, 그 광경 또한 폐하의 모습에 절묘하게 어울렸습니다."

이렇게 말하며 페트로니우스는 다시 한 번 화재 현장으로 눈길을 돌렸다.

"한 번만 더 봅시다. 그리고 이제 옛 로마와는 영원히 작별을 고하는 겁니다."

제48장

베드로 사도의 말은 그리스도교도들의 마음속에 희망과 용기를 북돋워 주었다. 그들은 언제나 세상의 종말을 가깝게 느끼고 있었지만, 지금 당장 무서운 심판이 내리지는 않으리라고 믿게 되었다. 그전에 먼저 네로의 지배가 종말을 고하게 되리라. 그리스도의 정신에 위배되는 통치를 했으니 하느님께서는 악행을 저지른 네로를 먼저 심판하시리라. 힘을 얻은 신자들은 기도가 끝나자 갱도에서 나와 제각기 임시로 지은 오두막 또는 티베리스 강 건너편의 자신들의 거처로 돌아갔다. 수십 군데서 일어난 불이 바람의 방향이 바뀌면서 다시 강 쪽으로 번져서 모든 것을 다 태우고 난 뒤, 이제야 겨우 가라앉았다는 소식이 전해졌다.

사도 베드로도 석굴을 나섰다. 비니키우스는 킬로와 함께 그 뒤를 따랐다. 청년 호민관은 행여 사도의 기도에 방해가 될까 봐 조심하면서 눈짓만으로 자비를 구하며 묵묵히 걸었다. 비니키우스는 여전히 불안에 떨고 있었다. 많은 사람들이 사도 곁에 다가와서 그의 손이나 옷자락에 입을 맞추었다. 어머니들은 팔에 안은 아이를 사도에게 내밀었다. 길고 컴컴한 통로는 무릎을 꿇고 등불을 쳐들며 강복을 청하는 사람들로 가득 찼다. 나란히 걷고 있는 다른 사람들은 성가를 부르고 있어서 비니키우스가 뭔가 묻고 싶어도 물을 수가 없었다. 골짜기 사이의 비좁은 통로는 인파로 득실거렸다. 겨우 넓은 도로로 나서자 거기서부터는 불타는 도시가 한눈에 들어왔다. 사도는 로마를 향해서 방향을 바꿔가며 세 번 성호를 그은 다음, 비니키우스를 돌아보며 말했다.

"걱정하지 마시오. 이 근처에 석공의 오두막이 있는데, 리기아는 리누스와 그 충실한 하인과 함께 그곳에 있습니다. 리기아를 당신의 배필로 정해 주신 그리스도께서는 당신을 위해 그녀를 지켜주고 계십니다."

비니키우스는 감격해서 다리가 후들거리고 쓰러질 것만 같았으나, 옆에 있는 바위를 짚고 간신히 몸을 지탱했다. 안티움에서 먼 거리를 말을 타고 달려온 데다 성벽 근처에서 죽을 고생을 했고, 잠잘 사이도 없이 리기아를 찾아 불 속을 넘나들며, 그야말로 생지옥 속에서 며칠을 지냈기에 완전히 기진맥진한 것이다. 그런데 지금 이 세상 그 무엇과도 바꿀 수 없는 소중한 사람이 가까이에 있고 곧 그녀를 볼 수 있다는 말을 듣자, 너무 기쁜 나머지 그나마 남아 있는 힘마저 전부 빠져버렸다. 비니키우스는 사도의 발 앞에 쓰러져 그의 다리를 얼싸안은 채 잠시 동안 아무 말도 하지 못했다.

사도는 감사와 찬미의 인사를 뿌리치며 말했다.

"내가 아닙니다. 내 앞에 무릎 꿇지 마십시오. 그리스도께 감사하십시오."

"아, 참으로 고마운 신이시군!" 뒤에서 킬로가 말했다. "그런데 젊은이에게 맡겨둔 노새는 어떻게 할까요?"

"일어서시오. 그리고 나와 함께 걸읍시다." 베드로가 젊은이의 손을 잡으며 말했다.

비니키우스는 몸을 일으켰다. 불길에 비친 그의 핼쑥한 얼굴에는 감동의 눈물이 흐르고 있었다. 마치 기도하고 있는 것처럼 그의 입술이 가볍게 떨렸다.

"자아, 그럼 어서 갑시다." 베드로가 재촉했다.

그러자 킬로가 되풀이했다.

"나리, 뒤에 남겨놓고 온 노새는 어떻게 할까요? 이 고명하신 예언자께서 걷는 것보다는 노새를 타고 가시는 편이 좋지 않을까요?"

비니키우스는 뭐라고 대답해야 좋을지 몰랐으나, 베드로에게서 석공의 오두막이 가까이 있다는 말을 듣고 이렇게 명령했다.

"노새는 마크리누스의 집으로 도로 갖다주어라."

"저…… 죄송합니다만, 아메리올라에 있는 집에 대해서는 아무쪼록 잊지 마시기를 바랍니다. 아무튼 이런 무서운 불길 속에서는 사람들은 그런 조그만 약속 따위는 쉽게 잊어버리니까요."

"그 집은 네게 준다고 이미 말하지 않았느냐?"

"오, 누마 폼필리우스의 자손이여! 저도 그렇게 말씀하실 줄 알았습니다. 방금 하신 그 약속은 저뿐만 아니라 이 훌륭하신 사도님께서도 함께 들으셨으므로, 나리께 굳이 포도원에 대해 상기시켜 드리지 않아도 다 약속이 된 것으로 알겠습니다. 두 분께 평화가 함께하기를 빕니다. 그럼 또 뵙겠습니다. 평화가 있기를!"

"네게도 평화가 있기를!" 사도 베드로와 비니키우스가 동시에 대답했다.

두 사람은 오른쪽으로 꺾어져 언덕을 향해 걷기 시작했다. 도중에 비니키우스가 말했다.

"사도님, 제게 세례를 베푸시어 저도 참된 그리스도인이 될 수 있게 해주십시오. 저는 제 온 영혼을 다해서 그리스도를 사랑하고 있습니다. 충분히 마음의 준비가 되었으니 곧바로 세례를 주십시오. 그리스도께서 명하신 일은 모두 다 따르겠습니다. 사도님께서 제가 해야 할 일을 말씀해 주십시오. 무엇이든지 다 하겠습니다."

"당신의 형제를 사랑하듯이 이웃을 사랑하십시오. 그리스도를 섬기는 길은 오직 사랑밖에는 없습니다." 사도가 대답했다.

"알겠습니다. 이제 저는 그 말을 진심으로 이해하고, 또 느낄 수 있습니다. 어렸을 적부터 로마의 신들을 믿었지만, 그들을 사랑하지는 않았습니다. 그러나 지금은 한 분이신 그리스도만을 제 목숨을 다해 사랑합니다."

비니키우스는 하늘을 쳐다보며 황홀한 듯이 되풀이했다.

"그리스도는 오직 한 분이십니다. 오직 그분만이 친절하고 자비로운 신이십니다. 그러므로 이 도시뿐만 아니라 전 세계가 멸망해도 저는 그리스도만을 믿고, 그리스도만을 섬기겠습니다."

"그분께서 당신과 당신의 집안을 축복해 주실 것입니다." 사도가 말을 맺었다.

두 사람은 다른 계곡 사이로 접어들었다. 그러자 그 끝에 희미한 불빛이 보였다. 베드로는 그 빛을 손으로 가리켰다.

"저 집이 석공의 오두막입니다. 병에 걸린 리누스를 데리고 오스트리아눔에서 돌아오는 도중에 우리는 저 집에 머무르게 되었습니다. 도저히 티베리스 강 건너까지 갈 수가 없었거든요."

잠시 후 그들은 오두막에 도착했다. 그곳은 집이라기보다는 경사진 언덕의 한 귀퉁이를 파서 만든 동굴로, 바깥쪽은 진흙과 억새풀을 짓이겨 바른 벽으로 둘러싸여 있었다. 문은 닫혀 있었으나, 창문 대신 뚫어놓은 조그만 구멍을 통해 안을 밝히고 있는 불빛을 볼 수 있었다.

커다란 검은 그림자가 일어서서 "누구십니까?" 하고 물었다.

"그리스도의 종입니다." 베드로가 말했다. "그대에게 평화가 있기를, 우르바누스."

우르수스는 베드로 사도 앞에 무릎을 꿇었다. 그는 비니키우스를 보자, 큼지막한 손으로 비니키우스의 손을 덥석 잡아 자기 입술에 갖다 댔다.

"나리! 나리도 같이 오셨군요! '하느님의 어린양'의 이름에 축복이 있기를 빕니다. 칼리나 공주님이 얼마나 기뻐하실까요?"

우르수스가 문을 열자 두 사람은 안으로 들어섰다. 환자인 리누스는 짚더미 위에 누워 있었는데, 얼굴이 수척하고 안색이 상앗빛처럼 노랬다. 리기아는 저녁 준비를 하려는지 실에 꿴 물고기 두름을 손에 들고 화덕 옆에 앉아 있었다.

리기아는 조그만 물고기들을 실에서 빼는 데 열중하고 있었고, 들어온 사람이 우르수스라고 생각했기 때문에 눈길을 주지 않았다. 그러나 비니키우스가 다가가 그녀의 이름을 부르며 두 손을 내밀자 그녀는 깜짝 놀라 벌떡 일어섰다. 놀라움과 기쁨의 빛이 만면에 가득했다. 리기아는 오랫동안 홀로 떨어져 불안과 공포에 시달리던 어린아이가 아버지나 어머니를 다시 만난 것처럼 아무 말도 못 하고 비니키우스가 벌린 두 팔 안으로 와락 뛰어들었다.

비니키우스도 리기아가 저 끔찍한 불 속에서 기적처럼 살아 있는 것이 너무 감사하고 기쁜 나머지 말문이 막혀 그저 그녀를 꼭 껴안고만 있었다. 잠시 후 비니키우스는 조였던 팔을 풀고, 리기아의 관자놀이를 두 손으로 감싸서 끌어당기고는 이마와 눈에 연거푸 입 맞추고 나서, 또다시 그녀를 포옹하며, 그녀의 이름을 불렀다. 그러고는 무릎을 꿇고 그녀의 이름을 되풀이해서 부르며 찬미의 인사를 했다. 이 순간 비니키우스의 기쁨과 사랑, 행복은 더 이상 바랄 것이 없었다.

비니키우스는 리기아에게 화재 소식을 듣자마자 안티움에서 달려왔다는 것, 성벽 아래에서 겪은 모진 고생, 연기에 휩싸인 리누스의 집에서 리기아를 찾아 헤매다 불에 타 죽을 뻔한 일, 그 밖에 사도가 그녀의 은신처를 알려줄 때까지 얼마나 극심한 근심과 괴로움을 견뎌야 했던가를 이야기했다.

"그러나 이제…… 당신을 찾아낸 이상, 미쳐 날뛰는 인간들이 북적대는 화재의 현장에 당신을 내버려 둘 수는 없소. 시민들은 지금 성벽 아래에서 너 나 구분 없이 마구 살상을 저지르고 있으며, 노예들은 반란을 일으켜 시민들의 재산을 닥치는 대로 빼앗고 있어요. 앞으로 또 어떤 재난이 로마에 닥쳐올지는 오직 하느님만이 아실 거요. 나는 당신과 여기 계신 여러분 모두를 지키겠소. 오, 내 소중한 사람이여……! 나와 함께 모두 안티움으로 갑시다. 거기서 배를 타고 시칠리아로 가는 겁니다. 내 땅은 당신의 땅, 내 집은 당신의 집입니다.

아시겠소? 더구나 시칠리아에 가면 아울루스 가족과도 만날 수 있어요. 당신은 일단 폼포니아에게 돌아갔다가 정식으로 내 아내가 되어주시오. 그러니 사랑하는 이여, 제발 나를 꺼려 하지 말아요. 나는 아직 세례는 받지 못했지만, 베드로 사도님께 여쭈어보시오. 나는 조금 전 당신을 만나러 여기까지 오는 도중에, 참된 그리스도교 신자가 되고 싶다고 이미 사도님께 고백했소. 또한 이 석공의 오두막에서라도 좋으니 세례를 주십사고 부탁을 드렸어요. 나를 믿어주오, 리기아! 여러분도 나를 믿어주십시오."

리기아는 기쁨에 넘치는 얼굴로 그의 말을 듣고 있었다. 그 자리에 있는 그리스도교인들은 모두 전에는 유대인의 박해 때문에, 지금은 화재와 그로 인해 빚어진 갖가지 혼란 때문에 끊임없는 불안과 공포에 싸여 있었던 것이다. 평화로운 시칠리아로 이주하면 그 모든 문제가 해결될 것이며, 그들의 삶에는 새로운 행복이 시작될 것이다. 만일 비니키우스가 리기아만을 데리고 가겠다고 했으면, 그녀는 차마 사도 베드로나 리누스를 두고 떠날 수 없다고 했을지도 모른다. 그러나 비니키우스는 다른 사람들에게도 똑같이 권유했다.

"여러분도 같이 가십시다. 제 땅은 여러분의 땅, 제 집은 여러분의 집입니다."

리기아는 승낙의 표시로 몸을 굽혀 그의 손에 입을 맞추며 말했다.

"당신의 화덕은 제 화덕입니다."

자기도 모르게 이렇게 말하고 나서 그녀는 당황하여 얼굴을 붉혔다. 로마의 관습에 의하면 이 말은 혼인 예식에서 서약을 하는 순간에 신부가 하는 말이기 때문이다. 리기아는 혹시 비니키우스가 이런 자기의 태도를 조신하지 못하다고 여길까 봐 걱정되어 얼굴을 불꽃처럼 발그레하게 물들이며 고개를 푹 숙였다. 그러나 비니키우스의 얼굴에는 끝없는 경애의 표정만이 나타나 있었다. 그는 베드로 사도를 쳐다보며 말했다.

"로마가 불타는 것은 황제의 명령에 따른 것입니다. 안티움에 있을 때 황제는 큰 화재를 한번도 보지 못했다며 불평했습니다. 황제가 태연하게 이런 죄악을 저지른 것으로 보아 앞으로 또 어떤 끔찍한 사태가 벌어질지는 아무도 모르는 일입니다. 군대를 풀어서 선량한 시민들을 떼죽음시킬지도 모르고, 어쩌면 추방령이 내려질지도 모릅니다. 불이 진화되고 난 다음에는 틀림없이 내란이나 학살, 기아와 전염병의 재난이 밀어닥칠 것입니다. 그러니 여러분도 어서 피하셔야 합니다. 물론 리기아도 피신시키고 싶습니다. 폭풍이 지나갈 때까지 조용히 시칠리아에서 기다립시다. 그러다가 세상이 다시 잠잠해지면 그때 돌아와서 새롭게 씨를 뿌리면 되지 않겠습니까."

비니키우스의 우려가 사실이라는 것을 증명이라도 하듯 멀리 바티카누스 평지 쪽에서 분노와 공포에 가득 찬 함성이 들려왔다. 마침 그때 오두막의 주인인 석공이 집 안으로 뛰어 들어오더니 황급히 문을 닫으며 외쳤다.

"네로의 경기장 부근에서 살육이 벌어지고 있습니다. 노예와 검투사들이 재물을 약탈하려고 시민들을 습격했습니다."

"들으셨습니까?" 비니키우스가 물었다.

"이 정도로 그치면 좋으련만! 그러나 재앙은 광활한 바다처럼 끝없이 계속되리라."

베드로가 대답했다. 그러고는 비니키우스를 향해 돌아서서 리기아를 가리키며 말을 이었다.

"주님께서 당신에게 짝 지어주신 이 처녀를 안전한 곳으로 데리고 가서 지켜주시오. 그리고 환자인 리누스와 우르수스도 데려가시오."

"사도님, 맹세하건대, 이런 위험한 곳에 사도님을 홀로 남겨놓고 갈 수는 없습니다."

진심으로 사도를 존경하는 비니키우스가 소리쳤다.

"주님께서 당신의 호의에 축복을 내려주시기를 빕니다." 베드로가 말했다. "그러나 당신도 이미 들었겠지만, 그리스도께서는 호수 위에서 세 번이나 내게 '내 양 떼들을 보살피라.'고 당부하셨습니다."

비니키우스는 아무 말도 하지 못했다.

"당신은 나를 보호하라는 부탁을 아무에게서도 받지 않았지만 이처럼 내 안전을 걱정하여 나를 여기에 남겨둘 수 없다고 말하고 있소. 그런데 내가 이 재앙의 날에 어찌 갈 곳 없는 어린 양 떼를 버리고 혼자 도망갈 수 있겠습니까? 호수에 폭풍이 일어나 모두가 불안해하고 있을 때에 그리스도께서는 우리를 버리지 않으셨습니다. 그런데 그분의 종인 내가 어찌 주님을 본받지 않을 수 있겠습니까?"

리누스도 수척한 얼굴을 들며 말했다.

"아아, 주님의 대리자시여! 저 또한 사도님을 따르겠습니다."

비니키우스는 두 손으로 머리를 움켜쥔 채, 자기 자신과 싸우기라도 하듯 고민에 잠겼다. 잠시 후 그는 리기아의 손을 잡고 말했다. 그 목소리는 떨리기는 했으나, 로마의 군인답게 씩씩했다.

"제 말을 들어주십시오. 베드로 사도님과 리누스, 그리고 리기아 그대도! 나는 인간의 이성이 명하는 대로 말했습니다만, 여러분에게는 또 다른 이성이 있습니다. 그것은 자기 자신의 위험 따위는 아랑곳하지 않고, 구세주의 명령에 귀 기울일 수 있는 이성입니다. 지금까지 나는 그런 이성을 갖지 못하고 방황했습니다. 아직도 내 눈에 덮인 비늘이 완전히 벗겨지지 않았고, 옛날 그대로의 본성이 남아 있기 때문입니다. 그러나 나는 그리스도를 사랑하며, 그분의 종이 되고자 합니다. 그렇게 되는 것이 내게는 생명보다 더 소중한 일입니다. 나는 지금 여러분 앞에 무릎 꿇고, 사랑이 요구하는 사명을 다할 것을, 그리고 이 불행한 재앙의 날에 다른 형제들을 저버리지 않을 것을 엄숙히 맹세합니다."

비니키우스는 무릎을 꿇었다. 별안간 뜨거운 환희가 그를 사로잡았다. 그는 두 손을 높이 쳐들고 하늘을 향해 소리쳤다.

"아아, 그리스도여! 제가 당신의 뜻을 깨달은 것일까요? 저 같은 사람도 당신의 종이 될 수 있겠습니까?"

비니키우스의 눈에는 눈물이 가득 고였고, 사랑과 신앙의 희열에 휩싸여 온몸을 떨고 있었다. 사도 베드로는 물이 가득 담긴 질그릇을 들고 비니키우스에게 다가와 그의 머리에 물을 뿌리며 엄숙하게 말했다.

"이제 나는 성부와 성자와 성령의 이름으로 그대에게 세례를 주노라. 아멘."

그 자리에 함께 있던 사람들도 모두 천상의 기쁨으로 마음이 뿌듯해졌다. 초라한 오두막에는 지상의 것이 아닌 신비로운 기운이 감돌았으며, 천상의 음악이 흘러넘치는 것 같았다. 마치 그들의 머리 위에서 동굴의 바위가 열리고, 천사들의 무리가 하늘에서 내려오는 듯했으며, 더 높은 곳에서는 십자가와 더불어 못 자국이 생생한 주님의 손이 그들을 축복해 주는 것 같았다.

그러나 그 순간에도 밖에서는 여전히 사람들이 싸움질하며 질러대는 고함 소리와 대도시 로마를 짓밟는 화마의 으르렁거리는 소리가 울려 퍼지고 있었다.

제49장

시민들은 황제의 정원과 예전에 도미티우스와 아그리피나의 소유였던 호화로운 정원에다 천막을 쳤다. 마르스 광장, 폼페이우스와 살루스티우스, 메케나스 정원도 피난민들을 위한 야영지로 개방되었다. 그들은 주랑과 공놀이를 위해 마련된 별채, 쾌적한 여름용 정자, 정원에서 기르는 동물들을 위해 지은 조그만 사육장 같은 곳도 모두 차지했다. 정원을 아름답게 장식하기 위해 기르던 공작과 홍학, 백조, 타조, 아프리카 산 거대한 영양, 사슴 등은 천민들에 의해 모두 잡아먹혔다. 엄청나게 많은 양의 식량이 오스티아 항구를 통해 들어왔다. 티베리스 강에는 그것을 운반하는 배와 뗏목이 가득 차서 마치 다리를 건너가듯 그 위를 걸어서 강을 건널 수 있을 정도였다. 곡물이 전례 없이 싼값으로 공급되고, 빈민들은 무료로 배급을 받았다. 포도주와 올리브, 밤이 대량으로 유입되고, 산지에서는 날마다 소와 양 떼를 보내왔다. 불이 나기 전에는 간신히 입에 풀칠이나 하고 지내던 수부라 빈민들이 지금은 넉넉하게 먹고 마셨다. 기아의 공포는 이제 완전히 사라졌다. 그러나 살인과 강도, 그 밖의 갖가지 불법 행위를 통제하는 것은 전보다 어려워졌다. 너 나 없이 집을 잃고 떠돌이로 지내고 있었으므로 범죄자를 가려내기가 힘들었고, 누구나 황제의 숭배자라고 떠벌리면서 황제가 행차할 때마다 환호하며 박수갈채를 보내기만 하면 어떤 문제든 간단하게 해결되었다. 게다가 모든 공공 기관은 그 기능이 정지되어 있었고, 범죄를 막아낼 수 있는 인원도 부족한 형편이었으므로, 세계 각지에서 모여든 인간쓰레기들이 다 모여 있는 이 도시에서는 상상을 초월하는 흉악한 사건이 연달아 일어났다. 매일 밤 싸움질과 살인이 저질러졌고, 시도 때도 없이 부녀자들이 유린당하곤 했다. 캄파니아에서 들여온 가축들의 집결지가 있는 무기오니아 문 근처에서는 여러 차례 큰 패싸움이 벌어져 수백 명의 사상자가 발생하기도 했다. 티베리스 강기슭에는 매일 아침 아무도 찾지 않는 수많은 시체들이 떠올랐다. 무더운 여름철인 데다가 화재의 열기 때문에 시체는 금방 썩어서 지독한 악취를 풍겼다. 급기야 야영지에는 각종 질병이 발생했고, 사람들은 그로 인해 전염병이 돌까 봐 마음을 졸였다.

도시의 화재는 여전히 계속되고 있었다. 엿새 후 불길이 에스퀼리누스 언덕의 공터에까지 이르러서야, 더 이상의 불길이 번지는 것을 막기 위해 그 지역의 많은 집들을 미리 부숴버리는 조치가 취해졌다. 덕분에 불길은 그 기세가 점차 약화되기 시작했다. 그러나 타다 남은 잿더미는 아직도 시뻘건 불빛을 내뿜고 있었기 때문에 사람들은 이 재앙이 완전히 끝났다고는 생각지 않았다. 이레째 밤이 되자 티겔리누스 소유의 건물에 다시 불이 붙기 시작했다. 그러나 미리 짐을 옮겨놓아 불에 탈 만한 것이 별로 없었기에 그리 오래가지는 않았다. 여기저기서 불에 탄 집들이 무너지면서, 그때마다 불기둥이 하늘로 높이 치솟았다. 비로소 작열하던 불꽃이 사그라지면서 불탄 자리가 점차 거무스름해지기 시작했다……. 이제는 해가 저문 후에는 하늘이 핏빛으로 물들지 않았다. 다만 밤이 되면 시꺼멓게 변한 광활한 폐허 위에 여기저기 널려 있는 잿더미에서 이따금 창백한 푸른 불꽃이 너울거리는 정도였다.

로마의 열네 개 시구 중에서 화재를 면한 곳은 티베리스 강 건너까지 합해서 겨우 네 구역에 지나지 않았다. 나머지는 모두 화마에게 먹혀버리고 말았다. 마침내 잿더미마저 모두 타버리고 나자 티베리스 강에서 에스퀼리누스 언덕에 이르는 광활한 지역이 온통 회색빛의 음울하고, 을씨년스러운 공간으로 변했다. 그곳은 굴뚝들이 묘지의 비석처럼 줄지어 서 있어서 죽음의 그림자가 드리워진 것같이 보였다. 낮에는 누더기를 걸친 거지 행색의 사람들이 그 굴뚝 사이를 쑤시고 다니면서 친지의 유골이나 값비싼 물건들을 찾기도 하고, 밤이 되면 주인 잃은 개들이 몰려나와 구슬프게 짖어대며 전에 살던 집터를 서성거렸다.

황제의 원조와 선심 공세에도 불구하고, 시민들의 원성과 분노는 가라앉지 않았다. 강도와 좀도둑, 떠돌이 부랑자들은 제 세상을 만난 듯이 실컷 먹고 마시고, 마음 놓고 약탈을 일삼으며 활개치고 돌아다녔다. 그러나 가족이나 전 재산을 잃은 사람들은 정원을 개방하고, 식량을 분배하고, 진기한 시합과 선물을 약속하는 것만으로는 위안을 얻지 못했다. 그들이 겪은 재난이 너무 큰 데다가 전례가 없는 일이었기 때문이었다. 또한 선조들의 도시에 대해 아직도 애착을 품고 있는 시민들은 '로마'라는 역사적인 이름이 지상에서 사라지고, 불탄 자리에 네로의 이름을 따서 '네로폴리스'라는 이름의 새로운 도시를 건설할 계획이라는 소문들 듣고 애통해했다. 불만과 증오의 물결은 갈수록 거세어졌다. 이제는 조신들의 아첨도, 티겔리누스의 거짓말도 더 이상 황제에게 통하지 않았다. 그 전의 어떤 황제보다도 군중의 평판에 민감한 네로는 심각한 사태에 직면해서, 귀족들과 원로원을 상대로 지속되어 온 죽느냐 사느냐의 기 싸움에서 자기를 지지해 줄 사람이 하나도 없을까 봐 두려움을 느끼고 있었다. 조신들 또한 언제 파멸이 닥쳐올지 알 수 없었기에 노심초사하고 있었다. 티겔리누스는 소아시아에 있는 몇 개의 정예 군단을 불러들여야겠다고 생각하는 중이었다. 뺨을 맞고도 늘 싱글벙글 웃기만 하는 바티니우스가 이제는 그 웃음을 잃었고, 비텔리우스는 왕성하던 식욕을 잃어버렸다.

몇몇 조신들은 위험을 모면하려면 어떤 방법이 좋을지 머리를 맞대고 상의했다. 어떤 사건이 일어나 황제가 쫓겨날 경우 페트로니우스를 제외하고 목숨을 건질 수 있는 조신은 한 사람도 없으리란 소문이 공공연하게 퍼졌던 것이다. 시민들은 네로의 미치광이 같은 행동도, 그가 저지른 모든 죄악도 결국에는 조신들의 부추김에 의한 것으로 생각하고 있었다. 조신들에 대한 군중의 증오는 네로에 대한 미움보다 더 강했다.

조신들은 로마의 화재에 대한 책임을 회피할 수 있는 방법을 여러모로 궁리했다. 일단 책임을 면하려면 자기들은 물론이고 황제의 혐의도 깨끗이 지우지 않으면 안 되었다. 황제가 사건과 연루되어 있는 한, 조신들이 재난의 책임에서 자유로

울 수가 없었기 때문이다. 티겔리누스는 이 문제에 관해 도미티우스 아페르와, 평소 사이가 좋지 않았던 세네카와도 의논했다. 포페아 또한 네로의 파멸은 자기에게도 사형 선고나 다름없다는 것을 알고 있었기에 자신에게 충실한 조신들과 유대교 사제들에게 의견을 물었다. 포페아가 몇 년 전부터 야훼를 믿고 있다는 것은 이미 널리 알려진 사실이었다. 네로 또한 나름대로 여러 가지 대책을 강구해 보았으나, 대부분 터무니없거나 우스꽝스러운 것이었다. 네로는 죽곤 투정을 부리다가도 느닷없이 두려움에 떨기도 하고, 어린아이처럼 기뻐 날뛰기도 했다.

어느 날 화재를 모면한 티베리우스 궁전에서 장시간에 걸쳐 회의를 했는데, 이렇다 할 결론이 나지 않았다. 페트로니우스는 우선 골치 아픈 일들을 피하기 위해, 그리스를 거쳐 이집트나 소아시아로 여행을 하시는 것이 좋겠다고 권유했다. 그 여행은 이미 오래전부터 계획된 것인 만큼, 로마에 머물러 봤자 울적하고 위험하기만 하니, 굳이 연기할 이유가 없다는 것이 그의 견해였다.

황제는 페트로니우스의 말에 솔깃하여 지지를 표명했으나, 세네카가 잠시 생각하더니 이렇게 말했다.

"로마를 떠나시는 건 쉽습니다. 대신 돌아오실 일이 염려가 됩니다."

"헤라클레스를 두고 맹세하겠소!" 페트로니우스가 말했다. "소아시아에 있는 군단을 앞세우고 돌아오시면 되지 않겠습니까?"

"그렇게 하자!" 네로가 외쳤다.

하지만 티겔리누스가 반대하기 시작했다. 뚜렷한 이유가 있는 것도 아니었다. 만일 로마를 잠시 떠나 있자는 페트로니우스의 의견이 자기의 머리에 먼저 떠올랐다면, 그것이 가장 좋은 방법이라고 말했을 것이다. 그러나 티켈리누스의 입장에서는 이 난국에 페트로니우스가 또다시 사태를 수습하여 황제를 비롯한 조신들을 구하는 유일한 인물이 되는 것만은 어떻게든 막고 싶었다.

"폐하, 제 말을 들어주십시오. 그 계획은 아주 위험합니다. 폐하께서 오스티아에 미처 도착하시기도 전에 내란이 일어날 것입니다. 아우구스투스 황제의 혈육 가운데 살아남은 자가 황제를 자처하고 나설지도 모르는 일 아닙니까? 만일 군단이 그들의 편에 서면 우리는 어떻게 되겠습니까?"

"음…… 그렇다면 아우구스투스의 자손들을 완전히 몰살시키도록 하자. 얼마 남지 않았을 테니 쉽게 처치할 수 있을 것이다." 황제가 대답했다

"그건 얼마든지 가능한 일입니다만, 문제가 어디 그뿐이겠습니까? 바로 어제 제 부하들이 군중이 지껄이는 말을 우연히 들었는데, 트라세아스와 같은 인물이 황제가 되어야 한다고 했답니다."

네로는 입술을 깨물며 눈을 부릅뜨고 버럭 소리를 질렀다.

"욕심 많은 놈들 같으니라고! 배은망덕도 분수가 있지! 과자까지 구울 수 있을 만큼 밀가루와 숯을 듬뿍 주었는데, 그 이상 무엇을 더 바란단 말인가?"

"그들은 복수를 원하고 있습니다." 티겔리누스가 대답했다.

침묵이 흘렀다. 갑자기 황제가 벌떡 일어서더니, 한 손을 높이 쳐들며 읊조리기 시작했다.

마음은 복수를 외치고 복수는 희생을 부르리라.

그러고는 모든 것을 잊은 듯 희색이 만면하여 소리쳤다.

"이 시구를 적어두어야 하니 어서 밀랍판과 펜을 가져오라. 루카누스도 이렇게 뛰어난 시를 지어본 적이 없을 것이다. 그대들은 똑똑히 보았겠지? 짐은 순식간에 이런 위대한 영감을 얻었다."

"오, 유례없는 수작(秀作)입니다!" 몇몇 사람들이 찬탄했다.

네로는 시구를 적은 뒤에 말했다.

"그렇다! 복수는 희생을 원하고 있다!"

그러고는 주위의 조신들을 훑어보았다.

"바티니우스가 화재를 지시했다는 소문을 퍼뜨리고, 그를 분노한 군중에게 제물로 내어주면 어떻겠는가?"

"아아, 폐하! 저는 보잘것없는 사람이 아니옵니까?" 바티니우스가 외쳤다.

"그래, 맞다. 적어도 너보다는 더 중요한 인물이 아니면 안 될 것 같구나……. 비텔리우스, 자네는 어떤가?"

비텔리우스는 얼굴이 창백하게 질리더니 억지로 웃으며 대답했다.

"저 같은 비계 덩어리가 나서면 또다시 불이 붙을지도 모릅니다."

네로는 이미 뭔가 다른 생각에 잠겨 있었다. 그는 민중의 분노를 달랠 만한 진정한 희생양을 찾고 있었는데, 마침내 적당한 인물이 떠올랐다.

"티겔리누스…… 로마를 불태운 건 자네야."

순간 좌중은 몸서리를 쳤다. 이번에는 농담이 아니라, 확고한 결정이라는 것을 직감할 수 있었기 때문이었다. 티겔리누스는 바짝 긴장하여 사람을 물어뜯으려는 개처럼 얼굴이 일그러졌다.

"저는 폐하의 어명을 받고 로마를 불태운 것입니다." 티겔리누스가 대답했다.

두 사람은 악마 같은 눈으로 서로 노려보았다. 사방이 하도 고요해서 아트리움에서 날아다니는 파리의 날갯짓 소리까지 들릴 정도였다.

"티겔리누스!" 네로가 말했다. "너는 짐을 사랑하는가?"

"폐하께서 누구보다 잘 아시지 않습니까?"

"그렇다면 짐을 위해 희생해 다오!"

"폐하!" 티겔리누스가 대꾸했다. "폐하께선 어찌하여 제 입술이 원치도 않는 감미로운 술을 권하시는 것입니까? 지금 민심이 흉흉해서 여기저기서 반란이 일어나고 있습니다. 그런데 폐하께서는 근위대마저 들고일어나기를 바라십니까?"

공포의 분위기가 그 자리에 있던 모든 사람들을 에워쌌다. 근위대의 사령관이 하는 말에는 분명 위협이 담겨 있었다. 네로도 그 말이 뜻하는 바를 알아차리고 안색이 변했다.

그때 갑자기 황제의 해방노예인 에파프로디투스가 뛰어 들어와서, 황후가 티겔리누스를 급히 찾고 있다고 전했다. 지금 황후가 접견하고 있는 자들이 가져온 중요한 정보를 근위대 사령관이 꼭 참석하여 들어주기를 바란다는 것이었다.

티겔리누스는 황제에게 절을 하고 경멸하는 듯한 표정을 지으며 물러났다. 자칫 무참하게 짓밟힐 뻔했던 위기의 순간을 모면했을 뿐만 아니라, 모두에게 자기의 저력을 톡톡히 과시한 셈이 되었다. 그는 네로가 겁쟁이라는 것을 알고 있었으므로, 아무리 그가 온 세계의 지배자라고 해도 자기에게 손을 댈 배짱이 없으리라는 것을 확신할 수 있었던 것이다.

네로는 잠시 침묵하다가, 조신들이 자기의 말을 기다리고 있다는 것을 알아차리고 이렇게 말했다.

"짐은 품 안에 뱀을 기르고 있었구나."

페트로니우스는 마치 그 뱀의 모가지쯤은 쉽게 비틀 수 있다는 듯이 어깨를 으쓱했다.

"그대는 무슨 말이 하고 싶은가? 어디 의견을 말해 보아라!" 네로는 페트로니우스의 어깻짓에 담긴 의미를 알아채고 말했다. "짐이 믿는 사람은 그대뿐이 아닌가? 그대는 누구보다도 총명하고, 게다가 짐을 사랑하고 있다."

페트로니우스는 "저를 근위대 사령관으로 임명해 주십시오. 그러면 티겔리누스를 군중에게 넘겨주고 스물네 시간 내에 로마 시민들을 진정시키겠습니다." 하고 말하고 싶은 것을 간신히 참았다. '근위대 사령관이 되면, 밤낮으로 황제를 보살펴야 하고, 머리 아픈 온갖 공무에 대해 책임을 져야 한다. 무엇 때문에 사서 고생을 한단 말인가? 쾌적한 서재에 앉아 시를 읽는다든지, 조각이나 도자기를 감상한다든지, 그렇지 않으면 아름다운 에우니케를 무릎 위에 앉혀놓고, 그녀의 금발을 쓰다듬으며 산호와 같은 입술에 입을 맞추는 것이 훨씬 낫지 않겠는가?'

페트로니우스는 이렇게 대답했다.

"제 생각에는 아카이아에 가서 한동안 머무르시는 것이 좋겠습니다."

"음……." 네로는 실망한 듯했다. "그대라면 좀 더 좋은 의견을 말해 줄 줄 알았는데……. 원로원은 짐을 증오하고 있다. 만일 짐이 이곳을 떠나면, 그놈들은 당장 내게 반기를 들고 다른 사람을 황제의 자리에 앉힐지도 모른다. 시민들은 전에는 짐에게 충성을 바쳤지만, 일이 그렇게 되면 짐에게 등을 돌리고 말 거야. 지옥의 신에게 맹세하건대 만일 원로원과 백성들이 쓸 만한 지도자를 갖게 되는 날에는……."

"폐하, 송구스러운 말씀이지만, 폐하께서 진실로 로마를 구할 생각이 있으시다면, 비록 소수라 할지라도 일단 여기 있는 로마인들부터 구해 주시는 것이 옳은 줄로 아뢰옵니다."

페트로니우스는 손짓으로 자기와 주변의 조신들을 가리키며 말했다. 그러나 네로는 불만스러운 듯 말했다.

"로마와 로마인들이 짐에게 다 무슨 상관이란 말이냐? 아카이아에 가면 그곳의 백성들이야 짐을 따르겠지만, 이곳에서는 짐의 주위에 온통 반역자들뿐이다. 모두가 짐을 저버리려고 한다. 너희들도 머지않아 그럴 것이다. 짐은 다 알고 있다. 짐과 같은 예술가를 수호하지 않으면 후세 사람들로부터 어떤 지탄을 받게 될지 너희는 조금도 걱정하지 않는구나."

네로는 느닷없이 자기의 이마를 탁 쳤다.

"그렇다! 이런 하찮은 일에 마음을 뺏겨 하마터면 짐이 어떤 사람인지 잊을 뻔했구나."

그러고는 한껏 밝아진 얼굴로 페트로니우스를 쳐다보며 말했다.

"페트로니우스, 시민들은 지금 불평을 하고 있다. 그러나 만일 짐이 류트를 가지고 마르스 광장에 가서, 화재 현장에서 그대들에게 들려주었던 그 노래를 불러주면, 오르페우스가 들짐승을 감동시킨 것처럼, 짐도 백성들을 진정시킬 수 있지 않을까?"

이 말을 듣자 안티움에서 데리고 온 계집종을 보러 집에 가고 싶어 몸이 근질근질해진 툴리우스 세네키오가 말했다.

"그거 좋은 생각이십니다, 폐하. 그런데 군중이 폐하께서 노래를 하실 수 있게 가만히 있을지 모르겠습니다."

"차라리 그리스에나 가야겠다!" 네로는 못마땅한 듯이 소리를 질렀다.

그때 포페아가 들어왔다. 티겔리누스도 그녀를 뒤따라왔다. 뜻밖이라는 듯 사람들의 시선이 일제히 티겔리누스에게로 쏠렸다. 위대한 개선장군이 카피톨리움 신전에 오를 때에도 지금 황제 앞에 있는 티겔리누스처럼 의기양양한 태도를 보인 적은 없었기 때문이다.

잠시 후 티겔리누스는 천천히, 한 마디 한 마디에 힘을 주어, 쉿소리를 내며 말했다.

"폐하, 제 말을 들어주십시오. 좋은 생각이 떠올랐습니다. 지금 군중은 복수와 희생 제물을 원하고 있습니다. 게다가 그들이 원하는 건 한 사람의 희생자가 아니라 몇 백, 몇 천 명의 희생입니다. 폐하께서는 폰티우스 필라투스[1]의 선고로 십자가에 매달린 그리스도란 사내에 대해 들어본 적이 있으십니까? 그리스도교 신자들이 어떤 사람들인지는 알고 계시겠지요? 그들의 죄악과 사악한 행동, 대화재가 일어나 세상이 멸망할 것이라는 그들의 예언 등에 대해서 들어보신 적이 없으십니까. 군중은 그들을 의심하고, 미워하고 있습니다. 그들은 로마인들이 모시는 신을 마귀라고 여기기 때문에, 신전에 나와 참배하는 자가 하나도 없습니다. 전차 경주를 경멸하므로, 경기장

1) 성서에 나오는 본디오 빌라도.

에는 모습을 드러내지도 않습니다. 그리스도교 신자들은 폐하를 환호하는 적이 없습니다. 그들 중 누구도 폐하를 신으로 숭배하지 않습니다. 그들은 인류의 적이며, 또한 로마와 폐하의 적입니다. 백성들은 지금 폐하를 증오하고 있습니다. 폐하께서 로마에 불을 지르라고 명령하신 것도 아니요, 또 제가 불을 지른 것도 아닙니다. 백성들은 지금 복수를 바라고 있으니, 그들이 복수하도록 해주십시오. 백성들은 피와 경기에 굶주려 있으니, 그들을 만족시켜 주십시오. 중요한 것은 백성들이 폐하께 혐의를 두고 있다는 사실입니다. 한시바삐 그 혐의를 다른 곳으로 돌려야 합니다."

네로는 처음에는 깜짝 놀란 듯 그의 말에 귀를 기울이고 있었다. 그러더니 티겔리누스의 말이 계속되는 동안 배우가 무대 위에서 연기하듯이 울분과 슬픔, 연민과 분노의 다채로운 표정을 지어 보였다. 그러더니 별안간 몸을 일으켜 토가를 벗어 발밑에 떨어뜨렸다. 네로는 두 손을 높이 쳐든 채 잠시 아무 말도 하지 않고 그대로 서 있었다.

마침내 그는 비극 배우와 같은 목소리로 외쳤다.

"아아, 제우스, 아폴로, 헤라, 아테네, 페르세포네, 그 밖의 모든 불멸의 신들이여! 어찌하여 우리를 도와주시지 않는 겁니까? 도대체 이 불쌍한 도시가 무슨 잘못을 했기에 이리도 무참하게 불태웠단 말입니까?"

"그들은 인류의 적, 폐하의 적입니다." 포페아가 거들었다.

그러자 다른 사람들도 일제히 외치기 시작했다.

"어서 정의를 실행하시옵소서! 방화범들을 처벌하옵소서! 신들도 복수를 원하고 있습니다."

네로는 자리에 앉더니 머리를 가슴에 파묻고, 방금 들은 놀라운 일들에 대해 아무 말도 하고 싶지 않다는 듯 침묵했다. 잠시 후 그는 두 손을 저으며 말했다.

"그런 죄악에 대해서는 어떤 형벌을 내리고, 어떤 고통을 주어야 마땅할까? 제신들께서 짐에게 신탁을 내려주실 것이다. 타르타루스[2]의 힘을 빌려, 짐은 가엾은 시민들에게 앞으로 수 세기에 걸쳐 감사한 마음으로 짐을 기억할 수 있는 놀라운 볼거리를 보여주리라."

그 순간 페트로니우스의 얼굴이 흐려졌다. 그는 리기아와 사랑하는 조카 비니키우스, 그리고 비록 그 가르침을 받아들일 생각은 없으나 죄가 없는 것만은 확실한 그리스도교도들에게 닥쳐올 위험을 생각하고 있었다. 탐미적인 취향을 가진 그의 눈으로 피의 잔치를 지켜봐야 하다니, 도저히 견딜 수 없었다.

'비니키우스를 구해야 한다. 리기아가 죽으면 비니키우스는 미쳐버릴 것이다.'

페트로니우스에게는 오로지 이 생각밖에 없었다. 그는 이제부터 자기가 하려는 일이 평생 동안 겪었던 그 어떤 일보다 위험 부담이 크다는 것을 잘 알고 있었다. 페트로니우스는 냉정을 되찾고, 평소 황제나 조신들의 미적 감각을 비판하거나 조롱할 때처럼 태연하고 당당하게 말하기 시작했다.

"그러니까 마침내 희생 제물을 찾아냈다는 말이군요! 뭐, 좋습니다! 여러분은 그들을 투기장 안에 처넣을 수도 있고, '치욕스러운 사형수의 옷'을 입힐 수도 있습니다. 뭐, 그것도 좋겠지요! 그러나 제 말을 좀 들어보십시오. 여러분에게는 권

---

2) 지옥보다 더 아래 있다는 지하 세계를 다스리는 신.

력이 있고, 근위대가 있고, 힘이 있습니다. 그런데 오늘 이 모임처럼 적어도 그 내용이 밖으로 새 나갈 염려가 없을 때는 서로 흉금을 털어놓고 대화할 필요가 있습니다. 민중을 기만하는 것은 좋으나, 여러분 스스로의 양심을 속여서는 안 됩니다. 폭도들에게 그리스도교 신자들을 넘기십시오. 그들이 하고 싶은 대로 얼마든지 그리스도교 신자들을 고문하도록 내버려 두십시오. 그러나 로마를 불 지른 것은 그들이 아니었다고 자기의 마음속에 분명히 각인시켜 둘 수 있는 용기는 필요하다고 생각됩니다.

여러분은 지금까지 나를 '고상한 판관'이라 불러왔습니다. 그 판관의 입장에서 이 자리를 빌려 분명히 일러두고 싶은 것이 있습니다. 나는 그런 설익은 희극은 참을 수가 없습니다. 그것은 마치 아시나리아 문 근처에 널린 삼류 극장에서나 볼 수 있는 저속한 연극과 다를 것이 없습니다. 거기서는 광대들이 변두리의 천민들을 웃기기 위해 신의 역할도 하고, 왕의 흉내도 냅니다. 그러다가 연극이 잘 되면 마늘 안주에 신 술을 마시고, 그렇지 않으면 몰매를 맞고 내쫓기기도 합니다. 그러나 여러분은 다릅니다. 여러분은 참된 신, 참된 왕이 되어야 합니다. 그럴 만한 자격을 충분히 갖추었기 때문입니다. 그리고 폐하, 폐하께서는 조금 전에 후세 사람들이 우리를 어떻게 평가할 것인지에 대해 말씀하셨는데, 후세 사람들이 폐하에 대해 어떤 심판을 내릴 것인지에 대해서도 염두에 두셔야 합니다. 여신 클리오[3]에게 맹세하는데, 그들은 이렇게 말할 것입니다. '세계의 지배자이자 신이기도 한 네로 황제가

3) '뮤즈'의 아홉 여신 가운데 역사를 관장하는 여신.

로마를 불태웠다. 왜냐하면 그는 올림푸스의 주피터와 같은 지상의 위대한 권력자이기 때문이다. 시인 네로는 시를 사랑한 나머지 조국을 시신(詩神)에게 바쳤다.'

천지창조 이래 누가 감히 이런 일을 할 수 있었겠습니까? 사실 엇비슷한 흉내조차 낸 사람이 없었습니다. 아홉 명의 뮤즈 여신에게 맹세코 말씀드리오니, 이 위대한 영광을 스스로 저버리지 마십시오. 이 영광으로 인해 폐하를 칭송하는 노래가 세상 끝날 때까지 울려 퍼질 것입니다. 폐하에 비하면 프리아무스나 아가멤논, 아킬레스 같은 자들은 아무 존재도 아닙니다. 심지어는 아킬레스를 비롯한 그 밖의 다른 신들도 폐하 앞에서는 머리를 들지 못할 것입니다. 로마의 대화재가 좋은 일인지 나쁜 일인지는 생각할 필요도 없습니다. 그것은 아무나 할 수 없는 전무후무한 일이기 때문입니다. 그리고 분명히 말씀드리지만, 민중은 결코 폐하께 등을 돌리지 않을 것입니다. 저는 그들이 그런 짓을 하지 않으리라고 굳게 믿고 있습니다. 폐하, 용기를 내십시오! 폐하에게 어울리지 않는 행동은 삼가하십시오. 후세 사람들이 '네로는 로마를 불태웠으나 옹졸한 황제이고, 겁이 많은 시인이었기에 공포에 사로잡힌 나머지 그 위대한 행위를 스스로 부인하고, 무고한 사람들에게 누명을 씌웠다.'고 말하지 않도록 각별히 조심하셔야 합니다."

페트로니우스의 말은 평소에 늘 네로를 감동시켰다. 그러나 지금 그가 한 말은 일종의 도박과 같은 것으로서, 성공하면 그리스도교 신자들을 구할 수 있지만, 자칫 잘못하면 자신의 파멸을 초래할 수도 있었다. 그러나 그것이 사랑하는 조카 비니키우스에 관한 일이고, 또 위기의 순간을 즐기는 묘한 취미도 있었으므로 주저하지 않았던 것이다. 그는 '주사위는 이미 던져졌다.'고 마음속으로 중얼거렸다. '아무튼 두고 보자. 이 원숭이 같은 놈이 명예를 존중하는지, 아니면 제 목숨을 아끼려 드는지…….' 그러나 이미 속으로는 황제가 목숨을 아끼는 쪽을 택할 거라고 짐작하고 있었다.

페트로니우스의 말이 끝나자 침묵이 흘렀다. 포페아와 그 자리에 있던 사람들은 마치 무지개라도 바라보듯 네로의 눈빛을 주시했다. 네로는 어찌할 바를 몰라 망설일 때 늘 하는 버릇대로 입술을 비쭉 내밀어 콧구멍까지 치켜 올렸다. 그의 얼굴에는 내키지 않는 듯한 당혹스러움과 불쾌감이 떠올랐다.

"폐하." 티겔리누스가 망설이는 네로를 보면서 외쳤다. "죄송하옵니다만, 그만 이 자리를 물러가도록 허락해 주십시오. 감히 황제 폐하의 파멸을 운운하고, 폐하에게 옹졸한 황제라는 둥, 겁쟁이 시인이라는 둥, 게다가 방화범이나 광대라는 둥 폐하 앞에서 할 말 못할 말 가리지 않고 온갖 무례한 말을 지껄이는 자가 있으니, 제가 어찌 그 말을 가만히 듣고만 있을 수 있겠습니까!"

'내가 졌구나!' 페트로니우스는 생각했다. 하지만 그는 티겔리누스를 향해 우아한 귀족이 버릇없는 천민을 대하듯 경멸에 찬 시선을 힐끗 던지며 말했다.

"티겔리누스, 내가 광대라고 한 것은 바로 당신을 두고 한 말이오. 지금 이 순간에도 당신은 광대 같은 짓을 하고 있지 않소?"

"내가 늘 당신의 모욕적인 말에 개의치 않는다고 그런 말을 하는 거요?"

"아니, 그게 아니오. 당신은 폐하께 한없는 충성심을 바치는 체하고 있지만, 조금 전 근위대를 내세워 황송하게도 폐하를 위협하지 않았소? 그것은 우리뿐만 아니라 폐하께서도 잘 알고 계신다오."

티겔리누스는 페트로니우스가 설마 이런 승부수를 던지리라고는 미처 생각지 못했기 때문에, 순간 얼굴빛이 달라진 채 당황스러워하면서 입을 다물었다. 그러나 이것은 '고상한 판관'이라 불리는 페트로니우스가 경쟁자로부터 쟁취한 최후의 승리였다. 난데없이 포페아가 끼어들어 티겔리누스를 두둔했기 때문이다.

"폐하, 어찌하여 폐하께서는 저런 발칙한 생각을 품었을 뿐만 아니라, 감히 어전에서 목소리를 높이는 자를 용서하시는 겁니까?"

"무례한 자를 처벌하십시오!" 비텔리우스가 맞장구쳤다.

네로는 콧구멍에 닿을 듯 입술을 크게 벌리면서 흐리멍덩한 근시(近視)를 치켜뜨고 페트로니우스를 쳐다보면서 말했다.

"짐이 지금껏 그대에게 베푼 우정을 겨우 이런 식으로 보답한단 말인가?"

"제게 잘못이 있다면 일깨워 주십시오. 저는 다만 폐하를 사랑하고 존경하는 마음에서 그런 말씀을 드린 것입니다." 페트로니우스가 대답했다.

"무례한 자에게 벌을 주십시오!" 비텔리우스가 되풀이해서 말했다.

"그렇게 하십시오!" 몇 사람이 그 말에 동의했다.

티베리우스 궁전의 아트리움이 술렁거리기 시작했다. 페트로니우스의 곁에 있던 사람들이 슬금슬금 뒤로 물러섰기 때문이다. 궁전에서 오랜 친구인 툴리우스 세네키오와, 지금까지 페트로니우스에게 진심으로 호의를 보였던 소(小) 네르바조차도 물러가 버렸다. 결국 아트리움 좌측에는 페트로니우스 혼자만 남게 되었다. 페트로니우스는 미소를 머금고 토가의 주름을 바로잡으며 황제의 처사를 기다리고 있었다.

황제가 말했다.

"그대들은 페트로니우스를 처벌하라고 하나, 그는 짐의 동료이며 친구이기도 하다. 비록 짐의 가슴에 상처를 주긴 했으나, 짐에게는 친구인 그를 용서하고 싶은 마음밖에 없다는 걸 알려주고 싶구나."

'내가 졌다. 이젠 파멸만 남았구나.' 페트로니우스는 생각했다.

이윽고 황제가 자리에서 몸을 일으켰다. 회의는 그렇게 끝이 났다.

제50장

페트로니우스는 집으로 가기 위해 궁전을 나섰다. 한편 네로는 티겔리누스와 함께 포페아의 아트리움으로 갔다. 거기에는 조금 전 사령관과 대화를 나누었다는 사람들이 기다리고 있었다.

발목까지 길게 늘어진 화려한 제의를 입고 머리에는 미트라[1]를 쓴 두 명의 유대교 랍비와 그들의 비서, 그리고 킬로였다. 그들은 티베리스 강 건너에서 왔다고 했다. 황제의 모습을 보자 랍비들은 흥분한 나머지 얼굴이 창백해져 두 손을 어깨까지 들어올리고 머리를 땅바닥에 닿도록 숙였다.

"아, 왕 중의 왕, 군주 중의 군주시여!" 나이 많은 랍비가 말했다. "이 땅의 지배자이며, 선민의 수호자시고, 황제이시며, 사자처럼 용맹스러우신 분이시여! 폐하께서 다스리시는 시대

---

1) 고대 페르시아의 챙 없는 모자.

는 태양과 같사옵고, 레바논의 삼나무와 같으며, 샘물처럼, 야자나무처럼, 예리고의 향유처럼 훌륭하기 짝이 없나이다."

"그대들은 어찌하여 짐을 신이라고 부르지 않는가?" 황제가 물었다.

랍비들의 얼굴이 더욱 하얗게 질렸으나, 연장자가 용기를 내어 대답했다.

"폐하, 폐하의 말씀이 포도송이처럼, 그리고 잘 익은 무화과 열매처럼 달콤하게 들리는 것은 필경 야훼께서 폐하의 가슴을 자비로 가득 채워주신 까닭입니다. 폐하의 부군(府君)이신 선황(先皇) 가이우스 황제는 대단히 엄격하신 분이셨지만, 그때 저희가 보낸 사절은 율법을 어기느니 차라리 죽음을 택할 각오로 그분을 신이라고는 부르지 않았습니다."

"그래서 칼리굴라[2]가 그들을 사자 밥으로 만들라고 명령했단 말이냐?"

"아닙니다. 가이우스 황제께서도 야훼의 노여움을 두려워하셨나이다."

두 랍비는 고개를 들었다. 전능하신 야훼의 이름이 그들에게 용기를 주었기 때문이다. 두 사람은 힘을 얻었는지 이제 대담하게 네로의 눈을 마주보았다.

"그래, 너희들은 로마에 불을 지른 것이 그리스도교 신자의 짓이라고 고발하겠다는 거냐?"

황제가 물었다.

"폐하, 저희들은 그리스도교 신자들이 율법의 적이며, 온 인류의 적이며, 로마와 폐하의 적이라는 것, 또한 그들이 벌

---

2) 가이우스 황제의 별명.

써 오래전부터 큰불이 일어날 것이라며 로마 시민과 이 세상을 위협하고 있었다는 것만 말씀드리겠습니다. 그 밖의 자세한 내용은 이 사람이 말씀드릴 것입니다. 어머니 쪽으로 선택받은 백성[3]의 혈통을 이어받았으니, 이자는 절대로 거짓말을 하지 않을 것이옵니다."

네로는 킬로를 향해 물었다.

"너는 누구냐?"

"폐하를 숭배하는 사람이옵니다. 아아, 오시리스여! 저는 또한 가난한 스토아학파의 철학자로서……."

"짐은 스토아학파를 싫어한다." 네로가 킬로의 말을 가로막았다. "또한 트라세아스도 싫어한다. 무소니우스나 코르누투스도 싫다. 그들의 말투며, 예술을 경멸하는 버릇이며, 자진해서 가난을 즐기려는 태도며, 그 더러운 꼴하며…… 무엇 하나 마음에 드는 것이 없다."

"폐하, 폐하의 스승이신 세네카는 아프리카 산 향목으로 만든 책상을 1000개나 가지고 있습니다. 저는 그 갑절이라도 갖고 싶습니다만, 그럴 수 없어서 금욕주의자 노릇을 하고 있는 것입니다. 아아, 모든 빛의 근원이시여! 제 금욕주의를 장미화환으로 장식해 주시고, 그 옆에 포도주 한 병만 내려주십시오. 그렇게 해주신다면 쾌락주의자들에게 지지 않을 우렁찬 목소리로 아나크레온[4]의 찬가를 불러 그들을 제압할 것입니다."

'모든 빛의 근원'이라는 호칭에 흡족해진 네로는 미소를 지으며 말했다.

---

3) 유대인을 뜻함.

4) BC 5세기 경, 그리스의 서정시인. 술과 연회를 찬미하는 작품으로 유명.

"음…… 그놈 참 마음에 드는구나."

"이 사람은 자기 몸무게만큼의 금덩어리와 같은 값어치가 있습니다."

옆에 있던 티겔리누스가 한마디 거들었다.

"폐하, 제 몸무게에다 너그러운 아량을 베풀어주십시오. 그렇지 않으면 모처럼의 포상이 바람에 날아가 버릴 것만 같사옵니다." 킬로가 대답했다.

"네 몸무게만큼 황금을 내린다 해도 너는 비텔리우스만큼 무거워지지는 못할 게다."

황제가 말했다.

"아이고, 그 무슨 말씀이십니까! 은으로 만든 활을 든 신[5]이여! 제 지혜는 납덩이로 된 지혜가 아닙니다."

"너의 율법으로는 짐을 신이라고 불러도 무방한가 보구나."

"불멸의 신이여! 폐하께서 바로 제 율법이십니다. 제가 그리스도교 신자들을 미워하는 까닭은 그들이 이 율법을 모독했기 때문입니다."

"그리스도교 신자들에 대해 네가 아는 것을 전부 말해 보아라."

"신성하신 폐하, 막상 이야기를 하려니 눈물이 앞을 가립니다."

"안 돼. 울음소리를 들으면 짐은 기분이 언짢아진다."

"지당하신 말씀입니다. 한번 폐하를 우러러 뵌 눈은 영원히 눈물을 흘리지 않을 것입니다. 아아, 폐하, 저를 원수의 손에서 지켜주시옵소서."

---

5) 아폴로를 가리킴.

"그리스도교도에 대해 말씀드려라." 포페아가 초조한 기색으로 참견했다.

"분부대로 하겠나이다, 이시스여!" 킬로가 포페아에게 대답하고는 말을 꺼냈다. "저는 젊은 시절부터 철학에 전념하여, 진리를 탐구해 왔습니다. 고대의 현자들을 통해서, 아테네의 아카데미에서, 알렉산드리아의 세라피움[6]에서 열심히 진리를 찾고자 했습니다. 그래서 처음 그리스도교 신자에 대한 말을 들었을 때, 그것이 진리를 얻을 수 있는 일종의 새로운 학파라고 생각했고, 불행히게도 그들과 친교를 맺었던 것입니다. 불운이 제일 먼저 제게 만나게 해준 그리스도교 신자는 글라우쿠스라는 네아폴리스 태생의 의사였습니다. 저는 그 사내를 통해서 그들이 그리스도인가 뭔가 하는 자를 떠받들고 있다는 사실을 알았습니다. 그리스도는 세상 사람들을 다 몰살시키고 모든 도시를 멸망시킬 것인데, 만일 신자들이 데우칼리온의 후손들을 파멸시키는 것을 도와주면 그들의 목숨만은 살려주겠다고 약속했다는 것입니다. 그러므로 폐하, 그들이 인간을 증오하고 우물에 독을 푸는 것도 그 때문일 것입니다. 또한 그들이 집회에서 로마와 로마에 있는 모든 신전에 저주를 퍼붓는 것도 마찬가지 이유에서입니다. 그리스도는 십자가에 못 박혀 죽었습니다만, 로마가 대화재로 멸망한 뒤에 다시 이 세상에 와서 지상의 지배권을 그리스도교 신자들에게 주겠다고 약속했다는 것입니다."

"이제 시민들도 로마가 불에 탄 까닭을 알 수 있을 것입니다." 티겔리누스가 끼어들었다.

---

6) 지옥의 신 세라피스의 신전.

"폐하, 이미 이 사실을 알고 있는 자들도 많이 있습니다." 킬로가 말을 계속했다. "제가 여러 정원이나 마르스 광장을 돌아다니며 열심히 소문을 퍼뜨리고 있으니까요. 제 말을 끝까지 들으시면, 제가 복수를 하려는 이유를 아시게 될 것입니다. 의사인 글라우쿠스는 처음에 그들의 교리가 증오를 설파하고 있다는 사실을 제게 숨겼습니다. 오히려 그리스도는 선한 신이며, 그 종교의 근본은 사랑이라고 말했습니다. 제가 원래 순진한 성품이어서 그런 진리를 거부할 수가 없었습니다. 그래서 저는 글라우쿠스를 가까이하고, 그를 신뢰했습니다. 한 조각의 빵도, 한 푼의 돈도 그와 나누어 가졌습니다. 그러나 폐하, 그자가 제게 어떤 식으로 보답했는지 아십니까? 네아폴리스에서 로마로 오는 도중에 저를 단도로 찌르고, 젊고 아름다운 제 아내 베레니카를 노예 상인들에게 팔아넘겼습니다. 아아, 만일 소포클레스가 제 이런 사정을 알아주었다면……! 아니, 제가 지금 무슨 무례한 말을 하고 있는 거죠? 소포클레스보다 훨씬 훌륭하신 분이 제 말을 듣고 계시거늘!"

"참으로 가엾구나!" 포페아가 안쓰러워했다.

킬로는 황홀한 듯 포페아를 쳐다보며 말했다.

"황후 마마, 아프로디테의 얼굴을 직접 보는 행운을 얻은 사람을 어찌 불쌍하다고 하십니까? 이렇게 눈앞에 뵈옵고 있는걸요. 그건 그렇고, 그 당시 저는 철학을 통해 제 쓰라린 마음을 달래야만 했습니다. 로마에 도착하자, 저는 글라우쿠스에게 마땅한 벌을 주기 위해 그리스도교의 장로를 찾아갔습니다. 장로들이 문책하면 글라우쿠스도 제 아내를 돌려주지 않을 수 없으리라고 생각했기 때문입니다. 저는 대사도도 만나게 되었고, 또 '바오로'라고 하는, 로마에서 한때 감옥에 갇혔다가 석방된 자도 만났습니다. 제베데우스의 아들[7]과 리누스, 클리투스, 그 밖의 많은 신자들과도 접촉할 수 있었습니다. 저는 그들이 화재 전에 살았던 곳이나 집회 장소도 알고 있습니다. 그들이 사악한 의식을 행하는 바티카누스 언덕 아래의 지하 동굴이나, 노멘타나 문 밖에 있는 묘지에도 안내할 수 있습니다. 저는 거기서 사도 베드로를 만났습니다. 그들이 회합할 때 베드로 사도가 신자들의 머리 위에 피를 뿌리는데, 그것은 어린애들의 목을 따서 받은 피입니다. 제 눈으로 글라우쿠스가 어린아이를 죽이는 현장도 목격했습니다. 폼포니아 그레키나 님의 양녀 리기아도 만났습니다. 그녀는 어린아이들을 죽이지는 않았지만, 아이들을 죽이는 주술을 안다고 뽐내고 있더군요. 그 여자는 오시리스의 따님이자, 이시스의 따님인 황녀를 저주해서 그 방법으로 죽였다고 말하기도 했습니다."

"폐하, 들으셨습니까?" 포페아가 물었다.

"아니, 이럴 수가!" 네로가 외쳤다.

"제가 당한 억울한 일쯤은 얼마든지 용서할 수 있습니다." 킬로는 말을 계속했다. "그러나 황녀에 관한 이야기를 들었을 때는 정말 참을 수가 없어서, 그녀를 찔러 죽이고 싶었습니다. 그러나 유감스럽게도 그녀를 사랑하고 있는 귀족 비니키우스에게 제지당하고 말았습니다."

"비니키우스가 말렸단 말이지? 그 처녀는 비니키우스에게서 도망간 줄 알고 있는데……."

네로가 킬로를 떠보기 위해 일부러 이렇게 물었다.

"네, 달아났었습니다. 그러나 비니키우스는 그 여자가 없으

7) 사도 요한을 가리킴.

면 살 수 없다면서 결국 찾아내고 말았습니다. 저는 몇 푼 안 되는 돈을 받고 리기아를 찾는 일을 도와주었습니다. 그녀가 숨어 있는 티베리스 강 건너의 그리스도교 신자 집을 가르쳐 준 사람이 바로 접니다. 비니키우스는 만일에 대비해 검투사 크로톤을 고용하여 데리고 갔습니다. 그런데 리기아의 하인 우르수스란 놈이 크로톤을 죽여버렸습니다. 그놈은 힘이 굉장한 장사로, 황소의 머리도 마치 양귀비 줄기를 따듯 힘 안 들이고 비틀어버릴 수 있습니다. 그놈은 힘이 무척 센 데다가 충직해서 아울루스와 폼포니아로부터도 총애를 받았습니다."

"헤라클레스에게 맹세한다!" 네로가 말했다. "크로톤을 죽일 만한 장사라면, 로마 광장에 동상을 세워줄 만한 가치가 있다. 그러나 늙은이! 너는 뭔가 잘못 알고 있거나 거짓말을 하고 있구나. 크로톤은 비니키우스의 칼에 찔려 죽은 것이다."

"그것은 그 불손한 놈들이 소문을 퍼뜨려 로마의 신들을 속인 것입니다. 폐하! 저는 크로톤의 늑골이 우르수스의 팔 안에서 으스러지는 것을 이 두 눈으로 똑똑히 보았습니다. 그 장사는 비니키우스도 쓰러뜨렸습니다. 만일 리기아가 없었다면 그 사람도 크로톤과 함께 목숨을 부지하지 못했을 것입니다. 비니키우스는 부상을 입어 오랫동안 누워 있었는데, 그동안 그리스도교 신자들이 간호해 주었습니다. 그들은 비니키우스가 리기아와의 사랑에 끌려 그리스도교 신자가 될 것이라고 믿었던 모양입니다. 아닌 게 아니라 그 사람도 그리스도교 신자가 되었습니다."

"비니키우스가?"

"네, 그렇습니다."

"그렇다면 페트로니우스도 그렇겠군?" 티겔리누스가 물었다.

"나리, 나리의 예리한 추리에 존경을 표하는 바입니다. 네……. 아마 그럴 겁니다! 그럴 가능성이 충분합니다!"

킬로가 허리를 구부리고 두 손을 비벼대면서 대답했다.

"음…… 이제 알겠다. 어쩐지 그리스도교 신자들을 싸고돌더라니……."

하지만 네로는 웃음을 터뜨리기 시작했다.

"페트로니우스가 그리스도교 신자라고? 그가 즐거운 인생과 향락의 적이란 말이냐! 어리석은 수작하지 마라. 심이 그 말을 믿을 것 같으냐? 왠지 네가 하는 말은 전부 다 믿을 수는 없구나."

"그러나 폐하, 귀족 비니키우스는 틀림없이 그리스도교 신자가 되었습니다. 폐하의 옥체에서 비치는 광채에 맹세코 이 말은 거짓이 아닙니다. 제가 이 세상에서 무엇보다 혐오하는 것이 거짓말입니다. 폼포니아 그레키나는 그리스도교 신자입니다. 아울루스의 아들도, 리기아도, 비니키우스도 모두 그리스도교 신자입니다. 저는 비니키우스를 위해 충성을 바쳐 일했지만, 그는 결국 의사 글라우쿠스의 농간에 넘어가 이 늙은 이에게, 그것도 굶주림과 병으로 고생하는 제게 태형을 가했습니다. 저는 그 수모를 영원히 잊지 않겠노라고 지옥의 신들께 맹세했습니다. 폐하, 부디 제 맺힌 한을 풀어주시옵소서! 그렇게 해주시면 저는 사도 베드로는 말할 것도 없고 리누스, 클리투스, 글라우쿠스, 크리스푸스와 같은 장로들과 리기아와 우르수스까지도 잡아들이게 하겠습니다. 수백 명, 수천 명의 그리스도교 신자들의 거처도 알려드리겠습니다. 기도 모임을 갖는 장소와 묘지도 다 가르쳐드리겠습니다. 그들을 전부 잡아넣으려면 이 도시의 감옥만으로는 모자랄 것입니다. 제가 없으면 그들의 은신처를 찾기 힘드실 것입니다. 궁핍하고 빈곤하게 살아온 저는 지금까지는 철학 속에서 위안을 얻어왔습니다. 그러나 이제부터는 폐하의 사랑을 위안으로 삼고 싶습니다. 저는 이 나이가 될 때까지 아직 인생을 제대로 즐겨본 적이 없습니다. 앞으로는 폐하의 은총 속에서 편안히 쉬고 싶나이다."

"진수성찬 앞에서도 금욕주의자 노릇을 하겠단 말이냐?" 네로가 말했다.

"폐하를 섬기는 자는 그것만으로도 이미 배부르답니다."

"네 말이 옳다. 역시 너는 철학자다."

포페아는 자기의 경쟁자에 대해 결코 잊지 않고 있었다. 사실 그녀가 비니키우스에게 마음을 두었던 것은 황제에 대한 불만과 분노, 그리고 손상된 자존심에서 비롯된 일시적인 욕망에 지나지 않았다. 그런데 그 청년 귀족의 냉랭한 태도는 그녀에게 상처를 입혔고, 뿌리 깊은 원한으로 그녀의 가슴에 남아 있었다. 자기 외에 다른 여자를 좋아한다는 그 사실만으로도 비니키우스는 징계를 당해 마땅하다고 단정했다. 북쪽 나라의 백합꽃을 연상케 하는 아름다움을 지닌 리기아를 처음 보았을 때부터 불안감을 느꼈기에 포페아는 리기아를 증오하고 있었다. 페트로니우스가 리기아의 엉덩이가 작으니 어쩌니 하면서 황제를 속여 넘겼지만, 포페아의 눈은 속일 수 없었다. 포페아는 첫눈에 이미 이 넓은 로마 땅에서 자기와 아름다움을 겨룰 수 있는 여자는 오직 리기아뿐이라는 사실을 알아챘으며, 어쩌면 리기아의 미모가 자기를 능가할지도 모른다고 생각했다. 그리고 그때부터 리기아를 제거해야겠다고 결심했던 것이다.

“폐하, 우리 공주의 원수를 갚아주시옵소서!” 포페아가 소리쳤다.

“서두르셔야 합니다! 그렇지 않으면 비니키우스가 그 여자를 숨겨버리고 말 것입니다. 불이 난 후 그들이 묵고 있는 집을 알려드리겠습니다.” 킬로가 말했다.

“병사 열 명을 딸려 줄 테니 곧 출발하도록 하라.” 티겔리누스가 말했다.

“나리, 우르수스가 크로톤을 때려눕히는 장면을 보지 못하셨으니 그런 말씀을 하시는 겁니다. 사병을 쉰 명 주신다 해도 저는 멀리서나 가르쳐드리지 감히 그 집 앞까지는 가지 않겠나이다. 또한 비니키우스도 감옥에 처넣지 않으시면, 제가 죽게 될 것입니다.”

티겔리누스는 네로를 쳐다보며 은근한 목소리로 말했다.

“폐하, 외숙과 조카 두 놈을 한꺼번에 처리하는 것이 어떻겠습니까?”

네로는 잠시 생각에 잠기더니 대답했다.

“아니다. 지금은 그럴 때가 아니다. 페트로니우스와 비니키우스, 폼포니아 그레키나가 로마에 불을 질렀다고 말해도 시민들은 믿지 않을 것이다. 그 세 사람은 모두 로마에 호화로운 저택을 소유하고 있으니 말이다……. 지금 당장은 다른 희생 제물이 필요하다. 그들의 차례는 머지않아 올 것이다.”

“폐하, 제 신변의 안전을 위해서 제게 호위병을 붙여주시옵소서.” 킬로가 말했다.

“티겔리누스, 네가 알아서 하라.” 네로가 지시했다.

“당분간 내 집에 와 있어라.” 근위대 사령관 티겔리누스가 말했다.

늙은 그리스인의 얼굴에 기쁨의 빛이 감돌았다.

"한 놈도 빠뜨리지 않고 모조리 잡아 올리겠습니다. 다만, 서둘러주십시오! 어서 빨리요!"

킬로는 쉰 목소리로 장담했다.

제51장

페트로니우스는 황제 앞에서 물러 나와 카리내에 있는 자기 집으로 가마를 몰게 했다. 그의 집은 삼면이 정원으로 둘러싸여 있고, 정면에는 작은 케킬리우스[1] 광장이 있었기에 다행히 화재를 면할 수 있었다.

저택과 함께 많은 재물과 예술품을 잃은 다른 조신들은 페트로니우스를 행운아라며 부러워했다. 그는 오래전부터 '포르투나[2]의 맏아들'이라고 불렸는데, 최근 들어 황제와의 친분이 점점 더 돈독해지는 것을 보고, 그 호칭이 딱 들어맞는다고들 부러워했었다. 그러나 이제는 행운의 여신도 등을 돌렸다. 아무리 포르투나의 맏아들이라고 해도, 이제는 어머니의 변덕스러움을 깨닫게 되었고, 자신을 돌보아 주던 그 행운의 여신이

1) 로마의 씨족 이름.

2) 행운의 여신.

차츰 자식을 잡아먹는다는 크로노스[3)]를 빼닮아 가고 있다는 사실을 실감하지 않을 수 없게 된 것이다.

'차라리 내 집이 타버렸다면……, 그와 함께 내 소중한 무라 잔과 에트루리아의 식기, 알렉산드리아의 유리 그릇, 그리고 코린투스의 청동 그릇들이 모두 없어져 버렸다면, 네로도 나에 대한 유감을 다소 가라앉힐 수 있었을 것이다. 폴룩스에 대고 맹세한다! 황제 앞에서 티겔리누스와 겨루었을 때 내가 한마디만 했으면 나는 곧바로 근위대 사령관이 되었을 거다. 그러면 사실대로 티겔리누스가 방화범이라고 공표하고, 그에게 죄수복을 입혀 시민들에게 넘겨줄 수 있으리라. 그리고 그리스도교 신자들을 구하고 로마도 복구하여, 정직한 사람들이 살기 좋은 그런 시대를 만들 수도 있지 않았을까. 비니키우스를 위해서라도 그 일을 맡았어야 했다. 일이 복잡하고 귀찮아지면, 소란이 어느 정도 가라앉은 후에 비니키우스에게 그 자리를 물려줄 수도 있었을 텐데……. 네로도 물론 반대하지 않을 것이다. 그러면 비니키우스는 근위병 전체, 어쩌면 황제조차도 세례를 받게 할지도 모른다. 그런다고 나에게 손해될 것이 무엇인가! 믿음이 깊고 덕이 많은 네로, 자비심이 풍부한 네로……. 정말 재미있는 구경거리가 될 뻔했는데…….'

페트로니우스는 늘 그렇듯이 낙천적인 쪽으로 생각하며 미소를 지었다. 잠시 후 그의 상념은 다른 방향으로 흘러갔다. 문득 안티움에서 들은 적이 있는 타르수스의 바오로가 한 말이 생각난 것이다.

"당신들은 우리를 인생의 적이라고 말합니다. 그러나 페트

---

3) 제우스의 아버지.

로니우스여, 내가 묻는 말에 대답해 주십시오. 가령 황제가 그리스도교도가 되어 우리의 가르침에 따라 로마를 다스린다면 여러분의 삶은 좀 더 평화롭고 안전하게 되지 않겠습니까?"

그 말을 되새기면서 페트로니우스는 속으로 중얼거렸다.

'카스토르에 맹세한다! 지금 아무리 많은 그리스도교도를 죽인다고 해도, 바오로는 또다시 무수히 많은 새로운 신자들을 만들 것이다. 이 세상이 악을 기초로 해서 성립된 것이 아닌 이상, 그의 말과 행동은 지극히 정당한 것이기 때문이다. 그러나 지금 세상에는 불의가 판을 치고 있으니, 앞으로 이 세상이 어떻게 돌아갈지 누가 알겠는가? 나도 학식은 웬만큼 쌓은 편이지만 진정한 악인이 되는 법은 익히지 못했으니, 조만간 정맥을 끊지 않으면 안 될 날이 올 것이다. 설령 혈관을 끊지 않더라도 결국 그것과 비슷한 방법으로 종말을 맞게 될 것이다. 그런 일이 벌어져도 내게 아까운 것은 에우니케와 무라 잔밖에 없다. 에우니케는 해방시켜 주고, 무라 잔은 나와 함께 묻도록 해야겠다. 그 두 가지만큼은 무슨 일이 있어도 붉은 수염에게 넘겨주고 싶지 않다. 비니키우스의 일이 걱정스럽구나. 어쨌든 요즘에는 삶이 예전보다는 덜 권태롭기는 하다. 그렇지만 이미 마음의 준비는 되어 있다. 세상은 아름다운 것들로 가득 차 있지만, 주위의 많은 사람들이 천박해졌으니, 이쯤에서 삶을 마감한다고 해서 아쉬울 것이 없지 않은가? 사는 법을 깨우친 사람은 죽는 법도 알고 있어야 한다. 내 비록 황제의 조신으로 궁에 매여 있었지만, 그래도 다른 조신들보다는 훨씬 자유롭게 살아왔다.'

페트로니우스는 어깨를 으쓱거렸다.

'그놈들은 아마 내가 지금쯤 무릎을 덜덜 떨고, 두려움 때문에 머리털이 곤두서 있으리라고 생각할 것이다. 그러나 지금 내 마음은 지극히 평온하다. 집에 가면 제비꽃을 담근 물로 목욕을 한 다음, 내 사랑스러운 금발의 미녀에게 향유를 바르게 하리라. 그리고 가벼운 식사를 하고, 안테미오스가 작곡한 「아폴로 찬가」를 감상해야겠다. 언젠가 나는 '죽음에 대해서는 미리 생각할 필요가 없다. 우리가 생각지 않아도 죽음은 한발 앞서 우리를 생각하고 있으니까.'라고 말한 적이 있다. 만일 '엘리시움의 들판'[4]이 정말 존재해서 그곳에 죽은 사람의 망령이 나타난다면 얼마나 신기할까! 그러면 에우니케도 결국 내 곁으로 오게 될 것이고, 둘이 함께 시들지 않는 수선화가 만발한 들판을 영원히 거닐 수 있을 것이다. 그곳에서는 이 세상에서보다는 훨씬 좋은 친구들을 사귈 수 있으리라. 광대와 사기꾼, 저속하고 품위 없는 속물들은 이제 정말 진저리가 난다. '고상한 판관'이라고 불리는 사람이 수십 명 있다 해도, 트리말키온[5]과 같은 벼락부자들을 참된 인간으로 만들기란 쉬운 일이 아니다. 페르세포네를 두고 맹세한다! 그런 놈들은 이제 생각만 해도 지긋지긋하다.'

문득 페트로니우스는 알 수 없는 무엇인가에 의해 자기와 다른 조신들 사이에 거리가 생겼다는 것을 깨닫고 놀라움을 금치 못했다. 전부터 그들을 잘 알고, 그들의 사람됨도 알고 있었지만, 지금 이 순간처럼 그들이 자기와는 완전히 동떨어진 사람들이고, 모욕받아 마땅한 자들이라고 생각한 적은 없

---

4) 극락세계를 뜻함.

5) 페트로니우스가 쓴 『사티리콘』의 주인공. 노예 출신으로 이재에 밝아 졸부가 되어 귀족 신분을 샀음.

었다. 정말 그들에게 염증을 느끼게 된 것이다.

페트로니우스는 이제 당면한 문제를 차근차근 정리하기 시작했다. 타고난 통찰력으로 아직은 궁극적인 파멸의 위기가 닥치지는 않았다는 것을 예측할 수 있었다. 네로는 일단 우정이니, 용서니 하면서 허울 좋고 그럴듯한 말을 했다. 그러니 그것이 그의 진심이 아니라 해도 당분간은 황제로서 한번 내뱉은 그 말에 제약을 받을 것이며, 최후의 결단을 내리자면 다른 구실을 내세워야 할 것이다. 그렇게 하려면 시간이 좀 걸릴 테지.

'네로는 먼저 그리스도교 신자들을 시민들에게 구경거리로 내놓을 것이다.' 페트로니우스는 생각했다. '그 다음에는 반드시 나의 거취 문제가 거론되리라. 그렇다면 미리부터 고민하거나 갑자기 생활 태도를 바꿀 필요는 없다. 지금 가장 시급한 문제는 위기에 빠진 비니키우스를 구하는 일이다.'

페트로니우스는 비니키우스의 일에 대해 진지하게 고민했다. 그리고 어떻게 하든지 그를 구해야겠다고 결심했다.

페트로니우스를 태운 가마는 카리내의 곳곳에 남아 있는 불에 탄 자리, 잿더미, 굴뚝 사이를 빠르게 지나쳐갔다. 페트로니우스는 갑자기 마음이 바빠져서 더 서두르자고 노예들을 재촉했다. 화재로 집이 타버려 페트로니우스의 집에 묵고 있던 비니키우스는 마침 집에 있었다.

"너 오늘도 리기아를 만났느냐?"

페트로니우스는 집에 들어서자마자 이렇게 물었다.

"안 그래도 방금 그 집에서 돌아오는 길입니다."

"내 말 잘 들어라. 질문 따위로 낭비할 시간이 없다. 황제는 오늘 로마를 불태운 죄를 그리스도교 신자들에게 덮어씌우기로 결정했다. 박해와 수난이 그들에게 임박했다. 곧 그리스도교 신자들에게 체포령이 내릴 것이다. 당장 리기아를 데리고 알프스 산 너머나 아프리카 쪽으로 피하도록 해라. 빨리 서둘러야 한다! 여기서 강 건너로 가는 것보다 궁전에서 티베리스 강 건너편이 더 가까우니까."

비니키우스는 군인답게 쓸데없는 질문으로 시간을 축내지 않았다. 비록 미간을 찌푸리며, 긴장되고 심각한 표정을 짓고 있었으나 공포의 기색은 없었다. 위험에 부딪힐 때, 그의 마음속에서 언제나 고개를 드는 것은 강렬한 투쟁과 방어의 욕구였다.

"예, 떠나겠습니다." 그는 짧게 대답했다.

"또 하나 당부하고 싶은 것이 있다. 상자에 금덩이를 넣어 가지고 가거라. 무기도 잊지 말고. 그리스도교 신자도 몇 사람 데려가는 것이 좋겠다. 만일의 경우에 싸워야 할지도 모르니까."

비니키우스는 이미 아트리움의 문을 나서고 있었다.

"노예를 통해 꼭 소식을 전해라!" 페트로니우스가 소리쳤다.

혼자 방에 남게 되자 페트로니우스는 앞으로 벌어질 일들에 대해 신중하게 생각하면서, 아트리움을 장식하고 있는 원주 사이를 서성거렸다. 리기아와 리누스가 불길이 가라앉은 다음, 전에 살던 집으로 돌아갔다는 것을 페트로니우스도 알고 있었다. 그 집은 티베리스 강 건너의 많은 집들과 마찬가지로 불에 타지 않았던 것이다. 그러나 그것이 오히려 사태를 악화시켰다. 그 집으로 돌아가지만 않았어도 근위대들이 수많은 그리스도교 신자들 틈에서 리기아를 찾아내는 일이 쉽지는 않을 것이기 때문이다. 페트로니우스는 팔라티움 궁전 안에 혹시라도 그 두 사람의 거처를 아는 사람이 없기를 바랐다.

'비니키우스라면 무슨 수를 써서라도 근위대보다 먼저 그곳에 도착하리라. 티겔리누스는 분명 짧은 시간에 되도록 많은 그리스도교 신자들을 체포하기 위해 온 로마 시가지에 그물을 치겠지만, 그러자면 근위대를 여러 개의 작은 부대로 나누어야 한다. 리기아의 체포를 위해 열 명 정도의 병사가 동원된다 해도 그 리기 족의 거인은 혼자서도 충분히 그들을 제압할 수 있을 것이다. 게다가 비니키우스까지 가세하면 무슨 걱정이 있겠는가.'

페트로니우스는 이렇게 생각하며 어느 정도 마음을 놓았다. 근위대에 무기를 들고 대항하는 것은 황제에게 도전하는 것과 마찬가지다. 만일 비니키우스가 용케 황제의 손아귀에서 벗어나 리기아와 함께 무사히 몸을 숨긴다면, 그 복수의 불똥은 반드시 자기에게 튈 것이다. 그러나 페트로니우스는 조금도 개의치 않았다. 네로와 티겔리누스의 계획을 방해할 수 있다고 생각하니 오히려 통쾌했다. 페트로니우스는 재물과 인력을 아끼지 않고 그들을 도우리라고 결심했다. 타르수스의 바오로는 이미 안티움에서 페트로니우스의 노예 대부분을 그리스도교 신자로 만들었다. 그리스도교 여신도를 보호하는 일이라면 그 노예들이 헌신적으로 협력할 것이다.

마침 그때 에우니케가 들어왔으므로 페트로니우스의 생각은 중단되었다. 에우니케를 보자 모든 근심 걱정이 순식간에 사라졌다. 그는 황제도, 자기를 향한 황제의 언짢은 감정도, 타락한 조신들도, 그리스도교 신자들에게 닥친 위험도, 리기아와 비니키우스의 문제조차도 말끔히 잊어버렸다. 아름다운 육체에 심취한 탐미주의자로 돌아가 사랑스러워 못 견디겠다는 황홀한 표정으로, 그리고 상대방에게도 사랑의 불꽃이 타오르게 하는 뜨거운 시선으로 에우니케를 바라보았다. 그녀는 '코아 베스티스'[6]라는 제비꽃 빛깔의 얇은 가운을 입고 있었는데, 그것을 통해 훤히 들여다보이는 에우니케의 장밋빛 살결은 마치 여신처럼 아름다웠다. 페트로니우스가 다정한 손길로 자신을 어루만져 주기를 밤낮으로 갈망하는 에우니케로서는 바로 그 사람이 지금 자기를 찬미의 대상으로 바라보자 황홀한 기쁨을 느끼면서 얼굴을 붉혔다. 그 모습은 여인이라기보다는 차라리 천진난만한 소녀와도 같았다.

"무슨 일이지, 카리스?" 페트로니우스가 두 손을 그녀에게 내밀며 물었다.

에우니케는 금발의 머리카락을 그의 두 팔 안에 묻으며 대답했다.

"주인님, 안테미오스가 노래 부르는 사람들을 데리고 왔습니다. 지금 노래를 들으시려는지 여쭈어보라고 해서요."

"아니, 조금만 기다리라고 해라. 이따가 식사할 때 「아폴로 찬가」를 듣기로 하자. 파포스[7]의 숲에 대고 맹세한다! 주위는 온통 잿더미이지만, 네가 그 옷을 입고 있는 모습은 마치 아프로디테가 천상의 보랏빛 의상을 걸치고 내 눈앞에 서 있는 듯하구나!"

"아아, 주인님!" 에우니케는 몸 둘 바를 몰라 했다.

"에우니케, 이리 가까이 오너라. 두 팔로 나를 껴안고 입맞추어 다오. 너는 나를 사랑하느냐?"

---

6) 비단으로 만든 코스 섬의 전통 의상.

7) 키프루스 섬의 도시. 비너스에게 헌정되었음.

"제우스라 해도 주인님처럼 사랑하지는 않을 겁니다."

에우니케는 자신의 입술을 페트로니우스의 입술에 포개며, 행복에 겨워 그의 품에서 몸을 떨었다.

잠시 후 페트로니우스가 물었다.

"만일 우리 두 사람이 헤어져야만 하는 운명이라면 어떻게 하겠느냐?"

에우니케는 근심 어린 표정으로 그의 눈을 찬찬히 들여다보았다.

"주인님, 무슨 말씀이신지요……?"

"두려워할 것 없다. 내가 혹시 먼 곳으로 떠나게 될지도 몰라서 하는 말이다."

"그럼 저도 데려가 주세요."

페트로니우스는 갑자기 화제를 바꾸며 물었다.

"정원의 화단에는 수선화가 피었느냐?"

"사이프러스 나무도, 화단의 꽃들도, 이번 화재로 인해 다 시들어버렸습니다. 도금양 나무도 잎이 다 떨어져 온 정원이 마치 죽은 것 같습니다."

"아니, 온 로마가 다 죽은 것 같구나. 이러다가는 정말 얼마 안 가서 로마 전체가 무덤으로 변해 버릴 것만 같다. 너는 그리스도교인을 체포하라는 명령이 내렸다는 사실을 알고 있느냐? 곧 그들에 대한 박해가 시작되고, 수천 명이 죽게 될 것이다."

"무엇 때문에 그리스도교 신자들을 벌하나요? 그들은 어질고, 평화를 사랑하는 사람들인데……."

"바로 그렇기 때문에 박해를 당하는 거다."

"그러면 주인님, 우리 바닷가로 가요. 주인님의 영롱한 눈동자는 피를 보시기에 어울리지 않습니다.”

“좋은 생각이다. 하지만 우선 목욕이나 해야겠다. 그 후에 도유실에서 향유를 발라다오. 키프루스 여신의 허리띠를 두고 맹세한다! 네가 지금처럼 아름답게 보인 적은 없었던 것 같구나. 너를 위해 커다란 조개껍질 모양의 욕조를 만들어주겠다. 네가 그 안에 들어가 있으면 마치 고귀한 진주처럼 보일 것이다. 자아, 같이 가자.”

두 사람은 함께 방에서 나갔다. 한 시간쯤 지났을까. 그들은 장미를 엮어 만든 화관을 쓰고, 꿈꾸는 듯한 아련한 표정으로 황금 접시가 놓여 있는 식탁 앞에 앉았다. 큐피드로 분장한 소년들이 식사를 날라왔다. 두 사람은 담쟁이덩굴이 감겨진 술잔으로 포도주를 마시면서, 안테미오스의 합창단이 하프를 켜며 부르는 「아폴로 찬가」에 귀를 기울였다. 집 주위에는 타버린 집들의 굴뚝만이 여기저기 솟아 있고, 바람이 불 때마다 불탄 곳에서 재가 날아왔지만, 그들 두 사람에게는 그런 것은 아무 문제도 되지 않았다. 그들은 자기들이 행복하다고 느끼며, 그들의 삶을 황홀한 꿈처럼 만들어준 사랑에 흠뻑 빠져 있었다. 그러나 노래가 채 끝나기도 전에 아트리움을 담당하는 선임 노예가 뛰어 들어왔다.

“나리!” 그의 음성은 두려움에 떨리고 있었다. “백인대장이 근위대를 이끌고 문 앞에 와 있습니다. 황제 폐하의 명령으로 나리를 뵙겠다고 합니다.”

노래와 하프 소리가 그쳤다. 사람들의 얼굴에 불안한 기색이 떠올랐다. 황제는 친한 조신에게 근위대 병사를 사신으로 보내는 적이 없었다. 병사들의 방문은 지금과 같은 상황에서는 불길한 징조였다. 그러나 페트로니우스는 안색 하나 바꾸지 않고, 성가시다는 듯이 말했다.

"식사는 끝내야 할 것 아닌가?"

페트로니우스는 아트리움 담당 노예에게 말했다.

"아무튼 들어오라고 해라."

노예는 휘장 뒤로 사라졌다. 잠시 후 묵직한 발자국 소리가 들리더니, 페트로니우스가 잘 아는 백인대장 아페르가 머리에 투구를 쓴 채 안으로 들어왔다.

"각하, 이것은 폐하의 친서입니다."

페트로니우스는 마지못한 듯 한 손으로 서찰을 받아들고 잠시 훑어보고는 담담한 태도로 에우니케에게 그것을 건네주었다.

"폐하께서 오늘 밤 「트로이의 멸망」 신작을 낭송하신다는군. 그래서 나를 초대하신 거야."

"제게는 이 친서를 전하라고만 분부하셨습니다." 백인대장이 말했다.

"알겠네. 따로 답장은 없으니 그리 알게. 그건 그렇고 아페르, 우리 집에서 잠깐 쉬면서 술 한 잔 하지 않겠나?"

"죄송합니다. 각하의 건강을 기원하면서 여유 있게 마시고 싶지만, 지금은 어명을 수행하고 있는 중이므로 곧 가봐야 합니다."

"무엇 때문에 굳이 자네를 통해 편지를 보내셨을까? 노예를 시키면 될 텐데……."

"잘 모르겠습니다, 각하. 마침 제가 다른 일 때문에 이쪽으로 오는 길이니 그런 분부를 내리셨는지도 모르죠."

"그래, 알겠군. 자네가 말하는 다른 일이란 그리스도교 신자와 관련된 일이겠지?"

"그렇습니다, 각하."

"수색은 벌써 시작되었나?"

"몇몇 부대는 이미 오전 중에 티베리스 강 건너 쪽으로 파견되었습니다."

백인대장은 군신 마르스를 찬미하는 뜻으로 술잔을 기울여 마룻바닥에 포도주를 조금 흘리고는, 단숨에 술잔을 비웠다.

"각하, 그럼 제신들의 은총으로 소원성취하시기 바랍니다. 안녕히 계십시오."

"그 술잔을 가지고 가게나." 페트로니우스가 말했다.

백인대장이 간 뒤 페트로니우스는 「아폴로 찬가」를 끝까지 연주하라고 손짓했다.

'붉은 수염은 나와 비니키우스를 상대로 한판 벌일 셈이로구나.' 하프 연주가 다시 시작될 무렵 페트로니우스는 생각했다. '난 그의 마음속에 들어앉아 있다! 백인대장을 보낸 것은 나를 위협하기 위해서다. 내가 어떤 태도로 백인대장을 맞이했는지 꼬치꼬치 캐묻겠지. 하지만 난 그렇게 호락호락 굴복하진 않을 것이다! 이 잔인하고 고약한 꼭두각시야! 네 놈이 내게 앙심을 품고 있고, 조만간 나를 죽이려 한다는 것을 다 알고 있다. 그렇다고 내가 살려달라고 애원한다든지, 내 얼굴에 공포와 굴욕의 표정이 떠오르는 것을 보게 되리라고 생각한다면 그것은 오산이다!'

"주인님, 폐하께서는 서신에 두 사람[8] 다 의향이 있으면 참석하라고 하셨는데…… 굳이 가시겠습니까?" 에우니케가 물었다.

---

8) 페트로니우스와 비니키우스를 가리킴.

"암, 가고말고……. 오늘은 기분이 몹시 좋으니 황제의 시도 참아줄 수 있을 것 같구나. 비니키우스는 참석할 수가 없으니 나라도 가봐야겠다."

페트로니우스는 식사를 마치고, 평소와 다름없이 산책을 끝낸 뒤, 머리 매만지는 노예와 토가에 주름을 잡는 노예에게 몸단장을 맡겼다. 한 시간 뒤 그는 신처럼 아름답게 차리고 가마에 올라 팔라티움 언덕으로 향했다. 꽤 늦은 시각이기는 했지만, 포근하고 고요한 밤이었다. 달빛이 온 누리를 환하게 밝혔으므로 하인들이 횃불을 들 필요가 없었다. 거리의 곳곳에서, 또 잿더미 위에서 술에 만취한 사람들이 머리에 담쟁이와 인동덩굴을 엮어 만든 화관을 쓰고, 손에는 황제의 정원에서 꺾은 월계수와 백창포 가지를 들고 비틀거리는 모습을 볼 수 있었다. 먹을 것도 풍족하게 배급되었고, 게다가 경기 개최도 선포되었으므로 다들 희희낙락이었다. 여기저기서 황제의 만수무강을 빌고, 거룩한 밤과 사랑을 찬양하는 노래가 들려왔다. 달빛 아래서 덩실덩실 춤추는 사람도 있었다. 노예들은 "귀족 페트로니우스 님의 가마다!"라는 말을 되풀이하며 길을 열었다. 그 말을 듣고 사람들은 옆으로 물러섰으며, 자기네들이 늘 존경해 오던 귀족에게 환호를 보냈다.

페트로니우스는 비니키우스의 일을 생각하며 그에게서 아무 소식이 없는 것을 걱정했다. 그는 향락주의자이자 이기주의자였지만, 타르수스의 바오로나 비니키우스로부터 매일 그리스도교 신자들에 관한 이야기를 듣는 동안, 자신도 모르는 사이에 마음속 깊은 곳에서 어떤 변화가 일어나고 있었던 것이다. 그 두 사람에게서 불어온 사랑의 훈풍이 그의 영혼에 새로운 씨앗을 뿌린 것이다. 그래서 지금은 자기보다 다른 사람의 일을 더 걱정하게 되었다. 게다가 비니키우스의 어머니로 말하자면 어렸을 때부터 정답게 지내던 누이였기에 조카에게 특별한 애정을 가지고 있었다. 이런저런 여러 가지 감정이 복합되어 이번 사건에 대해 비극을 보는 심정으로 애틋한 연민을 가지고 세심하게 추이를 지켜보고 있었던 것이다.

페트로니우스는 비니키우스가 무슨 수를 써서라도 근위대보다 먼저 리기아가 있는 곳에 당도하여 함께 피신했거나, 설혹 일이 조금 잘못 되었다 해도 그녀를 구출하는 데 성공했으리라는 희망을 잃지 않았다. 황제가 그에게 여러 가지 질문을 할지도 모르니, 명쾌하게 대답을 하려면 어쨌든 조카의 신변에 관한 일을 미리 알아둘 필요가 있었다.

페트로니우스가 티베리우스 궁전 앞에 가마를 세우고 아트리움으로 들어가 보니 그곳에는 벌써 많은 조신들이 모여 있었다. 불과 어제까지만 해도 가깝게 지내던 사람들이 페트로니우스를 보자 그가 초대받은 것에 놀라면서 모두들 그를 멀리하는 눈치였다. 그러나 페트로니우스는 우아하고 당당하게, 그리고 주위의 시선 따위에는 아랑곳하지 않고 마치 자신이 커다란 호의라도 베푸는 듯한 자세로 그들 틈에 어울렸다. 페트로니우스의 이런 자신만만한 태도를 보고, 그를 냉정하게 대한 것이 너무 경솔한 일이 아닐까 하고 은근히 후회하는 조신들도 있었다.

황제는 페트로니우스를 못 본 척했다. 페트로니우스가 인사를 해도 이야기에 열중한 척 딴청을 부리며 답하지 않았다. 티겔리누스가 가까이 다가와 그에게 말을 건넸다.

"어서 오시오, 고상한 판관! 당신은 아직도 로마를 불태운 범인이 그리스도교 신자들이 아니라고 주장할 작정이오?"

페트로니우스는 어깨를 한 번 으쓱하고는 마치 해방노예를 대하듯 티겔리누스의 등을 툭툭 두드리며 말했다.

"로마에 불을 지른 자가 누군지는 당신이 나보다 더 잘 알 것이 아니오?"

"흠…… 어쨌든 당신과 지혜를 겨룰 생각은 없소이다."

"그것 참 신통한 생각을 했군요. 그렇지 않으면 폐하께서 「트로이의 멸망」 신작을 낭송하실 때 당신은 공작처럼 이상한 소리를 지르는 대신에 말도 안 되는 의견이나 내놓으려 할 테니 말이오."

티겔리누스는 이를 악물었다. 오늘 새 작품을 낭송하기로 한 황제의 처사가 그의 마음에는 들지 않았다. 황제가 시를 읊는 자리에서는, 도저히 자기가 페트로니우스의 상대가 될 수 없다는 것을 잘 알고 있기 때문이다. 실제로 네로는 시를 낭독하는 동안, 오랫동안 굳어진 습관대로 자기도 모르는 사이에 페트로니우스의 눈치를 살피며 그의 얼굴에 떠오르는 표정을 읽느라고 애를 썼다. 페트로니우스는 정신을 집중하고 귀를 기울이면서 한 구절도 빼놓지 않고 열심히 듣고 있다는 표시로 눈썹을 올렸다 내렸다 하기도 하고, 가끔 고개를 끄덕거리기도 했다. 낭독이 끝나자 페트로니우스는 칭찬도 하고, 비평도 하고, 어떤 구절은 빼는 것이 좋고, 어떤 구절은 고치는 것이 좋겠다며 의견을 말했다. 네로는 다른 조신들의 거창한 아부와 찬사는 모두 자기네들의 일신상의 이익을 위한 것이지만, 페트로니우스만은 순수하게 시를 사랑하는 마음으로 평한다고 믿었다. 제대로 시를 이해하는 사람은 페트로니우스밖에 없으니 그가 칭찬하는 시라면 확실히 훌륭한 시라고 자부했던 것이다. 그래서 저도 모르는 새에 입에 거품까지 물어가며 열심히 그와 시에 관해 토론을 벌였다. 마지막으로 페트로니우스가 어떤 구절을 지적하면서 과연 그것이 적절한 표현인가를 묻자, 네로는 이렇게 대답했다.

"내가 왜 그렇게 썼는지는 마지막 장이 완성되면 자연히 알게 될 것이다."

'아하, 그럼 마지막 장이 완성될 때까지는 시간을 벌었군!'

페트로니우스는 생각했다.

두 사람의 토론을 들으면서 꽤 많은 조신들이 남몰래 생각했다.

'아차, 실수를 저질렀구나! 페트로니우스에게 시간적 여유가 생기면 그는 다시 황제의 총애를 받고, 아마 티겔리누스도 굴복시킬 수 있을 것이다.'

그리하여 조신들이 페트로니우스의 곁으로 다시 하나둘씩 모여들기 시작했다. 그러나 그날 밤 모임이 거의 끝날 즈음, 좋지 못한 조짐이 나타났다. 페트로니우스가 막 작별 인사를 하고 물러나려 할 때, 갑자기 황제가 눈을 깜빡거리며 심술궂으면서도 한편으로는 흥미롭다는 표정을 짓고 물었던 것이다.

"비니키우스는 왜 오지 않았느냐?"

만일 비니키우스와 리기아 두 사람이 무사히 성문 밖으로 도망갔다는 확실한 정보만 가지고 있었다면, 페트로니우스는 이렇게 대답했을 것이다.

"폐하께서 허락해 주신 바와 같이 비니키우스는 리기아와 결혼식을 올리고, 지금 여행 중입니다."

그러나 네로가 묘한 미소를 짓고 있었으므로 이렇게 대답할 수밖에 없었다.

"폐하의 초청장을 받았을 때, 그는 집에 있지 않았습니다."

"짐이 만나고 싶어 한다고 전해라. 또한 이번 검투 시합에는 그리스도교 신자들이 나올 예정이니 반드시 참석해서 구경하라고 일러라." 네로가 말했다.

그 말에 페트로니우스는 불안해지기 시작했다. 분명 이것은 리기아와 직접적인 관계가 있는 일이다. 가마에 올라타자마자 페트로니우스는 그날 아침 궁에서 집으로 갈 때 재촉했던 것보다 더 빨리 집으로 달리라고 명령했다. 그러나 그것은 쉬운 일이 아니었다. 티베리우스 궁 앞에는 올 때와 마찬가지로 술에 취한 군중이 이곳저곳에서 길을 차지하고 있었기 때문이다. 그런데 그들은 노래하고 춤추는 것이 아니라 모두 대단히 흥분한 것 같았다. 멀리서 사람들의 아우성이 들려왔다. 처음에는 무슨 말인지 몰랐으나, 점차 소리가 커짐에 따라 마침내 가슴을 서늘하게 하는 무서운 말이 또렷하게 들렸다.

"그리스도교 신자들을 사자 밥으로!"

조신들의 호화로운 가마들이 절규하는 군중 사이를 빠져나가고 있었다. 타다 남은 거리에는 새로운 군중이 연이어 몰려들었고, 함성은 되풀이되었다. 수색은 이미 정오부터 시작되었다는 둥, 수천 명의 방화범이 벌써 체포되었다는 둥…… 소문이 입에서 입으로 번져나갔다. 그 소문은 새로 개통된 거리를 비롯하여 옛날 그대로 남은 도로, 팔라티움 언덕 근처의 폐허에 묻힌 좁은 골목, 그리고 모든 언덕과 정원에 이르기까지 로마 전역으로 퍼져나갔다.

"그리스도교 신자들을 사자 밥으로!"

'짐승만도 못한 놈들! 모두 황제와 똑같은 놈들이다!'

페트로니우스는 경멸을 참지 못하고 속으로 중얼거렸다.

야만인들조차 엄두도 내지 못할 폭력과 범죄, 잔혹함, 광기와 난행이 만연한 사회는 절대 오래 지속될 수 없다. 로마는 세계의 지배자이지만 동시에 세상을 곪게 만드는 종양이기도 했다. 로마는 지금 썩은 시체처럼 악취를 풍기고 있다. 그리고 그 안에 사는 사람들의 부패한 삶에는 죽음의 그림자가 드리워져 있다. 이미 조신들 사이에서도 그런 이야기들이 여러 차례 오갔지만, 페트로니우스는 지금 이 순간처럼 생생하게 그 사실을 실감한 적이 없었다. 로마는 월계수로 장식한 개선마차 위에 서서 여러 민족으로 하여금 그 전차를 끌게 하고 있지만, 실제로는 몰락의 나락을 향해 치닫고 있는 것이다. 온 세계에 군림하고 있는 이 대도시에서의 삶도 지금 페트로니우스의 눈에는 종말을 눈앞에 둔 마지막 향연이나 광대들의 난장판으로밖에는 보이지 않았다.

페트로니우스는 지금 이러한 혼돈 속에서 새로운 삶의 질서를 확립할 수 있는 것은 오직 그리스도교뿐이라고 생각했다. 그러나 애석하게도 그리스도교 신자들은 모조리 학살당하게 될 것이다. 그렇다면 이 세상은 앞으로 어떻게 될까?

광대의 난장판은 네로의 지휘 아래 앞으로도 이어지리라. 네로가 사라진다 해도 민중이 이 모양이고, 조신들이 이런 꼴이라면 더 나은 군주가 나타날 리 없다. 결국에는 네로와 같은, 혹은 더 악독한 황제가 나타나 제 세상을 만난 듯 활개 치며 날뛰리라. 그러면 또다시 새로운 광대놀음이 시작될 것이고, 이 나라는 더욱 비천하고 추악하게 변해 갈 것이다.

하지만 이런 미친 소동이 과연 영원히 지속될 수 있을까. 한계에 이르게 되면 지쳐서 잠잠해지지 않을까…….

그러다가 문득 페트로니우스는 자신이야말로 정말 지쳤다는 생각이 들었다. 이런 타락한 세상을 지켜보는 것 외에 아무

목적도 없이 위태로운 하루하루를 보내고 있으니, 도대체 삶을 이어가야 할 이유가 어디에 있단 말인가? 죽음의 신은 잠의 신 못지않게 아름다우리라. 죽음의 신 또한 어깨에 날개가 돋쳐 있지 않은가?

가마가 저택 입구에 멈춰 섰다. 부지런한 문지기가 곧바로 문을 열었다.

"비니키우스는 돌아왔는가?" 페트로니우스가 물었다.

"네, 방금 돌아오셨습니다."

'리기아를 구출하지 못했구나.' 페트로니우스는 생각했다.

그는 급히 토가를 벗어 던지고, 아트리움으로 뛰어 들어갔다. 비니키우스는 의자에 앉아 두 손으로 머리를 움켜쥐고 무릎 아래까지 푹 수그리고 있었다. 발자국 소리를 듣고 쳐든 그의 얼굴은 돌처럼 굳어 있었고, 오직 눈동자만이 이글거리고 있었다.

"한발 늦은 모양이구나." 페트로니우스가 물었다.

"네, 오전에 체포되었다고 합니다."

잠시 침묵이 흘렀다.

"리기아는 만났니?"

"네."

"지금 어디에 있느냐?"

"마메르티누스 감옥입니다."

페트로니우스는 몸서리를 쳤다. 그는 무엇인가가 궁금한 듯한 표정으로 비니키우스를 뚫어지게 쳐다보았다.

비니키우스는 삼촌의 의중을 알아차렸다.

"생각하시는 그런 일은 없습니다. 다행히 툴리아눔[9]이나 중죄인을 가두는 감옥에 들어가지는 않았습니다. 저는 간수 한

명을 매수하여 그가 맡고 있는 감방에다 리기아를 수용해 달라고 일렀습니다. 우르수스는 감방에서 그녀를 지키고 있습니다."

"리기아가 체포되는 동안 우르수스는 무엇을 하고 있었지? 왜 막지 않았을까?"

"근위대 병사가 쉰 명이나 왔답니다. 게다가 리누스가 저항하지 말라고 했고요."

"리누스는 어찌 되었는가?"

"죽어가고 있습니다. 그래서 잡혀가지 않았습니다."

"그래, 이제 어떻게 할 생각이지?"

"리기아를 구해 내든가, 아니면 그녀와 함께 죽겠습니다. 저 역시 그리스도교 신자가 되었으니까요."

비니키우스는 침착하려고 애쓰며 말했으나, 그 목소리는 절망으로 떨리고 있었다. 페트로니우스는 조카에 대한 애끓는 연민으로 인해 마음이 아팠다.

"네 기분은 십분 이해한다. 그러나 어떤 방법으로 여자를 구출할 셈이냐?"

"감옥의 간수들에게 미리 돈을 듬뿍 쥐여주었습니다. 리기아에게 무례하게 굴지 않도록, 그리고 탈옥을 방해하지 않도록 말입니다."

"언제 실행할 작정이지?"

"간수들은 책임 추궁이 두려워 당장은 탈옥시킬 수 없다고 했습니다. 그러나 감옥이 수감자들로 꽉 차게 되면 내부가 어수선해질 테니까 그때 빼내 올 수 있을 것입니다. 그러나 그

---

9) 천장에 구멍이 뚫린 지하 감방—원주.

것은 최후의 수단입니다! 그 전에 리기아와 저를 구해 주십시오! 삼촌께서는 황제의 절친한 친구이고, 황제 자신이 제게 리기아를 내주지 않았습니까? 제발 황제에게 부탁해서 저희를 좀 살려주십시오!"

페트로니우스는 이 말에는 대꾸하지 않고, 노예를 불러 검은 외투 두 벌과 칼 두 자루를 가져오라고 명령했다. 그리고 비니키우스에게 말했다.

"자세한 얘기는 가면서 하자. 어쨌든 이투와 칼을 들어라. 함께 감옥으로 가자. 간수들에게 십만 세스테르티우스를 주고 탈옥을 부탁해 보자. 아니, 그 두 배, 다섯 배라도 줘서 리기아를 빼낼 수 있다면 그렇게 하자. 서두르지 않으면 모든 게 돌이킬 수 없게 된다."

"자, 어서 가십시다." 비니키우스가 말했다.

두 사람은 거리로 나섰다.

"내 말을 잘 들어라." 페트로니우스가 입을 열었다. "지금은 늑장부릴 때가 아니다. 나도 오늘로서 황제의 눈 밖에 나고 말았다. 내 목숨도 언제 어떻게 될지 모르는 형편이니 황제에게 매달려 봤자 아무 소용이 없다. 뿐만 아니라 내가 무엇인가를 부탁하면 황제는 오히려 그와 정반대로 할 것이다. 그렇지만 않아도 내가 너에게 리기아와 함께 먼 곳으로 떠나라든지, 폭력을 써서라도 구해 내라고 권하지는 않았을 것이다. 만일 네가 도망치게 되면 황제의 노여움이 필경 내게로 향하게 될 테니 말이다. 오늘부터 황제는 내 부탁을 들어주느니 차라리 네 청을 기꺼이 들어주려 할지도 모른다. 그러니 황제를 설득할 수 있다는 기대는 하지 마라. 아무튼 지금은 리기아를 탈옥시켜 너희 둘이 함께 도망치는 수밖에 없다. 만일 실패하면 다른 수단을 강구해야지. 이것만은 알아두어야 한다. 리기아가 체포된 것은 그녀가 단지 그리스도교 신자이기 때문만은 아니다. 진짜 이유는 포페아가 너와 리기아에게 앙심을 품었기 때문이다. 네가 황후를 거절하여 모욕을 주었기 때문에 사태가 이렇게까지 악화된 것이다. 포페아는 자기가 너에게 거절당한 이유가 리기아 때문이라는 것을 잘 알고 있다. 게다가 포페아는 처음부터 리기아를 미워했다. 전에도 황녀가 죽은 것이 리기아의 저주 탓이라며 그녀를 해치려고 한 일이 있었지 않니? 결국 이번 사건도 그 배후에는 포페아의 흉계가 도사리고 있을 것이다. 만일 그렇지 않다면 다른 신자들도 많은데, 굳이 리기아가 제일 먼저 체포된 이유를 어떻게 설명할 수 있단 말이냐? 누군가가 리누스의 집을 가르쳐 준 것이 틀림없다. 분명 황후는 오래전부터 리기아를 노리고 사람을 시켜 그녀의 뒤를 밟게 한 것이다! 이런 말을 들으면 물론 피가 마르고, 희망이 송두리째 사라지는 것 같겠지. 그래도 내가 굳이 이 말을 하는 것은, 포페아 일당이 미처 눈치채기 전에 리기아를 탈옥시키지 못하면, 둘 다 끝장이라고 판단했기 때문이다."

"예, 잘 알겠습니다, 삼촌!" 비니키우스가 나지막한 목소리로 힘주어 대답했다.

밤이 깊었으므로 거리에는 인적이 드물었다. 그런데 어디선지 술에 취한 검투사가 비틀거리며 페트로니우스에게 다가왔다. 두 사람의 대화는 중단되었다. 검투사는 페트로니우스의 어깨에 한 손을 얹고 술 냄새를 풍기며 쉰 목소리로 외쳤다.

"그리스도교 신자들을 사자 밥으로!"

"미르밀로[10)]여!" 페트로니우스가 말했다. "순순히 말할 때가던 길이나 계속 가라.”

주정뱅이는 다른 한 손으로 페트로니우스의 팔을 잡고 혀 꼬부라진 소리로 말했다.

“나를 따라 외쳐라! 싫다면 네놈 모가지를 비틀어놓겠다. 자아, 따라 해라. 그리스도교 신자들을 사자 밥으로!”

페트로니우스의 예민한 신경은 그 지긋지긋한 말을 더 이상 참을 수 없었다. 궁전에서 나왔을 때부터 그 말은 지독한 악몽처럼 끈질기게 귓전을 맴돌며 숨통을 죄어왔던 것이다. 그런 페트로니우스에게 무례한 취객의 주먹이 뻗쳐오자 그의 인내에 한계가 왔다.

“이놈! 네가 술에 취해 감히 내가 가는 길을 막으려 드느냐!”

말 떨어지기가 무섭게 페트로니우스는 몸에 지니고 있던 단도를 들어 칼자루까지 들어갈 정도로 깊숙이 사내의 가슴에 박았다. 그리고 비니키우스의 손을 잡으며 아무 일도 없었다는 듯 이야기를 계속하며 걸었다.

“황제가 오늘 내게 이런 말을 했다. ‘비니키우스에게 일러 그리스도교도가 나오는 경기를 꼭 보러 오라고 해라.’ 이 말이 무슨 뜻인지 알겠니? 네가 괴로워하는 모습을 보고 즐기겠다는 심보를 드러낸 것이지. 불을 보듯 뻔한 수작이다. 너와 내가 아직 체포되지 않은 것은 어쩌면 그 때문인지도 모른다. 만일 네가 지금 당장 리기아를 구출하지 못하면, 그때는…… 나도 어찌해야 좋을지 잘 모르겠구나. 어쩌면 악테가 도와줄 수 있을지도 모르지만, 문제는 과연 그녀의 힘이 어느 정도일지 하는 것이다. 참, 어쩌면 티겔리누스가 시칠리아에 있는

10) 짧은 옷을 입고 방패와 단검을 들고 싸우는 검투사.

네 영토를 탐내고 있을지도 모른다. 한번 그의 마음을 떠보는 것이 어떻겠니?"

"제가 가지고 있는 것을 원한다면 무엇이든지 다 주겠습니다."

비니키우스가 대답했다.

카리내에서 로마 광장까지는 그리 멀지 않았으므로, 두 사람은 곧 그곳에 도착했다. 마메르티누스 감옥은 로마 광장 근처에 있었다. 밤이 깊어 어느새 새벽녘에 가까워졌다. 캄캄한 어둠 속에서 성벽의 윤곽이 선명하게 모습을 드러냈다.

마메르티누스 감옥 쪽으로 막 접어드는데, 페트로니우스가 갑자기 그 자리에 멈춰 섰다.

"근위대다……! 한발 늦었다!"

병사들이 감옥을 이중으로 포위하고 있었다. 새벽 엷은 빛 속에서 그들의 투구와 창끝이 은빛으로 반짝이는 것이 보였다.

비니키우스의 얼굴은 대리석처럼 하얗게 변했다.

"아무튼 가봅시다." 비니키우스가 말했다.

두 사람은 줄을 지어 서 있는 병사들 앞에서 발을 멈추었다. 기억력이 뛰어난 페트로니우스는 장교는 말할 것도 없고, 사병들까지도 거의 알고 있었기 때문에, 전부터 안면이 있는 보병대장을 발견하고는 손짓을 했다.

"어찌된 일인가, 니게르? 자네 부대가 오늘 감옥의 경비를 맡았나?"

"그렇습니다, 페트로니우스 각하. 사령관께서는 혹시라도 그리스도교도들이 습격해서 방화범들을 구출하려 하지 않을까 걱정하고 계십니다."

"아무도 들여보내지 말라는 명령을 받았나?" 비니키우스가 물었다.

"그런 명령은 없었습니다. 친지들은 감금된 사람들을 면회할 수 있습니다. 그렇게 함으로써 더 많은 그리스도교 신자들을 체포할 수 있으니까요……."

"그럼 날 들여보내 주게."

비니키우스가 말했다. 그리고 페트로니우스의 손을 잡고 부탁의 말을 했다.

"악테를 만나봐 주십시오. 그 결과는 나중에 들으러 가겠습니다."

"그래, 그렇게 하자꾸나." 페트로니우스가 대답했다.

그때 두꺼운 벽을 통해 지하로부터 성가 소리가 들려왔다. 처음에는 나지막하고 알아들을 수 없을 정도로 희미했으나, 점차 소리가 커지고 분명해졌다. 남자와 여자, 아이들의 소리가 합쳐진 조화로운 합창이었다. 고요한 여명 속에서 온 감옥 안에 하프처럼 아름다운 선율이 울려 퍼지고 있었다. 그것은 슬픔의 소리도 아니고, 절망의 소리도 아니었다. 오히려 그 선율에는 기쁨과 승리의 감격이 넘쳐흐르고 있었다.

병사들은 깜짝 놀라며 서로 얼굴을 마주보았다. 바야흐로 하늘은 황금빛이 뒤섞인 장밋빛으로 물들며 동이 트기 시작했다.

제52장

"그리스도교 신자들을 사자 밥으로!"라는 고함 소리는 로마의 모든 지역으로 구석구석 퍼져나갔다. 이제는 아무도 그리스도교도가 로마의 방화범이라는 사실을 의심하지 않았다. 뿐만 아니라 수많은 신자들을 어떻게 잔혹하게 처형할 것인가에 대한 호기심 어린 기대감에 정신이 팔려 아무도 의심하려 들지 않았다. 더욱이 화재가 그렇게까지 무섭게 번진 것은 신들이 그리스도교 신자들에게 노했기 때문이라는 풍문까지 돌았다. 결국 신의 노여움을 풀기 위해 각 신전에 제물을 바치라는 명령이 내려졌다. '시빌라의 책'[1]에 적힌 가르침에 따라 원로원은 불카누스와 케레스, 페르세포네를 위해 제사를 지내고 기도를 바치기로 결정했다. 아이가 있는 부인들은 여신 주

1) 카피톨리움 신전 지하실에 보관되었던 여제사, 무녀들의 신탁과 예언을 모아놓은 책.

노에게 제물을 바쳤다. 여신의 조상 앞에 뿌릴 물을 길어오기 위한 행렬이 하도 길어서 바다에까지 이어지기도 했다. 결혼한 지 얼마 안 된 젊은 아낙네들은 제신에게 바칠 향연을 준비하며 밤새워 기도했다. 온 로마가 죄를 씻고, 제물을 바치며 신들의 노여움을 가라앉히는 데 여념이 없었다.

그 사이 불탄 자리의 한복판에 넓게 길이 뚫렸다. 이곳저곳에 벌써 화려한 저택과 궁전, 신전을 짓기 위한 주춧돌이 놓였다. 그러나 무엇보다 공사를 서두른 것은 그리스도교 신자들의 처형장으로 사용될 거대한 목조 원형경기장이었다. 티베리우스 궁전에서 회의가 끝난 뒤 각 속주의 총독들에게 야수를 조달하라는 명령이 내려졌다. 티겔리누스는 조그만 도시까지 포함하여 이탈리아 전역에서 그 지역의 동물 사육장이 텅 빌 정도로 야수란 야수는 모조리 징발했다. 또 그의 명령으로 아프리카에서는 지역 주민들을 강제로 동원하여 대규모 사냥을 하도록 했다. 소아시아에서는 코끼리와 호랑이, 나일 강 유역에서는 악어와 하마, 아틀라스 산맥에서는 사자, 피레네 산맥에서는 늑대와 곰, 히베르니아[2]에서는 무서운 맹견, 에피루스에서는 몰로시아 개[3], 그리고 게르마니아에서는 물소와 들소를 보내왔다. 투옥된 사람이 수없이 많았으므로 이번 구경거리는 그 규모에 있어서 예전의 모든 볼거리를 능가할 것이었다. 황제는 대화재의 기억을 피로 씻어버리고, 온 로마를 피바다로 만들려고 했다. 역사상 그 유례를 찾을 수 없을 만큼 참혹한 유혈 사태가 눈앞에 다가온 것이다.

---

2) 지금의 아일랜드 지방.

3) 에피루스 지방에서 사육되는 사냥 및 경비용으로 유명한 개.

군중은 이에 발맞추어 순찰대와 근위대를 도와 그리스도교 신자들을 색출하는 데 열을 올렸다. 그리스도교 신자들은 떼를 지어 다른 시민들과 함께 여러 정원에 천막을 치고 야영하면서 공개적으로 기도하므로 그들을 찾아내는 것은 어려운 일이 아니었다. 사람들이 신자들을 포위하면 그들은 무릎 꿇고 성가를 부르며, 저항도 하지 않고 순순히 끌려갔다. 그러나 그런 참을성이 오히려 민중의 노여움에 불을 질렀다. 박해자에게는 그리스도교 신자들의 알 수 없는 인내심이 완고하고 당돌하게 보였던 것이다. 그들은 그리스도교 신자들이 참으면 참을수록 더욱 기승을 부렸다. 박해자들은 눈에 불을 켜고 그리스도교 신자들을 찾으러 돌아다녔다. 근위대가 신자들을 체포하면, 여자들은 시민들로부터 머리채를 휘어잡혀 감옥으로 끌려갔고, 아이들은 돌에 맞아 머리에 상처를 입었다. 몇 천 명이나 되는 사람들이 밤낮을 가리지 않고, 고래고래 소리 지르며 외진 골목까지 뒤지고 다녔고, 폐허나 굴뚝, 동굴 속에서도 희생자가 끌려 나왔다. 감옥 앞에는 모닥불을 피워놓고, 술통을 에워싸고 그 둘레를 돌며, 바쿠스 축제를 지내는 것처럼 취해서 춤을 추는 자들도 있었다. 밤이 되면 천둥이 울리듯 야수들이 포효하는 소리로 온 도시가 들썩거렸으나, 시민들은 그 소리를 황홀한 듯 듣고 있었다. 감옥은 수천 명의 죄수 아닌 죄수들로 넘쳐나고 있었지만, 군중과 근위대는 계속해서 새로운 희생자를 몰아넣었다. 타인에 대한 동정심은 완전히 자취를 감추었다. 사람들은 그 광란의 도가니 속에서 "그리스도교 신자들을 사자 밥으로!"라는 말만 되풀이했다. 마치 그 밖의 다른 말은 모두 잊어버린 듯했다. 더구나 날씨조차 이례적으로 무더워서 밤낮을 가리지 않고 숨이 막힐 지경이었다. 대기 또한 피와 광기와 죄악의 열기로 후끈거렸다.

일찍이 볼 수 없었던 끔찍한 광기에 꿋꿋하게 맞서고 있는 것은 그리스도교 신자들의 순교에 대한 열망이었다. 그리스도교인들은 담담하게 죽음을 받아들였다. 아니, 그들은 자진해서 죽음을 택했으며, 오히려 장로들이 만류할 정도였다. 장로들의 지시에 따라 집회는 교외나, 성문 밖 아피아 가도 근처의 지하 묘지에서 주로 개최되었다. 때로는 그리스도교로 개종한 귀족의 포도원에서 열릴 때도 있었는데, 그들 중에는 아직 체포된 사람이 하나도 없었다. 팔라티움 궁에서는 귀족들 가운데 플라비우스와 도미틸라, 폼포니아 그레키나, 코르넬리우스 푸덴스, 비니키우스, 그 밖의 몇몇이 그리스도교인이라는 것을 분명히 알고 있었다. 그러나 네로는 이 사람들이 로마에 불을 질렀다고 하면 아무도 믿지 않으리란 것을 잘 알고 있었고, 지금 무엇보다 시급한 것은 백성들로 하여금 방화범이 그리스도교인들이라는 사실을 믿게 하는 것이므로, 이들에 대한 응징과 보복은 후일로 미루기로 했다. 자세한 사정을 모르는 사람들은 이 귀족들이 무사할 수 있는 것은 악테의 힘이라고 떠벌리기도 했으나, 그것은 잘못된 생각이었다. 사실 페트로니우스가 비니키우스와 헤어진 후 악테를 찾아가 리기아를 위해 도움을 청했을 때, 실제로 그녀가 한 일은 고작 눈물을 흘리는 것뿐이었다. 그녀는 모든 사람들에게 버림받은 채 괴로움에 묻혀 살고 있었고, 포페아와 황제의 눈에 띄지 않게 조심하며 하루하루 간신히 목숨을 이어가고 있는 처지였다. 그래도 악테는 감옥으로 리기아를 찾아가서 옷과 음식을 전했고, 간수들에게 뇌물을 안겨 무례한 대우를 받지 않도록 힘을 써주었다. 물론 간수들의 주머니는 그동안 받은 뇌물로 이미 불룩해져 있었다.

페트로니우스는 자기가 리기아를 아울루스 집안에서 데려오자는 말을 하지 않았더라면, 그녀는 지금 감옥에 갇혀 있지 않을 것이라는 자책감으로 마음이 아팠다. 더구나 그는 티겔리누스와의 세력 다툼에서 지고 싶지 않았다. 그래서 그는 시간과 재물과 노력을 아끼지 않았다. 지난 며칠 동안 세네카와 도미티우스 아페르와도 만났고, 포페아에게 접근하기 위해 크리스피닐라와도 만났으며, 궁중 악사인 테르프노스나 디오도르, 황제가 총애하는 미소년 피타고라스, 또한 황제가 무슨 말이든지 흔쾌하게 들어준다고 알려져 있는 알리투르스와 파리스와도 만났다. 지금은 바티니우스의 정부가 된 크리소테미스를 통해 바티니우스의 힘을 빌리려고까지 했다. 페트로니우스는 그들과 만날 때마다 여러 가지 미끼를 던졌고, 또 상당한 액수의 돈을 썼다.

그러나 그 모든 노력은 물거품이 되고 말았다. 내일의 운명이 어떻게 될지 모르는 형편에 놓인 세네카는 설령 그리스도교 신자들이 로마에 불을 지른 것이 아니라고 해도, 로마의 장래와 권익을 위해서 그 종교를 뿌리 뽑아야 한다고 주장했다. 즉 정치적인 이유를 내세워 어이없이 자행될 무자비한 학살을 묵인한 것이다. 테르프노스나 디오도르는 돈만 챙기고 아무 일도 해주지 않았다. 바티니우스는 자기를 매수하려는 자가 있다고 황제에게 고해 바쳤다. 오히려 그리스도교에 대해 부정적이던 알리투르스만이 그리스도교 신자들을 동정했다. 그는 황제를 만나 감옥에 있는 리기아에게 특별한 조처를 해달라고 대담하게 청했으나, 역시 아무 소득이 없었다. 황제는 이렇게 대답했다.

"그대는 짐의 의지가 로마의 평화를 위해 자기 아들을 희생시킨 브루투스[4]만 못하다고 생각하는 거냐?"

이 말에 페트로니우스는 생각했다.

'네로가 자기를 브루투스에 비유했다면, 이제는 다 틀렸다!'

문득 페트로니우스는 비니키우스가 한없이 불쌍하게 생각되면서 혹시 그가 자살이라도 하지 않을까 염려스러웠다.

'지금 비니키우스는 리기아를 구출해 내려는 노력과, 감옥에 찾아가 리기아를 만나겠다는 희망, 그리고 코앞에 닥친 괴로움을 견뎌내려는 의지로 간신히 버티고 있지만, 모든 노력이 수포로 돌아가고 마지막 희망의 불꽃마저 꺼져버리고 나면, 카스토르를 두고 맹세하지만, 그는 자신의 칼을 자기 목에 겨누고 말 것이다.'

페트로니우스는 비니키우스처럼 애달픈 사랑으로 고민하는 것보다는 차라리 자살하는 편이 나을지도 모른다고 생각했다.

한편 비니키우스는 리기아를 구출하기 위해서 자신이 할 수 있는 모든 수단과 방법을 동원해 가며 안간힘을 쓰고 있었다. 당당하고 오만했던 그가 여러 조신들을 찾아가 머리를 숙이면서 리기아를 살려달라고 애원했다. 비텔리우스를 통해 시칠리아의 영지를 비롯해 원하는 것은 무엇이든지 주겠다는 의사를 티겔리누스에게 은밀하게 전하기도 했다. 그러나 티겔리누스는 황후의 노여움을 사는 것이 두려워 비니키우스의 제안을 거절했다. 혹시라도 직접 황제를 찾아가 무릎 꿇고 애원해 보

---

4) BC 6세기 로마의 왕정을 공화정으로 바꾸고 초대 집정관이 된 브루투스는 왕정 복귀를 모의한 젊은이들 중 자신의 두 아들이 주모자였음을 알고 시민들 앞에서 처형시킴.

는 것이 어떨지 궁리하다가 비니키우스는 페트로니우스에게 자문을 구했다.

"그러다가 만일 황제가 네 청을 거절한다든지, 조롱으로 답한다든지, 심술궂게 위협이나 하면 어쩔 셈이냐?"

이 말을 듣자 비니키우스는 고통과 분노로 얼굴이 일그러졌다. 꽉 다문 그의 입술에서 우두둑 이를 가는 소리가 새어 나왔다.

"그것 보렴!" 페트로니우스가 말했다. "황제를 찾아가는 것은 단념하는 편이 나을 것 같구나. 그렇게 성질을 부리다가는 그나마 구출할 수 있는 모든 가능성이 영영 사라져버릴 수도 있으니까."

비니키우스는 감정을 억누르고, 이마에 밴 식은땀을 손등으로 훔쳐내며 말했다.

"아닙니다. 참을 수 있어요! 저는 그리스도교 신자인걸요."

"네가 바로 조금 전에 그리스도교 신자라는 사실을 망각했듯이, 또다시 잊어버리지 않는다고 누가 장담할 수 있겠니? 네 몸을 망치는 것은 네 자유지만, 리기아까지 망쳐서는 안 된다. 세야누스[5]의 딸이 죽기 전에 어떤 봉변을 당했는지[6] 잊어서는 안 된다."

말은 그렇게 했지만 사실 페트로니우스는 리기아보다 비니키우스가 더 걱정되었다. 이 불같은 성미의 조카가 위험한 행동을 하지 못하도록 하려면 대책을 강구할 필요가 있었다. 그

---

5) 2대 황제 티베리우스의 근위대 대장이자 집정관. 2인자로서의 세력이 너무 커지자 신중한 티베리우스에 의해 처형당함.

6) 처녀는 처형시키지 않는 당시의 관습에 따라 처형 전에 옥리에게 능욕을 당했음.

래서 이런 위기에 경솔하게 행동하면 리기아도 같이 파멸하게 된다는 걸 일깨워 주는 것이 가장 좋은 방법이라고 판단했던 것이다. 페트로니우스의 예상은 들어맞았다. 팔라티움 궁에서는 청년 호민관 비니키우스가 들이닥칠지도 모르는 만일의 사태에 대비하여 이미 만반의 조치를 마련해 놓았던 것이다.

이제 비니키우스의 고통과 번뇌는 인간의 힘으로는 도저히 견뎌낼 수 없을 지경에 이르렀다. 감옥에 갇힌 리기아에게 순교의 영광이 시시각각 다가오는 것을 지켜보면서 비니키우스의 애정은 전보다 훨씬 더 커졌으며, 마치 천상의 존재를 대하듯 존경과 숭배의 마음까지 품게 되었다. 죽음보다 더 무서운 형벌이 리기아를 기다리고 있고, 이 사랑스럽고 거룩한 존재를 영원히 잃게 될지도 모른다고 생각하면, 혈관의 피가 다 얼어붙는 듯했다. 그의 영혼은 고통으로 신음했고, 그의 의식은 혼란에 빠졌다. 이따금 머릿속에서 뜨거운 불길이 일어나 머리가 아주 타버리거나 깨져 버리는 듯한 느낌이 들 때도 있었다. 그는 도무지 갈피를 잡을 수가 없었다. 왜 자비롭고 거룩하신 그리스도께서 신자들을 구원해 주시지 않는가? 팔라티움 궁전의 추악한 벽이 무너져 내려 그와 함께 네로도, 모든 조신과 근위대도, 이 죄악의 도시도 땅에 파묻혀 버려야 마땅하지 않는가? 그러다가 비니키우스는 앞으로 정말 그렇게 될 것이며, 아니 마땅히 그렇게 되어야 한다는 확신에 빠지기도 했다. 그는 지금 두 눈으로 보고 있고, 그의 영혼을 괴로움 속으로 밀어넣은 이 모든 일들이 실제가 아니라 꿈일지도 모른다고 생각했다. 그러나 야수의 소름 끼치는 울부짖음은 그것이 현실이라는 것을 비니키우스에게 깨우쳐주었다. 원형경기장을 짓기 위한 도끼질 소리도 꿈이 아니라는 사실을 생생하게 일깨워 주었다. 군중의 아우성과 감옥에 가득 찬 사람들이 새삼 비니키우스의 처지를 확인시켜 주었던 것이다. 급기야 그리스도에 대한 그의 믿음이 흔들리기 시작했다. 한번 신앙심이 흔들리게 되자 그의 마음속에는 새로운 고통, 모든 고통 중에서도 가장 무시무시한 고통이 움트기 시작했다.

페트로니우스는 다시 한 번 비니키우스에게 말했다.

"세야누스의 딸이 죽기 전에 어떤 봉변을 당했는지 그것을 잊지 말아라."

제53장

모든 노력은 수포로 돌아갔다. 비니키우스는 황제와 포페아가 거느린 해방노예나 하인들에게조차 굽실거리며 도움을 청했다. 아무 도움도 안 되는 그들의 헛된 약속에 많은 돈을 허비했으며, 값비싼 선물로 그들의 환심을 사려고 해보았으나 모두 허사로 돌아갔다. 그는 포페아의 첫 번째 남편인 루피누스 크리스피누스를 찾아가 포페아에게 관대한 처분을 바란다는 편지를 써달라고 부탁했다. 루피누스와 포페아 사이에서 태어난 아들 소(小) 루피누스에게는 안티움에 있는 자신의 별장을 주었다. 그러나 그 사실은 의붓자식을 미워하는 황제의 노여움만 샀을 뿐이었다. 에스파니아에 머물고 있는 포페아의 두 번째 남편 오토에게도 자기의 전 재산과 함께 필요하다면 비니키우스 자신이라도 기꺼이 바치겠다는 서신을 보내기도 했으나, 결국에는 자기가 지금 다른 사람들의 놀림감이 되어 있다는 것, 그리고 리기아가 투옥되었다는 것을 모르는 척하는 편이 오히려 그녀의 석방에 이롭다는 사실만을 통감했을 뿐이었다. 페트로니우스 또한 이 사실을 깨닫고 아무런 도움도 주지 못하고 있었다.

하루 이틀 시간이 쏜살같이 흘러 원형경기장이 준공되었다. 아침 경기의 입장권은 이미 배부되었다. 이 색다른 구경거리는 희생될 사람이 워낙 많았기에 며칠, 몇 주, 아니 몇 달 동안 경기가 계속될지 모르는 상황이었다. 그 많은 그리스도교 신자들을 다 어디에다 수용해야 할지 모를 정도로 감옥이란 감옥은 다 차 있었다. 게다가 전염병까지 퍼지기 시작하여, 노예들을 매장하는 묘혈[1]은 시체로 가득 찼다. 전염병이 온 도시에 퍼질 것이 염려되어 서둘러 학살을 시작하지 않으면 안 될 지경에 이르렀다.

그런 소문은 비니키우스의 귀에까지 전해져 그나마 그를 지탱해 주고 있던 최후의 희망마저 앗아가 버렸다. 그래도 시간적 여유가 있을 때는 무슨 방법이라도 찾을 수 있을 것 같았는데, 이제는 그럴 시간마저 없어졌다. 구경거리는 당장 내일이라도 시작될 예정이었고, 리기아 또한 언제 원형경기장의 지하실로 끌려갈지 알 수 없는 상황이었다. 그곳에서 빠져나올 수 있는 출구는 오로지 경기장의 모래밭밖에는 없었다. 혹독한 폭력과 기구한 운명이 도대체 리기아를 어디로 끌고 가려는 것인지 비니키우스는 알 수가 없었다. 그는 경기장을 두루 찾아다니며 파수병과 맹수 조련사를 매수하고, 그들의 능력으로는 할 수 없는 일까지 부탁해 보기도 했다. 때로는 자기가 아무리 애를 써도 기껏해야 그녀의 죽음을 덜 참혹하게

1) 로마의 에스퀼리누스 문 밖에 있던 시체를 매장하는 거대한 구덩이.

하는 정도에 그치지 않을까 하는 근심에 사로잡히기도 했다. 그런 생각을 할 때마다 머릿속에 뇌가 아니라 새빨간 불덩이가 들어 있어 이글이글 타는 것만 같았다.

마침내 비니키우스는 리기아를 살리겠다는 생각을 포기하고, 자기도 그녀와 함께 죽음을 맞이하기로 마음을 굳혔다. 그러나 그 최후의 순간이 오기도 전에, 고뇌와 괴로움 때문에 애간장이 시커멓게 타버릴 것만 같았다. 친구들과 페트로니우스조차도 비니키우스가 머지않아 저 세상으로 갈지도 모른다고 생각할 정도였다. 그의 얼굴은 점점 검게 변하여 라라리움에 안치해 둔 납으로 만든 가면처럼 변해 버렸다. 워낙 큰 충격을 받아서인지 이제는 주위에서 무슨 일이 일어나도 전혀 놀라지 않고, 관심도 두지 않았다. 누가 무슨 말을 걸어오면, 두 손을 기계적으로 머리 위로 올려 관자놀이를 누르면서 겁에 질린 듯한 눈으로 멍하니 상대방을 바라볼 뿐이었다. 비니키우스는 매일 밤 리기아가 수감되어 있는 감방 앞에서 우르수스와 함께 밤을 새웠다. 리기아가 가서 쉬라고 하면 마지못해 페트로니우스의 집으로 돌아오긴 했지만, 아침이 될 때까지 잠을 이루지 못하고 아트리움에서 서성거렸다. 노예들은 이따금 비니키우스가 두 손을 쳐들고 무릎을 꿇고 있거나, 아니면 엎드린 채 얼굴을 바닥에 대고 있는 모습을 보았다. 그래도 그리스도만이 마지막 남은 희망이었기에 그는 정성을 다해 그리스도에게 기도했다. 이제 리기아를 구출해 낼 수 있는 유일한 길은 기적을 기대하는 것뿐이었다. 비니키우스는 돌바닥에 이마를 비벼대면서 기적이 일어나게 해달라고 애타게 기도했다.

그래도 비니키우스에게는 자기의 기도보다는 사도 베드로의 기도가 더 효과적이지 않을까 하고 생각할 정도의 의식은 아직까지 남아 있었다. 베드로 사도는 리기아를 자기에게 맡긴다고 말씀하신 분이다. 자기를 변화시켜 세례를 받게 한 기적을 이룬 분도 베드로 사도이다. 그렇다면 그분이야말로 자기에게 구원의 힘을 줄지도 모른다.

어느 날 밤, 비니키우스는 베드로 사도를 찾아 나섰다. 얼마 남지 않은 그리스도교 신자들은 신앙이 두텁지 못한 자가 혹시라도 고의든 우연이든 베드로를 배반할까 봐 조심조심 그를 숨기고, 신자들끼리도 되도록 그의 거처를 입 밖에 내지 않고 있었다. 비니키우스는 학살과 재난의 소용돌이 속에서 만사를 제쳐놓고 리기아를 감옥에서 구출하는 일에만 열중하고 있었으므로 베드로의 행방을 놓쳐버리고 말았다. 그는 세례를 받은 후 박해가 시작될 때까지 단 한 번밖에 베드로를 만나지 못했다. 비니키우스는 전에 세례를 받았던 오두막집의 주인인 석공을 찾아가 그에게서 코르넬리우스 푸덴스 소유의 살라리아 문 밖에 있는 포도원에서 그리스도교인들의 집회가 열리게 될 예정이라는 말을 들었다. 석공은 그곳에 가면 베드로 사도를 틀림없이 만날 수 있다면서 안내를 자청했다. 두 사람은 황혼 무렵에 출발하여, 성벽을 넘고 갈대가 무성히 자란 골짜기를 지나, 황량한 벌판에 위치한 포도원에 도착했다. 집회는 포도를 짤 때 사용하는 헛간에서 행해지고 있었다. 가까이 가니 기도하는 소리가 들렸다. 안에 들어서자 희미한 등불이 비치는 방 안에서 약 스무 명쯤 되는 사람들이 무릎 꿇고 정신없이 기도에 몰두해 있었다. 그들은 연도(連禱)[2] 형식

2) 기도의 한 형식으로 선창자가 외는 기도문을 회중이 제창함.

으로 기도를 하고 있었는데, 남녀가 한데 어울려 "주여, 저희에게 자비를 베푸소서!"라는 후렴구를 되풀이하고 있었다. 그 목소리에는 가슴을 도려내는 듯한 슬픔과 정한이 어려 있었다.

사도 베드로도 그 안에 있었다. 그는 신자들의 맨 앞줄에서 벽에 걸려 있는 나무 십자가 아래 무릎을 꿇고 기도하고 있었다. 비니키우스는 멀리서도 그의 백발과 높이 쳐든 손을 알아볼 수 있었다. 젊은 귀족은 급히 신자들 틈을 헤집고 들어가 사도 앞에 몸을 던지며 "구해 주십시오!" 하고 외치고 싶었다. 그러나 기도의 장엄함 때문인지, 아니면 마음이 약해져서 그랬는지, 자기도 모르게 무릎을 꿇고 다른 사람들과 마찬가지로 두 손을 모아 신음하듯이 "주여, 저희에게 자비를 베푸소서!" 하고 따라 하기 시작했다. 만일 의식이 명확했더라면 그곳에 괴로움과 슬픔, 두려움을 안고 있는 사람이 자기만이 아니라는 것을 금방 깨달을 수 있었을 것이다.

거기 모인 사람들은 모두 사랑하는 가족을 잃은 사람들이었다. 믿음이 깊고 용감한 신자들은 거의 모두가 감옥에 잡혀 들어갔다. 감옥에 있는 신자들에게 이루 말할 수 없는 치욕과 고문이 가해지고 있다는 소식이 시시각각 전해지고 있었다. 상상을 뛰어넘는 무서운 재앙이 밀어닥친 후 신자들의 수도 이제는 얼마 남지 않았다. 이렇게 되고 보니 신자들의 굳건했던 신앙심도 흔들리고 있었다. 도대체 그리스도는 어디에 계신가? 왜 악으로 하여금 선 위에 군림하도록 내버려 두시는가? 이런 의문을 품지 않은 사람은 그 자리에 한 사람도 없었다. 그러나 그들은 절망의 나락 속에서도 그리스도가 다시 오시어 네로를 심연 속에 던져 넣으시고, 세상의 통치자가 되시리라는 한줄기 희망의 불꽃을 꺼뜨리지 않고 있었다. 절박한 상황이지만 모두가 하느님의 은총만을 갈구했다. 그들은 동요하지 않고 열심히 하늘을 우러러보면서, 하느님의 말씀을 듣기 위해 귀를 기울였다. 그러고는 떨리는 목소리로 기도를 계속했다. 비니키우스 역시 그들과 함께 "주여, 저희에게 자비를 베푸소서!" 하고 되풀이하면서 언젠가 석공의 집에서 느꼈던 황홀감을 잠시 맛보았다. 아아, 저들은 고통의 밑바닥에서, 비탄의 나락에서 주님의 이름을 부르고 있다. 베드로 사도도 주님을 부르고 있다. 지금 당장이라도 하늘이 열리고 땅이 흔들리면서, 주님께서 형언할 수 없는 아름다운 빛에 둘러싸여, 발밑에 별들을 거느리고, 자애롭고 또한 위엄 있는 모습으로 나타나시지 않을까? 그리하여 믿는 사람들을 하늘로 불러 올리시고, 박해하는 자들을 심연의 나락으로 던져 넣으시지 않을까?

비니키우스는 두 손으로 얼굴을 가린 채 땅에 엎드렸다. 그러자 어느 순간 사방이 조용해졌다. 마치 어떤 알 수 없는 기운이 사람들의 입에서 나오는 소리를 틀어막기라도 한 것처럼 그의 귀에는 아무 소리도 들리지 않았다. 꼭 무슨 일이 일어날 것만 같고, 금방이라도 기적이 나타날 것만 같은 느낌에 사로잡혔다. 일어나 눈을 뜨면 현기증이 날 정도로 눈부신 빛이 비칠 듯싶었고, 아름다운 음악 소리가 들릴 것만 같았다.

정적은 계속되었다. 문득 한 여인의 흐느끼는 소리가 그 정적을 깨뜨렸다.

비니키우스는 몸을 일으켜 눈을 뜨고 황홀한 듯이 사방을 둘러보았다. 헛간 안에는 천상의 광채 대신 등잔불이 희미하게 비칠 뿐이었으나, 지붕 틈으로 새어 들어오는 달빛이 방안을 은빛으로 물들이고 있었다. 비니키우스의 주위에 무릎을 꿇고 있는 사람들은 침묵 가운데 눈물을 글썽이며 십자가를 바라보고 있었다. 여기저기서 울음소리가 새 나오기 시작했다. 문 밖에서는 망을 보는 신자가 부는 휘파람 소리가 희미하게 들려오고 있었다. 그러자 베드로가 벌떡 일어서더니 신자들에게 말했다.

"사랑하는 아들딸들이여, 하늘에 계시는 구세주께 정성 어린 눈물을 바칩시다."

잠시 정적이 흘렀다.

갑자기 슬픔과 원망, 고통이 가득 찬 애달픈 한 여인의 목소리가 들려왔다.

"저는 과부입니다. 제게는 아들이 하나 있었는데 저들에게 끌려갔습니다. 지금까지 그 애가 저를 먹여 살렸습니다. 부디 그 아이를 제게 돌려보내 주십시오. 아아, 주님!"

또다시 침묵이 찾아왔다. 늙고 수심에 찬 사도 베드로가 무릎을 꿇은 신자들 앞에 서 있었다. 이 순간만큼은 그도 노쇠하고 무기력하게 보였다.

두 번째 원성이 들려왔다.

"제 딸은 박해자들로부터 욕을 당했습니다. 그런데 그리스도께서는 그것을 내버려 두셨습니다!"

이어 세 번째 목소리가 호소했다.

"저는 남편도 없이 아이들을 키우고 있습니다. 제가 잡혀가면 누가 제 아이들에게 물과 빵을 주겠습니까?"

네 번째 목소리가 이어졌다.

"주여, 리누스는 처음에는 체포를 면했지만, 결국 잡혀가 고문을 당하고 있습니다."

다섯 번째 불만은 이러했다.

"저희들은 집에 돌아가는 즉시 근위대에 체포될 것입니다.

그러니 어디에 숨으면 좋겠습니까? 누가 저희들을 지켜줄 수 있을까요?"

밤의 적막 속에서 비탄과 원망의 소리가 잇따라 일어났다. 늙은 어부는 눈을 감은 채 신자들이 쏟아내는 인간적인 번민과 공포 앞에서 다만 백발의 머리를 흔들고 있을 뿐이었다. 또다시 침묵이 흘렀다. 밖에서 망을 보는 파수꾼의 조용한 휘파람 소리만이 헛간을 맴돌고 있었다.

비니키우스는 일어나 신자들 사이를 가로질러 사도에게 다가가 구원을 청하려 했으나, 갑자기 의혹의 수렁이 앞을 가로막아 움직일 수가 없었다. 만일 베드로 사도가 자기의 무력함을 고백하고, 로마의 황제가 나사렛의 그리스도보다 위대하다고 선언하면 어떻게 한단 말인가? 이런 생각만으로도 머리털이 쭈뼛 설 만큼 두려웠다. 만일 그렇게 되면 비니키우스가 가지고 있던 마지막 희망도, 그토록 사랑하는 리기아도, 그리스도에 대한 사랑과 신앙도, 그의 삶도 다 심연 속으로 굴러 떨어질 것이다. 남는 것이라곤 다만 끝없는 암흑과 죽음뿐이리라.

그때 베드로가 모두의 귀에 간신히 들릴 만큼 나지막한 목소리로 이야기를 시작했다.

"사랑하는 아들딸들이여! 나는 골고다에서 사람들이 그리스도를 십자가에 매다는 것을 보았습니다. 또한 나는 그리스도의 손발에 못을 박는 망치 소리도 들었습니다. 멀리서도 '사람의 아들'이 죽음을 맞는 것을 잘 볼 수 있도록 십자가가 높이 들어 올려지는 것도 보았습니다.

나는 병사들이 이미 숨을 거두신 그분의 옆구리를 찔러 피와 물이 쏟아지는 것을 보았습니다. 그때 나는 십자가가 있는 언덕에서 돌아오면서 너무 애통해서 지금 이곳에 있는 여러분처럼 땅을 치며 통곡했습니다. '아아, 주여! 당신은 신이 아니십니까? 그런데 왜 이런 일을 용납하시나이까? 어찌하여 돌아가셨습니까? 당신의 왕국이 실현되리라고 믿고 있는 저희들의 마음을 왜 이처럼 아프게 하십니까?' 이렇게 말하면서 나는 서럽게 울기만 했습니다. 그러나 우리의 주님이시고, 우리의 신이신 그리스도께서는 사흘째 되는 날 다시 살아나셔서 거룩한 빛에 휩싸인 채 하늘나라로 올라가실 때까지 우리 곁에 함께 머물러 계셨습니다.

나는 그때 우리의 믿음이 모자랐다는 것을 깨달았고, 그리스도에 대한 신뢰를 더욱 견고하게 다질 수 있었습니다. 그 순간부터 우리는 온 세상에 그리스도의 씨를 뿌리고 있는 것입니다."

베드로는 첫 번째 원성이 들린 쪽을 향해서 이번에는 음성을 조금 높여 말했다.

"왜 그렇게 원망을 하는 겁니까? 그리스도께서는 몸소 고통과 죽음을 당하셨습니다. 그런데 여러분은 고통과 죽음으로부터 도망치려고만 하고 있습니다. 믿음이 약한 자들이여! 여러분은 주님의 가르침을 곰곰이 생각해 본 적이 있습니까? 주님께서 약속하신 것이 과연 이 세상에서의 생명뿐이었습니까? 주님은 여러분에게 오셔서 '나를 따르라.' 고 말씀하시며 여러분을 당신 쪽으로 끌어올리려고 하시는데, 여러분은 두 손을 땅에 짚고서 '주여, 구해 주소서!' 만 외치고 있습니다. 저는 주님 앞에서는 한낱 티끌에 불과하나 여러분에게는 주님의 사도이며 대리자입니다. 그런 제가 주님의 이름으로 말합니다.

여러분의 앞날에 기다리고 있는 것은 죽음이 아니라 생명이고, 고통이 아니라 찬란한 영광입니다. 눈물이나 탄식이 아니라 환희의 노랫소리입니다. 노예의 신분이 아니라 왕의 지위입니다.

나는 주님의 사도로서 여러분에게 말합니다. 홀어머니여, 당신의 아들은 결코 죽지 않습니다. 영광 속에서 영원한 삶으로 거듭날 것이니, 훗날 당신은 아들과 만나게 될 것입니다. 박해자로부터 욕을 당한 죄 없는 딸의 아버지여, 나는 당신에게 보증합니다. 당신도 헤브론[3]의 백합보다 더 순결하게 다시 태어난 딸과 만나게 될 것입니다. 아이들을 남겨두고 떠나야만 할 어머니, 아버지를 잃은 분, 의심에 사로잡힌 분, 사랑하는 사람의 죽음을 지켜보아야만 하는 분, 비탄에 빠진 분, 공포에 사로잡힌 분, 그리고 이제 곧 죽음에 직면하게 될 분들이여, 나는 그리스도의 이름으로 말씀드립니다. 여러분은 꿈에서 깨어나듯 행복한 아침을 맞이할 것이며, 어둠이 지나면 날이 밝듯이 희망에 찬 새날을 맞이하게 될 것입니다. 그리스도의 이름으로 여러분의 눈에서 비늘이 벗겨지고, 가슴에 다시 믿음의 불길이 타오를 수 있도록 기도하겠습니다."

베드로가 이렇게 말하며 한 손을 높이 쳐들자, 사람들의 혈관 속에 새로운 피가 용솟음치기 시작했고, 다들 뼛속 깊이 전율을 느꼈다. 그들 앞에 서 있는 사람은 너 이상 늙고 수심에 찬 노인이 아니라, 그들을 죽음의 공포에서 벗어나게 해주고, 그들의 영혼을 구원해 주는 위대한 지도자였다.

"아멘!" 몇 사람이 외쳤다.

---

3) 예루살렘의 남쪽에 있는 도시.

사도의 눈에서는 더욱 강렬한 광채가 뿜어져 나왔고, 몸에서는 힘과 위엄, 성스러움이 넘쳐흘렀다. 사람들은 일제히 고개를 숙였다. "아멘."이라는 응답이 그치자 그는 말을 이었다.

"기쁜 마음으로 거두어들이기 위해 눈물로 씨앗을 뿌리십시오. 악의 세력을 두려워하지 마십시오. 이 대지 위에, 로마 위에, 도시의 성벽 위에는 여러분이 가슴속에 모시고 있는 주님께서 함께 계십니다. 눈물이 바위를 적시고, 모래에 선혈이 스며들고, 산골짜기마다 여러뷴의 주검으로 넘쳐나는 한이 있더라도, 최후의 승리자는 바로 여러분이라고 나는 감히 말할 수 있습니다. 주님은 죄악과 핍박, 그리고 교만으로 가득 찬 이 도시를 정복하러 오실 것입니다. 여러분은 주님의 군대입니다. 주님께서 몸소 자신의 피와 고통으로써 이 세상의 죄를 속죄하셨듯이, 여러분도 피와 고통으로써 이 불의의 소굴을 구원하기를 희망하십니다. 지금 주님께서는 내 입을 통해 여러분에게 그렇게 말씀하시고 계십니다."

이렇게 말하며 베드로 사도는 두 손을 올리고 조용히 위를 올려다보았다. 사람들은 자신들의 눈에는 보이지 않는 무엇인가를 사도가 보고 있다는 것을 느낄 수 있었다. 사도의 얼굴에는 경건한 빛이 넘쳐흘렀다. 그는 너무 황홀해서 할 말을 잃은 사람처럼 그렇게 묵묵히 하늘 저편을 바라보더니 다시 말을 계속했다.

"지금 우리와 함께 계시는 주여! 부디 우리가 갈 길을 보여 주시옵소서! 주님, 부디 말씀해 주십시오. 정녕 예루살렘이 아니라, 이 사탄의 도시에 당신 왕국의 도읍을 건설하라는 말씀입니까? 이곳에다 눈물과 피로써 당신의 교회를 세우려 하십니까? 지금 네로가 지배하는 이 땅 위에 당신의 영원한 왕국을 건설하시렵니까? 오, 주여! 당신께서는 공포에 떨고 있는 자녀들에게, 그들의 뼈로 시온[4]의 토대를 구축하라고 하시는 것입니까? 또한 교회를 지배하고, 땅 위의 모든 사람들을 다스리라고 제 영혼에게 명하시는 것입니까? 당신은 약한 자를 강하게 하시는 힘의 원천이십니다. 지금 당신은 이 로마에서 시작하여 세세대대로 당신의 어린 양 떼를 보살피라고 제게 명하고 계십니다……. 아, 승리의 길을 열어주시는 당신의 이름에 영광이 있으라. 호산나, 호산나!"

공포에 떨고 있던 사람들이 벌떡 일어섰다. 괴로워하던 사람들의 마음속에 신앙의 샘물이 충만하게 넘쳐흘렀다. 모두 일제히 한목소리로 "호산나!" 하고 외쳤다. 이어서 "그리스도를 위해!"라고 소리쳤다. 그리고 침묵했다. 순간 여름밤에 자주 나타나는 마른번개가 번쩍이면서 감동으로 창백해진 사람들의 얼굴과 헛간 구석구석을 환히 비추었다.

베드로는 오랫동안 묵상에 잠겨 있다가 이윽고 눈을 떴다. 그는 영감을 받아 환히 빛나는 얼굴로 사람들을 둘러보며 말했다.

"보십시오. 주님께서는 여러분의 마음속에 있는 의심을 지워버리셨습니다. 여러분은 지금 주님의 이름으로 승리의 길로 나아가고 있습니다."

사도 베드로는 결국에는 신자들이 승리하리라는 확신을 가지고 있었고, 또 그들의 눈물과 피에서 무엇이 싹트게 될지도 알고 있었다. 베드로는 성호를 그어 신자들에게 강복하며 감동에 떨리는 목소리로 외쳤다.

---

4) 메시아 왕국. 하늘에 있는 신의 도시.

"내 아들딸들이여, 나는 지금 고통과 죽음과 영원의 길로 향하는 여러분을 축복합니다."

사람들이 사도의 주위로 몰려들었다.

"우리는 이미 각오가 되어 있습니다. 그러나 거룩하신 사도님께서는 그리스도를 대신하여 이 땅에 그리스도의 왕국을 세우셔야 할 분이므로 위험을 피하셔야 합니다."

신자들은 이렇게 말하며 베드로의 옷자락에 매달렸다. 베드로는 모든 신자들의 머리에 손을 얹고, 마치 먼 여행길에 나서는 자식들을 격려하는 아버지처럼 한 사람 한 사람 축복해 주었다.

신자들은 서둘러 오두막을 나섰다. 자기 집으로 황급히 돌아가는 사람도 있었고, 감옥이나 원형경기장으로 곧장 달려가는 사람들도 있었다. 그들의 정신은 이미 속세를 떠나 있었고, 영혼은 영원을 향해 비상하고 있었다. 그들은 굳건한 의지로 '야수'의 폭력과 압제에 당당히 맞서기 위해, 꿈꾸는 사람처럼 황홀경에 잠겨 결연하게 움직이고 있었다.

푸덴스의 하인인 네레우스는 사도를 수행하여, 포도원 안의 은밀한 오솔길을 따라 자기 집으로 안내했다. 비니키우스는 맑게 갠 밤하늘을 머리에 이고 두 사람을 따라갔다. 마침내 네레우스의 오두막에 이르자 비니키우스는 사도의 앞에 모습을 드러내고 그의 발 앞에 엎드렸다.

사도는 비니키우스를 알아보고 이렇게 말했다.

"내 아들이여, 진정하시오."

비니키우스는 조금 전 헛간에서 사도의 설교를 들었으므로 감히 부탁의 말을 할 수가 없었다. 다만 두 손으로 사도의 다리를 부둥켜안고 흐느끼면서 말없이 자비를 구할 뿐이었다.

사도는 말했다.

"알고 있습니다, 그대가 사랑하는 처녀가 저들에게 끌려갔다는 것을 말입니다. 그 사람을 위해 기도하십시오."

"사도님!" 비니키우스는 사도의 다리를 더욱 힘껏 끌어안으면서 중얼거렸다. "저는 보잘것없는 벌레만도 못한 인간입니다만, 사도님께서는 그리스도와 누구보다 가까우신 분이십니다. 그녀를 위해 부디 제 대신 그리스도께 기도해 주십시오."

비니키우스는 이마를 땅에 대고 괴로운 나머지 사시나무 떨듯 몸을 떨었다. 그는 사도의 힘을 믿고 있으므로 이 상황에서 리기아를 자기에게 돌려보내 줄 수 있는 사람은 베드로밖에 없다고 생각하고 있었다.

베드로는 비니키우스가 그처럼 괴로워하는 것을 보고 가슴이 뭉클해졌다. 언젠가 리기아가 크리스푸스의 질책을 받았을 때, 그녀가 지금의 비니키우스와 마찬가지로 자기 앞에 엎드려 용서를 구하던 일이 떠올랐다. 그리고 자기가 그녀를 일으켜 위로했던 일도 잊지 않고 있었다. 베드로는 그때 리기아의 손을 붙잡아 그녀를 일으켰듯이 지금은 비니키우스를 일으켜 세웠다.

"사랑하는 내 아들이여!" 베드로가 말했다. "나는 리기아를 위해 기도하겠습니다. 그러나 내가 조금 전 의심 많은 사람들에게 말했던 것을 기억해 주기 바랍니다. 주님은 십자가의 무서운 고난을 기꺼이 감수하셨습니다. 그리고 이 지상의 삶이 끝난 후에는 새로운 삶, 영원한 생명이 시작된다는 것을 잊어서는 안 됩니다."

"알고 있습니다! 조금 전에 다 들었습니다." 비니키우스는 창백한 입술 사이로 한숨을 내쉬며 말했다. "그러나 스승이시여, 보시다시피…… 저는 견딜 수가 없습니다. 만일 피가 필요하다면, 그리스도께서 그녀의 피가 아니라 제 피를 가져가게 해주십시오. 저는 군인입니다. 리기아가 당하게 될 고통의 두 배, 세 배를 제게 주셔도 좋습니다. 저는 그것을 모두 받아들이겠습니다. 그러니 그 사람만은 구해 주십시오. 스승이여, 리기아는 아직 어린아이나 다름없습니다. 그리스도는 황제보다 강한 힘을 지니고 계십니다. 저는 그것을 믿습니다. 사도님도 리기아를 사랑하시지 않습니까. 또한 사도님께서는 저희 두 사람을 축복해 주시지 않았습니까. 리기아는 죄에 물들지 않은 천진난만한 어린아이입니다."

비니키우스는 또다시 몸을 굽혀 베드로의 무릎에 얼굴을 대며 되풀이했다.

"사도님께서는 그리스도를 직접 만나 뵈셨습니다. 그리스도는 사도님의 말씀이라면 분명 귀 기울여주실 것입니다. 제발 그녀를 위해 기도해 주십시오."

비니키우스의 간청에 베드로는 지그시 눈을 감고 열심히 기도하기 시작했다.

여름밤의 마른번개가 또다시 하늘에 번쩍였다. 비니키우스는 그 빛 속에서 사도의 입술을 바라보며, 그 입술에서 흘러나올 삶이나 죽음의 선고를 초조하게 기다리고 있었다. 사방이 쥐 죽은 듯 고요한 가운데, 그 정적을 깨뜨리는 것은 다만 포도원의 메추리가 지저귀는 소리와 멀리 살라리아 가도에서 희미하게 들려오는 말발굽 소리뿐이었다.

"비니키우스!" 마침내 사도가 입을 열었다. "그대는 진심으로 그리스도를 믿습니까?"

"스승이여, 그렇지 않다면 제가 어찌 감히 여기까지 왔겠습니까?" 비니키우스가 대답했다.

"그렇다면 끝까지 그 믿음을 놓치지 마십시오. 믿음은 태산도 움직이게 합니다. 비록 리기아가 박해의 칼날 아래나 사자의 이빨 앞에 있는 것을 보더라도 그리스도는 반드시 그녀를 구원해 주시리라는 것을 믿어야 합니다. 그리스도를 믿고, 그 분께 기도하십시오. 나도 당신과 함께 기도하겠습니다."

베드로는 하늘을 우러러보며 소리 높이 외쳤다.

"자비로우신 그리스도여, 이 비통한 마음을 살펴주시고, 위안해 주시옵소서! 자비로우신 그리스도여, 이 어린 양에게 불어 닥치는 폭풍을 멈추어주십시오! 당신 입에서 쓴잔을 거둬주십사고 아버지이신 하느님께 기도하신 자비로우신 그리스도여, 이곳에 있는 당신 종의 입에서도 그 쓴잔을 거두어주십시오! 아멘!"

비니키우스는 두 손을 별이 총총한 하늘을 향해 들어 올린 채 흐느끼면서 말했다.

"오, 그리스도여, 이 몸은 온전히 당신의 것입니다. 그 사람 대신 저를 데려가 주시옵소서!"

어느덧 동쪽 하늘이 차츰 밝아오기 시작했다.

제54장

비니키우스는 사도와 만난 후에, 다시 희망과 용기를 얻어 감옥으로 갔다. 아직도 영혼의 깊은 곳에서 공포와 절망의 외침이 들려오고 있었으나, 그는 그 소리를 억누르려고 안간힘을 썼다. 주님의 대리인이 행하는 설교와 기도의 힘이 반드시 효과가 있으리라고 그는 굳게 믿었다. 비니키우스는 희망을 버리고 의혹을 품은 것을 뉘우치고 있었다. '그리스도의 은총을 믿자!' 그는 스스로에게 다짐했다. '비록 그녀가 사자의 이빨 앞에 있는 것을 보게 되더라도.' 상상만 해도 마음이 흔들리고 관자놀이에 식은땀이 흘렀으나 그래도 그는 믿음을 버리지 않았다. 이제는 심장 박동 하나하나가 기도가 되었다. 비니키우스의 가슴속에서 지금까지 느껴보지 못한 신비스러운 힘이 용솟음쳤다. 이제는 믿음이 태산도 움직이게 한다는 의미를 이해할 수 있었다. 그 힘만 있으면, 지금까지 불가능하게 보이던 일들도 다 이룰 수 있을 것 같았다. 재앙은 이미 다 지난 것처럼 느껴지기도 했다. 간혹 절망적인 생각이 고개를 들려고 하면, 지난밤의 일과 하늘을 우러러보고 기도하던 그 신성한 노사도의 얼굴을 떠올리며 마음을 다잡았다.

'그렇다! 그리스도는 당신의 수제자이며, 당신의 양 떼를 돌보는 임무를 맡기신 목자의 소원을 저버리실 리가 없다. 주님께서는 베드로 사도의 소원이라면 절대 거절하시지 않을 것이다. 앞으로는 결코 의심을 품지 않으리라.'

비니키우스는 반가운 소식을 전하러 가는 사람처럼 새벽 공기를 가르며 부지런히 감옥을 향해 달려갔다. 그런데 감옥에서는 뜻밖의 사태가 그를 기다리고 있었다.

마메르티누스 감옥을 교대로 경비하고 있던 근위대 병사들은 모두 비니키우스의 얼굴을 알고 있었으므로 지금까지 그의 감옥 출입을 저지한 일이 없었다. 그러나 이번에는 길을 열어주지 않을 뿐만 아니라, 백인대장이 곁으로 다가와 이렇게 말하는 것이었다.

"용서하십시오, 호민관 각하. 오늘은 아무도 들여보내지 말라는 명령을 받았습니다."

"명령이라고?" 비니키우스가 얼굴이 하얗게 질려 반문했다.

백인대장은 몹시 안타까운 듯이 비니키우스의 얼굴을 보며 말했다.

"그렇습니다. 황제의 명령입니다. 감옥에서 환자가 무더기로 발생했으므로, 혹시 방문자를 통해서 시내에 전염병이 퍼질 수도 있다는 우려 때문인 것 같습니다."

"그러나 자네는 그 명령이 오늘만 해당된다고 하지 않았나?"

"경비병은 정오에 교대하게 되어 있습니다."

비니키우스는 더 이상 아무 말도 하지 못하고 필레우스[1]를 벗었다. 마치 납덩어리를 쓰고 있는 듯 무겁게 느껴졌기 때문이다.

이때 백인대장이 비니키우스의 곁으로 바짝 다가와 속삭였다.

"염려 마십시오. 경비원과 우르수스가 그분을 지키고 있습니다."

이렇게 말하며 몸을 굽힌 뒤, 갈리아풍의 기다란 칼끝으로 재빨리 돌바닥 위에 물고기를 그려 보였다.

비니키우스는 슬쩍 백인대장의 얼굴을 바라보았다.

"……그런데도 자네는 근위병이란 말인가?"

"네, 저 안에 갇히기 전까지는 그렇다고 할 수 있습니다."

군인은 감옥을 가리키며 대답했다.

"실은 나도 그리스도를 믿는다."

"저도 알고 있습니다. 그리스도의 이름에 영광이 있으시기를. 감옥 안으로 들어가시게 할 수는 없지만, 편지를 써주시면 간수를 통해 전달해 드리겠습니다."

"고맙네, 형제여."

비니키우스는 백인대장의 손을 덥석 쥐고 나서 그 자리를 떠났다. 다시 머리에 얹은 필레우스도 더 이상 무겁게 느껴지지 않았다. 감옥의 벽에 아침 햇살이 비치고 있었다. 그 빛줄기가 비니키우스의 마음을 위로하고 격려해 주는 것 같았다. 백인대장이 그리스도교 신자임을 알게 된 비니키우스에게 그 사실은 그리스도의 놀라운 힘을 입증하는 하나의 확실한 표징으로 다가왔다. 그는 조금 걷다가 멈춰 서서, 카피톨리움 언

---

1) 평상시에 군인들이 쓰는 모자.

덕의 봉우리와 주피터 신전 사이에 떠 있는 장밋빛 구름을 응시했다. 그리고 이렇게 중얼거렸다.

"주님, 오늘은 리기아를 만나지 못했습니다. 그러나 저는 주님의 은총을 믿습니다."

집에서는 페트로니우스가 기다리고 있었다. 언제나 그렇듯이 '밤을 낮 삼아' 활동하는 페트로니우스도 귀가한 지 얼마 안 되었다. 페트로니우스는 이미 목욕을 마치고 자기 전에 바르는 향유를 온몸에 바르고 있었다.

"네게 알려줄 일이 있다." 페트로니우스가 말을 꺼냈다. "오늘 툴리우스 세네키오에게 갔더니, 마침 황제도 와 있더구나. 어찌된 영문인지 황후가 루피우스[2]를 데리고 와 있더구나. 그 애가 예쁘장하니까 아들의 미모로 황제의 환심을 사려는 속셈이었겠지. 그런데 공교롭게도 그 소년이 황제가 시를 낭독하는 중에 깜빡 졸고 말았어. 언젠가 베스파시아누스가 그랬던 것처럼 말이다. 그러자 붉은 수염이 그 아이에게 술잔을 던져 심한 상처를 입혔단다. 포페아는 기절했고, 네로는 급기야 거기 있던 사람들에게 다 들릴 정도로 '이 후레자식 같으니라고, 나는 네가 지긋지긋하다!' 하고 소리를 질렀지. 너도 알다시피 그 말은 그 아이에 대한 사형 선고나 다름없지."

"하느님께서 포페아에게 벌을 내리신 겁니다. 그런데 삼촌께서는 그 이야기를 왜 제게 하시는 거죠?" 비니키우스가 물었다.

"왜라니? 포페아는 질투심 때문에 너와 리기아를 못살게 굴지 않았느냐? 그러나 이제는 제 코가 석 자이니 너희들에 대

2) 포페아가 첫 번째 남편과의 사이에 낳은 아들.

한 복수를 단념할지도 모른다. 그렇다면 마음을 달래어 설득하기가 쉽지 않겠느냐? 오늘 밤 포페아를 만나 이야기를 나눌 참이다."

"감사합니다, 삼촌. 좋은 소식을 전해 주셨습니다."

"우선 목욕이나 하고 쉬도록 해라. 입술이 새파래졌구나. 예전의 모습은 찾아볼 수도 없으니."

비니키우스가 물었다.

"첫 번째 경기가 언제 시작되는지 아십니까?"

"열흘 후에 시작된다. 그러나 마메르티누스 감옥 말고 다른 감옥부터 시작하게 될 것이다. 우리들에게 시간적인 여유가 있으면 있을수록 유리하다. 그러니 절망은 아직 이르다."

말은 그렇게 하면서도 페트로니우스 자신도 그 말을 더 이상 믿지 않았다. 언젠가 황제가 알리투르스의 탄원에 대해 자신을 브루투스와 비교해 가며 거창하게 거절했다는 말을 듣고 난 후부터는 리기아의 구출이 매우 절망적이라는 것을 너무나 잘 알고 있었던 것이다. 뿐만 아니라 세네키오에게서 들은 바로는 황제와 티겔리누스가 그리스도교 신자 중에서 예쁜 처녀 몇몇을 골라 먼저 욕을 보이기로 결정했으며, 나머지 여자들은 경기가 있는 날 근위대 병사나 맹수 조련사에게 넘겨주기로 했다는 것이었다. 그러나 페트로니우스는 비니키우스가 가엾어서 차마 그 말은 하지 못했다.

리기아가 죽게 되면 비니키우스도 따라 죽으리라는 것은 자명한 일이었기에 어떻게든 청년의 마음에 희망을 북돋워 주고 싶었던 것이다. 게다가 페트로니우스는 조카에게 마음속 깊이 연민을 느끼고 있었고, 탐미주의자의 입장에서 기어이 비니키우스가 자살한다 해도 고뇌와 불안으로 인해 수척해진 검은 얼굴로 죽음을 맞기보다는 아름다운 모습으로 눈감기를 원했기 때문이었다.

"오늘 나는 황후를 만나 이렇게 말해 볼 작정이다. '비니키우스를 위해 리기아를 살려주십시오. 그 대신 저는 당신을 위해 루피우스의 목숨을 구해 드리겠소.' 하고 말이다. 이것은 내 진심이다. 적절한 순간에 붉은 수염에게 말 한마디 잘해서 그의 마음을 누그러뜨리면 누구든지 살릴 수도 있고 죽일 수도 있으니 말이다. 최악의 경우에는 시간이라도 벌 수 있지 않겠느냐……."

"감사합니다." 비니키우스가 말했다.

"그런 인사치레보다는 네가 잘 먹고, 편히 자면 그게 가장 큰 보답이다. 아테네의 이름을 걸고 맹세한다! 오디세우스는 아무리 심한 불행을 겪어도 먹고 자는 일만은 거르지 않았다. 너는 물론 어젯밤에도 감옥에서 밤을 새웠겠지만……."

"아닙니다. 조금 전에 감옥에 들어가려고 했습니다만, 지위고하를 막론하고 출입 금지의 엄명이 내렸다고 합니다. 삼촌, 이 명령이 오늘만 해당되는 것인지, 아니면 경기가 시작될 때가지 계속될 것인지 한번 알아봐 주십시오."

"무슨 목적으로 그런 명령이 내려졌는지, 또 언제까지 유효한 것인지 오늘 밤 안으로 확인해서 내일 아침에 네게 알려주마. 그러나 지금은 태양이 지옥으로 떨어지는 한이 있어도 잠을 좀 자야겠다. 자아, 너도 어서 자려무나."

두 사람은 헤어졌다. 그러나 비니키우스는 페트로니우스의 충고를 받아들이지 않고, 서재로 들어가 리기아에게 편지를 썼다. 편지를 다 쓰자 곧장 감옥으로 달려가서 새벽에 만났던 그리스도교 신자인 백인대장에게 건네주었다. 백인대장은 감옥 안으로 들어가 편지를 전달하고, 리기아의 안부 인사와 함께 오늘 중으로 답장을 받아오겠다고 약속했다.

비니키우스는 집으로 돌아가고 싶지 않았기에 디딤돌 위에 앉아서 리기아의 답장을 기다리기로 했다. 해는 이미 중천에 떠 있었고, 아르겐타리우스 거리에서 로마 광장으로 가는 길에는 평소와 다름없이 사람들로 북적대고 있었다. 상인들은 큰 소리로 상품을 선전했고, 점쟁이는 운세를 알려주겠다며 오가는 사람들을 붙들었다. 시민들은 때마침 시작된 가두연설에 귀 기울이거나 새 소문을 주고받기 위해 연단을 향해 진지한 얼굴로 발걸음을 옮겼다. 햇볕이 내리쪼여 날씨가 점점 무더워지자 한량들이 어슬렁거리며 주랑의 그늘로 몰려들었다. 사람들이 가까이 가자 비둘기 떼가 하얀 깃털을 햇살에 빛내면서 창공을 향해 요란하게 날갯짓하며 날아올랐다.

따가운 햇살, 왁자지껄하게 떠들어대는 소리, 무더위, 그리고 며칠 동안 쌓인 피로로 인해 비니키우스의 눈꺼풀이 스르르 내리 감겼다. 모라 놀이를 하는 사내들의 간헐적인 외침과 병사들의 절도 있는 발걸음 소리가 잠결에 들려왔다. 비니키우스는 가끔씩 고개를 들고 감옥 쪽을 바라보았다. 그러다가 마침내 벽에 머리를 기댄 채 한숨을 내쉬고는 울다 지쳐 잠든 어린아이처럼 곤히 잠들었다.

비니키우스는 꿈속을 헤매고 있었다. 한밤중이었다……. 리기아를 두 팔에 안고, 낯선 포도원을 걷고 있었다. 그의 앞에는 폼포니아 그레키나가 한 손에 등불을 들고 길을 비춰주고 있었다. 누군가가 멀리서 "그만 돌아와라!" 하고 소리를 질렀는데, 페트로니우스의 목소리 같기도 했다. 하지만 두 사람은 그 소리에는 개의치 않고 폼포니아의 뒤를 따라갔다. 이윽고 두 사람은 외딴 오두막에 이르렀다. 그 입구에는 사도 베드로가 서 있었다. 비니키우스는 리기아를 가리키며 베드로를 향해 말했다.

"사도님, 저희들은 원형경기장에서 도망쳐 나왔습니다. 그런데 도저히 리기아를 깨울 수가 없습니다. 사도님, 제발 리기아의 눈을 뜨게 해주십시오." 그러자 베드로가 이렇게 말했다.

"그리스도께서 친히 오셔서 리기아를 깨워주실 것입니다."

잠시 후 꿈과 현실이 뒤얽힌 새로운 장면이 나타났다. 꿈속에 두 팔로 어린 루피우스를 안은 포페아와 네로가 나타났다. 아이의 이마는 피투성이였는데, 페트로니우스가 닦아주고 있었다. 티겔리누스는 진수성찬이 즐비한 식탁에 재를 마구 뿌리고 있었다. 비텔리우스는 그 음식을 게걸스럽게 먹었고, 다른 조신들도 연회석에 나란히 앉아 있었다. 비니키우스 자신은 리기아의 곁에 자리 잡고 앉았다. 그런데 사자 몇 마리가 황갈색 갈기에서 피를 뚝뚝 흘리며 식탁 사이를 돌아다니고 있었다. 리기아가 제발 이 자리를 벗어나게 해달라고 애원했지만, 그는 완전히 무기력해져서 꼼짝도 할 수가 없었다. 꿈속의 환영들이 점차 혼란스럽게 뒤섞이면서, 마침내 모든 것이 완전한 암흑 속에 묻혀버렸다.

따가운 햇살과 코앞에서 들려오는 큰 고함 소리에 비니키우스는 깊은 잠에서 깨어났다. 거리는 여전히 인파로 혼잡을 이루고 있었는데, 얼핏 보니 노란 튜닉을 입은 두 명의 하인이 장대를 들고 고함을 지르며 사람들을 비켜서게 하고, 그 뒤로 네 명의 건장한 이집트 노예들이 화려하게 장식한 가마를 메고 따라가고 있는 것이 눈에 띄었다.

가마에는 흰옷을 입은 사람이 앉아 있었다. 그러나 눈앞에 파피루스[3] 두루마리를 펼쳐들고, 무엇인가를 열심히 읽고 있었으므로 그 얼굴은 잘 보이지 않았다.

"물렀거라! 지체 높으신 나리께서 지나가신다!" 앞장선 길라잡이 하인들이 거들먹거리면서 외쳤다. 하지만 인파에 막혀 가마는 멈춰 설 수밖에 없었다. 가마에 탄 사람이 참지 못하고 두루마리를 내려놓더니 목을 내밀며 소리를 질렀다.

"이놈들을 어서 비키게 하지 못할까? 빨리빨리 해라!"

순간 가마 속의 사내는 비니키우스의 얼굴을 발견하고는 갑자기 목을 움츠리더니 재빨리 두루마리를 펼쳐 얼굴을 가렸다.

비니키우스는 아직도 꿈을 꾸고 있는지 의아해하며 한 손으로 이마를 문질렀다. 가마 안에 앉아 있는 사람은 다름 아닌 킬로였던 것이다.

그 사이 두 명의 길라잡이들이 길을 열어 이집트 노예들이 앞으로 나아가려 했다. 불현듯 청년 호민관은 지금까지 의문스러웠던 온갖 수수께끼가 한꺼번에 풀리는 것을 깨달았다. 그는 재빨리 가마 곁으로 다가갔다.

"잘 있었나, 킬로!" 비니키우스가 말했다.

"아, 자넨가, 젊은 친구!"

그리스인은 당황한 기색을 감추기 위해 애써 침착한 표정을 지으면서 거만하게 대답했다.

"안녕하신가? 나를 붙잡지 말게나. 워낙 바쁜 몸이거든. 친구 티겔리누스를 급히 만나러 가는 길이야."

---

3) 고대 이집트에서 나일강 유역에 무성하게 자라던 파피루스 줄기를 재료로 만든 종이의 대용품.

비니키우스는 가마의 한쪽 끝을 붙잡고 몸을 숙여 킬로의 눈을 노려보면서 낮은 소리로 말했다.

"리기아를 팔아넘긴 게 바로 네놈이로구나!"

"아아, 멤논[4]의 크로이소스[5]여!" 킬로는 두려움에 떨며 부르짖었다.

하지만 예전과는 달리 비니키우스의 눈에는 험상궂은 기색이 담겨 있지 않았다. 그 온순한 눈을 보자 늙은 그리스인의 공포는 금세 사라졌다. 자기는 황제와 티겔리누스의 비호를 받고 있는 몸이다. 그 두 사람의 절대적인 권력 앞에서는 누구나 공포에 떨며 굴종할 수밖에 없다. 게다가 지금은 주위에 힘센 노예들이 있다. 반면에 비니키우스는 무기도 지니고 있지 않았으며, 극심한 번뇌와 계속된 수면 부족으로 얼굴은 수척하고 기운도 없어 보였다.

그러자 킬로는 다시 건방진 태도로 돌아왔다. 그는 눈자위가 온통 시뻘겋게 물든 눈으로 비니키우스를 쏘아보면서 속삭였다.

"자네는 내가 굶어 죽을 지경에 있을 때 매질을 하지 않았나?"

순간 두 사람은 입을 다물었다. 이윽고 비니키우스가 나지막한 목소리로 말했다.

"그때는 내가 잘못했네, 킬로."

그러자 그리스인은 거만하게 머리를 쳐들고, 경멸을 나타낼 때 하는 로마인의 관습대로 손가락 마디를 딱딱 꺾으면서, 주

---

4) 트로이 전쟁에서 아킬레스에게 살해된 에티오피아 왕.

5) 로두스 섬에 있었다는 거대한 청동상.

위에 다 들리도록 큰 소리로 말했다.

"친구여, 내게 부탁할 일이 있거든 오전 중에 에스퀼리누스에 있는 내 저택으로 오게나. 매일 아침 목욕을 끝낸 다음에는 손님이나 아랫사람들을 접견하기로 되어 있거든."

그러고는 가마꾼들에게 손짓을 했다 이집트 노예들은 그 신호에 따라 가마를 들었고, 노란 튜닉을 입은 두 명의 길라잡이들이 다시 장대를 휘두르며 소리를 질렀다.

"킬로 킬로니데스 나리의 행차이시다. 물렀거라! 물렀거라!"

제55장

리기아는 서둘러 쓴 긴 편지를 통해 비니키우스에게 영원한 작별을 고했다. 그 편지에는 이제 지하 감옥에는 아무도 출입할 수 없으므로 처형 당일 원형경기장에서나 비니키우스를 볼 수 있을 것 같다고 씌어 있었다. 살아 있을 때 한 번만이라도 꼭 만나고 싶으니, 자기 차례가 언제인지를 확인해서 꼭 경기장에 와달라는 부탁도 담겨 있었다. 리기아는 조금도 두려워하지 않는 것 같았다. 자기나 다른 수감자들은 모두 한시라도 빨리 경기장에 나가기를 고대하고 있는데, 그것은 감옥에서의 해방을 뜻하기 때문이라고도 했다. 폼포니아와 아울루스도 머지않아 로마로 돌아올 것이니, 그 두 분도 꼭 참석했으면 좋겠다는 말도 씌어 있었다. 글자 한 자 한 자에 리기아의 열절한 신앙과 굳은 믿음이 드러나 있었다. 그녀는 감금된 생활에서 해방된다는 기쁨에 싸여 있었고, 모든 약속이 무덤의 저편에서 성취될 것이라는 확고한 믿음을 가지고 있었다. 리기아는 편지를 통해 이렇게 말하고 있었다.

"그리스도께서는 이 세상에서, 아니면 죽은 후에라도 틀림없이 저를 자유롭게 해주실 것입니다. 저는 사도의 말씀을 통해 당신께 약속된 사람이니 영원히 당신의 것입니다." 또한 자기 때문에 너무 슬퍼하지 말라는 위로와 고통에 굴복하지 말라는 당부의 말도 잊지 않았다. 자신에게는 죽음이 비니키우스와의 파혼을 의미하는 것이 아니라면서, 어린아이와 같은 깨끗한 마음으로 경기장에서의 수난을 의연하게 견뎌내고 마침내 천국에 가게 되면, 그리스도 앞에 나아가 자기의 약혼자인 마르쿠스는 로마에 남아 진심으로 자기를 그리워하고 있다고 당당히 말하겠노라고 다짐했다. 리기아는 자기가 지상에서 겪은 고통의 기억은 다 잊고 행복하게 살고 있다는 것을 비니키우스에게 알려주기 위해, 영혼만이라도 잠시 이 세상에 내려올 수 있도록 그리스도께 청원하겠다고도 했다. 편지 전체에 평화와 희망의 기운이 넘쳐흐르고 있었다. 속세와 관련된 마지막 소원은 오직 하나뿐이었는데, 그것은 자기가 원형경기장에서 죽게 되면 그 시신을 인수받아 수습해서, 언젠가는 비니키우스도 묻히게 될 무덤 곁에 그의 아내로서 묻어달라는 부탁이었다.

비니키우스는 편지를 읽으며 가슴이 찢어질 것 같았으나, 리기아가 맹수의 이빨에 물려 무참히 죽음을 당하는 것을 그리스도께서 그대로 모른 체하실 리가 없다는 믿음에 굳게 의지하고 있었다. 어느덧 비니키우스의 영혼에도 그리스도에 대한 믿음과 희망이 뿌리내리게 된 것이다. 그는 집에 돌아가자마자 즉시 리기아에게 편지를 썼다. 자기는 이제부터 매일 감옥의 담벼락에 서서, 그리스도께서 벽을 부수고 리기아를 자기에게 돌려주실 때까지 기다리겠다고 했다. 그리스도께서는 경기장 안에서라도 당신을 구해 내실 힘이 있다는 것, 베드로 사도께서 그것을 주께 간구하고 계시다는 것, 구원과 해방의 날이 다가오고 있다는 것을 꼭 믿어달라고 당부했다.

다음 날 아침 비니키우스가 감옥 앞에 가자, 어제의 그 백인대장이 대열을 떠나 그에게 다가오며 말했다.

"호민관 각하, 드릴 말씀이 있습니다. 각하를 신앙으로 인도하신 그리스도께서 은총을 베푸셨습니다. 어젯밤 황제와 근위대 사령관의 해방노예가 욕을 보일 처녀들을 그리스도교도들 중에서 골라내려고 왔습니다. 그리고 각하의 약혼녀를 찾았습니다. 그러나 주님께서 각하의 약혼녀에게 지금 지하 감옥에 널리 퍼진 열병을 내리시어, 그분을 데려가지 못하도록 하셨습니다. 어젯밤 각하의 약혼녀께서는 의식을 잃었습니다. 구세주의 이름에 영광이 있기를! 능욕을 당하지 않도록 그분에게 열병을 내리신 그리스도께서 분명 죽음으로부터도 그분을 구해 주실 것입니다."

비니키우스는 눈앞이 아득해지면서 금방이라도 쓰러질 듯 비틀거리며 백인대장의 팔을 붙들었다. 백인대장이 다시 말을 이었다.

"주님의 은총에 감사하십시오. 놈들은 리누스도 끌어내서 고문을 했으나 그가 의식을 잃을 정도로 병든 몸이라는 것을 알고 풀어주었습니다. 각하의 약혼녀도 병이 들었으니 어쩌면 각하께 인도할지도 모릅니다. 그렇게 되면 그리스도께서 그분의 건강을 회복시켜 주실 것입니다."

젊은 호민관은 잠시 고개를 숙인 채 묵묵히 서 있더니 머리를 들고 조용히 말했다.

"자네 말이 맞네, 백인대장. 리기아를 능욕으로부터 구해 주신 그리스도께서는 죽음에서도 분명히 그녀를 구해 주실 거야."

비니키우스는 저녁때까지 감옥의 담벼락에 기대어 앉아 있다가 집으로 돌아갔다. 그는 하인에게 명령하여 리누스의 집에 가서 그를 교외에 있는 자기 별장으로 옮기고, 잘 보살피도록 했다.

페트로니우스는 자세한 이야기를 듣고 난 뒤, 사시가 시노해 볼 만한 일이 아직 남아 있다는 생각에 한 번 더 황후를 찾아가 보기로 했다. 포페아는 몸져누운 아들 루피우스의 병상을 지키고 있었다. 머리에 상처를 입은 소년은 열에 들떠 신음하고 있었다. 어머니는 슬픔과 두려움 속에서 사랑하는 아들을 간호하느라고 온 힘을 다하면서도 만일 아들이 회복된다고 해도 결국에는 참혹한 죽음을 당하고 말 거라는 사실에 절망하고 있었다.

포페아는 우선 발등에 떨어진 불이 급했으므로 비니키우스나 리기아의 이야기에는 귀를 기울이려고도 하지 않았다. 그러자 페트로니우스는 최후의 수단으로 위협적인 말투로 이렇게 말했다.

"황후께서는 사람들에게는 아직 알려지지 않은 어떤 새로운 신으로부터 노여움을 받으신 것 같습니다. 제가 알기로 황후께서는 유대의 야훼를 믿고 계시다는데, 그리스도교 신자들의 말에 의하면 그리스도는 바로 그 야훼의 아들이라고 합니다. 그렇다면 그리스도의 아버지인 야훼 신이 이번 일로 단단히 화가 나지 않았겠습니까? 아드님 루피우스의 생명이 위태롭게 된 것도 분명 그리스도와 야훼, 두 신의 분노 때문일 것입니다. 아드님의 생명은 앞으로 황후 마마가 어떻게 하시느냐에 전적으로 달려 있습니다."

"그래, 어찌하면 좋겠소?" 포페아는 초조하게 물었다.

"신들의 노여움을 달래는 수밖에 없습니다."

"어떤 방법으로?"

"리기아는 지금 병을 앓고 있습니다. 그 처녀를 비니키우스에게 돌려보내라고 황제 폐하와 티겔리누스를 설득하십시오."

포페아는 회의적인 반응을 보였다.

"내게 그런 힘이 있다고 생각하오?"

"그렇다면 다른 방책이 있습니다. 리기아는 회복되는 즉시 처형당하게 될 것입니다. 황후께서 직접 베스타의 신전에 가셔서 여제사장에게 분부하십시오. 감금된 사람들을 처형장으로 끌어낼 때, 우연히 마메르티누스 감옥 근처를 지나는 척하다가, 리기아를 석방시키라는 신탁이 있었다고 황제에게 말하라고 말입니다. 여제사장도 황후 마마의 부탁이라면 거절하지 못할 것입니다."

"하지만 만약 리기아가 열병으로 죽게 되면?"

"그리스도교 신자들에 따르면 그리스도는 징벌을 내리는 엄격한 신이기는 하지만, 정의로운 신이라고 합니다. 황후께서 마음만 있으시면, 반드시 그리스도의 노여움을 누그러뜨릴 수 있을 것입니다."

"그렇다면 그리스도가 루피우스의 목숨을 구해 줄 수 있다는 확실한 증거를 보여주세요."

페트로니우스는 어깨를 으쓱했다.

"황후 마마, 저는 그리스도의 사자로서 여기에 온 것이 아닙니다. 다만 로마의 신들뿐만 아니라 이방의 신들과도 사이 좋게 지내시는 게 좋겠다는 충고의 말씀을 드리고자 하는 것입니다.”

“베스타 신전에 가보겠어요.” 포페아는 내키지 않는 듯 이렇게 말했다.

페트로니우스는 깊은 한숨을 내쉬었다.

‘간신히 설득했군. 어째 일이 잘 되려나 보다.’

페트로니우스는 비니키우스에게 돌아와서 말했다.

“리기아가 열병으로 죽지 않도록 네 신에게 기도나 하려무나. 리기아가 죽지만 않는다면 베스타의 여제사장이 그녀를 풀려나게 할 것이다. 이 일을 부탁하기 위해 황후가 몸소 베스타 신전으로 갔으니까.”

비니키우스는 간곡한 열망을 담은 눈으로 페트로니우스를 바라보며 말했다.

“리기아는 그리스도께서 해방시켜 주실 것입니다.”

루피우스의 목숨을 건져내기 위해 세상의 온갖 신들에게 일일이 헤카톰베[1]를 지내려고까지 했던 포페아는 그날 밤 로마 광장에 있는 베스타의 신전을 찾아갔다. 아들의 간병은 그녀를 길러준 충성스러운 유모 실비아에게 맡겼다.

그러나 팔라티움 궁전에서는 이미 그 어린아이에 대한 사형 선고가 내려져 있었다. 황후를 태운 가마가 궁전 밖으로 사라지자마자 곧 황제의 해방노예 둘이 어린 루피우스의 침대가 있는 방에 들어가서, 한 명은 늙은 실비아에게 덤벼들어 입을 틀어막고, 다른 한 명은 스핑크스 동상을 집어 그녀의 머리를 내리쳤다. 실비아는 한마디 비명도 지르지 못하고 정신을 잃

---

1) 황소 100마리를 제물로 바치는 제사.

었다. 그런 뒤 그 둘은 루피우스의 곁으로 다가갔다. 고열로 인해 의식이 분명치 않은 소년은 자기 주위에서 무슨 일이 일어나는지도 모르는 채, 미소를 지으며 사랑스러운 눈을 깜박이고 있었다. 두 사람은 유모가 두르고 있던 허리띠를 풀어 어린애의 목에 감고는 조르기 시작했다. 아이는 "엄마!" 하고 외마디 비명을 지르더니 그대로 숨이 끊어지고 말았다. 그들은 시체를 이불로 둘둘 말아서 미리 준비해 두었던 말에 싣고, 곧장 오스티아까지 달려가 바다에 던졌다.

여제사장이 다른 여제사들과 함께 바티니우스를 만나러 갔기 때문에 포페아는 그녀를 만나지 못하고 바로 팔라티움 궁전으로 돌아왔다. 황후는 비어 있는 침대와 이미 싸늘해진 실비아의 시체를 보고 그대로 기절해 버렸다. 옆에서 시중드는 사람들의 간호로 간신히 의식을 회복했지만, 곧바로 울며불며 절규하기 시작했다. 그 애끓는 울부짖음은 밤새도록 그치지 않고 다음 날까지 계속되었다.

사흘째가 되자, 황제는 포페아에게 연회에 참석하라는 명령을 내렸다. 포페아는 투명한 자수정 빛깔의 튜닉을 차려입고 화석처럼 차가운 표정을 지은 채, 입을 굳게 다물고 자리에 앉아 있었다. 눈부신 금발에 아름답기 짝이 없는 그 모습은 마치 죽음의 천사처럼 불길한 기운을 뿜어내고 있었다.

제56장

훗날 플라비우스 가의 황제들[1]이 콜로세움을 건축하기 전에는 로마의 원형경기장은 대부분 목조였기 때문에 이번 대화재로 인해 대부분 전소되고 말았다. 네로는 시민들에게 경기를 약속했으므로 몇 군데 새로운 경기장을 신축하기로 하고, 그 중 하나는 특별히 웅대하게 지을 것을 명령했다. 화재가 수습되자마자 아틀라스 산 중턱에서 벌채한 거대한 재목들이 바다와 티베리스 강을 건너 로마에 실려왔다. 이번 경기는 그 규모에 있어서나 희생자의 수에 있어서나 지금까지 치러진 모든 경기를 능가할 것이므로, 관중과 야수를 위한 넓은 부지와 시설을 새로 마련해야만 했다. 수천 명의 인부들이 밤낮을 가리지 않고 공사에 동원되었다. 건물을 세우고 호화롭게 치장하기 위해 전문가들이 끊임없이 투입되었다. 사람들은 청동과

---

1) AD 69-96년의 베스파시아누스, 티투스 및 도미티아누스를 말함.

호박, 상아, 진주조개, 그리고 외국에서 들여온 거북이 껍질로 장식한 훌륭한 기둥을 보고 감탄하며 수군거렸다. 관람석 밑에는 아무리 무더운 날씨에도 시원하게 경기를 즐길 수 있도록 산골짜기에서 흐르는 얼음처럼 차가운 물을 끌어들이는 수로를 설치했다. 그 밖에 햇볕을 가리기 위해 거대한 붉은 장막을 치고, 좌석의 통로마다 아라비아 산 향초를 피울 수 있는 커다란 향로들을 설치해 놓았으며, 관람석 위쪽에는 관중의 머리 위로 샤프란과 베르베나 향유를 섞은 물방울을 뿌릴 수 있도록 별도의 장치도 마련해 놓았다. 유명한 건축가인 세베루스와 켈레르는 이제까지 세워진 그 어떤 경기장도 따르지 못할 대규모의 인원을 수용할 수 있는 웅장하고 화려한 원형경기장을 건조하기 위해 밤낮을 가리지 않고 열과 성을 다했다.

마침내 아침 경기가 시작되었다. 수많은 시민들은 이른 새벽부터 문이 열리기를 기다리면서 사자의 으르렁대는 소리와 표범의 괴성, 맹견들의 우짖는 소리를 즐기고 있었다. 조련사들은 이틀 전부터 일부러 굶겨놓은 맹수들의 눈앞에 피가 뚝뚝 떨어지는 고깃덩어리를 보여줌으로써 그들의 허기와 난폭한 야성을 있는 대로 자극했다. 이따금 뇌성을 연상시키는 맹수들의 포효가 한꺼번에 울리면 경기장 근처에 있는 사람들은 모골이 송연하여 아무 말도 하지 못했고, 마음 약한 사람들은 얼굴이 새하얗게 질리곤 했다. 동이 터오자 경기장 안에서는 낭랑하고 평화로운 노랫소리가 울려 퍼지기 시작했다. "그리스도교도들이다, 그리스도교 신자들이야!" 사람들은 그 많은 숫자에 놀라면서 소리쳤다. 사실 간밤에만도 수많은 그리스도교 신자들이 경기장으로 끌려왔던 것이다. 그것도 미리 계획한 대로 한 감옥으로부터가 아니라 여러 감옥에서 조금씩 차출해 왔다. 군중은 구경거리가 수주일 또는 수개월에 걸쳐 계속되리라고 생각했다. 관중의 최대 관심사는 경기장에 대기하고 있는 수많은 그리스도교 신자들을 과연 하루 만에 다 죽일 수 있을까 하는 점이었다. 우렁차게 입을 모아 아침 성가를 부르고 있는 남녀노소 신자들의 수가 놀라울 만큼 많았기 때문에, 한 번에 100명이나 200명씩 경기장에 들여놓는다 해도, 허기진 맹수들이 허겁지겁 배를 채우고 나면 먹잇감에 싫증을 느낄 게 뻔했고, 이러다가는 해지기 전에 다 먹어치울 수가 없을 것만 같았다. 한번에 많은 희생자를 경기장으로 끌어 내오면 주의가 산만해져서 구경하는 재미가 줄어들 것이라고 말하는 사람들도 있었다.

경기장 출입구의 문이 열릴 시간이 가까워지자 구경꾼들은 서서히 활기를 띠기 시작했고, 구경거리에 관한 여러 가지 세부 사항들에 대해 떠들어대며 시작의 순간을 고대했다. 사람을 갈기갈기 찢고 뜯어먹는 힘이 사자가 더 셀지, 아니면 호랑이가 더 셀지를 놓고 군중은 두 패로 갈라져 돈내기를 하기도 했다. 그리스도교 신자들을 처형하기 전에 먼저 열리게 될 검투 시합에 출전하는 검투사들에 관한 이야기를 하는 사람들도 있었다. 어떤 사람들은 삼니움[2] 출신의 검투사를 선호했고, 어떤 사람들은 갈리아 인을, 또 어떤 사람들은 트라키아 인을 꼽기도 했다. 어떤 사람들은 미르밀로를, 또 다른 사람들은 레티알리우스[3]를 지지했는데, 이렇게 자기가 좋아하는

2) 로마의 남쪽 산악 지대의 부족.

3) 삼지창과 그물을 들고 싸우는 검투사.

검투사를 패를 갈라 응원했다. 검투사들은 무리를 지어 '라니스테'라고 일컬어지는 감독에게 인솔되어 속속 경기장에 도착했다. 그들은 시합이 시작될 때까지는 조금이라도 힘을 아끼려고 무장을 하지 않고 거의 벌거벗은 채, 손에는 초록빛 나뭇가지를 들고, 머리에는 화관을 쓰고 입장했다. 젊고 활기에 넘쳐 있는 장사들은 아침 햇빛을 받아 한결 멋있게 보였다. 온몸에는 올리브유를 발라 미끈하게 윤기가 흐르고, 마치 대리석을 깎아놓은 듯 건장한 그들의 몸매는 건강한 신체를 최고의 덕목으로 삼는 로마 사람들을 열광의 도가니 속에 몰아넣었다.

"잘 싸워라, 프루니우스!", "레오, 만세!", "부탁한다, 막시무스!", "필승, 디오메데스!" 관중은 대부분 검투사들의 이름을 알고 있었기 때문에, 자신이 좋아하는 선수들의 이름을 호명해 가며 열렬히 환호성을 질렀다. 아가씨들은 넋을 잃고 그들을 바라보았다. 검투사들도 그중에서 가장 곱상한 처녀를 골라내어 농담조로 말을 걸기도 하고, 아무 걱정 없다는 듯 손을 들어 입 맞추는 시늉을 하기도 했으며, 또한 "죽음의 여신이 나를 안고 가기 전에 당신이 먼저 포옹해 주오!" 하고 소리치기도 했다. 이윽고 그들은 문 안으로 사라졌는데 그들 중 상당수는 그 안에서 다시 살아나올 수 없는 운명이었다.

그 뒤를 이은 새로운 행렬이 군중의 주의를 끌었다. 손에 채찍을 들고 나타난 사람들은 '마스티고포르스'라 불리는 자들로서, 검투사를 매질하여 승부욕을 북돋우며 경기의 진행을 원활하게 유지시키는 것이 그들의 역할이었다. 그 뒤에는 나무로 만든 관을 산더미처럼 실은 여러 대의 수레가 노새에 끌려 시체 안치실 쪽으로 향하고 있었다. 관의 숫자가 많은 것은 그만큼 경기의 희생자가 많으리라는 것을 의미하기 때문에 관중은 그 광경을 보고 벌써 흥분을 금치 못했다. 다음에는 경기에서 치명상을 입은 자를 절명시키는 임무를 맡은 자들이 나타났는데, 그들은 저마다 카론[4]이나 메르쿠리우스를 흉내 낸 복장을 하고 있었다. 그 뒤에는 경기장의 질서를 유지하고 좌석을 배정하는 사람들과 음식이나 찬 음료수를 나르는 노예들이 따랐으며, 마지막으로 경기장에서 황제의 호위를 책임지는 근위대 병사들의 모습이 보였다.

출입문이 열리자 관람객들이 경기장 안으로 쏟아져 들어갔다. 군중의 수효가 워낙 많았으므로 몇 시간이나 혼란 상태가 계속되었다. 그 많은 사람들을 전부 원형경기장에 수용할 수 있다는 것이 신기할 뿐이었다. 사람 냄새를 맡은 맹수들이 울부짖는 소리가 더욱 커졌다. 관중도 서로 좋은 자리를 차지하기 위해 마치 폭풍에 휩쓸리는 파도처럼 술렁거리고 있었다.

이윽고 로마의 총독이 순찰대를 거느리고 도착했고, 계속해서 원로원 의원, 집정관, 법무관, 안찰관[5], 정부와 궁전의 고위 관리, 근위대장들, 귀족과 귀부인 등을 태운 가마가 차례로 나타났다. 어떤 가마에는 길라잡이가 권표[6]를 들고 앞장섰고, 또 어떤 가마는 노예들의 무리가 길을 인도했다. 가마를 호화롭게 치장한 황금 장식과 오색찬란한 의상, 깃털 장식, 귀걸이, 보석, 도끼 등이 햇빛을 받아 빛나고 있었다. 경기장에는 고관들을 맞이하는 군중의 환성이 요란하게 울려 퍼졌

4) 이승과 저승 사이를 흐르고 있다는 스틱스 강의 나룻배 사공.
5) 시민들과 직접 관련된 업무, 즉 도로 보수, 식량 배급, 축제 진행 등을 관장함.
6) 가는 끈으로 도끼 자루에 막대기 다발을 동여맨 로마 권위의 상징물.

다. 그 뒤로 얼마 안 있어 근위대가 도착했다.

여러 신전의 제사들이 한발 늦게 도착했으며, 곧이어 베스타의 여제사들이 권표를 든 길라잡이를 앞세우고 가마를 타고 뒤따라왔다. 이제 황제만 입장하면 곧 경기가 시작될 예정이었다. 황제도 너무 오래 시민들을 기다리게 하는 것보다는 일찌감치 도착해서 그들의 환심을 사고 싶었기 때문에, 뜸을 들이지 않고 황후와 조신들을 거느리고 곧 도착했다.

그중에는 페트로니우스도 있었는데, 그의 가마에 비니키우스도 동승했다. 비니키우스는 리기아가 병으로 의식불명이라는 것은 알고 있었으나, 요즈음 감옥 출입이 금지되어 면회도 할 수 없었고, 더구나 경비병이 교체된 데다가 출입을 엄중히 단속하라는 특별한 지시가 있었기 때문에 감옥에 가서 죄수들의 소식을 들을 수도 없었다. 그러므로 비니키우스는 이 첫날의 희생자 가운데 리기아가 있는지 없는지 알 수가 없었다. 그들은 의식을 잃은 병자조차도 얼마든지 사자의 밥으로 만들 수 있는 자들이다. 게다가 희생자들에게 짐승의 가죽을 뒤집어씌우고 한꺼번에 경기장 모래밭으로 몰아넣기 때문에, 누가 누구인지 분간조차 할 수 없는 상황이었다. 비니키우스는 간수와 경기장 인부를 돈으로 매수하고, 맹수를 다루는 조련사들에게도 뇌물을 주어, 리기아를 경기장의 어두운 구석에 몰래 숨겨두었다가, 밤중에 그들이 자신의 소작인에게 인도해 주면 알바누스 산으로 빼돌린다는 계획을 세워놓고 있었다. 페트로니우스는 이 계획을 듣고 비니키우스에게, 자기와 함께 공개 석상에 얼굴을 내밀었다가 은밀하게 지하 감옥으로 가서 그들에게 미리 리기아가 누구인지를 가르쳐주는 것이 좋을 것이라고 충고했다.

간수들은 자기들이 출입하는 조그만 쪽문으로 비니키우스를 들여보냈다. 간수들 중 시루스라는 자가 그를 그리스도교도가 있는 지하실로 안내하며 말했다.

"나리께서 찾고 있는 아가씨는 아마 여기에 오시지 않은 것 같습니다. '리기아'라는 이름을 부르며 구석구석 찾아보았습니다만, 아무도 대답하지 않았습니다. 어쩌면 그리스도교도들은 우리를 믿지 못하고 경계하고 있는 것 같기도 합니다."

"지하실에는 신자들이 많이 잡혀와 있는가?" 비니키우스가 물었다.

"네, 그렇습니다. 저들 중에는 내일이나 되어야 경기장으로 끌려나갈 사람도 많습니다."

"그중에 병든 사람도 있는가?"

"일어서지 못할 정도로 심하게 앓는 사람은 없습니다."

이렇게 말하며 시루스는 문을 열었다. 두 사람은 낮은 천장에 엉성하게 칸막이가 쳐져 있는 넓은 공간으로 들어갔다. 그곳은 경기장으로 향하고 있는 문살 틈으로만 겨우 희미한 빛이 스며들고 있어 매우 어두웠다. 처음에는 아무것도 분간할 수가 없었다. 다만 그 안에 있는 사람들의 나지막한 말소리와 경기장에서 들려오는 군중의 아우성만 들릴 뿐이었다. 그러나 잠시 후 어둠에 눈이 차차 익숙해지자, 흡사 늑대나 곰과 같은 이상한 모습들이 그곳에 가득하다는 것을 알았다. 그것은 야수의 가죽을 씌워놓은 그리스도교 신자들이었다. 어떤 사람은 일어선 채, 어떤 사람은 무릎을 꿇고 기도하고 있었다. 짐승의 털가죽 위로 긴 머리카락을 늘어뜨린 것으로 보아 여자임을 짐작할 수 있는 가냘픈 덩치도 있었고, 늑대 가죽을 쓴 어머니가 역시 늑대의 털가죽에 싸인 아이를 안고 있는 모습도 눈에 띄었다. 그러나 털가죽 사이로 보이는 그들의 얼굴에는 해맑은 미소가 떠올라 있었고, 어둠 속에서도 두 눈은 환희와 열정으로 반짝이고 있었다. 그들은 대부분 천상을 향한 동경에만 열중하고 있고, 다른 모든 일들에 대해서는 무관심한 듯하게 보였다. 비니키우스가 리기아에 관해 질문하자 꿈에서 막 깨어난 것 같은 눈길로 멍하니 그를 응시하는 사람도 있었고, 손가락을 입술에 갖다 대며 미소 짓거나, 햇살이 희미하게 비쳐 들고 있는 문살을 가리키는 사람도 있었다. 어린 아이들은 맹수의 울부짖는 소리, 개 짖는 소리, 관중의 외침이나 짐승처럼 보이는 부모들의 모습에 겁을 먹고 울고 있었다. 비니키우스는 간수인 시루스와 나란히 걸으면서 일일이 사람들의 얼굴을 들여다보며 리기아를 찾았다. 숨 막히는 열기와 인파에 휩쓸려 혼절한 사람과 부딪치기도 하면서, 비니키우스는 점점 더 안쪽으로 깊이 들어갔는데, 그곳은 경기장 전체와 견줄 만큼 넓었다.

어느 순간 비니키우스는 갑자기 멈춰 섰다. 철창 근처에서 낯익은 목소리가 들린 듯했기 때문이다. 그는 잠시 귀를 기울이더니 사람들을 헤치고 목소리가 들려오는 쪽으로 다가갔다. 말하고 있는 사람의 얼굴에 햇살이 희미하게 비치고 있었다. 그 빛을 통해 늑대 가죽에 싸여 있으나 여전히 수척하지만 고집스러운 크리스푸스의 얼굴을 알아볼 수 있었다.

크리스푸스는 이렇게 말하고 있었다.

"회개하시오. 곧 때가 올 것입니다. 그러나 죽음만으로 모든 죄가 사해질 것이라고 생각하는 사람은 또 하나의 죄를 범하게 되는 것이니, 영원히 타오르는 불 속에 떨어지게 될 것입니다. 당신들이 살아 있는 동안에 범한 죄 하나하나가 주님의 상처에 새로운 아픔을 안겨드리고 있습니다. 그러므로 감히 어떻게 우리를 기다리고 있는 수난이 주님께서 우리 죄를 사하여 주시려고 당하신 수난과 같다고 할 수 있겠습니까? 오늘은 정의로운 자나 죄를 지은 자 모두 똑같이 죽음의 길을 갈 것입니다. 그러나 주님께서는 이 모든 것을 공의롭게 심판하실 것입니다. 사자의 이빨은 여러분의 몸뚱이를 갈기갈기 찢어발길 것입니다. 그러나 하느님께 저지른 우리의 죄는 찢어 없앨 수가 없습니다. 주님께서는 봄소 십자가에 못 박히심으로써 이미 충분한 자비를 베푸셨습니다. 그러나 지금부터는 오직 심판자로서 임하시어 사소한 죄도 빠뜨리지 않고 모두 벌하실 것입니다. 스스로 곤욕을 치름으로써 속죄할 수 있다고 생각하는 사람은, 하느님의 정의를 모독하는 것이 되어 더욱 큰 죄를 짓게 되는 것입니다. 자비는 사라지고, 하느님께서 분노하실 순간이 온 것입니다. 보십시오. 당신들은 머지않아 엄정한 심판을 받게 될 것입니다. 그때가 되면 정말 죄가 없다고 인정받을 수 있는 자는 거의 없을 것입니다. 자, 지금이라도 여러분의 죄를 뉘우치십시오. 그렇지 않으면 지옥이 문을 활짝 열고 여러분을 기다릴 것입니다. 가엾도다, 남편과 아내들이여! 불쌍하도다, 어버이와 자식들이여!"

크리스푸스는 갈퀴처럼 비쩍 마른 두 손을 들어 고개를 숙이고 있는 신자들의 머리 위에서 휘젓고 있었다. 죽음을 코앞에 두고도 그는 전혀 두려워하는 기색이 없었다. 그의 말이 끝나자 신자들은 여기저기서 "죄를 회개합시다!" 하고 소리쳤다. 잠시 침묵이 흘렀다. 들리는 소리라고는 어린아이 울음소리, 그리고 죄를 뉘우치며 자신의 가슴을 두드리는 소리뿐이었다. 비니키우스는 혈관 속의 피가 얼어붙는 것 같았다. 모든 희망을 그리스도의 자비에 걸고 있던 그로서는 분노의 날이 닥쳐왔고, 경기장에서 죽는다 해도 구원의 은총을 받을 수 없다는 말에 절망할 수밖에 없었다. 그러나 문득 비니키우스의 머릿속에는 만일 베드로 사도가 이 자리에 있다면, 이제 막 죽음의 길을 가야 하는 사람들에게 그렇게 말하지는 않을 것이라는 생각이 전광석화처럼 빠르고 강렬하게 스치고 지나갔다. 크리스푸스의 광신적인 질타는 철창 하나를 사이에 두고 죽음의 광장과 마주하고 있는 어두컴컴한 방 안을 두려움으로 채워놓았다. 고통의 순간이 임박한 현장에서 죽음의 분장을 한 수많은 희생자들 앞에 서 있는 비니키우스는 말할 수 없이 괴롭고 두려웠다. 눈앞에 닥친 일들이 그가 전에 참가했던 그 어떤 피비린내 나는 전투보다 무서웠고, 훨씬 더 처참하게 여겨졌다. 찌는 듯한 열기로 숨이 막히고, 이마에서는 식은땀이 흘렀다. 문득 어두운 방 안을 이리저리 헤매고 다니다가 자기가 먼저 지쳐 쓰러져 버리지나 않을까 하는 불안감에 사로잡혔다. 경기장으로 향하는 철문이 열리는 것은 시간 문제였다. 비니키우스는 소리 높여 우르수스와 리기아의 이름을 불렀다. 그렇게 하면 두 사람이 아니더라도 그들을 아는 누군가가 대신 대답해 줄 것이라고 생각했던 것이다. 과연 곰가죽을 뒤집어쓴 한 사내가 비니키우스의 토가 자락을 잡아당기며 말했다.

"나리, 그 사람들은 아직 감옥에 남아 있습니다. 제가 맨 나중에 끌려나왔는데, 리기아 아가씨가 아파서 누워 계신 것을 봤습니다."

"당신은 누구시오?" 비니키우스가 물었다.

"나리께서 사도님으로부터 세례를 받으셨던 오두막의 석공입니다. 저는 사흘 전에 체포되었는데, 오늘 죽게 된 것입니다."

비니키우스는 마음을 놓았다. 이곳에 들어올 때만 해도 어떻게든 리기아를 만나게 될 것을 바랐지만, 막상 그녀가 없다는 것을 확실히 알게 되자, 불현듯 그리스도에 대한 감사의 마음이 뜨겁게 솟아올랐다. 그렇게 된 데에는 분명 그리스도의 보살핌이 있었다는 생각이 들었다.

석공은 다시 비니키우스의 옷을 잡아당기며 말했다.

"생각나십니까, 나리? 베드로 사도님이 코르넬리우스의 포도원에 있는 헛간에서 설교하셨을 때, 그곳으로 나리를 안내한 사람이 바로 저입니다."

"물론 기억하고 있소." 비니키우스가 대답했다.

"그 후 저는 붙잡히기 전날에 사도님을 뵈었습니다. 그때 사도님께서는 제게 은총을 기원해 주시면서 당신께서도 죽어가는 사람들에게 성호를 그으며 축복하기 위해 경기장으로 오시겠다고 약속하셨습니다. 저는 죽음의 순간에 사도님께서 성호를 긋는 모습을 보고 싶습니다. 그러면 한결 편한 마음으로 죽음을 맞을 수 있을 것 같습니다. 나리께서 사도님이 어디 계시는지 아시면, 가르쳐주십시오."

비니키우스는 목소리를 낮추며 말했다.

"사도님은 노예 차림으로 페트로니우스의 종들 틈에 섞여 계실 거요. 그분이 어디에 자리를 잡고 앉으셨는지는 모르지만, 일단 경기장에 가면 찾을 수 있소. 당신이 경기장의 모래밭으로 나가게 되면 나를 지켜보시오. 내가 일어서서 사도님이 계신 쪽을 바라보겠소. 그러면 당신은 사도님을 쉽게 찾아낼 수 있을 거요."

"고맙습니다, 나리. 주님의 평화가 함께하시기를."

"당신에게도 구세주께서 은총을 베푸시기를 빌겠소."

"아멘."

비니키우스는 지하 감방을 나와 경기장으로 갔다. 비니키우스의 자리는 다른 조신들과 함께 귀빈석에 앉아 있는 페트로니우스의 바로 옆에 마련되어 있었다.

"지하실에 그녀가 있더냐?" 페트로니우스가 물었다.

"없습니다……. 아직 감옥에 남아 있답니다."

"방금 쓸 만한 생각이 떠올랐다……. 얘야, 니기디아 쪽을 흘끔거리면서 내 말을 잘 들어라. 그녀의 머리 모양에 관해 이러쿵저러쿵 이야기하는 척하잔 말이다. 티겔리누스와 킬로가 지금 우리를 주시하고 있으니까……. 내 생각으로는 오늘 밤에 리기아를 시체로 가장하여 관에 넣어가지고 탈옥시키는 것이 좋겠다. 그 다음 일이야 네가 알아서 하면 될 테니까."

"예!" 비니키우스는 대답했다.

여기서 이야기는 중단되었다. 마침 툴리우스 세네키오가 두 사람을 향해 몸을 기울이며 이렇게 말했기 때문이다.

"경기장에 나오는 그리스도교도들에게 무기를 줄까요?"

"글쎄요, 잘 모르겠는데……."

페트로니우스가 대답했다.

"무기를 지급하는 편이 좋을 텐데 말이오." 세네키오가 말을 이었다. "그렇지 않으면 경기장의 모래밭이 순식간에 도살장으로 변해 버릴 것입니다. 그나저나 이 경기장은 정말 훌륭하군요!"

사실 눈앞에 펼쳐진 광경은 장엄하기 이를 데 없었다. 아래쪽 좌석에는 흰 토가를 입은 사람들이 줄지어 앉았으므로 마치 눈이 소복하게 쌓인 것처럼 보였고, 금박을 입혀 화려하게 장식한 중앙의 귀빈석에는 다이아몬드 목걸이를 걸고, 금으로 만든 화관을 쓴 황제가 앉아 있었다. 그 옆에는 여전히 아름답기는 하지만 전과는 달리 침울하고 경직된 표정을 짓고 있는 황후가 앉아 있었다. 두 사람의 좌우에는 로마의 권력과 영광과 부를 대표하는 모든 사람들, 즉 베스타의 여제사들, 고관들, 가장자리에 수놓은 외투를 입은 원로원 의원들, 번쩍이는 무기를 지닌 장군들이 줄지어 앉아 있었다. 뒷줄에는 기사들이 자리를 메웠고, 그 위는 일반인들을 위한 관람석으로 사람들의 머리가 검은 바다처럼 출렁이고 있었다. 제일 위쪽에는 장미와 백합, 아네모네와 담쟁이덩굴, 포도 덩굴을 엮어 만든 기다란 꽃 사슬이 기둥에서 기둥으로 연결되어 주렁주렁 걸려 있었다.

사람들은 소리 높여 떠들어대면서 서로의 이름을 부르거나, 노래를 흥얼거리기도 했다. 때로는 관람석의 어떤 줄에서 시작된 우스갯소리가 줄을 타고 사방으로 전해져서 여기저기서 낄낄거리는 소리가 들려오기도 했다. 그런가 하면 기다리기가 지루하다는 듯 경기 시작을 재촉하면서 발을 구르는 자들도 있었다.

마침내 발 구르는 소리가 점점 커지고 하나로 모아져서 뇌성처럼 울리기 시작했다. 드디어 로마의 총독이 화려하게 차린 행렬을 거느리고 경기장에 나타나 한 바퀴 돈 다음 손수건을 흔들어 경기의 시작을 알렸다. 그러자 수천 명의 관중이 "와아! 와아!" 하고 일제히 환호성을 지르며 응답했다.

여느 때 같으면 남방 혹은 북방 태생의 여러 야만인들이 몰려나와 특유의 장기인 맹수 사냥을 하는 것으로 경기가 시작되었겠지만, 이번에는 맹수의 수가 너무 많아서인지 '안다바테', 즉 '눈가림 시합'으로 막을 열었다. '안다바테'란 눈을 가리는 투구를 쓰고 앞을 보지 못하는 상태에서 검투사들이 싸우는 경기를 말한다. 십여 명이 넘는 검투사들이 일시에 모래밭에 등장하여 되는대로 마구 칼을 휘두르기 시작했다. 경기를 감시하고 진행하는 마스티고포르스들이 긴 삼지창으로 그들을 밀어 서로 가까이 접근하도록 했다. 구경꾼들 중에서도 신분이 높은 사람들은 그런 시합을 이미 많이 관람한 탓에 별로 흥미가 없는 듯 경멸의 눈으로 바라보고 있었다. 그러나 일반 시민들은 눈을 가린 검투사들이 허공에 대고 아무렇게나 칼을 휘두르는 것에 재미를 느껴 어쩌다 등과 등이 서로 부딪치기라도 하면, "와아!" 하고 함성을 지르면서 "오른쪽!", "왼쪽!", "정면이다!" 하고 소리를 질러 검투사들을 더욱 혼란스럽게 만들었다. 시간이 흐르자 몇 쌍의 검투사들이 서로 맞붙어 정면승부를 벌이면서 싸움은 점차 피비린내 나는 양상으로 변해갔다. 양쪽 모두가 흥분한 나머지 방패를 내던지고 한 손으로 상대방을 붙잡고, 다른 손에 검을 든 채 사투를 벌이기도 했다. 쓰러진 검투사는 손가락을 위로 올려 관중의 동정을 구했으나, 관중은 언제나 패배자의 죽음을 원했다. 특히 안다바테의 경우에는 얼굴을 가리고 있어 누가 누구인지 알 수 없었으므로 관중의 요구는 더욱 잔혹했다. 검투사들의 숫자가 점점 줄어들어 마침내 단 두 사람만이 남게 되었다. 그들은 마스티고포르스에게 내몰려 서로 밀고 당기기를 되풀이하다가 모래밭에 쓰러져서 서로를 찔러 죽였다. 그러자 "승부는 끝났다!"라는 선언이 울려 퍼지고, 인부들이 시체를 치웠다. 이어 소년들이 모래밭으로 달려 나와 핏자국을 지운 뒤에 그 자리에 샤프란 꽃잎을 뿌렸다.

다음은 매우 흥미 있는 시합으로서 일반 시민뿐 아니라 지체 높은 관중도 호기심을 보이는 종목이었다. 이 시합이 벌어질 때면 젊은 귀족들이 거액의 돈을 걸고 내기를 하다가 전 재산을 날리는 경우도 발생하곤 했다. 자기가 선택한 검투사의 이름과 그 사람에게 거는 돈의 액수를 기입하는 밀랍판이 손에서 손으로 건네지기 시작했다. 이미 경기에 출장하여 승리의 월계관을 쓴 적이 있는 유명한 검투사들은 많은 호응을 얻었다. 그러나 전혀 알려지지 않은 새로운 검투사에게 상당한 액수의 돈을 걸어 그가 승리할 경우 거액의 배당금을 노리는 구경꾼들도 있었다. 황제는 물론이고 각 신전의 제사들과 베스타의 여제사, 원로원 의원, 기사, 그리고 일반 시민들에 이르기까지 다양한 사람들이 내기에 참가했다. 하층민들은 돈이 부족한 경우 때로 자신의 자유를 걸기도 했다. 신분의 고하를 막론하고 모든 사람들이 흥분과 불안을 동시에 느끼면서 떨리는 가슴으로 검투사들의 출장만을 기다리고 있었다. 자기가 응원하는 검투사가 승리하게 해달라고 소리 높여 신에게 기도하는 자들도 있었다.

드디어 날카로운 나팔 소리가 울려 퍼지자 장내는 순간 기대감으로 조용해졌다. 카론의 복장을 한 사내가 빗장이 잠긴 거대한 문으로 다가가자 관중의 시선이 일제히 그곳으로 쏠렸다. 그는 망치로 세 번 문을 두드려 정적을 깨뜨렸다. 그 소리는 마치 문 뒤에서 기다리는 사람들을 죽음의 나라로 초대하는 신호 같았다. 서서히 문이 열리면서 컴컴한 어둠 속에 묻혀 있던 검투사들이 밝은 모래밭으로 몰려나왔다. 트라키아 인, 삼니움 인, 갈리아 인 등으로 구성된 '미르밀로'들이 스물다섯 명씩 편성된 두 조로 나뉘어 완전 무장을 하고 등장했다. 그 뒤를 이어 한 손에는 그물을 들고, 다른 한 손에는 삼지창을 든 '레티알리우스'들이 나타났다. 관중석에서는 우레와 같은 박수갈채가 터져 나왔으며, 순식간에 하나의 폭풍으로 돌변하여 한동안 그칠 줄 모르고 이어졌다. 관중석의 위에서 아래까지 보이는 것이라고는 오직 흥분으로 상기된 얼굴과 박수치는 손, 고함을 치기 위해 한껏 벌어진 입들뿐이었다. 검투사들은 다양한 무기와 투구를 번쩍이면서 발맞추어 힘차게 모래사장을 한 바퀴 돈 뒤, 황제가 앉아 있는 귀빈석 앞에서 의연하고 늠름하며 당당한 자세로 걸음을 멈췄다. 날카로운 뿔피리 소리가 소란을 가라앉혔다. 검투사들은 일제히 오른팔을 올리고, 눈과 얼굴을 황제를 향해 들어 올리고는, 꼬리를 길게 끌면서 노래하듯이 외쳤다.

"황제 폐하 만세! 이제 곧 저승으로 떠나게 될 사람들이 폐하께 인사를 올립니다!"

그러고는 즉시 사방으로 흩어져 모래밭의 정해진 위치에 제각기 자리를 잡았다. 그들은 편을 갈라 단체로 싸우기로 되어 있었으나, 유명한 검투사들은 저마다의 힘과 기량, 용기를 발휘할 수 있도록 일대일로 싸우게 했다. '도살자'라는 별명으로 투기 애호가들에게 널리 알려진 갈리아 인이 제일 먼저 앞으로 나왔다. 그는 지금까지 많은 검투 시합에 출장하여 여러 차례 승리를 거둔 실력 있는 검투사였다. 머리에 거대한 투구를 쓰고, 넓적한 가슴과 등에는 무쇠 같은 갑옷을 두르고, 경기장의 모래밭에 내리쬐는 햇빛을 받으며 서 있는 그 모습은 마치 커다란 황금 풍뎅이 같았다. 그의 상대로 나선 사람은 유명한 레티알리우스인 칼렌디오였다.

군중은 저마다 돈을 걸기 시작했다.

"갈리아 인에게 500세스테르티우스!"
"칼렌디오에게 500!"
"헤라클레스에게 맹세코 1000세스테르티우스를 걸겠노라!
"2000세스테르티우스를 내놓겠다!"
그러는 동안 갈리아 인은 일단 모래사장의 한복판까지 나아가 날카로운 칼을 뽑아 상대에게 겨눈 채 다시 뒤로 물러섰다. 그리고 머리를 숙여 투구에 뚫린 눈 구멍을 통해 상대방을 노려보았다. 한편 조각처럼 아름답고 날렵한 몸매를 지닌 칼렌디오는 허리춤에 가벼운 옷을 걸쳤을 뿐 거의 알몸이었다. 그는 한 손으로 능숙하게 그물을 휘두르면서, 다른 손으로는 삼지창을 위아래로 겨누어 상대방을 교란시켰다. 그러고는 육중한 몸집의 상대방 주위를 빙글빙글 돌면서 레티알리우스들이 즐겨 부르는 노래를 불렀다.

내가 잡으려는 것은 네가 아니라 물고기인데,
왜 꽁무니를 빼느냐, 갈리아 인아.

하지만 갈리아 인은 도망치는 것이 아니었다. 그는 가만히 서 있는 듯하면서도 줄곧 상대방의 움직임을 주시하며 눈에 띄지 않는 동작으로 조금씩 교묘하게 방향을 바꾸고 있었다. 그의 몸에서도, 괴물처럼 거대한 머리에서도 무서운 살기가 뿜어져 나오고 있었다. 관중은 무거운 청동 갑옷으로 무장한 이 육중한 사내가 한번 몸을 움직여 일격을 가하면 단번에 결판이 나리라고 기대하고 있었다. 한편 레티알리우스는 관중의 눈이 따라가지 못할 만큼 번개처럼 재빠르게 삼지창을 휘두르면서 상대방에게 덤벼들었다가는 다시 뒤로 물러서기를 반복했다. 삼지창이 갈리아 인의 방패에 부딪치는 소리가 몇 번이나 들렸다. 하지만 갈리아 인은 끄덕도 하지 않았다. 그것만 보아도 그가 얼마나 무서운 힘을 가진 사람인가를 알 수 있었다. 그는 상대의 삼지창보다는 자신의 머리 위에서 불길한 새처럼 원을 그리며 맴돌고 있는 그물에 신경을 집중시키고 있는 듯했다. 관중은 숨을 죽이며 두 검투사의 묘기를 지켜보았다. 기회를 기다리던 도살자가 적을 향해 덤벼들었다. 그러자 레티알리우스는 신속하게 적의 칼을 피하면서 순식간에 꼿꼿이 서서, 팔을 쭉 펴고 재빠른 솜씨로 그물을 던졌다.

갈리아 인이 즉시 몸을 피하며 방패로 그물을 받아치우자, 두 사람은 일시에 뒤쪽으로 물러났다. 장내는 두 패로 갈라져 응원의 함성과 박수를 보내고 있었다. 아래쪽 좌석에서는 또다시 돈을 걸기 시작했다. 황제는 처음엔 베스타의 여제사 루브리아와 얘기를 나누느라고 구경거리에 별로 주의를 기울이지 않다가, 관중이 술렁대기 시작하자 비로소 모래밭 쪽으로 눈을 돌렸다.

두 사람은 또다시 격투를 벌이기 시작했다. 그들의 움직임은 균형이 잡히고 정확했으며, 죽고 사는 문제보다는 자신들의 기량을 보여주는 데 심혈을 기울이고 있는 것 같았다. 도살자는 두 번이나 그물의 습격을 피해 경기장 가장자리로 물러나기 시작했다. 도살자의 적수에게 돈을 건 관객들은 그가 물러서자 "어서 덤벼라!" 하고 외쳤다. 갈리아 인은 이 외침에 못 이겨 앞으로 돌격했다. 그러자 레티알리우스의 한쪽 팔이 단칼에 피로 물들고, 그물이 축 쳐졌다. 갈리아 인은 몸을 수그리면서 최후의 일격을 가하려고 덤벼들었다. 그 순간, 일부러 그물을 들지 못하는 시늉을 하고 있던 칼렌디오가 몸을 옆으로 꼬면서 도살자의 공격을 살짝 피하는 동시에, 상대방의 두 무릎 사이로 삼지창을 찔러넣어 그를 쓰러뜨렸다.

갈리아 인은 일어서려고 했으나, 곧 그물에 걸려들고 말았다. 벗어나려고 버둥거릴수록 그의 손과 발은 점점 더 세게 그물에 엉켜들었다. 그 사이 삼지창의 공격은 계속되었고, 도살자는 점점 무기력해져서 땅에 못 박힌 것처럼 되고 말았다. 도살자는 마지막으로 다시 한 번 일어서려고 몸부림쳤으나 헛일이었다. 이제는 칼을 들어 올릴 힘조차 없었다. 마침내 무력한 손을 간신히 위로 한 번 들어 올리고는 나자빠지고 말았다. 칼렌디오는 창끝으로 상대방의 목을 지그시 누르고, 두 손에 점점 힘을 주면서 황제 쪽을 바라보았다.

관중의 갈채와 환성으로 경기장이 뒤흔들렸다. 칼렌디오에게 돈을 건 사람들에게는 이 순간, 그가 황제보다도 더 위대해 보였다. 그러나 동시에 그들의 마음속에서는 갈리아 인에 대한 적개심이 눈 녹듯이 사라졌다. 갈리아 인이 피로써 희생한 덕분에 그들의 돈주머니가 두둑하게 채워졌기 때문이다. 관중의 판결은 둘로 나뉘어졌다. 절반가량은 갈리아 인을 죽이라는 표시를 했고, 나머지 절반은 살려주라는 신호를 보냈다. 칼렌디오는 황제와 베스타의 여제사들이 앉아 있는 귀빈석을 쳐다보면서 그들의 결정을 기다렸다.

공교롭게도 그 갈리아 인은 네로의 눈 밖에 나 있었다. 대화재가 있기 전 마지막 경기 때 갈리아 인의 적수에게 돈을 걸었다가 갈리아 인이 승리하는 바람에 리키니우스에게 적잖은 돈을 잃은 적이 있었던 것이다. 네로는 주먹을 쭉 내밀고 엄지손가락을 아래로 향하게 하여 죽이라는 신호를 보냈다.

베스타의 여제사들도 일제히 황제를 따라 엄지손가락을 아래로 내렸다. 칼렌디오는 갈리아 인의 앞가슴을 무릎으로 누르면서 허리춤에 찬 단도를 뽑아 들었다. 그리고 상대방의 갑옷을 벗겨내고는 칼자루까지 들어갈 정도로 깊숙하게 그의 목을 찔렀다.

관중은 "승부는 끝났다!"라고 곳곳에서 소리쳤다. 갈리아 인은 잠시 동안 도살당한 황소처럼 몸에 경련을 일으키더니, 발꿈치로 모래를 몇 번 차다가 그대로 쭉 뻗어버리고 말았다.

메르쿠리우스로 분장한 검시관들이 생사의 여부를 확인하기 위해 시뻘겋게 달군 쇠를 그의 몸에 대볼 필요조차 없었다. 시체는 즉시 치워졌고, 지체 없이 또 다른 개인전이 펼쳐졌다. 개인 시합이 모두 끝난 뒤 마침내 단체전의 차례가 되었다. 관중의 시선과 그들의 영혼은 온통 시합에 쏠려 있었다. 환성과 질타, 휘파람과 폭소, 갈채와 성원이 이어졌다. 경기장에서는 두 패로 갈라진 검투사들이 야수처럼 난폭하게 싸웠다. 가슴과 가슴이 서로 맞부딪쳤고, 죽을힘을 다해 상대방과 뒤엉켜 무자비하게 서로의 관절을 부러뜨리기도 했다. 가슴과 배를 칼에 찔려 창백한 입술로 모래 위에 피를 토하는 검투사도 있었다. 싸움이 거의 끝날 무렵, 풋내기 검투사 중 십여 명이 겁에 질려 뒤로 슬슬 물러나기 시작했다. 그러자 마스티고포르스들이 끝에 납덩이를 단 채찍으로 그들을 후려쳐서 싸움판으로 가차 없이 몰아넣었다. 모래밭은 점점 피로 얼룩져 갔다. 벌거벗었거나 갑옷을 입은 시체가 점점 많아져 볏단처럼 쌓였다. 아직 숨이 붙어 있는 사람들은 시체를 짓밟으며 끈질기게 싸웠다. 그중에는 갑옷과 방패에 발이 걸려 넘어지거나, 부서진 무기에 찔려 피를 흘리며 쓰러지는 자들도 있었다. 군중은 기쁨으로 전율하며, 무자비한 생지옥 속에서 죽고 죽이는 짜릿한 장면으로 눈요기를 실컷 하고, 죽음의 피비린내를 황홀한 듯 가슴 깊이 들이마셨다.

승부에 패한 자는 거의 죽었다. 심한 부상을 입고 모래밭을 기어가거나 벌벌 떨며 관중을 향해 두 손을 내밀어 살려달라고 애원하는 생존자들은 얼마 되지 않았다. 승자에게는 여러 가지 포상과 함께 월계관과 올리브 가지가 주어졌다. 이윽고 휴식 시간이 되자 황제의 명으로 경기장에서 연회가 베풀어졌다. 향로에는 향을 피웠고, 인부들은 관중의 머리 위에 샤프란과 제비꽃으로 만든 향수를 뿌려댔다. 차가운 음료수를 비롯하여 구운 고기와 달콤한 과자, 포도주와 올리브, 과일 등이 배급되었다. 구경꾼들은 허리띠를 풀고서 마음껏 먹고 마시며 떠들어댔다. 그들은 더 많은 음식을 받기 위해 큰 소리로 황제를 칭송했다. 관중이 배불리 먹고 나자, 수백 명의 노예들이 선물을 산더미처럼 담은 광주리를 메고 나왔다. 큐피드로 분장한 소년들이 두 손으로 광주리에 있는 선물들을 집어서 관중석으로 던졌다. 행운 추첨권을 나누어줄 때는 살벌한 싸움이 벌어지기도 했다. 군중은 벌 떼같이 덤벼들어 서로 치고받고 짓밟으면서, 표를 손에 넣으려고 다투었다. 살려달라고 악을 쓰는 사람, 좌석을 훌쩍 뛰어넘는 사람, 인파 속에서 질식하는 사람도 있었다. 운좋게 당첨된 자는 정원이 딸린 저택에다 노예와 값비싼 의복까지 탈 수 있고, 경기가 끝난 뒤 진귀한 야수를 상품으로 받을 수도 있었다. 야수의 경우 원한다면 비싼 값에 투기장에 되팔 수도 있었다. 그 때문에 큰 혼란이 일어나, 근위대가 출동하지 않으면 안 되는 사태까지 발생했다. 추첨권 분배가 끝난 뒤에는 어김없이 손발이 부러져 들것에 실려 나가는 사람들이나, 혼잡 속에 짓밟혀 죽는 사람들이 생겨나곤 했다. 부자들은 이 추첨권 쟁탈전에는 끼어들지 않았다.

조신들은 킬로의 반응을 흥미롭게 관찰하고 있었다. 로마의 귀족들은 킬로가 아무리 내색하지 않으려 해도, 다른 조신들처럼 잔인한 싸움과 유혈 사태를 태연하게 구경하지 못한다는 것을 눈치 채고는 그를 조롱했다. 경기가 시작되자마자 이 불쌍한 그리스인은 미간을 찌푸리고, 입술을 깨물며, 손톱이 손바닥을 파고들 정도로 주먹을 불끈 쥐면서 어떻게든 버텨보려고 안간힘을 썼으나 소용이 없는 듯했다. 그리스인으로서의 성품뿐만 아니라, 원래 소심한 성격 탓에 끔찍한 광경을 눈뜨고 보고 있을 수가 없었던 것이다. 그의 얼굴에는 핏기가 가셨고, 이마에는 식은땀이 맺혀 있었다. 입술은 새파랗게 질렸고, 눈은 움푹 꺼졌으며, 이빨을 딱딱 마주치면서 온몸을 사시나무 떨듯 떨고 있었다. 시합이 끝나자 그제서야 어느 정도 정신을 차렸으나 주위의 조신들이 한마디씩 자기를 조롱하자 불같이 화를 내며, 일일이 변명을 늘어놓았다.

"역시 그리스인답군! 당신은 사람의 가죽이 갈기갈기 찢어지는 꼴은 차마 눈 뜨고 볼 배짱이 없는 모양이지?"

바티니우스가 킬로의 턱수염을 잡아당기며 말했다.

킬로는 겨우 두 개밖에 남지 않은 누런 앞니를 드러내 보이며 대답했다.

"내 부친은 구둣방 출신이 아니기에, 나 역시 가죽에는 익숙하지 않을 뿐이오."

"마크테(Macte)! 하베트(Habet)!"[7] 몇 사람이 외쳤다.

---

7) '장하다! 잘했어!' 란 뜻.

이번에는 다른 사람이 킬로를 놀렸다.

"가슴속에 심장 대신 물렁물렁한 치즈 조각이 들어 있다고 해서 그를 책망할 순 없지. 안 그렇소, 킬로?" 세네키오가 말했다.

"당신이 머리 대신에 방광을 얹고 다닌다 해도 그것 또한 당신 잘못은 아니오."

킬로가 응수했다.

"차라리 검투사가 되지 그랬소? 그물을 들고 모래밭에 나가면 그럴싸하게 보일 텐데."

"내가 당신에게 그물을 던지면, 악취를 풍기는 얼간이가 걸려들겠구먼."

"당신이 직접 모래밭에 내려가 그리스도교도들을 해치울 생각은 없나?" 리구리아[8] 출신의 페스투스가 물었다. "개가 되어 놈들을 물어뜯을 생각은 안 해보았소?"

"나는 당신과 같은 족속이 되고 싶은 생각은 추호도 없소이다."

"뭐라고? 이 메오티스[9]의 문둥이 같으니라고!"

"흥, 리구리아의 노새 주제에!"

"당신 피부는 보기만 해도 온몸이 근질거리는군. 괜히 나더러 긁어달라고 하는 건 아니겠지?"

"내 걱정은 말고 자기 몸이나 잘 긁으시지. 부스럼을 긁다가 요긴한 살덩어리를 상하게 하지나 말고."

조신들 모두가 가세하여 앞 다투어 킬로를 공격했으나 킬로

---

8) 이탈리아 반도의 서북부 지역.

9) 흑해 위쪽에 있는 사르마티아 또는 스키타이의 바닷가.

는 매번 지지 않고 심술궂은 빈정거림으로 응수했다. 황제도 손뼉을 치며 몇 번이나 "마크테(Macte)!"를 연발하면서 킬로를 부추겼다. 잠시 후 페트로니우스가 다가와서 조각으로 장식된 상아 지팡이로 그리스인의 어깨를 가볍게 두드리며 냉랭한 음성으로 말했다.

"좋았어, 철학자 선생! 그러나 자네는 한 가지 실수를 한 것 같군. 신들은 자네를 소매치기로 만들었는데, 자네는 스스로 악마가 되고 말았어. 그러니 오래가지는 못할 걸세."

킬로는 불그스름한 눈으로 자신이 없는 듯 상대방을 물끄러미 바라보았다. 이번만은 적당한 대답이 떠오르지 않는지 잠시 입을 다물고 있다가 간신히 대답했다.

"천만에. 난 오래 버틸 거야……!"

마침 휴식 시간이 끝났음을 알리는 나팔 소리가 울려 퍼졌다. 사람들은 다리를 뻗거나 담소를 나누기 위해 삼삼오오 모여 있던 통로를 떠나 다시 제자리를 찾아가기 시작했다. 관람석 곳곳에서 자기 자리에 다른 사람이 앉았다며 싸움이 벌어졌다. 원로원 의원들과 귀족들도 제자리로 돌아갔다. 점차 소란이 가라앉으면서 장내는 다시 질서가 잡혔다. 경기장 모래밭에서는 한 무리의 인부들이 피가 엉겨 붙은 곳을 모래로 덮고 평평하게 만드는 작업을 하고 있었다.

드디어 그리스도교 신자들의 차례가 되었다. 이것은 관중에게는 새로운 구경거리였다. 그리스도교도들이 어떤 태도를 보일지 아무도 예측하지 못했기 때문에 모든 사람들이 색다른 기대와 호기심을 가지고 그들이 나오기를 기다리고 있었다. 관중의 얼굴에는 눈앞에 펼쳐질 새로운 광경에 대한 기대감과 더불어 긴장한 기색이 역력했고, 그리스도교 신자들에 대한 적개심까지 내비치고 있었다. 그들은 로마와 함께 그 오랜 보물들을 불태운 자들이다. 그들은 갓난아이의 피를 빨아먹고, 우물에다 독을 푼 사악한 자들이다. 그들은 온 인류를 저주하며, 극악한 범죄를 저질렀다. 아무리 심한 처벌을 해도 이 불타는 증오심을 풀어주지는 못하리라. 사람들의 마음속에 떠오른 단 하나의 우려는 이제부터 가해질 형벌이 그 흉악한 범죄자들의 죄상에 비해 너무 가볍지나 않을까 하는 것뿐이었다.

그 사이 해는 중천까지 떠올라 선홍빛 장막을 통해 비쳐 들어온 햇살이 경기장을 핏빛으로 물들여, 모래밭이 마치 불꽃처럼 붉게 보였다. 모래밭에 내리쬐는 붉은 광선에도, 구경꾼들의 얼굴에도, 지금은 텅 비었지만 잠시 후면 인간들의 고통과 야수의 난폭한 몸부림으로 가득 차게 될 경기장 한복판에도, 팽팽하게 긴장된 분위기가 감돌고 있었다. 공기 속에도 죽음과 공포의 기운이 떠돌고 있는 것 같았다. 지금까지 명랑했던 관중도 적개심에 불타 완강하게 침묵을 지키고 있었다. 사람들의 얼굴에는 저마다 심상치 않은 분노의 기색이 가득했다.

이윽고 총독이 신호를 했다. 그러자 조금 전에 검투사들을 죽음의 마당으로 불러낸 카론의 복장을 한 노인이 나타나, 천천히 모래밭을 걸어갔다. 그는 무거운 침묵을 가르며 쇠망치로 또다시 세 번 문을 두들겼다.

경기장 전체가 술렁거렸다.

"그리스도교도다! 그리스도교도야!"

철문이 삐걱대며 열리고, 컴컴한 출구 안쪽에서 마스티고포르스가 "모래밭으로!" 하고 외치자 짐승 가죽을 뒤집어쓴 실바누스[10)]처럼 보이는 사람들의 무리가 경기장을 가득 메웠다.

모두들 기다렸다는 듯 경기장 한가운데로 뛰어나와 나란히 무릎 꿇고 두 손을 쳐들었다. 관중은 그들이 살려달라고 애걸하는 줄 알고, 비겁한 태도를 비난하며, 발을 구르고 휘파람을 불어댔다. 어떤 사람들은 빈 술잔과 먹다 남은 고기 뼈다귀 같은 것을 던지면서 "맹수를 풀어라! 맹수를 빨리 내보내라!" 하고 소리를 지르기도 했다. 그때 갑자기 뜻밖의 일이 일어났다. 짐승 가죽을 뒤집어쓴 사람들 속에서 노랫소리가 흘러나오는 것이었다. 그것은 로마의 원형경기장에서 처음으로 울려 퍼지는 낯선 노래였다.

주님께서 다스리시네!

관중은 모두 소스라치듯 놀랐다. 희생자들은 한 사람도 빼놓지 않고 전부 장막 쪽을 올려다보며 노래를 부르고 있었다. 그들의 얼굴은 창백했으나 어떤 놀라운 영감에 사로잡혀 있는 듯했다. 관중은 이 사람들이 동정을 구하는 것이 아님을 깨닫기 시작했다. 그들의 눈에는 경기장도, 관중도 안 보이고, 원로원 의원이나 황제도 보이지 않는 것 같았다. "주님께서 다스리시네!" 하는 노랫소리는 더욱 높아져서 관중석으로, 울타리 너머로, 하늘 위로 멀리멀리 울려 퍼졌다. 관중 중에는 이제 곧 죽음을 맞이할 사람들로부터 '왕'이라고 칭송받는 '그리스도'가 과연 누구일까 하는 의문을 품는 사람들이 점점 늘어났다.

그때 또 다른 철문이 열렸다. 그러자 한 떼의 개들이 짖어

10) 반은 인간이고 반은 양인 숲의 정령.

대며 사나운 기세로 모래밭으로 뛰어나왔다. 펠로폰네소스에서 잡아온 황갈색의 몰로시아 개, 피레네 산맥의 얼룩무늬 개, 히베르니아에서 온 늑대와 교배시킨 잡종견들은 모두 이날을 위해 며칠 동안 굶겨두었기 때문에 배가 홀쭉하고, 눈에는 핏발이 서 있었다. 수많은 개들이 함께 컹컹거리며 짖는 소리가 경기장 전체를 진동시켰다. 그리스도교도들은 노래를 끝내자 꿇어앉아 화석처럼 꼼짝도 하지 않고, 애잔한 목소리로 입을 모아 "그리스도를 위하여!"라고 되풀이하고 있었다. 개들은 그 예민한 후각으로 짐승 가죽을 뒤집어쓰고 있는 대상이 사람이란 것을 알아차렸으나, 그들이 꿈쩍도 하지 않는 것이 이상했던지 당장 덤벼들려고 하지 않았다. 어떤 개는 당장에라도 관중을 습격하기라도 할 것처럼 관람석의 벽을 기어오르려고 했으며, 또 어떤 개는 무엇인가 다른 먹이를 발견하기라도 한 듯이 요란하게 짖어대며 경기장의 가장자리를 빙글빙글 돌았다. 마침내 관중은 흥분했다. 수천 명의 관중이 한꺼번에 소리를 질렀다. 야수처럼 포효하는 자도 있었고, 들개처럼 짖어대는 자도 있었다. 개를 자극하는 욕설이 세계 각국의 다양한 언어로 들려왔다. 원형경기장 전체가 들썩거리며 난장판으로 변했다. 굶주린 개들이 이빨을 드러내고 그리스도교 신자들에게로 다가섰다가는 물러서고, 다시 다가서기를 반복했다. 마침내 몰로시아 개 한 마리가 앞줄에 꿇어앉아 있는 여자에게 덤벼들어 어깨를 물더니 바닥으로 끌어당겨 쓰러뜨렸다.

그것을 신호로 수십 마리의 개가 마치 성벽의 갈라진 틈으로 비집고 들어가듯 한꺼번에 그리스도교 신자들에게 돌진했다. 관중은 그 놀라운 광경에 정신이 팔려 입을 다물었다. 들

개들이 사납게 날뛰는 중에도 "그리스도를 위하여!"라는 남녀 노소의 애절한 목소리는 끊이지 않았다. 경기장에는 이제 사람과 개의 몸뚱이가 한 덩어리가 되어 곳곳에 뒤엉켜 있었다. 갈기갈기 찢겨진 몸에서 피가 냇물처럼 흘러나왔다. 피투성이가 된 인간의 팔다리를 서로 차지하려고 개들끼리 다투기도 했다. 개들의 이빨에 물어뜯긴 오장육부의 냄새와 피비린내가 아라비아 산 향유보다 더 강하게 경기장 전체를 메웠다. 결국 혼란 속에서도 의연하게 무릎을 꿇은 채 죽음을 기다리던 마지막 몇 사람마저 굶주린 개들의 먹이가 되고 말았다.

비니키우스는 그리스도교도들이 경기장 안으로 들어왔을 때, 석공과 약속한 대로 자리에서 얼른 일어서서, 페트로니우스의 노예들 틈에 섞여 앉아 있는 베드로 사도 쪽으로 머리를 돌려 사도의 위치를 알려주었다. 그러고는 다시 자리에 앉아 마치 죽은 사람처럼 창백한 얼굴과 퀭한 눈으로 그 무서운 광경을 지켜보았다. 혹시나 석공이 잘못 알고 있어서 리기아도 이 희생자들 속에 있을지 모른다는 생각이 불현듯 떠오르자 온몸이 뻣뻣하게 마비되는 것 같았다. 그러나 "그리스도를 위하여!"라는 생생한 외침을 들으면서, 그리고 수많은 희생자들이 참혹하고 고통스러운 죽음을 맞으면서도 진리를 증거하고, 하느님의 영광을 찬미하는 광경을 보면서, 마음을 바꿔 이렇게 생각했다.

'그리스도께서는 스스로 수난 속에 죽으셨고, 지금도 또한 수천 명의 신자들이 희생 제물이 되어 그리스도를 뒤따라 죽음의 길을 가고 있다. 그들의 피가 강물처럼 넘쳐흐르게 되면 그 위에 한두 방울의 피가 더 보태어지느냐, 아니냐 하는 것은 아무 의미도 없을 것이다. 어쩌면 이런 상황에서 리기아만

을 위해 은총을 구하는 것 자체가 이미 죄악이 아닐까?'

죽어가는 사람들의 신음 소리와 생생한 피비린내가 비니키우스로 하여금 어느 틈에 그런 생각을 하게 했던 것이다. 비니키우스는 바싹 마른 입술로 끊임없이 기도했다.

'그리스도여, 그리스도여! 당신의 사도가 리기아를 위해 기도하고 있사옵니다.'

비니키우스는 정신이 점점 몽롱해지면서, 자기가 지금 어디에 있는지, 주위에서 무슨 일이 일어나고 있는지조차 의식할 수 없는 지경에 이르렀다. 다만 경기장 모래밭을 뒤덮고 있는 피가 점점 불어나 결국에는 경기장과 온 로마에 범람할 것 같은 불안한 느낌에 사로잡힐 뿐이었다. 이제는 개 짖는 소리도, 군중의 아우성도, 조신들의 이야기 소리도 들리지 않았다. 그때였다. 조신들 사이에서 "킬로가 기절했다!"는 고함 소리가 들려왔다.

"킬로가 기절했다고?"

페트로니우스는 그리스인이 앉아 있는 쪽을 돌아다보았다.

사실이었다. 킬로는 허옇게 질린 얼굴로 고개를 뒤로 젖히고 입을 벌린 채 마치 송장처럼 꼼짝 않고 앉아 있었다.

그때 짐승 가죽에 싸인 새로운 희생자들이 줄을 이어 경기장으로 몰려나왔다. 그들 또한 무릎을 꿇었으나, 이미 지쳐버린 개들은 더 이상 그들을 물어뜯으려 하지 않았다. 겨우 몇 마리만이 가까운 곳에 있는 사람들에게 덤벼들었을 뿐이었다. 다른 개들은 주저앉아 피가 뚝뚝 흘러내리는 턱을 쳐든 채 숨을 헐떡거리거나 피로한 듯 하품을 하기도 했다.

마음속으로는 불안해하면서도 피에 취해 더욱 광포해진 관중이 크게 소리를 질러댔다.

"사자! 사자! 사자를 끌어내라!"

순서에 따르면 사자는 다음 날 나오기로 되어 있었다. 그러나 경기장에서만큼은 관중이 자신들의 의사를 자유롭게 드러낼 수 있었으며, 그것이 비록 황제의 앞이라도 예외는 아니었다. 오직 칼리굴라 황제만은 오만하고 변덕이 심했기 때문에 군중의 뜻을 묵살해 버린 적도 있었다. 심지어는 자신과 다른 생각을 고집하는 군중을 곤봉으로 때리라고 명령한 일도 있었다. 그러나 대부분의 경우에는 백성의 뜻에 따르곤 했다. 민중의 갈채를 중요시하는 네로는 그들의 뜻을 즉시 받아들였다. 특히 지금은 대화재로 인해 분노한 민심을 달래고, 그 재앙에 대한 책임을 그리스도교 신자들에게 돌리고 있었으므로 반대할 이유가 더욱 없었다.

네로는 사자의 우리를 열라고 신호했다. 갑자기 관중석이 물을 끼얹은 듯 조용해졌다. 사자를 가두어놓았던 철창문이 삐걱거리며 열리는 소리가 들려왔다. 개들은 사자를 보자 모래밭의 반대편으로 달아나 한데 모여 킁킁거렸다. 사자는 황갈색 갈기를 흔들며 한 마리씩 어슬렁어슬렁 그 육중한 모습을 드러냈다. 황제는 무료한 듯한 얼굴을 들어 더 자세히 보려고 에메랄드 구슬을 눈에 갖다 댔다. 조신들 또한 환호하며 사자를 맞았다. 군중은 손가락으로 사자의 수를 세어보며, 모래밭 한복판에 앉아 있는 그리스도교 신자들이 사자를 보고 어떤 반응을 보이는지 지그시 지켜보고 있었다. 그렇지만 신자들은 이번에도 역시 경기장 한가운데 무릎 꿇고 모여 앉아서 "그리스도를 위하여!"라는 외침만 되풀이하고 있었다. 대부분의 관중은 그 말의 의미를 이해하지 못한 채, 강한 거부감을 보였다.

사자들은 굶주려 있었지만 조급하게 먹이를 덮치지 않고, 모래사장의 핏빛이 너무 강렬해 눈이 부신 듯 눈을 반쯤 감고 있었다. 황금빛의 거대한 몸뚱이를 쭉 펴고 모래밭에 눕는 놈도 있었고, 관중에게 무서운 이빨을 보여주려는 듯 입을 크게 벌리고 하품을 하는 놈도 있었다. 그러나 투기장에 뒹굴고 있는 찢겨진 시체의 살 냄새와 피비린내가 본성을 자극하자, 갈기를 바짝 세우고 콧구멍으로 사납게 숨을 들이마시며 거칠게 움직이기 시작했다. 그중 한 마리가 갑자기 얼굴이 찢어진 여자의 시체에 덤벼들더니, 앞발로 시체를 누르고는 혓바닥으로 이미 굳어버린 핏덩이를 핥았다. 또 다른 사자는 사슴 가죽에 싸인 어린아이를 안고 있는 남자를 향해 천천히 다가갔다.

어린아이는 아버지의 목에 매달려 벌벌 떨다가 울음을 터뜨렸다. 아버지는 사랑하는 아들의 목숨을 그저 한순간만이라도 연장시킬 생각으로 다른 사람에게 아이를 넘겨주기 위해 어린애를 목에서 떼어냈다. 그런데 아이의 울음소리와 버둥거림이 사자의 신경을 건드리고 말았다. 사자는 별안간 짧게 으르렁대더니 앞발로 쳐서 어린아이를 죽이고는 아버지의 머리통을 입에 물고 으적으적 씹어 먹기 시작했다.

이것이 신호가 되어 다른 사자들도 사나운 기세로 그리스도교도들을 덮쳤다. 여자들 가운데 몇 명이 몸서리를 치며 비명을 질렀으나, 그 소리도 관중의 박수갈채에 묻혀 들리지 않았다. 하지만 관중은 구경거리에 더욱 집중하려고 금방 박수치는 것을 멈췄다. 눈앞에서는 지상에서 가장 참혹한 광경이 펼쳐지고 있었다. 사자들은 인간의 머리를 통째로 집어삼켰으며, 앞발로 한 번 내리칠 때마다 예리한 발톱에 사람의 가슴이 찢기어 내장이 그대로 튀어나왔다. 그 무시무시한 이빨로

뼈를 씹는 소리가 관중석까지 생생하게 들렸다. 희생자의 갈비뼈나 등뼈를 입에 물고 혼자 먹을 곳을 찾는지, 경기장 안을 미친 듯 뛰어다니는 놈도 있었다. 또 뒷발로 일어서서 마치 검투사들처럼 서로의 앞발을 붙잡고 실랑이를 벌이는 놈들도 있었다. 사자들의 우레와 같은 으르렁거림으로 경기장 전체가 진동했다. 관객들은 그 광경을 더욱 자세히 보기 위해 자리에서 일어섰다. 좀 더 잘 보이는 아래쪽으로 옮겨가려고 자리다툼을 벌이다가 죽음을 당하는 자도 있었다. 흥분한 관중은 경기장 안으로 들어가 사자와 함께 그리스도교도를 갈기갈기 찢어버리려는 듯 험악한 기세를 보였다. 인간의 소리라고는 도저히 믿을 수 없는 외침과 박수갈채, 천둥과 같은 야수의 포효와 이빨 가는 소리, 몰로시아 개들이 짖어대는 소리 등을 뚫고 간간이 그리스도교 신자들의 신음 소리가 새어 나왔다.

황제는 에메랄드 구슬을 눈에 대고 조심스럽게 그 광경을 지켜보고 있었다. 페트로니우스의 얼굴에는 혐오와 경멸의 빛이 떠올랐다. 킬로는 이미 경기장 밖으로 옮겨진 뒤였다.

지하실에서는 계속해서 새로운 희생자들이 끌려나오고 있었다.

관람석의 맨 윗줄에는 사도 베드로가 앉아 그 광경을 지켜보고 있었다. 사람들 모두가 경기장의 모래밭에 시선을 집중시키고 있었으므로 아무도 그에게 주의를 기울이지 않았다. 그는 전에 코르넬리우스의 포도원에서 곧 잡혀갈 사람들의 죽음과 영생을 축복했던 것처럼, 지금 야수의 이빨에 물려 하나 둘씩 쓰러져가는 신자들을 향해 눈물을 머금고 성호를 그으며 강복하고 있었다. 베드로는 그들의 피, 그들이 받은 고통, 인간의 형체는 간데없이 한낱 고깃덩어리로 변해 버린 그들의 시체, 그리고 피로 물든 모래밭에서 하늘로 날아간 그들의 영혼을 축복했다. 희생자 가운데 어떤 이들은 환한 얼굴에 미소를 짓고 베드로를 쳐다보고 있었다. 그러나 베드로의 가슴은 너무 아파서 천 갈래 만 갈래 찢어지는 것만 같았다. 그는 부르짖었다.

"오오, 주님! 당신의 뜻은 반드시 이루어질 것입니다. 당신의 영광과 진리를 드러내 보이기 위해 어린 양들이 죽어가고 있습니다. 주님께서는 제게 그들을 이끌라고 명하셨습니다. 그러나 이제 저는 그들을 다시 당신 품에 맡깁니다. 주여, 그들을 받아주시고, 그들의 상처를 치유해 주시고, 그들의 아픔을 달래주시고, 그들이 이 땅에서 받은 고통보다 훨씬 더 많은 행복을 천상에서 내려주소서!"

베드로는 한 사람 한 사람, 한 무리 한 무리마다 마치 친자식을 그리스도에게 맡기는 아버지처럼 깊은 애정을 담아 축복하고 작별 인사를 했다. 한편 황제는 흥분했기 때문인지, 아니면 오늘의 경기를 지금까지 로마에서 전례 없는 장관으로 만들어보겠다는 욕심에서인지, 총독에게 한두 마디 귓속말을 했다. 그러자 총독은 귀빈석에서 내려와 지하실 쪽으로 갔다. 철문이 열리자 상상도 하지 못한 놀라운 광경이 벌어졌다. 유프라테스의 호랑이, 누미디아의 표범, 곰, 늑대, 하이에나, 자칼 등 온갖 종류의 맹수들이 모조리 풀려 나왔다. 경기장 전체가 얼룩무늬, 누런색, 담황색, 검정색, 짙은 갈색, 그리고 흰색 반점이 있는 짐승의 물결로 뒤덮였다. 이윽고 대혼란이 시작되었다. 관중의 눈은 아무것도 분간할 수가 없었다. 맹수들은 순식간에 서로 물어뜯고, 할퀴고, 싸우고, 뛰어오르며 무서운 생지옥을 연출했다. 그것은 현실에는 도저히 존재할 수 없는 피의 축제, 무서운 악몽, 소름 끼치는 신기루였다. 모든 것은 이미 정도와 한계를 벗어나 있었다. 맹수들의 울부짖음에 섞여 관람석 여기저기서 더 이상 두려움을 견디지 못한 여자들이 발작과도 같은 웃음소리를 터뜨리기도 했다. 관중의 공포는 극에 달했다. 모두 얼굴이 새파랗게 질려 "이제 그만! 이제 그만!" 하고 비명을 질렀다.

흥분한 야수들을 다시 우리 속으로 몰아넣는 일은 쉬운 일이 아니었다. 황제는 경기장의 모래밭을 깨끗이 정리하는 동시에 관중에게 새로운 오락거리를 제공할 방법을 찾아냈다. 즉시 관중석의 통로마다 머리에 깃털을 달고 귀걸이를 한 누미디아 흑인 부대가 손에 활을 들고 나타났다. 관중은 이제부터 또 다른 구경거리가 시작된다는 것을 알아차리고 환호성과 박수로 그들을 맞이했다. 누미디아 흑인 부대는 관람석과 경기장의 경계선까지 다가가 맹수들을 겨냥하여 활을 쏘기 시작했다. 그것은 미처 생각지 못했던 색다른 구경거리였다. 흑인들은 날렵하고 시커먼 상반신을 뒤로 젖히고 유연하게 활을 당겨 노련한 솜씨로 화살을 쏘아댔다. 활시위가 진동하고 깃털 달린 화살이 날아가는 소리가 야수의 비명과 관중의 감탄과 더불어 울려 퍼졌다. 늑대도, 곰도, 표범도, 그리고 아직 숨이 붙어 있던 순교자들도 차례차례 쓰러졌다. 옆구리에 화살을 맞은 사자들이 화살대를 입으로 물어 부러뜨리려고 성난 주둥이를 맹렬하게 좌우로 흔들었다. 고통에 몸부림치며 그르렁거리는 신음 소리를 내는 사자도 있었다. 새끼 야수들은 겁에 질려 무턱대고 경기장 안을 뛰어다니기도 하고, 창살에 머리를 부딪치기도 했다. 그 사이에도 화살은 사정없이 날아갔고, 마침내 살아 있는 모든 것들이 최후의 몸부림을 치면서 모래밭에 쓰러졌다.

수백 명의 노예들이 호미와 삽, 빗자루, 손수레, 내장을 쓸어 담을 광주리, 시체를 싣고 나갈 들것, 모래주머니 등을 들고 나타났다. 그들은 두세 명씩 짝을 지어 곳곳에 흩어져 맡은 일을 하기 시작했다. 잠시 후 시체와 핏자국, 오물들이 깨끗이 제거되고, 파인 자리를 새로운 모래로 메운 모래밭이 반반하게 다져졌다. 그러자 큐피드로 분장한 소년들이 그 위에 장미와 백합, 그 밖의 여러 가지 꽃잎들을 뿌렸다. 향로에는 새로 불을 지펴 향을 피웠고, 이미 해가 기울기 시작했으므로 장막은 철거했다.

관중은 또 어떤 구경거리가 남아 있을까 의아하게 여기며 서로를 쳐다보았다.

잠시 후 그들은 예상치 못한 구경거리에 눈이 휘둥그레졌다. 조금 전 귀빈석을 떠난 황제가 자줏빛 상의를 입고 금관을 쓴 채, 꽃을 뿌린 모래밭에 모습을 나타낸 것이다. 그 뒤에는 열두 명의 가수들이 키타라를 손에 들고 따르고 있었다. 황제는 은으로 된 류트를 들고 근엄한 발걸음으로 경기장의 한가운데로 나가서 관중에게 방향을 바꿔가며 인사를 했다. 그러고는 눈을 들어 하늘을 우러러보며 마치 무슨 영감이라도 기다리는 듯이 잠시 그대로 서 있었다.

마침내 네로는 류트를 타며 노래하기 시작했다.

오, 빛나는 레토[11]의 아들,

---

11) 제우스의 애인. 아폴로와 아르테미스의 어머니.

테네도스[12], 키오스[13], 황금의 지배자여
일리온[14]의 성도(聖都)를 수호하는 그대는
그대의 영광을 찬양하며 영원히 타오르는
성스러운 제단을 트로이의 피로써 더럽히는
아카이아 인의 분노를 어찌하여 묵인했는가?
아아, 은빛 화살을 든 명사수[15]여,
원로들도 떨리는 손을 그대 앞에 들었노라.

어머니는 자궁 깊은 곳으로부터
애끓는 통곡을 내뱉으면서
자식들에 대한 자비를 그대에게 빌었노라.
그 한숨 소리는 바위라도 감동시킬 만큼 애절했으나,
스민테우스[16]여,
그대는 백성의 고통 듣기를 바위처럼 하는구나.

노래는 점차 구슬픈 가락을 띠면서 슬픈 애도가로 바뀌었다. 경기장은 물을 끼얹은 듯 조용해졌다. 황제는 스스로 격해져서 처연한 목소리로 노래를 계속했다.

그대는 거룩한 천상의 목소리로
한숨과 비명을 진정시키는 힘을 지녔네.

---

12) 에게 해의 섬.
13) 소아시아 비티니아의 강.
14) 트로이의 시적인 명칭.
15) 아폴로를 말함.
16) 아폴로의 별명.

그날의 화재와 재앙과 멸망을
먼지와 잿더미에서 불러내니
이 노래의 슬픈 가락에
오늘도 사람들의 눈은
꽃잎의 이슬처럼 젖어드누나.
아, 스민테우스여!
그대는 그때 어디에 있었는가,
어디에 있었는가?

네로의 목소리는 떨리고 있었고, 눈에는 눈물까지 맺혀 있었다. 베스타의 여제사들도 눈물을 흘렸다. 관중도 숨을 죽이고 조용히 귀를 기울였다. 이윽고 노래가 끝나자 폭풍과 같은 갈채가 오랫동안 계속되었다.

바람이 통할 수 있게 활짝 열어둔 경기장의 출입문 쪽에서 덜컹거리는 수레바퀴 소리가 들려왔다. 그 수레에는 남녀노소 할 것 없이 피투성이가 된 그리스도교도들의 시체가 실려 있었는데, 모두 '푸티쿨리'[17]로 실려가는 중이었다.

사도 베드로는 떨리는 흰머리를 두 손으로 감싸고 마음속으로 부르짖었다.

'오오, 주여! 주여! 당신은 이 세상의 지배권을 누구에게 주시려고 하시나이까? 왜 하필 이런 곳에다 당신의 도성을 세우려 하십니까?'

17) 로마의 에스퀼리누스 문 밖에 있던, 시체를 매장하는 거대한 구덩이.

제57장

해는 어느덧 서산으로 넘어가 석양 속에서 자취를 감추었다. 이제 볼거리는 모두 끝났다. 군중은 경기장을 떠나 출입문을 통과하여 시내 쪽으로 몰려갔다. 조신들만이 그 자리에 남아서 인파가 사라지기를 기다리고 있었다. 그들은 일제히 자리에서 일어나 황제가 앉아 있는 귀빈석으로 다가갔다. 황제가 찬사를 듣기 위해 자기 자리에 돌아왔던 것이다. 노래가 끝나자 관중은 박수갈채를 아끼지 않았지만, 네로는 그들의 반응이 더욱 열광적이기를 원했으므로 그 정도로는 미흡한 듯 아쉬움을 드러냈다. 조신들은 앞을 다투어 칭송을 퍼부었고, 베스타의 여제사들은 황제의 '신성한' 손에 입을 맞추었으며, 제사장인 루브리아는 붉은 머리카락이 네로의 가슴에 닿을 정도로 허리를 굽혀 경의를 표했지만, 아무 소용이 없었다. 네로는 만족스러워하지 않았고, 그런 감정을 숨기지도 않았다. 그는 또한 페트로니우스가 침묵을 지키고 있는 것이 불쾌했으며, 동시에 불안하기도 했다. 이럴 때 페트로니우스의 입에서 찬사와 더불어 노래의 장점을 정확하게 짚어주는 말을 들을 수 있다면 얼마나 큰 위안이 되겠는가? 마침내 황제는 참지 못하고 페트로니우스에게 손짓을 했다. 페트로니우스가 귀빈석으로 가까이 다가가자 황제가 물었다.

"어떻게 생각하나?"

페트로니우스는 담담하게 대답했다.

"제가 잠자코 있었던 것은 적절한 말이 생각나지 않았기 때문입니다. 근래에 없는 걸작이었습니다."

"짐도 그렇게 생각한다. 그런데 저 군중의 반응이 좀……?"

"폐하께서는 저런 상것들이 시를 이해하리라고 생각하십니까?"

"그대도 짐이 합당한 갈채를 받지 못했다는 것을 느끼고 있었군."

"게다가 때가 좋지 않았습니다."

"그건 무슨 말인가?"

"누구든지 독한 피 냄새에 취하게 되면 시의 아름다움에 집중할 수 없게 됩니다."

네로는 주먹을 움켜쥐며 말했다.

"아아, 저 원수 같은 그리스도교도들! 로마에 불을 지른 것으로도 모자라 짐의 마음에 상처를 주다니. 도대체 그놈들에게 얼마나 더 참혹한 형벌을 내려야 한단 말인가?"

페트로니우스는 순간적으로 아차 싶었다. 자기의 의도와는 달리 방금 한 말이 엉뚱한 결과를 초래하고 말았다는 것을 깨달은 것이다. 황제의 기분을 다른 곳으로 돌리기 위해 페트로니우스는 황제에게 몸을 기울이고 속삭였다.

"폐하의 시는 참으로 훌륭했습니다. 그러나 구태여 무엇인가를 지적하라고 하신다면, 제3연의 네 번째 행에서 운율이 약간 불완전하지 않았나 생각합니다."

네로는 마치 잘못을 저지르다 들킨 사람처럼 수치심에 얼굴을 붉히면서, 상대의 눈치를 살피며 소리를 한껏 낮추어 말했다.

"그대는 참 예민하군. 무엇 하나 놓치는 법이 없으니 말이야……! 짐도 알고 있었네……! 고치기로 하지. 그런데 그대 말고 또 눈치 챈 사람이 있었을까? 아무도 없겠지? 아무튼 부탁하겠는데…… 다른 사람들에게는 절대로 말하지 말게……. 만일…… 목숨이 아깝다면……."

이 말을 듣자 페트로니우스는 미간을 찌푸리면서, 무심하고 심드렁한 말투로 이렇게 대답했다.

"폐하, 제가 폐하의 기분을 상하게 했다면 사형에 처하셔도 좋습니다. 하지만 목숨을 가지고 저를 위협하시려는 생각은 거두십시오. 제가 죽음 따위를 두려워하지 않는다는 것은 신들이 잘 알고 있습니다."

페트로니우스는 황제의 눈을 똑바로 응시하며 말했다. 그러자 네로는 잠시 머뭇거리다가 마지못해서 말했다.

"화내지 마라……. 짐이 그대를 사랑하고 있다는 건…… 그대도 잘 알고 있지 않은가?"

'흉조로구나!' 페트로니우스는 마음속으로 생각했다.

"오늘은 연회를 열어 그대들과 함께 즐길 작정이었는데 혼자 조용히 제3연의 시구나 고쳐야겠다. 그대 말고 세네카도, 아니 어쩌면 세쿤두스 카리나스도 내 실수를 눈치 챘을지 모르겠구나. 그 둘을 즉시 먼 곳으로 추방해야겠다." 황제가 말했다.

네로는 즉시 세네카를 불러 아크라투스와 세쿤두스 카리나스 두 사람을 데리고 이탈리아와 여러 속주에 가서 세금을 거두어들이라는 분부를 내렸다. 도시와 시골, 유명한 신전을 막론하고 돈이 있을 만한 장소나 착취할 수 있는 곳에서는 무조건 걷어오라는 뜻이었다. 세네카는 자기에게 부과된 임무가 약탈과 신성 모독, 강도짓이라는 것을 알고 단호하게 거절했다.

"폐하, 저는 늙은 데다 신경쇠약에 걸려 있습니다. 시골에 가서 조용히 죽음을 기다리겠나이다."

이베리아 태생인 세네카의 신경은 킬로보다는 강인한 편이었으므로, 그가 신경쇠약에 걸렸다는 것은 거짓말이었다. 그러나 세네카의 건강은 전반적으로 좋지 못했으며, 그 증거로 전신이 앙상하게 야위었고, 머리도 최근에는 완전히 하얗게 세어버렸다.

네로는 세네카의 모습을 보고, 그의 죽음을 오래 기다리지 않아도 되겠다고 판단하고는 이렇게 덧붙였다.

"건강이 좋지 않다면 굳이 위험한 여행길에 보낼 생각은 없다. 그러나 짐은 그대를 좋아하니 가까운 곳에 두고 싶다. 시골에는 가지 말고 꼼짝 말고 집 안에만 있어주게나."

황제는 갑자기 웃음을 터뜨렸다.

"아크라투스와 카리나스 두 사람만 보내는 것은 늑대를 양떼 속에 풀어놓는 것이나 다름없다. 가만있자, 그럼, 세네카 대신 누구를 책임자로 딸려 보낸다?"

"폐하, 저를 보내주십시오." 도미티우스 아페르가 말했다.

"안 돼. 그대가 가면 로마에 메르쿠리우스 신의 분노가 내릴지도 모른다. 온갖 도둑질을 해서 메르쿠리우스를 욕되게 할 테니까. 짐이 필요로 하는 사람은 스토아학파, 그러니까 세네카나 최근에 친구가 된 철학자 킬로와 같은 자이다."

네로는 주위를 두리번거리며 물었다.

"그런데 킬로는 어디 있나??"

킬로는 신선한 공기를 마시고 의식을 되찾은 후, 황제의 노래를 듣기 위해 원형경기장에 돌아와 있었다. 그는 앞으로 나서며 말했다.

"오, 영광스러운 해와 달의 자손이시여, 저는 여기 있습니다! 잠시 몸이 좋지 못했으나, 폐하의 성스러운 노래를 듣고 회복되었나이다."

"짐은 너를 아카이아로 파견하겠다. 그곳에 있는 각 신전을 빈틈없이 조사하여 그 재산이 어느 정도인지 샅샅이 알아오도록 하라."

"아아, 제우스 신이여! 저는 그저 분부대로 따르겠나이다. 이제 신들은 전에 없이 많은 공물을 폐하께 올리게 될 것입니다."

"음, 그래. 그러나 경기가 있을 때는 빠지지 말고 꼭 참석하도록 하라."

"오, 바알 신이여……!"

킬로가 우는 듯한 소리로 말을 꺼내려 했다. 그러나 조신들은 황제의 기분이 유쾌하게 바뀐 것을 기뻐하며 큰 소리로 외쳤다.

"폐하, 이 용감한 그리스인에게 꼭 경기를 보여줘야 합니다."

"하지만 폐하, 아무쪼록 제가 이 카피톨리움의 시끄러운 거위 떼를 더 이상 보지 않도록 배려해 주십시오. 이자들의 뇌수를 전부 다 합쳐 보아도 도토리 껍질 하나도 채우지 못할 것입니다." 킬로가 응수했다. "아아, 아폴로의 맏아들이시여! 저는 요즘 그리스어로 폐하를 찬미하는 시를 쓰고 있습니다. 영감을 얻기 위해 며칠 동안 뮤즈의 신전에 가 있고 싶습니다."

"그건 안 된다. 너는 어떻게든 다음 경기를 보지 않으려고 꾀를 쓰고 있구나……. 안 된다, 절대로 안 돼!" 네로가 소리쳤다.

"폐하, 맹세하옵니다! 방금 말씀드렸듯이 저는 요즘 찬가를 쓰고 있습니다."

"시는 밤에도 쓸 수 있지 않느냐. 영감은 디아나 여신에게 부탁해라. 디아나는 아폴로의 누이동생이니까……."

킬로는 풀이 죽어서 원망스럽게 주위를 둘러보았다. 그러나 주위의 조신들은 다들 잘되었다는 듯이 키득거리며 비웃을 뿐이었다.

황제는 세네키오와 실리우스 네룰리누스 쪽을 돌아보며 말했다.

"잘 생각해 보아라. 오늘 처형된 그리스도교도들은 예정된 숫자의 겨우 절반에 지나지 않으니 대책을 강구해야 하지 않겠는가?"

이 말을 듣자 원형경기장에서 벌어지는 일에 대해서는 모르는 일이 없다고 자부하는 아퀼루스 레굴루스가 잠시 무엇인가를 생각하는 듯하더니 이렇게 말했다.

"무기도 없이 특별한 묘기도 보여주지 않고 시간만 길게 끄는 경기는 당연히 지루하고 재미가 없을 수밖에 없습니다."

"그럼 앞으로는 놈들에게 무기를 주도록 해야겠구나." 네로가 대답했다.

이때 미신을 믿는 베스티누스가 깊은 생각에서 깨어나 비밀

얘기라고 하듯이 목소리를 낮추어 말했다.

"여러분은 깨닫지 못했습니까? 그리스도교도들은 죽어가면서 무엇인가를 보고 있었습니다. 하늘만 쳐다보며 별로 고통스러워하지도 않았습니다……. 확신하건대 그들은 틀림없이 무엇을 보고 있었습니다……."

이렇게 말하며 베스티누스는 경기장의 출구 쪽으로 눈길을 돌렸다. 하늘에는 이미 무수한 별들과 함께 어둠이 드리워져 있었다. 그러나 사람들은 그리스도교도들이 죽어가는 마당에 무엇을 볼 수 있었겠느냐고 농담 섞어 떠들면서 베스티누스를 조롱했다. 황제는 횃불을 밝히는 노예를 재촉하여 경기장을 빠져나갔다. 베스타의 여제사들, 원로원 의원, 관리, 그리고 조신들이 그 뒤를 따라갔다.

맑게 갠 따뜻한 밤이었다. 경기장 앞은 군중이 몰려 황제가 돌아가는 광경을 지켜보고 있었으나, 그들은 웬일인지 우울한 얼굴로 침묵을 지키고 있었다. 간헐적으로 들리던 환호 소리도 금세 그치고 말았다. 시체 안치실에서는 피투성이가 된 그리스도교 신자들의 유해를 실은 수레가 끊임없이 나오고 있었다.

페트로니우스와 비니키우스는 말없이 집으로 향했다. 저택 근처까지 왔을 때 페트로니우스가 입을 열었다.

"내가 한 말 생각해 보았느냐?"

"예." 하고 비니키우스가 대답했다.

"너도 이미 알고 있겠지만, 이 일은 이제는 나에게도 매우 중대한 일이 되었다. 나는 반드시 리기아를 구출해 내어 황제와 티겔리누스를 놀라게 해줄 작정이다. 이것은 누가 뭐라고 해도 꼭 이겨야만 하는 싸움이다……. 생명을 걸고서라도 꼭 승리해야만 하는 승부와 같은 것이다. 나는 오늘 일어난 끔찍한 일을 지켜보면서 이러한 결심을 굳혔다……."

"그리스도께서 삼촌을 축복해 주시리라 믿습니다!"

"음, 아무튼 두고 보려무나."

이런저런 이야기를 하는 사이 어느덧 집 앞에 이르렀다. 두 사람이 가마에서 내리는데 검은 그림자가 천천히 그들 쪽으로 다가오며 이렇게 물었다.

"비니키우스 나리 아니신가요?"

"그렇다. 너는 누구냐?" 호민관이 대답했다.

"저는 미리암의 아들인 나자리우스입니다. 감옥에서 리기아 님의 소식을 가지고 왔습니다."

비니키우스는 소년의 어깨를 꽉 붙잡고 횃불을 비춰 상대방의 눈을 들여다보았다. 감격한 나머지 아무 말도 나오지 않았다. 나자리우스는 비니키우스의 입에서 어떤 질문이 나올지 미리 알고 있다는 듯이 이렇게 대답했다.

"아직까지 살아 계십니다. 비록 고열에 시달리고 있으나 기도하며 나리의 이름을 되풀이해 부르고 있다는 말을 전하라고 우르수스 님이 저를 보내서 이렇게 왔습니다."

"아아, 그리스도께 영광이 있으라! 오직 그리스도만이 그녀를 내게 돌려주실 수 있으리라."

비니키우스가 말했다.

비니키우스는 나자리우스를 서재로 안내했다. 잠시 후 페트로니우스도 두 사람의 이야기를 들으려고 들어왔다.

"리기아 아가씨는 병 때문에 능욕을 면하실 수 있었습니다. 관리들도 열병을 두려워하고 있으니까요. 우르수스와 의사 글라우쿠스 님이 밤낮으로 간호하고 있습니다."

소년이 말했다.

"간수들은 모두 예전의 그자들인가?"

"예, 나리. 지금 아가씨는 간수들의 방으로 옮겨져 그곳에 계십니다. 지하 감방에 있던 수감자들은 모두 열병으로 죽었거나 혼탁한 공기에 질식해 버렸습니다."

"너는 누구지?" 페트로니우스가 물었다.

"제가 누구인지는 비니키우스 나리께서 잘 알고 계십니다. 전에 리기아 아가씨께서 제 홀어머니의 집에서 묵으신 적이 있습니다."

"너도 그리스도교 신자인가?"

소년은 페트로니우스를 경계하는 듯 비니키우스를 슬쩍 쳐다보았으나, 비니키우스가 기도하고 있는 것을 보고는 다시 페트로니우스를 향해 대답했다.

"예, 그렇습니다."

"그런데 어떻게 감옥을 자유로이 출입할 수 있지?"

"저는 시체를 운반하는 일꾼으로 자원했습니다. 형제들을 돕고 시중의 동정도 알려주고 싶어 일부러 그 일을 맡았습니다."

페트로니우스는 소년의 사랑스러운 얼굴과, 푸른 눈동자, 윤기가 흐르는 검은 머리카락을 찬찬히 훑어보며 말했다.

"소년이여, 네 고향은 어딘가?"

"갈릴래아입니다."

"리기아를 자유의 몸이 되게 해주고 싶은가?"

소년은 눈을 크게 뜨며 대답했다.

"그렇게만 할 수 있다면 저는 제 목숨이라도 바치겠습니다."

그러자 비니키우스는 갑자기 기도를 그치고 말했다.

"간수에게 부탁하여 리기아가 죽은 것처럼 꾸며 관에 넣어

달라고 말해라. 그리고 밤이 되거든 도와줄 사람들을 구해서 함께 그 관을 푸티쿨리까지 운반해 오는 거다. 그 근처에 가마를 대기시켜 놓겠다. 가마꾼들에게 관을 넘겨주기만 하면 된다. 간수들에게는 외투로 싸가지고 갈 수 있을 만큼씩 황금을 주겠다고 전해라."

이 말을 하는 동안 죽은 사람처럼 창백해졌던 비니키우스의 얼굴에 생기가 돌고, 본래의 군인다운 씩씩한 기색이 되살아났다. 희망이 기운을 차리게 만든 것이다.

나자리우스는 기쁨으로 얼굴을 밝게 빛내며 두 손을 들어올리고 소리쳤다.

"그리스도께서 아가씨에게 건강을 주시기를! 이번에야말로 자유의 몸이 될 테니까요."

"간수들이 순순히 응할 것 같으냐?" 페트로니우스가 물었다.

"간수 말씀이세요, 나리? 물론 괜찮고말고요……. 그런 일을 해도 벌이나 고문을 받지는 않는다고 안심만 시키면 문제없습니다." 나자리우스가 대답했다.

"그렇습니다." 비니키우스도 거들었다. "간수들은 이미 리기아를 탈주시키는 데 동의했습니다. 더구나 시체로 가장하여 밖으로 운반하는 일이니 훨씬 간단할 것입니다."

"실은 딱 한 사람이 문제입니다." 나자리우스가 설명했다. "우리들이 실어내는 시체가 확실히 숨이 끊어졌는지 확인하기 위해 새빨갛게 달군 인두를 몸에 대보는 사람이 있습니다. 그러나 돈을 몇 푼만 쥐여주면 얼굴에는 인두를 대지 않습니다……. 만약 금화를 주면 인두를 관에만 대볼 뿐 몸뚱이는 건드리지도 않을 것입니다."

"그자에겐 모자에 금화를 하나 가득 채워주겠노라고 전해라.” 페트로니우스가 말했다. “그건 그렇고, 확실하게 믿을 만한 사람들을 구할 수 있겠느냐?”

“돈만 주면, 자기 아내나 자식까지도 팔아넘길 사내들은 얼마든지 있습니다.”

“그런 놈들을 어디서 찾을 생각이냐?”

“감옥이나 거리에서 찾아보겠습니다. 간수들은 돈으로 매수하면 누구든지 출입시키니까요.”

“그러면 나도 일꾼으로 변장할 테니까 함께 가도록 하자.” 비니키우스가 말했다.

그러나 페트로니우스는 비니키우스의 말을 가로막으며 절대 그런 일을 해서는 안 된다고 타일렀다. 비록 변장을 해도 근위대가 비니키우스의 얼굴을 알아볼지도 모르며, 그렇게 되면 모든 계획은 실패로 돌아갈 우려가 있었다.

“감옥에도 가지 말고 푸티쿨리에도 가서는 안 된다.” 페트로니우스가 당부했다. “잘 들어라. 모든 사람, 특히 황제나 티겔리누스에게 리기아가 죽은 것이 틀림없다는 믿음을 심어줄 필요가 있다. 그렇지 않으면 즉시 추격하라는 명령이 내려질 것이다. 의심받지 않으려면 이렇게 할 수밖에 없다. 그녀를 알바누스 산이나 시칠리아 정도 되는 먼 곳으로 데려가는 동안 우리는 로마에 남아 있어야 한다. 일주일이나 이주일쯤 지난 후에 너는 병에 걸렸다고 하며 네로의 주치의를 부르는 거다……. 그를 적당히 매수하여 산 좋고 물 좋은 곳으로 요양을 떠나라고 처방을 내리도록 만들자. 그렇게 되면 너는 자연스럽게 그녀와 만날 수 있을 것이다. 그리고…….”

여기서 페트로니우스는 잠시 뭔가를 생각하는 듯이 머뭇거리다가 한 손을 내저으면서 말했다.

"글쎄…… 그때에는 지금과는 다른 세상이 올지도 모르겠구나."

"주여, 리기아에게 자비를 베풀어주시옵소서!" 비니키우스가 소리쳤다. "삼촌께서는 리기아의 은신처로 시칠리아를 거론하셨지만, 그녀는 중환자입니다. 당장 죽을지도 모른다고요."

"그렇다면 우선 가까운 곳에 숨겨두자꾸나. 일단 감옥에서 무사히 탈옥시키고 신선한 공기를 마시게 하면 곧 회복될 것이다. 그런데 혹시 산속에 사는 사람 중에 네가 믿을 만한 사람이 있느냐?"

"예, 있습니다. 있고말고요." 비니키우스가 서둘러 대답했다. "코리올리[1]에서 별로 멀지 않은 곳에 제가 잘 아는 산지기가 있습니다. 제가 어렸을 때 안아서 키워주었고, 지금도 여전히 저를 좋아하는 충직한 사람입니다."

페트로니우스는 비니키우스에게 밀랍판을 건네주었다.

"그 사내에게 내일 이곳으로 오라고 편지를 써라. 곧 사람을 보내겠다."

이렇게 말하고 페트로니우스는 아트리움을 담당하는 선임 하인을 불러 그곳에 다녀오라고 지시했다. 몇 분 뒤 하인은 말을 타고 밤의 어둠을 가르며 코리올리를 향해 달리고 있었다.

"리기아와 함께 우르수스가 탈옥을 한다면 여러 가지로 마음이 놓일 텐데……."

비니키우스가 걱정스러운 듯이 말했다.

"나리, 그 장사의 초인적인 힘을 아시잖습니까? 그분 같으면 쇠창살을 부수고서라도 리기아 아가씨를 따라갈 것입니다.

---

1) 로마의 남동쪽에 있는 도시.

높은 벽에는 철창문이 하나뿐인데 그 밑에는 간수도 없습니다. 제가 우르수스에게 밧줄을 가져다주겠습니다. 그러면 그분은 반드시 혼자 도망칠 수 있을 것입니다." 나자리우스가 말했다.

"헤라클레스를 두고 맹세한다!" 페트로니우스가 말했다. "그 사내가 감옥을 부수고 탈출하겠다면 그건 자유지만, 다만 리기아와 함께 움직여서는 안 된다. 며칠 정도 지난 뒤에도 안 된다. 그랬다가는 놈들이 우르수스의 뒤를 밟아 쉽게 리기아의 거처를 찾아낼 것이기 때문이다. 헤라클레스에게 대고 맹세한다! 자칫하면 리기아와 함께 우리 모두가 파멸하고 말 것이다. 코리올리에 관해서는 절대로 우르수스에게 알려서는 안 된다. 네가 내 말을 듣지 않으면, 나는 이 일에서 손을 떼겠다."

두 사람은 페트로니우스의 말이 구구절절 옳다고 생각했으므로 말없이 고개를 끄덕였다. 나자리우스는 다음 날 새벽에 오겠다고 약속하고 작별 인사를 했다. 오늘 밤에라도 당장 간수들과 만나 돈을 주고 일을 추진할 수도 있었지만, 일단 어머니에게 먼저 들러야겠다고 생각했기 때문이다. 세상이 뒤숭숭하고 험악했으므로 어머니는 아들 걱정에 늘 마음을 졸이고 있었다. 나자리우스는 심사숙고한 끝에, 도움을 청할 사람을 거리에서 구하는 것을 단념하고, 그와 함께 시체를 운반하는 인부 가운데 한 사람을 골라 그 사람에게 돈을 주기로 결정했다.

밖으로 나가면서 나자리우스는 다시 한 번 비니키우스의 곁으로 다가가 속삭였다.

"나리, 저는 우리의 이 계획에 대해 아무에게도 말하지 않겠습니다. 제 어머니에게도 비밀로 하겠습니다. 다만 베드로 사도님께서 경기장에 갔다가 저희 집으로 오시겠다고 약속하셨으므로 그분께만은 모든 것을 고백할 작정입니다."

"이 집에선 큰 소리로 말해도 상관없다." 비니키우스가 말했다. "베드로 사도님은 경기장에서 페트로니우스 삼촌의 노예들과 함께 계셨다. 가만있자…… 나도 너와 함께 가겠다."

비니키우스는 이렇게 말하며 노예가 입는 외투를 가져오게 한 뒤 나자리우스와 함께 집을 나섰다.

페트로니우스는 깊은 한숨을 쉬었다.

'지금까지는 차라리 리기아가 병으로 죽기를 바랐다. 그렇게 되는 것이 비니키우스에게 그나마 가장 안전한 길이라고 생각했으니까. 그러나 지금은 리기아의 건강을 기원하기 위해 아스클레피오스에게 황금으로 된 세 발 의자[2]라도 바치고 싶구나. 붉은 수염이여, 너는 사랑하는 사람의 괴로움을 눈요깃감으로 삼으려 하고 있다. 황후여, 너는 처음에 그 처녀의 아름다움을 질투했으나 지금은 제 자식 루피우스가 살해되었으니, 리기아를 산 채로 씹어 먹어도 성에 차지 않겠지. 티겔리누스여, 너는 나에 대한 원한으로 리기아가 죽기를 바라고 있다. 두고 보아라. 분명히 말하지만, 너희들은 절대로 경기장에서 리기아의 모습을 보지 못할 것이다. 리기아는 저절로 죽든지, 아니면 개의 입에서 물건을 낚아채듯 내가 너희들의 손에서 그녀를 빼앗아올 것이다. 너희들은 내가 그녀를 되찾아오는 것을 눈치도 못 챌 것이다. 나중에 나는 너희들을 볼 때마다 이렇게 생각하리라. 이곳에 페트로니우스에게 보기 좋게

---

2) 여제사가 신탁을 받을 때 앉는 의자.

속아 넘어간 멍청이들이 있구나, 하고 말이다.'

자신의 생각에 흡족해진 페트로니우스는 식당에 가서 에우니케와 함께 저녁 식사를 했다. 그동안 낭송 시인이 테오크리투스[3]의 목가를 읊었다. 밖에서는 바람이 소락테 산 쪽에서 구름을 휘몰고 와서 갑자기 폭풍이 일기 시작했다. 평화로운 여름 밤의 정적은 순식간에 깨져 버렸다. 로마의 일곱 언덕 위로 천둥이 치기 시작했다. 그러나 연인들은 나란히 식탁 앞에 앉은 채 낭송 시인이 도리아 사투리로 구성지게 부르는 양치기의 목가에 귀를 기울이고 있었다. 두 사람은 막 감미로운 휴식에 빠져들려 하고 있었다.

그때 비니키우스가 돌아왔다. 페트로니우스는 비니키우스의 발소리를 알아차리고는 뛰어나가며 물었다.

"어떻게 되었느냐? 별일은 없었느냐? 나자리우스는 이미 감옥으로 갔겠지?"

"예." 청년은 비에 젖은 머리에 빗질을 하면서 대답했다. "나자리우스는 간수들에게 뇌물을 주러 갔습니다. 베드로 사도님을 만났는데, 그분께서는 기도하며 믿음을 굳게 가지라는 격려의 말씀을 해주셨습니다."

"그거 잘됐구나. 일이 계획대로만 잘 진행되면, 내일 밤에는 리기아를 데리고 나올 수 있다."

"제가 말씀드린 산지기도 일행과 함께 내일 새벽쯤이면 여기로 올 것입니다."

"그래. 별로 먼 길도 아니니까…… 자아, 그럼 가서 편히 쉬려무나."

---

3) BC 3세기, 시라쿠사의 전원시인.

비니키우스는 자기의 침실로 돌아가자마자 무릎을 꿇고 기도를 올렸다.

새벽녘에 산지기 니게르는 비니키우스의 분부에 따라 코리올리에서 몇 마리의 노새와 가마, 그리고 브리타니아 출신 가운데 고른 네 명의 노예를 데리고 로마에 도착했다. 그는 만일에 대비하여 나머지 일행들을 모두 수부라의 여인숙에 숨겨 두었다.

뜬눈으로 밤을 새우다시피 하며 기다리고 있던 비니키우스가 니게르를 반갑게 맞이했다. 니게르는 젊은 주인을 보고 몹시 감격하여 손과 눈에 입을 맞추며 말했다.

"나리, 어디 편찮으십니까? 아니면 무슨 걱정이 있으십니까? 얼핏 보면 알아뵙지 못할 정도로 혈색이 아주 나빠지셨습니다."

비니키우스는 산지기를 주랑으로 안내하고는 비밀을 털어놓았다. 니게르는 긴장해서 귀를 기울이고 있었는데, 햇볕에 그을려 건강하게 보이는 그의 얼굴에는 차츰 감동의 빛이 떠오르고 있었다.

"그러니까 그 아가씨가 그리스도교 신자란 말입니까?"

니게르가 소리쳤다. 그리고 무엇인가를 알아내려는 듯 비니키우스의 눈을 찬찬히 들여다보았다. 비니키우스도 이 시골 사내가 하고 싶은 말이 무엇인지 눈빛으로 알아채고는 이렇게 대답했다.

"나도 그리스도교 신자라네."

니게르는 눈물을 글썽이며 잠시 아무 말도 못하고 있다가, 두 팔을 위로 번쩍 들어올리며 말했다.

"오, 그리스도여, 감사드리나이다! 당신은 이 세상에서 제가 누구보다 아끼는 사람의 눈에서 비늘을 벗겨내 주셨습니다!"

니게르는 비니키우스의 머리를 끌어안고, 기쁨의 눈물을 흘리며 그의 이마에 입을 맞추었다.

그때 페트로니우스가 나자리우스를 데리고 들어왔다.

"좋은 소식이다!" 그는 기쁜 나머지 멀리서부터 소리치고 있었다.

그것은 정말 기분 좋은 소식이었다. 우선 의사인 글라우쿠스가 리기아를 진단했는데, 위험한 고비를 넘겼다고 말했다는 것이다. 툴리아눔을 비롯해 그 밖의 여러 감옥에서 매일 수백 명을 쓰러뜨리고 있는 그 무서운 열병에 걸렸음에도 리기아의 생명이 안전하다고 보증한 것이다. 뿐만 아니라 나자리우스는 감옥의 간수들이나 불에 달군 인두로 생사를 확인하는 사내도 힘들이지 않고 매수했다고 했다. 그 밖에 관을 운반하는 일을 도와달라고 부탁한 아티스란 사내도 흔쾌히 승낙했다는 것이다.

"아가씨가 숨을 쉬실 수 있도록 관에는 구멍을 뚫어놓았습니다." 나자리우스가 말했다. "다만 한 가지 걱정되는 것은 근위대 병사들 옆을 통과할 때, 혹시라도 아가씨가 관 속에서 신음을 하거나 헛소리를 하시지 않을까 하는 점입니다. 너무 쇠약해지셔서 요즘은 하루 종일 눈도 뜨지 못하고 누워만 계시는 형편이니까요. 그래서 제가 시내에서 사가지고 간 약으로 의사 글라우쿠스가 수면제를 만들기로 했습니다. 또한 관 뚜껑에는 못을 박지 않기로 했습니다. 그러면 관에서 아가씨를 꺼낼 때 훨씬 수월할 테니까요. 아가씨를 가마로 옮기고 나면, 길쭉한 모래 포대를 준비해 두었다가, 아가씨 대신에 그것을 관 속에 넣을 작정입니다."

비니키우스는 창백한 얼굴로 이 말을 듣고 있었다. 워낙 집중해서 듣고 있었기 때문에 나자리우스의 안색만 보고도 그가 하고자 하는 말을 짐작할 수 있었다.

"그 밖에 또 밖으로 실어내기로 된 시체는 없느냐?" 페트로니우스가 물었다.

"어젯밤에만도 스무 명이나 죽었습니다. 오늘 밤까지는 열 명쯤은 더 죽을 것입니다." 소년이 대답했다. "아가씨가 들어 있는 관도 다른 관들과 함께 나가게 될 텐데, 저희들은 일부러 늑장을 부려 제일 나중에 나갈 생각입니다. 첫 번째 모퉁이에서 저를 도와줄 일꾼이 일부러 쓰러져서 다리를 저는 척하기로 했습니다. 그러면 저희들은 자연스럽게 뒤로 쳐질 수 있습니다. 여러분은 리비티나[4]의 사당 근처에서 기다리고 계십시오. 하느님께서 될 수 있는 한 오늘 밤을 어둡게 해주시기만을 빌겠습니다." 소년이 말했다.

"반드시 해주시고말고. 어제도 저녁때까지는 날씨가 좋다가 밤이 되면서 별안간 폭풍우가 일었으니까. 오늘도 날은 화창하지만 찌는 듯이 덥지 않니? 요즘은 매일 밤 비가 오고 벼락이 치곤 하거든."

산지기 니게르가 말했다.

"횃불이 없어도 되겠나?" 비니키우스가 물었다.

"앞장선 사람만 횃불을 들기로 했습니다. 어쨌든 날이 저물면 곧 리비티나 사당 근처에 가서 기다려주십시오. 우리가 시체를 나르는 시간은 대개 자정 무렵이지만 말입니다."

아무도 입을 열지 않았다. 단지 비니키우스의 가쁜 숨소리만 들렸다.

---

4) 장례의 여신.

페트로니우스가 비니키우스에게 말했다.

"어제 나는 우리 두 사람이 집에 남아 있는 편이 나을 것이라고 했다. 그러나 곰곰이 생각해 보니 나 역시 집에서 기다리고만 있을 순 없을 것 같구나. 하긴 탈주시키는 것이 아니고 시체로 가장하여 실어내는 일이니까 아무에게도 의심받을 염려는 없겠지……."

"예, 맞습니다!" 비니키우스가 말했다. "저는 무슨 일이 있어도 그곳에 가겠습니다. 리기아를 관에서 꺼내는 일만은 제 손으로 하고 싶습니다."

"코리올리에 있는 제 집에 도착하기만 하면, 제가 아가씨를 성심껏 돌보아 드리겠습니다."

니게르가 말했다.

이것으로 모든 의논은 끝났다. 니게르는 일행이 묵고 있는 여인숙으로 갔다. 나자리우스는 튜닉 안에 금화가 든 자루를 감추고 감옥으로 갔다. 비니키우스에게 있어 불안과 흥분, 긴장과 기대로 가득 찬 하루가 마침내 시작된 것이다.

"이 계획은 반드시 성공할 것이다. 충분히 심사숙고해서 준비했으니 말이다." 페트로니우스가 말했다. "사실 이보다 더 완벽한 방법은 없을 것이다. 앞으로는 슬픈 표정을 짓고 평소에도 검은 토가를 입고 다녀라. 경기장에도 빠짐없이 나가서 모든 사람들에게 우울한 얼굴을 보여주란 말이다. 아무튼 이렇게 치밀하게 만반의 준비를 했으니 결코 실패하지 않을 것이다. 그건 그렇고 네 산지기는 믿을 만한 사람인가?"

"그 사람도 그리스도교 신자입니다."

페트로니우스는 깜짝 놀라 조카의 얼굴을 쳐다보고는 어깨를 으쓱하며 혼잣말을 했다.

"폴룩스에게 맹세한다! 그리스도교가 이렇게 무섭게 전파되고 있다니! 도대체 그 종교에는 무슨 힘이 있기에 그토록 강하게 민심을 사로잡는단 말이냐? 이제 모든 사람들이 로마나 그리스, 이집트의 신들은 다 외면하겠구나. 정말 놀라운 일이다……. 플룩스에게 맹세한다! 아직도 이 세상에 우리의 신들이 뜻하는 대로 되는 일이 있다면, 나는 로마의 모든 신들에게 각각 여섯 마리의 흰 수소를 제물로 바치고, 카피톨리움의 주피터에게는 열두 마리를 바치겠다. 너도 그리스도에게 바칠 제물을 아끼지 마라."

"저는 그리스도께 제 영혼을 바쳤습니다." 비니키우스가 대답했다.

두 사람은 헤어졌다. 페트로니우스는 침실로 들어가고, 비니키우스는 멀리서나마 리기아가 있는 감옥을 바라보기 위해 밖으로 나갔다. 그는 바티카누스 언덕 위로 올라가서 자기가 전에 사도로부터 세례를 받았던 석공의 오두막으로 갔다. 그 오두막에서 기도를 하면, 다른 어떤 곳에서 하는 것보다 그리스도께서 더 잘 들어주실 것만 같았기 때문이다. 오두막에 들어서자, 비니키우스는 땅바닥에 엎드려 자비를 청하며 온 마음을 기울여 기도하기 시작했다. 그는 자기가 어디에 있는지, 무엇을 하고 있는지조차 잊어버린 채 한동안 몰아지경에 빠져 주님의 이름만 부르고 있었다.

네로의 원형경기장에서 들려오는 나팔 소리에 문득 정신을 차렸을 때는 어느새 정오가 지나 있었다. 비니키우스는 오두막에서 나와 꿈에서 깨어난 사람처럼 주위를 둘러보았다. 바깥은 무더웠고, 고요했다. 정적을 깨뜨리는 것은 이따금 울려 퍼지는 나팔 소리와 그칠 줄 모르고 울어대는 매미 소리뿐이었다. 습기 차고 후텁지근한 날씨였으나, 로마의 하늘은 청명했다. 그러나 사비누스 언덕 근처에는 지평선 가까이 먹구름이 끼어 있었다.

비니키우스는 집으로 돌아왔다. 아트리움에서 페트로니우스가 그를 기다리고 있었다.

"팔라티움 궁전에 갔다 왔다." 페트로니우스가 말했다. "일부러 얼굴을 내밀어 주사위 놀이까지 하고 왔단다. 아니키우스가 오늘 밤 연회를 벌인다고 해서 거기에도 가겠다고 약속했다. 자정이 지난 후에야 참석하게 될 것이라고 말해 놓았다. 그전에 잠깐이라도 눈을 붙여야 될 것 같아서 말이다. 내 생각에는 너도 같이 가는 게 좋을 듯하구나."

"니게르나 나자리우스한테서 무슨 소식이라도 있었습니까?"

비니키우스가 물었다.

"아니, 한밤중이 되어서야 만나게 되겠지. 그런데 비바람이 몰려올 것 같구나."

"그렇군요."

"내일은 그리스도교 신자들을 십자가에 못 박아 죽인다고 하던데, 비가 오면 중지하게 될 것이다."

이렇게 말하면서 페트로니우스는 비니키우스 곁으로 다가서서, 한 손을 그의 어깨에 올려놓으며 말했다.

"아무려면 어떠냐. 네가 리기아를 만나게 될 곳은 십자가 곁이 아니라 코리올리이다. 카스토르를 두고 맹세한다! 이번에 리기아를 구해 내기만 하면, 로마의 모든 무라 잔을 다 준다 해도 다시는 그녀를 빼앗기지 않을 것이다. 이제 곧 날이 저물겠구나……."

석양이 기울고 있었다. 지평선이 완전히 검은 구름에 덮여 있었으므로, 평소보다 일찍 어두워졌다. 밤이 되자 폭우가 쏟아지기 시작했다. 한낮에 뜨겁게 달구어진 돌 바닥 위로 비가 쏟아져 무럭무럭 김이 일어나는 바람에 온 거리가 안개로 뒤덮였다. 폭우는 그쳤다가 다시 쏟아지기를 반복하고 있었다.

"삼촌, 서둘러 가야겠습니다. 날씨가 이 모양이니 여느 때보다 일찍 시체를 내올지도 모릅니다."

"좋다, 가보자." 페트로니우스가 말했다.

두 사람은 모자가 달린 갈리아풍 외투를 입고, 정원의 쪽문을 통과하여 거리로 나갔다. 페트로니우스는 밤에 외출할 때면 늘 지니고 다니는 로마식 단검을 허리춤에 찼다.

폭우로 인해 거리에는 사람의 왕래가 없었다. 이따금 번갯불이 번쩍이면 그 섬광에 신축 가옥과 현재 짓고 있는 건물의 외벽, 돌계단 따위가 선명하게 드러나 보였다. 길을 밝혀주는 섬광 속에서 꽤 오랫동안 걸은 뒤 두 사람은 마침내 작고 초라한 리비티나 사당 앞에 도착했다. 니게르는 근처에 구덩이를 파놓고 그 속에 한 떼의 말과 노새와 함께 몸을 숨기고 있었다.

"니게르!" 비니키우스가 나지막한 목소리로 불렀다.

"여기 있습니다, 나리!" 쏟아지는 빗소리에 섞여 대답이 들려왔다.

"준비는 잘 되었는가?"

"예, 주인님. 우리는 해가 저물자마자 곧바로 이곳으로 왔습니다. 그런데 나리, 이쪽으로 오십시오. 거기 계시면 뼛속까지 빗물에 젖으실 것입니다. 굉장한 폭우입니다. 이러다가는 머지않아 우박이 쏟아질 것 같습니다."

니게르의 우려대로 곧 우박이 쏟아졌다. 처음엔 대단치 않던 우박이 점차 굵어져 지축을 뒤흔들 듯 사나운 기세로 퍼부어댔다. 순식간에 기온이 내려가 냉기가 감돌기 시작했다.

그들은 두렁 밑에서 비와 우박을 피하면서 목소리를 낮춰 가만가만 속삭였다.

"여기 이러고 있으면 아무에게도 의심받지 않을 것입니다. 폭우가 그치기를 기다리는 것처럼 보일 테니까요. 다만 시체의 운반을 내일로 미루지나 않을지 그것이 걱정입니다."

"이 우박은 그리 오래가지는 않을 것이다. 만일의 경우에는 여기서 새벽까지 기다려도 되고." 페트로니우스가 말했다.

그들은 당장에라도 시체를 운반하는 일꾼들이 나타나지나 않을까 노심초사하며 발소리를 들으려고 쫑긋 세우고 있었다. 우박은 그쳤으나 폭우는 계속되었다. 가끔 푸티쿨리 쪽으로부터 깊게 묻지 않은 시체에서 썩는 냄새가 바람에 실려왔다.

별안간 니게르가 소리쳤다.

"안개 저편으로 불빛이 보입니다. 하나, 둘, 셋…… 횃불입니다!"

비니키우스는 데리고 온 노예들을 돌아보며 주의를 주었다.

"노새가 소리를 내지 않도록 조심해라!"

"드디어 오는구나!" 페트로니우스가 중얼거렸다.

번갯불이 계속해서 번쩍이고, 그럴 때마다 주위가 환해졌다. 이제는 바람에 흔들리는 횃불이 분명하게 보였다.

니게르는 성호를 그으며 기도하기 시작했다. 어느덧 그 음침한 행렬이 점차 가까이 다가오더니 리비티나의 사당 근처에서 멈춰 섰다. 페트로니우스와 비니키우스, 니게르는 영문을 몰라 숨을 죽인 채 흙더미에 몸을 바짝 붙였다. 알고 보니 행렬을 멈춘 것은 푸티쿨리에서 풍기는 시체의 썩은 냄새를 막으려고 얼굴과 입을 헝겊 조각으로 가리기 위해서였다. 잠시 후 일행은 관을 얹은 들것을 어깨에 둘러메고 다시 움직이기 시작했다.

그중에 관 하나가 사당 앞에 멈춰 섰다. 비니키우스가 황급히 그쪽으로 뛰어갔다. 그 뒤를 페트로니우스와 니게르, 가마를 멘 브리타니아 인 노예들이 따랐다. 그러나 이들이 관이 있는 곳에 미처 다다르기도 전에 어둠 속에서 나자리우스의 비통한 목소리가 들려왔다.

“나리, 놈들이 아가씨와 우르수스를 에스퀼리누스 감옥으로 옮겼습니다……. 우리가 지금 운반하고 있는 것은 다른 시체입니다……. 그분들은 초저녁에 끌려갔답니다.”

그날 밤 집에 돌아온 페트로니우스는 크게 상심해서 비니키우스를 위로할 생각은 하지도 못했다. 에스퀼리누스 지하 감옥에서 리기아를 구출해 내는 것은 꿈도 꾸지 못할 일이었다. 리기아가 열병으로 죽으면 그들이 예정한 대로 경기장에 내보낼 수 없으니까, 대책을 강구하기 위해 그녀를 툴리아눔에서 에스퀼리누스 감옥으로 옮긴 것이 틀림없었다. 리기아는 지금 다른 사람들보다 엄중하게 감시와 경계를 받고 있는 것이 분명했다. 페트로니우스는 비니키우스와 리기아에 대해 끓어오르는 연민의 감정을 억누를 수가 없었다. 또한 자기가 난생 처음 실패했고, 또한 난생 처음 싸움에서 졌다는 사실에 자존심이 몹시 상했다.

‘드디어 행운의 여신도 나를 저버리는구나. 그렇다고 가만히 앉아서 당하고 있지만은 않을 것이다! 신들이여, 만일 내가 네로, 그놈이 강요하는 삶의 방식을 계속 감내하리라고 생

각하면, 그것은 오산이다!'

페트로니우스는 마음을 다잡고 비니키우스 쪽을 바라보았다. 비니키우스는 퀭한 눈으로 삼촌을 바라보고 있었다.

"왜 그러지? 열이 나느냐?" 페트로니우스가 물었다.

비니키우스는 마치 병든 아이처럼 꺼져가는 목소리로 이 말만 했다.

"저는 믿습니다……. 그리스도께서는 반드시 리기아를 제게 돌려보내 주실 것입니다."

로마의 하늘에는 폭풍우가 몰고 온 마지막 천둥소리가 울려 퍼지고 있었다.

제58장

비는 사흘 동안이나 계속되었다. 로마의 여름 날씨로는 드문 일이었다. 게다가 계절에 어울리지 않게 밤낮으로 우박까지 퍼붓고 있었으므로 모든 경기가 중단되었다. 사람들의 마음에 두려움이 싹트기 시작했다. 다들 포도의 흉작을 예측하며 걱정에 잠겼다. 어느 날 오후 카피톨리움 언덕 위에 있는 케레스의 청동상이 벼락을 맞아 쓰러지자 '구원의 신'인 주피터의 신전에 제물을 바치라는 명령이 내려졌다. 케레스의 제사들은 그리스도교 신자들에 대한 처벌이 자꾸만 늦어진 데 대해 신들이 노해서 로마에 벼락을 내린 것이라는 소문을 퍼뜨렸다. 그래서 시민들은 비가 오건 말건 경기를 재개할 것을 요구하기 시작했다. 마침내 사흘 후에 경기를 계속한다는 포고령이 내리자, 온 도시가 다시 술렁거리기 시작했다.

그 사이 날씨도 좋아졌다. 원형경기장은 새벽부터 수천 명의 관중으로 가득 찼다. 황제도 베스타의 처녀 제사들과 조신들을 거느리고 일찌감치 모습을 나타냈다. 첫 번째 경기는 그리스도교 신자들끼리 서로 격투를 벌이도록 되어 있었다. 신자들에게 검투사의 복장과 함께 공격이나 방어에 사용하는 온갖 무기가 주어졌다. 그러나 그런 발상은 실망만을 안겨주었을 뿐이었다. 그리스도교도들은 그물과 삼지창, 단창, 칼 등을 땅바닥에 내던지고, 싸우기는커녕 서로 끌어안고 어떤 핍박이나 고통에도 좌절하지 말자고 격려하는 것이었다. 관중은 그 광경을 보고 분통을 터뜨렸다. 어떤 자는 그리스도교 신자들이 무기력하고 비겁하다며 욕설을 퍼부었다. 또 어떤 자는 그들이 로마 시민들을 미워하기 때문에 관중에게 피비린내 나는 칼부림을 구경하는 즐거움을 주고 싶지 않아서 그러는 것이라고 비난하기도 했다. 결국 황제의 명령으로 검투사들이 나와 무기를 버리고 무릎을 꿇은 채 아무런 저항도 하지 않는 그리스도교 신자들을 순식간에 무참히 살해했다.

시신을 모두 실어낸 다음, 이번에는 투기가 아니라 신화(神話)의 내용 중 잔인한 몇몇 장면들을 실연(實演)하는 구경거리가 펼쳐졌는데, 그것은 황제가 고안한 것이었다. 관중은 헤라클레스가 오에타 산 위에서 산 채로 불태워지는 것을 보았다.[1] 비니키우스는 혹시 우르수스에게 헤라클레스 역을 맡기지 않았을까 하고 걱정하면서 마음을 졸였다. 그러나 리기아의 충실한 하인에게는 아직 차례가 오지 않았는지, 장작더미 위에서 불타 죽은 사람은 비니키우스가 전혀 모르는 다른 그리스도교도였다. 그런데 다음 장면에서 황제의 뜻에 따라 억지로

1) 그리스 신화에 따르면 헤라클레스는 남(南)테살리아의 오에타 산에서 불에 타 죽었다고 함.

경기장에 구경 나온 킬로는 자기가 너무나 잘 아는 사람들의 최후를 목격하게 되었다. 다이달로스[2)]와 이카루스[3)]의 죽음을 재현할 차례였다. 다이달로스 역은 전에 킬로에게 물고기의 의미를 가르쳐 준 에우리키우스 노인에게, 이카루스 역은 그 아들인 콰르투스에게 맡겨졌다. 두 사람은 특별히 제작한 기계 장치에 의해 아주 높은 곳으로 들어 올려졌다가 갑자기 경기장의 모래밭으로 곤두박질치는 형벌을 받았다. 젊은 콰르투스는 황제의 귀빈석 근처에 떨어졌는데 그 피가 연단 바깥쪽의 장식물로부터 자줏빛 융단을 깐 받침대에까지 튀었다. 킬로는 눈을 감고 있었으므로 추락하는 장면은 보지 못하고, 다만 사람의 몸뚱이가 바닥에 떨어지는 둔탁한 소리만을 들었을 뿐이었다. 눈을 뜨자 바로 옆자리까지 피가 튄 것을 보고 그는 또다시 기절할 뻔했다.

잠시 후 경기장의 모래밭은 수많은 처녀들로 채워졌다. 그리스도교 여신자들이 키벨레와 케레스의 여제사, 다나오스의 딸들[4)], 디르케[5)]와 파시파에[6)] 등으로 꾸미고 등장했다. 야수로 분한 검투사가 처녀들을 무자비하게 능욕한 다음 목숨을 빼앗

---

2) 아테네의 유명한 장인(匠人). 날개를 만들어 밀랍으로 붙이고 자식인 이카로스와 함께 하늘을 날았다가 떨어져 죽음—원주.

3) 다이달로스와 함께 크레타 섬에서 탈출하다가 아버지의 주의를 무시하고 너무 높이 날아 태양열에 밀랍이 녹아 바다에 추락함.

4) 다나오스에게는 쉰 명의 딸들이 있었는데, 그중 마흔아홉 명은 남편을 죽인 죄로 지옥에 떨어져 밑 빠진 독에 물을 채우는 고역을 영겁의 벌로 받았음.

5) 그리스 신화에서 황소 뿔에 묶여 죽은 여자.

6) 크레타 섬의 왕비로 미노스와 결혼함. 황소를 사랑하여 반은 인간이고 반은 소인 괴물을 낳았음.

는 광경에 관중은 열광했다. 그들은 그 가련한 처녀들이 야생마들에게 짓밟히는 것을 보면서 박수를 쳤다. 관중은 황제의 기발한 착상에 정신없이 갈채를 보냈다. 그러자 자부심을 느낀 황제는 우쭐해져서, 한시도 에메랄드 구슬을 눈에서 떼지 않았다. 그는 처녀들의 흰 몸뚱이가 갈기갈기 찢기고, 치욕을 못 이겨 괴로워하며 버둥거리는 광경을 지켜보며 즐거워하고 있었다.

로마의 역사와 관련된 장면도 연출되었다. 불이 이글이글 타고 있는 세 발 화로에 오른손을 붙들어 매인 무키우스 스캐볼라[7]의 역사적인 실화를 재현한 것이었다. 인육이 타는 냄새가 경기장 안을 가득 메웠다. 스캐볼라 역을 맡은 그리스도교 신자는 진짜 스캐볼라와 마찬가지로 신음 소리조차 내지 않고 하늘을 우러러보며, 검게 탄 입술로 기도를 올리고 있었다. 마침내 사내가 숨을 거두자 시신은 서둘러 시체 안치실로 운반됐고, 바로 정오 휴식 시간이 선포되었다.

네로는 베스타의 여제사들과 조신들을 거느리고 귀빈석에서 내려와 특별히 호화로운 오찬이 마련된 주홍빛 천막으로 갔다. 많은 시민들이 삼삼오오 무리 지어 황제의 천막 주위를 어슬렁거리다가, 황제의 호의로 노예들이 푸짐하게 나누어주는 음식을 게걸스럽게 먹어댔다. 호기심이 강한 사람들은 자리에서 일어나 모래밭까지 내려가서, 피로 물든 모래를 손으로 만져보면서, 검투 경기의 애호가를 자처하며 지금까지의

---

7) BC 6세기 로마가 에트루리아와 벌인 전쟁에서 적군의 왕인 포르센나를 암살하려다가 실패한 무키우스는 적국의 왕 앞에서 횃불로 오른손을 태워 풀려났음.

구경거리와 앞으로 펼쳐질 볼거리에 대해 잘 아는 듯이 지껄여댔다. 그러나 그들도 식사 시간에 늦지 않으려고 서둘러 그 자리를 떠났다. 그래도 몇몇 사람들은 자리를 지키고 있었는데, 그들은 호기심 때문이 아니라, 남아 있는 희생자들에 대한 동정심에 이끌려서였다. 그러나 그들도 금방 통로나 아래쪽 좌석을 향해 사라졌다.

그동안 경기장의 모래밭은 깨끗이 정리되었고, 구덩이를 파는 작업이 진행되었다. 모래밭 전체에 줄지어 수많은 구덩이가 만들어졌는데, 맨 앞줄은 황제의 관람석에서 불과 몇 발자국도 떨어지지 않은 곳에 있었다. 모래밭 밖에서는 사람들의 웅성거림과 아우성, 박수갈채로 시끄러웠으나, 안에서는 새로운 고문과 박해를 준비하는 데 여념이 없었다. 잠시 후 모래밭으로 통하는 모든 지하실의 문이 열리면서 각 출구마다 벌거벗은 채 어깨에 십자가를 짊어진 그리스도교도들이 무리 지어 몰려나왔다. 그 넓은 원형경기장의 모래밭이 십자가를 진 그리스도교 신자들로 순식간에 가득 찼다. 나무 십자가가 힘에 겨웠던지 노인들은 앞으로 고꾸라질 듯이 허리를 구부린 채 걸어가고 있었다. 한창 나이의 젊은 청년들, 벌거벗은 몸을 가리기 위해 머리를 풀어헤친 여자들, 어린 소년들, 그리고 조그만 유아들이 그 뒤를 따랐다. 희생자들과 십자가들은 대부분 꽃으로 장식되어 있었다. 경기장에서 일하는 노예들은 그 힘없는 사람들에게 채찍을 휘두르면서 모래밭에 미리 파놓은 구덩이 옆으로 몰고 가서 그 앞에 줄지어 서게 했다. 경기 첫날 들개와 맹수의 밥이 되지 않은 신자들은 십자가 처형으로 목숨을 빼앗기게 된 것이다. 흑인 노예들이 그들을 붙잡아 십자가 위에 눕혀놓고 재빨리 손과 발에 못을 박기 시작했다.

휴식 시간 후에 관객이 자리에 돌아올 때까지 신자들을 십자가에 전부 매달아 놓게 되어 있었다. 시끄러운 망치 소리가 관람석 꼭대기까지 울려 퍼졌으며, 경기장을 지나 황제가 베스타의 여제사와 조신들과 함께 점심 식사를 하고 있는 천막에까지 들렸다. 그곳에서는 저마다 포도주를 연거푸 들이켜며 킬로를 희롱하기도 하고, 베스타의 여제사들의 귀에 대고 상스러운 말들을 속삭이기도 했다. 경기장에서는 쉬지 않고 일사불란하게 작업이 진행되고 있었다. 그리스도교도들의 손과 발에 못을 박고, 십자가를 세운 구덩이에 흙을 메우기 위해 삽질하는 소리가 경기장을 메웠다.

자기 차례를 기다리는 희생자들 중에는 크리스푸스도 있었다. 사자에게 먹히지 않았기 때문에 결국 십자가에 못 박히게 된 것이었다. 그는 항상 죽을 각오가 되어 있었기 때문에 드디어 주님과 같은 십자가형을 당하게 되었다고 기뻐하고 있었다. 그의 뼈만 남은 몸뚱이는 발가벗겨진 채 담쟁이덩굴로 겨우 허리 부분만 가려져 있었고, 머리에는 장미 화관이 씌워져 있었다. 그러나 두 눈은 굳건한 의지로 빛나고 있었고, 화관 아래로 보이는 얼굴은 여전히 엄숙하고 열정적이었다. 그는 조금도 동요하는 기색이 없었다. 얼마 전에 지하실에서 하느님의 심판을 강조하여 짐승의 가죽을 쓰고 있던 형제들을 두려움에 떨게 했던 것처럼, 지금도 그는 신자들을 무섭게 질책하고 있었다.

"당신들은 구세주와 같은 방법으로 죽게 된 것에 대해 감사하시오!" 크리스푸스는 신자들을 향해 소리를 질렀다. "덕분에 당신들의 죄도 어느 정도 용서받게 될 것이오. 그러나 마음을 놓아서는 안 되오! 정의는 반드시 이루어질 터이니, 악인과 선인이 똑같은 보상을 받을 수는 없는 법이오."

크리스푸스의 말에 장단이라도 맞추듯 희생자들의 손발에 못질을 하는 망치 소리가 일사불란하게 울려 퍼졌다. 모래밭에 세워지는 십자가의 수가 점점 늘어나고 있었다. 크리스푸스는 십자가 곁에 서 있는 사람들을 향해 계속해서 말했다.

"내게는 천국이 열려 있는 것도 보이지만, 지옥의 심연이 입을 벌리고 있는 것도 보입니다. 나는 주님을 믿고 죄악을 미워했지만, 과연 이대로 주님 앞에 떳떳이 나아갈 수 있을지 모르겠습니다. 내가 두려운 것은 죽음이 아니라 부활의 영광을 얻을 수 있을까 하는 것입니다. 내가 두려운 것은 고통이 아니라 심판입니다. 하느님의 분노의 날이 우리 앞에 다가왔습니다."

그때 가까운 관람석에서 누군가 나직하고 위엄 있는 목소리로 말했다.

"분노의 날이 아니라 은총의 날입니다. 구원과 기쁨의 날입니다. 나는 감히 여러분에게 말합니다. 그리스도는 그대들을 품어주시고, 위로해 주시며, 그분의 오른편에 앉혀주실 것입니다. 믿음을 가지십시오, 여러분 앞에 천국의 문이 열릴 것입니다."

그 말에 모든 신자들의 시선이 일제히 관람석의 한 귀퉁이로 쏠렸다. 이미 십자가에 매달려 있는 사람들조차도 창백하고 초췌한 얼굴을 들고 그쪽을 바라보았다. 그 사람은 모래밭을 둘러싸고 있는 칸막이까지 내려와 성호를 그으며 축복하기 시작했다.

크리스푸스는 그 사람에게 고함을 칠 듯이 팔을 뻗었으나 얼굴을 보더니 손을 떨어뜨리고 무릎을 꿇으며 나직이 부르짖었다.

"아아, 바오로 사도님!"

아직 십자가에 달리지 않은 신자들은 한 사람도 빠짐없이 일제히 무릎을 꿇었다. 그 광경을 보며 경기장에서 일하는 노예들은 놀라움을 금치 못했다. 바오로는 크리스푸스를 향해 말했다.

"크리스푸스여! 형제들을 위협하지 마십시오! 오늘 이 사람들은 당신과 함께 천국으로 갈 것입니다. 당신은 이 사람들이 벌을 받을 것이라고 말하지만, 도대체 누가 이들을 벌한단 말입니까? 인류를 구하기 위해 외아들을 보내주신 하느님께서 벌을 주신단 말입니까? 아니면 인류를 위해 생명을 바치신 그리스도께서, 자신의 이름으로 죽음의 길을 택한 이들을 징벌하신다는 말입니까? 인류를 사랑하시는 하느님께서 어찌 이들에게 벌을 내리시겠습니까? 하느님으로부터 선택받은 자를 누가 감히 비난할 수 있겠습니까? 지금 눈앞에 흐르는 피를 보고, 누가 감히 '저주받은 피'라고 말할 수 있겠습니까?"

"스승이시여, 저는 다만 죄악을 미워할 뿐입니다." 늙은 사제가 말했다.

"그리스도께서는 악을 미워하는 것보다 인간을 사랑하는 것이 우선이라고 하셨습니다. 그리스도의 가르침은 미움이 아니라 사랑입니다."

"아아, 저는 죽는 순간까지 죄를 저지르고 말았습니다."

크리스푸스가 가슴을 치며 통탄했다.

이때 관람석을 담당하는 관리인이 바오로 사도에게 다가와 물었다.

"사형수와 얘기하는 너는 누구냐?"

"로마의 시민이오." 바오로가 조용히 대답했다. 그러고는 다시 크리스푸스 쪽을 보며 말했다.

"확신을 가지십시오. 오늘은 은총의 날입니다. 평화로운 죽음을 맞이하길 바라오, 하느님의 충실한 종이여."

그때 두 명의 흑인 노예가 크리스푸스를 십자가에 눕히기 위해 달려들었다. 크리스푸스는 주위를 둘러보며 소리쳤다.

"형제들이여, 나를 위해 기도해 주시오!"

크리스푸스의 얼굴에서 갑자기 평소의 엄격함이 사라졌다. 딱딱하게 굳어 있던 그의 얼굴에 온화하고 평화로운 기운이 감돌았다. 그는 자진해서 십자가 위에 누워 못을 박기 쉽도록 손바닥을 활짝 펼치고는 하늘을 쳐다보며 기도했다. 손에 못이 박힐 때도 전혀 감각이 없는 사람처럼 꿈쩍도 하지 않았고, 얼굴에는 조금도 고통의 빛이 나타나지 않았다. 발에 못이 박힐 때도 기도하고 있었고, 노예들이 십자가를 세우고 구멍을 메우는 동안에도 줄곧 기도에 전념하고 있었다. 다만 관중이 소리 높여 웃고 떠들며 경기장으로 돌아올 때 잠시 미간을 찌푸렸는데, 그것은 마치 행복하고 평화스러운 죽음을 이 교도들이 방해하는 것이 성가시다는 듯한 표정이었다.

십자가를 다 세워놓은 모래밭은 마치 나무마다 인간을 매달아 놓은 울창한 숲처럼 보였다. 십자가에도 순교자의 머리에도 햇빛이 비치고 있었다. 모래밭에는 십자가의 검은 그림자가 창살처럼 얽혀 있었고, 사이사이로 황금빛 모래가 반짝이고 있었다. 관중이 십자가 처형을 선호하는 것은 서서히 고통스럽게 죽어가는 희생자를 바라보며 쾌감을 느끼기 때문이다. 로마 시민들은 일찍이 이처럼 많은 십자가를 한군데 모아놓은 것을 보지 못했다. 모래밭에는 십자가가 하도 촘촘히 들어차서 인부들이 그 사이를 지나다니기가 어려울 정도였다. 관람석 가까이의 가장자리에는 주로 여자들이 못 박힌 십자가가 늘어서 있었는데, 크리스푸스는 지도자이기 때문에 담쟁이덩굴로 밑동을 감은 특별히 큰 십자가에 매달려 황제가 앉아 있는 귀빈석 바로 앞에 세워졌다. 아직 완전히 숨이 끊어진 희생자는 없었지만, 맨 처음 십자가에 매달린 사람들 중에서는 혼절하는 사람이 점점 늘어갔다. 그렇지만 아무도 신음 소리를 내거나 동정을 구하지 않았다. 깊은 명상에 잠겨 있는 것처럼 보이는 사람이 있는가 하면, 어떤 사람은 졸린 듯 머리를 아래로 힘없이 떨어뜨리고, 하늘을 우러러보며 보일 듯 말 듯 입술을 움직이는 이도 있었다. 무성한 숲처럼 서 있는 십자가에도, 십자가에 못 박힌 희생자의 몸에도, 그리고 그들의 침묵 가운데에도 범접하지 못할 섬뜩한 기운이 맴돌고 있었다. 황제의 점심 대접에 배를 잔뜩 불리고 기분 좋게 떠들며 장내로 돌아온 관중도 그 광경을 보면서, 수많은 희생자들 가운데 누구를 쳐다보아야 할지, 그리고 도대체 이 구경거리를 어떻게 즐겨야 할지 황당한 나머지 입을 다물고 말았다. 십자가에 매달린 여자들의 나체도 관중의 흥미를 끌지는 못했다. 보통 몇 사람 안 되는 죄수를 십자가에 매달아 처형하는 경우에 누가 제일 먼저 죽느냐 하는 내기를 하는 것이 관례였으나, 이번에는 아무도 돈을 걸려고 하지 않았다. 황제도 그 광경에 질렸는지 졸린 듯한 표정을 지으며, 고개를 비틀어 목에 걸린 목걸이의 위치를 바로잡곤 했다.

그때였다. 황제의 바로 앞에서 거의 실신한 듯 눈을 감고 있던 크리스푸스가 갑자기 두 눈을 부릅뜨더니 황제를 노려보기 시작했다.

얼굴에는 예의 그 준엄한 표정이 다시 떠올랐고, 두 눈은 분노로 이글이글 타오르고 있었다. 그 모습을 본 조신들이 손가락으로 크리스푸스를 가리키며 수군거리기 시작했다. 결국 황제도 이상한 낌새를 알아채고 에메랄드 구슬을 눈에 갖다 댔다.

경기장 안은 물을 끼얹은 듯 조용해졌다. 관중의 시선이 일제히 크리스푸스에게 쏠렸다. 크리스푸스는 십자가에서 벗어나려는 듯 계속 오른손을 움직이며 몸부림을 치고 있었다. 잠시 후 그의 가슴이 부풀어 오르더니 갈비뼈가 불거져 나왔다. 그는 고함을 질렀다.

"제 어미를 죽인 놈! 네게 재앙이 내리리라!"

조신들은 수천 명의 군중 앞에서 세계의 지배자에게 던져진 이 치명적인 모욕의 말을 듣고 감히 숨도 쉬지 못했다. 킬로는 거의 죽은 사람처럼 몸이 굳어버렸다. 황제는 몸을 떨며 에메랄드 구슬을 손에서 떨어뜨렸다.

사방이 완전히 조용해졌다. 크리스푸스의 격앙된 목소리는 점점 더 엄숙하고 우렁차게 온 경기장에 울려 퍼져 모든 사람의 간담을 서늘하게 했다.

"아내를 죽이고 형제를 죽인 놈아, 화가 있으라! 그리스도의 원수여, 재앙이 있으라! 네 발밑에 지옥의 문이 열렸으며, 죽음은 너를 데려가기 위해 손을 내밀고, 무덤은 너를 향해 입을 벌리고 있다! 산송장이여, 네게 화가 있으라! 너는 무서움에 벌벌 떨면서 처참하게 죽음을 당할 것이며 두고두고 죄값을 치르리라!"

크리스푸스는 십자가에서 손을 빼낼 수 없었으므로 결사적으로 몸부림치고 있었다. 그 모습은 마치 해골이 움직이는 것처럼 소름 끼쳤다. 그가 네로의 자리를 내려다보며 백발을 흔들자 머리에 쓴 화관에서 장미 꽃잎이 흩날렸다.

"살인자여, 재앙이 있으라! 네 심판의 날은 이미 정해졌다. 네 목숨이 얼마 남지 않았다!"

크리스푸스는 다시 한 번 온몸에 힘을 주었다. 당장에라도 십자가에서 손을 빼내어 황제를 향해 삿대질을 할 것만 같았다. 그러나 그것도 잠시 깡마른 두 팔이 갑자기 축 쳐지더니 온몸이 아래로 쏠리면서 고개를 가슴까지 푹 떨구었다. 그의 영혼이 육신을 떠난 것이다.

십자가의 숲 속에서 사람들이 하나둘 영원한 안식을 얻고 있었다.

제59장

"폐하!" 킬로가 입을 열었다. "바다는 지금 올리브유처럼 부드럽고, 파도는 곤히 잠들어 고요합니다. 아카이아로 행차하시는 게 어떨는지요? 그곳에는 아폴로의 영광과 월계관, 그리고 개선식이 폐하를 기다리고 있습니다. 백성들은 폐하를 신이라 공경하고, 신들은 동료로서 폐하를 반갑게 맞이할 것입니다. 그런데 이곳에서는 폐하……."

킬로는 더 이상 말을 이을 수가 없었다. 입술이 떨려 말이 제대로 나오지 않았던 것이다.

"모든 경기가 다 끝나면 가기로 하지." 네로가 대답했다. "아직도 그리스도교 신자들을 가리켜 '죄 없는 사람들'이라고 하는 자들이 있다는 것을 짐은 알고 있다. 지금 짐이 아카이아로 떠나면 누구나 다 그 말이 사실이라고 생각할 것이다. 썩은 버섯 같은 주름투성이 늙은이여, 너는 대체 무엇이 그렇게 두려우냐?"

네로는 미간을 찌푸리면서 무엇인지 알고 싶은 듯한 눈으로 킬로를 쳐다보았다. 겉으로는 태연한 척하면서도 실은 자기도 마음이 불안하여 킬로에게서 어떤 해답을 얻고 싶었던 것이다. 그리스도교 신자들을 십자가형에 처할 때, 분노한 크리스푸스의 말을 듣고 사실은 온몸이 떨릴 만큼 겁이 났던 것이다. 궁궐에 돌아가서도 네로는 분노와 수치심, 아니 무엇보다도 공포에 질려 잠을 이루지 못했다. 평소 미신을 믿는 베스티누스는 황제와 킬로가 주고받는 이야기를 듣고 있다가 주위를 살피면서, 은밀한 어조로 말했다.

"폐하, 저 늙은이의 말을 들으시는 것이 좋을 듯합니다. 그리스도교도들에게는 뭔가 범상치 않은 구석이 있습니다. 그들이 믿고 있는 신은 어떤 상황에서도 그들에게 평화로운 죽음을 맞게 해주는가 봅니다. 하지만 그들의 적은 가만히 내버려두지 않을 겁니다."

네로가 대답했다.

"경기는 짐이 시킨 것이 아니다. 책임자는 티겔리누스다."

황제의 말을 듣고 티겔리누스는 순순히 인정했다.

"그렇습니다! 그 책임자는 저입니다. 하지만 저는 그리스도교도들이 신봉하는 신 따위는 무시하고 있습니다. 폐하, 베스티누스의 머리는 미신으로 가득 차 잔뜩 부풀어 오른 방광이나 다름없고, 이 용감한 그리스인으로 말하자면 암탉이 병아리를 지키기 위해 깃털을 세우는 것만 봐도 무서워서 까무러칠 사람입니다."

"그렇다……. 네 말이 옳다. 앞으로는 그리스도교도들의 혀를 잘라버리거나 입에 재갈을 물리도록 해라."

"불에 태워 죽여버리면 아무 말도 못할 것입니다."

'아아, 해도 해도 너무하는구나…….' 킬로는 속으로 신음했다.

황제는 티겔리누스의 대담하고 자신감 넘치는 태도에 용기를 얻었다. 네로는 늙은 그리스인에게 모욕적인 손가락질을 하며 한바탕 웃음을 터뜨렸다.

"보아라. '아킬레스의 후손'이라는 자의 얼굴을!"

사실 최근의 킬로의 몰골은 사람 꼴이 아니었다. 얼마 남지 않은 머리카락은 백발이 되었고, 얼굴은 끝없는 불안과 공포, 고민에 시달려 거의 죽은 사람 같았다. 때로는 망연자실해서 멍하니 앉아 있거나, 반쯤 의식을 잃은 사람처럼 보이기도 했다. 어떤 질문에도 거의 대답을 하지 않았지만, 어쩌다 누군가가 신경을 건드릴 때는 무섭게 화를 내며 독설을 퍼붓기도 했다. 그래서 조신들은 섣불리 그를 조롱하지 않는 것이 낫겠다고 판단하고 내버려 두었다.

지금도 킬로는 독기에 사로잡혀 있었다.

"멋대로들 하시오. 나는 경기장에는 두 번 다시 가지 않을 테니까!"

킬로는 손가락을 퉁기면서 필사적으로 외쳤다.

네로는 잠시 킬로를 물끄러미 바라보더니, 티겔리누스에게 말했다.

"오늘 밤 정원에서 이 스토아 학자가 짐의 곁을 떠나지 못하도록 잘 감시해라. 우리의 횃불을 보고 이 늙은이가 어떤 표정을 지을지 꼭 보고 싶구나."

킬로는 황제의 위협적인 목소리에 기가 질렸다.

"폐하, 저는 밤눈이 어두우므로 아무것도 보지 못할 것입니다."

황제는 짓궂게 웃으며 대답했다.

"밤이지만 대낮같이 밝으리라."

그러고는 조신들을 상대로 경기의 마지막에 개최하게 될 몇 가지 구경거리에 대해 이야기를 나누었다.

페트로니우스가 킬로의 곁으로 다가가 그의 어깨를 가볍게 두드리며 말했다.

"내가 뭐라고 했나……. 당신은 이곳에서 오래 견디지 못할 것이라고 하지 않았던가……."

"술에 취하고 싶소."

킬로는 이렇게 답하며 포도주가 든 술잔에 손을 내밀었으나 손이 떨려 들어올리지도 못했다. 곁에 있던 베스티누스가 그 술잔을 빼앗고 킬로의 곁으로 바짝 다가서면서 호기심과 놀라움이 섞인 표정으로 물었다.

"혹시 푸리에[1]에게 쫓기고 있는 것이 아니오?"

킬로는 질문의 뜻을 이해하지 못하고, 입을 벌린 채 잠시 상대의 얼굴을 바라보면서 눈을 껌뻑거리기만 했다.

베스티누스가 되풀이했다.

"당신은 푸리에에게 쫓기고 있지 않소?"

"아니오." 킬로가 대답했다. "그게 아니라 눈앞에 어둠이 있소."

"어둠이라고……? 신들이 당신에게 자비를 베풀어주시기를! 대체 어떤 어둠을 말하는 거요?"

"무시무시하고 끝없는 어둠이오. 그 어둠 속에서 무엇인가가 꿈틀거리며 내게로 다가오고 있소. 그런데 나는 그것이 무

1) 살인과 범죄에 대해 처벌을 내리는 하계의 여신. 복수를 충동질하기도 함.

엇인지를 몰라 두려운 것이오!"

"나는 언제나 마녀들의 존재를 믿어왔소. 혹시 무슨 악몽이라도 꾼 건 아니오?"

"아니오. 도무지 잠을 잘 수가 없으니 꿈을 꾼 적은 없소이다. 다만 나는 그들이 그런 혹독한 처벌을 받을 줄은 정말 몰랐소."

"당신은 그리스도교 신자들이 불쌍하다고 생각하는군?"

"당신들은 대체 무엇 때문에 그렇게 그들이 피를 보려고 하는 거요? 십자가에 달렸던 그 노인이 하는 말을 못 들었소? 나중에 벌을 받게 될 거요."

"들었소." 베스티누스는 속삭이듯 말했다. "하지만 그놈들은 로마에 불을 지른 방화범들이오."

"그건 거짓말이오!"

"그놈들은 인류의 적이오."

"그것도 거짓말이오!"

"우물에 독을 탔소."

"사실이 아니오!"

"아이들을 죽였지 않소?"

"아니오!"

"어째서 아니란 거요?" 베스티누스는 깜짝 놀라며 물었다.

"당신 자신이 그렇게 말하며, 그놈들을 티겔리누스의 손에 넘겨주지 않았소?"

"그래서 나는 지금 어둠에 싸여 있는 것이오. 죽음이 나를 향해 다가오고 있소……. 가끔 나는 내가 이미 죽었고, 당신들도 죽은 사람이 아닌가 생각할 때가 있소."

"아니오! 죽은 것은 그놈들이고, 우리는 이렇게 버젓이 살아 있지 않소? 그런데 한 가지만 말해 주시오. 그놈들이 죽을 때 보는 것이 대체 무엇이오?"

"그리스도……."

"그게 놈들의 신이오? 그 신은 힘이 센가?"

킬로는 대답 대신 이렇게 물었다.

"정원에서 횃불을 밝힌다는 것은 무슨 뜻이오? 아까 황제께서 하신 말씀 말이오."

"나도 들었소. 그러니까 그건 '사르멘티키'나 '세마쿠시'라고 부르는데…… 죄수들에게 송진을 칠한 사형수의 튜닉을 입혀 기둥에 매달고 불을 붙이는 것이오……. 그놈들의 신이 로마에 재앙을 내리지 않으면 좋으련만……. 세마쿠시! 그건 이 세상에서 가장 무서운 형벌이오."

"차라리 내게는 그 편이 낫겠소. 아무리 참혹해도 피는 흐르지 않을 테니 말이오." 킬로가 말했다. "부탁이니 노예에게 명령해서 내 입에까지 술잔을 가져다주게 해주시오. 목이 마르지만 늙어서 손이 떨리니 술잔을 들 수가 있어야지, 원."

다른 조신들도 역시 그리스도교 신자들에 관해 이야기를 나누고 있었다. 늙은 도미티우스 아페르는 신자들을 비웃으며 이렇게 말했다.

"그리스도교 신자들은 숫자가 그렇게 많으니 내란을 일으킬 수도 있었을 거요. 그런데 그놈들은 어찌된 일인지 사형장에서도 무기를 들려고 하지 않더군. 마치 양처럼 순순히 죽어가지 않았소?"

"그렇게 하지 않으면 제까짓 것들이 감히 뭘 어쩌겠소?" 티겔리누스가 말했다.

이때 페트로니우스가 끼어들었다.

"당신네들은 잘못 생각하고 있소. 그들은 저항하고 있는 거요."

"무엇으로?"

"인내라는 무기로."

"일찍이 들어본 적이 없는 새로운 방법이구먼!"

"그렇소. 그들의 죽음이 보통 죄인들이 죽어가는 것과 같다고 할 수 있겠소? 아닐걸! 그들이 죽어가는 것을 보노라면, 오히려 그들을 사형에 처한 자, 그러니까 우리야 온 로마인들이 죄인이 되어버린 듯한 느낌이 드니 말이오."

"무슨 헛소리를 하는 게요?" 티겔리누스가 소리쳤다.

"바보 중의 바보로군." 페트로니우스가 응수했다.

다른 사람들은 정곡을 찌르는 페트로니우스의 말에 가슴이 뜨끔하여 한마디씩 했다.

"그래, 맞아! 죽음의 현장에서 본 그들의 태도에는 어딘가 특별한 데가 있었어."

"내 생각에 그자들은 죽어가면서 자기들의 신을 보고 있는 거야."

베스티누스가 한구석에서 소리쳤다.

이 말을 듣고 몇몇 조신이 킬로를 쳐다보았다.

"여보시오, 늙은이. 당신은 그놈들에 대해 잘 알고 있는 것 같은데, 말해 보시오. 도대체 그놈들은 뭘 보고 있는 거요?"

늙은 그리스인은 방금 마신 포도주를 튜닉에 토해 내며 이렇게 대답했다.

"부활……!"

그 말을 하면서 늙은이는 몸을 벌벌 떨었다. 주위에 있던 조신들이 어이없다는 듯이 일제히 폭소를 터뜨렸다.

제60장

지난 며칠 동안 비니키우스는 집에 들어오지 않았다. 아마 또다시 새로운 계획을 세워 에스퀼리누스 감옥에서 리기아를 구출해 내기 위해 동분서주하고 있으리라고 페트로니우스는 생각했다. 그러나 비니키우스의 계획이 행여 자기로 인해 잘못되지나 않을까 걱정되어 구태여 물어보려고 하지 않았다. 이 고상한 회의주의자는 갈수록 미신을 신봉하고 있었다. 특히 마메르티누스 감옥에서 리기아를 탈옥시키려다 실패한 이후 더 이상 자기의 행운을 믿지 못하게 되었다.

페트로니우스는 비니키우스의 노력이 좋은 성과를 거두리라고는 기대하지 않았다. 에스퀼리누스 감옥은 지난번 화재 때 불길이 번지는 것을 막기 위해 일부러 부순 가옥들의 지하실을 서로 연결하여 급조한 것으로, 카피톨리움 언덕 근처에 있는 오래된 툴리아눔만큼 무서운 곳은 아니었지만 경비는 훨씬 삼엄했다. 리기아가 그곳으로 옮겨진 이유는 그녀가 열병으로 죽지 않도록, 그래서 경기장에서 군중의 구경거리로 만들 수 있도록 하기 위해서라는 것을 페트로니우스는 잘 알고 있었다. 지금 리기아는 그곳에서 특별히 엄중한 감시를 받고 있는 것이다.

'리기아를 아직까지 죽이지 않고 남겨둔 것은 황제와 티겔리누스가 뭔가 색다르고, 잔인한 방법을 모색하고 있기 때문이다. 이러다가는 리기아를 구출해 내기도 전에 비니키우스가 먼저 자멸하고 말 거야.' 하고 페트로니우스는 생각했나.

비니키우스도 이제는 리기아를 구출해 낼 수 있다는 희망을 잃어가고 있었다. 이제 그리스도 외에는 아무도 그녀를 구출할 수 없다고 생각했다. 젊은 호민관이 바라는 것은 오직 한 가지, 무슨 수를 써서라도 감옥에 숨어 들어가 리기아를 만나는 것이었다.

그는 나자리우스가 시체를 운반하는 인부가 되어 마메르티누스 감옥에서 일한다는 것을 떠올리고 위험하지만 자기도 그 방법을 시도해 보기로 했다.

뇌물을 듬뿍 주고 매수한 푸티쿨리의 감독은 마침내 시체 운반을 위해 매일 밤 감옥을 드나드는 인부들 틈에 비니키우스를 끼워주었다. 사실 비니키우스가 들킬 염려는 거의 없었다. 밤에 하는 일인 데다가 노예의 복장과 희미한 등불은 그의 정체를 숨기는 데 안성맞춤이었다. 집정관의 손자이자 아들이기도 한 명문 귀족이 시체를 운반하는 인부들 틈에 끼어 감옥이나 푸티쿨리 같은 음습하고 불결한 장소로 자진해서 들어가 빈민들이나 어쩔 수 없이 하는 천한 노동을 하리라고 누가 상상이나 하겠는가.

기다리던 밤이 되자, 비니키우스는 송진을 칠한 넝마를 머리와 허리에 둘둘 감고서 두근거리는 가슴을 안고 인부들 사이에 섞여 에스퀼리누스 감옥으로 향했다. 근위대 병사들은 까다롭게 굴지 않았다. 모두들 소정의 통행증을 가지고 있었으므로 백인대장은 등불을 비춰 통행증을 훑어볼 뿐이었다. 잠시 후 감옥의 철문이 열리자 비니키우스 일행은 안으로 들어갔다.

비니키우스의 눈에 크고 둥근 천장 아래 있는 지하 감방이 들어왔다. 일행은 그곳을 지나 다른 감방으로 들어갔다. 희미한 등불이 수감자들로 가득한 내부를 비추고 있었다. 어떤 사람은 자고 있는지, 아니면 이미 죽었는지 벽에 기대어 꼼짝하지 않고 웅크리고 있었고, 어떤 사람은 열병에 걸려 갈증이 나는지 한가운데 있는 큰 물통을 끌어안고 정신없이 물을 마시고 있었다. 무릎 위에 팔꿈치를 올려놓고 두 손으로 머리를 감싸고 있는 사람이 있는가 하면, 어머니의 품에 안겨 곤히 잠든 아기도 눈에 들어왔다. 사방에서 병자들의 신음 소리와 가쁜 숨소리, 흐느껴 우는 소리, 속삭이는 듯한 기도 소리, 나지막하게 흥얼대는 노랫소리, 그리고 간수들의 욕설이 들려왔다. 지하 감옥은 시체 썩는 악취와 사람들의 땀 냄새로 숨이 막힐 것 같았다. 구석 쪽은 어두워서 쭈그리고 앉아 있는 사람들의 형체만 간신히 보였다. 어른거리는 등불에 비춰진 사람들은 하나같이 창백하고 야윈 얼굴에 겁에 질리고 허기진 기색을 하고 있었다. 눈빛은 흐리멍덩하고, 열에 들떠 있는 듯했으며, 입술은 푸르스름하게 변했고 머리카락이 땀과 뒤범벅이 되어 이마에 달라붙어 있었다. 여기저기에서 환자들의 고통스러운 신음 소리가 들렸다. 물을 달라고 악쓰는 사람, 빨리 끌어내 죽여달라고 외치는 사람도 있었다. 리기아가 전에 갇혀 있던 툴리아눔 감방보다는 나은 편이라는 것이 이 정도였다. 그 처참한 광경을 보자 비니키우스는 다리가 떨리고 숨이 막혀 가슴이 답답해졌다. 사랑하는 리기아가 이 끔찍한 감방 어딘가에 있다고 생각하니 머리털이 쭈뼛 곤두섰다. 그는 비명이 터져 나오려는 것을 간신히 참았다. 원형경기장도, 야수의 이빨도, 십자가도 이 지하 감옥에 비하면 아무것도 아닌 것같이 생각되었다. 악취와 열기로 후텁지근하게 달아오른 그 생지옥 속에서 사람들은 이렇게 외치고 있었다.

"빨리 끌어내 죽여달라!"

비니키우스는 정신이 점점 희미해져 의식을 잃을 것만 같아 손톱으로 손바닥을 찔렀다. 지금까지의 애절한 사랑과 고뇌가 이제는 죽음에 대한 염원으로 변해 가는 것을 느꼈다.

그때 바로 옆에서 푸티쿨리를 관할하는 감독의 낯익은 목소리가 들려왔다.

"오늘 몇 명이나 죽었지?"

"한 열두 명쯤 죽었다네." 간수가 대답했다. "아마 내일 아침까지는 그 숫자가 더 늘어날걸. 저쪽 구석에서 숨넘어가는 소리를 내는 자들이 꽤 많거든."

간수는 여자들이 죽은 어린애들을 푸티쿨리에 버리기 싫어서 품 안에 오랫동안 감추어둔다며 불평을 늘어놓았다. 그런 시체들은 결국 썩는 냄새 때문에 발견되게 마련인데, 그렇지 않아도 질식할 것만 같은 감옥 안을 더욱 숨 막히게 만들기 때문이다. "죽기도 전에 벌써 썩어가는 자들을 감시하는 것보다는 차라리 노예가 되어 시골 노역장으로 보내지는 편이 낫겠어." 간수가 투덜거리자 푸티쿨리의 감독이 시체를 파묻는 자신의 임무도 결코 수월한 건 아니라며 상대를 위로했다. 그동안 비니키우스는 정신을 차리고 감방 안을 세세히 둘러보았으나, 아무리 눈을 크게 뜨고 살펴도 리기아는 보이지 않았다. 이러다가는 살아 있는 동안 리기아와 만나는 것은 도저히 불가능한 일인지도 모른다는 생각이 들었다. 지하 감방은 열두어 개 남짓 되는데, 어떤 감방끼리는 최근에 새로 뚫은 통로를 통해 서로 연결되어 있었다. 시체를 옮기는 인부들이 들어갈 수 있는 곳은 밖으로 내올 시체가 있는 감방뿐이었다. 이처럼 고생을 해도 결국 아무 소용이 없는 것이 아닌가 하는 생각이 들자 비니키우스는 허탈해져서 온몸의 기운이 다 빠졌다. 그러나 다행히도 푸티쿨리의 감독이 비니키우스가 그곳에 남아 있을 수 있게 도와주었다.

"자네도 알겠지만 시체는 될 수 있는 한 빨리 옮겨야 하네. 전염병을 퍼뜨리는 원흉은 바로 시체니까. 조심하지 않으면 자네도 죄수들처럼 병에 걸리게 될 거야."

"문제는 간수가 부족하다는 거야. 현재 열 명밖에 없는데, 교대로 잠을 자야 하니 항상 사람이 부족할 수밖에." 지하 감옥의 간수가 볼멘소리를 했다.

"그러면 이렇게 하세. 우리 일꾼 네 사람을 여기에 두고 가지. 그들에게 야간 순찰을 돌게 해서 죽은 자가 있는지 없는지 확인하라고 하면 어떻겠나?"

"그렇게만 해주면 내일 한잔 거하게 사겠네. 그런데 오늘 명령이 내려왔는데, 앞으로는 시체를 푸티쿨리에 던지기 전에 목을 꼭 찔러보고 확인하라는군. 그러니 반드시 그렇게 해주게나."

"잘 알았네. 내일 술이나 한잔 하세……." 푸티쿨리의 감독이 대답했다.

감독은 인부 중에 네 사람을 골라 감옥에 남으라고 지시했고, 비니키우스도 그중에 포함되었다. 다른 일꾼들은 시체를 관 속에 넣기 위해 감독을 따라갔다.

비니키우스는 비로소 안도의 숨을 쉬었다. 적어도 이번만은 리기아를 찾아낼 수 있을 것이라는 확신이 들었던 것이다.

청년 호민관은 첫 번째 지하 감방부터 샅샅이 뒤지기 시작했다. 그는 등불의 빛도 미치지 않는 어두운 구석까지 들여다보았고, 누더기를 뒤집어쓴 채 벽에 붙어 누워 있는 사람도 꼼꼼히 살폈으며, 위독한 상태라서 한구석에 격리되어 있는 사람들도 눈여겨보았다. 그러나 리기아는 어느 곳에도 없었다. 두 번째, 세 번째 감방에서도 그의 수색은 허사였다.

밤은 점점 깊어갔고, 시체는 모두 옮겨내어 갔다. 간수들은 감방끼리 연결되는 통로에 누워 그대로 잠이 들었고, 울다 지친 어린아이들도 잠잠해졌다. 간간이 들려오는 소리라고는 사람들의 깊은 한숨 소리와 조용히 읊조리는 기도 소리뿐이었다.

비니키우스는 횃불을 들고 네 번째 감방으로 들어갔는데, 그곳은 다른 감방에 비해서 조금 작았다. 그는 횃불을 높이 쳐들고 안을 둘러보다가 소스라치게 놀랐다. 창살 아래에서 우르수스와 닮은 거대한 몸집을 본 듯했기 때문이다.

비니키우스는 얼른 횃불을 끄고 곁으로 다가가 물었다.

"우르수스! 자네 우르수스 아닌가?"

"당신은 누구요?"

거인이 머리를 돌리며 물었다.

"내가 누군지 모르겠나?"

"어두워서 아무것도 보이지 않는데 어찌 알겠소?"

비니키우스는 순간 벽 쪽에 외투를 깔고 누워 있는 리기아를 발견하고, 말없이 그녀의 곁으로 다가가 무릎을 꿇었다.

우르수스도 이제 그가 누군지 알아보았다.

"그리스도께 영광이 있으라! 하지만 나리, 아가씨를 깨우지는 마십시오."

우르수스가 말했다.

비니키우스는 무릎을 꿇은 채 눈물을 머금고 리기아의 얼굴을 들여다보았다. 희미한 불빛 속에서도 그는 석고처럼 창백한 리기아의 얼굴과 가늘게 야윈 팔을 볼 수 있었다. 비니키우스의 가슴은 찢어질 것 같았고, 영혼의 밑바닥까지 뒤흔드는 사랑과 연민, 숭배의 감정을 누를 길이 없었다. 그는 고개를 숙여, 이 세상에서 그 무엇과도 바꿀 수 없을 만큼 소중한 사람이 누워 있는 외투 자락에 입술을 갖다 댔다.

비니키우스를 묵묵히 바라보고 있던 우르수스가 마침내 그의 튜닉 자락을 잡아당기며 물었다.

"나리, 어떻게 여기까지 들어오실 수 있었습니까? 아가씨를 구출하러 오신 겁니까?"

비니키우스는 몸을 일으키고는 벅차오르는 감동을 억누르면서 간신히 대답했다.

"어떻게 하면 구할 수 있겠나?" 오히려 비니키우스가 물었다.

"나리, 저는 나리께 좋은 생각이 있으신 줄 알았는데요. 제게도 한 가지 방법이 있긴 합니다만……."

우르수스는 창살 쪽으로 눈길을 돌리며 혼잣말을 하듯이 중얼거렸다.

"어떻습니까……. 그러나 밖에는 근위대가 있겠지요?"

"100명의 근위병들이 지키고 있다." 비니키우스가 말했다.

"그럼…… 역시……."

"안 된다."

우르수스는 한 손으로 이마를 만지작거리며 또 물었다.

"나리는 어떻게 여기까지 들어오셨습니까?"

"푸티쿨리의 감독에게서 통행증을 받았다."

비니키우스는 묘안이 떠오른 듯 잠시 말을 멈췄다.

"구세주의 수난에 맹세건대," 그는 빠른 어조로 말을 이었다. "내가 여기에 남고, 리기아에게 내 통행증을 주면 될 것이다. 머리를 천으로 감싸고 어깨에 넝마를 걸치고 나가면 무사히 통과할 수 있을 거야. 시체를 운반하는 노예 가운데는 나이 어린 소년들도 섞여 있으니까 근위병도 알아채지 못할 거야. 페트로니우스 삼촌댁까지만 가면 그 다음에는 삼촌이 알아서 해주실 것이다!"

우르수스는 고개를 푹 수그리며 대답했다.

"그것은 리기아 아가씨가 승낙하지 않으실 겁니다. 나리를 사랑하고 계시니까요. 게다가 병이 심해서 혼자 일어설 수도 없습니다."

우르수스는 잠시 잠자코 있다가 덧붙였다.

"나리, 나리와 페트로니우스 나리조차 아가씨를 감옥에서 구해 내지 못한다면 도대체 누가 그 일을 할 수 있겠습니까?"

"그리스도밖에 없다……."

두 사람은 입을 다물었다. 리기 족의 거인은 단순한 머리로 이렇게 생각했다.

'그리스도는 모든 신자들을 구하실 수 있는데도 그렇게 하지 않으셨다. 이제 정말로 수난과 죽음의 때가 다가온 것이다.'

우르수스 자신은 이미 그것을 받아들일 각오가 돼 있었으나, 자기의 품에서 자란 귀여운 공주, 그가 목숨보다 더 아끼는 리기아를 생각하니 억장이 무너지는 것 같았다.

비니키우스는 리기아의 옆에서 또다시 무릎을 꿇었다. 창살을 통해 스며 들어온 달빛은 입구에서 깜박이는 등불보다 더 환하게 감방 안을 비춰주었다.

그때 리기아가 눈을 반짝 뜨더니, 불같이 뜨거운 손바닥을 비니키우스의 손에 얹으며 말했다.

"아아, 당신이군요! 꼭 오실 줄 알았어요."

비니키우스는 그녀의 두 손을 잡아 자기의 이마와 가슴에 갖다 대고는 두 팔로 그녀를 꼭 끌어안았다.

"내가 왔소, 리기아! 그리스도께서 당신을 보호해 주시고, 당신을 구해 주시기를……! 내 사랑 리기아!"

비니키우스는 벅차오르는 사랑의 감정과 쓰라린 마음 때문에 더 이상 말을 잇지 못했다. 그는 리기아 앞에서 슬픈 내색을 하지 않으려고 무던히 애쓰고 있었다.

"마르쿠스, 저는 지금 병에 걸렸어요." 리기아가 말했다. "머지않아 이곳이든지 아니면 경기장에서 저는 곧 죽게 될 몸이에요. 그 전에 당신을 만나게 해달라고 간절히 기도했어요. 그런데 정말 이렇게 와주셨군요. 그리스도께서 제 기도를 들어주신 거예요."

비니키우스는 아무 말도 하지 못하고 다만 리기아를 더욱 세게 끌어안았다. 리기아는 그의 품에 안겨 말을 이었다.

"툴리아눔 감방의 창문을 통해 종종 당신의 모습을 볼 수 있었어요. 그래서 저는 당신이 제게 오고 싶어 하신다는 것을 알 수 있었답니다. 주님께서 우리가 마지막 작별 인사를 나눌 수 있도록 잠시나마 정신을 차리게 해주셨네요. 저는 곧 주님의 품으로 갈 거예요. 하지만 마르쿠스, 저는 당신을 사랑해요. 당신만을 영원히 사랑하겠어요."

비니키우스는 북받쳐 오르는 슬픔을 가까스로 억제하며 애써 침착하게 말했다.

"아니오, 당신은 절대로 죽지 않을 것이오. 베드로 사도님께서 나더러 믿음을 가지라고 하시면서, 당신을 위해 기도하시겠다고 약속하셨소. 사도님은 그리스도를 직접 모셨던 분이 아니오? 그리스도께서 사도님을 사랑하고 계시니, 그분의 기도라면 꼭 들어주실 것입니다 만일 당신이 죽을 운명이라면, 베드로 사도님이 나에게 믿음을 가지라고 말씀하셨을 리가 없어요. 사도님은 틀림없이 '믿음을 가지십시오!' 라고 말씀하셨습니다. 그래요, 리기아! 그리스도는 당신의 죽음을 원하지 않으십니다. 절대 당신이 죽도록 내버려 두시지는 않을 거요. 구세주의 이름을 걸고 맹세하는데, 베드로 사도님께서 당신을 위해 기도하고 계십니다."

두 사람은 오랫동안 말이 없었다. 입구에 하나밖에 없는 등불은 꺼졌으나 창살을 통해 들어온 달빛이 방안을 훤히 비쳐주었다. 감방의 맞은편 구석에서 어린아이 하나가 훌쩍훌쩍 울다가 간신히 울음을 그쳤다. 감방 밖에서 불침번을 마치고 주사위 놀이를 하는 근위대 병사들의 떠들썩한 소리가 들려왔다.

"아아, 마르쿠스!" 리기아가 말했다. "그리스도께서도 아버지이신 하느님께 '이 쓴잔을 제게서 거두어주시옵소서.' 라고 말씀하셨지만, 결국은 그 잔을 받아들이셨습니다. 지금 수많은 사람들이 주님을 위해 죽어가고 있어요. 그런데 어찌 제가 저만 살려달라고 그리스도께 애원할 수 있겠습니까? 언젠가 베드로 사도님께서 자신도 고통을 받으며 죽게 될 것이라고 말씀하신 적이 있습니다. 그런데 그리스도께서 저 하나만 살려주실 수 있겠어요? 그분에 비하면 저는 정말 하찮은 존재인걸요. 처음 근위대 병사들에게 체포되었을 때는 죽음과 고문이 두려웠으나, 이제는 조금도 무섭지 않습니다. 보시다시피 이곳은 참혹한 감옥입니다. 그러나 저는 곧 하늘로 올라갈 거예요. 이 세상에는 황제가 있지만, 천국에서는 자비롭고 인자하신 구세주께서 기다리고 계십니다. 게다가 그곳에는 죽음도 없습니다. 당신은 저를 사랑하십니다……. 그러니 천국으로 가면 제가 얼마나 행복할까 하고 생각해 보세요. 사랑하는 마르쿠스, 당신도 언젠가는 그곳에서 저와 해후할 것이라고 생각해 보세요!"

리기아는 숨을 고르기 위해 잠시 말을 멈추더니 그의 손을 끌어당겨 자기 입술에 갖다 댔다.

"마르쿠스!"

"듣고 있소, 리기아!"

"저 때문에 눈물 흘리지 마세요. 당신도 제가 있는 그곳으로 뒤따라오시리라는 것을 잊지 마세요. 제 생애는 짧게 끝나겠지만, 하느님께서는 당신의 영혼을 제게 주셨습니다. 그러니 저는 그리스도를 만나면 이렇게 말씀드릴 거예요. 제 약혼자 마르쿠스는 제가 죽은 뒤 슬픔 속에 홀로 남겨졌지만 주님의 뜻을 원망하지 않고, 한결같이 주님을 사랑하고 있다고요. 부탁해요. 언제나 주님을 사랑하고, 제 죽음에 대해 믿음과 인내로써 견뎌주세요……. 때가 되면 주님은 반드시 우리 두 사람을 다시 만나게 해주실 테니까요. 저는 당신을 사랑해요. 그리고 당신과 영원히 함께 있고 싶어요……."

리기아는 숨이 가빠오는 듯 잠시 말을 그쳤다가, 들릴 듯 말 듯한 목소리로 마지막 말을 덧붙였다.

"마르쿠스, 약속해 주시는 거죠?"

비니키우스는 떨리는 두 팔로 리기아를 포옹하며 말했다.

"신성한 당신의 얼굴에 대고…… 약속하겠소!"

리기아의 얼굴은 달빛을 받아 아름답게 빛나고 있었다. 리기아는 다시 한 번 비니키우스의 손을 잡고 입을 맞추었다.

"저는 당신의 아내입니다. 영원히!"

벽 너머에서는 주사위 놀이를 하는 근위대 병사들이 소리 높여 말다툼을 벌이고 있었다. 그러나 비니키우스와 리기아는 자기들이 감옥에 있다는 사실도, 옆에 있는 간수들도, 그리고 이 세상의 모든 것도 다 잊은 채, 상대방의 가슴속에서 천사의 영혼을 느끼며 함께 기도하기 시작했다.

제61장

그로부터 사흘간, 아니 사흘 밤이라고 해야 할 시간을 함께 지새우는 동안 두 사람의 평화를 깨뜨리는 것은 아무것도 없었다. 산 사람들 사이에서 시신을 가려내고, 중환자를 경미한 환자와 격리시키는 일과가 끝난 뒤 간수들이 통로에서 잠이 들면, 비니키우스는 리기아가 있는 감방으로 가서 창살 사이로 아침 햇살이 비쳐들 때까지 머물러 있었다. 리기아는 비니키우스의 가슴에 안겨, 사랑과 죽음에 대해 다정하게 이야기를 나눴다. 사색과 대화에 열중하면서 두 사람의 염원과 희망은 속세에서 점점 멀어져, 완전히 현실감을 잃어가고 있었다. 두 연인들은 마치 배를 타고 멀리 나아가 육지가 보이지 않는 미지의 섬에 이른 듯, 끝없는 무아지경 속으로 빠져들고 있었다. 암담한 현실의 벽에 갇힌 두 영혼은 서로에 대한 사랑과 그리스도에 대한 사랑으로 어느덧 천상으로 떠날 마음의 준비를 갖춘 슬픈 영혼이 되었다. 그러나 비니키우스의 가슴속에는 아직도 이따금씩 거센 태풍과 같은 고통이 휘몰아치기도 하고, 십자가에 달리신 주님에 대한 사랑과 믿음에서 솟아나는 희망의 불꽃이 번개처럼 번쩍이기도 했다. 그러면서 그의 마음은 나날이 현세에서 멀어졌고, 차츰 죽음을 지향하게 되었다. 아침이 되어 감옥에서 나올 때면 온 세상과 도시도, 친지들도, 그리고 일상의 삶도 모두가 꿈속의 환영처럼 보였다. 모든 것이 멀고, 낯설고, 헛되고, 부질없는 일처럼 여겨졌다. 이제는 수난에 대한 두려움조차도 명상에 잠겨 뭔가를 뚫어지게 쳐다보고 있으면, 어느 틈에 스르르 사라지곤 했다. 벌써 두 사람이 영원 속에서 함께 있는 것 같은 느낌이었다. 그들은 서로 얼마나 사랑하는지 이야기했으며, 그리고 앞으로 사랑하며 함께 살아갈 나날들에 대해서도 꿈꾸었다. 그러나 그것은 결국 무덤 저편의 세상에서나 실현될 수 있는 현실과는 동떨어진 일이었다. 아주 가끔씩 두 사람의 생각이 현실에 머물 때도 있었는데, 그것은 먼 길을 떠나려는 사람들이 여행을 준비하며 상의하는 절차에 불과했다. 인적 없는 황량한 사막에 외로이 서 있는 두 개의 기둥처럼 두 사람의 주위를 한없는 적막이 에워싸고 있었다. 그들의 유일한 소망은 다만 그리스도께서 두 사람을 영원히 함께 있게 해주셨으면 하는 것이었다. 자신들의 바람이 꼭 이루어질 것이라는 확신 속에서, 두 사람은 자기들을 맺어주고 있는 고리이자 행복과 무한한 평화의 원천인 그리스도를 더욱 열렬히 사랑했다. 몸은 땅 위에 있었지만, 세속의 먼지는 이미 그들의 몸에서 깨끗이 사라졌다. 두 사람의 영혼은 눈물처럼 영롱했다. 죽음의 위협과 불행과 고통이 도사리고 있는 중에도 지금 감옥의 짚더미 위에 함께 있는 두 사람 앞에는 천국의 문이 활짝 열려 있는 것만 같았다. 그것은 리기아가 구원받은 성녀(聖女)처럼 비니키우스의 손을 잡고, 영원히 마르지 않는 생명의 샘으로 비니키우스를 인도했기 때문이다.

페트로니우스는 비니키우스의 얼굴이 전에 볼 수 없던 평화와 알 수 없는 생기로 빛나는 것을 보고, 깜짝 놀랐다. 그는 혹시 비니키우스가 리기아를 구출할 새로운 방법을 찾아낸 것이 아닐까 하고 생각했다. 그리고 그 계획을 자기에게 털어놓지 않는 것을 자못 섭섭하게 여겼다. 페트로니우스는 참지 못하고 마침내 이렇게 물었다.

"요즘 너는 완전히 딴 사람이 되었구나. 비밀이 있으면 내게 말해 주지 않겠니? 나는 너를 도와주고 싶고, 또 그럴 능력도 있으니까 말이다. 무슨 좋은 계획이라도 있는 거니?"

"예, 있습니다. 그러나 이젠 삼촌께서 도와주실 수가 없습니다. 제 계획은 리기아가 죽은 후 제가 그리스도교 신자라는 것을 고백하고 그 뒤를 따르는 것입니다."

비니키우스가 명쾌하게 대답했다.

"그럼 모든 희망을 포기했단 말이구나?"

"아닙니다. 그리스도께서는 리기아를 제게 돌려보내 주실 것이고, 그러면 저는 그녀와 영원히 이별하지 않아도 된다는 새로운 희망을 가지게 되었습니다."

페트로니우스는 실망스럽고 답답하다는 표정으로 아트리움 안을 서성거렸다.

"그렇다면 무엇 때문에 너희들의 그리스도가 필요하단 말이냐? 우리 로마의 타나토스[1]도 너를 위해 그리스도와 같은 역

---

1) 로마 신화의 죽음의 신 — 원주.

할을 해줄 수도 있는데."

비니키우스는 서글픈 미소를 지으며 말했다.

"그건 다릅니다. 더구나 삼촌께서는 제 말을 이해하려고 하지도 않으십니다."

"그래…… 난 알지도 못하고, 알고 싶지도 않구나." 페트로니우스가 대답했다. "지금은 우리가 이렇게 노닥거리고 있을 때가 아니야. 우리가 리기아를 툴리아눔에서 구출하지 못했을 때 네가 뭐라고 했는지 기억하니? 내가 모든 희망을 잃고 낙담하고 있을 때, 너는 집에 돌아와서 '그래도 저는 그리스도께서 리기아를 제게 돌려보내 주실 것이라고 믿고 있습니다.'라고 말하지 않았니? 그렇다면 어떻게든 그리스도에게서 그녀를 돌려받아야 할 것이 아니냐? 만일 내가 진귀한 술잔을 바다 속에 던진다면 로마의 신들 중에 그것을 내게 돌려보내 줄 수 있는 신은 아마 하나도 없을 것이다. 그러나 만일 너희들의 신 또한 그런 능력이 없다면, 어째서 그 신을 로마의 오래된 신들보다 더 숭배해야 하는지 이해할 수가 없구나."

"하지만 그리스도께서는 반드시 리기아를 제게 돌려보내실 겁니다."

비니키우스가 분명한 어조로 대답했다.

페트로니우스는 어깨를 으쓱했다.

"알고 있니? 내일은 황제의 정원에서 그리스도 신자들을 화형시킨다는구나."

"내일이라고요?"

비니키우스는 페트로니우스의 말을 반복했다. 바로 눈앞에 다가온 무서운 현실 앞에서 그의 마음은 다시 괴로움과 두려움으로 가득 찼다. 리기아와 함께 보낼 수 있는 밤은 어쩌면 오늘이 마지막일지도 모른다고 생각한 비니키우스는 서둘러 페트로니우스에게 작별을 고하고 통행증을 받기 위해 푸티쿨리의 감독에게 갔다. 그러나 거기에서도 절망이 그를 기다리고 있었다. 감독이 비니키우스의 부탁을 거절한 것이다.

"나리, 용서하십시오. 저는 나리를 위해 최선을 다했습니다만, 제 목숨까지 바칠 수는 없습니다. 실은 오늘 밤에 그리스도교도들을 황제의 정원으로 데려간다고 합니다. 그러므로 감옥에는 병사들과 관리들이 잔뜩 몰려올 것입니다. 나리의 정체가 발각되는 날에는 저도, 제 자식들도 끝장입니다."

비니키우스는 아무리 사정해 봐도 소용없으리라는 것을 깨달았다. 그러나 그에게는 아직 한 가닥의 희망이 남아 있었다. 그의 얼굴을 아는 병사들이 혹시 통행증이 없어도 들여보내 주지 않을까 하는 것이었다. 밤이 되자 비니키우스는 여느 때처럼 인부들이 입는 거친 양모로 된 튜닉을 입고, 머리를 천으로 감싼 채 감옥으로 갔다.

감독의 말대로 그날은 여느 때보다 경비가 삼엄했다. 설상가상으로 백인대장 스캐비누스가 비니키우스의 정체를 금방 알아챘다. 그는 황제에게 몸과 마음을 헌신하고 있는 충직한 군인이었다. 하지만 철갑처럼 단단한 그의 마음속에도 인간의 불행에 대한 일말의 동정심은 남아 있는 모양이었다. 규율대로 하자면 창으로 방패를 두드려서 불법 침입자에 대한 경보를 발동해야 하지만, 그렇게 하지 않고 비니키우스를 구석으로 데리고 가서 조용히 말했다.

"각하, 집으로 돌아가십시오. 저는 각하가 누구인지 알고 있지만, 각하의 죽음을 원치 않으므로 누설하지는 않겠습니다. 그러나 감옥 안에는 들여보내 드릴 수가 없습니다. 제발 돌아가 주십시오. 신들이 각하에게 위안을 주시기를 빕니다."

"나를 통과시켜 주지는 않더라도 여기 남아서 끌려가는 사람을 볼 수 있게나 해주게."

비니키우스가 간청했다.

"그것까지 단속하라는 명령은 없었습니다." 스캐비누스가 대답했다.

비니키우스는 문 앞에 서서 형장에 끌려가는 사람들이 나오기만을 기다리고 있었다. 자정이 가까울 무렵 마침내 철문이 열리고 남녀노소 죄수들이 무장한 근위대의 감시를 받으며 줄지어 모습을 드러냈다. 맑은 밤하늘에 보름달까지 떠 있었으므로 그 불쌍한 사람들의 얼굴이 똑똑히 보였다. 그들은 두 줄로 행렬을 이루고 침울한 표정으로 걸어 나오고 있었다. 근위대 병사들의 칼과 창이 부딪치는 소리 외에는 사방이 쥐 죽은 듯이 고요했다. 이러다가 지하 감옥이 텅 비게 되지나 않을까 싶을 정도로 그 숫자가 많았다.

대열의 끝에서 비니키우스는 의사 글라우쿠스의 모습을 보았다. 그리고 계속 지켜보았으나 형장으로 가는 대열 속에는 리기아도 우르수스도 끼어 있지 않았다.

제62장

황제의 정원에는 밤이 되기도 전에 인파가 몰려들기 시작했다. 어떤 사람들은 화려한 나들이옷을 입고 머리에는 화관을 쓴 채, 잔뜩 들떠서 노래를 부르고 있었다. 그중에는 벌써 술에 취한 자도 있었다. 모두 황제가 고안해 낸 새로운 구경거리를 즐기기 위해 모여든 사람들이었다. "세마쿠시, 사르멘티키!"라고 외치는 소리가 테크타 가도와 에밀리우스 다리에, 티베리스 강 건너편, 개선가도와 네로의 원형경기장, 멀리 바티카누스 언덕에 이르기까지 온 로마 시내에 울려 퍼졌다. 가끔 죄수를 나무 기둥에 묶어 불태워 죽이기는 했으나, 이처럼 많은 사람들을 한꺼번에 화형시킨 적은 일찍이 없었다.

황제와 티겔리누스는 그리스도교도들에 대한 처형을 마무리하는 한편, 감옥에서 시내로 퍼지려는 전염병을 막기 위해 모든 지하 감옥을 비우라는 명령을 내렸으므로 이제 감옥에는 마지막 구경거리에 동원될 수십 명밖에는 남지 않았다. 군중은 여러 개의 문을 통과하여 황제의 정원에 이르렀는데, 눈앞에 벌어진 광경을 보고 너무 놀라서 아연실색했다. 덤불과 풀밭, 숲과 연못, 웅덩이와 습지, 화단을 가로지르는 크고 작은 모든 길에 송진을 칠한 나무 기둥이 죽 세워져 있고, 기둥마다 그리스도교 신자들이 묶여 있었던 것이다. 멀리 시야에 들어오는 둔덕에도 그리스도교도들이 매달린 기둥이 줄지어 서 있었으며, 그들의 몸은 가지각색의 꽃과 샤프란과 담쟁이덩굴로 뒤덮여 있었다. 그 줄은 움푹 파인 골짜기에서 높다란 언덕에 이르기까지 기복을 이루며 길게 뻗어 있었는데, 가까이에서는 함선의 돛대와 같이 보였고, 멀리에서는 형형색색의 투창 혹은 티르수스[1]를 땅바닥에 꽂아놓은 것 같았다. 기둥의 숫자가 상상을 초월할 만큼 많았으므로 황제의 연회를 위해 어떤 종족 하나를 골라 전부 동원한 것으로 생각될 정도였다. 구경꾼들은 기둥 하나하나마다 멈춰 서서 희생자의 모습이나 연령, 성별 등을 확인하고, 그들의 얼굴과 화관, 그리고 담쟁이덩굴의 장식을 살펴보면서 앞으로 나아갔다. 가는 동안 그들은 '방화범이 이렇게나 많다는 말인가?' '걸음마를 갓 배운 어린아이가 과연 불을 질렀을까.' 하는 의혹을 갖게 되었다. 이제 놀라움은 점차 공포로 변해 가고 있었다.

이윽고 어둠이 다가와 하늘에는 별이 반짝이기 시작했다. 횃불을 손에 든 노예들이 각 처형자들 옆에 다가섰다. 정원의 여기저기에서 점화를 알리는 나팔 소리가 들려왔다. 그 신호가 울려 퍼지기 무섭게 노예들은 일제히 기둥 밑에 횃불을 던

1) 꼭대기에 솔방울을 달고 포도 잎사귀 따위를 감은 주신 디오니소스의 지팡이.

졌다.

꽃 장식으로 가려놓은 짚단에는 송진을 칠해 놓았으므로 불은 금세 붙었다. 불꽃은 순식간에 번져 짚단을 모두 태우고 덩굴을 타고 희생자의 발부터 집어삼키기 시작했다. 군중은 숨을 죽이고 지켜보고 있었다. 곳곳에서 처참한 신음 소리와 고통스러운 비명이 들려왔다. 신자들 가운데는 별이 반짝이는 밤하늘을 우러러보면서 그리스도를 찬미하는 노래를 부르는 사람도 있었다. 사람들은 그 노랫소리가 예사롭지 않게 들린다면서 귀를 기울였다. 작은 기둥에서 들려오는 "엄마, 엄마!" 하며 필사적으로 몸부림치는 어린아이의 울음소리에는 목석처럼 냉혹한 사람도 온몸이 오싹해졌다. 어린아이들이 고통스럽게 그 천진난만한 얼굴을 이리저리 흔들어대는 모습, 희생자들이 연기에 파묻혀 기절하는 광경을 보고는 술에 취한 관중조차 그 참상에 전율했다. 불꽃은 점점 높이 치솟아 장미나 담쟁이덩굴로 만든 화관에까지 번졌다. 길가에 세워진 크고 작은 모든 기둥에 불이 붙어 숲과 풀밭, 화단까지 환히 다 보였다. 연못이나 저수지의 수면에도 그 빛이 반사되어 사방이 온통 불바다를 이루었다. 흔들리는 나뭇잎 또한 불그레하게 보였으며, 사방이 대낮처럼 환해졌다. 사람의 살이 타는 냄새가 정원 안을 가득 채우자, 노예들은 기둥과 기둥 사이에 미리 준비해 놓은 향로에 몰약과 알로에 향유를 부어 향을 피웠다. 불길이 솟구칠 때마다 군중 속에서 연민의 소리인지, 놀라움의 탄성인지, 아니면 취객의 주정 소리인지 분간할 수 없는 괴상한 고함 소리가 터져 나왔다. 불꽃은 시시각각 거세지면서 희생자들의 얼굴까지 올라가, 그들의 머리카락까지 송두리째 태우면서 마치 이 잔악한 형벌을 명령한 자의 위대한 힘과 승리를 찬양이라도 하듯이 더욱 힘차게 하늘로 솟구쳐 올랐다.

처형이 막 시작될 무렵, 황제는 네 필의 백마가 끄는 화려한 경주용 전차를 타고 군중 사이에 나타났다. 그는 전차 경주에서 자기와 조신들이 선호하는 녹색 조를 상징하는 초록색 의상을 입고 있었다. 그 뒤를 따르는 전차에는 화려하게 치장한 조신들과 원로원 의원, 제사장들, 그리고 머리에 화관을 쓰고 손에는 포도주 단지를 들고서, 반쯤 취해 고함을 질러대는 거의 알몸의 바쿠스 여제사들이 타고 있었다. 그들 곁에는 파우누스와 사티루스로 분장한 악사들이 앉아 키타라와 하프, 피리와 뿔 나팔을 연주하고 있었고 다음 전차에는 로마의 귀부인과 그 딸들이 반라의 모습으로 역시 술에 취해 앉아 있었다. 전차의 양옆에는 오색 끈으로 장식한 티르수스를 휘두르는 곡예사들, 북 치는 사람들, 길가에 꽃을 뿌리는 소년들이 걸어오고 있었다.

그 화려한 행렬은 "에보에!"[2]를 외치면서 인간 횃불들이 늘어서 있는, 연기에 뒤덮인 정원의 가장 넓은 길을 따라 행진하고 있었다. 황제의 옆에는 티겔리누스와 킬로가 서 있었다. 황제는 킬로가 겁에 질려 벌벌 떠는 것을 보고 유독 재미있어 했다. 네로는 손수 전차를 몰면서, 불타고 있는 사람들의 몸뚱이를 들여다보기도 하고, 군중의 환호성에 귀를 기울이기도 했다. 월계관을 쓰고 황금 전차 위에 우뚝 서서 무릎을 꿇고 있는 백성들을 내려다보며 수많은 조신들에 둘러싸여 유유히 정원을 달리고 있는 황제는 마치 거인처럼 보였다. 말고삐를

2) "만세!" 하는 바쿠스 신도들의 함성.

당기기 위해 앞으로 쭉 뻗은 그의 팔은 마치 군중을 축복하고 있는 듯했다. 그의 입가에도, 껌뻑이는 두 눈에도 흡족한 미소가 떠올라 있었다. 군중을 굽어보고 있는 그의 모습은 태양처럼 드높고 찬란하게 보였으며, 위풍당당하고 활기에 넘쳐 있었다.

황제는 이따금 전차를 멈춰 세우고, 불타는 처녀들의 앞가슴과, 불꽃에 싸여 경련을 일으키고 있는 어린애들의 얼굴을 눈여겨보았다. 그러고는 광기에 사로잡혀 날뛰고 있는 수행자들을 거느리고 다시 의젓하게 말을 몰아 앞으로 나아가는 것이었다. 때로는 군중을 향해 고개를 끄덕이기도 하고, 상체를 뒤로 젖혀 황금으로 만든 말고삐를 잡아당기며 티겔리누스와 이야기를 주고받기도 했다. 이윽고 네거리의 한복판에 있는 커다란 분수대에 다다르자 그는 전차에서 내려 조신들에게 고갯짓으로 신호를 보내며 군중 속으로 들어갔다.

군중은 환호와 박수로 그를 맞이했다. 바쿠스의 여제사들과 원로원 의원, 조신들, 제사와 병사들, 그리고 님프와 목양신으로 분장한 사람들이 흥분의 도가니 속에서 한꺼번에 황제를 에워쌌다. 그러나 네로는 그들을 무시한 채 티겔리누스와 킬로를 거느리고 천천히 분수대 근처를 거닐었다. 그 부근에도 수십 개의 불꽃이 타오르고 있었다. 네로는 희생자 앞에서 일일이 발을 멈추고 한마디씩 의견을 말하기도 하고, 사색이 되어 마지못해 따르고 있는 늙은 킬로를 조롱하기도 했다.

이윽고 네로와 그의 일행은 도금양으로 장식하고, 담쟁이덩굴을 감아 올린 높은 불기둥 앞에 멈춰 섰다. 불꽃의 시뻘건 혓바닥은 이미 희생자의 무릎까지 넘실대고 있었다. 나뭇가지가 타면서 온통 연기에 휩싸여 있어 희생자의 얼굴은 보이지 않았다. 그러나 잠시 후 밤의 미풍이 연기를 몰아내자, 흰 수염을 가슴까지 늘어뜨린 노인의 얼굴이 나타났다.

그 얼굴을 본 순간 킬로는 갑자기 바닥에 털썩 주저앉았다. 그의 입에서는 인간의 목소리라기보다는 까마귀 울음소리와 같은 비명이 터져 나왔다.

"글라우코스[3]다! 글라우코스!"

타오르는 기둥에서 조용히 킬로를 내려다보고 있는 사람은 과연 의사 글라우쿠스였다.

그는 아직 살아 있었다. 자기를 배신하고, 처자를 빼앗고, 죽이려고까지 한 자, 그리스도의 이름으로 용서해 주었음에도 불구하고, 또다시 자기를 처형자의 손에 팔아넘긴 박해자를 마지막으로 눈여겨보려는 듯 머리를 앞으로 내밀고 있었다. 인간이 인간에게 저지를 수 있는 가장 잔인하고 참혹한 박해를 당한 희생자가 지금 송진을 바른 불타는 기둥에 매달려 있고, 그를 박해한 자는 그 발 앞에 서 있다. 글라우쿠스의 시선은 킬로의 얼굴에 고정되어 있었다. 이따금 연기가 몰려와 그들의 시야를 가렸지만, 바람이 불어 연기를 날려버리면, 또다시 킬로의 눈은 자기 얼굴에 못 박혀 있는 글라우쿠스의 시선과 마주쳤다. 킬로는 일어서서 도망치고 싶었지만 꼼짝도 할 수 없었다. 두 다리가 납덩이처럼 무거웠고, 마치 눈에 보이지 않는 어떤 초인적인 힘이 자기를 기둥 앞에 붙잡아 두고 있는 것만 같았다. 그는 화석이 된 듯 꼼짝도 하지 않았다. 단지 자신의 몸속에서 뭔가가 샘솟고, 또 뭔가가 부서지는 것을 느꼈다. 피와 수난은 이제 진절머리가 난다. 이제는 생이 다

3) '글라우쿠스'의 그리스식 발음.

끝나 버린 것 같았고, 주위의 모든 것, 황제도, 궁전도, 군중도 다 사라져버린 것 같았다. 끝없는 암흑과 공허가 자신을 에워싸고 있었다. 어두움 속에서 단 하나 눈에 보이는 것은 바로 자기가 저지른 죄를 말없이 심판하고 있는 순교자의 눈이었다. 글라우쿠스는 고개를 점점 아래로 떨어뜨리면서도 여전히 킬로를 뚫어지게 내려다보고 있었다. 다른 사람들도 이 두 사람 사이에 무언가 심상치 않은 일이 일어나고 있다는 것을 눈치 챘다. 킬로의 얼굴에 극심한 공포의 빛이 서린 것을 보고, 관중은 웃음을 멈췄다. 킬로의 얼굴은 마치 타오르는 불길이 그 자신을 태우고 있기라도 하듯 공포와 고통으로 처참하게 일그러져 있었다. 갑자기 그는 비틀거리더니, 두 손을 위로 치켜들고 비통하게 부르짖었다.

"글라우쿠스! 그리스도의 이름으로 나를 용서해 주시오!"

순간 침묵이 주위를 뒤덮었다. 그 자리에 서 있던 사람들 모두가 숨을 죽이고 불기둥으로 시선을 던졌다. 이윽고 순교자의 머리가 가볍게 끄덕이더니, 신음하는 듯한 목소리가 흘러나왔다.

"당신을…… 용서하겠소……!"

킬로는 땅에 엎드려 짐승처럼 울부짖으며 두 손으로 흙을 움켜쥐고 자기 머리 위에 마구 뿌려댔다. 불길은 점점 더 거세어져서 글라우쿠스의 가슴과 얼굴을 덮치고 머리 위에 얹은 도금양 화관과 기둥 꼭대기에 묶어놓은 리본에까지 옮겨 붙었다. 기둥 전체가 하나의 거대한 횃불이 되어 밝게 빛을 내며 타오르고 있었다.

잠시 후 킬로는 몸을 일으켰다. 그의 얼굴은 조신들이 다른 사람으로 착각할 정도로 변해 있었다. 눈은 전에 볼 수 없던 광채로 빛나고, 주름 잡힌 이마에는 황홀한 기운이 서려 있었다. 조금 전만 해도 나약하고 무능하게만 보이던 이 그리스인이 지금은 신의 계시를 받아 새로운 진리를 설파하는 사제처럼 보였다.

"어떻게 된 일이지? 아주 넋이 나간 모양이군." 몇 사람이 중얼거렸다.

그때 킬로는 군중을 향해 오른손을 높이 쳐들고, 조신들뿐 아니라 거기에 있는 사람들 모두에게 다 들리도록 큰 소리로 외쳤다. 그것은 고함이라기보다는 울부짖음에 가까웠다.

"로마 시민 여러분! 나는 목숨을 걸고 맹세합니다! 지금 여러분 눈앞에서 죄 없는 사람들이 죽어가고 있습니다. 진짜 방화범은…… 바로 저 사람입니다."

이렇게 말하며 그는 네로를 가리켰다.

잠시 침묵이 흘렀다. 조신들의 표정이 굳어졌다. 킬로는 부들부들 떨리는 팔을 그대로 뻗은 채 꼼짝도 하지 않고 여전히 황제를 가리키며 서 있었다. 그러자 갑자기 대소동이 벌어졌다. 군중은 돌풍에 휩쓸린 파도처럼 늙은 그리스인을 자세히 보기 위해 그의 주위로 몰려들었다. "방화범을 체포하라!"는 고함 소리가 이곳저곳에서 일어났다. "이런, 무서운 일이!" 하고 외치는 소리와 휘파람 소리, 무서운 고함 소리도 들려왔다. "붉은 수염! 제 어미를 죽인 놈! 방화범!"이라고 외치며 군중은 날뛰었다. 바쿠스의 여제사들이 날카로운 비명을 지르며 전차로 달려가 몸을 숨겼다. 돌연 몇 개의 기둥이 불에 타서 무너지며, 사방에 불똥을 튀기기 시작했다. 그러자 소란은 점점 더 극심해졌다. 킬로는 우르르 몰려드는 흥분한 군중에 휩쓸려 정원의 한구석으로 밀려났다.

여기저기서 검게 탄 기둥들이 길바닥에 쓰러지기 시작했으며, 연기와 불꽃, 그리고 인간의 살점과 나무 타는 냄새가 도처에 가득 찼다. 게다가 등불마저 꺼져버려 정원은 어두워졌다. 불안과 공포, 놀라움에 사로잡힌 군중은 아우성을 치며 문 쪽으로 몰려갔다. 그동안 조금 전에 일어난 사건이 와전되어 입에서 입으로 퍼져나갔다. 황제가 기절했다는 둥, 방화를 자인했다는 둥, 별안간 중병에 걸렸다는 등, 다 죽어가는 상태로 전차에 실려갔다는 둥 순식간에 갖가지 소문들이 떠돌았다. 이곳저곳에서 그리스도교도를 동정하는 말들도 들려왔다.

"만일 그들이 로마를 불사른 것이 아니라면 도대체 무엇 때문에 이처럼 부당하게 학살하고 피를 흘리게 했는가? 신들은 이 죄 없는 사람들을 위해 복수를 하실 것이다. 무슨 제물로 신들의 노여움을 달랠 수 있을까?"

'죄 없는 사람들'이란 말이 군중의 입에 점점 더 빈번하게 오르내렸다. 여자들은 수많은 어린애들조차 야수에게 던져지고, 십자가에 못 박히고, 이 저주받을 정원에서 무참히 불태워진 사실에 대해 슬퍼하며 눈물을 흘렸다. 그리고 그런 동정심은 마침내 황제와 티겔리누스에 대한 증오로 바뀌었다. 사람들 중에는 '이런 끔찍한 형벌과 죽음마저 꿋꿋하게 버텨낼 수 있는 힘을 준 저들의 신은 과연 어떤 신일까?' 하는 의문을 품으며, 옆 사람에게 묻는 자도 있었다. 군중은 각자 생각에 잠겨 집으로 돌아갔다.

한편 킬로는 아직도 정원 안을 헤매고 있었다. 어디로 가야 할지, 무엇을 해야 할지 몰라 그저 묵묵히 정원을 걷고 있었다. 그는 다시 무력하고, 처량하고, 병든 늙은이로 되돌아가 있었다. 반쯤 타다 남은 시체에 발이 걸려 비틀거리기도 하고, 아직도 불꽃이 남아 있는 검게 탄 기둥을 밟기도 하면서, 초점 없는 눈으로 이리저리 둘러보며 하염없이 걸었다. 정원은 이미 어둠에 잠겨 있었다. 다만 창백한 달빛만이 나무 사이를 뚫고 도로 주변과 검게 탄 기둥, 비참한 형상으로 변한 희생자들의 몸을 비추고 있을 뿐이었다. 그러나 늙은 그리스인은 그 달빛 속에서 글라우쿠스의 눈이 여전히 자기를 응시하고 있는 것 같아 견딜 수가 없었다. 그는 달빛을 피해 재빨리 나무 그늘에 숨었다. 그러나 눈에 보이지 않는 힘이 자꾸만 그를 그늘에서 달빛 아래로 끌어당겼다. 킬로는 어느새 글라우쿠스가 숨을 거둔 분수대 곁으로 발길을 향하고 있었다.

바로 그때 어떤 손이 킬로의 어깨를 잡았다.

깜짝 놀라 뒤를 돌아보니 처음 보는 사람이 서 있었다. 늙은 그리스인은 자기도 모르게 소리를 질렀다.

"뭐야? 당신은 누구시오?"

"타르수스에서 온 바오로라고 합니다. 사도입니다."

"나는 저주받은 사람이오. 내게 무슨 할 말이라도 있으십니까?"

사도가 대답했다.

"당신의 구원을 도우려고 왔습니다."

킬로는 비틀거리며 나무에 기댔다. 두 다리는 후들거렸고 두 팔은 힘이 빠져 축 늘어졌다.

"나는 구원받을 자격이 없습니다." 킬로가 절망적으로 외쳤다.

"그리스도께서 십자가에 매달리셨을 때 옆에서 함께 십자가에 못 박힌 강도가 회개하자, 그를 용서하셨다는 얘기를 들어본 적 있으십니까?"

바오로 사도가 물었다.

“제가 어떤 짓을 저질렀는지 당신은 모르실 겁니다.”

“나는 당신이 고민하는 것을 보았고, 진실을 말하는 것도 들었습니다.”

“아아, 사도여……!”

“게다가 그리스도의 종 글라우쿠스가 고통 속에 죽어가면서도 당신을 용서했는데, 하물며 그리스도께서 당신을 용서해 주시지 않을 리가 있겠습니까?”

킬로는 감정이 북받쳐 올라 두 손으로 머리를 움켜쥐었다.

“용서라고요? 저를 용서해 주신단 말입니까?”

“그렇습니다. 우리의 하느님은 자비의 신이십니다.” 사도가 대답했다.

“저 같은 사람도 용서받을 수 있습니까?” 킬로가 되풀이해서 물었다.

그는 고통과 고뇌를 참을 수 없는 듯 신음하기 시작했다.

“자아, 내 손을 잡고 따라오시오.”

바오로는 킬로의 손을 잡고 분수 소리를 따라서 네거리를 향해 걸어갔다. 분수에서 떨어지는 물소리가 밤의 적막을 가르며 고통 속에 죽어간 죄 없는 사람들을 위해 흐느끼는 것 같았다.

“우리의 하느님은 자비의 신이십니다.” 사도가 되풀이했다. “당신이 바닷가에 가서 아무리 돌멩이를 던져도 깊은 바다를 메울 수는 없을 것입니다. 나는 분명히 말합니다. 그리스도의 자비는 마치 그 바다처럼 깊어서 인간의 죄와 잘못을 마치 심연 속에 떨어지는 돌멩이처럼 모두 삼켜버립니다. 또한 그리스도의 자비는 산과 육지와 바다를 모두 아우르는 저 넓은 하늘과 같습니다. 그분의 자비는 어디에나 존재하는 무한한 것입니다. 당신은 글라우쿠스의 불기둥 앞에서 참회했으며, 그리스도께서는 당신의 회개를 지켜보셨습니다. 당신은 당장 자기 신변에 닥칠 위험을 무릅쓰고 '저 사람이 방화범이다!'라고 진실을 말했습니다. 그리스도께서는 당신의 그 증언을 잊지 않으실 것입니다. 당신의 죄도, 거짓말도 그 말 한마디로 모두 용서를 받았습니다. 당신의 마음속에는 이제 오직 회한만이 있을 뿐입니다. 그러니 나를 따라와 내 말을 들으십시오. 이렇게 말하는 나도 전에는 그리스도를 배척하고, 그리스도께서 선택하신 백성들을 박해한 사람입니다. 나는 그리스도를 원하지 않았고, 그분을 믿지 않았습니다. 그러나 그리스도께서 내 앞에 직접 나타나셔서 나를 이끌어주셨습니다. 그때부터 그리스도는 내가 가장 사랑하는 분이 되었습니다. 그리스도께서 지금 당신에게 괴로움과 두려움, 고통을 주시는 것도 당신을 부르시기 위해서입니다. 당신은 그리스도를 증오했지만, 그리스도는 당신을 사랑하셨습니다. 당신은 그리스도를 믿는 사람들을 죽음의 길로 몰아넣었지만, 그리스도께서는 당신을 용서하시고 당신을 구원해 주려고 하십니다."

감격한 노인은 몸을 떨며 오열했다. 그의 영혼은 천 갈래 만 갈래로 찢어지는 것 같았다. 바오로는 킬로를 포옹하며 용기를 북돋워 주었다. 그러고는 병사가 포로를 인솔하듯 킬로를 인도했다.

"자, 나와 함께 갑시다! 내가 당신을 그리스도 앞으로 데려가겠습니다. 그래서 내가 이렇게 당신을 찾아온 것입니다. 그리스도는 사랑의 힘으로 많은 사람들을 모으라고 내게 명하셨습니다. 나는 다만 그 말씀을 실천하고 있을 뿐입니다. 당신은 자신을 저주받은 자라고 생각하고 있으나, 나는 당신에게 분명히 말합니다. 그리스도를 믿으십시오. 그러면 당신은 구원받을 수 있습니다. 당신은 자신을 버림받은 자라고 생각하고 있으나, 나는 당신에게 다시 한 번 말합니다. 그리스도는 당신을 사랑하고 계십니다. 나를 좀 보십시오! 내가 그분을 믿지 않았을 때는 이 가슴속에 증오심 외에는 아무것도 없었습니다. 그러나 지금은 그리스도의 사랑이 어버이의 사랑보다 더욱 충만하게 넘치고 있으며, 그 사랑의 마음이 부귀와 권력에 대한 욕망을 대신하게 되었습니다. 당신이 구원받을 수 있는 길은 오직 그리스도 안에만 있습니다. 그분은 당신의 회개를 받아들이시고, 당신의 슬픔을 헤아리시며, 당신을 공포에서 해방시켜 그분 곁으로 이끌어주실 것입니다."

이렇게 말하며 바오로는 킬로를 분수대로 데리고 갔다. 물줄기가 달빛을 받아 은빛으로 반짝이고 있었다. 주위는 적막에 싸여 있고, 인적도 끊겼다. 정원에서 일하는 노예들이 불에 탄 기둥과 순교자들의 유해를 전부 치운 후였기 때문이다.

킬로는 신음하면서 무릎을 꿇고, 두 손으로 얼굴을 가린 채 꼼짝도 하지 않았다. 바오로는 별이 반짝이는 하늘을 우러러보며 기도하기 시작했다.

"오, 주님! 이 불쌍한 형제의 슬픔과 눈물과 괴로움을 굽어살펴주시옵소서! 우리의 죄를 대신해 피를 흘리신 자비로운 그리스도여, 당신의 수난과 죽음, 부활로써 이 사람을 용서해 주십시오!"

여기서 바오로 사도는 말을 그쳤다. 그리고 하늘을 우러러보며 오랫동안 묵도했다.

순간 킬로는 바오로 사도의 발 앞에 엎드려 가슴 깊은 곳으로부터 우러나오는 소리로 울부짖었다.

"오, 그리스도여……! 그리스도여……! 저를 용서해 주시옵소서……!"

바오로는 분수대로 가서 한 손으로 물을 떠가지고 무릎을 꿇고 있는 가련한 노인에게로 되돌아와서 물을 뿌리며 말했다.

"킬로여! 이제 성부와 성자와 성령의 이름으로 당신에게 세례를 줍니다! 아멘!"

킬로는 머리를 들어 올리고 두 팔을 벌린 채 꼼짝도 하지 않았다. 달빛은 그의 백발과 파리한 얼굴을 환히 비추고 있었다. 그는 사자(死者)나 석상(石像)처럼 미동도 하지 않았다. 밤은 점점 깊어갔다. 황제의 정원에 있는 커다란 닭장에서 닭 울음소리가 들려왔다. 그러나 킬로는 무덤가의 비석처럼 여전히 무릎을 꿇은 채 움직이지 않았다.

이윽고 킬로는 정신을 가다듬고 벌떡 일어서더니 바오로 사도에게 물었다.

"사도님! 죽기 전에 제가 무엇을 해야겠습니까?"

온갖 죄에 물들었던 그리스인의 영혼을 변화시키신 하느님의 무한한 권능에 대해 묵상하던 바오로 사도가 이렇게 대답했다.

"믿음을 가지십시오. 그리고 진실을 드러내십시오."

두 사람은 함께 분수대를 떠났다. 정원의 문 앞에 이르자 사도가 다시 한 번 노인을 위해 강복의 기도를 했다. 킬로는 어젯밤의 사건으로 황제와 티겔리누스가 틀림없이 자기에 대한 체포령을 내렸으리라고 예측하고 있었으므로, 작별의 인사를 하고 사도와 헤어졌다.

집에 돌아와 보니 짐작대로 근위대가 집을 포위하고 있었다. 킬로는 그 자리에서 바로 체포되어 스캐비누스의 지휘 하에 팔라티움 궁전으로 연행되었다.

황제는 잠자리에 들었지만, 티겔리누스가 늙은 그리스인을 기다리고 있었다. 그는 침착하지만 험악한 표정으로 킬로를 맞았다.

"너는 황제의 권위를 모욕하는 대역죄를 범했다! 그러니 형벌을 면치 못할 것이다. 하지만 내일 원형경기장에 나가서 취중에 한 말이라고 해명한 다음, 방화범은 그리스도교 신자가 맞다고 다시 증언한다면, 가벼운 태형과 추방 정도로 끝날 것이다."

"그렇게는 못하오!" 킬로가 차분하게 대답했다.

그러자 티겔리누스가 천천히 다가오더니 위협적인 말투로 나지막하게 물었다.

"지금 뭐라고 했느냐? 못하겠다고? 이 그리스의 개새끼야! 네가 정녕 취했던 것이 아니란 말이냐? 지금 네가 대답을 잘못하면 어떻게 된다는 것쯤은 알고 있을 텐데? 저것이 보이느냐?"

티겔리누스는 아트리움의 한구석을 가리켰다. 그곳에는 기다란 나무 의자가 놓여 있었고, 그 옆에 어둠을 등지고 트라키아 태생의 노예 네 명이 밧줄과 못을 뽑는 연장을 들고 서 있었다. 하지만 킬로의 대답은 한결같았다.

"나는 못하오!"

티겔리누스는 끓어오르는 화를 가까스로 자제하며 물었다.

"그리스도교도들이 어떻게 죽어갔는지 네 눈으로 똑똑히 봤지? 너도 그렇게 죽고 싶으냐?"

노인은 핼쑥한 얼굴을 들었다. 그는 떨리는 입술로 또박또박 대답했다.

"나도 그리스도를 믿고 있소."

티겔리누스는 망연자실해서 킬로를 뚫어지게 쳐다보았다.

"이 개새끼야! 네가 정말로 실성했구나!"

티겔리누스는 참았던 분노가 한꺼번에 폭발한 듯 킬로에게 덤벼들어 두 손으로 수염을 휘어잡고는 바닥에 넘어뜨려 마구 짓밟았다. 그는 입에 거품을 물고 되풀이했다.

"취소해! 당장 취소하라니까!"

"나는 못하오!" 킬로는 발길질을 당하면서도 굽히지 않았다.

"이놈을 당장 고문대에 앉혀라!"

명령이 떨어지기가 무섭게 트라키아 인들은 킬로를 끌어다가 의자 위에 올려놓고, 밧줄로 꽁꽁 묶은 다음, 못 뽑는 기구로 그의 뼈만 남은 정강이를 조이기 시작했다. 그러나 킬로는 의자에 포박당할 때에도 겸손하게 노예들의 손에 입을 맞추었고, 고문을 당하면서도 지그시 눈을 감고 마치 죽은 사람처럼 고분고분했다.

티겔리누스는 킬로의 숨이 아직 끊어지지 않은 것을 확인하고 허리를 굽혀 다시 한 번 "취소하겠느냐?"라고 물었다. 킬로의 새파래진 입술이 간신히 움직이더니 희미한 속삭임이 겨우 흘러나왔다.

"나는…… 못…… 하오……!"

티겔리누스는 고문을 중지시켰다. 그러고는 분노와 당혹감으로 얼굴을 찡그리며 아트리움을 서성거렸다. 그러다가 문득 묘안이 떠오른 듯 트라키아 인 노예들을 향해 소리쳤다.

"이놈의 혓바닥을 뽑아버려라!"

제63장

「라우레올루스」[1]라는 연극을 상연할 때는 극장이나 원형경기장에 두 개의 무대를 설치하여 연극의 진행을 원활하게 하는 것이 지금까지의 관례였다. 그러나 네로의 정원에서 그리스도교 신자들에 대한 화형이 있은 뒤 그 관행은 없어졌다. 그 연극에는 십자가에 못 박힌 노예가 곰에게 잡아먹히는 장면이 있는데, 될 수 있는 대로 한꺼번에 많은 사람들에게 그 장면을 보여주려는 의도에서였다. 극장에서는 보통 곰의 가죽을 뒤집어쓴 배우가 연기했으나, 이번에는 살아 있는 곰을 등

1) 카룰루스(BC 84~54)가 쓴 풍자 소극. 라틴어로 '월계관'이라는 뜻. 당시 로마에서 대중적으로 큰 인기를 끌었던 연극의 하나로 악덕 귀족이나 평민 중에서 악한 사람들이 주인공으로 등장함. 주인공들은 항상 연극 말미에 벌을 받는데 십자가형 또는 십자가에 달린 채 곰의 먹이로 던져지는 내용임. 시엔키에비츠의 원본에는 '아우레올루스'로 되어 있으나 타키투스의 『연대기』에는 '라우레올루스'로 되어 있음.

장시키기로 했다. 그것은 티겔리누스의 착상이었다. 황제는 처음에는 참석하지 않겠다고 완강히 버텼으나, 총애하는 심복 티겔리누스의 설득에 생각을 바꾸었다. 티겔리누스는 지난번 정원에서 큰 소동이 있었으니, 오히려 백성들 앞에 될 수 있는 한 자주 얼굴을 내밀 필요가 있다고 역설하면서, 그날 십자가에 못 박히게 될 노예는 혀를 잘라버렸으므로 크리스푸스와 같은 비난은 결코 내뱉지 못할 것이라고 황제를 안심시켰다. 백성들은 이제 유혈이 낭자한 피의 잔치에는 싫증을 느끼고 있었다. 그래서 황제는 그들의 환심을 사기 위해 새로운 추첨권을 나누어주고, 많은 선물과 함께 연회를 베풀기로 약속하였다. 이번 연극은 야간에 원형경기장에서 밝은 조명 아래 상연하기로 되어 있었다.

황혼녘이 되자 원형경기장에는 구경꾼들이 몰려들어 이미 만원이 되었다. 티겔리누스를 필두로 조신들도 전원 참석했다. 그들은 연극을 보러 온 것이 아니라 지난번 소동 이후 황제에 대한 충성심을 드러내기 위해서, 그리고 무엇보다 온 로마 시내에 소문이 자자한 킬로의 일이 궁금해서 온 것이다.

그들은 귓속말로 소곤대기 시작했다. 그날 밤 정원에서 궁궐로 돌아간 후, 황제는 비분강개해서 밤새도록 한숨도 못 자고, 무섭고 흉측한 악몽에 시달리더니 다음 날 아침 일찍 아카이아로 떠나겠다고 했다는 것이다. 그러나 어떤 이들은 그 사실을 부인하면서, 그보다는 정원의 소동 때문에 황제가 그리스도교도에 대해 전보다 더 혹독한 형벌을 가할 것이라고 말하기도 했다. 몇몇 겁이 많은 자들은 킬로가 군중의 앞에서 황제에게 정면으로 가한 비난이 최악의 결과를 낳게 될 것이라고 추측하기도 했다. 그런가 하면 인정에 호소하여 더 이상의 박해는 중지해 달라고 티겔리누스에게 부탁하는 사람도 있었다.

"당신들이 한 짓이 어떤 결과를 초래하고 있는지 보란 말이오." 바르쿠스 소라누스가 말했다. "군중의 분노를 진정시키기 위해 지금 처형당하고 있는 그리스도교도들이 범인이라는 확신을 불어넣으려고 했는데, 결과는 오히려 그 반대가 되지 않았소?"

"나도 동의하네!" 안티스티우스 베루스가 거들었다. "세상 사람들은 지금 그리스도교 신자들에게는 아무 죄가 없다고 수군대고 있소. 언젠가 킬로가 우리들의 뇌수는 도토리 껍질도 채우지 못할 정도라고 했는데, 그 말이 사실인 것 같지 않소?"

그러자 티겔리누스가 두 사람을 돌아보며 말했다.

"사람들은 이런 말도 수군거리더군. 소라누스, 당신의 딸 세르빌리아와 그리고 안티스티우스, 당신의 아내가 그리스도교도인 노예들을 숨겨주어 폐하의 정의로운 심판에서 벗어나게 해주고 있다고 말이야."

"그건 거짓말이오!" 바르쿠스가 불안한 기색을 감추지 못하고 소리쳤다.

"당신들과 이혼한 부인들이 내 아내의 정숙함을 시기한 나머지 모함을 하고 있는 거요!"

안티스티우스 베루스도 역시 기가 죽어 자신 없는 목소리로 말했다.

다른 조신들은 킬로에 관해 수군거리고 있었다.

"도대체 그 늙은이는 어떻게 된 것이오?" 에프리우스 마르켈루스가 말했다. "그놈이 제 손으로 그리스도교도들을 티겔리누스에게 넘겨준 게 아니었소? 비천한 몸이 부자가 되어 편안히 일생을 마칠 수 있게 되었고, 죽으면 화려한 장례식을 치러주고 무덤에 기념비까지 세워줄 텐데, 왜 그렇게 경거망동했을까? 갑자기 그 모든 행운을 걷어차고 스스로 파멸을 초래하다니, 원……. 아마도 미쳐서 그런 거겠지."

"미친 게 아니오. 그리스도교 신자가 되었다는군요."

티겔리누스가 말했다.

"설마 그런 일이?" 비텔리우스가 말했다.

"내가 뭐라고 했소?" 베스티누스가 끼어들었다. "그리스도교 신자들을 죽이고 싶으면 얼마든지 죽여도 좋소. 그러나 내가 경고했듯이 그들의 신과 맞서서는 절대 안 되오. 그 신은 결코 가볍게 보아선 안 된단 말이오! 앞으로 어떤 일이 일어날지 두고 보시오! 내가 로마에 불을 지른 것은 아니지만, 만일 황제께서 허락해 주신다면 이제부터라도 그리스도교도들의 신에게 황소 100마리를 바치고 제사를 지낼 생각이오. 다시 한 번 말하지만, 절대로 그 신을 가볍게 보아서는 안 되오. 내 말을 잊지 마시오."

"내가 언젠가 말했지 않소?" 페트로니우스가 나섰다. "그리스도교 신자들이 저항하고 있다고 말이오. 그때 티겔리누스가 내 말을 비웃었소. 하지만 지금은 그 정도가 아니라고 덧붙이고 싶소. 그들은 우리를 정복하고 있는 중이오."

"뭐라고? 그게 도대체 무슨 말입니까?" 몇몇 조신들이 놀라며 물었다.

"폴룩스를 두고 맹세하겠소! 킬로와 같은 노회한 늙은이도 결국 머리를 숙였는데, 누가 감히 그들에게 대항할 수 있겠소? 이렇게 번번이 그리스도교도들을 학살한다고 해서, 그들을 완전히 뿌리 뽑을 수 있다고 생각하시오? 만일 로마라는 도시에 대해서 그 정도로밖에 모른다면 차라리 땜장이나 이발사가 되는 편이 나을 거요. 최소한 민중이 무슨 생각을 하는지, 그리고 이 도시에서 무슨 일이 벌어지고 있는지 알 수 있을 테니까."

"페트로니우스의 말은 지당하니, 디아나의 신성한 옷을 두고 맹세해도 좋소!"

베스티누스가 말했다.

바르쿠스가 페트로니우스에게 물었다.

"결국 당신이 하고 싶은 말이 무엇이오?"

"당신들이 처음 꺼낸 말이 바로 내 결론이오. 이제는 피비린내라면 모두들 진저리를 친다는 말이지."

티겔리누스는 코웃음을 치면서 페트로니우스를 흘겨보았다.

"그렇소? 내게는 아직도 부족한걸."

"만일 당신 어깨 위에 붙어 있는 머리만으로 부족하다면, 그 지팡이 꼭대기에 붙어 있는 머리라도 함께 사용해 보는 것이 어떻겠소?" 페트로니우스가 응수했다.

황제가 피타고라스와 함께 경기장에 도착하여 자리에 앉았으므로 이야기는 중단되었다. 「라우레올루스」가 곧 상연되었으나 조신들은 하나같이 킬로의 처형에만 신경이 집중되어 있었으므로 연극에는 별로 관심이 없었다. 고문과 피에 익숙해진 군중은 지루해져서 휘파람을 불며 황제에 대해 별로 호의적이지 않은 소리를 외치면서, 살아 있는 곰이 나오는 장면을 빨리 보여달라고 고함을 질렀다. 만일 선물이 보장되지 않았고, 킬로의 처형 장면을 볼 수 있다는 희망이 없었으면 그들은 더 이상 남아 있을 것 같지 않은 기세였다.

마침내 관중이 기다리던 킬로의 차례가 왔다. 먼저 경기장에 고용된 노예들이 나무 십자가를 메고 들어왔다. 그것은 곰이 뒷발로 서면 순교자의 가슴에 닿을 수 있을 정도의 높이로 만들어져 있었다. 이어서 두 사내가 고문으로 인해 다리뼈가 부러져 혼자서는 걸을 수 없는 킬로를 끌고 들어왔다. 순식간에 눕혀놓고 십자가에 못 박았으므로 호기심에 가득 찼던 조신들은 킬로의 얼굴을 제대로 보지 못한 것이 불만이었다. 미리 파둔 구덩이에 십자가가 수직으로 세워진 후에야 비로소 경기장의 모든 사람들이 그 살아 있는 제물을 똑똑히 볼 수 있었다. 그러나 벌거벗은 노인에게서 예전의 킬로의 모습은 찾아볼 수가 없었다. 티겔리누스가 몇 번씩 혹독하게 고문을 했기 때문에 그의 얼굴에는 핏기라고는 조금도 남아 있지 않았다. 흰 수염에는 혀가 뽑힐 때 떨어진 핏방울이 그대로 말라붙어 있었다. 몰골은 꼭 해골 같았으며, 얇은 거죽만 남은 피부 속으로 앙상한 뼈가 들여다보일 지경이었다. 그는 실제보다 훨씬 늙어 보였다. 불안과 악의로 흔들리던 눈초리와 경계심에 싸인 얼굴은 간데없고, 십자가에 매달려 있으면서도 잠이 들었거나 이미 죽은 사람처럼 평안한 표정을 짓고 있었다. 어쩌면 그는 그리스도의 오른쪽에서 십자가에 못 박힌 강도가 회개하고 그리스도로부터 용서받았다는 이야기를 떠올리며 마음속으로 자비로운 그리스도에게 이렇게 고백하고 있는지도 몰랐다.

'주님, 저는 독벌레처럼 사람들을 물어뜯으며, 평생을 비참하게 살아왔습니다. 저는 늘 굶주렸고, 남에게 짓밟히고, 매맞고, 모욕을 당하며 살았습니다. 저는 늘 가난하고 불행했습니다. 지금도 저들은 저를 고통 속에 몰아넣고 이렇게 십자가에 못 박아 놓았습니다. 그러나 자비로우신 주님! 당신께서는

부디 죽음의 순간에 저를 저버리지 말아주십시오.'

회개하고 뉘우치는 킬로의 영혼에 평화가 찾아들었다는 것은 누가 보아도 분명히 알 수 있었다. 아무도 웃지 않았다. 십자가에 매달린 이 노인에게서 고요하지만 범접하지 못할 경건한 기운이 흐르고 있었기 때문이다. 비록 늙고 무기력하며 나약해 보였지만, 그 겸허하고 진실한 태도는 연민을 불러일으키지 않을 수 없었다. 많은 사람들이 곧 죽게 될 사람을 무엇 때문에 저처럼 괴롭히고, 십자가에 매달기까지 했을까 하고 자문하고 있었다. 군중은 말이 없었다. 조신들 틈에서 베스티누스가 좌우를 살피면서 겁에 질린 소리로 "저 사람이 어떻게 죽어가는지 보시오!" 하고 속삭였다. 관중은 어서 곰이 등장해서 이 처절한 구경거리가 되도록 빨리 끝나기를 바라고 있었다.

드디어 곰 한 마리가 느릿느릿 모래밭으로 걸어 나왔다. 곰은 그 커다란 머리를 숙인 채 이리저리 흔들며 무엇인가를 찾는 것 같았다. 그러다가 십자가에 매달린 벌거벗은 몸뚱이를 보자, 어슬렁어슬렁 그 앞으로 다가가 앞발을 들고 일어섰다. 그러나 곧 앞발을 내려놓더니 그대로 십자가 밑에 웅크리고 앉았다. 짐승조차도 마지막 형체만 남은 이 수척한 인간의 모습에 동정하는 듯 나지막이 으르렁거리기만 했다.

노예들이 곰을 부추기며 고함을 질러댔지만 관중은 물을 끼얹은 듯 조용했다. 킬로는 천천히 머리를 들어 관중석을 둘러보았다. 문득 그의 시선이 경기장의 맨 윗줄 어느 한 곳에 멈추더니 붙박인 듯 꼼짝도 하지 않았다. 킬로의 가슴은 부풀어 올랐다. 순간 관객들을 놀라게 하는 감동적인 일이 일어났다. 그의 얼굴에 밝은 미소가 떠올랐으며, 이마에는 불꽃과 같은 광채가 서렸다. 하늘을 향해 크게 치켜뜬 두 눈에서 눈물이 천천히 볼을 타고 흘러내렸다. 그러고는 숨을 거두었다.

별안간 관중 맨 위쪽 장막 아래에서 한 사내의 낭랑한 목소리가 들려왔다.

"순교자들에게 평화가 있으라!"

원형경기장은 무거운 침묵에 휩싸였다.

제64장

황제의 정원에서 치러진 인간 횃불의 볼거리가 끝나고 나자 감옥은 이제 거의 텅 비게 되었다. 동방에서 온 새로운 종교를 믿는다는 혐의가 있는 사람은 계속 잡아들였지만, 이제는 검거되는 사람도 점차 줄어서 마지막 구경거리를 만드는 데 필요한 최소한의 인원을 겨우 확보할 수 있을 정도였다. 사실 시민들은 피투성이의 경기에 식상했으며, 희생자들의 불가사의한 태도를 보면서 점차 불안해하기 시작했다. 미신을 믿는 베스티누스가 품고 있던 것과 비슷한 두려움이 수천 수만의 시민들 사이에 퍼졌다. 그리스도교 신자들이 믿는 신이 로마에 복수를 할 것이라는 소문은 점점 더 기승을 부리기 시작했다. 감옥에서 발생한 열병은 온 도시에 퍼져 사람들의 두려움을 더욱 부채질했다. 시내에는 장례식 풍경이 자주 눈에 띄었다. 시민들은 이 미지의 신의 노여움을 풀기 위해서는 새로운 속죄의 제물이 필요하다고 거듭 주장했다. 각 신전에서는 주피터와 리비티나에게 제물을 바쳤다. 티겔리누스와 그의 일당들이 온갖 노력을 기울였음에도 불구하고 시간이 흐를수록 로마는 황제의 명에 의해 불탄 것이고, 그리스도교도들은 아무 죄도 없이 학살당하고 있다는 소문이 점점 확산되었다.

그럼에도 불구하고 네로와 티겔리누스는 그리스도교도에 대한 박해를 절대로 멈추려고 하지 않았다. 민심을 안정시키기 위해서, 곡식과 포도주, 올리브 배급에 관한 새로운 법령이 속속 공포되고, 소유자의 부담을 크게 경감시켜 주택이 개건을 용이하게 하는 법령과 차후의 화재를 예방하기 위한 도로의 확장과 건축 자재에 관한 조례도 마련되었다. 황제는 친히 원로원 회의에 참석하여 의원들과 함께 민중과 도시의 복지에 대해 여러 가지 사항들을 의논하였다. 그러나 감옥에 갇힌 사형수들에게는 아무런 배려도 없었다. 세계 위에 군림하고 있는 네로이지만 지금은 '죄가 없는 사람들'이 이처럼 참혹한 형벌을 받을 리가 없다는 확신을 시민들에게 심어주는 것이 급선무였다. 원로원에서도 황제의 비위를 건드릴까 봐 두려워서, 그리스도교도를 옹호하는 발언은 한마디도 나오지 않았다. 그러나 미래에 대한 예지가 있는 사람들은 그 새로운 종교에 의해 대로마 제국의 초석이 뿌리째 흔들릴 날이 머지않았다고 확신하고 있었다.

죽은 사람에게는 형벌을 금하게 되어 있는 로마의 법률에 따라서 수감자 중에 죽은 사람이나 거의 죽게 된 사람은 가족에게 내어주도록 되어 있었다. 비니키우스는 만일 리기아가 죽으면 가족 묘지에 묻고, 자기도 그 곁에서 잠들리라 생각하면서 자위하고 있었다. 그녀를 죽음에서 구출할 수 있다는 희망은 이제 포기했다. 비니키우스는 세상만사에서 벗어나 완전히 그리스도에 몰입하면서 내세에서 이루게 될 영원한 결합 외에는 더 이상 아무것도 바라지 않게 되었다. 비니키우스의 신앙은 나날이 깊어갔다. 그 신앙에 비추어보면 '영원'은 막연한 것이 아니고 지금까지 살아온 순간적이고 허망한 삶에 비길 수 없을 만큼 참되고 실제적인 것으로 여겨졌다. 그의 마음은 온통 신앙의 열정에 사로잡혀 있었다. 몸은 이 세상에 머물러 있었지만, 영적인 존재로 변화되고 있었던 것이다. 그는 하루빨리 이 세상에서 해방되어 영원한 세상으로 가기를 갈망했으며, 사랑하는 이의 영혼 또한 그렇게 되기를 바라고 있었다. 그때가 되면 리기아의 손을 잡고 천국으로 들어가리라. 그곳에서 두 사람은 그리스도의 축복을 받으며 찬란하게 밝아오는 새벽처럼, 고요하고 평화로운 빛 속에서 영원히 함께 살 수 있으리라.

비니키우스는 그리스도께 오직 한 가지만을 기도했는데, 그것은 리기아가 경기장에서 수난을 당하지 않고, 옥중에서 편히 눈을 감게 해달라는 청원이었다. 그때가 되면 비니키우스 자신도 리기아와 함께 죽으리라고 각오하고 있었다. 수많은 신자들이 무참하게 흘린 피의 홍수를 보면서 리기아만 살아남기를 바라는 것은 허용되지 않는다고 생각하게 되었다. 베드로와 바오로 사도들 또한 자기들도 언젠가는 순교하지 않으면 안 된다고 말하지 않았는가. 십자가에 매달려 죽은 킬로를 보면서 비니키우스는 고통 중의 죽음도 평화로울 수 있음을 확신하게 되었다. 그래서 그는 이 서글프고 힘겨운 운명에서 벗어날 수 있도록 하루빨리 죽음이 자기들 두 사람에게 찾아오기를 바라고 있었다.

때로는 무덤 저편 내세의 삶이 실감되는 순간도 있었다. 그는 영혼에 드리웠던 슬픔과 고통에서 벗어나 속세를 초월한 평화로운 신의 뜻에 자신들의 운명을 맡기고 싶었다. 전에는 강물의 흐름을 거슬러 올라가려고 애써 몸부림쳤지만, 지금은 흐르는 물에 순순히 몸을 맡기는 것이 영원한 평화에 이르는 길임을 깨닫게 된 것이다. 또한 리기아도 자기와 마찬가지로 죽음을 준비하고 있으리라고 생각했다. 비록 감옥의 벽이 두 사람을 가로막고 있지만, 둘이 손을 마주잡고 죽음을 향해 나아가고 있다고 생각하면 어느새 행복한 미소가 떠오르는 것이었다.

실제로 두 사람은 매일 얼굴을 마주하는 사람들처럼 한마음 한뜻으로 하루하루를 보내고 있었다. 리기아 또한 사후의 삶을 그리워하는 것 외에는 아무런 욕망도 바람도 없었다. 그녀에게 있어 죽음은 무서운 감옥으로부터의 해방, 그리고 황제와 티겔리누스의 손아귀로부터의 구원을 의미할 뿐만 아니라, 사랑하는 비니키우스와의 결합을 의미하기도 했다. 이 흔들리지 않는 신념 앞에서 다른 모든 것은 이미 존재 가치를 잃고 있었다. 지상에서 고대하던 세속적인 행복조차 사후(死後)의 세계에서 새로이 시작될 것만 같았다. 그래서 그녀는 마치 약혼한 여자가 혼례를 올릴 날을 기다리듯 그렇게 죽음을 고대하고 있었다.

결국 수천 명의 그리스도교 신자들을 무덤 저편으로 데리고 간 거대한 신앙의 물결은 우르수스에게도 밀어닥쳤다. 그는 오랫동안 리기아가 죽게 된다는 사실을 인정할 수가 없었다. 그러나 원형경기장과 황제의 정원에서 벌어졌던 참혹한 형벌에 대한 소식이 속속 감옥 안으로 전해지면서, 죽음은 이제 모든 그리스도교 신자들에게 피할 수 없는 공동체적인 운명이라는 사실을 깨달았다. 더욱이 그 죽음이 지상의 온갖 세속적인 행복을 초월한 축복이라는 것을 알게 되면서, 그 축복을 리기아에게만은 베풀지 마시고, 꼭 필요하다면 오랜 세월이 지난 후에 그렇게 해주십사고 기도했던 자신이 부끄럽게 생각되었다. 단순하기 짝이 없는 이 야만족 사내는 자기가 모시고 있는 아가씨는 한 나라의 공주이니 자기를 포함한 다른 평범한 인간들보다 더 많은 주님의 축복을 받게 될 것이며, 천국에 가서도 틀림없이 '하느님의 어린양'으로부터 가까운 곳에 자리를 차지하게 되리라고 믿고 있었다. 물론 하느님 앞에서는 모든 사람이 평등하다는 말은 들었지만, 그의 마음 한구석에는 적어도 공주, 그것도 리기 족을 다스리는 왕의 따님은 특별한 대접을 받아야 한다는 고집스런 신념이 자리하고 있었다.

우르수스는 저 세상에서도 계속해서 리기아를 모실 수 있도록 그리스도께서 허락해 주시리라고 굳게 믿고 있었다. 자기 자신과 관련해서는 오직 한 가지 비밀스러운 소망이 있었는데, 그것은 자기도 '하느님의 어린양'처럼 십자가에 못 박혀 죽고 싶다는 것이었다. 그러나 그것은 자신에게는 분에 넘치는 복으로 여겨졌다. 십자가형은 로마의 법률에 따라 가장 무거운 죄를 범한 자에게 주어지는 형벌이었지만, 감히 그것을 바라는 것조차 과욕이라는 생각이 들었다. 오래전부터 그는 자기가 맹수의 이빨에 물려서 최후를 맞게 될 것만 같은 불길한 예감에 시달리고 있었다. 그런 생각이 우르수스에게는 유일한 괴로움이었다. 우르수스는 어렸을 적부터 인적이 드문 원시림에서 살았고, 사냥꾼들 틈에서 밤낮으로 사냥을 하며 자랐다. 소년 시절에도 어른보다 힘이 세었기 때문에 사냥꾼으로서 그는 전 리기 족 사이에 평판이 높았다. 사냥은 그에게는 무엇보다 즐거운 일이었다. 나중에 로마에 와서 사냥을 하지 못하게 되자 야수들의 사육장이나 원형경기장을 돌아다니면서 자기가 이미 알고 있거나, 혹은 생소한 야수들을 구경하곤 했다. 야수들을 볼 때마다 우르수스는 그 야수와 싸워 이기고 싶은 충동을 느끼곤 했다. 그러므로 만일 원형경기장에서 야수와 대결하게 되면, 경건하게 죽음을 맞이해야 하는 그리스도교의 교리에 어긋나는 거친 행동을 하게 될까 봐 남몰래 걱정하고 있었다. 그리하여 우르수스는 마음을 가다듬고 모든 것을 그리스도께 의탁하기로 결심하고, 다른 생각을 통해 위안을 얻으려 애썼다. '하느님의 어린양'께서는 일찍이 그리스도교 신자들에게 지옥의 악마나 악한 영혼들과 맞서 싸울 것을 명하셨다고 들었다. 그리스도교의 신앙에 따르면 그런 악령들 속에는 이교도의 신들도 포함되어 있다고 했다. 우르수스는 이 싸움에서 자기가 '하느님의 어린양'을 돕고, 그분을 위해 많은 공로를 세울 수 있을 것이라고 생각했다. 자기의 영혼이 다른 순교자들의 영혼에 못지않게 강인하다는 굳은 믿음이 있었던 것이다. 우르수스는 하루 종일 기도하며 갇혀 있는 형제들의 뒷바라지에 힘썼고, 때로는 간수들을 도와주기도 했다. 리기아가 이따금 우울한 표정을 지으며, 자기의 일생이 너무 짧아 사도 베드로가 여러 차례 얘기한 독실한 신자인 다비타[1]만큼 선행을 베풀지 못하고 죽는 것이 유감이라고 말할 때는, 그녀를 성심껏 위로하기도 했다. 간수들도 처

1) 유대에서 자선 사업을 많이 한 덕망이 높은 여인으로, 죽었으나 베드로가 다시 살림. 사도행전 9장 36절.

음에는 족쇄나 창살 따위가 무색할 정도인 이 거인의 괴력을 두려워했지만, 점차 그 착한 마음씨를 알게 되면서 우르수스를 좋아하게 되었다. 그들은 우르수스가 언제나 온화한 표정을 짓고 있는 것에 놀라면서 그 이유를 묻기도 했다. 그러면 우르수스는 자신감 넘치는 어조로 사후에 기다리고 있는 영원한 삶에 대해 이야기해 주는 것이었다. 간수들은 신기한 듯 그의 말을 귀담아듣고는, 햇볕조차 없는 그 어두운 지하 감옥 속에도 행복의 기운이 스며들 수 있다는 사실을 깨달았다. 우르수스가 '하느님의 어린양'을 믿으라고 열심히 권하면, 많은 간수들이 자기들이 하고 있는 일은 노예의 일과 다름없고, 그들의 삶이야말로 고달픈 멍에라며, 그렇게 할 마음의 여유가 없다고 푸념하곤 했다. 그들은 오직 죽음만이 그 불행한 운명의 사슬을 끊어버릴 수 있다고 믿고 있었다.

죽음은 로마의 모든 사람들에게 있어 새로운 공포이며, 약속이 없는 종말을 의미하는 것이었다. 하지만 이 리기 족의 거인과, 감방의 짚단 위에 던져진 한 떨기 꽃과 같은 순결한 처녀는 마치 행복의 문을 두드리러 가는 사람처럼 손꼽아 죽음을 기다리고 있었다.

제65장

어느 날 밤, 원로원 의원 스캐비누스가 페트로니우스를 찾아와서 암울한 세상과 황제에 대해 오랫동안 이야기를 나누었다. 스캐비누스의 이야기들이 너무나 직설적이고 노골적이었기 때문에 그와 제법 가까운 사이임에도 불구하고 페트로니우스는 경계심을 품지 않을 수가 없었다. 그는 온 세상이 범죄와 광란으로 가득 찼으며, 결국 로마는 지난번 화재보다도 더 큰 재난을 입고 파멸하게 될지도 모른다고 탄식했다. 조신들조차도 이제는 불만이 대단하며, 근위대의 또 한 명의 사령관[1]인 페니우스 루푸스조차 티겔리누스의 극악무도한 처사를 비난하고 있다는 것, 세네카 일가는 황제가 늙은 스승과 루카누스에게 행한 횡포에 대해 매우 분개하고 있다는 이야기를 했다. 불만을 품고 있는 것은 백성들뿐 아니라 근위대도 마찬가

1) 당시 근위대에는 두 명의 사령관이 있었음.

지이며, 페니우스 루푸스 같으면 대부분의 근위병들을 휘하에 장악할 수 있는 영도력이 있다고 덧붙였다.

"당신은 무엇 때문에 그런 얘기를 내게 하는 거요?"

페트로니우스가 물었다.

"황제가 염려되어서 그렇소." 스캐비누스가 대답했다. "근위대에는 나와 동명(同名)인 먼 친척이 있는데, 그에게서 부대 안의 분위기를 전해 듣고 있소. 그의 말에 따르면 부대 내부에서도 불평이 대단한 모양이오……. 칼리굴라도 광기에 사로잡혀 결국에는 카시우스 캐레아[2]에 의해 비참한 말로를 맞이하지 않았소? 물론 캐레아가 저지른 짓이 워낙 잔혹했으니 우리 중에 아무도 그의 거사를 칭송하는 자는 없었지만 말이오. 그러나 어쨌든 세상을 그 괴물의 손으로부터 구한 것은 캐레아가 아니었소?"

"그러니까 당신은 이런 말을 하고 싶은 것이군요. '캐레아를 칭찬하는 건 아니지만 그는 훌륭한 인물이었다. 요즘처럼 어지러운 때에는 신들이 그런 인물을 되도록 많이 보내주시면 좋겠다.' 뭐, 이런 뜻 아니오?"

그러자 스캐비누스는 화제를 바꾸어 느닷없이 피소를 칭찬하기 시작했다. 그가 집안도 좋고 품위가 있다는 것, 아내를 진심으로 사랑하고, 뛰어난 판단력에 침착한 성품이며, 무엇보다 민심을 휘어잡는 선천적인 카리스마를 지니고 있다는 것이었다.

"황제에게는 자식이 없으니 모두들 피소를 그 후계자로 여기고 있지 않소? 그 사람이 제위에 오르면 누구든지 열과 성

2) 근위대장. 칼리굴라 암살의 주모자.

을 다해 협조할 것이 분명하오……. 페니우스 루푸스도 그 사람을 좋아하고, 안네우스[3] 일가 또한 그를 존경하고 있소. 플라우티우스 라테라누스와 툴리우스 세네키오도 그를 위해서라면 죽음도 마다하지 않을 거요. 그 밖에도 나탈리스, 수브리우스 플라비우스, 술피키우스 아스페르, 아프라니우스 퀸크티아누스, 게다가 베스티누스 같은 사람들도 모두 그의 편이지요……." 스캐비누스가 말했다.

"당신이 마지막에 말한 사람은 피소에겐 별로 쓸모가 없을 것 같은데……. 그는 자기 그림자를 보고도 겁을 낼 사람이지 않소?"

페트로니우스가 말했다.

"베스티누스가 꿈이나 유령을 무서워하는 것은 사실이오." 스캐비누스가 말했다. "하지만 그 사람은 제법 유능한 면이 있소. 집정관을 맡겨도 잘해 낼 것이라고 말하는 사람들도 있소. 물론 그는 속으로 그리스도교도들에 대한 박해를 반대하고 있지만, 그렇다고 해서 그를 나쁘게 생각할 필요는 없지 않소? 당신도 이 미친 짓거리를 중단해야 된다고 생각하고 있을 테니 말이오."

"솔직히 말해서 그런 생각을 하고는 있지만, 그건 나 때문이 아니라 비니키우스 때문이오." 페트로니우스가 말했다. "나는 비니키우스를 위해 어떤 처녀를 구해 주고 싶은데, 뜻대로 안 되는군요. 아무튼 나는 붉은 수염의 눈 밖에 났으니까요."

"무슨 말을 그렇게 하시오? 황제가 요새 당신에게 가까이

3) 세네카의 가문 이름.

다가가려고 하고, 또 당신과 이야기를 나누고 싶어 한다는 것을 눈치 채지 못했소? 내가 그 이유를 말해 주겠소. 황제는 또다시 아카이아로 가서 그리스어로 지은 자작시를 낭송하려고 하고 있소. 황제는 이번 여행에 큰 기대를 가지고 있지만, 그리스인들로부터 조롱이나 받지 않을까 노심초사하고 있지요. 대성공이 아니면 대실패가 될 것이라고 생각하는 모양이오. 그래서 누군가 자기를 위해 적절히 자문해 줄 사람이 필요한데, 이럴 때 당신보다 더 훌륭한 조언자가 또 어디 있겠소? 그러니 당신이 다시 총애를 받을 수밖에 없지 않겠소?"

"그런 일이라면 나 대신 루카누스도 얼마든지 할 수 있소."

"붉은 수염은 루카누스를 미워하고 있으니, 마음속으로는 이미 사형 선고를 내렸을 것이 분명하오. 다만 적절한 구실을 찾지 못했을 뿐이지. 붉은 수염은 항상 명분을 중요시하니까. 루카누스도 서두르지 않으면 큰일을 당하고 말 것이오."

페트로니우스가 의미심장한 미소를 띠우고 말했다.

"카스토르를 두고 맹세하건대, 당신 말이 옳을지도 모르지요……. 하지만 나는 황제의 총애를 받을 수 있는 그보다 빠른 방법을 알고 있소."

"어떤 방법이오?"

"당신이 지금 내게 말한 것을 붉은 수염에게 모두 고해 바치는 거요."

"뭐라고? 내가 무슨 말을 했다고 그러시오?" 스캐비누스가 당황하며 말했다.

페트로니우스는 상대방의 어깨에 손을 얹으며 말했다.

"당신은 황제를 미친 사람이라고 했소. 그리고 다음번 제위에 오를 사람이 피소라는 말도 했고, 루카누스 또한 서두르지 않으면 큰일을 당할 거라고도 했소. 대체 무엇을 서두른단 말이오, 벗이여?"

스캐비누스의 낯빛이 하얗게 변했다. 두 사람은 잠시 상대방의 눈을 응시하고 있었다.

"당신, 설마 일러바치지는 않겠지요?"

"키프루스 여신의 엉덩이를 두고 맹세하지만, 나는 고자질 따위는 결코 하지 않는 사람이오. 역시 당신은 나를 잘 보았소……. 나는 아무것도 듣지 않았고, 또 듣고 싶지도 않소. 내 말 알아듣겠소? 인생은 너무나 짧기 때문에 쓸데없는 일에 일일이 신경 쓸 겨를이 없단 말이오. 다만 당신에게 한 가지 부탁이 있소. 오늘 중으로 티겔리누스를 찾아가서 당신이 오늘 이곳에서 보낸 시간만큼 그 집에 머물면서 무슨 내용이라도 상관없으니 그와 이야기를 나누도록 하시오."

"그건 또 무엇 때문이오?"

"그래야만 얼마 후 티겔리누스가 나에게 '스캐비누스가 당신 집에 간 일이 있소?'라고 물을 때 '스캐비누스는 그날 당신 집에도 가지 않았는가?'라고 응수할 수 있으니까 말이오."

그 말을 듣고 스캐비누스는 들고 있던 상아 지팡이를 꺾으며 말했다.

"모든 불길한 징조가 이 지팡이와 함께 다 사라지기를! 오늘 중으로 티겔리누스에게 갔다가 네르바의 연회에 참석하겠소. 당신도 연회에 나오는 것이 어떻겠소? 뭐, 어차피 모레 원형경기장에서 만날 테지만 말이오. 그날은 마지막 남은 그리스도교 신자들을 처형한다더군요. 자아, 그럼 다시 만납시다!"

'음, 모레라……. 그렇다면 한시도 지체할 수 없군. 붉은 수염이 아카이아에 간다면 반드시 내가 필요할 테니까, 어쩌

면 내 부탁을 거절하지 않을지도 모르겠군.'

혼자 남은 페트로니우스는 고민을 거듭한 끝에 최후의 수단을 써보기로 결심을 굳혔다.

과연 네르바의 향연에서 황제는 페트로니우스에게 자기의 맞은편에 앉도록 명령했다. 그러고는 아카이아 여행과 어느 도시에서 공연을 해야 가장 큰 성공을 거둘 수 있을지 페트로니우스의 의견을 물었다. 황제가 무엇보다 신경을 쓰는 것은 언제나 만만치 않았던 아테네 인들의 반응이었다. 다른 조신들은 두 사람이 주고받는 이야기에 열심히 귀를 기울이고 있었다. 페트로니우스의 견해를 잘 기억해 두었다가, 나중에 그것을 자기의 발상인 것처럼 황제에게 말하기 위해서였다.

"짐은 여태까지 살았어도, 헛살아 온 것 같은 느낌이 든다." 네로가 말했다. "짐은 그리스에 가서 다시 태어나리라."

"폐하께서는 그리스에서 불멸의 영광을 차지하실 것입니다."

페트로니우스가 대답했다.

"짐도 그렇게 되리라고 믿고 있다. 아폴로가 짐을 시기하지 않았으면 좋겠는데……. 성공을 거두고 돌아오면, 지금까지 그 어떤 신도 받아본 적이 없을 만큼 훌륭한 황소 100마리를 아폴로에게 제물로 바칠 작정이다."

이 말을 듣고 스캐비누스는 호라티우스[4]의 시구를 낭송했다.

키프루스의 전능한 여신과
헬레네의 형제들, 반짝이는 별들[5],

---

4) BC 1세기 로마의 서정시인. 시인 베르길리우스를 배웅하면서 항해의 안전을 기원하는 뜻에서 아래의 시를 지었음.

바람의 아버지[6]가
그대를 고이 인도하리니…….

"배는 이미 네아폴리스에 정박하고 있다. 짐은 내일이라도 당장 떠나고 싶구나."

황제가 말했다. 그러자 페트로니우스가 몸을 일으켜 네로의 두 눈을 지그시 쳐다보며 말했다.

"폐하, 그전에 결혼식의 피로연을 개최하고, 폐하를 귀빈으로 초대하고 싶사오니 부디 허락해 주십시오."

"결혼 피로연? 누가 결혼한다는 말이냐?" 네로가 물었다.

"비니키우스와 폐하의 인질인 리기 왕의 딸과의 결혼입니다. 그 처녀는 지금 감옥에 있습니다만, 원칙대로 하면 인질인 이상 수감시킬 수 없는 법입니다. 뿐만 아니라 폐하께서는 그 처녀와의 결혼을 비니키우스에게 친히 명령하신 바 있습니다. 폐하의 명령은 제우스 신의 결정처럼 돌이킬 수 없는 확고한 것입니다. 리기아를 석방시키라는 어명만 내려주신다면, 신랑인 비니키우스에게 보내도록 하겠습니다."

페트로니우스의 냉랭하고 자신만만한 말투가 네로를 당황하게 했다. 그가 이런 투로 말을 하면 네로는 항상 안절부절못했다.

"그래, 알고 있다." 네로는 눈을 내리깔며 말했다. "짐도 마침 그 리기 처녀와 크로톤을 목 졸라 죽였다는 거인에 대해

---

5) 카스토르와 폴룩스를 말함. 쌍둥이자리로, 항해의 수호신. 헬레네와는 남매 사이임.

6) 주피터의 아들. 바람의 신 에올루스.

생각하고 있는 중이었다."

"그럼 두 사람 모두 구제받은 것이로군요."

페트로니우스가 차분하게 말했다.

그때 옆에 있던 티겔리누스가 황제를 돕기 위해 끼어들었다.

"그 처녀는 폐하의 어명으로 투옥된 거요. 페트로니우스, 당신 입으로 직접 말하지 않았소? 폐하의 결정은 돌이킬 수 없는 확고한 것이라고."

비니키우스와 리기아의 사연을 잘 알고 있고, 지금 벌어지고 있는 일이 어떤 의미를 가지고 있는지도 잘 아는 조신들은 입을 다문 채, 이 긴박한 대화가 어떻게 끝날지 궁금해하며 귀를 곤두세우고 듣고 있었다.

"티겔리누스, 그 처녀가 투옥된 것은 당신이 만민법을 몰라서 실수를 저질렀기 때문이오. 너그러우신 폐하의 뜻에 전적으로 어긋나는 처사였소."

페트로니우스는 한 마디 한 마디에 힘을 주어 말했다.

"당신이 좀 모자란다는 것은 누구나 다 아는 사실이지만, 그렇다고 그 처녀가 로마를 불태웠다고 주장하지는 못할 것이오. 설사 그렇게 우긴다고 해도 폐하께서는 결코 당신의 말을 믿지 않으실 거요."

네로는 이미 정신을 가다듬고 있었다. 그는 근시인 두 눈을 반쯤 감고서 만면에 심술궂은 표정을 짓고 말했다.

"페트로니우스의 말이 맞다."

티겔리누스는 깜짝 놀라 네로를 쳐다보았다.

"페트로니우스의 말이 맞아."

네로는 같은 말을 다시 한 번 되풀이했다.

"내일 그 처녀를 위해 감옥 문을 열겠다. 피로연에 관해서는 이틀 후에 경기장에서 상의하도록 하지."

'또 지고 말았구나!' 페트로니우스는 생각했다.

집으로 돌아오면서 페트로니우스는 이미 리기아의 생명에 종말이 왔다는 확신을 갖게 되었다. 이튿날 페트로니우스는 신뢰하는 해방노예를 원형경기장에 보내어 시체 안치소의 감독을 만나 리기아의 시체를 인도하는 문제를 매듭짓도록 했다. 리기아의 시신이라도 잘 보존하여 비니키우스의 손에 넘겨주고 싶었기 때문이었다

제66장

야간 경기는 전에는 극히 드물었고, 어쩌다 특별한 경우에만 행해졌으나, 네로의 시대에 와서는 한밤의 구경거리가 검투장이나 원형경기장에서 열리는 것이 관행이 되었다. 야간 경기는 조신들에게 특히 인기가 있었는데, 경기가 끝난 후 성대한 연회와 술잔치가 벌어져 다음 날 아침까지 계속되곤 했기 때문이다. 군중은 이제 유혈이 낭자한 광경에는 식상해 있었지만, 구경거리도 막바지에 이르렀고, 또 마지막 남은 그리스도교도들이 한밤의 구경거리에서 모두 죽게 된다는 소문이 퍼지자 다시 구름처럼 원형경기장으로 몰려들었다. 조신들도 이번에는 다른 경기와는 달리 황제가 비니키우스를 괴롭히기 위해 친히 구상한 비극적인 구경거리라는 것을 잘 알고 있었으므로 한 사람도 빠짐없이 참석했다. 티겔리누스는 청년 호민관의 약혼녀에게 어떤 형태의 형벌이 내려질 것인가에 대해 철저하게 비밀에 부쳤다. 그래서 사람들의 궁금증은 더욱 컸다. 전에 아울루스 가에서 리기아를 본 적이 있는 사람들은 관람석에 앉아 리기아가 절세의 미녀라는 얘기를 꺼냈다. 과연 오늘 밤 리기아를 경기장에서 볼 수 있을지 미심쩍게 생각하는 사람들도 있었다. 네르바의 저택에서 열린 연회에서 황제가 페트로니우스에게 한 대답은 리기아가 풀려나게 될 것이라는 의미로 단순하게 해석할 수도 있었다. 아니 벌써 풀려나서 비니키우스에게 보내졌을 것이라고 추측하는 사람들도 있었다. 리기아가 인질인 이상, 자기가 원하는 신을 숭배하는 것은 자유이며, 게다가 만민법에 의하면 인질을 벌하는 것을 금하고 있다는 페트로니우스의 말이 옳기 때문이다.

관중은 모두 흥분과 기대, 호기심에 사로잡혀 있었다. 황제는 여느 때보다 일찍 경기장에 도착했다. 황제가 자리에 앉자 사람들은 아무래도 오늘 밤 구경거리는 정말 볼 만할 것이라고 수군거렸다. 그것은 황제가 티겔리누스와 바티니우스 외에 거대한 체구와 괴력으로 소문난 백인대장 카시우스를 거느리고 왔기 때문이다. 황제가 카시우스를 대동하고 나오는 것은 신변에 위협을 느낄 때만 있는 극히 드문 일이었다. 가령 밤중에 수부라 거리에 나가 길에서 만나는 처녀들을 병사들의 외투로 뒤집어씌우고 희롱할 때는 어김없이 그와 함께 있었다. 사람들은 관람석이 유난히 엄중하게 경호되고 있다는 것을 알아차렸다. 경비를 담당한 근위대 병사들의 수가 평소보다 훨씬 많았고, 더구나 그들의 지휘관은 백인대장이 아니라, 평소에 황제의 맹목적인 충신으로 알려진 호민관 수브리우스 플라비우스였기 때문이다. 비니키우스가 절망한 나머지 혹시 돌발적인 행동을 하지 않을까 우려해서 미리 경계하고 있는 것이 분명했다. 관중은 그 사실을 눈치 채고 더욱 흥미를 갖게 되었다.

모든 사람들의 시선은 이 '불행한 연인'에게 집중되었다. 비니키우스의 얼굴은 몹시 창백했으며, 이마에서는 식은땀이 흐르고 있었다. 그 또한 관객들과 마찬가지로 다가올 리기아의 운명에 대해서는 전혀 아는 바가 없었으나 삼엄한 경계를 보고 새삼스럽게 불안과 공포를 느꼈다. 이날의 구경거리에 대해서 아무것도 모르는 것은 페트로니우스도 마찬가지였다. 네르바의 집에서 돌아온 뒤, 페트로니우스가 한 말이라고는 비니키우스에게 마음의 준비는 됐는지, 그리고 야간 경기에 참석할 것인지만 물었을 뿐이었다. 아무 이유 없이 그런 질문을 할 페트로니우스가 아니었기에 비니키우스는 두려움에 등골이 오싹해져서 두 질문에 모두 간단하게 "네."라고만 대답했다. 얼마 전부터 비니키우스는 자신이 반쯤은 죽은 것같이 느껴졌다. 그러나 죽음은 자신과 리기아에게 해방이면서 동시에 영원한 결합을 뜻한다는 생각으로 간신히 리기아의 죽음을 받아들이고, 자신 또한 그 죽음에 조용히 몸을 맡기려 하고 있었다. 하지만 다른 먼 곳에서 최후의 순간을 '평화로운 잠'이라고 받아들이는 것과, 목숨보다 귀중한 사랑하는 연인이 고통에 몸부림치는 광경을 두 눈으로 지켜보는 것은 엄연히 다른 일이었다. 그러자 간신히 가라앉혔던 온갖 불안과 공포가 다시 그의 내부에서 고개를 들기 시작했다. 그 어떤 대가나 희생을 감수하고서라도 반드시 리기아를 구출하고 싶다는 욕망이 불현듯 엄습해 왔다.

비니키우스는 새벽부터 경기장의 지하 감방으로 달려가서 하루 종일 그 앞을 서성거리며 리기아가 그 안에 있는지 없는지를 확인하려 했다. 하지만 문마다 근위대가 철통같이 지키고 있었다. 상부의 엄명이 있었으므로 안면이 있는 병사조차 도 비니키우스가 건네는 돈을 받으려 하지 않았고, 그의 부탁에 귀를 기울이지도 않았다. 비니키우스는 너무 불안한 나머지 구경거리가 시작되기도 전에 자기가 먼저 죽어버릴 것만 같았다. 아직도 그는 리기아가 경기장에 없을지도 모르고, 이런 걱정은 다 부질없는 것일지도 모른다는 한 가닥 희망을 버리지 못했다. 그는 그 희망에 모든 것을 걸고 있었다. 그리스도께서 리기아를 감옥에서 꺼내 주시지는 않았지만, 그래도 경기장에서 치욕을 당하도록 그대로 내버려 두시지는 않을 것이라고 자신을 타이르기도 했다. 이미 오래전부터 모든 것을 그리스도께 의탁하고 순명하기로 결심했지만, 이렇게 지하 감방의 문턱에서 밀려나 무력하게 경기장의 자기 자리로 돌아오고 나니, 그의 가슴은 천 갈래 만 갈래로 찢어지는 것 같았다. 자신에게 집중되고 있는 호기심에 찬 눈초리들을 보면서, 그는 상상도 못할 참상이 벌어질 것 같아 가슴이 서늘해졌다. 비니키우스는 무섭게 엄습하는 위협을 느끼며 혼신의 힘을 다해 그리스도에게 도움을 청하기 시작했다. '당신께서는 무엇이든지 하실 수 있습니다!' 비니키우스는 떨리는 두 주먹을 불끈 쥐며 되풀이했다. '당신은 하실 수 있습니다!' 지금까지는 그녀의 수난이 현실로 바뀔 때, 이렇게까지 괴로우리라고는 생각지 못했었다. 그러나 막상 닥치고 보니 리기아가 고통을 당하는 모습을 도저히 두 눈 멀쩡히 뜨고 지켜볼 수는 없을 것 같았다. 만일 그 장면을 보게 되면, 지금껏 마음속에 키워온 그리스도에 대한 사랑이 증오로 변하고, 신앙이 절망으로 바뀔 것만 같았다. 동시에 비니키우스는 자기가 그런 생각을 갖는다는 것 자체에 두려움을 느꼈다. 그리스도의 자비와 기적을 간절하게 구하고 있으면서 그런 생각을 하는 것은 그분에 대한 모욕이자 반역이 아닌가! 이제 그는 리기아의 목숨을 구해 달라고 기도하는 대신에, 모래밭에 끌려나오기 전에 그녀의 생명을 거두어주시도록 간절히 기도했다. 비니키우스는 고통의 심연에서 부르짖었다.

'오, 하느님! 제발 이 소원만은 들어주십시오. 더 이상 아무것도 바라지 않겠습니다. 그렇게만 해주신다면 지금보다 훨씬 더 큰 사랑을 당신께 바치겠나이다!'

마침내 비니키우스의 의식은 폭풍에 휩쓸리는 파도처럼 흔들리기 시작했다. 온몸의 피가 끓어오르면서 복수심이 불타올랐다. 관중이 보는 앞에서 네로에게 달려들어 그의 숨통을 끊어놓고 싶은 욕구에 미칠 듯이 사로잡혔다. 그러나 곧 그런 충동 또한 그리스도를 모욕하는 것이며, 그 가르침에 위배된다는 각성도 했다. 그런가 하면 전능하고 자비로운 손길이 그의 영혼을 뒤흔드는 모든 두려움을 걷어내 주시리라는 희망이 번개처럼 머리를 스쳐가기도 했다. 그러나 그런 기대도 금세 사라지고 결국에는 주체할 수 없는 슬픔만이 그를 사로잡는 것이었다. 말씀 한마디로 경기장을 파괴하고 리기아를 구해내실 수 있는 힘을 가지신 그리스도께서, 당신을 그처럼 동경하고, 순결한 마음으로 사랑하고 있는 리기아를 저버리셨다는 절망감에 온몸이 땅속으로 가라앉는 것 같았다. 지금 이 순간에도 리기아는 어두운 감옥 안에 무력하게 방치되어 무지막지한 간수들의 손에 내맡겨진 채 아무 도움도 받지 못하고 마지막 숨을 허덕이고 있을지도 모르는 일이었다. 그런데 자기는 리기아에게 어떤 형벌이 준비되어 있는지, 또 어떤 장면을 보게 될지 아무것도 모르는 채 이 살벌한 경기장에서 속수무책으로 지켜보고 있을 수밖에 없는 처지인 것이다. 그러나 비니키우스는 물에 빠진 사람이 지푸라기라도 잡는 심정으로 그녀를 구해 낼 수 있는 것은 결국 믿음밖에 없다고 생각하며, 다시 마음을 가다듬고 그리스도께 매달리기 시작했다. 지금 남아 있는 방법은 오직 이것밖에 없다. 언젠가 베드로 사도께서도 믿음이 있으면 지축이라도 움직일 수 있다고 말씀하시지 않았는가.

비니키우스는 온 신경을 집중시키고, 띠오르는 의혹을 억누른 채 '나는 믿습니다!'라는 한마디에 모든 정성을 기울였다. 그는 그 한마디에 의지해서 정말로 기적이 일어나기만을 기다리고 있었다. 하지만 너무 팽팽하게 시위를 당기면 줄이 끊어져 버리듯이 지나친 긴장에 완전히 녹초가 되어버렸다. 그의 얼굴은 시신처럼 창백했으며 온몸이 뻣뻣하게 굳었다. 문득 그는 자기의 소원이 이루어져 이대로 죽는 것이 아닌가 하는 생각이 들었다. 그렇다면 필경 리기아도 세상을 떠났을 것이며, 마침내 그리스도께서 두 사람을 거두어주시리라는 생각이 들었다. 모래밭도, 흰 토가를 입은 수많은 관중도, 수천 개의 등불과 횃불도 일시에 그의 눈앞에서 사라졌다.

그러나 그 무력감은 오래 지속되지 않았다. 잠시 후 비니키우스는 눈을 번쩍 떴다. 아니, 스스로 정신을 차렸다기보다는 기다림에 지친 관중의 발 구르는 소리에 자기도 모르게 눈이 떠진 것이다.

"몸이 좋지 않은 모양이구나. 집으로 돌아가는 것이 좋겠다."

페트로니우스는 황제가 뭐라고 하든 개의치 않겠다는 듯 벌떡 일어서서 비니키우스를 부축하여 밖으로 데리고 나가려 했다. 그는 비니키우스가 가엾어서 견딜 수 없었으며, 황제가 에메랄드 구슬을 눈에 대고 비니키우스 쪽을 바라보면서 히죽거리는 것을 보자 울화가 치밀었다. 어쩌면 황제는 비니키우스의 고뇌를 소재로 비장한 시를 써서 사람들의 갈채를 받으려는 심산인지도 몰랐다.

비니키우스는 고개를 내저었다. 비록 경기장에서 죽는 한이 있어도 회피할 수는 없었던 것이다. 게다가 경기가 곧 시작되려 하고 있었다.

바로 그때 로마 시의 총독이 붉은 수건을 흔들자, 그것을 신호로 황제가 앉아 있는 귀빈석의 맞은편에 있는 커다란 철문이 열렸다. 그러자 어둠 속에서 대낮처럼 환히 불을 밝힌 경기장 안으로 우르수스가 걸어 나왔다.

거인은 갑자기 밝은 곳으로 나와서 눈이 부신 듯 잠시 눈을 껌뻑거리며 경기장 한복판으로 걸어 나와 자기의 상대가 누구인지를 찾으려고 주위를 둘러보았다. 조신들도, 관중의 대부분도 이 거인이 크로톤을 목 졸라 죽인 장사라는 것을 알고 있었으므로 그가 나타나자 장내는 술렁거리기 시작했다. 로마에도 보통 선수들보다 체구가 큰 검투사가 여럿 있었지만, 우르수스와 같은 거인을 시민들은 지금까지 본 적이 없었던 것이다. 귀빈석에서 황제의 뒤에 서 있는 카시우스조차도 이 리기 인에 비하면 어린아이같이 왜소하게 보였다. 원로원 의원도, 베스타의 여제사도, 황제도, 조신들도, 관중도 검투 경기를 사랑하는 애호가의 시선으로 우르수스의 통나무 같은 허벅지와 두 개의 방패를 이어 붙인 것 같은 두툼한 가슴, 헤라클레스처럼 건장한 두 팔뚝을 넋을 잃고 바라보았다. 관중의 술렁거리는 소리는 점점 높아져갔다. 로마 사람들에게는 그처럼 훌륭한 근육을 자랑하는 장사가 경기장에서 결사적으로 격투를 벌이는 것을 구경하는 것이 세상에 둘도 없는 즐거움이었다. 이제 수군거림은 환호성으로 변했으며, 저런 거인을 탄생시킨 종족은 대체 어떤 종족일까 하는 호기심으로 관중이 온통 들썩거렸다. 벌거벗은 채 경기장 한가운데 서 있는 우르수스는 인간이라기보다는 돌로 깎은 거인상 같았고, 얼굴에는 야만족 특유의 애수의 표정이 깃들어 있었다. 모래밭에 자기 외에는 아무것도 없는 것이 이상하다는 듯이 어린애와 같은 천진한 푸른 눈을 들어 관중석과 황제, 그리고 지하실로 통하는 철문을 번갈아 보면서 형을 집행할 박해자가 나타나기를 기다리고 있었다.

모래밭으로 나오면서 어쩌면 십자가가 자기를 기다리고 있을지도 모른다는 희망에 우르수스의 순진한 마음은 잠시 설레었다. 그러나 십자가도 없고, 그것을 묻을 구덩이도 없는 것을 확인하고는 자기는 그런 복을 누릴 만한 사람이 못 된다고 체념하면서 다른 방법, 아마도 맹수의 발톱에 찢겨 죽을 수밖에 없다는 생각에 절망스러웠다. 무기도 가진 것이 없으니 '하느님의 어린양'을 섬기는 사람답게 순순히, 평화롭게 죽어야겠다고 다짐했다. 그는 마지막으로 구세주께 기도할 생각으로 모래밭에 무릎을 꿇고 두 손을 모은 다음, 고개를 들어 별이 반짝이는 하늘을 우러러보며 기도하기 시작했다.

관중은 우르수스의 그런 태도가 마음에 들지 않았다. 양 떼처럼 얌전히 죽어가는 그리스도교 신자들에게는 신물이 나 있었으므로, 거인이 싸우지 않는다면 구경거리는 맥이 빠질 수밖에 없었던 것이다. 여기저기서 휘파람과 야유가 터져 나오기 시작했다. 싸우기를 거부하는 검투사를 채찍으로 몰아내는 마스티고포르스를 내보내라고 소리치는 자도 있었다. 그러나 소란은 오래가지 않았다. 이 거인의 상대가 무엇인지, 또 죽음에 직면한 순간에도 그가 싸움을 포기하고 그대로 기도만 하고 있을지는 알 수 없는 일이었기 때문이었다.

군중은 더 이상 기다릴 필요가 없었다. 별안간 나팔 소리가 울리더니 황제의 귀빈석 맞은편에 있는 철창이 열리면서, 맹수 조련사들의 고함 소리가 들려오기 시작한 것이다. 동시에 괴물과도 같은 게르마니아 산 들소[1]가 머리 위에 여자의 나신을 얹고 모래밭을 향해 쏜살같이 달려 나왔다.

"아아, 리기아! 리기아!"

비니키우스는 관자놀이 부근의 머리카락을 두 손으로 쥐어뜯으며, 날카로운 창에 찔린 사람처럼 몸을 활처럼 구부리고는 인간의 것이라고는 믿을 수 없는 괴상한 쉿소리를 내면서 울부짖었다.

"믿습니다! 믿습니다……! 그리스도여, 기적을 베풀어주십시오."

그때 옆에 있던 페트로니우스가 자신의 토가로 비니키우스의 머리를 덮어주었다. 비니키우스는 죽음이 닥쳤거나 고통 때문에 눈앞이 캄캄해진 줄로만 알았다. 아무것도 볼 수 없었고, 보려고 하지도 않았다. 무시무시한 허탈감이 엄습했고, 머릿속에는 아무 생각도 남아 있지 않았다. 그저 실성한 사람처럼 같은 말만 되풀이하고 있을 뿐이었다.

"믿습니다! 믿습니다! 믿습니다!"

경기장 안이 갑자기 조용해졌다. 조신들은 일제히 자리에서

---

1) '오록스'라 불리는 코끼리에 버금가는 크기의 거대한 유럽산 들소. 지금은 거의 멸종되었음.

일어났다. 모래밭에서 놀라운 광경이 벌어진 것이다. 겸허하게 죽음을 기다리고 있던 리기 족의 사나이가 사나운 짐승의 뿔에 묶여 있는 자신의 공주를 보자, 불에 덴 사람처럼 벌떡 일어나 등을 낮추고 미친 듯이 날뛰는 야수를 향해 돌진한 것이다.

순간 관중은 경악하여 짧은 탄성을 질렀다. 그러나 금세 입을 다물었다. 리기 인이 눈 깜짝할 사이에 흥분한 들소에게 덤벼들어 두 손으로 그 뿔을 삽았기 때문이었다.

"보아라!" 페트로니우스는 비니키우스의 머리에 씌웠던 토가를 벗겼다. 비니키우스는 몸을 일으켜 경기장의 모래밭을 둘러보았다. 그의 얼굴은 백지장처럼 하얗게 바랬으며, 완전히 얼이 빠져 눈앞에 펼쳐진 장면을 제대로 분간하지 못하고 있었다.

모두들 숨을 죽였다. 경기장 안은 파리의 날갯짓 소리가 들릴 정도로 조용했다. 관중은 자기들의 눈을 믿을 수 없었다. 건국 이래 이런 광경은 일찍이 본 적이 없었기 때문이었다.

리기 족 사나이는 버둥거리는 들소의 뿔을 꽉 붙잡고 있었다. 두 발은 복사뼈까지 모래밭 속에 파고들었고, 잔등은 팽팽한 활처럼 둥글게 휘어져 있었다. 머리는 두 어깨 사이에 파묻히고, 두 팔에는 힘줄과 근육이 불거져 나와 금방이라도 터질 것만 같았다. 거인은 그 자리에 계속 버티고 서서 들소를 꼼짝 못하게 누르고 있었다. 사람과 들소가 꼼짝도 하지 않자, 관중은 마치 돌에 새긴 헤라클레스와 테세우스[2]의 씨름

2) 그리스 신화 속의 아테네의 왕. 크레타 섬의 미궁에 들어가 미노타우루스를 죽인 영웅.

장면을 보는 것 같았다. 얼핏 보기에는 꼼짝도 않고 있는 것처럼 보이지만, 자세히 살펴보면 사람과 야수는 지금 죽느냐 사느냐의 사투를 벌이며 무섭게 대결하고 있다는 것을 알 수 있었다. 들소의 다리도 우르수스의 발처럼 점점 모래 속으로 깊이 박히고, 검은 털로 뒤덮인 거대한 몸뚱이 역시 공처럼 둥그렇게 움츠러들었다. 어느 쪽이 먼저 지쳐 쓰러질 것인가? 싸움에 열중한 관중에게는 지금 그 순간이 자기들의 운명이나 로마의 세계 재패보다도 더 중요한 의미를 지니고 있었다. 그리기 인은 이제 로마인들의 눈에는 동상을 세워 숭배할 만한 신과 같은 존재로 보였다.

황제가 벌떡 일어섰다. 우르수스의 괴력에 대한 소문을 듣고 오늘의 구경거리를 마련한 것이 바로 황제와 티겔리누스였다. 그들이야말로 모멸과 농담을 섞어 "크로톤을 죽인 그 힘센 놈을 특별히 고른 무서운 들소와 경기장에서 맞붙게 하자."는 계획을 세운 장본인들인 것이다. 그러나 지금 눈앞에서 펼쳐지고 있는 광경을 보고 그들은 너무 놀란 나머지 그것이 현실이라는 것을 믿을 수가 없었다. 구경꾼들 중에는 두 팔을 쳐든 채 조상(彫像)처럼 굳어버린 사람도 있었고, 또 마치 자기가 들소와 싸우기라도 하는 듯 이마에 진땀을 뻘뻘 흘리며 지켜보는 자들도 있었다. 경기장 안은 등불이 타는 소리와 횃불에서 불똥이 떨어져 내리는 소리 외에는 아무것도 들리지 않았다. 구경꾼들은 손에 땀을 쥐고 말을 잊었다. 그들의 심장만이 터질 듯이 고동치고 있었다. 그 싸움은 그대로 영원히 계속될 것 같았다.

사람과 짐승은 서로 죽을힘을 다해 버티고 있었는데, 마치 땅에 뿌리를 박고 있는 것 같았다.

별안간 모래밭에서 신음과 같은 울부짖음이 들려왔다. 관중은 놀라서 비명을 질렀으나, 이내 물을 끼얹은 듯 조용해졌다. 그들은 꿈을 꾸고 있는 것 같았다. 야만인이 강철 같은 팔로 들소의 거대한 머리를 휘어잡고 비틀기 시작했던 것이다.

리기 인의 얼굴과 목, 팔은 점점 벌겋게 물들었으며 등은 한층 더 구부러졌다. 그러나 자신이 가진 초인적인 힘을 완전히 쏟아 붓고 있어 아무리 그에게 괴력이 있다 해도 이런 상태로 오래 버티기는 힘들 것 같았다.

마침내 들소의 그르렁거리는 소리는 점점 약해지고 더욱더 고통스러운 신음으로 바뀌어 거인의 거친 숨소리와 뒤섞였다. 들소의 머리는 점점 뒤틀리고, 입에서는 거품과 함께 기다란 혓바닥이 나와 아래로 축 늘어졌다.

다음 순간 모래밭 가까운 곳에 앉아 있던 관중은 들소의 목뼈가 우두둑 하며 으스러지는 소리를 들었다. 야수는 목이 부러진 채로 모래밭에 고꾸라졌다.

거인은 순식간에 들소의 뿔에 묶여 있던 여자를 풀어 두 팔에 안고 가쁜 숨을 연거푸 몰아쉬었다.

거인의 얼굴은 창백했고, 머리카락은 땀으로 뒤범벅이 되었으며, 어깨도 팔도 물에 적신 것같이 흠뻑 젖었다. 잠시 넋이 빠진 사람처럼 우두커니 서 있던 우르수스는 이윽고 눈을 들어 관객을 둘러보았다.

경기장은 열광의 도가니였다. 수천 명의 관중이 지르는 환호성에 경기장 전체가 들썩거렸다. 로마에 검투 시합이 생긴 이래 관중이 이처럼 열광적인 반응을 보인 적은 일찍이 없었다. 관람석의 윗줄에 앉아 있던 사람들이 들소를 쓰러뜨린 그 초인적인 장사를 자세히 보기 위해 아래로 쏟아져 내려오는 바람에 좌석 사이의 통로에서는 소동이 일어났다. 여기저기서 그를 용서해 주라는 탄원이 터져 나오기 시작하더니 그 소리는 점점 집요하고 열렬하게 이어져 마침내 하나의 커다란 함성이 되었다. 그 거인은 이제 건장한 체구와 힘을 무엇보다 찬미하는 로마 사람들의 총아가 되어, 로마 제일의 영웅으로 떠올랐다.

우르수스는 군중이 자기에게 생명과 자유를 돌려주라고 요구하고 있다는 것을 알아차렸다 그러나 지금 그에게 절실한 것은 자기의 생명을 구하는 일이 아니었다. 우르수스는 주위를 둘러본 다음, 황제가 앉아 있는 귀빈석 앞으로 다가가 두 팔에 안고 있는 여자의 몸뚱이를 흔들어 보이면서 간절한 애원의 눈길을 보냈다. 그는 마치 이렇게 말하고 있는 듯했다.

'이분에게 자비를 베풀어주십시오! 이분을 구해 주십시오! 내가 싸운 것도 바로 이분을 구하기 위해서입니다.'

관중은 즉시 거인이 무엇을 원하는지 알아차렸다. 우르수스의 거대한 팔에 안겨 있어 조그만 어린애처럼 보이는 가냘픈 처녀가 정신을 잃고 있는 모습을 보자 군중도, 기사들도, 원로원 의원들도 감동했다. 석고로 빚어놓은 듯한 희고 섬세한 몸매, 의식을 잃고 축 늘어진 가련한 모습, 거인의 힘에 의해 아슬아슬하게 피하게 된 절체절명의 위기, 그리고 비할 데 없는 그녀의 아름다움과 거인의 간곡한 청원에 모든 사람들이 감명을 받은 것이다. 그들 중에는 아버지가 딸을 위해 선처를 구하는 것으로 생각하는 사람도 있었다. 갑자기 사람들의 마음속에 연민의 정이 불길처럼 타올랐다. 그들은 이미 피에도 싫증나고, 죽음에도 질렸으며, 고문에도 넌더리가 났던 것이다. 어떤 이들은 눈물까지 흘리면서 두 사람의 구명을 요구했다.

그동안 우르수스는 처녀를 팔에 안은 채 모래밭을 한 바퀴 돌면서 눈짓과 몸짓으로 그녀를 살려달라고 호소했다. 그때였다. 비니키우스가 벌떡 일어서서 관람석과 모래밭 사이의 울타리를 뛰어넘어 리기아에게 달려가서 자기의 토가로 그녀의 벌거벗은 몸을 감쌌다. 그러고는 튜닉을 찢어 앞가슴을 드러내고, 아르메니아의 전쟁 때 입은 상처를 보여주었다. 비니키우스는 관중을 향해 두 손을 높이 쳐들었다.

그동안 수없이 많은 경기가 있었지만 군중의 흥분이 이처럼 한꺼번에 폭발한 적은 없었다. 그들은 발을 구르며 악을 썼다. 지금까지 구명을 요구하던 외침은 어느덧 위협적인 소리로 바뀌었다. 사람들은 이제 초인적인 힘을 지닌 장사뿐만 아니라 그와 함께 있는 처녀와 젊은 군인을 구하기 위해서, 그리고 비니키우스와 리기아, 두 사람의 사랑을 지켜주기 위해서 한마음이 되어 궐기하고 있었다. 수천 명의 관중이 움켜쥔 주먹을 거칠게 휘두르면서 분노에 찬 눈길로 황제를 노려보았다. 그러나 황제는 주저하면서 선뜻 결단을 내리지 못하고 있었다. 특별히 비니키우스를 미워하고 있었던 것도 아니고, 리기아의 죽음이 절실한 것도 아니었다. 다만 처녀의 몸뚱이가 들소의 뿔에 받히거나 야수의 발톱에 갈기갈기 찢기는 광경을 보고 싶었던 것이다. 네로의 잔인성과 저급한 상상력, 타락한 욕망은 그런 기괴한 구경거리에서 변태적인 쾌감을 느꼈던 것이다. 그런데 지금 군중이 그 기쁨을 자기에게서 빼앗으려 하고 있다. 네로의 살찐 얼굴에 노기가 떠올랐다. 그는 자존심 때문에 도저히 백성의 뜻에 굴복할 수가 없었다. 그러나 태어날 때부터 겁이 많은 성격으로 인해 군중의 요구를 거절할 용기는 더더욱 없었다.

네로는 조신들 중에 혹시라도 죽음을 선고한다는 뜻으로 엄지손가락을 아래로 내리는 자가 없는가 하고 주위를 둘러보았다. 페트로니우스는 엄지손가락을 위로 세운 채, 도전하듯이 그를 쏘아보고 있었다. 미신가답게 흥분을 잘 하는 베스티누스 또한 유령은 무서워해도 산 사람은 두려워하지 않았으므로 구명의 신호에 호응하고 있었다. 그 밖에 원로원 의원 스캐비누스, 네르바, 툴리우스 세네키오, 유명한 노장 오스토리우스 스카풀라, 안티스티우스와 피소, 베투스, 크리스피누스, 미누키우스 테르무스, 폰티우스 텔레시누스 등이 찬성을 표시했으며, 백성들 사이에서 가장 존경받고 있는 트라세아스도 가세했다. 이 광경을 보자 황제는 경멸과 증오의 기색을 내비치면서 에메랄드 구슬을 눈에서 떼었다. 그러자 평소에 무슨 수를 쓰든지 페트로니우스만은 누르고 싶었던 티겔리누스가 황제에게 몸을 굽히며 말했다.

"폐하, 승낙하지 마십시오. 폐하의 뒤에는 근위대가 있습니다."

네로는 근위대의 지휘관이며, 자신의 맹목적인 충신이자 고지식한 성품으로 유명한 수브리우스 플라비우스 쪽을 돌아보았다. 그런데 이게 웬일인가. 늙은 호민관 역시 눈물을 글썽이며 숙연한 얼굴로 엄지손가락을 위로 올리고 있었던 것이다.

마침내 참고 참았던 군중의 분노가 폭발했다. 그들은 함성을 지르며 난폭하게 발을 굴러댔다. 흥분한 군중이 발을 구를 때마다 먼지가 뿌옇게 일어나 경기장 전체를 뒤덮었다. 그 함성 속에서 간간이 "붉은 수염! 제 어미를 죽인 놈! 방화범!" 하는 고함 소리가 들려왔다.

네로는 깜짝 놀랐다. 경기장에서는 관중이 전권을 쥐고 있었다. 예전의 황제들, 특히 칼리굴라 같은 자가 때때로 민중의 뜻에 반하는 결정을 내린 적이 있었지만, 결국 그 때문에 폭동이 일어났고, 피비린내 나는 참사로 이어지기도 했던 것이다. 네로는 그렇게 되고 싶지 않았다. 그는 배우로서, 또 가수로서 백성들로부터 열렬한 박수갈채를 받고 싶었다. 또한 원로원 의원과 귀족들의 세력을 견제하기 위해서라도 민중을 자기편에 두어야 했다. 특히 로마의 대화재 이후에는 모든 방법을 다 동원하여 민심을 수습하고, 그들의 분노를 그리스도 교도들에게 돌리려고 애를 써왔다. 그래서 지금 더 이상 관중의 뜻을 거스르려 하다가는 돌이킬 수 없는 결과를 초래할 뿐이라고 판단했다. 만일 경기장에서 폭동이라도 발생하면 그것은 도시 전체로 걷잡을 수 없이 확산될 수도 있었다.

네로는 다시 한 번 수브리우스 플라비우스와 원로원 의원 스캐비누스의 친척으로 그와 이름이 같은 백인대장 스캐비누스, 그리고 근위대 병사들을 둘러보았다. 모두가 미간을 찌푸리고 험상궂은 얼굴로 자기를 응시하고 있었다. 결국 네로는 마지못해 엄지손가락을 위로 올려 구명의 신호를 보낼 수밖에 없었다.

우레와 같은 갈채가 관람석의 위쪽에서 아래쪽까지 울려 퍼져 온 경기장을 뒤흔들었다. 관중은 비로소 죄수들이 생명을 건졌다는 것을 확신하고 만족스러워했다. 그 순간부터 리기아와 우르수스의 생명은 민중의 보호를 받게 되었으며, 황제조차 그들에게 앙갚음을 할 수가 없게 되었다.

제67장

네 명의 비티니아 인 노예들이 리기아를 가마에 태워 조심스럽게 페트로니우스의 저택으로 운반했다. 비니키우스와 우르수스도 그 곁을 따라갔다. 그들은 되도록 빨리 그리스의 명의(名醫)에게 리기아를 보이기 위해 서둘렀다. 두 사람은 말이 없었다. 오늘 하루 너무나 엄청난 일을 겪고 난 후였기에 말할 기력조차 없었던 것이다. 더구나 비니키우스는 아직도 반쯤 얼이 빠진 상태였다. 그는 스스로에게 말하듯 줄곧 반복해서 중얼거렸다. "리기아는 구출되었다, 이제 다시는 감옥으로 끌려가거나 경기장에서 죽음을 당할 염려는 없다, 우리의 불행은 영원히 끝났다, 이제는 그녀를 집으로 데리고 가서 절대로 놓치지 않을 것이다……." 그에게는 이 모든 것이 현실이라기보다는 꿈속에서 새로운 삶이 시작된 것처럼 여겨졌다. 가끔 가마 안을 들여다보면, 인사불성인 채 눈을 감고 있는 연인의 얼굴이 달빛 속에 보였다. 그녀의 얼굴을 보면서 비니키우스는 "틀림없이 리기아다! 그리스도께서 구해 주신 것이다!" 하고 되풀이했다. 비니키우스는 자기와 우르수스가 경기장에서 리기아를 데리고 나올 때, 한 의사가 리기아를 살펴보고는 아직 살아 있으며, 틀림없이 회복될 수 있다고 장담하던 것을 떠올렸다. 정신이 아득해질 만큼 큰 기쁨의 감정이 가슴 속에 밀려와 그만 중심을 잃고 우르수스의 어깨에 기대야만 할 때도 있었다. 우르수스는 별이 쏟아져 내릴 것만 같은 밤하늘을 바라보며 계속해서 기도하고 있었다.

일행은 달빛을 받아 새하얀 칠이 환하게 빛나는 신축 가옥들이 늘어선 거리를 서둘러 지나갔다. 거리는 한산했지만 가끔씩 주랑 밑에 모여 담쟁이덩굴로 만든 화관을 쓰고 피리 소리에 맞추어 노래를 부르거나 춤을 추는 무리들이 보였다. 쾌적한 밤의 달빛 속에서 경기가 시작된 이래 계속되고 있는 긴 축제를 즐기는 사람들이었다. 페트로니우스의 집이 가까워오자 우르수스는 기도를 멈추고, 행여 리기아에게 방해가 될세라 조심조심하면서 나직한 목소리로 말했다.

"나리, 구세주께서 아가씨를 죽음으로부터 구해 주셨습니다. 아가씨가 들소 뿔에 묶여 나오는 것을 봤을 때, 제 영혼 속에서 누군가가 '아가씨를 지켜라!' 하고 소리쳤습니다. 그것은 분명 '하느님의 어린양'의 목소리였습니다. 저는 감옥에서 진이 빠져버렸는데, 주님께서 제게 다시 힘을 돌려주셨습니다. 뿐만 아니라 그 무자비한 관중에게도 아가씨의 편을 들라고 명하신 것입니다. 주님의 뜻이 이루어진 것입니다."

비니키우스가 대답했다.

"주님의 거룩한 뜻이여, 찬미 받으소서!"

감격으로 목이 메어 비니키우스는 더 이상 말을 할 수 없었다. 오직 땅바닥에 엎드려 구세주께서 보여주신 자비와 기적에 대해 하염없이 감사하고 싶은 마음뿐이었다.

마침내 일행은 페트로니우스의 저택에 이르렀다. 미리 노예를 보내어 그들의 도착을 알려놓았기 때문에 하인들은 앞 다투어 마중을 나왔다. 대부분이 안티움에서 타르수스의 바오로 사도로부터 가르침을 받고 그리스도교 신자가 된 사람들이었다. 그들은 그동안 비니키우스가 겪었던 괴로움을 잘 알고 있었으므로, 네로의 손아귀에서 벗어난 제물을 두 눈으로 직접 보고는 뛸 듯이 기뻐했다. 게다가 의사인 테오클레스가 리기아를 진찰한 다음 큰 부상도 없고, 감옥에서 얻은 열병만 가시면, 곧 회복될 것이라고 말했으므로 그 기쁨은 더욱 컸다.

리기아는 그날 밤에 의식이 회복되었다. 코린투스 산 등잔에 불을 밝히고 은은한 향유 냄새가 감도는 호화로운 침실에서 눈을 떴을 때 리기아는 자기가 지금 어디에 있는지, 무슨 일이 벌어졌는지 알 수가 없었다. 들소의 뿔에 쇠사슬로 묶이던 순간이 떠오르면서, 그리고 영롱한 불빛을 받으며 자기를 내려다보고 있는 비니키우스의 얼굴을 보면서 리기아는 이미 자신이 이 세상 사람이 아닐 것이라고 생각했다. 의식이 희미했기 때문에 머릿속이 혼란스럽고 생각이 흐트러져 있었다. 수난과 열병으로 곤욕을 치르며 허약해진 그녀는 지금 자기와 비니키우스가 천국으로 가는 도중에 어딘가에 머물러 잠시 휴식을 취하는 중이라고 여겼다. 더 이상 아무런 고통도 느껴지지 않았다. 비니키우스를 향해 미소를 지으며 여기가 어디냐고 묻고 있는 듯했으나, 리기아의 입에서는 속삭임과 같은 바람 소리만 새어 나올 뿐이었다. 비니키우스는 간신히 리기아가 자기의 이름을 부르고 있다는 것을 알아들을 수 있었다.

그는 리기아의 곁에 무릎을 꿇고, 그녀의 이마 위에 손을 얹으며 말했다.

"그리스도께서 당신을 살려주시고, 내게 돌려주신 것이오."

리기아는 무엇인가를 말하고 싶은 듯 입술을 움직이며 알아들을 수 없는 소리를 내더니, 다시 눈을 감고 가벼운 숨소리를 내며 깊은 잠에 빠졌다. 의사 테오클레스가 예상한 대로였다. 충분한 수면을 취하고 나면 리기아가 곧 건강을 되찾으리라고 말했던 것이다.

비니키우스는 무릎을 꿇은 채 그녀의 곁에서 정신없이 기도했다. 그의 영혼은 크나큰 사랑에 흠뻑 잠겨서 자신의 존재는 완전히 잊어버릴 정도였다. 가끔 테오클레스가 침실에 들어와 환자의 상태를 살펴보았고, 휘장 너머에서 에우니케가 금발의 머리를 들이밀고 리기아를 들여다보기도 했다. 정원에서 기르는 학의 울음소리가 새벽을 알렸다. 그러나 비니키우스는 여전히 마음속으로 그리스도의 발을 끌어안고 있었다. 온전히 그리스도에게 몰입하고 있는 그에게는 주변에서 무슨 일이 벌어지고 있는지 보이지도 않았고 들리지도 않았다. 그의 마음에는 뜨거운 감사의 마음과 함께 그리스도에게 헌신하겠다는 굳건한 의지가 불타고 있었다. 그는 황홀경에 잠겨 지상에 있으면서 이미 천국을 맛보고 있었다.

제68장

페트로니우스는 리기아가 풀려난 후, 황제를 노하게 해서는 안 되겠다는 생각에 다른 조신들과 함께 팔라티움 궁전으로 갔다. 궁전 안에서 모두가 어떤 이야기를 하고 있는지 궁금하기도 했고, 동시에 티겔리누스가 리기아에 대해 어떤 새로운 음모를 꾸미고 있지나 않은지 탐색해 볼 필요도 있었다. 그렇지만 이제 리기아와 우르수스의 배후에는 로마 시민이 있었다. 대대적인 폭동을 각오하지 않는 한, 아무도 두 사람을 건드릴 수는 없는 상황이었다. 그러나 페트로니우스는 막강한 권력을 가진 근위대장이 자기에게 얼마나 큰 적개심을 가지고 있는지 잘 알고 있었다. 자기에게 직접 손을 대지는 않더라도 대신 조카인 비니키우스에게 복수를 하기 위해 음모를 꾸밀지도 모르는 일이었다.

네로는 자기의 뜻과는 전혀 다른 방향으로 구경거리의 결말이 났기 때문에 몹시 화를 내고 있었다. 처음에 그는 페트로니우스를 거들떠보지도 않았다. 그러나 페트로니우스는 '고상한 판관'답게 온화하고 의연한 태도로 황제에게 다가가 이렇게 말했다.

"폐하, 제가 무엇을 생각해 냈는지 아시겠습니까? 전 세계를 통치하는 위대한 사람의 명에 의해 사나운 들소의 뿔에서 해방되어 연인의 품에 돌아간 한 처녀의 얘기를 소재로 시를 쓰시는 겁니다. 그리스인들은 감수성이 풍부한 사람들이므로 그 시는 틀림없이 그들을 감동시킬 것입니다."

네로는 화가 단단히 나 있었으나, 페트로니우스의 제안은 두 가지 이유 때문에 그의 마음에 들었다. 하나는 그것이 꽤 쓸 만한 시재(詩材)이기 때문이고, 또 하나는 세계를 지배하는 위대한 군주로서 그 시를 통해 자신의 관대함을 드러낼 수 있다고 생각했기 때문이다. 그래서 네로는 잠시 페트로니우스의 얼굴을 물끄러미 쳐다보더니 이렇게 말했다.

"그래, 그대 말이 옳을지도 모르겠다! 그러나 짐이 노래 속에서 자화자찬을 늘어놓는 것은 부끄러운 일이 아니냐?"

"굳이 폐하의 이름을 밝히실 필요는 없습니다. 그래도 작품 속의 주인공이 폐하라는 것은 로마인이라면 누구나 다 알 것이며, 그 소문은 즉시 로마에서 온 세계로 퍼져나갈 것입니다."

"그 노래가 아카이아에서도 갈채를 받을 수 있을까?"

"네. 폴룩스를 두고 맹세합니다!" 페트로니우스는 큰 소리로 대답했다.

페트로니우스는 만족하여 궁전에서 물러나왔다. 네로의 삶 자체가 언제나 구상한 시에다 현실을 짜 맞추는 식이었으므로 그런 훌륭한 시재를 그대로 넘겨버릴 까닭이 없으리라고 생각한 것이 적중한 것이다. 그리고 그렇게 함으로써 티겔리누스의 손을 묶어놓을 수 있을 것이다. 그러나 리기아가 몸을 추스르는 대로 비니키우스로 하여금 당장 로마를 떠나게 해야 한다는 생각에는 변함이 없었다. 다음 날 페트로니우스는 비니키우스를 불러 이렇게 말했다.

"리기아를 데리고 시칠리아로 떠나거라. 지금과 같은 상황이라면 황제를 두려워할 필요는 없지만, 티겔리누스가 또 무슨 흉계를 꾸밀지도 모르니 말이다. 그놈은 너희 두 사람이 아니라 나에 대한 증오심 때문에 네게 독을 먹이려 할지도 모른다."

비니키우스는 미소를 지으며 말했다.

"리기아는 사나운 들소의 뿔에 묶여 있었지만, 그리스도께서는 그런 그녀를 구해 주셨습니다."

"그렇다면 그리스도에게 황소 100마리를 바치려무나." 페트로니우스는 다소 못마땅한 듯이 말했다. "그러나 그리스도가 너희들을 두 번씩이나 구해 줄 것이라고 생각하지는 마라. 오디세우스가 에올루스[1]에게 돌아와 순풍이 든 주머니를 한 번만 더 달라고 간청했다가 어떤 꼴을 당했는지 너도 잘 알고 있지 않니? 신들은 같은 부탁을 두 번씩 들어주는 것을 싫어한단다."

"리기아가 회복되면 폼포니아 그레키나의 집으로 데려갈 생각입니다."

---

1) 바람의 신 에올루스는 오디세우스를 환대하고 순풍이 담긴 여러 개의 가죽 주머니를 주었는데, 선원들이 황금이 들어 있는 줄 알고 몰래 여는 바람에 광풍이 몰아쳐 다시 에올루스가 사는 곳으로 되돌아오게 되었다. 이에 오디세우스가 다시 한번 순풍을 간청하자 에올루스는 거절했고, 이후 오디세우스 일행은 정처 없이 항해를 하게 되었다.

비니키우스가 대답했다.

"음, 그것도 좋은 생각이다. 더군다나 폼포니아 그레키나가 아파서 누워 있다는 소문도 있으니까……. 나는 그 말을 아울루스의 친척인 안티스티우스로부터 들었다. 너희 두 사람이 그곳에 머물러 있는 동안 여기서는 수많은 일들이 벌어질 것이고, 세상은 점차 너희들을 잊게 될 것이다. 아무튼 이런 난세에는 사람들의 눈에 띄지 않는 게 상책이지. 행운의 여신이 너희들을 위해 겨울에는 햇빛이 되어주고, 여름에는 시원한 나무 그늘이 되어주기를 바란다."

페트로니우스는 기쁨에 들떠 있는 비니키우스와 헤어져 의사 테오클레스를 찾아가 리기아의 건강 상태에 대해 물었다. 의사는 리기아의 병세가 많이 호전되었다고 했다. 감옥에서 열병에 걸린 뒤 몸이 매우 쇠약해졌기 때문에, 그대로 그곳에 있었으면 토굴 속의 불결한 환경 때문에 생명에 지장이 있었겠지만, 지금은 쾌적한 환경 속에서 정성 어린 간호를 받으며, 안락하고 평화로운 나날을 보내고 있으니 염려할 필요가 없다는 것이다.

그로부터 이틀 뒤 리기아는 테오클레스의 권고에 따라 정원에 나가 몇 시간씩 바람을 쐬며 휴식을 취하곤 했다. 비니키우스는 리기아가 아울루스 가의 정원을 떠올릴 수 있도록 그녀의 들것을 아네모네와 수선화로 장식했다. 두 사람은 손을 맞잡고 울창한 나무 그늘 아래 앉아 그동안 겪었던 고난과 슬픔에 대해 이야기를 나누었다. 리기아는 주님께서 비니키우스에게 그런 시련을 주신 것은 그의 영혼을 깨끗하게 만드시고, 그리스도 곁으로 인도하시기 위해서라고 말했다. 비니키우스 또한 같은 생각이었다. 과거에 자신의 의지가 아닌 것은 아무것도 인정하려 들지 않던 이기적인 귀족 기질은 이제 비니키우스에게서는 그림자도 찾아볼 수 없게 되었다.

두 사람 모두 지난 추억 속에서 더 이상 고통과 슬픔을 찾을 수 없게 되었다. 이미 오랜 세월이 흐른 것만 같았고, 그 끔찍했던 사건들이 다 먼 옛날의 일처럼 아득하게만 생각되었다. 지금 그들은 아직까지 한번도 접해 보지 못한 고즈넉한 평화 속에 잠겨 있었다. 이제 두 사람 앞에는 그리스도를 따르는 새로운 삶, 그리스도의 품에 안겨 누리는 끝없는 행복이 기다리고 있었다. 로마에서 황제가 아무리 미쳐 날뛰고, 온 세상을 공포에 몰아넣는다 해도, 그보다 훨씬 강한 힘으로부터 보호받고 있음을 확신하는 두 사람은 네로의 분노나 광기 따위는 조금도 두렵지 않았다. 두 사람에게 있어 네로는 더 이상 생사를 주관하는 군주가 아니었기 때문이다.

어느 날 저녁 두 사람은 멀리 야수 사육장에서 울려 퍼지는 사자와 맹수들의 울부짖는 소리를 들었다. 전에는 그 소리가 불행의 전조로 여겨져 비니키우스를 공포에 떨게 했으나, 이제는 아무렇지 않게 밝은 미소를 머금고 서로의 얼굴을 바라보며 마냥 행복에 겨워 아름다운 석양을 감상할 수 있었다. 아직 쇠약해서 혼자 힘으로는 걷지 못하는 리기아가 심한 피로를 느껴 가끔씩 정원의 정적 속에서 잠이 들면, 비니키우스는 그녀의 얼굴을 물끄러미 들여다보곤 했다. 문득 그녀는 더 이상 비니키우스가 아울루스 가에서 만났던 예전의 그 리기아가 아니라는 생각이 들었다. 옥살이와 열병 때문에 그녀의 모습이 많이 초췌해졌기 때문이다. 아울루스의 집에서 처음 보았을 때도, 또 미리암의 집에서 억지로 납치하려 했을 때도 리기아는 늘 조각처럼 우아하고 꽃처럼 아름다웠는데, 지금 그녀의 얼굴은 핏기 없이 핼쑥하고, 팔은 마른 가지처럼 가늘어졌으며, 몸은 뼈가 드러날 정도로 수척해졌다. 게다가 입술은 푸르스름했고, 눈빛은 생기를 잃어 예전처럼 빛나지 않았다. 가끔 리기아에게 꽃을 가져다주거나, 발에 부드러운 담요를 덮어주곤 하는 금발의 에우니케는 리기아에 비하면 마치 키프루스의 여신처럼 보였다. 탐미주의자인 페트로니우스는 예전의 매혹적인 아름다움이 사라져버린 리기아를 보고 어깨를 으쓱하면서, 엘리시움 들판에서 나온 듯한 그림자 같은 이 여자 때문에 비니키우스가 그동안 그렇게도 죽을 고생을 하며 괴로워하고 슬퍼하며 심지어는 목숨까지 바치려고 했으니, 과연 그럴 만한 가치가 있었을까 자문하기도 했다. 그러나 비니키우스가 사랑하는 것은 리기아의 육신이 아니라 영혼이었다. 그렇기 때문에 그는 전보다 더 깊이 리기아를 사랑했다. 리기아의 잠든 얼굴을 들여다보면서 비니키우스는 마치 온 세상을 다 얻은 듯한 행복에 젖어들었다.

제69장

리기아가 기적적으로 살아났다는 소문은 대학살을 구사일생으로 모면한 소수의 그리스도교도들 사이에 삽시간에 퍼졌다. 신도들은 그리스도의 은총이 생생하게 구현된 처녀를 보기 위해 모여들었다. 제일 먼저 찾아온 사람은 지금까지 사도 베드로를 남몰래 집에 모시고 있는 나자리우스와 미리암 모자였고, 그들의 뒤를 이어 여러 사람들이 찾아왔다. 비니키우스와 리기아는 물론이고 그리스도를 믿는 페트로니우스의 노예들까지 모두 함께 우르수스가 들려주는 이야기에 귀를 기울였다. 그 사나운 들소와 용감히 싸우도록 우르수스의 영혼에 명령한 주님의 목소리에 대한 이야기를 듣고 모두들 감동했다. 그 말에 모두 위안과 희망을 얻고, 그리스도께서는 심판의 날에 강림하실 때까지 이 땅에서 신자들이 뿌리 뽑히는 것을 그대로 허용하시지는 않으리라는 확신을 품고 돌아갔다. 네로의 박해는 아직 끝나지 않았지만 그들은 그런 신념에 의지하며 용기를 냈다. 로마 시의 관리들은 그리스도교 신자라는 혐의만 있으면 한 사람도 빼놓지 않고 체포하여 무조건 감옥에 가두었다. 하지만 희생자의 숫자는 차차 줄어들었다. 이미 거의 대부분이 체포되어 학살당했기 때문이다. 나머지 신자들은 폭풍이 가라앉을 때까지 로마에서 멀리 떨어진 속주로 피난을 가거나, 로마에 남아 있는 사람들도 조심스럽게 숨어 지내며 교외의 지하 동굴에서 열리는 기도회에 참석하는 것 외에는 좀처럼 모습을 드러내지 않았다. 그러나 박해는 여전히 계속되고 있었다. 공식적인 경기 일정은 모두 끝났으므로 새로 투옥된 신자들은 즉각 처형되거나, 혹시 나중에 열리게 될지도 모르는 구경거리에 대비하여 감옥에 가두어놓기도 했다. 로마 시민들은 더 이상 그리스도교 신자들이 방화범이라는 사실을 믿지 않았지만, 그리스도교도가 인류와 국가의 적이라는 네로의 칙령은 바뀌지 않았으므로 그리스도교도들에 대한 법령은 조금도 완화되지 않았다.

사도 베드로는 오랫동안 페트로니우스의 집에 모습을 나타내지 않았다. 그러던 어느 날 밤 나자리우스가 찾아와서 사도의 방문을 알렸다. 이제는 혼자서도 걸을 수 있게 된 리기아와 비니키우스는 그를 맞이하기 위해 달려가 베드로의 다리를 부여안았다. 베드로 또한 자기를 반기러 나온 두 사람에게 인사를 했다. 그리스도께서 자기에게 맡기신 양 떼의 수가 얼마 남지 않은 데다가, 두 사람이 견뎌내야만 했던 모진 박해를 지켜보며 괴로워했던 일이 떠올라 사도는 남다른 감회에 젖었다.

"사도님, 사도님께서 기도해 주신 덕분에 구세주께서 제게 리기아를 돌려보내 주셨습니다."

비니키우스가 감사의 인사를 하자, 사도는 감동에 몸을 떨며 대답했다.

"주님께서 리기아를 돌려보내 주신 것은 당신의 신앙심 때문입니다. 또한 모두가 침묵하지 않고 소리 높여 주님의 이름을 찬양했기 때문입니다."

사도는 그 말을 하면서 야수에게 찢겨 죽은 수천 명의 신자들, 모래밭에 숲처럼 빼곡히 들어찼던 십자가들, 짐승 같은 네로의 정원에서 높이 솟았던 불기둥을 생각하고 비탄에 잠긴 듯했다. 그것은 그의 목소리에 깊은 슬픔이 어려 있는 것으로 짐작할 수 있었다. 비니키우스와 리기아는 베드로 사도의 머리가 전보다 더 하얗게 세고, 등이 굽어 있는 것을 안타깝게 바라보았다. 네로의 광기와 분노로 인해 수많은 희생자들이 당한 그 모든 핍박과 수난을 자기도 직접 겪은 듯 사도의 얼굴에는 깊은 비애와 고통의 빛이 새겨져 있었다. 리기아와 비니키우스는 베드로의 그런 모습을 보고, 그리스도께서 몸소 고난과 죽음을 당하신 이상, 그리스도의 대리인들도 그런 수난을 피해 갈 수 없다는 것을 다시 한 번 깨달았다. 하지만 고령의 나이에 고뇌와 근심의 무거운 짐으로 허리가 굽은 사도를 보자, 두 사람의 마음은 찢어질 듯 아팠다. 마침 비니키우스는 며칠 안에 리기아를 데리고 네아폴리스로 가서 폼포니아를 문병하고, 그 다음에는 시칠리아로 건너갈 예정이었으므로 베드로 사도에게도 자기들과 함께 로마를 떠나자고 간절히 권했다. 그러나 사도는 비니키우스의 머리를 쓰다듬으며 말했다.

"내 귓가에는 주님께서 갈릴래아 호숫가에서 하신 말씀이 아직도 생생히 들립니다. '네가 젊었을 때는 네 손으로 허리띠를 매고, 원하는 곳은 어디든지 갈 수 있었다. 그러나 나이를 먹게 되면 그때는 팔을 벌리고 남이 와서 네 허리를 묶어 원치 않는 곳으로 데려갈 것이다.'[1] 그러니 나도 이제는 앞서 간 내 양 떼를 따라가야 할 것입니다."

그 자리에 있던 모든 신자들이 그 말의 의미를 몰라 입을 다물고 있자, 사도는 이렇게 덧붙였다.

"이제 내 환난의 시절도 점차 끝나가고 있습니다. 나는 주님의 품에서 비로소 안식과 평화를 얻게 될 것입니다."

사도는 사람들을 향해 이렇게 말을 이었다.

"나를 기억해 주십시오. 어버이가 자식을 사랑하듯 나는 그대들을 사랑해 왔습니다. 앞으로 그대들은 무슨 일을 하든지 언제나 주님의 영광을 위해 하십시오."

연로한 베드로는 떨리는 손을 들어 사람들을 축복해 주었다. 사람들 또한 이것이 이 노인으로부터 받는 마지막 축복이 될지도 모른다고 생각하며 사도에게 매달렸다.

그러나 운명은 사람들로 하여금 다시 베드로 사도와 만날 수 있는 기회를 주었다. 며칠 후 페트로니우스는 팔라티움 궁에서 무서운 소식을 가지고 돌아왔다. 궁전에서 황제의 해방노예 한 사람이 그리스도교도란 것이 밝혀졌으며 그 방에서 사도 베드로와 바오로, 야고보, 유다, 요한에게서 받은 편지가 발견된 것이다. 베드로가 로마에 머물러 있다는 사실은 이미 티겔리누스도 알고 있었지만, 대학살 때 몇 천 명의 신도들과 함께 죽었다고 생각하고 있었다. 그런데 뜻밖에도 새로운 종교의 두 지도자가 아직 목숨을 부지하고 로마에 머물고 있다는 것이 드러난 것이다. 네로와 티겔리누스 일파는 그 두

---

1) 요한복음 21장 18-19절.

사람만 죽이면 그 가증스러운 종파를 뿌리 뽑을 수 있다고 판단하고, 어떤 대가를 치르더라도 두 사도를 체포하기로 결정했다. 황제는 앞으로 사흘 안에 베드로와 타르수스의 바오로를 잡아 마메르티누스 감옥에 가두라는 명령을 내리고, 근위대를 동원하여 티베리스 강 건너편에 있는 집들을 하나도 남김없이 모조리 수색하도록 했다. 페트로니우스는 그 사실을 베스티누스로부터 전해 들었다.

비니키우스는 그 말을 듣자 사도에게 즉시 위험을 알려야겠다고 결심했다. 저녁때가 되자, 그는 우르수스와 함께 갈리아풍의 외투로 얼굴을 가리고 베드로가 숨어 있는 미리암의 집으로 향했다. 그 집은 티베리스 강 건너편 변두리에 있는 야니쿨룸 언덕 기슭에 있었다. 도중에 두 사람은 근위대 병사들이 사람들의 안내를 받으며 이 집 저 집을 에워싸고 있는 것을 보았다. 그 일대에는 살벌한 분위기 속에서 호기심 많은 주민들이 군데군데 몰려 수군거리고 있었다. 여기저기서 백인대장들이 용의자를 조사하며 시몬 베드로와 타르수스의 바오로에 대해 탐문하고 있었다.

비니키우스와 우르수스는 눈에 띄지 않게 병사들 틈을 몰래 빠져나와 무사히 미리암의 집에 도착했다. 몇 사람의 신자들이 베드로 사도의 주위에 모여 있었다. 그중에는 바오로 사도를 돕고 있는 디모테오[2]와 리누스의 얼굴도 보였다.

위험이 코앞에 닥쳐왔다는 말에 나자리우스는 사람들을 정원의 쪽문으로 인도하여 야니쿨룸 문에서 수백 보 떨어진, 채석장의 폐광으로 안내했다. 리누스는 고문을 받을 때 부러진

---

2) 바오로 사도가 아들같이 사랑한 제자.

뼈가 아직 아물지 않았으므로, 우르수스가 업고 가지 않으면 안 되었다. 일단 지하 갱도로 들어가자 사람들은 안도감을 느꼈다. 나자리우스가 작은 등불을 밝히자 일행은 그곳에 둘러앉아 신성한 사도를 안전하게 도피시킬 대책을 의논하기 시작했다.

먼저 비니키우스가 입을 열었다.

"사도님! 내일 새벽 나자리우스의 안내를 받아 알바누스 산으로 오십시오. 저희들이 거기서 기다렸다가 인디움으로 모시고 가겠습니다. 저와 리기아는 네아폴리스에서 시칠리아로 가려고 그곳에다 배를 대기시켜 놓았습니다. 사도님께서 함께 가셔서 저희들의 결혼을 축복해 주시면 얼마나 큰 행복하겠습니까!"

모든 사람이 그 말을 듣고 기뻐하면서 비니키우스의 청을 들어주시도록 간곡히 청했다.

"우리들의 목자시여! 어서 피하십시오. 로마에 계시면 안 됩니다. 그리스도의 살아 있는 진리가 저희들, 그리고 사도님과 더불어 영영 사라지게 해서는 안 됩니다. 사도님을 아버지처럼 존경하는 저희들이 이렇게 애원합니다. 아무쪼록 그렇게 해주십시오."

"사도님! 그리스도의 이름으로 제발 그렇게 해주십시오!"

다른 사람들이 또다시 사도의 옷자락에 매달리며 간청했다.

베드로가 대답했다.

"사랑하는 아들딸들이여! 하느님께서 언제 우리를 저 세상으로 데려가실지는 아무도 모르는 일입니다."

그렇다고 사도가 로마를 떠나지 않겠다고 거절한 것은 아니었다. 베드로의 영혼 또한 이미 오래전부터 끊임없는 불안,

나아가 두려움에 휩싸여 있었기 때문이다. 사도는 자신이 가야 할 길을 찾지 못해 방황하고 있었다. 돌보아야 할 양 떼는 사라졌고, 힘겹게 쌓아 올린 공든 탑은 무너져 내렸다. 로마에 불이 나기 전에는 큰 나무처럼 무성하게 가지를 뻗던 교회가 지금은 맹수들의 힘으로 티끌로 돌아갔다. 이제 남은 것이라고는 눈물과 추억, 그리고 고통과 죽음뿐이다. 그가 뿌린 씨앗은 무성하게 열매를 맺었으나, 사탄은 그 열매를 뿌리째 뽑아버린 것이다. 천사의 군대도 죽어가는 사람들을 구하러 오지 않았다. 지금 네로는 영광에 둘러싸여 온 세상을 호령하며 모든 바다, 모든 육지를 지배하고, 전례 없이 강력한 권력을 휘두르고 있다. '하느님의 어부'인 베드로도 요즘에는 사람들이 없는 곳에서 두 손을 하늘로 들어 올리며 이렇게 한탄하곤 했다.

'주여, 제가 어찌하면 좋겠습니까? 제가 무슨 일을 해야 하겠습니까? 늙고 힘없는 제가 주께서 지배와 정복을 허용하신 저 무지막지한 악마를 상대로 과연 싸울 수 있겠습니까?'

베드로는 헤아릴 수 없는 고통의 밑바닥에서 이렇게 부르짖으며 하느님에게 호소했다.

'주께서 제게 돌보도록 명하신 양 떼는 이제 없습니다. 주님의 교회도 없고, 주님의 도성은 공허와 비애로 가득 찼습니다. 그렇다면 주님께서 제게 명하신 사명은 무엇이었습니까? 저는 이곳에 머물러 있어야 합니까? 아니면 바다 건너 어딘가에 몸을 숨기고 주님의 뜻을 이어가기 위해 남은 양 떼를 데리고 이곳을 떠나야만 합니까?'

베드로는 갈등했다. 살아 있는 진리는 사라질 리 없으며, 반드시 승리할 것임을 그는 믿고 있었다. 한편 사도는 그때가 아직 이르지 않았을 뿐, 심판의 날에 네로와는 견줄 수도 없는 강력한 힘을 지니시고 영광에 싸여 주님께서 지상에 강림하실 때 그리스도 왕국은 틀림없이 실현되리라는 것도 확신하고 있었다.

만일 자기가 로마를 떠나게 되면 신자들도 물론 자기의 뒤를 따를 것이다. 그러면 그들을 저 멀리 갈릴래아의 짙푸른 숲과 조용한 테베리아 호수로 데리고 가서 마치 사보리[3]와 나아드 잎을 뜯어 먹는 양 떼나 비둘기처럼 온순한 그곳의 양치기들과 한데 어울려 여생을 보내고 싶다는 바람이 고개를 들기도 했다. 이 늙은 어부의 마음속에는 평화와 휴식에 대한 갈망이 점점 더 커져갔고, 갈릴래아 호수에 대한 그리움이 용솟음쳤다. 그런 삶을 떠올릴 때마다 어부의 눈에는 눈물이 맺히곤 했다.

그러나 막상 결단을 내리려고 하면, 다시 근심이 몰려와 불안한 마음으로 망설이게 되는 것이었다. 그토록 많은 순교자의 피가 땅에 스며들고, 그토록 많은 사람들이 목숨을 바쳐 진리를 증거한 이 도시를 어떻게 버릴 수가 있단 말인가? 과연 자기만이 홀로 순교의 숙명을 저버려도 되는 것일까? 만일 그리스도께서 "다른 사람들은 모두 신앙을 지키기 위해 죽음을 택했다. 그런데 너는 죽음을 피해 도망갔구나."라고 말씀하시면 뭐라고 대답할 것인가.

사도 베드로는 갈등과 번민의 나날을 보내고 있었다. 사자에게 찢겨 죽은 사람들, 십자가에 못 박힌 사람들, 황제의 정원에서 불에 타 죽은 사람들은 시련과 고난 끝에 지금은 주님

---

3) 요리에 향신료로 쓰이는 남유럽 산 차조기 과(科)의 식물.

의 품 안에 편히 잠들었다. 그러나 그는 잠을 잘 수도 없었고, 박해자가 희생자들을 괴롭히기 위해 고안해 낸 그 어떤 고문보다 더 혹독한 고통을 겪고 있었다.

"오, 주여, 왜 저를 이곳으로 보내셨습니까? 이 야수의 소굴에 어떻게 당신의 도성을 세우라는 말씀입니까?" 하고 부르짖는 동안 밤이 지나고 새벽빛이 지붕을 비추며 날이 밝은 적이 한두 번이 아니었다.

주님이 돌아가신 후 삼십사 년 동안 베드로는 휴식이란 것을 모르고 살았다. 지팡이 하나에 몸을 의지하고 세상 곳곳을 돌아다니며 복음을 전파했다. 끝이 없는 여행길에서 갖은 고생을 겪으면서 그의 체력은 소진되어 갔다. 그러다 마침내 세상의 중심인 이 도시에서 겨우 주님의 과업을 구현하기 시작했는데 뜻하지 않은 악의 화신이 토해 내는 불길로 인해 그 뿌리는 순식간에 잿더미로 변해 버렸다. 이제 또다시 새로운 고난과 맞서 싸우지 않으면 안 된다. 아아, 얼마나 힘겨운 싸움인가? 상대는 황제와 원로원, 군중, 전 세계를 쇠사슬로 속박하고 있는 군단, 수많은 도시, 무수한 나라들이다. 그런데 그들과 맞서야 할 자신은 늙고 고생으로 지쳐 등이 굽은 데다, 손이 떨려 지팡이를 들 힘조차 없는 늙은이이다.

자기는 도저히 로마 황제의 적수가 될 수 없지만, 그리스도께서 자기를 통해 그 일을 하시는 것이니 두려울 것이 없다고 베드로는 스스로를 타이르곤 했다. 자신을 에워싸고 열심히 권하는 신도들의 말을 들으면서도 베드로 사도의 머릿속은 이런 복잡한 상념으로 가득 차 있었다. 신자들은 그에게 더욱 간절히 매달리면서 애원했다.

"스승이시여, 속히 몸을 피하셔야 합니다. 그리고 저희들도 저 짐승 같은 자들의 손아귀에서 구해 주십시오."

마침내 리누스가 병들고 지친 머리를 사도 앞에 숙이며 말했다.

"사도님! 구세주께서는 당신께 어린 양들을 돌보라고 분부하셨습니다. 그러나 어린 양들은 이미 이곳에는 없습니다. 설령 오늘은 살아 있다 해도 내일이면 다 사라질 운명입니다. 그러므로 사도님께서는 새로운 양들을 모을 수 있는 곳으로 떠나셔야 합니다. 하느님의 말씀은 예루살렘에도 있고, 안디오크와 에페소, 그 밖의 수많은 도시에 생생하게 살아 있습니다. 사도님께서 지금 로마에 남아 계신다고 무슨 일을 하실 수 있겠습니까? 만일 이곳에서 돌아가시기라도 하면 야수들의 승리를 더 빛나게 해줄뿐입니다. 주께서는 아직 요한 사도에게는 죽을 날을 정해 주시지 않았습니다. 바오로 사도는 로마의 시민권을 가지고 있으므로, 처벌을 하려면 반드시 재판을 거쳐야 합니다. 하지만 만일 악마의 힘이 사도님에게까지 뻗치게 된다면 이곳에 남아 있는 어린 양들은 '과연 네로보다 더 강한 힘은 없단 말인가.' 하고 의구심을 갖게 되어 용기를 잃고 말 것입니다. 사도님은 그리스도 교회의 반석이십니다. 저희들은 여기서 죽어도 좋습니다. 그러나 그리스도의 대리인이신 사도님께서 그리스도를 배반하는 무리들에게 승리를 허락하셔서는 안 됩니다. 무고한 사람들의 피를 흘리게 한 짐승 같은 자들을 그리스도께서 심판하실 때까지 다시는 이곳으로 돌아오지 마십시오."

"그렇게 해주십시오. 이렇게 눈물로 간청합니다." 다른 사람들도 일제히 외쳤다.

베드로의 두 뺨에 눈물이 흘러내렸다. 잠시 후 베드로는 일어서서 무릎을 꿇고 있는 사람들의 머리 위로 두 손을 내밀며 말했다.

"주님의 이름에 영광이 있기를! 주님의 뜻이 이루어지기를……!"

제70장

이튿날 새벽, 캄파니아 평원을 향해 검은 그림자 둘이 아피아 가도를 걸어가고 있었다. 한 사람은 나자리우스, 또 한 사람은 사도 베드로였다. 결국 베드로는 박해받는 신자들을 남겨두고 로마를 떠나기로 결심한 것이다.

동녘 하늘은 지평선 위에서 희미한 초록빛을 띠다가 점차 아래쪽에서부터 띠를 두르며 샤프란 꽃잎처럼 노랗게 변해 가고 있었다. 은빛 잎사귀가 무성한 나무들과 흰 대리석 별장, 들판을 가로질러 로마를 향해 쭉 뻗어 있는 아치형의 수도교가 새벽빛에 어렴풋이 그 모습을 드러내고 있었다. 날이 점점 밝아오면서 하늘은 황금빛으로 물들었고, 알바누스 산의 봉우리는 눈부신 서광을 받아 신비스러운 백합처럼 아름다운 보랏빛을 내뿜기 시작했다.

여명을 받아 나뭇잎에 맺힌 이슬이 영롱하게 반짝였다. 아침 안개가 서서히 걷히면서 들판에 듬성듬성 흩어져 있는 집과 무덤들, 마을과 숲, 그리고 그 사이로 신전의 하얀 기둥들이 뚜렷하게 보이기 시작했다.

길에는 인적이 없었다. 도시로 채소를 배달하는 농부들도 아직은 수레에 말을 매지 않은 것 같았다. 멀리 산기슭까지 뻗은 길에는 돌이 깔려 있었다. 두 사람이 걸을 때마다 그들이 신고 있는 나무로 만든 신발이 돌에 부딪쳐 소리를 냈다.

이윽고 산등성이로 태양이 떠올랐다. 그와 동시에 사도는 놀라운 광경을 보았다. 황금빛 광채가 하늘로 솟아오르지 않고 커다랗게 원을 그리며 산등성이를 따라 땅으로 내려오면서 그들 쪽으로 다가오고 있었다.

베드로는 걸음을 멈추고 말했다.

"우리를 향해 다가오는 저 밝은 빛이 보이느냐?"

"아무것도 보이지 않습니다." 나자리우스가 대답했다.

베드로는 잠시 후 한 손으로 이마를 가리며 다시 입을 열었다.

"저 햇빛 속에서 누군가 이쪽으로 오고 있다."

그러나 그들의 귀에는 희미한 발자국 소리도 들리지 않았다. 사방은 적막 속에 가라앉아 있었다. 나자리우스의 눈에 보이는 것이라고는 마치 멀리서 보이지 않는 손이 흔들기라도 하는 듯 떨고 있는 나뭇가지와 들판 위로 멀리 퍼져나가고 있는 햇살뿐이었다.

나자리우스는 당황하여 사도를 향해 걱정스럽게 물었다.

"사도님, 무엇을 그렇게 보고 계십니까? 어디가 편찮으신가요?"

베드로 사도의 손에서 지팡이가 땅바닥으로 떨어졌다. 그는 얼어붙은 듯 그 자리에 서서 입을 벌린 채 앞만 바라보고 있었다. 그의 얼굴에는 놀라움과 환희, 그리고 황홀한 빛이 떠올랐다. 갑자기 그는 땅바닥에 무릎을 꿇고 두 손을 높이 쳐들었다. 입에서는 탄성이 터져 나왔다.

"오, 그리스도여! 그리스도여!"

마치 누군가의 발에 입을 맞추는 것처럼 사도는 땅에 얼굴을 대고 엎드렸다.

오랫동안 침묵이 흘렀다. 이윽고 늙은 사도가 흐느끼는 소리로 말했다.

"쿠오 바디스 도미네(Quo Vadis Domine)?"[1)]

나자리우스에게는 들리지 않았으나, 베드로의 귀에는 온화하면서도 슬픈 음성이 들려왔다.

"네가 내 어린 양들을 버렸으니, 또다시 십자가에 못 박히기 위해 로마로 간다."

사도는 꼼짝도 하지 않고, 침묵 속에서 그대로 땅에 엎드려 있었다. 나자리우스에게는 사도가 기절했거나 아니면 죽은 것 같이 보였다. 이윽고 간신히 몸을 일으킨 베드로는 떨리는 손으로 지팡이를 집어 들고 말없이 일곱 언덕이 우뚝 서 있는 로마를 향해 돌아섰다.

그러자 소년은 사도를 향해 베드로가 방금 전에 한 말을 메아리처럼 되풀이했다.

"쿠오 바디스 도미네?"

"로마로!" 사도가 나지막하게 대답했다.

베드로는 로마로 되돌아왔다.

---

1) '주여 어디로 가시나이까.' 라는 뜻.

바오로와 요한, 리누스를 비롯하여 모든 신도들은 놀라움과 두려움으로 베드로를 맞이했다. 사도가 출발하자마자 새벽같이 근위대 병사들이 미리암의 집을 에워싸고 사도를 잡아가려 했으므로 그들의 두려움은 더욱 컸다. 그러나 베드로는 여러 가지 질문에 지극히 평화롭고 쾌활하게 이렇게 대답할 뿐이었다.

"나는 주님을 뵈었습니다!"

그날 밤 베드로는 오스트리아눔의 묘지로 가서 영혼을 깨끗이 하려는 사람들에게 가르침을 주고, 생명의 물로 세례를 베풀었다. 그날부터 베드로는 매일 그곳에 갔고, 신자들의 수는 나날이 늘어났다. 순교자가 흘린 눈물 한 방울 한 방울에서 새로운 신자가 태어나고, 경기장에서 쓰러져간 신자들의 신음 소리 하나하나가 메아리가 되어 수많은 사람들의 가슴에 울려 퍼졌다. 황제는 돌이킬 수 없는 죄악의 수렁에 깊숙이 빠져 피의 향연에 도취되어 있었고, 로마도, 이교도의 세상도 완전히 광기에 사로잡혀 있었다. 죄악과 광기에 넌더리가 난 사람들, 오랫동안 권력에 짓밟혀 온 사람들, 평생을 가난하고 불행하게 살아온 사람들, 학대받는 사람들, 괴로운 사람들, 슬픔에 잠긴 사람들이 모여들어 인간에 대한 사랑으로 자진해서 십자가에 못 박혀 인류의 죄를 속죄한 새로운 신에 관한 설교를 들었다.

그들은 자신들이 진심으로 사랑할 수 있는 신을 발견한 동시에, 그 누구도 그들에게 줄 수 없었던 것, 즉 사랑을 함으로써 느끼게 되는 행복을 발견했다.

베드로는 황제도, 그의 군단도 살아 있는 진리 앞에서는 무릎을 꿇고 만다는 것, 그리고 피도 눈물도 그 진리를 깨뜨릴 수 없다는 것을 새삼 깨달았다. 바야흐로 승리의 서곡이 시작된 것이다. 그는 비로소 주님이 왜 자기를 다시 로마로 돌려보내셨는지 알 수 있었다. 오만과 죄악, 타락과 폭력의 소굴이었던 로마가 서서히 그리스도의 도성으로 변해 가고 있었던 것이다. 머지않아 이 도시는 인간의 육체와 정신을 사랑으로 지배하는 세상의 중심이 되리라.

제71장

마침내 두 사도에게도 최후의 순간이 찾아왔다. 마치 자기에게 주어진 임무를 완수할 수 있는 마지막 기회라도 되는 듯 하느님의 어부는 옥중에서조차 두 사람의 영혼을 구원했다. 마메르티누스 감옥에서 베드로의 감시를 맡고 있던 병사 프로케수스와 마르티니아누스가 세례를 받은 것이다. 그리고 얼마 후 수난의 순간이 찾아왔다. 마침 네로는 로마에 없었으므로 사형 선고를 내린 것은 해방노예 헬리우스와 폴리테테스였다. 두 사람은 네로가 자리를 비운 로마의 통치를 위임받고 있었다. 늙은 사도는 법에 따라 우선 태형을 받았다. 그리고 이튿날 성 밖에 있는 바티카누스 언덕으로 끌려가서 그곳에서 십자가형을 받기로 되어 있었다. 병사들은 감옥 앞에 모여드는 무수한 인파를 보고 놀랐다. 일개 평민, 그것도 이방인인 한 노인이 죽음을 맞는 데 그처럼 많은 사람들이 관심을 갖는 것을 의아하게 여겼다. 병사들은 그 사람들이 단순한 호기심에서 모여든 구경꾼이 아니라, 실은 위대한 사도를 형장까지 따르고자 열망하는 그리스도교 신자들의 무리라는 것을 알지 못했던 것이다.

오후가 되어 감옥의 문이 열리자 근위대 병사들에게 둘러싸인 베드로 사도의 모습이 보였다. 해는 이미 오스티아 가도를 향해 조금씩 기울고 있었다. 청명하고 온화한 날씨였다. 병사들은 베드로에게 십자가를 지고 가라는 명령은 하지 않았다. 죄수가 워낙 연로해서 무거운 십자가를 들어 올릴 수도 없을 것이라고 생각했기 때문이다. 행여 걷는 데 지장을 줄까 봐 목에 가시덩굴도 씌우지 않았다. 베드로가 매우 천천히 걸었으므로 신자들은 그의 모습을 똑똑히 볼 수 있었다. 병사들의 투구 사이로 사도의 흰 머리가 보이자 군중 속에서 오열하는 소리가 들려왔으나, 그것도 금세 그쳤다. 그것은 늙은 사도의 얼굴이 이루 말할 수 없이 평온한 데다가 기쁨으로 환히 빛나고 있었으며, 형장으로 끌려가는 희생자라기보다 승리를 축하받는 개선장군처럼 당당해 보였기 때문이다.

실제로도 그랬다. 늘 겸손하게 고개를 숙이고 구부정하게 걷던 늙은 어부가 지금은 허리를 꼿꼿이 세워 병사들보다 더 커 보였으며, 그 자태는 위엄에 넘쳐 있었다. 지금까지 그의 모습이 이토록 장엄해 보인 적은 없었다. 마치 군중과 병사들의 호위를 받고 있는 제왕처럼 보였다. "여기 베드로 사도님께서 주님 곁으로 가신다!"는 소리가 사방에서 들려왔다. 거기 모인 사람들은 베드로의 앞길에 수난과 죽음이 기다리고 있다는 것을 잊은 것 같았다. 그들은 골고다 언덕의 비극 이래 가장 중대한 사건이 눈앞에 펼쳐지고 있음을 실감하면서 숙연하고도 침착한 태도로 걷고 있었다. 지난번의 희생이 온 세상을 죄에서 해방시킨 것처럼, 이번의 희생 또한 로마의 죄를 사해 줄 것이라고 다들 굳게 믿었다.

길 가던 사람들은 그 노인을 보자, 호기심을 가지고 걸음을 멈추었다. 그러면 신자들은 그들의 어깨 위에 손을 올려놓고 조용히 속삭였다. “보십시오, 정의로운 사람이 죽음을 맞고 있습니다. 저분이 그리스도의 가르침을 받아 온 세상에 사랑을 설교하신 바로 그분입니다!” 사도를 보기 위해 걸음을 멈추었던 사람들은 그 말을 듣고 “정말이지 저 노인은 전혀 죄인처럼 보이지 않는걸.” 하고 고개를 끄덕이는 것이었다.

사람들의 외침과 소란은 점차 사그라졌다. 일행은 신축 가옥들이 죽 늘어서 있는 동네와 신전의 하얀 원주들을 지나갔다. 맑고 푸른 하늘이 그들을 내려다보고 있었다. 모두들 말없이 걸었다. 이따금 병사들의 무기가 부딪치는 소리와, 신자들의 나지막한 기도 소리가 들릴 뿐이었다. 그 기도 소리에 베드로의 얼굴은 기쁨으로 빛났다. 신자들의 수가 몇 천 명이나 되는지 미처 다 헤아릴 수 없을 정도였다. 이제 그는 자기의 임무를 완수했다고 느꼈다. 평생을 바쳐 설교한 진리는 거대한 파도처럼 모든 것을 뒤덮어, 아무것도 그 물결을 가로막을 수 없다는 것을 그는 알고 있었다. 사도는 하늘을 우러러 기도했다.

“주여, 당신은 온 세상을 통치하고 있는 이 도시를 정복하라고 제게 명하셨습니다. 저는 당신의 그 말씀에 따랐습니다. 당신은 또한 이곳에다 당신의 도성을 세우라고 명하셨습니다. 저는 당신의 그 말씀에 따랐습니다. 주여, 이곳은 이제 당신의 도성입니다! 제가 할 일을 다 했으니 저는 이제 당신 곁으로 가겠나이다.”

베드로는 신전 옆을 지나갈 때마다 그 신전을 향해 "이곳은 그리스도의 전당이 될 것이다."라고 선언했다. 또한 눈앞에 모여드는 군중에게는 "여러분의 아들딸들은 모두 그리스도의 자녀가 될 것입니다." 하고 축복했다. 자신이 이룩한 승리와 업적, 놀라운 힘을 체험하고, 그 안에서 확신을 얻은 사도의 모습은 위대했다. 우연의 일치였을까, 병사들은 마치 베드로 사도의 승리를 입증이라도 하듯 개선교를 건너 나우마키아와 원형경기장이 있는 쪽으로 그를 끌고 샀다. 티베리스 강 건너 편에 사는 신자들까지 행렬에 합세하여 군중의 수는 더욱 늘어났다. 마침내 근위대 병사들을 지휘하고 있는 백인대장도 호송하고 있는 죄수가 대사제라는 것을 알아보고는 병사의 수가 적은 것을 불안하게 생각했다. 그러나 군중에게서는 그 어떤 흥분이나 위협, 분노의 그림자도 발견할 수 없었다. 그들은 다만 영광의 순간을 앞두고 엄숙하면서도 희망에 찬 얼굴을 하고 있을 뿐이었다. 어떤 신자들은 주님이 돌아가셨을 때 대지가 흔들리고, 죽은 자들이 무덤에서 소생한 일을 회상하면서, 이번에도 어쩌면 눈으로 보이는 분명한 계시가 나타나서 사도의 죽음을 길이길이 기억되게 하리라고 생각하기도 했다. 어떤 신자는 "어쩌면 주님께서는 베드로 사도님이 최후를 맞는 바로 그 순간, 약속대로 지상에 강림하셔서 이 세상을 심판하실지도 모른다."고 말했다. 그들은 이런저런 생각을 하면서 구세주의 자비에 모든 것을 온전히 맡겼다.

주위는 여전히 고요했다. 일곱 개의 언덕은 저무는 햇빛을 받으며 졸고 있는 것만 같았다. 행렬은 마침내 경기장과 바티카누스 언덕의 중간쯤 되는 곳에서 멈춰 섰다. 병사들 몇몇이 구덩이를 파기 시작했고, 다른 병사들은 십자가와 망치, 못을 준비해 놓고 기다리고 있었다. 군중은 숙연한 표정으로 생각에 잠긴 채 그 주위에 무릎 꿇고 앉았다.

사도는 황금빛 태양 아래서 마지막으로 로마를 향해 시선을 던졌다. 저 멀리 아래쪽으로 햇살에 반짝이는 티베리스 강이 흐르고 있었고, 그 너머로 마르스 광장이 보였다. 그 위쪽으로 아우구스투스의 영묘가, 그 아래쪽에는 네로의 지시로 막 공사가 시작된 거대한 공중목욕탕이 있고, 좀더 아래로 폼페이우스 극장이 눈에 들어왔다. 건너편에는 다른 건물에 가려져 보일 듯 말 듯한 사에프타 율리아[1], 그 밖에도 무수히 많은 회랑, 신전, 원주, 고층 건물 등이 있었다. 그보다 훨씬 더 먼 곳에는 웅장한 저택들이 늘어서 있는 일곱 언덕이 우뚝우뚝 서 있고, 푸른빛이 감도는 아지랑이에 가려 끝이 보이지 않을 정도로 많은 민가(民家)들이 늘어서 있었다. 이곳은 그야말로 죄악과 폭력, 광란의 소굴이었다. 또한 세상을 좌지우지하고, 온 인류를 박해하는 폭군의 도시이며, '법'과 '평화'를 내세워 감히 저항할 수 없는 힘과 무소불위의 권력을 휘두르는 천하무적의 도시이기도 했다.

베드로는 병사들에게 에워싸인 채 마치 제왕이나 영주가 조상으로부터 물려받은 영지를 둘러보듯 로마를 바라보면서 "내가 너를 대신해 속죄하리라."고 말했다. 그러나 십자가를 세우기 위해 구덩이를 파고 있는 병사들도, 그리고 주위에 무릎을 꿇고 있는 신자들조차도 지금 눈앞에 서 있는 이 노인이 로마의 진정한 지배자라는 것은 깨닫지 못했다. 여러 차례 황

---

1) 케사르가 착공하고 아우구스투스가 완공한 거대한 건물로 로마 시민들의 투표 장소.

제가 바뀌고, 이민족의 물결이 수없이 밀려왔다 물러가고, 몇 세기가 경과하더라도, 이곳에서 영원히 군림하게 될 사람은 바로 이 노인이라는 것을 예견하는 하는 사람이 없었다.

해는 점점 오스티아 가도 쪽으로 기울면서 더욱 붉게 타올랐다. 서쪽 하늘 전체가 온통 광휘로 빛나기 시작했다. 병사들이 베드로의 옷을 벗기려고 그의 곁으로 다가갔다.

그 순간 기도를 하기 위해 허리를 구부리고 있던 베드로가 갑자기 몸을 곧추세우고는 오른손을 높이 치켜들었다. 사형 집행자들은 그 모습에 섬뜩함을 느끼며 돌처럼 굳어버렸다. 신자들은 사도의 입에서 나올 최후의 말을 기다리며 숨을 죽였다. 주위는 물을 끼얹은 듯 조용해졌다.

베드로는 최후의 순간이 다가오자 손을 내밀어 성호를 그으며 강복했다.

"우르비 에트 오르비(Urbi et orbi)!"[2]

그날 화창한 저녁 무렵, 다른 근위대에 속한 병사들의 무리가 바오로 사도를 연행하여 오스티아 가도를 따라 '살비애의 샘'[3]이라고 불리는 곳으로 행진하고 있었다. 바오로 사도의 뒤에도 그가 입교시켰거나 개종시킨 수많은 신자들이 따르고 있었다. 바오로는 아는 사람을 만나면 걸음을 멈추고 이야기를 나누곤 했는데, 그가 로마 시민권을 가지고 있었기 때문에 호송 병사들은 별다른 제재를 가하지 않았다. 테르게미나 문[4]

---

2) '이 도시와 이 세상에 축복을!' 이란 뜻. 이후 가톨릭 교회에서 교황이 성탄절에 전통적으로 시행하는 강복이 되었음.

3) 약효가 있다고 알려진 샘.

4) 세 개의 아치가 있는 문.

을 지나자 바오로 사도는 총독 플라비우스 사비누스의 딸 플라우틸라를 만났다. 플라우틸라의 앳된 얼굴이 눈물에 젖어 있는 것을 보면서 사도는 이렇게 말했다.

"영원한 구세주의 딸 플라우틸라여! 어서 평화로운 곳으로 가십시오. 다만 한 가지 청이 있는데 내가 주님의 품으로 떠나는 순간, 두 눈을 가리고 싶으니 당신이 쓰고 있는 베일을 잠시만 빌려주었으면 하오."

베일을 받아들자 바오로 사도는 고된 일과를 마치고 난 일꾼이 귀가할 때와 같은 즐거운 표정으로 경쾌하게 걸었다. 바오로의 심중도 베드로와 마찬가지로 고요한 저녁 하늘처럼 평온하기 그지없었다. 그는 눈앞에 펼쳐진 넓은 들판과 석양에 빛나는 알바누스 산을 감개무량한 듯 바라보고 있었다. 바오로는 자기가 거쳐온 순례의 여정, 지금까지 겪었던 온갖 역경과 박해, 마침내 승리로 마감하게 된 오랜 싸움, 그리고 바다 저편에 세워놓은 교회들을 떠올리면서, 이제 할 일을 다 했으니 휴식을 취해도 좋을 때가 아닐까 하고 생각했다. 바오로 역시 주님의 임무를 완수한 것이다. 내가 뿌린 씨앗은 이제 더 이상 사탄의 입김에 날아가지 않으리라. 자신이 세상을 향해 설파한 진리가 최후의 승리를 거둘 것이라는 확신을 품고 세상을 떠나려는 사도의 영혼에는 무한한 평화가 깃들어 있었다.

형장으로 가는 길은 멀었으므로 벌써 날이 저물기 시작했다. 산정은 진홍빛으로 변하고, 골짜기는 조금씩 어둠 속에 묻히기 시작했다. 목자들은 양 떼를 몰고 집으로 돌아가고 있었고, 들판에서 일하던 노예들이 연장을 어깨에 메고 집을 향해 걷고 있었다. 집 앞에서 놀고 있던 어린아이들은 병사들이 지나가는 것을 신기한 듯 바라보았다. 저녁 무렵의 청량한 공기는 평화와 안식으로 가득 차 있을 뿐만 아니라 천상으로 향하는 한 가락 노래가 되어 비할 데 없이 아름다운 조화를 이루고 있었다. 바오로는 지금 지상에서 천상의 음악이 빚어내는 신비스러운 화음을 생생하게 듣고 있었다. 그것은 이 세상에서는 들어보지 못한 새로운 소리, 즉 사랑의 선율이었다. 그 선율이 없으면 이 세상은 그저 울리는 징이나 요란한 꽹과리 소리로 가득 차리라고 생각하자 사도 바오로의 가슴은 사랑과 기쁨으로 떨려왔다.

바오로는 개종 이후 평생을 바쳐 사람들에게 사랑을 가르쳐왔다.

'가난한 사람들에게 가진 것을 나누어주고, 세상의 모든 언어를 깨우치고, 세상의 모든 이치와 학문에 능통하다 해도 사랑이 없으면 아무 쓸모가 없는 것이다. 사랑은 온유하고, 오래 참고, 악행을 저지르지 않으며, 명예를 탐내지 않는 것이다. 모든 것을 믿고, 바라고, 견디며, 감싸 주는 것이다.'[5)]

사랑이 없으면 결국엔 다 허사가 되고 만다. 바오로 사도는 이 진리를 설교하는 일에 평생을 바쳤다. 지금도 그는 자기의 영혼을 향해 이렇게 말하고 있었다.

'이 세상에서 이 진리에 비할 수 있는 힘이 또 어디 있겠으며, 무엇이 이 진리를 정복할 수 있겠는가? 로마의 황제가 지금의 두 배가 넘는 군단을 거느리고, 지금의 열 배가 넘는 도시와 바다, 육지, 백성들을 거느리고 있다 해도 이 진리를 거역할 수는 없는 것이다.'

---

5) 고린도전서 13장 3-7절.

이제 바오로는 승리자로서 보상을 받기 위해 한 걸음 한 걸음 나아가고 있었다.

일행은 아피아 가도를 벗어나 동쪽으로 꺾어져서 '살비애의 샘'으로 통하는 좁은 길로 들어섰다. 잡풀이 우거진 벌판 위로 붉은 태양이 저물고 있었다. 샘터에 이르자 백인대장은 병사들에게 멈추라고 명령했다. 드디어 때가 온 것이다.

바오로는 플라우틸라에게서 받은 베일을 펼쳐 들었다. 그는 눈을 가리기 전에 마지막으로 얼굴을 들었다. 형언할 수 없는 온화한 빛으로 반짝이는 눈을 들어 저녁노을을 바라보며 그는 기도했다. 그렇다! 이제 운명의 때가 온 것이다. 그는 석양 속에서 천국을 향해 환히 열려 있는 빛나는 길을 볼 수 있었다. 이제 바오로 사도는 예전에 되새겼던 말을 마음속으로 되풀이했다.

'나는 싸울 만큼 싸웠고, 끝까지 믿음을 지켰으며, 달려야 할 길을 열심히 달렸다. 이제 내 앞에는 정의의 월계관이 기다리고 있을 뿐이다!'[6)]

---

6) 디모테오후서 4장 7-8절. 최후가 임박했음을 느낀 바오로는 디모테오에게 후사를 부탁하며 이 말을 썼다.

제72장

로마는 여전히 광란에 들떠 있었다. 세계를 정복한 대도시의 아성도 올바른 지도자가 없어 허물어지기 시작했다. 두 사도가 최후를 맞이하기 직전, '피소의 음모'[1]가 밝혀졌다. 그로 인해 로마의 명망 있는 고관대작들이 무참하게 목숨을 잃었다. 네로를 신처럼 숭상하던 사람들도 이제는 네로를 '죽음의 신'이라고 생각하게 되었다. 살벌한 기운이 온 도시를 에워쌌으며, 집집마다, 그리고 사람들의 가슴마다 슬픔과 공포가 밀려들었다. 처형당한 자들에 대한 공개적인 애도의 표시가 금지되어 있기 때문에 초상집의 기둥에는 담쟁이덩굴과 화환만이 걸려 있을 뿐이었다. 사람들은 아침에 눈을 뜨면 오늘은 또 누가 처형될까 하고 수군거렸다. 황제에게 원한을 품은 망

---

1) AD 65년, 원로원의 유력자 피소를 중심으로 네로 주변의 귀족 이삼십 명이 네로를 처단하려고 꾸민 음모.

령의 수는 나날이 늘었다.

피소는 역모죄로 사형을 당했다. 세네카를 필두로 음모에 가담한 많은 조신들, 루카누스, 페니우스 루푸스, 플라우티우스 라테라누스, 플라비우스 스캐비누스, 아프라니우스 퀸크티아누스, 그리고 황제의 광기에 쌍수를 들고 동참했던 툴리우스 세네키오, 프로쿨루스, 아라리쿠스, 투구리누스, 글라투스, 실라누스, 프록시무스, 또한 네로를 극진히 섬겼던 수브리우스 플라비우스와 술피키우스 아스페르까지 처형되었다.

어떤 사람은 대수롭지 않은 일로, 어떤 사람은 겁이 많아서, 또 어떤 사람은 너무 부유한 탓에, 또 어떤 사람은 지나친 용기로 인해 각각 그 목숨을 빼앗겼다. 반란자가 속출하자 황제는 몹시 당황하여 성벽에다 근위병을 배치하여 로마 시를 봉쇄하고, 조금이라도 혐의가 보이면 백인대장을 보내 가차 없이 잡아들여 사형시켰다. 그런 일은 연일 끊이지 않고 이어졌다. 사형 선고를 받은 사람은 공손히 황제의 명을 받들고, 비굴하게도 처형에 대해 감사한다는 서신을 보내야만 했다. 그래야만 재산의 일부만을 황제에게 헌납하고, 나머지는 자손들에게 물려줄 수 있었기 때문이다. 결국 네로는 사람들이 어느 정도까지 비굴해질 수 있는지, 몰아치는 피바람 속에서 얼마나 견뎌내는지를 확인하려는 듯 자제력을 잃은 채 점점 더 미쳐 날뛰었다. 음모에 가담한 사람들의 뒤를 이어 그 친척과 친구는 물론이고, 단순한 지인들까지도 화를 당했다. 대화재 뒤에 새로 지은 호화로운 집에 사는 사람들도 거리에 나서면 시도 때도 없이 장례 행렬을 봐야 했으므로 음울한 기분에 휩싸일 수밖에 없었다. 폼페이우스, 코르넬리우스 마르티아리스, 플라비우스 네포스, 스타티우스 도미티우스 등은 황제에 대한 공경심이 부족하다는 죄목으로, 또한 노비우스 푸리스쿠스는 세네카의 친구였다는 이유로 각각 처형당했다. 루피우스 크리스푸스는 포페아의 전남편이었기 때문에 물과 불의 사용을 금지당했다.[2] 트라세아스는 덕망이 높다는 이유로 영원히 그 덕을 실천할 기회를 박탈당한 채 죽음을 당했다. 그 밖의 많은 사람들이 가문이 좋다는 이유로 어이없이 목숨을 잃었다. 심지어 포페아조차도 황제의 충동적인 분노의 발작으로 희생되었다.[3]

원로원은 이 포악한 군주에게 굴종하고, 그의 비위를 맞추는 데만 급급했다. 황제를 찬양하기 위해 신전을 세우고, 그의 목소리를 기리는 제물을 바쳤으며, 그의 조각상을 화관으로 장식하고, 심지어는 네로를 신으로 받드는 제사장까지 임명했다. 원로원 의원들은 공포에 사로잡혀 벌벌 떨면서도 팔라티움 궁전에 나가 「페리오도니케[4]의 찬가」를 불러 황제를 찬미하고, 황제와 함께 나체와 술과 꽃의 향연에 탐닉하며 미쳐 날뛰었다. 그러나 눈물에 젖고, 피에 물든 대지에서는 베드로가 뿌린 씨앗이 조용히 싹을 틔워 무성하게 자라고 있었다.

---

2) 추방되었다는 의미.

3) 포페아가 임신 중에 네로의 발에 걷어 차여 죽었다는 설이 있으나 기록에는 나와 있지 않음.

4) 고대 그리스의 4대 경기에서 종합 우승한 인물.

제73장

비니키우스로부터 페트로니우스 삼촌에게—

그리운 삼촌, 저희들은 비록 멀리 있어도 로마의 사정을 익히 들어 알고 있으며, 그 밖의 몰랐던 일들은 삼촌의 서신으로 자세히 알게 되었습니다. 물에 돌을 던지면 파문이 사방으로 번지듯이, 황제의 광기와 악행에 관한 소문도 팔라티움 궁전에서부터 멀리 이곳까지 퍼지고 있습니다. 황제는 그리스로 가는 도중 카리나스를 이곳 시칠리아까지 파견하여 바닥난 국고를 채우기 위해 마을과 신전을 약탈했습니다. 로마에서는 백성들의 피땀을 짜내어, '황금 궁전'을 세우고 있다고 들었습니다. 이 세상에서 이처럼 유례없이 호화로운 궁전을 본 적은 없겠지만, 아울러 이처럼 유례없는 폭정도 본 적이 없을 것입니다. 삼촌도 카리나스라는 사람을 잘 아실 것입니다. 그는 죽음을 통해 새 생명을 얻기 전의 킬로와 비슷한 부류의 사람입니다.

카리나스의 부하들은 우리 마을 근처까지는 오지 않았는데, 그것은 아마 이 일대에 신전이나 보물이 없었기 때문일 것입니다.

삼촌께서는 저희들이 안전하게 잘 있느냐고 물으셨습니다만, 저희들은 다만 잊혀져 가고 있다고 대답하고 싶습니다. 아마 이 한마디로 충분한 답변이 되었으리라고 생각합니다. 지금 제가 이 편지를 쓰고 있는 주랑에서 아래를 내려다보면 멀리 잔잔한 바다가 펼쳐져 있고, 우르수스가 조각배를 타고 그물을 던지고 있습니다. 아내는 제 곁에 앉아 빨간 털실로 뜨개질을 하고 있고, 정원에서는 노예들이 아몬드 나무 그늘 아래 모여 노래를 부르고 있습니다. 오, 정다운 삼촌, 이 얼마나 평화로운 정경입니까! 예전의 고통과 공포의 기억은 흔적도 없이 사라졌습니다. 삼촌께서는 저희의 이런 평화로운 삶이 '운명의 신' 덕택이라고 말씀하시겠지만, 저는 이 모든 것이 사랑하는 주님이자 구세주이신 그리스도의 은총이라고 확신합니다. 물론 저희의 신앙에도 눈물과 슬픔이 전혀 없는 것은 아닙니다. 저희가 믿는 진리는 남의 불행을 보고 눈물을 아끼지 말라고 가르치고 있기 때문입니다. 그러나 그 눈물에는 삼촌께서 상상하지 못하실 참으로 의미 있는 위안이 깃들어 있습니다. 설령 우리가 이 세상을 떠난다 해도 이미 죽은 신자들, 하느님의 가르침에 따라 앞으로 죽어갈 모든 사람들과 언젠가는 다시 만날 수 있다는 위안 말입니다. 저희에게 있어 베드로 사도님과 바오로 사도님은 돌아가신 것이 아닙니다. 그분들은 하느님의 영광 속에 다시 부활하셨습니다. 영혼의 눈으로 보면 그분들이 분명하게 보입니다. 비록 눈에는 눈물이 맺혀 있지만, 마음으로는 환희를 노래하고 계십니다. 친애하는 삼촌, 그렇습니다! 저희는 지금 평안한 삶을 만끽하고 있습니다. 삼촌에게는 죽음이 모든 것의 종말을 의미하지만, 저희에게는 더욱 커다란 행복과 사랑, 기쁨에의 출발이라는 것을 알고 있기 때문입니다.

하루하루 이곳의 나날들은 더할 수 없이 평화롭게 흘러가고 있습니다. 저희 두 사람과 마찬가지로 하인들과 노예들도 모두 그리스도를 믿고 있습니다. 그리스도께서 서로 사랑하라고 이르셨기에, 우리는 서로를 사랑하고 있습니다. 해가 서산으로 넘어가고 물결이 달빛에 반짝일 때 저와 리기아는 가끔 꿈결처럼 느껴지는 지난 이야기를 주고받곤 합니다. 이제는 제 품에 안기게 된 소중한 사람이 경기장에서 막 생명을 잃을 뻔한 순간에 그녀의 생명을 구해 제게 돌려보내 주신 분은 분명히 그리스도였습니다. 그러니 제가 어찌 온 영혼을 기울여 그리스도를 찬양하지 않을 수 있겠습니까? 페트로니우스 삼촌! 삼촌께서는 절망의 순간에 그리스도의 가르침이 얼마나 큰 위안을 주고, 죽음에 직면했을 때 얼마나 꿋꿋하고 강인한 인내력과 용기를 심어주었는지 곁에서 직접 보셨습니다. 그러니 이번에는 이 섬에 오셔서 그 가르침이 평범한 일상생활에 얼마나 많은 행복을 주고 있는지 보아주십시오.

사람들은 지금까지 자기들을 사랑해 주고 자기들 또한 기꺼이 사랑할 수 있는 신을 알지 못했습니다. 그러므로 서로 사랑할 줄 몰랐고, 거기에서 그들의 불행은 시작되었습니다. 빛이 태양으로부터 나오듯이 행복은 사랑에서 흘러나오기 때문입니다. 철학자도, 법률가도, 그 진리를 몰랐고, 그리스나 로마에도 알려지지 않았습니다. 로마가 몰랐다는 것은, 다시 말해 온 세상이 몰랐다는 뜻이 됩니다. 덕을 가진 많은 사람들이 따르고 있는 금욕주의 철학의 논리는 메마르고 엄격하여 마음을 강철같이 단련시키기는 하지만, 사람들을 감화시키지는 못하고,

딱딱하게 만들어버립니다. 저보다 학식이 풍부하시고, 지혜로우신 삼촌께 이런 얘기는 쓸데없는 것일지도 모르겠군요. 삼촌께서는 이미 타르수스의 바오로 사도를 만나셨고, 그분과 몇 차례 이야기도 나누셨습니다. 그러므로 삼촌께서 평소에 즐겨 입에 올리시는 철학이나 수사학의 논리는 바오로 사도님이 말씀하신 진리에 비하면 속 빈 강정처럼 의미 없는 소리의 메아리에 지나지 않는다는 것을 누구보다 잘 아실 것입니다. 그분이 삼촌께 던진 질문을 아직도 기억하시는지요? "반일 황제가 그리스도교도라면 당신들은 삶에 불안을 느끼지 않아도 되고, 소유하고 있는 재산에 대해 걱정할 필요가 없을 것이며 사사건건 공포에 시달리지 않아도 되고, 희망을 품고 내일을 기대할 수 있지 않겠습니까?" 그러나 삼촌께서는 제게 그리스도교의 가르침은 삶의 적이라고 말씀하시곤 했습니다. 저는 그에 대한 답변으로 비록 제가 이 편지의 시작부터 끝까지 "나는 행복합니다."라는 말을 되풀이한다 해도 현재 누리고 있는 이 행복을 다 표현하지는 못할 것이라는 말씀을 드리고자 합니다. 그러면 삼촌께서는 이 행복이 리기아 때문이라고 말씀하실지도 모르겠습니다. 물론 그 말씀도 맞습니다. 저는 리기아의 영혼을 사랑하며, 저희 두 사람은 그리스도 안에서 서로를 아끼고 있습니다. 이 사랑에는 이별도, 배신도, 변절도, 노쇠함도, 죽음도 없습니다. 젊음과 아름다움이 사라지고 육신이 늙어 죽음이 찾아와도 저희들의 영혼은 변치 않을 것이기에, 저희들의 사랑 또한 영원히 남게 되는 것입니다. 그리스도의 광명에 눈을 뜨기 전에는, 리기아를 위해 필요하다면 제 집에 불이라도 질렀을 것입니다. 그러나 저는 이제 단언할 수 있습니다. 그리스도께서 가르치시는 사랑을 깨우치기 전에는 그녀를 진정으로 사랑한 것이 아니었습니다. 그리스도야말로 평화와 행복의 샘입니다. 제가 굳이 이런 말을 하지 않아도 이것은 자명한 진리입니다. 삼촌을 비롯한 주위 분들은 공포 속의 쾌락, 내일을 기약할 수 없는 불안한 도취, 초상집에서 열리는 잔치와도 같은 음울한 향연에 둘러싸여 하루하루를 보내고 계십니다만, 그리스도교도들의 삶과 한번 비교해 보십시오. 그러면 명확한 답이 나올 것입니다. 두 가지 삶을 비교할 수 있는 가장 좋은 방법은 백리향의 향기로 가득 찬 이 언덕과 무성한 올리브 나무숲, 담쟁이덩굴로 둘러싸인 이 아름다운 바닷가로 오셔서 직접 보시는 것입니다. 삼촌께서 지금껏 경험하지 못하신 평화와, 진심으로 삼촌을 사랑하는 두 마음이 이곳에서 기다리고 있습니다. 삼촌께서는 숭고하고 선량한 영혼을 간직하고 계시니, 여기 오시면 반드시 행복을 맛보시게 될 것입니다. 삼촌께서는 그 예민한 지성으로 곧 진리를 깨닫게 되실 것이며, 그 진리를 사랑하지 않고는 못 견디게 되실 것입니다. 황제나 티겔리누스 같은 인간은 이 진리를 거부할지 모르지만, 보통 사람이라면 감히 이 진리에 무관심할 수 없을 테니까요. 아아, 페트로니우스 삼촌! 저와 리기아는 머지않아 이곳에서 삼촌을 뵐 수 있으리라 굳게 믿고서 그것을 낙으로 여기며 손꼽아 기다리겠습니다. 건강과 행복을 빌겠습니다. 빨리 오시기를…….

페트로니우스는 쿠매[1]에서 비니키우스의 편지를 받았다. 그는 황제의 명을 받고 황제와 합류하려는 다른 조신들과 함께 그곳에 머물고 있었다. 오랜 세월에 걸친 티겔리누스와의 암

1) 네아폴리스 서쪽에 있는 옛 도시.

투는 차차 종반으로 치닫고 있었다. 페트로니우스는 이 싸움에서 결국 자기가 쓰러질 수밖에 없다는 것을 이미 알고 있었고, 그 이유도 잘 알고 있었다. 날이 갈수록 천박스럽게 변해가는 황제는 희극 배우, 마부, 그리고 광대의 역할에 병적으로 몰두하면서 방탕하고 야비한 향락에 병적으로 집착하게 되었고, 어느덧 '고상한 판관'의 존재는 황제에게 무거운 짐이 되어버렸기 때문이다. 가령 페트로니우스가 입을 다물고 있으면, 네로는 그 침묵을 비난으로 간주했고, 반대로 네로를 칭찬하는 경우에는 조롱으로 받아들였다. 이 고매한 귀족은 황제의 자존심을 상하게 했고, 질투를 불러일으켰다. 특히 그의 재산과 훌륭한 소장품들은 황제와 전권을 장악하고 있는 다른 중신의 탐욕의 표적이었다. 페트로니우스가 여태까지 너그럽게 받아들여진 것은 이번 아카이아 여행 때 그리스 예술에 대한 그의 지식과 미적 감각이 네로에게 절대적으로 필요했기 때문이다. 그런데 티겔리누스가 적절한 기회를 틈타서 황제에게 "카리나스가 취향에서나 학식에서 페트로니우스를 훨씬 능가하기 때문에, 아카이아에서 예정된 각종 행사에서 성공하려면 카리나스의 조언이 더 요긴하게 쓰일 것"이라고 설득해서 황제가 받아들이게 되었다. 그때부터 페트로니우스의 목숨은 풍전등화의 신세가 되었다. 그러나 네로는 로마에서 페트로니우스에게 사형 선고를 내리는 것을 여전히 망설이고 있었다. 비록 밤을 낮 삼아 살며 온갖 사치와 쾌락, 예술과 연회에만 탐닉하고 있고, 언뜻 유약해 보이기까지 한 이 탐미주의자가 일찍이 비티니아의 총독을 지냈고, 로마의 집정관이라는 중책을 맡아 놀라운 성과를 올리고, 저력을 발휘했다는 사실을 황제나 티겔리누스나 모두 잘 알고 있었기 때문이다. 페트로니우스는 다방면에 걸쳐 능력을 인정받아 왔고, 또한 시민들뿐 아니라 근위대 병사들로부터도 절대적인 존경을 받고 있었다. 그러므로 일단 유사시에 그가 어떤 행동을 취할지 황제의 심복들은 예측할 수가 없었다. 그래서 그를 로마에서 불러내어 지방에서 처리하는 것이 현명한 처사라고 생각했던 것이다.

페트로니우스가 다른 조신들과 함께 쿠매에 초대를 받은 것은 바로 그러한 계략 때문이었다. 페트로니우스는 함정이란 것을 알아차렸으나 따르기로 했다. 뻔히 알면서도 순순히 초대를 받아들인 것은 어쩌면 황제에게 공개적으로 저항하기 싫었기 때문일 수도 있고, 황제와 다른 조신들 앞에서 스스럼없는 명랑한 얼굴을 보여주고 싶었기 때문일 수도 있었다. 아니면 죽기 전에 티겔리누스로부터 마지막 승리를 거두려는 의도인지도 몰랐다.

티겔리누스는 페트로니우스가 피소의 음모 사건 때, 주모자 중 한 사람이었던 원로원 의원 스캐비누스와 친분이 있다는 이유로 그를 고발했다. 로마에 있는 페트로니우스의 하인들은 체포되었고, 그의 저택은 근위대가 포위했다. 페트로니우스는 그 소식을 듣고도 놀라지도 당황하지도 않았다. 그는 쿠매에 있는 자신의 화려한 별장에 인사하러 온 조신들을 향해 미소를 지으며 이렇게 말했다.

"붉은 수염은 면전에 대고 직접 질문하는 것을 질색하지. 두고 보시오. 로마에 있는 내 가솔들을 잡아넣으라고 명령하신 분이 폐하였냐고 대놓고 물으면 몹시 당황할 거요."

페트로니우스는 자기가 '먼 여행길'을 떠나기 전에 마련할 성대한 향연에 사람들을 초대했다. 비니키우스의 편지가 도착한 것은 그가 향연 준비에 한창일 때였다.

페트로니우스는 편지를 받고 잠시 깊은 생각에 잠겼으나, 금세 평상시의 담담한 태도로 돌아갔다. 그날 밤 그는 비니키우스에게 답장을 썼다.

다정한 내 조카여, 나는 너희들의 행복을 진심으로 기뻐하며, 동시에 그런 행복 속에서도 나를 잊지 않는 너희들의 호의를 매우 고맙게 생각한다. 사랑에 빠진 연인들이 먼 곳에 있는 제3자에게 관심을 가져주니 말이다. 너는 나를 잊지 않고 있을 뿐 아니라, 나를 시칠리아에 초대해 함께 식사를 나누고 너희들에게 행복을 베풀어주는 관대한 신, 그리스도의 은총을 나누어주겠다고 했다.

그리스도가 행복의 근원이라면 얼마든지 그를 숭상하려무나. 그리운 조카여, 나는 리기아가 네게 돌아갈 수 있었던 것은 반은 우르수스의 공이고, 반은 로마 시민들의 덕택이라고 믿고 있다. 만일 황제가 그렇듯 포악한 인간이 아니라면, 그가 리기아를 살려준 것을 전혀 다른 쪽으로 해석했을지도 모른다. 예전에 티베리우스 황제가 비니키우스 가문의 한 사람에게 자신의 손녀를 시집보낸 사실을 떠올리고 너와 자기가 먼 친척뻘이라는 점을 고려하여 그런 결정을 내렸을 것이라고 판단했을 수도 있다. 그러나 네가 굳이 그리스도의 덕분이라고 믿는다면 구태여 반대할 생각은 없다. 아무튼 그리스도에게 제물을 바치는 것을 게을리 하지 마라. 인류를 위해 자기 자신을 희생한 것은 프로메테우스도 마찬가지다. 그러나 슬프게도 프로메테우스는 시인이 만들어낸 가상의 인물에 불과하다. 그와 반대로 그리스도는 믿을 만한 사람들이 직접 눈으로 확인한 실존 인물이라고 알고 있다. 그러므로 그리스도가 여러 신들 중에서 가장 정직하고 진실하다는 점에 있어서만큼은 나도 너희들과 같은 의견이다.

타르수스의 바오로가 던진 질문은 물론 나도 똑똑히 기억하고 있다. 만일 붉은 수염이 그리스도의 가르침에 따라 살고 있다면, 나도 너희들이 있는 시칠리아에 찾아갈 기회가 있을 것이다. 그러면 우리는 옛날 그리스의 철학자들처럼 나무 그늘이나 샘터에 앉아 그들이 그렇게 했듯이 여러 신들이나 진리에 대한 문제를 토론할 수도 있겠지. 그러나 오늘은 우선 내가 생각하는 바를 간단히 적어 답장을 대신하겠다.

내가 존경하는 철학자는 이 세상에 두 사람뿐이다. 한 사람은 피론이고, 또 한 사람은 아나크레온이다. 그 밖의 그리스의 여러 학파와 로마의 금욕주의 철학자들은 모두 헐값에 내어주어도 좋다. 진리는 우리의 신들조차 볼 수 없는 올림푸스 산꼭대기보다도 더 높은 곳에 존재한다. 물론 너희들의 올림푸스는 한층 더 높은 곳에 있다고 생각하고 있겠지. 너는 그 꼭대기에 올라가서 "올라오십시오. 그러면 지금껏 보지 못한 새 세상을 보게 되실 겁니다."라고 외치며 나를 부르려 할 것이다. 그래, 그럴지도 모른다. 그러나 나는 이렇게 대답할 수밖에 없구나. "진리여, 내게는 거기까지 올라갈 두 발이 없네." 이 편지를 끝까지 읽고 나면 너는 그 의미를 이해할 수 있을 것이다.

아아, '새벽의 여신'을 아내로 맞은 행복한 남편이여! 너희들의 가르침은 내게는 맞지 않는다. 너희들은 누구나 사랑해야 한다고 말하지만 가마를 메고 다니는 비티니아 인이나 목욕물을 데우는 이집트 인을 나더러 어떻게 사랑하란 말이냐? 붉은 수염이나 티겔리누스와 같은 작자들을 내가 어떻게 사랑할 수 있겠느냐? 카리스 여신들의 흰 무릎을 두고 맹세하거니와 아무리 노력해도 도저히 그렇게는 못할 것 같구나. 로마에는 어깨가 구부정한 사람, 무릎이 퉁퉁 부은 사람, 종아리가 빼빼 마른 사람, 눈이 흉측하게 생긴 사람, 머리가 지나치게 큰 사람이 적어도 십만 명은 있다. 그런 사람들까지 모조리 사랑하란 말이냐? 도대체 가슴으로 느낄 수가 없는데, 어떻게 실천할 수 있겠느냐? 만일 너희들의 신이 내가 그런 사람들까지 모두 사랑하기를 원한다면, 그 전능하신 힘으로 왜 처음부터 그들에게, 팔라티움 궁전에 있는 니오베의 어린 자식들의 조각상 같은 아름다움을 주시지 않았단 말이냐? 아름다움을 사랑한다는 한 가지 이유만으로도 도저히 나는 추악한 것을 사랑할 수 없구나. 우리의 신들을 믿지 않는 것과 그 신들을 사랑하는 것은 별개의 문제이다. 그들을 믿지 않아도, 피디아스나 프락시텔레스, 미로와 스코파스, 리시푸스[2]가 그랬듯이 그들을 사랑할 수 있는 방법은 얼마든지 있으니까.

설령 네가 인도하려는 그곳에 가고 싶은 마음이 있다 해도 나는 그럴 수가 없다. 더구나 가고 싶은 생각마저 없으니 더욱 그럴 수가 없구나. 너는 타르수스의 바오로와 마찬가지로, 사후에 스틱스 강 건너편에 있는 엘리시움의 들판과 같은 곳에서 너희들의 그리스도와 만나게 될 것이라고 믿고 있다. 그래 좋다! 그렇다면 아끼는 무라 잔과 미르라[3] 단지, 소시우스 서점에서 가져온 내 작품을 싸들고, 금발의 에우니케를 안은 채 그곳에 가더라도 그리스도가 나를 환영해 줄는지 어디 한번 물어봐 주려무나. 정다운 내 조카여, 그런 일은 정말 말도 안 되고

2) 모두 그리스와 로마의 조각가들.
3) 동아프리카와 아라비아 산 향료로 약재로도 쓰임.

또 그리스도께 실례되는 짓이 아니겠느냐? 타르수스의 바오로는 그리스도를 위해서는 장미 화관도, 연회도, 사치도, 향락도 다 버리지 않으면 안 된다고 내게 말했었다. 대신 그는 내게 그것과는 다른 행복을 주겠다고 약속했으나, 나는 이미 너무 늙어서 낯선 행복은 사양하겠다고 그에게 말해 주었다. 또한 나는 앞으로도 장미를 보면 언제나 즐거울 것이고, 오랑캐꽃 향기를 맡는 편이 수부라의 빈민굴에서 풍기는 악취를 맡는 것보다 훨씬 행복할 것이라고 대답했다.

너희들의 행복이 내 것이 될 수 없는 이유도 바로 거기에 있다. 그리고 아직 네게 말하지 않은 또 하나의 이유 때문에 나는 너희들 곁으로 갈 수가 없단다. 고백하자면, 타나토스가 나를 부르고 있다. 너희들의 인생은 지금부터 여명처럼 찬란하게 밝아오고 있지만, 내 인생은 이미 서산으로 기울어 황혼이 찾아오기 시작한 것이다. 다시 말하자면, 조카여, 나는 이제 곧 죽어야 할 운명이다.

이 사실은 장황하게 늘어놓을 것도 없을 듯싶구나. 궁극적으로는 이렇게 되리라고 오래전부터 각오하고 있었으니 말이다. 너도 붉은 수염이란 인간을 잘 알고 있으니 모든 사정을 쉽게 이해할 수 있을 것이다. 티겔리누스가 나를 이겼다기보다는, 다만 내 수많은 승리가 종국을 맞은 것이라 이야기하고 싶구나. 나는 지금까지 내 마음대로 자유롭게 살아왔다……. 그러니까 죽을 때도 나답게 죽고 싶다.

그렇다고 나를 위해 슬퍼하진 말아라. 지금껏 내게 불멸을 약속해 준 신은 하나도 없었으니, 내 죽음이 새삼스러운 일은 아니라고 생각한다. 꼭 너희들의 신만이 의연하고 평화롭게 죽는 법을 가르쳐주는 것은 아니란다. 너희들이 태어나기 전부터 세상 사람들은 최후의 잔을 마시고 나면 영원한 휴식으로 들어간다는 사실을 알고 있었고, 또 침착하게 마지막을 맞이하는 사람도 얼마든지 있었으니까. 일찍이 플라톤은 "덕은 음악이며, 현인(賢人)의 삶은 하나의 조화로운 화음"이라고 말했다. 만일 그의 말이 사실이라면 나는 덕망 있는 삶을 살아온 셈이다. 그러므로 나는 죽을 때도 덕망 있는 죽음을 맞이하고 싶다.

여신과 같은 네 아름다운 아내에게도 작별의 인사를 고하고 싶구나. 그리고 언젠가 아울루스의 집에서 그녀에게 했던 찬사를 다시 한 번 보내겠다. "나는 지금까지 수많은 여인들을 보아왔습니다만, 당신처럼 아름다운 미인은 보지 못했습니다."

피론의 생각과는 달리, 만일 인간이 죽은 후에도 영혼이 존재한다면, 내 영혼은 오케아누스[4]를 건너 너희들이 있는 곳으로 날아갈 것이다. 나비가 되어, 혹은 이집트 인들이 믿듯이 매가 되어 너희들의 보금자리에 머물 것이다. 그렇지 않고서는 도저히 너희들의 집에 갈 수가 없을 테니까.

끝으로 시칠리아가 너희들을 위해 헤스페리데스[5]의 정원이 되어주기를 바란다! 들과 숲, 샘을 지키는 요정들이 너희들이 거니는 길마다 꽃을 뿌려주고, 너희들이 사는 집 기둥의 모든 아칸투스식 조각에 하얀 비둘기가 날아와 둥지를 틀기를 빌겠다!

---

4) 고대인들이 생각한 육지를 둘러싸고 있는 대양.

5) 황금 사과가 자라는 신들의 정원을 지키는 여신들.

제74장

페트로니우스의 예상은 적중했다. 이틀 후 평소에 친근감을 나타내던 소(小) 네르바가 자신의 해방노예를 보내 궁전에서 벌어지고 있는 모든 일을 알려왔다.

페트로니우스의 죽음은 이미 결정되어 있었다. 다음 날 밤 백인대장이 페트로니우스를 찾아와서 다음 지시가 있을 때까지 쿠매에 머물러 있어야 한다는 명령을 전달하고 나면, 며칠 후에는 다른 사신이 와서 죽음의 선고를 알리기로 되어 있다는 것이다.

페트로니우스는 전혀 동요하지 않고 냉정한 태도로 해방노예의 전갈을 들은 뒤 이렇게 말했다.

"돌아가기 전에 꽃병을 하나 줄 테니 그것을 주인에게 가져다드리게. 그리고 이렇게 사형 선고에 관해 미리 알려주어 진심으로 감사한다고 전해 주게나."

별안간 페트로니우스는 큰 소리로 웃기 시작했다. 마치 묘안이 떠올라 그것을 실행에 옮기기 전에 혼자 즐기고 있는 것 같았다.

그날 저녁 페트로니우스의 노예들은 쿠매에 머물러 있는 모든 조신들과 그의 부인들을 '고상한 판관'의 화려한 별장에서 열리는 성대한 연회에 초대하기 위해 사방으로 뛰어다녔다.

페트로니우스 자신은 오후 내내 서재에 틀어박혀 무엇인가를 열심히 쓰고 나서 정성껏 목욕을 했다. 하인의 시중을 받아 꼼꼼하게 주름 잡은 토가를 차려입은 그의 모습은 마치 신처럼 당당하고 우아해 보였다. 그는 식당으로 들어가 준비가 제대로 되고 있는지 탐미주의자의 안목으로 살펴본 뒤 정원으로 나갔다. 정원에는 에게 해의 섬에서 온 그리스 태생의 소년 소녀들이 향연에 쓸 장미 화관을 만들고 있었다.

페트로니우스는 태평스러운 모습이었다. 그러나 노예들은 이 연회가 어쩐지 여느 때와는 다르다는 것을 눈치 챘다. 페트로니우스가 흡족해할 만큼 일을 잘해 낸 노예는 전보다 더 후한 상금을 받았고, 그의 취향을 거스르거나 실수를 저지른 노예들에게도 전처럼 처벌을 내리지 않고 가벼운 벌로 끝내는 것만 보아도 알 수 있었다. 키타라 연주자나 가수들에게도 미리 보수를 듬뿍 지불하라고 지시했다. 잠시 후에 페트로니우스는 정원에 서 있는 너도밤나무 밑에 자리를 잡고 앉아 에우니케를 불렀다. 나뭇잎 사이로 비쳐든 햇빛이 땅 위에 얼룩무늬를 만들고 있었다.

에우니케는 눈부시게 흰옷을 입고 머리에 작은 샤프란 가지를 꽂고 나타났는데, 그 모습이 마치 카리스의 여신처럼 아름다웠다. 페트로니우스는 그녀를 자기 옆에 앉히고 관자놀이를 가볍게 어루만지면서, 마치 위대한 예술가가 자신의 손으로 조각한 신상을 감상하는 것처럼 다정한 눈길로 그녀를 바라보았다.

"에우니케! 알고 있느냐? 너는 이미 오래전에 노예의 신분에서 해방되었다는 사실을."

에우니케는 파란 하늘을 닮은 눈을 들고 몰랐다는 뜻으로 고개를 옆으로 저었다.

"저는 언제까지나 주인님의 노예입니다."

"그럼 이 사실도 모르고 있겠구나." 페트로니우스가 말을 이었다. "이 별장도, 저기서 화관을 만들고 있는 노예들도, 이 별장 안에 있는 모든 물건들도, 저 들판도, 양 떼들도, 오늘부터 다 네 것이다."

이 말을 들은 에우니케는 벌떡 일어나 뒤로 물러서면서 불안한 목소리로 더듬거리며 물었다.

"주인님, 왜 그런 말씀을 하십니까?"

그러고는 다시 페트로니우스 곁으로 바짝 다가서면서 놀란 눈으로 그를 쳐다보았다. 그녀의 얼굴은 핏기를 잃고 하얗게 질려 있었다. 페트로니우스는 여전히 미소를 지으며 쓸쓸한 목소리로 짧은 한마디를 던졌다.

"이제는 끝이다!"

두 사람 사이에 잠시 침묵이 흘렀다. 너도밤나무 잎을 흔드는 바람 소리만 들릴 뿐이었다.

페트로니우스에게는 에우니케가 아름다운 대리석 조각상처럼 보였다.

"에우니케, 나는 평화롭게 죽고 싶다."

여자는 슬픈 미소를 머금고 페트로니우스를 쳐다보며 속삭였다.

"알겠습니다, 주인님."

저녁이 되자 많은 손님들이 모여들었다. 그들은 벌써 여러 번이나 페트로니우스의 품위 있는 연회에 참석했던 사람들로, 지루하고 야만적인 궁전의 향연과는 비교가 안 되는 고상한 잔치가 벌어지리라는 것을 잘 알고 있었다. 그러나 이 연회가 '고상한 판관'이 벌이는 마지막 향연이라고는 다들 꿈에도 생각지 못했다. 요사이 페트로니우스의 머리 위에 황제의 증오와 분노가 먹구름처럼 드리워 있다는 것은 다들 알고 있었지만, 지금까지 늘 그랬듯이 페트로니우스라면 즉흥적인 기지와 재치 있는 농담, 또는 대담한 언변으로 그 먹구름을 능히 헤쳐 나갈 것이라고 믿었던 것이다. 그러므로 그의 신변에 정말 심각한 위기가 닥쳤다는 것을 실감하는 사람은 없었다. 더욱이 그의 명랑한 얼굴과 밝은 미소는 손님들의 그런 생각을 더욱 굳혀주었다. 에우니케는 페트로니우스에게서 그의 유일한 소원은 평화롭게 죽는 것이라는 말을 종종 들어왔었다. 그녀에게 있어 페트로니우스의 말 한 마디 한 마디는 거룩한 신탁(神託)이나 다름없었다. 페트로니우스의 참뜻을 헤아린 에우니케는 흔들림 없이 침착하게 사태를 받아들이고 있었다. 오히려 마음속에서 솟아오르는 환희를 참을 수 없는 듯 그녀의 두 눈은 생기로 빛나고 있었다.

시간이 되어 손님들이 들이닥치자, 머리를 황금빛 그물로 감싼 소년들이 손님들의 머리 위에 일일이 장미 화관을 씌워 주었다. 그러고는 전통에 따라 문지방을 넘어설 때는 오른발을 먼저 내밀어 달라고 손님들에게 당부했다. 식당에는 제비꽃 향기가 가득 차 있었고, 오색찬란한 알렉산드리아 산 유리 촛대 위에서는 촛불이 춤을 추고 있었다. 손님들이 긴 안락의

자에 자리 잡고 앉자, 그리스 소녀들이 달려와 그 발에 향유를 발랐다. 아테네에서 데려온 키타라 연주자와 가수들이 벽을 따라 줄지어 서서, 지휘자의 손이 신호하기만을 기다리고 있었다.

식탁을 그득하게 메운 음식들은 정성을 기울여 만든 것으로 천하의 미식가일지라도 감탄할 정도로 탁월한 맛을 내고 있었다. 유쾌하고 화기애애한 분위기가 제비꽃 향기와 함께 온 방에 흘러넘쳤다. 손님들은 연회장에 들어서자마자 황제의 연회와는 달리 이곳에서는 아무런 강요도 위협도 없음을 느끼고 마음을 놓았다. 황제의 앞에서는 그의 노래나 시에 대해 충분히 찬사를 보내지 않았다는 이유로, 또는 찬양하는 방법이 비위에 거슬린다는 구실로 목숨을 빼앗기기 일쑤였다. 그러나 그들 앞에 차려진 연회는 휘황한 등불 아래 담쟁이덩굴을 감은 술 단지, 오랫동안 눈 속에 파묻어 놓아 차게 식힌 포도주, 혀끝에서 살살 녹는 산해진미 등 무엇 하나 손님들의 마음에 들지 않는 것이 없었다. 자리에서 오가는 대화는 꽃이 만발한 사과나무 주위를 날아다니는 꿀벌의 소리처럼 활기가 가득 했다. 쾌활한 웃음소리가 들리는가 하면, 찬미의 속삭임도 들렸다. 훤히 드러난 귀부인들의 하얀 어깨에 입을 맞추는 소리도 들렸다.

손님들은 술잔을 들 때마다 바닥에 몇 방울씩 술을 뿌려 집주인에게 신들의 가호와 은총이 있기를 빌었다. 그들 대부분은 신을 믿지 않았지만, 믿든 안 믿든, 그것은 중요한 문제가 아니었다. 다만 오랜 세월에 걸쳐 굳어진 습관과 미신에 의해 그런 행동을 하는 것이었다. 페트로니우스는 에우니케와 나란히 앉아 최근 로마에서 일어난 일, 시중에 떠도는 소문들, 즉 며칠 사이에 벌어진 이혼이나 연애 사건이라든지 최근에 두각을 나타낸 검투사에 관한 소식, 또 아트락투스와 소시우스 서점의 최신판 책들에 관해 담소를 나누었다. 그는 이따금 포도주를 뿌리면서 지금 이 행위는 오직 키프루스 여신만을 위한 것이라고 설명했다. 그 여신이야말로 모든 신들 중에서 가장 오래되고 위대할 뿐 아니라 유일한 불멸의 신이라는 것이다. 그리고 앞으로도 영원히 만물을 지배하는 신은 오직 그 여신뿐이라고 말했다.

페트로니우스의 화술은 삼라만상을 비쳐주는 햇빛과 같았고, 정원에 핀 꽃잎을 가볍게 스쳐가는 여름철 미풍과도 같이 청량하게 들렸다. 이윽고 페트로니우스가 지휘자에게 고개를 끄덕여 신호를 보냈다. 키타라의 맑은 선율이 조용히 흐르기 시작하자, 이에 맞추어 젊음에 넘친 아름다운 노랫소리가 울려 퍼졌다. 그러자 에우니케의 고향인 코스 태생의 무희들이 일어나 춤을 추기 시작했다. 그녀들은 얇은 의상 밑으로 분홍빛 몸매를 언뜻언뜻 내비치며 교태를 부렸다. 음악이 끝나자 이집트의 예언자가 등장하여 수정으로 만든 어항 속에 든 무지갯빛 물고기의 움직임을 보면서 일일이 손님들의 앞날을 예언했다.

여흥이 막바지에 이르자, 페트로니우스는 앉아 있던 시리아산 방석에서 몸을 반쯤 일으키고 입을 열었다.

“친구들이여! 연회 중에 이렇게 부탁의 말씀을 드리는 것을 용서해 주시오. 조금 전에 신들의 가호와 나의 무사 안녕을 위해 건배를 올린 그 술잔을 선물로 드리겠으니, 받아주시기 바랍니다.”

페트로니우스가 손님들에게 선사한 술잔은 어느 것이나 황금과 보석으로 장식되어 있었고 대가들의 솜씨로 정교하게 조각된 예술품이었다. 향연장에서 손님에게 술잔을 선물하는 것은 로마에서는 흔한 일이었지만, 그날 밤에 초대된 손님들은 페트로니우스의 선물이 다른 어느 때보다 마음에 들었다. 어떤 사람은 소리 높여 감사와 칭송의 말을 했고, 어떤 사람은 주피터도 올림푸스의 신들에게 이처럼 훌륭한 선물을 한 적이 없었을 것이라고 말하기도 했다. 너무 값비싼 물건이라 받기를 주저하는 사람도 있었다.

페트로니우스는 무지개 빛깔로 영롱하게 빛나는, 값을 헤아릴 수 없을 만큼 진귀한 무라 잔을 높이 쳐들며 말했다.

"나는 키프루스의 여신을 찬미하는 뜻에서 이 무라 잔으로 술을 들었습니다. 앞으로는 그 누구의 입술도 이 잔에 닿게 하고 싶지 않습니다. 또한 누군가의 손이 이 무라 잔을 들고 다른 여신을 찬미하며 축배를 드는 것도 원치 않습니다."

이렇게 말하며 애지중지하던 무라 잔을 연보랏빛 샤프란 꽃잎을 뿌려놓은 바닥에 던져 박살냈다. 그러고는 깜짝 놀라 그를 쳐다보고 있는 손님들을 향해 다시 말했다.

"정다운 벗들이여! 오늘 밤을 마음껏 즐기시기 바랍니다! 조금도 동요하지 마십시오. 세월이 흐르면 누구나 노쇠해지는 것이 인생의 서글픈 섭리입니다. 지금 나는 여러분에게 솔선수범과 함께 충언을 드리고자 합니다. 이제 곧 보시면 알겠지만 노령과 병마를 가만히 앉아서 기다리기보다는 먼저 끝낼 수가 있다는 것입니다. 그것이 다가오기 전에, 우리가 먼저 우리의 자유의지로 사라질 수 있습니다."

"도대체 그게 무슨 말입니까?" 몇몇 사람이 불안한 목소리로 물었다.

“나는 흥겹게 즐기고, 술을 마시고, 음악을 듣고, 여러분이 보시는 바와 같이 여신처럼 아름다운 연인을 옆에 두고, 장미 화관을 쓴 채 이대로 눈을 감고 싶습니다. 나는 이미 황제에게 작별을 고했습니다. 작별 인사를 어떻게 썼는지 다들 들어 보시겠습니까?”

페트로니우스는 자줏빛 방석 밑에서 편지를 꺼내어 읽기 시작했다.

폐하, 저는 폐하께서 제 방문을 몹시 기다리고 있고, 변치 않는 우정으로써 밤낮으로 저를 그리워하고 계시리라는 것을 잘 알고 있습니다. 또한 제게 과분한 선물을 내리시고 저를 근위대 사령관으로 임명하려 하셨던 것도, 그리고 티겔리누스는 신들이 애초에 그 사람을 만든 목적에 걸맞게 노새지기로 만들어, 폐하께서 친히 도미티우스를 독살하고 탈취하신 영지로 보내려고 하셨던 것도 잘 알고 있습니다. 그러나 용서하십시오. 근위대 사령관만은 사양하겠습니다. 지옥의 신들, 그리고 그곳에 계시는 폐하의 어머니와 부인, 동생, 세네카의 망령을 두고 맹세합니다만, 저는 더 이상 폐하의 곁에 있을 수가 없습니다. 친애하는 폐하, 인생은 위대한 보고(寶庫)이며, 저는 그 속에서 많은 주옥(珠玉)들을 고를 수가 있었습니다. 그러나 한편 인생에는 도저히 참을 수 없는 일도 있는 것입니다. 다만 선불리 속단하지는 마십시오. 폐하께서 어머니와 부인, 형제의 목숨을 빼앗고, 로마에 방화하고, 이 땅의 무수한 정직한 사람들을 에레보스[1]로 보내신 데 대해 비난하는 것은 결코 아닙니다.

1) 이승과 지옥 사이의 땅속에 있는 영원히 어둡다는 암흑계.

크로노스의 손자여, 저는 꿈에도 그럴 생각은 없습니다. 죽음은 누구나 면할 수 없는 당연한 귀결이므로 폐하께 그 이상의 처사를 기대한다는 것은 무모한 일이겠지요. 그러나 불쌍한 풋내기 시인이여! 제가 어떻게 앞으로 몇 년 동안이나 더 폐하의 설익은 시를 들으며 귀를 혹사시켜야 하고, 피리카[2] 춤을 추느라고 버둥거리는 도미티우스 가(家) 특유의 그 말라비틀어진 흉한 다리를 얼마나 더 보아야 하겠습니까? 폐하의 연기, 폐하의 노래, 변두리의 삼류 시인이 쓴 것 같은 폐하의 시를 듣는 것은 이제 너무나도 괴로워 죽고 싶은 마음을 저절로 불러일으켰습니다. 로마는 폐하께서 시를 읊을 때 귀를 막고, 세상은 폐하를 비웃고 있습니다. 저는 더 이상 폐하 앞에서 얼굴을 붉히고 싶지 않습니다. 아니 이제는 그러고 싶어도 그럴 수 없게 되었습니다. 케르베로스[3]가 짖는 소리와 폐하의 노랫소리가 닮았다고 해도, 그 개 소리는 제게 별로 불쾌하게 들릴 것 같지 않습니다. 저는 케르베로스의 벗이 아니므로 그 소리 때문에 사람들 앞에서 부끄러워해야 할 까닭이 없으니까요. 폐하, 앞으로 만수무강하시더라도 제발 대중 앞에서 노래는 하지 마십시오. 양민을 학살하시더라도, 아무튼 시는 쓰지 말아주십시오. 사람들을 독살하시더라도, 부디 춤은 추지 마십시오. 또다시 불을 지르시더라도, 부탁이니 그 서투른 키타라 연주는 하지 마십시오. 이것이 폐하의 벗이자 '고상한 판관'인 페트로니우스가 폐하께 드리는 마지막 충고입니다.

---

2) 스파르타의 전무(戰舞).

3) 지옥의 문을 지키는 머리가 셋 달린 개.

손님들은 두려운 나머지 몸이 굳어버렸다. 그들은 네로가 이 편지를 읽게 되면 로마 제국을 잃는 것보다 더 심각한 충격을 받게 될 것이라는 것을 잘 알고 있었다. 이 편지는 네로에게 치명적인 화살이 될 것이며, 그것을 쓴 사람은 죽음을 면치 못하리라는 것을 잘 알고 있었기에, 사람들은 이 편지의 낭독을 들었다는 사실만으로도 공포에 질려 사색이 되었다.

페트로니우스는 이 모든 것이 악의 없는 농담이라는 듯 호탕하고 밝게 웃었다. 그리고 좌중을 둘러보며 말했다.

"유쾌하게 즐기시고, 아무 걱정도 하지 마십시오. 이 편지의 내용을 들었다고 사람들 앞에서 굳이 밝히실 필요는 없습니다. 저는 최소한 지옥의 강을 건너갈 때 카론[4]에게만은 이 사실을 자랑스럽게 말하겠습니다."

페트로니우스는 그리스인 의사에게 눈짓을 하고 팔뚝을 내밀었다. 노련한 의사는 순식간에 그 팔을 황금빛 실로 묶고 손목의 정맥을 끊었다. 피는 방석을 적시면서 페트로니우스의 머리를 안고 그 위에 몸을 숙이고 있는 에우니케에게로 흘러내렸다. 에우니케는 페트로니우스에게 말했다.

"주인님, 제가 이대로 주인님을 떠나보내리라고 생각하셨습니까? 비록 신들이 저에게 불멸의 삶을 주고, 황제가 온 세계의 통치권을 준다 해도 저는 주인님의 뒤를 따르렵니다."

페트로니우스는 잔잔한 미소를 머금고 몸을 일으켜 자신의 입술을 에우니케의 입술에 갖다 대며 대답했다.

"그래! 나와 함께 가자."

그러고는 덧붙였다.

4) 지옥으로 가는 강에서 나룻배를 젓는 사공.

"나의 여신이여, 너는 진심으로 나를 사랑했구나."

에우니케는 장밋빛 팔을 의사에게 내밀었다. 잠시 후 그녀의 가느다란 손목에서도 붉은 핏방울이 떨어지면서 두 사람의 피가 하나로 섞였다.

이때 페트로니우스가 지휘자에게 신호를 보내자 키타라의 반주에 맞추어 또다시 노랫소리가 울려 퍼졌다. 합창단은 먼저 하르모디우스[5]의 노래를, 다음에는 아나크레온의 노래를 불렀다. 아나크레온의 노래는 시인 아나크레온이 아프로디테의 아들 큐피드가 나무 밑에서 추위에 떨며 울고 있는 것을 발견하고 자기의 따뜻한 집으로 데려가서 날개를 말려주었는데, 배은망덕한 큐피드가 도리어 자기 활촉으로 시인의 가슴을 찔러 은혜를 원수로 갚았으며, 그리하여 시인이 마음의 평화를 잃었다는 내용이었다.

서로 몸을 기대고 노랫소리에 귀를 기울이고 있는 페트로니우스와 에우니케의 모습은 마치 한 쌍의 신처럼 아름다웠다. 두 사람 다 흡족한 미소를 짓고 있었으나 안색은 점점 핏기를 잃어가고 있었다. 노래가 끝나자 페트로니우스는 술과 음식을 더 내오라고 명하고, 연회석상에서 늘 그렇듯이 가까이 있는 손님들과 환담을 나누었다. 이윽고 그는 의사를 불러 잠시 정맥을 다시 연결하라 이르고, 졸음이 밀려오니 타나토스가 자기를 영원히 잠재우기 전에 잠시 히프노스[6]에게 의탁하고 싶다고 했다.

페트로니우스는 곧 잠이 들었다. 얼마 후 눈을 떠보니, 흰

5) BC 6세기 아테네 사람. 독재자 히파르쿠스를 살해함.

6) 잠을 의인화한 신. 타나토스와는 쌍둥이.

백합처럼 창백해진 에우니케가 그의 가슴에 머리를 파묻고 있었다. 그는 에우니케의 머리에 방석을 받쳐주고, 다시 한 번 그녀의 얼굴을 자세히 들여다보았다. 그러고 나서 자기의 정맥을 다시 끊으라고 분부했다.

페트로니우스가 고개를 끄덕이며 신호를 보내자 가수들은 아나크레온에 관한 또 다른 노래를 불렀다. 가사가 잘 들리도록 키타라는 조용하고 잔잔하게 연주되었다. 페트로니우스의 얼굴은 점점 핏기를 잃어갔다. 노래의 마지막 소절이 끝날 무렵, 그는 다시 한 번 손님들을 향해 말했다.

“여러분, 인정하십시오, 우리들이 죽고 나면 그와 동시에 사라지게 될 것이니, 그것은…….”

페트로니우스는 더 이상 말을 맺지 못했다. 그의 팔은 있는 힘을 다해 에우니케를 부둥켜안았고, 머리는 베개 위로 힘없이 떨어졌다.

두 사람의 모습은 마치 눈부시게 아름다운 한 쌍의 흰 조각상과 같았다. 사람들은 그 두 사람의 죽음과 함께 자기들이 살고 있는 이 세상에 마지막으로 남아 있던 ‘시’와 ‘아름다움’이 영영 사라져버렸다는 것을 문득 깨달았다.

에필로그

빈덱스[1]가 이끄는 갈리아 군단의 반란은 처음에는 그다지 위협적이지 않았다. 황제는 겨우 서른한 살이었으므로 세상이 악몽과도 같은 억압에서 그렇게 빨리 해방되리라고는 아무도 생각지 못하고 있었다. 역대 황제들의 재위 기간에도 군단의 반란이 여러 차례 일어났지만, 모두 실패로 끝났으며 군주가 바뀔 정도로 위력적인 것은 아니었음을 모두들 잘 알고 있었다. 가령 티베리우스 황제 치세에는 드루수스[2]가 판노니아[3] 군단의 반란을 진압했고, 게르마니쿠스[4]는 라인 강 상류 지역에서 일어난 반란을 가라앉혔다. 어떤 사람들은 신성한 아우

1) 갈리아 사람으로 원로원 의원이었으며, 지금의 프랑스 서북부 지역인 리옹 속주의 총독.
2) 티베리우스의 아들.
3) 지금의 다뉴브 강변 지역의 옛 이름.
4) 티베리우스의 조카.

구스투스 황제의 자손들이 네로 시대에 이르러 모두 피살되었으니 네로 다음에 제위를 계승할 후계자가 없지 않느냐고 말했다. 개중에는 헤라클레스의 우람한 모습을 재현시킨 네로의 거대한 조각상을 바라보면서 감히 누가 이 천하무적의 기세에 도전하겠느냐고 생각하는 사람들도 있었다. 그런가 하면 네로가 아카이아로 행차한 후, 로마와 이탈리아의 통치를 위임받은 해방노예 헬리우스와 폴리테테스가 네로보다 더 심한 폭정을 하자, 네로가 속히 돌아오기를 손꼽아 기다리는 자들도 있었다.

자신의 생명과 재산에 대해 불안을 느끼지 않는 사람은 아무도 없었다. 법률마저 그들을 보호해 주지 않았으므로 인간으로서의 존엄성이나 미덕은 모두 사라져버렸고, 가족 간의 유대마저 끊어지고 말았다. 세상 사람들의 심성은 황폐해져서 가슴속에서 희망이라고는 찾아볼 수 없게 되었다. 그런 와중에도 멀리 그리스에서는 황제의 공연이 전에 없는 대성공을 거두었고, 무수히 많은 월계관을 획득했다는 소문과, 수천 명의 경쟁자를 굴복시켰다는 소식이 잇따라 전해져 왔다.

온 세상이 희극 배우의 살벌한 난장판으로 전락했다. 진실과 미덕으로 가득 찼던 시대는 사라지고, 가무와 음악, 난행과 유혈의 참극 속에서 인간의 삶은 영원히 비참하게 지속될 수밖에 없을 것이라는 절망감이 사람들의 마음속에 자리 잡고 있었다. 반란은 황제에게 새로운 약탈의 구실을 마련해 주었으므로, 황제 자신은 반역한 군단이나 빈덱스에 대해 별로 신경을 쓰지 않았다. 오히려 그 사건에 대해 기쁨을 표시할 정도였다. 그는 아카이아를 떠나고 싶어 하지 않았다. 더 이상 지체하면 황제의 자리를 빼앗길지도 모른다는 헬리우스의 급박한 전갈을 받고서야 겨우 네아폴리스로 향했다.

그러나 네로는 네아폴리스에서도 키타라를 켜고 노래를 부르면서 시국이 점점 위태로워진다는 소식을 듣고도 천하태평이었다. 지금까지 일어난 반란에는 지도자가 없었지만, 이번 반란군의 지도자는 아퀴타니아[5]의 왕가 출신으로 명성도 있고 경험도 풍부한 군인이라는 사실을 티겔리누스가 수차례 간언했으나, 아무 소용이 없었다. 네로는 "이곳에서는 그리스 사람들이 짐의 노래를 제대로 알아준다. 진정으로 음악을 이해하는 자들은 그리스인들뿐이기에, 그들만이 내 노래를 들을 자격이 있다."라고 하면서, 예술가로서의 명성을 얻기 위해 최선을 다하는 것이 자신의 첫째 의무라고 했다. 마침내 빈덱스가 네로를 가리켜 '비천한 예술가'라고 욕했다는 소식이 전해지자, 그제야 네로는 분노하여 온몸을 떨면서 로마를 향해 출발했다. 페트로니우스로부터 받은 마음의 상처가 그리스에 머물러 있는 동안 어느 정도 아물어가던 차에 이제 또다시 같은 모욕을 받게 된 것이다. 네로는 안하무인격으로 무례를 범한 빈덱스를 엄벌에 처하라는 '원로원 권고'[6]를 반드시 받아내리라고 마음먹었다.

로마로 오는 도중 네로는 갈리아 인 병사들이 로마의 병사에게 패배하여 쓰러지는 모습을 형상화한 청동상 몇 개가 서 있는 것을 보았다. 그는 그것을 길조로 받아들이고 흡족해하면서, 조신들이 빈덱스의 반란군에 대해 우려를 표해도 코웃음만 쳤다. 네로의 로마 귀성은 유례없는 장관이었다. 네로는

---

5) 프랑스 남쪽, 에스파니아와의 국경 지역.

6) 의결되면 그대로 국가의 정책이 되는 원로원의 제안, '세나루스 콘술룸'.

아우구스투스 황제가 개선할 때 사용한 전차를 타고 입성했다. 네로 일행을 맞이하기 위해 대경기장의 아치문 하나를 완전히 부수고 길을 넓히지 않으면 안 될 정도였다. 원로원 의원과 기사들, 수많은 군중이 그를 반겼다. "황제 폐하 만세! 헤라클레스 만세! 올림피아의 불멸의 신, 아폴로 만세!"라는 환호 소리가 온 천지를 뒤흔들었다. 그 뒤에는 황제가 여행 중에 획득한 수많은 월계관들, 대대적인 성공을 거둔 도시의 이름과 그가 물리친 경쟁자들의 이름이 적힌 목판들의 행렬이 줄을 이었다. 네로는 완전히 들떠서 자기를 둘러싼 조신들을 향해, 지금 이 개선식에 비하면 케사르의 개선식 따위는 아무것도 아니라며 감격하기도 했다. 네로는 유한한 존재인 인간 따위가 신과 다름없는 자기에게 감히 도전한다는 것은 있을 수 없는 일이라고 생각했다. 그는 자신이 올림피아 신들 중의 하나이기 때문에 안전할 수밖에 없다는 망상에 사로잡혀 있었다. 군중의 광란에 가까운 환영은 네로의 그런 착각에 더 한층 부채질을 했다. 이 개선의 날에는 네로와 로마뿐만 아니라 온 세계가 모두 정신을 잃은 것처럼 보였다.

산더미 같은 월계관과 꽃다발을 보면서 그의 앞에 무서운 함정이 도사리고 있다는 것을 감히 누가 상상이나 했겠는가? 하지만 당장 그날 저녁, 각 신전의 기둥과 벽에서는 수많은 낙서가 눈에 띄었다. 그 낙서에는 황제가 저지른 온갖 악행들이 나열되어 있었고, 복수의 순간이 임박했음을 전하면서, 예술가로서의 네로를 조롱하는 글이 씌어 있었다. "갈루스[7]가 잠에서 깨어날 때까지 그놈은 노래했다네."라는 노랫소리가

7) 갈리아 인, 수탉이라는 뜻도 있음.

사람들의 입에서 입으로 번져나갔다. 여러 가지 흉흉한 소문이 시내에 떠돌았으며, 터무니없이 부풀려지기도 했다. 조신들 또한 동요했다. 사람들은 이제 앞날에 대해 아무런 희망이나 기대도 품을 수 없었으며, 생각조차 할 수 없게 되었다.

네로는 그래도 여전히 연극과 음악 속에 파묻혀 나날을 보냈다. 최근에는 새로 고안해 낸 악기와 새로 들여온 오르간을 팔라티움 궁전에서 시연해 보는 일에만 몰두하고 있었다. 대책을 마련하는 능력도, 실천에 옮기는 추진력도 없는 어린아이 같은 네로는 백성들에게 끊임없이 경기나 구경거리만 약속해 주면, 모든 위험이 다 제거되는 줄로만 믿고 있었다. 네로의 측근들은 그가 반란군을 진압할 수 있는 작전은 세우지 않고, 위태로운 상황을 적절하게 묘사할 수 있는 시구에만 몰두하고 있는 것을 보고 당황하기 시작했다. 황제가 자신의 고뇌와 불안을 감추기 위해 일부러 시에 전념하는 것처럼 태연을 가장하며 자기 자신과 주변 사람들을 기만하고 있다고 생각하는 사람들도 있었다. 네로의 행동은 마치 열병에 걸린 사람처럼 보였다. 하루에도 수천 가지 계획이 그의 뇌리를 스치는 듯했다. 때로는 위험에 맞서 싸우기로 결심한 듯 키타라와 류트를 전차에 실으라고 지시하기도 하고, 젊은 여자 노예들을 아마존의 여전사들처럼 무장시키는가 하면, 동방에 주둔하고 있는 군단을 로마로 불러들이라는 명령을 내릴까 망설이기도 했다. 이따금 네로는 갈리아 군단의 반란을 전쟁이 아니라 노래로써 진압할 수 있지 않을까 하는 기대감에 사로잡히기도 했다. 그는 음악의 힘으로 병사들을 항복시키는 광경을 상상하면서, 혼자 슬며시 웃음을 짓기도 했다. 그렇게 되면 병사들은 눈물을 글썽이며 내 앞에 모여들리라……. 그때 나는 그들 앞에서 당당하게 「승리의 찬가」를 부르리라. 그러고 나면 나와 로마를 위한 '황금시대'가 찬란하게 막을 열리라. 그런 생각을 하다가도 또다시 피비린내 나는 살육이 그리워질 때도 있었다. 어떤 때는 이집트의 장관 자리만 준다면 그것으로 만족하겠다는 비굴한 생각을 하다가도, 또 어떤 때는 예루살렘 정복까지도 장담했던 예언자의 말을 떠올리며 야심을 품기도 했다. 자기가 유랑 시인이 되어 눈물을 흘리면서 하루의 끼니를 구걸하며 돌아다니는 모습을 상상하면서, 전 세계의 지배자가 아닌 인류 역사상 가장 위대한 시인으로 로마와 온 세상으로부터 존경받는 자신의 모습을 그려보며 자아도취에 빠지기도 했다.

네로는 이처럼 허황된 망상에 사로잡혀 조바심을 치고, 발작을 일으키고, 악기를 주무르고, 노래하고, 계획을 세우고, 시구를 짓는 데 열중하고, 자신과 온 세계의 삶을 비현실적이고, 허무맹랑하며 무서운 꿈으로 만들고, 공허한 말장난과 과장된 표현, 그리고 한숨과 눈물과 피로 얼룩진 기괴한 구경거리로 만들면서 하루하루를 보냈다. 그동안 서쪽의 먹구름은 점점 무섭게 번져와 갈수록 기세를 떨치고 있었다. 어릿광대의 희극은 이제 한계를 넘어서면서 차츰 종말로 치닫고 있었던 것이다.

갈바[8]와 에스파니아 인들이 합세하여 반란을 일으켰다는 소식이 전해지자, 네로는 미친 듯이 화를 냈다. 그는 연회 도중 술잔을 내던지고 식탁을 뒤엎으며 헬리우스도 티겔리누스도

---

8) 에스파니아 타라코넨시스의 총독. 네로의 뒤를 이어 황제가 되지만 곧 살해당함.

시행할 수 없는 황당한 명령을 내리기 시작했다. 로마에 사는 모든 갈리아 인들을 학살하고, 다시 한 번 로마를 불사르고, 사육장에 가둔 야수를 풀어놓고, 수도를 알렉산드리아로 옮기는 것이 네로에게는 지극히 손쉬운 일이자, 놀랍고도 위대한 업적이 될 것이라고 생각된 것이다. 하지만 네로의 전성시대는 이미 끝났고, 전에 악행의 공범자였던 측근들도 이제는 그를 미치광이로 여기고 있었다.

빈덱스가 죽으면서 한때 반란군 사이에 갈등이 빚어졌다. 네로는 위기가 사라졌다고 속단하고 아직은 행운의 여신이 자기편이라고 낙관했다. 로마에서는 벌써 새로운 향연과 새로운 개선식이 선포되었으며, 불평하는 사람들에게는 또다시 줄줄이 사형 선고가 내려졌다. 그렇게 며칠이 지난 후 어느 날 밤, 근위대 병영에서 급사가 달려와 로마 시내에서 병사들이 봉기하여, 갈바를 황제로 추대했다고 알려왔다.

급사가 팔라티움 궁전에 도착했을 때, 네로는 깊은 잠에 빠져 있었다. 잠에서 깨어난 네로는 자신의 침실을 지키는 호위병들을 불렀으나 아무 반응이 없었다. 궁전에는 단 한 명의 병사도 남아 있지 않았다. 곳곳에서 노예들이 손에 잡히는 대로 물건을 약탈하는 소리만 들려올 뿐이었다. 그나마 그들도 네로를 보고는 겁을 집어먹고 도망치고 말았다. 네로는 공포와 절망으로 비명을 질러대며, 혼자서 텅 빈 궁전 안을 헤매고 다녔다. 악을 쓰는 그의 목소리가 온 황궁에 울려 퍼졌다.

해방노예 파온, 스피루스, 에파프로디투스가 그 소리를 듣고 도우려고 나타나서, 잠시도 지체할 수 없으니 빨리 궁전에서 피하라고 권고했다. 그러나 네로는 아직도 헛된 꿈에서 깨어나지 못하고 있었다. 자기가 상복을 입고 원로원에 호소하면, 그들이 감히 자신의 눈물을 외면할 수 있겠는가? 만일 자기가 교묘한 수사와 웅변술, 배우의 기질을 발휘해서 변명한다면 감히 누가 자신에게 저항하겠는가? 최소한 자기에게 이집트의 장관 자리 정도는 줄 것이라고 네로는 생각했다.

오직 아첨밖에 할 줄 모르는 해방노예들은 이런 위급한 상황에서도 사태를 정확하게 전할 만한 용기가 없었다. 황제에게 빨리 피하지 않으면, 로마 광장에 채 도착하기도 전에 폭도들에게 사지를 찢기고 말지도 모른다고 경고하면서, 어서 말에 타지 않으면 자기들도 황제를 떠날 수밖에 없다고 위협하는 것이 고작이었다.

파온은 노멘타나 문 밖에 있는 자신의 별장을 은신처로 제공하겠다고 말했다. 마침내 네 사람은 머리에 외투를 뒤집어 쓴 다음 말을 타고 교외를 향해 달리기 시작했다. 날이 희미하게 밝아왔다. 거리에 사람들이 하나둘씩 모습을 드러내면서 심상치 않은 움직임이 보이기 시작했다. 시내 곳곳에는 병사들이 한 사람씩, 혹은 대오(隊伍)를 이루며 배치되어 있었다. 근위대의 병영 근처에 갔을 때, 네로가 타고 있던 말이 길바닥에 쓰러져 있는 시체를 보고, 별안간 뒷걸음질을 쳤다. 그 순간 네로의 얼굴을 가린 외투가 벗겨지는 바람에, 그곳을 지나던 한 병사가 네로의 정체를 알게 되었다. 너무 뜻밖이라 병사는 당황하면서 군대식으로 경례를 붙였다. 네로와 그 일행이 근위대 병영 앞을 통과하자 갈바를 추대하는 천둥 같은 함성이 들려왔다. 네로도 마침내 최후가 가까워졌다는 사실을 깨달았다. 공포와 함께 양심의 가책이 그를 엄습했다. 눈앞에 먹구름이 낀 것처럼 앞이 보이지 않았는데, 그 구름 속에서 어머니와 아내, 그리고 동생의 얼굴이 보이는 것이었다. 극심한 공포로 온몸을 떨고 있었으나, 본래 익살꾼의 희극적 기질을 타고난 네로는 그런 공포 속에서도 일종의 묘미를 느끼는 듯했다. 바로 전날까지도 온 세상을 좌지우지하던 전능한 제왕이 하루아침에 모든 것을 잃는다는 것은, 그야말로 비극의 절정이 아닐 수 없었다. 그는 마지막까지 자기에게 주어진 비극의 주인공 역할을 멋지게 연기해 내겠다는 치기에 사로잡혔다. 그 순간 문득 기발한 시구를 생각해 내어 후세에까지 남기고 싶다는 염원에 사로잡혔다. 그는 죽고 싶다고 외치며, 소리 높여 스피쿠르스의 이름을 불렀다. 스피쿠르스는 모든 검투사들 가운데 가장 능숙하게 사람을 죽이는 것으로 유명한 자였다. "저 세상에서 내 어머니와 아내, 아버지가 나를 부르고 있네!"라며 소리 높여 낭송하듯 읊조리기도 했다. 문득 네로의 마음속에는 어린아이처럼 유치하고, 허무맹랑한 희망이 피어났다. 죽음이 임박했다는 것은 그도 이미 알고 있었지만, 그것을 인정하고 싶지 않았던 것이다.

노멘타나 문은 무방비 상태로 활짝 열려 있었다. 그들은 그 문을 지나 베드로가 설교하고 세례를 주던 오스트리아눔을 통과했다. 동이 틀 무렵 일행은 파온의 별장에 도착했다.

이제 해방노예들도 황제가 죽을 때가 됐다는 사실을 더 이상 숨기려 하지 않았다. 그 말을 듣고 모든 것을 체념한 네로는 자기를 파묻을 구덩이를 파라고 명령했다. 자기 몸에 맞는 크기로 구멍을 파게 하기 위해 네로는 땅바닥에 직접 드러눕기도 했다. 그러나 곡괭이질을 할 때마다 흙이 튀자 갑자기 무서워지기 시작했다. 그의 살찐 얼굴은 창백해졌고, 이마에는 구슬땀이 맺혔다. 그는 아직도 주저하고 있었다. 목소리는 떨렸지만 비극 배우와 같은 침통한 어조로, 아직은 때가 되지 않았다고 말했다. 그러고는 다시 시구를 읊조리더니 결국 자기를 화장시켜 달라고 분부했다.

"아아, 위대한 예술가가 이렇게 사라지는구나!"

네로는 허공을 쳐다보며 한탄했다.

그때 파온이 파견했던 사자가 로마에서 황급히 돌아왔다. 그는 '근친을 살해한 자'를 예로부터 내려오는 관습에 따라 처형하기로 했다는 원로원의 의결 소식을 전했다.

"예로부터 내려오는 관습이란 것이 어떤 것이냐?" 네로가 창백해진 입술을 간신히 움직여 물었다.

"목을 형틀에 끼워놓고 숨이 끊어질 때까지 채찍질을 하는 것입니다. 그런 후에 시체는 티베리스 강에 집어던집니다." 에파프로디투스가 불손하고 무뚝뚝하게 대답했다.

네로는 외투 자락을 풀어 앞가슴을 내밀었다.

"이제 때가 되었구나!"

네로가 하늘을 쳐다보며 되풀이해서 말했다.

"아아, 위대한 예술가가 이렇게 사라지는구나!"

그 순간 멀리서 말발굽 소리가 들려왔다. 백인대장이 병사들을 거느리고 붉은 수염의 목을 가지러 온 것이라고 생각한 해방노예들이 외쳤다.

"자아, 서두르시죠!" 네로는 비장하게 단도를 꺼내 들고 떨리는 손으로 자기 목을 찔렀으나 살짝 스치기만 했을 뿐이었다. 차마 칼을 목에 찔러 넣을 용기가 없어 망설이는 기색이 엿보이자 곁에 있던 에파프로디투스가 네로의 손을 잡고 가차 없이 단도를 깊이 찔러 넣었다. 단도는 칼자루까지 깊이 박혔다. 허공을 향한 네로의 두 눈이 공포에 질린 채 끔찍하게 앞으로 튀어나왔다.

"처형이 유예되었다는 소식을 알려드리려고 왔습니다!"

백인대장이 숨을 헐떡이며 뛰어와서 소리쳤다.

"너무 늦었다!" 네로가 가쁜 숨을 몰아쉬며 말했다. 그러고는 덧붙였다.

"그대들의 충성심이라는 것이 고작 이 정도로구나!"

순식간에 죽음이 네로를 덮쳤다. 그 굵은 목에서 솟구친 검붉은 피는 냇물처럼 정원의 화단에까지 흘러갔다. 그는 땅바닥에 고꾸라져 두 발을 잠시 버둥거리더니 이윽고 숨을 멈추었다.

이튿날 네로에게 한결같이 헌신적인 악테가 네로의 유해를 진귀한 천으로 싸서, 향유를 뿌린 장작으로 화장했다.

* * *

네로는 돌풍처럼, 천둥처럼, 불길처럼, 전쟁처럼, 그리고 역병처럼 그렇게 허무하게 사라져갔다. 그러나 베드로의 대성당은 지금도 바티카누스 언덕에서 로마와 온 세계를 굽어보고 있다.

예전의 카페나 성문에서 그리 멀지 않은 곳에는 조그만 성당이 하나 서 있다. 성당 입구에는 닳아서 희미해지기는 했지만, 다음과 같은 글귀가 새겨져 있다.

"쿠오 바디스 도미네(Quo Vadis Domine)."

작품 해설

『쿠오 바디스』

—천상의 사랑, 지상의 사랑, 그 갈등과 화해의 변주곡

1. 헨릭 시엔키에비츠(Henryk Sienkiewicz, 1846-1912)의 생애와 작품 세계

헨릭 시엔키에비츠는 역사소설 『쿠오 바디스』와 1905년 노벨 문학상 수상으로 잘 알려진 폴란드의 대표적인 소설가이다. 시엔키에비츠의 조국 폴란드는 1795년부터 1918년까지 이웃인 러시아, 프로이센, 오스트리아 삼국에 의해 분할 점령을 당하여 123년 동안 유럽 지도에서 사라지는 비운을 겪었다. 폴란드 인들은 1830년과 1863년, 대대적인 민족 봉기를 일으켜 나라를 되찾기 위해 노력했지만, 두 차례에 걸친 시도가 모두 실패로 돌아가면서 희망을 잃고 실의에 빠져 있었다. 시엔키에비츠가 작가로서 왕성하게 활동하던 1870-80년대의 폴란드에서는 낭만주의에 대한 비판과 회의론이 대두되면서 실증주의 문학이 성행하였다. 학문과 과학 기술에 대한 믿음에서 출

발한 실증주의 사조는 구체적이고 현실적인 개혁 프로그램을 제시함으로써 단순히 문예 사조로만 그친 것이 아니라 사회·문화 운동으로까지 발전했다. 교육을 통해 민족의식을 고취하고, 생산 설비를 현대화하는 등 현실 속에서 내실을 기함으로써 낭만주의의 무모함, 무계획성의 한계를 극복하자는 것이 실증주의의 취지였다.

헨릭 시엔키에비츠는 1846년 폴란드의 동부 지방에 위치한 지방 도시인 볼라 오크제이스카(Wola Okrzejska)에서 태어났다. 아버지는 리투아니아에 살던 타타르 인이었고, 어머니는 명문가의 귀족 출신이었다. 1866년 어머니의 권유로 바르샤바 대학의 전신인 슈코아 구브나(Szkoła Gołwna)의 의학부에 입학했지만, 적성에 맞지 않아 문학부로 전공을 바꾸게 된다. 시엔키에비츠는 이미 학창 시절부터 일간지에 칼럼과 서평 등을 기고하면서 문학적인 재능을 발휘하기 시작했다. 1869-1872년에는 바르샤바에서 발행된 대표적인 실증주의 문예지 《주간평론(Przegląd Tygodniowy)》에 평론과 칼럼을 기고하며 저널리스트로 활동했고, 1873-75년에는 《폴란드 일보(Gazeta Polska)》에서 사회면 담당 기자로 재직하기도 했다. 1872년 그의 나이 26세 때, 『보르슈우아 씨의 가방에 담긴 유모레스크』라는 단편소설을 발표하면서 작가로서 정식으로 등단했다.

1876년부터 1878년까지 시엔키에비츠는 《폴란드 일보》의 특파원 자격으로 미국으로 파견된다. 미국행의 목적은 명목상으로는 미국 독립 100주년 기념행사를 취재하기 위한 것이었지만, 사실은 미국에 '폴란드 예술가 마을'을 조성하겠다는 다소 엉뚱한 발상에서 비롯된 것이었다. 시엔키에비츠는 로스앤

젤레스에서 가까운 애너하임에 터를 잡고 '폴란드 예술가 마을'을 위한 구체적인 계획에 착수했다. 그곳에서 시엔키에비츠는 노천에서 야영 생활을 하기도 하고, 인디언과 친교를 맺기도 하는 등 다양한 체험을 하게 된다. 몇 달 후 셰익스피어의 연극을 원어로 공연하고 싶다는 포부를 가지고 있던 폴란드의 유명한 여배우 할리나 모제예프스카와 재력가인 그녀의 남편, 그리고 세 명의 동료 예술가들이 미국으로 건너와 바라던 공동생활이 시작되었다. 하지만 유토피아를 꿈꾸며 시작한 공동생활은 얼마 지나지 않아 자금이 바닥나고, 육체노동에 익숙하지 않은 예술가들이 회의를 느끼면서 결국 실패로 돌아가게 되었다. 이후 시엔키에비츠는 동료 예술가들과 함께 미국 전역을 돌아본 뒤, 삼 년 만에 폴란드로 귀환하였다. 미국 생활의 체험과 감흥은 기행문 형식의 수필집 『아메리카에서 온 편지』(1880)에 잘 나타나 있다. 이 수필집에서 시엔키에비츠는 백인에게 땅을 빼앗긴 인디언의 운명에 깊은 동정을 표하고 있는데, 작가의 이러한 관점은 강제로 조국을 빼앗긴 폴란드 인이라는 사실과 무관하지 않다.

『아메리카에서 온 편지』로 독자들에게 이름을 알리기 시작한 시엔키에비츠는 이후 서정적인 문체와 뚜렷한 문제의식이 돋보이는 중·단편소설을 통해 작가로서의 입지를 굳히게 된다. 대표적인 작품으로는 『목탄 스케치』(1877), 『어느 포즈난 가정교사의 회고록』(1879), 『음악가 야넥』(1879), 『오르소』(1879), 『등대지기』(1881), 『정복자 바르텍』(1882) 등이 있는데, 이 작품들은 폴란드적인 정서를 목가적이면서 아름다운 필치로 절묘하게 표현했다는 호평을 받았다. 특히 『등대지기』는 오늘날에도 폴란드 사람들이 가장 사랑하는 단편소설로서, 평생 타국을 떠돌다가 파나마의 한 바위섬에 정착하여 등대지기가 된 폴란드 태생의 노인이 우연히 배달된 폴란드 문학 작품을 읽으면서 오랫동안 잊어버렸던 고국에 대한 향수를 되찾게 된다는 내용을 담고 있다. 이 작품을 통해 시엔키에비츠는 모국어인 폴란드어의 소중함과 고마움을 일깨움으로써 나라를 빼앗긴 동포들에게 전통 문화에 대한 자긍심을 불어넣어 주었다. 『등대지기』는 어니스트 헤밍웨이의 대표작 『노인과 바다』(1952)에 영감을 준 작품으로도 유명하다.

시엔키에비츠는 주옥같은 중·단편으로도 이름을 떨쳤지만, 폴란드 문학사에서는 무엇보다 '역사소설의 거장'으로 꼽히고 있다. 시엔키에비츠가 역사소설의 대가로 인정받기 시작한 것은 1883년 일간지 《말》에 『불과 검으로』(1884)를 연재하기 시작하면서부터였다. 시엔키에비츠는 점령국의 검열을 피해 우회적인 방법으로 애국적인 메시지를 전달하기 위해 역사소설에 관심을 갖게 되었다. 『불과 검으로』는 연재 첫 회부터 문단과 독자들로부터 폭발적인 호응을 얻었다. 신문사에는 애독자들의 격려 편지와 함께, 작중인물의 일거수일투족에 관심을 보이면서 어떤 특정 인물을 죽이지 말아달라고 요청하는 편지가 쇄도하였다. 평론가들도 17세기 폴란드를 배경으로 한 이 흥미진진한 대하소설에 대해 극찬을 아끼지 않았다. 연재를 시작하며 시엔키에비츠 스스로가 "사람들의 마음에 용기를 심어주기 위해서"라고 밝혔듯이 그는 역사소설이라는 틀 속에 조국의 영광스런 과거를 재현하여 실의에 빠진 민족에게 애국심과 독립 의지를 일깨워 주고자 했다.

시엔키에비츠는 『불과 검으로』의 성공 이후, 『대홍수』(1886)와 『보워디욥스키 장군』(1887-1888)을 집필하여 대망의 역사소설 3부작(Tryilogy) 시리즈를 완성하게 된다. 17세기 폴란드가 코자크와 타타르, 스웨덴, 터키 등과 맞서 싸웠던 영웅시대를 그린 역사소설 3부작은 시엔키에비츠 문학의 정수로 손꼽힌다. 시엔키에비츠의 역사소설은 웅대한 스케일과 생동감 넘치는 묘사, 그리고 철저한 사전 조사에 근거한 치밀한 구성을 그 특징으로 하고 있다. 당시 폴란드의 독립 운동을 위해 전장에 나간 의용군 병사들의 배낭 속에는 어김없이 시엔키에비츠의 소설이 들어 있었다고 하니, 그의 문학이 실의에 빠진 폴란드 인들에게 정신적으로 얼마나 큰 용기를 심어주었는지 짐작할 수 있다.

1889년 역사소설 3부작의 성공 이후 시엔키에비츠는 바르샤바에서 '역사소설에 관하여'라는 제목의 강연을 한 적이 있다. 이 강연에서 시엔키에비츠는 역사소설의 역할에 대해 다음과 같은 견해를 피력하고 있다.

> 역사가는 문헌과 기록의 '틈새'를 추리에 의해서 메우지만, 소설가는 그것을 직관에 의해서 메운다. 그렇게 함으로써 소설가도 역사가와 마찬가지로 과거의 세계를 재현할 수 있다.

1890년 시엔키에비츠는 아프리카를 여행했는데, 말라리아에 걸려 사경을 헤매고, 밀림에서 길을 잃기도 했던 당시의 체험은 청소년들을 위한 장편 모험 소설 『사막에서, 밀림에서』(1911)와 기행문 『아프리카에서 온 편지』(1892)에 잘 나타나 있다.

오랫동안 대하 역사소설에 몰두하던 시엔키에비츠는 한동안 19세기 말 폴란드의 현실에 눈을 돌려 그 시기의 문제점을 파헤친 두 편의 소설—『도그마 없이』(1891)와 『포와니에츠키 가족』(1895)을 발표했다.

1896년에 발표한 『쿠오 바디스』는 명실 공히 시엔키에비츠의 대표작으로 손꼽힌다. 이 소설은 19세기에 출간된 소설 중 전 세계에서 가장 많이 읽혀졌으며, 1900년에 출간된 프랑스어 번역본은 출판 사 개월 만에 십이만 부 발매라는 당시로서는 놀라운 기록을 세우기도 했다. 전 세계 오십여 개 언어로 번역되어 오늘날까지 스테디셀러의 자리를 지키고 있는 『쿠오 바디스』는 여러 차례 연극과 영화로 제작되기도 했다.

1900년에는 시엔키에비츠의 창작 활동 이십오 주년을 맞이하여 국내외 각지에서 기념행사가 열렸으며 폴란드 남서부의 키엘체 근교에 있는 오블렝고레크(Oblęgorek)의 성(城)과 그 일대의 영지가 '폴란드 민족의 선물'이라는 명목으로 작가에게 헌정되기도 했다. 시엔키에비츠는 이곳을 사랑하여 종종 머물곤 했는데, 그가 거주하던 성은 현재는 박물관으로 개조되어 비중 있는 관광지로 한몫을 하고 있다.

같은 해에 시엔키에비츠는 중세를 배경으로 한 또 하나의 역사소설 『튜튼 기사단』을 출간하였다. 14세기 독일의 튜튼 기사단과 폴란드 군대의 치열한 싸움을 다룬 이 작품은 '그룬발트 전투'에서 폴란드 군이 대대적인 승리를 거두는 것으로 장엄한 결말을 맺고 있다. 시엔키에비츠에 의해 생생하게 재현된 '그룬발트 전투'는 폴란드 문학에 등장하는 모든 전쟁 장면 중에서 백미로 손꼽히고 있다.

1905년 시엔키에비츠는 폴란드 인으로서는 최초로 노벨 문학상을 수상하여 폴란드 민족에게 자부심과 긍지를 안겨주었다. 노벨 문학상 수상 이후에도 시엔키에비츠는 『영광의 들판에 서서』(1907), 『소용돌이』(1909) 등의 장편소설을 꾸준히 발표하면서, 녹슬지 않은 왕성한 창작 의욕을 과시하였다.

1914년 제1차 세계 대전이 발발하면서 스위스로 건너간 시엔키에비츠는 폴란드의 독립을 위해 모금 운동을 벌이게 된다. 하지만 지병이 악화되어, 그토록 바라던 조국의 해방을 보지 못한 채, 1916년 11월 15일 스위스의 브베에서 숨을 거두었다. 조국의 땅에 자신을 묻어달라는 시엔키에비츠의 유언대로 그의 유해는 1918년 제1차 세계 대전 종전과 함께 해방된 조국 폴란드로 옮겨져 바르샤바의 성 요한 성당에 안장되었다.

시엔키에비츠의 작품들은 무엇보다도 주옥같은 어휘로 이루어졌다는 점에서 높은 평가를 받는다. 문장 하나하나가 워낙 탄탄하고 아름답기 때문에 폴란드어 사전에 빈번하게 인용되며, 문법적으로도 정확한 체계를 갖춘 것으로 평가되고 있다. 또한 그의 작품은 국정 교과서에도 반드시 수록되고 있다.

2. 『쿠오 바디스』가 탄생하기까지

『쿠오 바디스』는 구상부터 자료 수집, 집필에 이르기까지 무려 오 년이 넘는 세월이 소요된 역작이다. 이탈리아 인도 아닌 폴란드 인인 시엔키에비츠가 네로 시대 초기 기독교 신자들의 순교를 소재로 한 소설을 쓰기로 결심하게 된 배경에는 몇 가지 계기가 있었다.

고대 그리스 · 로마의 고전에 심취한 시엔키에비츠

바르샤바 대학교 문학부에서 문학사를 전공한 시엔키에비츠는 그리스어와 라틴어에 능통했고, 평소 고대 그리스·로마 시대의 고전을 즐겨 읽었다. 로마의 역사가 타키투스가 쓴 『연대기』(AD 56-120)와 스베토니우스(AD 70-150)의 『황제전(皇帝傳)』은 시엔키에비츠가 특별히 탐독한 작품이었고, 훗날 『쿠오 바디스』를 집필할 때 참고 문헌으로 활용되기도 했다.

1901년 파리의 일간지 《르 골루아》의 기자가 『쿠오 바디스』의 집필 동기에 대해 서면으로 물었을 때 시엔키에비츠는 이렇게 답변했다.

> 라틴어로 씌어진 고전을 읽는 것은 제 오랜 취미입니다. 개인적으로 역사에 관심이 많은 탓도 있지만, 라틴어를 잊어버리지 않기 위해 계속적인 훈련이 필요하기도 했기 때문입니다. 라틴어로 씌어진 주옥같은 시와 산문을 읽으면서 나는 점점 더 고대 그리스·로마의 문화에 대해 애정을 갖게 되었습니다. 특히 내 마음을 사로잡은 것은 타키투스의 『연대기』였습니다. 그의 작품 속에는 네로 시대에 극명하게 대립하던 두 가지 세계—즉 강압적인 제도와 무력이 지배하던 세계와 영혼과 정신의 힘이 지배하던 세계가 공존하고 있었습니다. 강인한 정신력만 있으면 현실의 모든 한계를 극복할 수 있다는 메시지는 폴란드 인인 나를 감동시켰습니다. 타키투스의 작품을 읽으면서 나 또한 문필가로서 적절한 형식을 도입하여, 두 세계가 팽팽히 맞서던 고대의 분위기를 소설을 통해 예술적으로 그려내 보고 싶다는 생각을 갖게 되었습니다.

코르넬리우스 타키투스의 『연대기』가 『쿠오 바디스』의 전체적인 줄거리를 구성하는 데 상당한 영향을 미쳤다는 사실은 그리스도교 신자들이 로마에 불을 질렀다는 누명을 쓰고 집단 처형당했다는 대목에 여실히 드러나 있다. 로마 시대에 씌어진 역사책 중에서 AD 64년의 로마의 대화재와 그리스도교 신자들의 박해를 결부시키고 있는 것은 유일하게 타키투스의 『연대기』뿐이기 때문이다.

『벤허』를 읽다

1888년 헨릭 시엔키에비츠는 미국 작가 L. 월리스의 『벤허』(1880)를 읽으면서 역사와 허구를 적절하게 접목시킨 이 소설에 매료되었다. 시엔키에비츠는 자신이 몸담고 있던 《말》 지의 편집장인 고들레프스키에게 보낸 편지에 다음과 같이 적고 있다.

> 『벤허』는 예수의 생애와 주인공의 파란만장한 삶을 긴밀하게 연계시킨 독창적인 작품입니다. 요즘 유행하는 사실주의적인 경향과는 달리 종교적인 색채가 짙은 작품이고, 성경에서 그대로 인용한 대목도 많지만, 제가 최근에 읽은 작품 중에서 가장 흥미로운 작품임에 틀림없습니다.

시엔키에비츠의 적극적인 권유로 『벤허』는 《말》에 연재되기 시작했고, 단행본으로 출판될 때는 시엔키에비츠 자신이 직접 교정을 담당하기도 했다. 1892년 시엔키에비츠는 골고다 언덕에서 예수가 겪은 마지막 수난과 허구를 접목시킨 『주님의 뒤를 따르라!』라는 단편을 발표하였다. 이 작품은 시엔키에비츠로 하여금 종교적인 메시지를 담은 역사소설을 집필할 수 있다는 가능성을 굳혀주었다.

화가 시에미라츠키와의 운명적인 만남

고대 로마 문명에 대한 시엔키에비츠의 관심은 자연스럽게 로마 방문으로 이어졌다.[1] 1879년 미국 여행에서 돌아오는 길에 최초로 로마를 둘러본 시엔키에비츠는 그의 나이 사십 세인 1886년에 콘스탄티노플과 아테네, 나폴리, 로마 등지를 여행하였고, 1890년 12월 세 번째 로마 방문길에서 화가 헨릭 시에미라츠키(Henryk Siemiradzki, 1843-1902)와 만나게 된다. 시에미라츠키와의 만남은 지금까지 마음속에 막연하게 품고 있던 『쿠오 바디스』의 집필을 앞당겨 주었다. 폴란드 출신으로 이탈리아에서 활동하고 있던 시에미라츠키는 시엔키에비츠에게 로마의 구석구석을 자세하게 안내해 주었는데, 그중에는 로마 근교의 아피아 가도에 있는 '쿠오 바디스 성당'도 있었다. 시에미라츠키는 이 성당에서 시엔키에비츠에게 성당 이름에 얽힌 유래를 들려주었다.[2] 훗날 시엔키에비츠는 시에미라츠키와 함께 '쿠오 바디스 성당'을 둘러본 것이 소설 『쿠오 바디스』의 탄생에 결정적인 계기가 되었다고 털어놓았다.

> 1890년 비교적 긴 일정을 잡고 로마를 방문했을 때 화가 시에미라츠키가 로마에서 안내를 맡아주었는데, 그때 나는 '쿠오

1) 『쿠오 바디스』를 쓰기까지 시엔키에비츠는 총 다섯 차례(1879년, 1896년, 1890년, 1893년, 1894년) 로마를 방문했다.

2) 사도 베드로의 로마 선교와 관련된 내용은 성서에는 없지만, 그가 로마를 방문했으리라는 가능성은 이미 교회사가들에게는 공인된 사실이다. '쿠오 바디스 성당'에 얽힌 사도 베드로의 이야기는 그리스의 철학자 오리게네스, 암브로시오 성인, 아타나시오 성인, 교황 그레고리오, 순교자 마르티니아누스가 남긴 기록에서 찾아볼 수 있다.

바디스 성당'을 보게 되었습니다. 그곳을 방문한 순간 나는 이 시대[네로 시대]를 배경으로 한 역사소설을 쓰기로 결심하게 되었습니다. 다행히 나는 초기 교회사에 대해 나름대로 지식을 갖고 있었기에, 그 결심을 실행에 옮길 수 있었습니다.

—1912년 프랑스의 문학 평론가이자 소설가인
장 오귀스트 부와이에 드장에게 보낸 편지에서
(이후 드장에게 보낸 편지로 표기함—옮긴이)

시에미라츠키는 로마에서 초기 기독교 신자들의 박해와 네로 시대를 소재로 몇 편의 유화를 그렸는데, 이 그림들 또한 시엔키에비츠에게 시각적으로 중요한 영감을 안겨주었다. 사치와 향락으로 악명 높은 네로 시대의 연회를 소재로 한 「네로의 향연」(1876)을 비롯하여 네로가 자신의 정원에서 나무 기둥에 기독교 신자들을 매달아 불태우는 광경을 화폭에 담은 「네로의 횃불」(1876) 등은 각각 『쿠오 바디스』의 7장과 62장에서 생생하게 묘사되어 있다. 시에미라츠키의 또 다른 작품인 「기독교 여신도 디르케」(1872)는 그리스·로마 신화에 나오는 디르케[3]의 이야기에서 착안하여 황소 뿔에 묶여 끌려 다니다 처참하게 죽음을 당한 기독교 여신도와 그녀의 주검을 냉정하게 쳐다보는 네로의 잔인한 표정을 사실적인 기법으로 그린 작품이다. 그림 속에는 『쿠오 바디스』에도 나오는 네로를 비롯하여 티겔리누스와 포페아, 조신들과 궁중악사, 해방노예 등이 등장한다.[4] 시에미라츠키의 붓끝에서 탄생한 이 장면은

3) 디르케는 제우스의 애인이었던 안티오페의 미모를 질투하여 그녀를 괴롭혔는데, 후에 안티오페의 쌍둥이 아들 암피온과 제토스에 의해 황소 뿔에 묶여 바위투성이 언덕에서 끌려 다니다가 갈가리 찢겨 죽음을 당했다.

시엔키에비츠의 펜으로 옮겨져, 리기아가 게르마니아 들소의 뿔에 묶여 박해를 당하는 『쿠오 바디스』 66장에 반영되었다.

시에미라츠키의 유화 외에도 1879년 첫 번째 로마 방문 당시 폴란드의 조각가 피우스 벨론스키가 조각한 「검투사」라는 표제의 대리석 조상(彫像)을 감상한 것도 56장의 검투 시합 장면을 쓰는 데 영향을 미쳤다. 결국 『쿠오 바디스』의 극적인 장면에서 서사를 압도하는 강렬한 회화적 이미지가 등장하는 것은 미술 작품을 통한 작가의 시각적인 체험에 상당 부분 기인한다고 볼 수 있다. 시엔키에비츠는 로마에서 얻은 예술적인 영감에 대해 이렇게 적고 있다.

> 로마에서의 모든 기억은 내 마음속에 강렬하게 남았습니다. 그곳에서 본 대리석상, 아름다운 조각과 예술품들, 폐허와 카타콤베, 그 밖에 여러 유적지에서 받은 감상, 캄파니아 평원의 푸른 들판, 로마 근교의 아름다운 집들, 길게 뻗은 수도교— 내 뇌리에 박힌 이 모든 장면들은 영원히 잊혀지지 않을 것 같습니다.

빼앗긴 조국 폴란드를 위해서

시엔키에비츠가 『쿠오 바디스』를 쓰게 된 또 한 가지 결정적인 이유는 빼앗긴 조국에 대한 끝없는 사랑, 그리고 절망에 빠진 동포들에게 용기를 심어주어야겠다는 작가로서의 사명감

---

4) 시에미라츠키는 교황 클레멘스 1세 때의 기록을 바탕으로 E. 르낭(프랑스의 종교학자)이 쓴 『예수의 생애』(1803)를 읽고 이 작품을 구상하게 되었다고 밝혔다.

때문이었다.

> 러시아와 프로이센으로부터 박해받는 폴란드인들의 비참한 현실 또한 나로 하여금 『쿠오 바디스』의 집필을 결심하게 만들었습니다.
>
> —드장에게 보낸 편지에서

권력과 권위에 의해 다스려지던 네로 시대는 철의 재상 비스마르크의 압제에 신음하던 폴란드의 시대상과 여러모로 일치했다. 박해받는 기독교인은 외세의 지배하에 고통받는 폴란드 인들의 수난을 상징적으로 보여주었다. 시엔키에비츠는 그리스도 왕국을 건설하기 위해 목숨을 바친 초기 그리스도교 신자들의 숭고한 모습을 통해 폴란드 민족에게 정의와 진리는 반드시 승리한다는 희망의 메시지를 전하고자 했던 것이다.

『쿠오 바디스』를 쓰기로 결심을 굳힌 시엔키에비츠는 1893년 4월 다시 한 번 로마를 방문하여 본격적인 자료 조사에 착수하게 된다. 당시 시엔키에비츠는 스물여덟 살이나 연하인 십구 세의 마리아 보워드코비추브나와 두 번째로 결혼했으나, 혼인 2주 만에 부인이 친정으로 돌아가 버리는 바람에 개인적으로 매우 불행했던 시기였다. 그는 로마에서 『쿠오 바디스』의 준비 작업에 몰두하며 가출한 부인으로 인한 시름과 번민을 떨쳐 버리려 했다. 1893년 9월 시엔키에비츠는 친구인 반다 셰트키에비초바에게 다음과 같은 편지를 썼다.

> 나는 요즘 타키투스의 『연대기』를 'da capo(이탈리아어로 '처음부터 반복하여'란 뜻—옮긴이)'로 열심히 읽고 있습니

다. 뿐만 아니라 도서관에 있는 AD 1세기의 모든 자료들을 두루 섭렵하고 있는 중입니다. 책을 읽고 글을 쓰는 동안에는 집안의 고민을 잊을 수가 있습니다. '예술이 구원을 줄 수 있다.'는 말은 단순한 경구가 아니라 사실인 듯싶습니다. 일단 책에 파묻히게 되면 잡다한 생각이나 근심 걱정 따위는 모조리 잊고, 세상과 완벽하게 격리될 수 있으니까요.

시엔키에비츠는 기자인 바츠와프 카르체프스키와 1894년 봄에 가진 인터뷰에서도 『쿠오 바디스』를 위해 오랫동안 심혈을 기울여 준비하고 있음을 밝힌 바 있다.

나는 아주 정직하고 성실하게 『쿠오 바디스』를 준비하고 있습니다. 로마에 대해서는 비교적 많은 것을 알고 있다고 자부해 왔지만, 그래도 내가 모르는 부분들, 부족한 내용들을 보완하기 위해 많은 시간과 공을 들이고 있습니다.

당시의 인터뷰에서 또 한 가지 재미있는 사실은 시엔키에비츠가 자신의 저술 습관에 대해 밝힌 다음과 같은 대목이다.

종이 위에는 아직 아무것도 씌어 있지 않습니다. 하지만 머릿속으로는 이미 쉴 새 없이 작업을 진행하고 있는 중입니다. 나는 작품을 쓸 때마다 매번 이런 식으로 신중하게 뜸을 들이는 습관이 있는데, 막상 집필에 들어갈 무렵에는 이미 작품이 거의 완성되어 있는 상태입니다. 그때는 빠른 속도로 순식간에 써내려 갑니다. 고치는 일도 거의 없습니다. 펜을 놓는 것은 잠시 담배를 피울 때뿐입니다.

같은 해 8월 시엔키에비츠는 폴란드 남부의 타트라 산맥에 있는 휴양 도시 자코파네에 머물면서 그 고장 사람들의 요청에 따라 성당 건립 기금 마련을 위한 낭독회를 갖게 되었다. 그 낭독회에서 시엔키에비츠가 읽은 것은 다름 아닌 『쿠오 바디스』의 초고 일부였다. 당시 그가 읽은 대목은 작품의 첫 부분이 아니라, 베드로 사도가 그리스도를 보고 "쿠오 바디스, 도미네?"라고 묻는 작품의 후반부였다고 전해진다. 시엔키에비츠는 처음부터 베드로의 물음을 작품의 제목으로 삼을 생각이었던 것이다.

역사소설로의 귀환

『쿠오 바디스』를 내놓음으로써 시엔키에비츠는 사실상 역사소설로 복귀하였다. 역사소설 3부작으로 거장의 반열에 오른 시엔키에비츠는 1890년대에 접어들어서는 현실에 당면한 문제들을 소재로 한 작품에 주력하여, 『도그마 없이』(1891), 『포와니에츠키 가족』(1895) 등을 발표했다. 그러나 동시대를 배경으로 한 이 두 작품에 작가 스스로가 미흡함을 느꼈고, 독자나 평단의 반응도 전처럼 뜨겁지는 않았다. 그 와중에 부인과 이혼하는 아픔까지 겪게 된다. 1894년 봄 시엔키에비츠가 지인들에게 보낸 편지에는 다시 역사소설을 써야겠다는 굳은 의지가 나타나 있다.

> 나는 근래에 와서 소설, 특히 내가 쓰는 소설이란 결국 역사에서 미래를 찾는 작업이 되어야 한다는 확신을 갖게 되었습니다.
>
> —1894년 4월 9일 친구인 헨키엘에게 보낸 편지에서

산책을 하면서 『쿠오 바디스』의 장면들을 구체적으로 구상하는 가운데, 멀리 수평선 너머로 언뜻언뜻 다음 작품인 『튜튼 기사단』의 개요가 보이고 있습니다. 이제 앞으로는 역사소설에만 열중할 생각입니다. 역사소설은 내게는 그나마 익숙하고 덜 힘든 작업일 뿐 아니라, 작품을 쓸 때마다 내 영혼이 새롭게 태어나는 체험을 할 수 있기 때문입니다.

—1984년 봄 《말》 지의 편집장 고들레프스키에게 보낸 편지에서

『쿠오 바디스』를 통해 역사소설로의 본격적인 회귀를 선언한 시엔키에비츠는 타키투스의 『연대기』와 스베토니우스의 『황제전』을 비롯하여 그리스 철학자 디온 카시우스가 남긴 네로 시대의 관련 저서, 르네상스 시대의 폴란드 작가 피오트르 스카르가의 『성인전(聖人傳)』, 19세기 폴란드의 철학자 카지미에쉬 모라프스키가 쓴 페트로니우스에 대한 연구 논문, 19세기 폴란드의 소설가이자 비평가인 유제프 이그나치 크라셰프스키의 『네로 시대의 로마』(1866), 프랑스의 철학자 가스통 부아시에가 쓴 키케로, 호라티우스, 베르길리우스, 타키투스에 관한 저술들, 프랑스 역사가 퓌스텔 드 쿨랑주가 쓴 네로 시대의 관련 저서, 에르네스트 르낭이 발표한 『그리스도교 기원사』(1873)를 독파했으며, 특히 『앙티크리스트』를 탐독했다. 역사적, 지리적 사실에 오류가 없도록 하기 위해 당시 로마의 지도를 구해 철저하게 탐구했고, 귀족들의 의상이나 물건의 명칭, 가옥 구조, 풍습과 예절 등의 고증에도 각별히 신경 썼다.[5)]

작품의 구상과 전개 방식은 L. 월리스의 『벤허』와 낭만주의 서사시로 유명한 폴란드 작가 지그문트 크라신스키의 『이리디

온』(1836)에서 영향을 받았다고 작가 스스로가 밝혔다. 특히 크라신스키로부터는 '고대'라는 배경 속에 폴란드의 현실을 상징적으로 자연스럽게 투영시키는 기법을 받아들였다고 했다.

> 마지막 로마 방문에서 나는 타키투스의 『연대기』를 손에 들고 로마와 근교의 유적지를 다시 한 번 돌아보았다. 그때 이미 내 마음속에는 영감이 싹터 무럭무럭 자라나고 있었다 모든 것은 다 준비되고, 다 결정되었다. 이제는 이 이야기를 어디서부터 시작할 것인가만 남았다. '쿠오 바디스 성당'에서 시작할까, 아니면 '베드로 성당'에서 시작할까? 그것도 아니면 트레 폰타네('세 개의 분수'라는 뜻으로 사도 바오로가 처형당한 자리에서 세 개의 물줄기가 솟아났다는 장소—옮긴이)나 알바누스 산에서부터 이야기를 풀어나가는 것은 어떨까?
>
> —드장에게 보낸 편지에서

1895년 2월 시엔키에비츠는 『쿠오 바디스』의 연재를 앞두고 카지미에쉬 모라프스키 교수에게 다음과 같은 편지를 썼다.

> 나는 요즘 줄곧 책상에 앉아, 생각을 가다듬고 있습니다. 그리스도교의 이념을 담은 대서사시를 쓰고 싶다는 소망이 내게 용기를 주고 있습니다. 난폭하고 이기적인 성품이지만 종교와

---

5) 당시 프랑스의 문학사가인 브륀티에르는 『쿠오 바디스』가 샤토브리앙의 『순교자들』, 뒤마의 『악테』, 르낭의 『앙티크리스트』를 표절했다고 주장했는데, 시엔키에비츠는 그의 견해에 반박하면서 『앙티크리스트』를 제외한 나머지 두 소설은 읽어본 적도 없으며, 특히 『악테』의 경우에는 이름조차 들어본 적이 없다고 해명했다.

사랑에 의해 감화되어 나가는 로마 귀족 비니키우스, 그리고 들소의 뿔에 묶여 수난을 당하는 비련의 여주인공 리기아. 두 사람은 마지막에 행복한 결합을 이루게 될 것입니다. 나는 반드시 그렇게 되어야만 한다고 생각합니다. 이 척박한 현실 속에서 최소한 문학에서만이라도 사랑과 자비, 행복이 넘치는 광경을 독자들에게 보여주어야 한다고 생각하기 때문입니다. 그렇게 함으로써 과거에 철학이 그랬듯이 문학이 우리네 삶에 활력을 줄 수 있으리라고 굳게 믿고 있습니다. 물론 이 이야기 속에는 상당히 많은 인물들이 등장할 것입니다. 내 생각으로는 제법 괜찮은 작품이 나올 것 같습니다. '고대'라는 시대 자체가 이미 예술적인 감흥으로 가득 찬 시기였으니까요. 수많은 인물들의 운명이 녹아 들어가 있는 찬란한 역사의 소용돌이를 장대한 서사시로 형상화시키고 싶은 것이 내 바람입니다.

『쿠오 바디스』, 세상을 감동시키다

1895년 3월 26일 마침내 바르샤바의《폴란드 일보》에 헨릭 시엔키에비츠의『쿠오 바디스』가 연재되기 시작했다. 첫 회부터 독자들의 반응은 가히 폭발적이었다. 폴란드인들은 네로 시대에 박해받는 그리스도교도들의 모습에서 점령국에 의해 핍박받는 조국 폴란드의 고통스런 현실을 보았다. 지방 독자들의 빗발치는 요청으로 크라쿠프의 일간지《시대(Czas)》와 포즈난에서 간행된《포즈난 일보(Dziennik Poznański)》에『쿠오 바디스』가 동시에 연재되기 시작했다.[6] 시엔키에비츠는 1896년 2월 29일, 「에필로그」를 끝으로 연재를 마칠 때까지 그야말로 신들린 듯이 작품을 써나갔다.

『쿠오 바디스』에서 생동감 있게 묘사된 로마의 대화재 장면에는 시엔키에비츠의 개인적인 체험이 반영되어 있는데, 1875년 《폴란드 일보》에서 기자로 활동하던 중에 폴란드 중부에 위치한 소도시 푸우투스코에서 발생한 화재를 취재하고 기사를 쓴 적이 있었던 것이다. 화염에 휩싸인 도시, 그 극적인 대참사의 현장을 직접 목격한 경험이 있었기에 로마의 대화재 장면을 그토록 생생하게 그려낼 수 있었으리라.

그리스도교도들의 수난이 시작되고 『쿠오 바디스』가 한창 클라이맥스를 향해 치닫고 있던 1895년 11월, 시엔키에비츠는 다음과 같은 글을 남겼다.

> 마치 봇물이 터지듯이 글이 써진다. 지금까지 암시되었던 위기의 징후들은 벼락이 치기 전에 서곡처럼 울려 퍼지는 으르렁거림에 불과했다. 이제부터 본격적인 뇌성벽력이 시작될 것이며, '기독교의 대서사시'가 펼쳐질 것이다. 이미 내 머릿속에는 비극적이면서도 아름다운 몇 개의 장면들이 구상되어 있다. 『쿠오 바디스』는 아마도 내가 지금까지 쓴 그 어떤 작품보다 괜찮은 소설이 될 것 같다. 지금 나는 『쿠오 바디스』 외에는 아무것도 생각하지 않으며, 마치 신들린 사람처럼 영감에 사로잡혀 있다. 만일 잠시라도 멈추면 더 이상 아무 생각도 떠오르지 않을까봐 두려워, 휴식은 꿈도 꾸지 못한다. 펜을 잡고 있건, 그렇지 않건 내 머리는 계속해서 뭔가를 쓰고 있다.
>
> —1985년 11월 22일 시엔키에비츠의 일기에서

---

6) 당시 바르샤바는 러시아 점령 지역에 속해 있었고, 크라쿠프는 오스트리아, 포즈난은 프로이센으로부터 강점당하고 있어, 이 세 도시의 폴란드 인들은 각기 다른 국적을 가지고 있었다.

1896년 『쿠오 바디스』는 오스트리아의 점령 지역이었던 크라쿠프의 쿠베트흐네르·볼프 출판사(Wydawnictwo Gebethnera i Wolffa)에서 전 3권의 단행본으로 출간된 이래 작가가 살아 있는 동안 무려 12판이 발간되었다. 『쿠오 바디스』의 놀라운 평판은 폴란드뿐만 아니라 전 세계로 확산되었다. 1897년 미국의 번역가인 제러미 커튼에 의해 『쿠오 바디스』의 영문 번역판이 보스턴에서 출간되었다. 커튼은 폴란드를 방문하여 직접 시엔키에비츠에게 자문을 구하며 원문에 충실한 번역본을 내놓았다.[7] 이듬해에는 러시아 번역판이 출간되었다. 영문판 출간 이후 세계 여러 나라에서 작가의 동의 없이 다양한 언어로 번역본이 출간되기 시작했다. 당시 러시아 점령 지역에 거주하고 있던 시엔키에비츠는 러시아 국적을 가지고 있었고, 러시아와 대부분의 유럽 및 서방 국가들 사이에는 저작권에 관한 협정이 맺어져 있지 않았으므로, 번역자들은 굳이 저자에게 동의를 구할 필요가 없었던 것이다. 일부 평론가들은 만약 시엔키에비츠가 거주지를 크라쿠프로 옮겨 오스트리아 국적을 획득했더라면, 『쿠오 바디스』의 저작권에 대한 공식적인 대가를 요구할 수 있었을 것이고, 그랬다면 상당한 재산을 모을 수 있었으리라고 추측하기도 한다.

1900년 프랑스에서 출간된 『쿠오 바디스』는 폴란드어가 아닌 러시아어 판을 중역한 불완전한 번역본이었음에도 불구하고, 발행 사 개월 만에 십이만 부 판매라는 놀라운 기록을 수

7) 시엔키에비츠와 각별한 친분을 맺은 커튼은 이후 그의 역사소설들을 차례로 영어로 번역하여 서방 세계에 시엔키에비츠의 존재를 알리는 데 기여했다.

립했다. 특히 이 책에는 폴란드 출신의 화가 얀 스티카가 『쿠오 바디스』를 테마로 그린 아름다운 유화들이 삽화로 실려 독자들로부터 큰 호응을 받았다.[8)]

『쿠오 바디스』의 외국어 번역은 1905년 시엔키에비츠의 노벨 문학상 수상 이후 더욱 활기를 띠게 되어 이미 작가의 생전에 사십여 개의 언어로 출간되었으며, 전 세계에서 수백만 권의 판매고를 올리며 19세기 소설로는 가장 많이 팔린 베스트셀러로 기록되었다.

시엔키에비츠는 번역판의 출판 부수를 묻는 프랑스 기자의 질문에 이렇게 대답하였다.

> 『쿠오 바디스』는 지금까지 상당히 많은 언어로 번역된 걸로 알고 있고, 아마도 여태까지 유럽에서 출판된 모든 책들 중에서 가장 많은 외국어로 번역된 소설로 기록될 수 있을 것 같습니다. 나는 영어, 프랑스어, 독일어 스페인어, 이탈리아어, 러시아어는 물론이고, 스웨덴어, 덴마크어, 네덜란드어, 헝가리어, 슬로바키아어, 포르투갈어, 노르웨이어, 아르메니아어, 핀란드어, 리투아니아어로 출판된 번역본을 가지고 있습니다. 일본어 번역판도 나왔다고 들었고, 작년에는 콘스탄티노플의 한 출판사가 아랍어 번역본을 보내오기도 했습니다. 그렇지만 발행 부수에 대해서는 정확한 정보를 드릴 수가 없군요. 영문판의 경우 번역자인 커튼 씨가 알려온 바에 의하면 미국에서만 백만 부가 넘게 판매되었다고 합니다. 하지만 영어 번역판 또

---

8) 화가인 얀 스티카는 『쿠오 바디스』를 주제로 연작을 완성, 1912년 파리에서 전시회를 열어 큰 성공을 거두었다.

한 여러 종류가 있으니, 미국 전역에서 몇 부나 팔렸는지는 알 수가 없습니다. 심지어 각 나라마다 책의 가격이 얼마인지, 어떤 장정과 디자인으로 출판되었는지 일일이 다 파악할 수가 없습니다. 오직 하느님만이 대답하실 수 있을 것 같습니다.

—드장에게 보낸 편지에서

『쿠오 바디스』의 열풍은 영화나 연극, 오페라 등으로도 각색되어 장르를 초월하여 대중적인 인기를 끌었다. 1900년 바르샤바의 보데빌 극장에서는 연극 「쿠오 바디스」가 상연되었으며, 1909년에는 니스에서 장 누죄스가 만든 오페라 「쿠오 바디스」가 무대에 올려졌다. 1912년에는 이탈리아에서, 1913년에는 프랑스에서 무성 영화로 제작되기도 했다. 1951년 로버트 테일러와 데보라 카 주연으로 할리우드에서 만들어진 「쿠오 바디스」는 세계적으로 흥행에 성공하기도 했다. 1985년 이탈리아에서 TV 시리즈물로 제작되기도 했고, 2001년에는 시엔키에비츠의 조국인 폴란드에서도 영화로 만들어져 '원작에 가장 충실한 작품'이라는 평을 받기도 했다.

『쿠오 바디스』를 기리기 위해 아피아 가도에 있는 '쿠오 바디스 성당'에는 시엔키에비츠의 흉상이 세워졌고, 로마에는 시엔키에비츠의 이름을 딴 광장과 동상이 등장했다. 폴란드의 자랑인 교황 요한 바오로 2세 또한 1946-48년 이탈리아 유학 시절, 로마의 유적지를 돌아볼 때 『쿠오 바디스』를 안내 책자로 활용했다고 밝힌 바 있다. 『쿠오 바디스』에 등장하는 각종 지명이나 인명, 사건 등이 얼마나 역사적 사실에 충실하게 씌어졌는지를 입증하는 일화라고 하겠다.

3. "쿠오 바디스 도미네(주여 어디로 가시나이까)"—혼돈의 시대를 향한 영원한 화두

총 74장과 에필로그로 구성된 『쿠오 바디스』는 역사적 플롯과 낭만적 플롯이 씨줄과 날줄로 정교하게 짜여진 대하 역사소설이다. 역사적 플롯의 전면에는 네로 시대 말기인 AD 63-68년 로마를 배경으로 몰락해 가는 구시대 로마의 세계관과 새롭게 부상하는 기독교 세계관 사이의 팽팽한 대립과 변화의 양상이 이분법적 구조로 선명하게 드러나 있다.

고대 로마의 가치관 vs 기독교 신앙

『쿠오 바디스』에는 사치와 향락으로 점철된 구시대 로마 문명을 대표하는 인물들과 이에 맞서 사랑과 자비로 채워진 새 세상을 꿈꾸며 기독교 신앙을 전파하려고 애쓰는 인물들이 뚜렷한 대비를 이루며 등장한다.

잔악무도한 미치광이 황제 네로와 인자한 사도 베드로, 사악하기 그지없는 네로의 황후 포페아와 순결한 그리스도교 처녀 리기아, 기독교 신자인 거인 우르수스와 로마의 검투사 크로톤 등이 그 대표적인 예이다.

> 이리저리 둘러보던 네로의 시선이 공교롭게도 돌 위에 서 있는 사도 베드로와 마주쳤다. 순간, 두 사람은 서로를 뚫어지게 쏘아보았다. 화려하게 치장한 행렬 속에서도, 길가에 늘어서 있는 수많은 군중 속에서도, 바로 지금 지상의 두 지배자가 마주 보고 있다는 사실을 눈치 챈 사람은 아무도 없었다. 한 사람은 머지않아 피비린내 속에서 사라져버릴 인물이고, 또 한

사람은 비록 남루한 라케르나를 걸친 노인이지만 장차 로마와 온 세계를 영원히 지배할 인물이었다. (36장)

이처럼 기독교인과 비기독교인, 선과 악, 평화와 혼란, 양보와 경쟁, 진실과 위선 등 양립된 가치관들이 팽팽하게 대립하는 가운데, 전혀 다른 두 세계의 강렬한 대비와 비교에서 우위를 차지하는 것은 언제나 기독교 신앙으로 대표되는 전자 쪽이다.

서로 상반되는 갈림길에서 고뇌하고 갈등하며, 살아 움직이는 생생한 인물들로 비니키우스, 페트로니우스, 킬로 등이 등장하여 작품의 개연성을 높이고, 내용을 더욱 입체적이고 사실적으로 만들어준다.

그저 막연하게 자기와 리기아 사이에, 두 사람의 가치관 사이에, 그리고 자기와 페트로니우스가 살고 있는 세계와 리기아와 폼포니아가 살고 있는 세계 사이에는 그 무엇으로도 메울 수 없고, 넘을 수 없는 깊은 수렁 같은 것이 존재하여, 결국엔 서로 융합할 수 없는 것이 아닌가 하는 생각이 들 뿐이었다. (16장)

비니키우스와 킬로는 구세계의 전형적인 인물이었으나 뜻하지 않은 계기에 의해 새로운 가치관을 접하고 방황하다가 결국 기독교에 귀의하는 인물들이다. 페트로니우스의 경우에는 기독교의 수용을 통해 신세계로 유입될 수 있는 기회를 마다하고, 스스로 목숨을 끊는다.

폴란드 정신의 상징, 리기아와 우르수스

『쿠오 바디스』에 등장하는 캐릭터들을 살펴보면, 리기아와 우르수스, 킬로, 비니키우스를 제외하고는 모두가 실존인물들이다. 주인공 비니키우스의 경우에는 현실과 허구를 적절히 섞어서 만들어냈다.[9] 비니키우스와 페트로니우스의 인척 관계를 비롯하여 아울루스 플라우티우스의 부인 폼포니아가 그리스도교 신자라는 설정 등 작가가 부분적으로 허구를 가미한 부분도 있으나, 대부분은 꼼꼼한 사전 조사를 바탕으로 역사적 사실에 충실하게 씌어졌다. 작품 속에 등장하는 인물들의 대부분의 행적은 문헌이나 사료에 근거한 사실이며, 행동의 동기를 이루는 인물들의 다양한 내면의 움직임과 복잡 미묘한 심리는 시엔키에비츠의 풍부한 상상력이 빚어낸 산물이라고 할 수 있다.

여기서 흥미로운 것은 리기아와 우르수스가 속한 '리기 족'의 뿌리가 과연 무엇인가 하는 점이다. 『쿠오 바디스』를 읽어보면, '리기 족'은 '북쪽 지방의 알려지지 않은 종족'이라고만 언급되어 있을 뿐, 리기 인이 폴란드 인을 지칭한다는 직설적인 내용은 어디에도 없다. 다만 리기아의 본명인 '칼리나'라는 이름에서 그녀가 폴란드 여인일지도 모른다는 단서를 발견할 수 있을 뿐이다. 그러나 1895년 4월 시엔키에비츠가 고대 그리스·로마 전문가이자 철학자인 카지미에쉬 모라프스키 교수에게 쓴 편지를 살펴보면, 리기아와 우르수스가 폴란드인이

9) 실제로 마르쿠스 비니키우스는 집정관을 역임한 마르쿠스 비니키우스(칼리굴라의 누이동생인 율리아의 남편)의 손자이면서 또한 코르불로 장군의 사위였다고 한다.

며, 각기 '아름다움'과 '힘'을 상징하는 이 두 인물에게 작가가 남다른 애착을 가지고 있었다는 사실을 발견하게 된다.

나는 『쿠오 바디스』에 '리기 인'이라는 가상의 종족을 등장시켰습니다. 그때 나는 비스와 강과 오드라 강 사이, 지금의 비엘코폴스카(폴란드 중서부에 위치한 주(洲) 이름—옮긴이) 지역에 살고 있는 어질고 순박한 슬라브 인들을 염두에 두고 있었습니다. 작품을 쓰는 동안 아름답고 순결한 리기아가 폴란드 여인이라고 생각하는 것만으로도 제게는 행복한 일이었으니까요.

시엔키에비츠는 『쿠오 바디스』를 구상하면서 처음부터 주인공 가운데 폴란드인을 연상시키는 상징적인 인물을 등장시키려는 구체적인 계획을 가지고 있었다. 그러나 점령국의 검열을 피해 작품을 발표하고 출판하기 위해서는 직접적인 언급은 피해야만 했다.

『쿠오 바디스』에서 그리스도교도들의 수난과 함께 서사 구조의 중심을 이루는 것은 리기아와 비니키우스의 애절한 사랑 이야기이다. 로맨스의 전형적인 공식을 따르자면 절체절명의 순간 여주인공 리기아를 구출해 내는 것은 그녀의 연인 비니키우스여야 마땅하다. 그런데 『쿠오 바디스』에서 아리따운 공주를 위기에서 용감하게 구해 내는 것은 그녀의 동족인 우르수스이다. 이 극적인 장면을 연출하기 위해 시엔키에비츠는 일부러 초반부터 여주인공 리기아 옆에 그림자처럼 따라다니며 그녀를 호위하는 충직한 하인 우르수스를 등장시켰다. '슬라브 인인 우르수스'가 '게르마니아의 들소'를 때려잡고 승리를 쟁취하는 장면을 통해 프로이센에 의해 지배받던 폴란드 민족들의 사기를 북돋우려 했던 것이다.

작품 속에는 리기아의 미모와 우르수스의 용맹스러움을 찬양하는 장면이 몇 차례나 반복되는데, 이 또한 폴란드 민족에게 자긍심을 심어주기 위한 작가의 의도로 해석할 수 있다.

> "아, 머릿결이 비단같이 매끄럽군요! (…) 이렇게 예쁜 처녀가 태어난 것을 보니, 리기 족의 나라는 분명 아름다운 곳이겠군요." (7장)

> "그 리기 족의 거인이 크로톤을, 칼레도니아의 개가 히베르니아 산골짜기에서 늑대를 물어 죽인 것처럼 손쉽게 목 졸라 죽였다는 구절을 읽으면서, 나는 도저히 내 눈을 믿을 수가 없었단다. 그 리기 인은 틀림없이 자기 몸무게만큼의 황금과 같은 값어치가 있겠구나. (…) 게르마니아 사람들은 몸집은 크지만 근육에 지방이 많아 보기와는 달리 힘이 세지 못하지. 그 리기 인에게 그만 유별난 것인지, 아니면 그 나라 사람들이 모두 그렇게 건장한지 한번 알아보려무나." (28장)

> "그 거인은 이제 건장한 체구와 힘을 무엇보다 찬미하는 로마 사람들의 총아가 되어, 로마 제일의 영웅으로 떠올랐다." (66장)

사랑의 힘으로 다시 태어난 비니키우스

『쿠오 바디스』에서 역사적인 플롯을 전개시켜 나가는 원동력은 오만한 귀족 청년 비니키우스와 로마에 인질로 잡혀온 리기 족의 아름다운 처녀 리기아의 로맨스, 즉 낭만적인 플롯이다. 두 사람의 사랑이 우여곡절 끝에 결실을 맺는 과정에서 벌어지는 다양한 에피소드들로 인해 사실과 허구가 결합된 소설의 기본적인 얼개는 더욱 견고하고 튼튼하게 짜여진다.

이기적인 비니키우스가 열렬한 그리스도교 신자인 리기아로부터 감화를 받아, 차츰 인간적으로 변모해 나가는 모습은 낭만적인 플롯이 뒷받침되어 있기에 개연성을 갖게 된다. 또한 기독교가 고대 문화에서 새로운 가치관으로 자리매김하는 과정, 그리고 숱한 박해와 역경에도 불구하고 결국 인류의 보편 종교로 인정받게 된 이유가 설득력 있게 제시되고 있다.

리기아에 대한 비니키우스의 사랑은 처음에는 일시적인 욕망에 가까운 것이었으나, 만남을 거듭하면서 점차 그녀의 미모보다는 내면의 아름다움을 사랑하는 플라토닉한 감정으로 성숙하게 된다.

> 비니키우스의 마음속에서는 어느덧 놀라운 변화가 일어나고 있었다. 어쨌든 리기아가 믿고 있는 종교였기에, 오직 그 이유만으로 비니키우스는 이미 그것을 받아들일 준비가 되어 있었던 것이다. (…) 그러나 이 종교야말로 비니키우스로 하여금 리기아를 이 세상의 그 무엇보다 아름답고, 소중한 존재로 볼 수 있게 해준 원천이 아니던가. 이 종교 덕에 리기아를 향한 비니키우스의 마음에는 어느덧 애정보다는 존경이, 욕망보다는 찬미의 마음이 싹트게 되었던 것이다. (27장)

> "전에는 이런 사랑이 존재하리라고는 짐작도 하지 못했소. 지금까지 사랑이란 끓어오르는 피와 불타는 욕정에 지나지 않

는다고 생각했지요. 그런데 지금은 한 방울의 피와 한 번의 숨결에도 얼마든지 사랑이 깃들 수 있다는 것을 깨달았소. 잠과 죽음이 우리의 영혼에 안식을 주듯이 나는 사랑을 통해 한없이 감미로운 평화를 맛보게 되었소. (…) 난생 처음 이런 기쁨이 이 세상에 존재한다는 것을 알게 되었소. (…) 그렇소……! 지금의 이 평화는 그리스도께서 주신 것이오." (39장)

문득 그녀는 더 이상 비니키우스가 아울루스 가에서 만났던 예전의 그 리기아가 아니라는 생각이 들었다. 옥살이와 열병 때문에 그녀의 모습이 많이 초췌해졌기 때문이다. (…) 그러나 비니키우스가 사랑하는 것은 리기아의 육신이 아니라 영혼이었다. 그렇기 때문에 그는 전보다 더 깊이 리기아를 사랑했다. 리기아의 잠든 얼굴을 들여다보면서 비니키우스는 마치 온 세상을 다 얻은 듯한 행복에 젖어들었다. (68장)

모든 로맨스가 그렇듯이 두 주인공은 역사적 플롯의 핵심을 이루는 두 가지 사건, 즉 '로마의 대화재'와 '그리스도교도 학살'이라는 피치 못할 시련과 난관에 부딪혀 이별의 슬픔을 겪게 된다. 특히 작품의 중반부에 배치되어 있는 '로마의 대화재'를 기점으로 비니키우스와 리기아 사이의 낭만적 플롯에서 맴돌던 단조로운 스토리는 구(舊)로마 사회에 대한 기독교 신앙의 도덕적인 승리를 역설하는 장엄한 서사시로 급진전하게 된다. 기독교 신앙의 위대한 승리는 갈등을 거듭하며 신앙에 귀의하는 비니키우스의 모습이나 로마의 전통적 가치관을 상징하는 페트로니우스의 죽음 등을 통해 다층적이고 복합적인 양상으로 묘사되고 있지만, 이교도의 세계를 대표하는 로마 제국의 파멸을 직접적으로 암시하는 가시적인 사건은 '로마의 대화재'이다.

불에는 '파괴'와 '정화'라는 두 가지 의미가 함축되어 있다. 로마의 구질서는 바로 이 '불'을 통해 무너지게 되고, 그 과정에서 기독교의 가르침을 통해 새롭게 정화된다.

> 네로는 이제 미칠 대로 미쳐서 도를 넘어버렸다. 그의 치하에서는 인간다운 삶이란 이룰 수 없는 꿈이 되어버렸다. 하지만 네로의 전성기도 이제 끝났다. 그 짐승 같은 광대는 불타고 있는 이 로마의 잔해와 더불어 자신의 죄업을 짊어지고 흔적도 없이 파묻힐 것이라고 비니키우스는 생각했다. (43장)

대화재를 통한 로마의 현실적인 몰락과 파멸은 페트로니우스가 던진 다음과 같은 한마디에서도 여실히 드러난다.

> "한 번만 더 봅시다. 그리고 이제 옛 로마와는 영원히 작별을 고하는 겁니다." (47장)

주인공 비니키우스 역시 불 속에서 몇 번의 위기와 소생의 과정을 겪으면서 영혼의 정화를 체험하게 되고, 결국 사도 베드로에게 세례를 청하기에 이른다.

> "사도님, 제게 세례를 베푸시어 저도 참된 그리스도인이 될 수 있게 해주십시오. 저는 제 온 영혼을 다해서 그리스도를 사랑하고 있습니다. 충분히 마음의 준비가 되었으니 곧바로 세례를 주십시오. (…) 어렸을 적부터 로마의 신들을 믿었지만, 그

들을 사랑하지는 않았습니다. 그러나 지금은 한 분이신 그리스도만을 제 목숨을 다해 사랑합니다. (…) 이 도시뿐만 아니라 전 세계가 멸망해도 저는 그리스도만을 믿고, 그리스도만을 섬기겠습니다." (48장)

소설의 결말, 비니키우스가 사랑하는 리기아를 아내로 맞이하고 진정한 그리스도교인으로 거듭나면서, 고대의 전통적 가치와 기독교의 새로운 진리 사이에서 방황하던 비니키우스의 갈등은 깨끗이 해소된다. 낭만적 플롯과 역사적 플롯이 절묘하게 결합되는 대단원, 마침내 천상의 사랑과 지상의 사랑이 공존하는 아름다운 하모니가 울려 퍼지게 된다.

저녁 무렵의 청량한 공기는 평화와 안식으로 가득 차 있을 뿐만 아니라 천상으로 향하는 한 가락 노래가 되어 비할 데 없이 아름다운 조화를 이루고 있었다. 바오로는 지금 지상에서 천상의 음악이 빚어내는 신비스러운 화음을 생생하게 듣고 있었다. 그것은 이 세상에서는 들어보지 못한 새로운 소리, 즉 사랑의 선율이었다. 그 선율이 없으면 이 세상은 그저 울리는 징이나 요란한 꽹과리 소리로 가득 차리라고 생각하자 사도 바오로의 가슴은 사랑과 기쁨으로 떨려왔다. (71장)

사랑과 신앙의 힘에 의해 새롭게 태어난 로마의 젊은 귀족 비니키우스는 앞으로 로마뿐만 아니라 온 인류의 가치관을 지배하는 보편종교로 확산될 기독교의 희망적인 미래를 암시하고 있다.

시엔키에비치의 페르소나 ― 페트로니우스

역사적인 플롯과 낭만적인 플롯이 교차하는 정점에 위치하는 두 주인공은 리기아와 비니키우스이지만, 한 발자국 떨어진 곳에서 사건을 지켜보며 해석과 논평을 담당하는 실질적인 주인공은 페트로니우스이다. 『쿠오 바디스』의 첫 문장이 페트로니우스가 자신의 저택에서 눈을 뜨는 장면에서 시작된다는 점, 그리고 에필로그를 제외하면 페트로니우스가 연회석상에서 애인인 에우니케와 함께 영원히 눈을 감는 장면으로 소설이 끝을 맺는다는 점도 주목할 만한 부분이다.

페트로니우스는 로마의 귀족이자 황제의 총신이면서도 티겔리누스나 다른 귀족들과는 판이하게 다른 인물이다. 그는 다른 조신들처럼 네로에게 맹목적으로 충성을 바치는 타락한 속물이 아니라, 광란의 세상에 염증을 느낄 줄 아는 양심적인 로마인이다. 오만하고 이기적이며, 스스로도 인정하는 바와 같이 선악의 기준이 모호한 회의론자이긴 하지만, 열렬한 탐미주의자이며 예술을 사랑하는 세련된 취향을 지녔다. 바로 그 섬세한 미적 감각 덕분에 페트로니우스는 네로의 광포함이나 개종 이전의 비니키우스가 보여주는 잔인성, 티겔리누스의 비열함에서 탈피하여 지성과 감성을 겸비한 매력적인 인물로 그려지게 된다. 페트로니우스의 사고 규범은 철저하게 미적인 관점에 의거하고 있다. 그리스도교 신자들에게 로마의 화재에 대한 누명을 씌우려는 네로에게 당당히 맞설 수 있었던 것도 비니키우스나 리기아에 대한 호의라기보다는 오히려 네로의 비열함에 대한 반발에서 우러난 것이라고 하겠다.

실제로 『사티리콘』의 저자이며, 풍자시를 쓰기도 했던 페트로니우스는 시엔키에비치의 페르소나라고도 할 수 있을 만큼 작가가 많은 애착을 갖고 공들여 창조한 인물이다. 작품 속에서 페트로니우스와 비니키우스가 주고받는 서신들, 특히 재치 있고 수려한 문체로 씌어진 페트로니우스의 편지는 자칫 단조롭게 흐르기 쉬운 구성에 활력을 불어넣어 준다.

겉으로는 로마의 화려한 귀족 문화에 누구보다 철저하게 동화된 로마인의 전형으로 보이지만, 페트로니우스의 내면에는 혼탁한 세태에 대한 냉철한 비판 의식과 정신적 고뇌가 자리잡고 있다. 네로와 조신들의 부패상을 고발하는 장면이 나올 때마다 독자들은 어김없이 그들을 비판적으로 바라보는 페트로니우스의 시각과 맞닥뜨리게 된다. 시엔키에비츠는 네로의 치부를 부각시킬 필요가 있을 때 전지적 시점으로 장황하게 설명을 늘어놓기보다는, 같은 로마인인 페트로니우스의 시선을 통해 로마의 귀족 문화를 부정적으로 평가하고 비하하도록 하는 방식을 취함으로써, 독자들의 공감을 끌어낸다.

> 우리는 다들 미쳤고, 끝없는 나락을 향해 추락하고 있다. 알 수 없는 무엇이 앞길에 도사리고 있고, 발밑에서는 무엇인가가 부서지고 있으며, 주위에서는 끊임없이 무엇인가가 멸망하고 있다. (40장)

지혜와 품위를 겸비한 페트로니우스는 로마의 전통적인 가치관에 반하는 기독교의 가르침에 긍정적인 시선을 보내며, 이 새로운 종교가 지닌 힘과 미덕을 은연중에 인정하는 관용적인 태도를 보여주고 있다.

> 그나저나 네 친구, 그 자그마한 유대인 바오로는 굉장한 웅

변가이더구나. 그 사실만큼은 인정한다. 그런 사람들이 그 가르침을 설교하며 돌아다니고 있으니, 우리 로마의 신들도 여간 조심하지 않으면 안 되겠더라. 그렇지 않으면 언제 찬밥 신세가 될지 모르는 일이니까. 그자가 말한 것처럼 황제가 그리스도교 신자라면 우리는 모두 안심하고 살 수 있겠지. (40장)

"그들은 지금 우리를 정복하고 있는 중이오. (…) 킬로와 같은 노회한 늙은이도 결국 머리를 숙였는데, 누가 감히 그들에게 대항할 수 있겠소? 이렇게 번번이 그리스도교도들을 학살한다고 해서, 그들을 완전히 뿌리 뽑을 수 있다고 생각하시오? (63장)

그리스도가 여러 신들 중에서 가장 정직하고 진실하다는 점에 있어서만큼은 나도 너희들과 같은 의견이다. (73장)

페트로니우스는 기독교 신앙이 로마를 정복해 나가는 초창기에 발생한 일종의 희생자라고 볼 수 있다. 황제의 측근인 그는 네로의 광기가 극한으로 치닫는 것을 가장 가까이에서 지켜보면서 로마의 몰락과 새로운 시대의 도래를 본능적으로 직감하면서도, 새로운 세계에 편입되기를 끝내 거부한 채, 스스로 목숨을 끊는다.[10] 페트로니우스는 자유의지로 스스로를

10) 페트로니우스의 자살은 자신의 부인과 함께 목숨을 끊은 세네카의 일화에서 착안하여 시엔키에비츠가 허구로 지어낸 대목이다. 타키투스의 『연대기』에 의하면 페트로니우스는 AD 65년 원로원의 유력자 피소를 중심으로 귀족 이삼십 명이 네로를 처단하려고 꾸민 '피소의 음모' 사건 때 이에 가담한 다른 조신들과 함께 죽음을 당했다고 한다.

멸망의 나락에 던짐으로써 옛 세계에 대해 의리와 절개를 지키며 그야말로 '여한 없이' 죽음을 맞는다. 로마 귀족의 전형이라고 할 수 있는 페트로니우스의 죽음을 통해 시엔키에비츠는 구시대 가치관의 몰락을 선포하고 있다.

> 페트로니우스는 더 이상 말을 맺지 못했나. 그의 팔은 있는 힘을 다해 에우니케를 부둥켜안았고, 머리는 베개 위로 힘없이 떨어졌다. 두 사람의 모습은 마치 눈부시게 아름다운 한 쌍의 흰 조각상과 같았다. 사람들은 그 두 사람의 죽음과 함께 자기들이 살고 있는 이 세상에 마지막으로 남아 있던 '시'와 '아름다움'이 영영 사라져버렸다는 것을 문득 깨달았다. (74장)

페트로니우스가 자신의 연인 에우니케와 함께 스스로 삶을 마감하는 이 인상적인 대목을 읽다 보면 『쿠오 바디스』라는 작품 자체가 신세계를 맞이하는 환영의 서곡이라기보다는 역사의 뒤안길로 사라져가는 구세계를 애도하는 레퀴엠이 아닐까 하는 생각이 들게 된다. '로마의 대화재'가 로마의 물리적인 파괴를 상징한다면, 페트로니우스의 죽음은 로마의 정신적인 종말을 의미하는 것으로 해석할 수 있을 것이다.

킬로의 회개—기독교 신앙의 승리

중년의 페트로니우스가 최후를 맞이함으로써 한 시대의 종말을 상징적으로 드러내고, 사랑을 쟁취하는 젊은 비니키우스를 통해 새 시대의 도래가 희망적으로 암시되었다면, 사기꾼에다 위선자인 킬로의 순교는 이교도에 대한 그리스도교 신앙의 종교적인 승리로 볼 수 있다.

그리스 태생의 킬로 킬로니데스는 비니키우스와 페트로니우스로부터 돈을 받고 일하지만, 결국 그들을 배반하는 비겁하고 속물적인 사기꾼이다. 그는 스스로를 철학자에다 예언자이며, 마법사라고 얼버무리고, 또한 퀴닉학파와 스토아학파 양쪽 모두에 속한다고 주장하는 철저한 기회주의자이기도 하다.

"이 낡아빠진 외투에 너무나도 잘 어울리는 퀴닉학파입니다. 그러나 인내심을 가지고 가난을 참아낸다는 점에서는 스토아학파이기도 합니다. 타고 다닐 가마가 없어 이 술집 저 술집 걸어서 돌아다니고, 포도주 한 병 사겠다는 사람이 있으면 강의도 마다하지 않으니 소요학파라고도 할 수 있겠지요." (13장)

비니키우스에 대한 복수심과 사리사욕을 위해 그리스도교 신자들을 로마의 방화범으로 밀고한 킬로는 네로의 궁전에서 환대를 받지만, 수천 명의 무고한 기독교도들이 무참하게 죽어가는 광경을 보면서 양심의 가책을 받고 심한 정신적 고통을 겪게 된다.

"신들은 자네를 소매치기로 만들었는데, 자네는 스스로 악마가 되고 말았어. 그러니 오래가지는 못할 걸세."(56장)라고 꼬집는 페트로니우스에게 아무 응수도 하지 못하는 킬로의 모습에서 이미 그의 마음속에 일어나고 있는 변화의 징후가 감지된다. 평소 누군가로부터 비난을 받으면, 장황하게 변명을 늘어놓거나 상대방을 공격하기에 급급하던 킬로가 페트로니우스의 날카로운 지적에 아무 대응도 하지 않았다는 것은 암묵적인 수긍을 의미하는 것이며, 그의 내부에서 회개의 불씨가 싹트고 있음을 암시하는 것이다.

킬로의 고뇌와 갈등은 미신을 신봉하는 로마 귀족 베스티누스와의 대화에서도 드러난다.

"눈앞에 어둠이 있소. (…) 무시무시하고 끝없는 어둠이오. 그 어둠 속에서 무엇인가가 꿈틀거리며 내게로 다가오고 있소. 그런데 나는 그것이 무엇인지를 몰라 두려운 것이오! (…) 도무지 잠을 잘 수가 없으니 꿈을 꾼 적은 없소이다. 다만 나는 그들이 그런 혹독한 처벌을 받을 줄은 정말 몰랐소." (59장)

황제의 정원에서 그리스도교 신자들을 불태워 횃불 잔치가 벌어지던 날, 킬로는 오래전 자기 때문에 아내와 가족을 잃게 된 의사 글라우쿠스와 맞닥뜨리게 된다. 불기둥에 매달린 채 자신을 내려다보는 글라우쿠스의 준엄한 시선과 마주친 순간, 킬로는 마침내 새로운 신앙에 눈을 뜨게 된다.

"글라우쿠스! 그리스도의 이름으로 나를 용서해 주시오!" (62장)

글라우쿠스로부터 용서받은 킬로는 그 놀라운 사랑의 힘에 감화되어, 군중들 앞에서 큰 소리로 그리스도교도들이 로마에 불을 지르지 않았음을 폭로한다. 그리고 사도 바오로를 만나 세례를 받고, 원형경기장에서 십자가에 못 박혀 평온하게 죽음을 맞이한다. 한때 기독교의 적이었으며, 사악하고 탐욕스런 인간의 전형이었던 킬로가 죽음으로 속죄하며 순교자로 거듭나게 된 것이다.

한 가지 주목할 만한 것은 킬로가 사기 행각 중에 본명을 감추고 '케파스(Cefas)'라는 이름으로 행세했다(24장)는 점이다. 성서에 보면 초대 교회의 수장인 사도 베드로 또한 '교회의 반석'이 되라는 의미로 그리스도로부터 '케파스(Cephas — '반석', '돌'이란 뜻 — 옮긴이)'라고 불렸다는 구절이 나온다.[11] 같은 이름으로 불렸던 두 사람이 같은 십자가형으로 순교한다는 설정은 킬로라는 캐릭터 자체에 작가가 종교적인 의미를 부여하고 있음을 짐작할 수 있게 한다. 로마인의 전형인 비니키우스가 사랑의 힘으로 그리스도교 신자로 변모해 가는 과정을 보여주었던 시엔키에비츠는 이방인인 킬로의 죽음을 통해 인류의 보편 종교로 확산되어 나가는 기독교 신앙의 궁극적인 승리를 드러내 보이고 있다.

『쿠오 바디스』의 문학적 가치

『쿠오 바디스』에는 다양한 서술 기법이 공존하고 있다. 페트로니우스와 킬로의 대화에서 나타나듯이 화려한 수사학적인 대사가 등장하는가 하면, 때로는 잘 알려진 라틴어 관용구를 그대로 사용하여 시대상을 세세하게 반영하기도 한다. 비니키우스와 리기아가 속삭이는 사랑의 밀어(密語)는 시적이고 낭만적인 표현이 빛을 발하고, 베드로 사도가 처형당하는 대목에서 볼 수 있듯이 비장한 파토스로 숙연한 감동을 선사하기도 한다. 킬로처럼 미워할 수 없는 익살스런 악인이 등장하는가 하면, 우르수스처럼 순박하고 정감이 넘치는 인물을 통해 긴박한 전개에 여유를 불어넣기도 한다.

상황에 맞게 다양한 문체를 구사하여 독자들에게 보다 생생

11) 요한복음 1장 42절.

하게 사건의 분위기를 전달하고 있다는 점도 『쿠오 바디스』의 특징 가운데 하나이다. 예를 들어 56장에서 기독교 신자들에 대한 처형에 앞서 검투사들끼리 싸우는 장면에서는 의도적으로 단문을 활용한 간결한 문체를 사용함으로써 검투사들의 빠른 움직임, 생사를 다투는 결투의 긴박감을 고스란히 전달해 주고 있다. 반면에 그리스도교 신자들이 박해를 당하는 장면에서는 호흡이 긴 만연체의 문장들을 통해 그 비장미를 한층 더 효과적으로 부각시키고 있다.

비니키우스가 그리스도교의 가르침을 접하고, 그리스도교 신자들의 삶을 목격하는 부분에서는 작가의 개입이나 전지적 해설, 직접 화법 등을 배제하고, 관찰자인 비니키우스의 시선으로 대상을 묘사하고 분석함으로써, 독자들로 하여금 비니키우스의 종교적 갈등과 가치관의 혼돈에 적극 동참할 수 있도록 유도한다.

> 이야기를 듣는 동안 비니키우스의 마음속에서 불가사의한 일이 일어났다. 잠깐 동안 그는 자기가 어디에 있는지 잊어버렸던 것이다. 현실 감각과 분별력, 판단력이 모두 마비된 듯했다. 그의 앞에는 서로 완전히 상반되는 두 가지 사실이 놓여 있었다. 노인의 말을 무조건 믿을 수도 없었고, 그렇다고 장님이나 지각없는 사람이 아니고서야 '내가 보았다.'고 말하는 그 노인이 거짓말을 하고 있다고도 생각할 수 없었다. 노인의 감동과 눈물, 그의 인품, 그리고 그가 묘사한 사건의 세부적인 부분에 이르기까지 도저히 의심을 품을 수 없게 만드는 무엇인가가 있었다. (20장)

> 그렇습니다, 삼촌! 그들이 제 영혼을 바꿔놓았습니다. 때로는 행복을 느끼다가도, 때로는 제가 예전의 사나이다운 패기와 불타는 정열을 다 잃어버린 것이 아닌가, 원로원이나 법정, 향연은 말할 것도 없고, 싸움터에서도 쓸모없는 인간이 되어버린 것은 아닌가 하고 고민할 때도 있습니다. 정말 마법에 걸려들고 말았나 봅니다! (28장)

마찬가지로 네로의 연회 장면에서는 이방인인 리기아를 작중화자로 내세워 그녀의 눈으로 모든 것을 관찰하고, 비판하도록 함으로써 타자의 시선에 의해 객관화된 상황을 독자에게 드러내 보인다.

> 악테가 리기아의 손을 잡고 안채의 방들을 지나 거대한 연회장 안으로 안내했다. 그곳에 들어서자마자 리기아는 눈이 가물거리고, 귀가 먹먹해지면서 가슴이 두근거려 숨이 막힐 지경이었다. 그녀는 마치 꿈을 꾸듯 수많은 식탁과 벽에서 깜빡이고 있는 수천 개의 등불을 보았다. 멀리서 황제를 맞이하는 환호성이 아득하게 울려 퍼지자, 안개 속에 가려진 것처럼 희미하게 황제의 모습이 보였다. 박수갈채가 그녀의 귀를 마비시키고, 불빛은 그녀의 눈을 멀게 했으며, 자극적인 향기는 그녀를 취하게 했다. (7장)

시엔키에비츠는 로마의 대화재 장면이나 네로의 정원에서 그리스도교도들이 화형 당하는 장면에서는 화폭에서 그대로 옮겨놓은 듯 선명한 시각적 이미지를 강조한다. 생동감 넘치는 묘사에서 비롯된 강렬한 인상은 몇 번씩 읽어도 싫증나지 않는 진한 감동을 안겨다 준다. 덕분에 긴박하게 흐르던 내레이션은 서사시적인 긴 호흡을 획득하며 숨을 고르고 완급을 조절하게 된다. 때로는 특정한 색깔을 반복적으로 사용하여 그 색깔이 지닌 일반적인 고정관념을 적절하게 활용하기도 한다. 예를 들어 붉은색과 검은색은 로마의 대화재 장면을 비롯하여 당시의 암울한 시대상을 표현하는 데 자주 사용되고 있다. 이처럼 장엄한 서사시적 서술 기법과 회화적인 묘사는 역동적인 캐릭터, 극적인 사건 전개와 결합되어 『쿠오 바디스』의 구성을 더욱 생동감 넘치는 것으로 만들어준다.

『쿠오 바디스』의 기본적인 얼개는 이질적인 두 세계, 다시 말해 '고대 로마의 가치관'과 '기독교 신앙'의 대립과 충돌이지만, 실제로는 로마의 문화와 로마인들의 사고방식을 묘사하는 데 치중하고 있다. 시엔키에비츠는 철저한 자료 조사와 문헌 분석을 바탕으로 고대 로마인들의 풍속, 관습, 언어, 생활상, 종교 의식, 오락, 가옥 구조, 집기, 의복, 장신구, 음식 등을 사실적으로 그려냈다.[12] 로마에서 황제와 황후만이 입을 수 있었던 자수정빛 토가, 베스타 신에게 제사를 드리던 처녀 제사들, 로마의 수도교(水道橋)와 하수도 시설, 원형경기장의 세부적인 구조, 로마인들의 잔인한 취향을 엿볼 수 있는 다양한 검투 시합, 사치와 방탕으로 유명한 네로의 호화로운 궁중 연회, 로마 귀족의 자살 방법 등 다방면에 걸친 흥미로운 역사적 요소들이 곳곳에 포진되어 있다.

12) 폴란드의 저명한 문학사가인 타데우쉬 젤렌스키(Tadeusz Żeleński)에 따르면 이러한 묘사들은 매우 정확하며, 그리스도교도들의 시체를 관에 넣어 운반했다는 대목만 제외하면, 나머지는 고고학이나 고전문헌학에 위배되는 부분이 거의 발견되지 않는다고 평했다.

시엔키에비츠가 두 세계의 갈등과 대립을 형상화시키는 과정에서 고대 로마의 실상을 묘사하는 데 주력한 것은 힘이 지배하던 이 거창하고도 화려한 세계의 몰락을 보다 극적으로 보여주는 동시에, 전면에 드러나지는 않았지만 로마인들의 정신세계를 서서히 지배하기 시작한 기독교 신앙의 고요한 움직임과 무한한 잠재력을 부각시키기 위해서이다. 이런 저자의 의도는 사도 베드로가 예수를 만난 뒤 로마로 되돌아와 당당하게 최후를 맞이하는 장면(70장, 71장)과 마지막 에필로그에 함축되어 있다.

> 베드로는 황제도, 그의 군단도 살아 있는 진리 앞에서는 무릎을 꿇고 만다는 것, 그리고 피도 눈물도 그 진리를 깨뜨릴 수 없다는 것을 새삼 깨달았다. 바야흐로 승리의 서곡이 시작된 것이다. 그는 비로소 주님이 왜 자기를 다시 로마로 돌려보내셨는지 알 수 있었다. 오만과 죄악, 타락과 폭력의 소굴이었던 로마가 서서히 그리스도의 도성으로 변해 가고 있었던 것이다. 머지않아 이 도시는 인간의 육체와 정신을 사랑으로 지배하는 세상의 중심이 되리라. (70장)

> 네로는 돌풍처럼, 천둥처럼, 불길처럼, 전쟁처럼, 그리고 역병처럼 그렇게 허무하게 사라져갔다. 그러나 베드로의 대성당은 지금도 바티카누스 언덕에서 로마와 온 세계를 굽어보고 있다. (에필로그)

시엔키에비츠 스스로가 명명했듯이 '기독교 신앙을 노래한 대서사시'인 『쿠오 바디스』에는 다양한 유형의 그리스도교 신자들이 등장한다. 이교도인 비니키우스에 대한 사랑으로 인해 괴로워하는 순수한 처녀 리기아를 비롯하여 어린아이처럼 천진난만하게 그리스도를 사랑하는 우르수스, 율법을 중요시하며 자신과 타인에게 엄격한 크리스푸스, 사도 바오로의 서간문을 읽으면서 불행한 삶을 견뎌나가는 악테, 돈독한 신앙으로 다른 로마 여인들과는 달리 정숙한 삶을 살아가는 폼포니아 그레키나 등 작품 속의 그리스도교 신자들은 제각기 다채로운 모습으로 신앙을 가꾸어나간다. 사도 베드로와 사도 바오로의 경우에는 그리스도교 신앙의 핵심인 사랑과 자비를 설파하는 극적인 장면에만 등장한다. 기독교의 신성함을 강조하는 성인(聖人)으로서의 면모를 강조하기 위해 그들의 개성이나 인간성에 관한 묘사는 의도적으로 자제되어 있으며, 다른 등장인물들이 받은 인상이나 그들이 주고받는 대화를 통해 신비화된 이미지만 부각시킬 뿐이다. 두 사도가 하는 말들, 그들의 설교는 대부분 성서에 나오는 구절을 그대로 인용한 것이다.

역사적 플롯과 낭만적 플롯으로 양분된 『쿠오 바디스』의 단순·명료한 구성은 다채롭고 풍부한 서술 기법, 유려한 문체와 적절하게 조화를 이루면서, 도덕적인 메시지나 교훈적 결말에 대한 강박 관념에서 벗어나 읽는 사람의 가슴속에 오래도록 감동의 울림을 남긴다.

『쿠오 바디스』를 통해 시엔키에비츠가 전하려 했던 메시지는 명쾌하다. 범죄와 타락의 온상인 로마가 기독교의 진원지로 변모해 가는 과정을 통해 진리의 힘은 불멸이라는 것, 아무리 심한 박해와 수난도 사랑과 신앙의 힘으로 얼마든지 극복할 수 있다는 신념을 인류에게 일깨워 주려 했던 것이다.

쿠오 바디스 도미네(Quo Vadis Domine).

사도 베드로가 그리스도에게 던졌던 이 절박하고 심오한 물음은 시엔키에비츠의 『쿠오 바디스』를 통해 혼돈의 시대를 향해 던지는 영원한 화두로 자리 잡게 되었다. 그동안 두 번의 밀레니엄이 지났지만, 세상에는 여전히 전쟁과 불신, 대립과 반목이 난무하고, 인류는 환멸과 실의, 고독 속에 함몰되어 길을 잃고 방황하고 있다. 단절되고 파편화된 인간관계 속에서 현실에 안주하지 못하고 현대 문명의 카오스에 휩쓸려 끊임없이 배회하고 있는 현대인들은 삶의 지표를 제시해 주는 나침반을 갈망한다. 『쿠오 바디스』가 탄생한 지 100여 년의 세월이 흘렀지만, 이 작품이 여전히 불멸의 고전으로 손꼽히며, 시공과 종교를 초월하여 끊임없이 독자들을 사로잡는 이유가 바로 여기에 있다.

최성은

작가 연보

1846년	5월 5일 폴란드 동부에 있는 소도시 볼라 오크제이스카의 귀족 가문에서 출생.
1866년(20세)	바르샤바 대학 의학부에 입학. 일 년 뒤 문학부로 옮김.
1869-1872년	실증주의 문예지 《주간 평론(Przegląd Tygodniowy)》에 평론과 칼럼을 기고하며 저널리스트로 활동.
1871년(25세)	바르샤바 대학 자퇴.
1872년(26세)	첫 단편소설 『보르슈우아 씨의 가방에 담긴 유모레스크』 발표.
1873-1875년	바르샤바의 주간지 《폴란드 일보(Gazeta Polska)》에서 '리트보스(Litwos)'란 필명으로 사회면 담당 기자로 활동.
1874년(28세)	첫사랑 마리아 켈레루브나(Maria Kellerówna)와 약혼. 마리아의 부모가 반대하여 결국 헤어지고

말았으나, 마리아는 시엔키에비치를 그리워하며 평생을 독신으로 살았음. 벨기에와 프랑스 여행.

1875년(29세) 단편소설 『늙은 하인』 발표.

1876년(30세) 중편소설 『하니아』 발표.

1876-1879년 《폴란드 일보》 특파원 자격으로 미국으로 건너가 미국 전역을 여행. 이탈리아, 영국, 프랑스 등을 거쳐 귀국.

1877년(31세) 미국에서 중편소설 『목탄 스케치』 발표.

1879년(33세) 바르샤바로 귀환. 단편소설 『음악가 야넥』, 중편소설 『오르소』, 『어느 포즈난 가정교사의 회고록』 등이 수록된 최초의 작품집(전 2권) 발간.

1880년(34세) 《폴란드 일보》에 연재했던 내용을 간추려 미국 여행의 체험을 담은 수필집 『아메리카에서 온 편지』 출판. 중편소설 『빵을 위하여』 발표.

1881년(35세) 마리아 셰트키에비추브나(Maria Szetkiewiczówna)와 결혼. 단편소설 『등대지기』 발표.

1882년(36세) 일간지 《말(Słowo)》의 편집장으로 부임. 아들 헨릭 유제프 출생. 단편소설 『마리포자의 추억』과 중편소설 『정복자 바르텍』 발표.

1883년(37세) 딸 야드비가 출생. 일간지 《말》에 역사소설 3부작의 제1편 『불과 검으로』 연재. 문단과 독자들로부터 폭발적인 호응을 얻음.

1884년(38세) 일간지 《말》에 역사소설 3부작의 제2편 『대홍수』 연재. 폐결핵으로 고생하는 아내의 병구완을 위해 유럽 각지의 요양원을 전전함.

1885년(39세) 부인 마리아 셰트키에비추브나 사망.

1886년(40세) 루마니아, 불가리아, 터키, 그리스, 이탈리아, 오스트리아 여행.

1887년(41세) 일간지 《말》의 편집장 사임. 《말》에 역사소설 3부작의 제3편 『보워디욥스키 장군』 연재. 이듬해에 책으로 출간됨.

1888년(42세) 스페인 여행.

1889년(43세) 바르샤바에서 '역사소설에 관하여'라는 제목으로 강연. 시엔키에비치의 애독자를 자처하며 스스로를 '미하우 보워디욥스키'라고 소개한 익명의 독지가로부터 부인의 죽음을 애도한다는 명목으로 금전적인 후원을 받음. 장편 『도그마 없이』를 《말》에 연재.

1890년(44세) 폴란드의 민족시인 아담 미츠키에비치의 유골을 파리로부터 크라쿠프로 옮겨오는 일을 담당. 이집트, 아프리카 여행.

1891년(45세) 『도그마 없이』 출간. 단편소설 『제우스의 판결』 발표.

1893년(47세) 십구 세의 마리아 보워드코비추브나(Maria Wołodkowiczówna)와 두 번째 결혼. 결혼 2주 만에 부인의 가출로 파경, 삼 년 후에 정식 이혼. 단편소설 『주님의 뒤를 따르라!』, 『포니크와의 오르간 연주자』 발표.

1894년(48세) 폴란드 남부의 타트라 산맥에 있는 휴양 도시 자코파네에서 열린 낭독회에서 『쿠오 바디스』의 초고 일부를 낭독함.

1895년(49세) 《폴란드 일보》(바르샤바)에 『쿠오 바디스』 연재 시작. 이후 독자들의 요청으로 《포즈난 일보(Dziennik Poznański)》(포즈난)와 《시대(Czas)》(크라쿠프)에도 동시에 연재. 자전적인 체험을 바탕으로 한 장편소설 『포와니에츠키 가족』 출판.

1896년(50세) 크라쿠프에서 『쿠오 바디스』(전 3권) 출간. 상트페테르부르크 황실 과학 아카데미 회원으로 추대됨.

1898년(52세) 아담 미츠키에비치 탄생 100주년 기념행사 부위원장 역임.

1900년(54세) 『쿠오 바디스』 프랑스어 번역본 출간. 발행 사개월 만에 십이만 부 발매. 바르샤바의 보데빌 극장에서 연극 「쿠오 바디스」 초연. 대하 역사소설 『튜튼 기사단』 출간. 야기엘론스키 대학 창립 500주년 기념식에서 명예박사 학위 받음. '폴란드 민족의 선물'이라는 명목으로 남부의 오블렝고레크(Oblęgorek)에 있는 성(城)과 영지를 수여받음.

1904년(58세) 사십 세의 마리아 바스카(Maria Baska)와 세 번째 결혼. 신부는 1888년부터 시엔키에비치를 사랑해 왔다고 고백했음.

1905년(59세) 폴란드인으로서 최초로 노벨 문학상 수상.

1906년(60세) 프로이센의 빌헬름 2세에게 보내는 점령 지역의 토지 몰수 정책에 항의하는 공개서한을 《시대》에 게재함. 단편소설 『디오클레스』 발표.

1907년(61세) 단편소설 『종치기』 발표. 장편소설 『영광의 들판에 서서』 출판.

1909년(63세) 낭만주의 시인 율리우쉬 스워바츠키 탄생 100주년 기념행사를 준비함. 장편소설 『소용돌이』 출판.

1910년(64세) 청소년을 위한 모험 소설 『사막에서, 밀림에서』 출판.

1913년(67세) 나폴레옹 선생 당시 폴란드 군대의 활약상을 주제로 한 장편소설 『외인부대』를 《주간 회보(Tygodnik Ilustrowany)》에 연재하기 시작했으나 끝을 맺지 못함.

1914년(68세) 제1차 세계대전 발발, 조국 폴란드의 독립을 외치며 스위스로 망명.

1915년(69세) 스위스에서 발족된 '폴란드 전쟁 피해자 구제위원회'의 위원장이 됨. 폴란드에 대한 서방의 원조를 요청하는 호소문 「문명국가의 국민들께 보내는 글」 발표. 프랑스의 작가 로맹 롤랑과 서신 왕래.

1916년(70세) 에세이 『리투아니아 숲의 노래』 발표. 11월 15일 스위스 제네바 호반의 브베에서 사망.

1918년 제1차 세계대전 종전과 함께 시엔키에비치의 유골이 폴란드로 옮겨져 바르샤바의 성 요한 성당에 안치됨.

세계문학전집 129

쿠오 바디스 2

1판 1쇄 펴냄 2005년 12월 16일
1판 21쇄 펴냄 2024년 1월 24일

지은이 헨릭 시엔키에비츠
옮긴이 최성은
발행인 박근섭, 박상준
펴낸곳 (주)민음사

출판등록 1966. 5. 19. (제 16-490호)
서울특별시 강남구 도산대로1길 62(신사동) 강남출판문화센터 5층 (우편번호 06027)
대표전화 02-515-2000 팩시밀리 02-515-2007
www.minumsa.com

ISBN 978-89-374-6129-3 04800
ISBN 978-89-374-6000-5 (세트)

세계문학전집 목록

1·2 **변신 이야기 오비디우스 · 이윤기 옮김** 서울대 권장도서 100선
3 **햄릿 셰익스피어 · 최종철 옮김** 서울대 권장도서 100선 | 미국대학위원회 선정 SAT 추천도서
4 **변신 · 시골의사 카프카 · 전영애 옮김** 서울대 권장도서 100선
5 **동물농장 오웰 · 도정일 옮김** 미국대학위원회 선정 SAT 추천도서 | 《타임》 선정 현대 100대 영문소설
6 **허클베리 핀의 모험 트웨인 · 김욱동 옮김** 《뉴스위크》 선정 100대 명저
7 **암흑의 핵심 콘래드 · 이상옥 옮김** 미국대학위원회 선정 SAT 추천도서 | 《뉴스위크》 선정 10대 명저
8 **토니오 크뢰거 · 트리스탄 · 베네치아에서의 죽음 토마스 만 · 안삼환 외 옮김** 노벨 문학상 수상 작가
9 **문학이란 무엇인가 사르트르 · 정명환 옮김**
10 **한국단편문학선 1 김동인 외 · 이남호 엮음** 국립중앙도서관 선정 청소년 권장도서
11·12 **인간의 굴레에서 서머싯 몸 · 송무 옮김**
13 **이반 데니소비치, 수용소의 하루 솔제니친 · 이영의 옮김** 노벨 문학상 수상 작가
14 **너새니얼 호손 단편선 호손 · 천승걸 옮김**
15 **나의 미카엘 오즈 · 최창모 옮김**
16·17 **중국신화전설 위앤커 · 전인초, 김선자 옮김**
18 **고리오 영감 발자크 · 박영근 옮김**
19 **파리대왕 골딩 · 유종호 옮김** 노벨 문학상 수상 작가 | 《타임》 선정 현대 100대 영문소설
20 **한국단편문학선 2 김동리 외 · 이남호 엮음**
21·22 **파우스트 괴테 · 정서웅 옮김** 서울대 권장도서 100선 | 미국대학위원회 선정 SAT 추천도서
23·24 **빌헬름 마이스터의 수업시대 괴테 · 안삼환 옮김**
25 **젊은 베르테르의 슬픔 괴테 · 박찬기 옮김** 논술 및 수능에 출제된 책(1998~2005)
26 **이피게니에 · 스텔라 괴테 · 박찬기 외 옮김**
27 **다섯째 아이 레싱 · 정덕애 옮김** 노벨 문학상 수상 작가
28 **삶의 한가운데 린저 · 박찬일 옮김**
29 **농담 쿤데라 · 방미경 옮김**
30 **야성의 부름 런던 · 권택영 옮김**
31 **아메리칸 제임스 · 최경도 옮김**
32·33 **양철북 그라스 · 장희창 옮김** 노벨 문학상 수상 작가 | 서울대 권장도서 100선
34·35 **백년의 고독 마르케스 · 조구호 옮김** 노벨 문학상 수상 작가 | 서울대 권장도서 100선
36 **마담 보바리 플로베르 · 김화영 옮김** 서울대 권장도서 100선
37 **거미여인의 키스 푸익 · 송병선 옮김**
38 **달과 6펜스 서머싯 몸 · 송무 옮김**
39 **폴란드의 풍차 지오노 · 박인철 옮김**
40·41 **독일어 시간 렌츠 · 정서웅 옮김**
42 **말테의 수기 릴케 · 문현미 옮김**
43 **고도를 기다리며 베케트 · 오증자 옮김** 노벨 문학상 수상 작가 | 서울대 권장도서 100선
44 **데미안 헤세 · 전영애 옮김** 노벨 문학상 수상 작가
45 **젊은 예술가의 초상 조이스 · 이상옥 옮김** 서울대 권장도서 100선
46 **카탈로니아 찬가 오웰 · 정영목 옮김**
47 **호밀밭의 파수꾼 샐린저 · 정영목 옮김** 《타임》 선정 현대 100대 영문소설 | 미국대학위원회 선정 SAT 추천도서 | 《뉴스위크》 선정 100대 명저 | BBC 선정 꼭 읽어야 할 책
48·49 **파르마의 수도원 스탕달 · 원윤수, 임미경 옮김**
50 **수레바퀴 아래서 헤세 · 김이섭 옮김** 노벨 문학상 수상 작가 | 국립중앙도서관 선정 청소년 권장도서

165 모렐의 발명 비오이 카사레스·송병선 옮김
166 삼국유사 일연·김원중 옮김 서울대 권장도서 100선
167 풀잎은 노래한다 레싱·이태동 옮김 노벨 문학상 수상 작가
168 파리의 우울 보들레르·윤영애 옮김
169 포스트맨은 벨을 두 번 울린다 케인·이만식 옮김
170 썩은 잎 마르케스·송병선 옮김 노벨 문학상 수상 작가
171 모든 것이 산산이 부서지다 아체베·조규형 옮김 《타임》 선정 현대 100대 영문소설
172 한여름 밤의 꿈 셰익스피어·최종철 옮김 미국대학위원회 선정 SAT 추천도서
173 로미오와 줄리엣 셰익스피어·최종철 옮김 미국대학위원회 선정 SAT 추천도서
174·175 분노의 포도 스타인벡·김승욱 옮김 노벨 문학상 수상 작가 | 《타임》 선정 현대 100대 영문소설
176·177 괴테와의 대화 에커만·장희창 옮김
178 그물을 헤치고 머독·유종호 옮김 《타임》 선정 현대 100대 영문소설
179 브람스를 좋아하세요... 사강·김남주 옮김
180 카타리나 블룸의 잃어버린 명예 하인리히 뵐·김연수 옮김 노벨 문학상 수상 작가
181·182 에덴의 동쪽 스타인벡·정회성 옮김 노벨 문학상 수상 작가
183 순수의 시대 워튼·송은주 옮김 《뉴스위크》 선정 100대 명저 | 퓰리처상 수상작
184 도둑 일기 주네·박형섭 옮김
185 나자 브르통·오생근 옮김
186·187 캐치-22 헬러·안정효 옮김 《타임》 선정 현대 100대 영문소설
188 숄로호프 단편선 숄로호프·이항재 옮김 노벨 문학상 수상 작가
189 말 사르트르·정명환 옮김
190·191 보이지 않는 인간 엘리슨·조영환 옮김 《타임》 선정 현대 100대 영문소설
192 왑샷 가문 연대기 치버·김승욱 옮김 퓰리처상 수상 작가
193 왑샷 가문 몰락기 치버·김승욱 옮김 퓰리처상 수상 작가
194 필립과 다른 사람들 노터봄·지명숙 옮김
195·196 하드리아누스 황제의 회상록 유르스나르·곽광수 옮김
197·198 소피의 선택 스타이런·한정아 옮김 퓰리처상 수상 작가
199 피츠제럴드 단편선 2 피츠제럴드·한은경 옮김
200 홍길동전 허균·김탁환 옮김
201 요술 부지깽이 쿠버·양윤희 옮김
202 북호텔 다비·원윤수 옮김
203 톰 소여의 모험 트웨인·김욱동 옮김
204 금오신화 김시습·이지하 옮김
205·206 테스 하디·정종화 옮김 미국대학위원회 선정 SAT 추천도서 | BBC 선정 꼭 읽어야 할 책
207 브루스터플레이스의 여자들 네일러·이소영 옮김
208 더 이상 평안은 없다 아체베·이소영 옮김
209 그레인지 코플랜드의 세 번째 인생 워커·김시현 옮김 퓰리처상 수상 작가
210 어느 시골 신부의 일기 베르나노스·정영란 옮김
211 타라스 불바 고골·조주관 옮김
212·213 위대한 유산 디킨스·이인규 옮김 서울대 권장도서 100선 | BBC 선정 꼭 읽어야 할 책
214 면도날 서머싯 몸·안진환 옮김
215·216 성채 크로닌·이은정 옮김
217 오이디푸스 왕 소포클레스·강대진 옮김 서울대 권장도서 100선
218 세일즈맨의 죽음 밀러·강유나 옮김
219·220·221 안나 카레니나 톨스토이·연진희 옮김 서울대 권장도서 100선

222 오스카 와일드 작품선 와일드 · 정영목 옮김

223 벨아미 모파상 · 송덕호 옮김

224 파스쿠알 두아르테 가족 호세 셀라 · 정동섭 옮김 노벨 문학상 수상 작가

225 시칠리아에서의 대화 비토리니 · 김운찬 옮김

226·227 길 위에서 케루악 · 이만식 옮김 《타임》 선정 현대 100대 영문소설 | 《뉴스위크》 선정 100대 명저

228 우리 시대의 영웅 레르몬토프 · 오정미 옮김

229 아우라 푸엔테스 · 송상기 옮김

230 클링조어의 마지막 여름 헤세 · 황승환 옮김 노벨 문학상 수상 작가

231 리스본의 겨울 무뇨스 몰리나 · 나송주 옮김

232 뻐꾸기 둥지 위로 날아간 새 키지 · 정회성 옮김 《타임》 선정 현대 100대 영문소설

233 페널티킥 앞에 선 골키퍼의 불안 한트케 · 윤용호 옮김 노벨 문학상 수상 작가

234 참을 수 없는 존재의 가벼움 쿤데라 · 이재룡 옮김

235·236 바다여, 바다여 머독 · 최옥영 옮김

237 한 줌의 먼지 에벌린 워 · 안진환 옮김 《타임》 선정 현대 100대 영문소설

238 뜨거운 양철 지붕 위의 고양이 · 유리 동물원 윌리엄스 · 김소임 옮김 퓰리처상 수상작

239 지하로부터의 수기 도스토옙스키 · 김연경 옮김

240 키메라 바스 · 이운경 옮김

241 반쪼가리 자작 칼비노 · 이현경 옮김

242 벌집 호세 셀라 · 남진희 옮김 노벨 문학상 수상 작가

243 불멸 쿤데라 · 김병욱 옮김

244·245 파우스트 박사 토마스 만 · 임홍배, 박병덕 옮김 노벨 문학상 수상 작가

246 사랑할 때와 죽을 때 레마르크 · 장희창 옮김

247 누가 버지니아 울프를 두려워하랴? 올비 · 강유나 옮김

248 인형의 집 입센 · 안미란 옮김

249 위폐범들 지드 · 원윤수 옮김 노벨 문학상 수상 작가

250 무정 이광수 · 정영훈 책임 편집 서울대 권장도서 100선

251·252 의지와 운명 푸엔테스 · 김현철 옮김

253 폭력적인 삶 파솔리니 · 이승수 옮김

254 거장과 마르가리타 불가코프 · 정보라 옮김

255·256 경이로운 도시 멘도사 · 김현철 옮김

257 야콥을 둘러싼 추측들 욘존 · 손대영 옮김

258 왕자와 거지 트웨인 · 김욱동 옮김

259 존재하지 않는 기사 칼비노 · 이현경 옮김

260·261 눈먼 암살자 애트우드 · 차은정 옮김 《타임》 선정 현대 100대 영문소설

262 베니스의 상인 셰익스피어 · 최종철 옮김

263 말리나 바흐만 · 남정애 옮김

264 사볼타 사건의 진실 멘도사 · 권미선 옮김

265 뒤렌마트 희곡선 뒤렌마트 · 김혜숙 옮김

266 이방인 카뮈 · 김화영 옮김 노벨 문학상 수상 작가 | 미국대학위원회 선정 SAT 추천도서

267 페스트 카뮈 · 김화영 옮김 노벨 문학상 수상 작가 | 국립중앙도서관 선정 청소년 권장도서

268 검은 튤립 뒤마 · 송진석 옮김

269·270 베를린 알렉산더 광장 되블린 · 김재혁 옮김

271 하얀 성 파묵 · 이난아 옮김 노벨 문학상 수상 작가

272 푸슈킨 선집 푸슈킨 · 최선 옮김

273·274 유리알 유희 헤세 · 이영임 옮김 노벨 문학상 수상 작가

275 픽션들 보르헤스 · 송병선 옮김 서울대 권장도서 100선
276 신의 화살 아체베 · 이소영 옮김
277 빌헬름 텔 · 간계와 사랑 실러 · 홍성광 옮김
278 노인과 바다 헤밍웨이 · 김욱동 옮김 노벨 문학상 수상 작가 | 퓰리처상 수상작
279 무기여 잘 있어라 헤밍웨이 · 김욱동 옮김 미국대학위원회 선정 SAT 추천도서
280 태양은 다시 떠오른다 헤밍웨이 · 김욱동 옮김 《타임》 선정 현대 100대 영문 소설
281 알레프 보르헤스 · 송병선 옮김
282 일곱 박공의 집 호손 · 정소영 옮김
283 에마 오스틴 · 윤지관, 김영희 옮김
284·285 죄와 벌 도스토옙스키 · 김연경 옮김 미국대학위원회 선정 SAT 추천도서
286 시련 밀러 · 최영 옮김
287 모두가 나의 아들 밀러 · 최영 옮김
288·289 누구를 위하여 종은 울리나 헤밍웨이 · 김욱동 옮김 노벨 문학상 수상 작가
290 구르브 연락 없다 멘도사 · 정창 옮김
291·292·293 데카메론 보카치오 · 박상진 옮김
294 나누어진 하늘 볼프 · 전영애 옮김
295·296 제브데트 씨와 아들들 파묵 · 이난아 옮김 노벨 문학상 수상 작가
297·298 여인의 초상 제임스 · 최경도 옮김 미국대학위원회 선정 SAT 추천도서
299 압살롬, 압살롬! 포크너 · 이태동 옮김 노벨 문학상 수상 작가
300 이상 소설 전집 이상 · 권영민 책임 편집
301·302·303·304·305 레 미제라블 위고 · 정기수 옮김
306 관객모독 한트케 · 윤용호 옮김 노벨 문학상 수상 작가
307 더블린 사람들 조이스 · 이종일 옮김
308 에드거 앨런 포 단편선 앨런 포 · 전승희 옮김 미국대학위원회 선정 SAT 추천도서
309 보이체크 · 당통의 죽음 뷔히너 · 홍성광 옮김
310 노르웨이의 숲 무라카미 하루키 · 양억관 옮김
311 운명론자 자크와 그의 주인 디드로 · 김희영 옮김
312·313 헤밍웨이 단편선 헤밍웨이 · 김욱동 옮김 노벨 문학상 수상 작가
314 피라미드 골딩 · 안지현 옮김 노벨 문학상 수상 작가
315 닫힌 방 · 악마와 선한 신 사르트르 · 지영래 옮김
316 등대로 울프 · 이미애 옮김 《타임》 선정 현대 100대 영문소설 | 《뉴스위크》 선정 100대 명저
317·318 한국 희곡선 송영 외 · 양승국 엮음
319 여자의 일생 모파상 · 이동렬 옮김
320 의식 노터봄 · 김영중 옮김
321 육체의 악마 라디게 · 원윤수 옮김
322·323 감정 교육 플로베르 · 지영화 옮김
324 불타는 평원 룰포 · 정창 옮김
325 위대한 몬느 알랭푸르니에 · 박영근 옮김
326 라쇼몬 아쿠타가와 류노스케 · 서은혜 옮김
327 반바지 당나귀 보스코 · 정영란 옮김
328 정복자들 말로 · 최윤주 옮김
329·330 우리 동네 아이들 마흐푸즈 · 배혜경 옮김 노벨 문학상 수상 작가
331·332 개선문 레마르크 · 장희창 옮김
333 사바나의 개미 언덕 아체베 · 이소영 옮김
334 게걸음으로 그라스 · 장희창 옮김 노벨 문학상 수상 작가

395 월든 소로 · 정회성 옮김
396 모래 사나이 E. T. A. 호프만 · 신동화 옮김
397·398 검은 책 오르한 파묵 · 이난아 옮김 노벨 문학상 수상 작가
399 방랑자들 올가 토카르추크 · 최성은 옮김 노벨 문학상 수상 작가
400 시여, 침을 뱉어라 김수영 · 이영준 엮음
401·402 환락의 집 이디스 워튼 · 전승희 옮김
403 달려라 메로스 다자이 오사무 · 유숙자 옮김
404 아버지와 자식 투르게네프 · 연진희 옮김
405 청부 살인자의 성모 바예호 · 송병선 옮김
406 세피아빛 초상 아옌데 · 조영실 옮김
407·408·409·410 사기 열전 사마천 · 김원중 옮김 서울대 권장도서 100선
411 이상 시 전집 이상 · 권영민 책임 편집
412 어둠 속의 사건 발자크 · 이동렬 옮김
413 태평천하 채만식 · 권영민 책임 편집
414·415 노스트로모 콘래드 · 이미애 옮김
416·417 제르미날 졸라 · 강충권 옮김
418 명인 가와바타 야스나리 · 유숙자 옮김 노벨 문학상 수상 작가
419 핀처 마틴 골딩 · 백지민 옮김 노벨 문학상 수상 작가
420 사라진 · 샤베르 대령 발자크 · 선영아 옮김
421 빅 서 케루악 · 김재성 옮김
422 코뿔소 이오네스코 · 박형섭 옮김
423 블랙박스 오즈 · 윤성덕, 김영화 옮김
424·425 고양이 눈 애트우드 · 차은정 옮김
426·427 도둑 신부 애트우드 · 이은선 옮김
428 슈니츨러 작품선 슈니츨러 · 신동화 옮김
429·430 세계의 끝과 하드보일드 원더랜드 무라카미 하루키 · 김난주 옮김
431 멜랑콜리아 I–II 욘 포세 · 손화수 옮김 노벨 문학상 수상 작가
432 도적들 실러 · 홍성광 옮김
433 예브게니 오네긴 · 대위의 딸 푸시킨 · 최선 옮김
434·435 초대받은 여자 보부아르 · 강초롱 옮김
436·437 미들마치 엘리엇 · 이미애 옮김
438 이반 일리치의 죽음 톨스토이 · 김연경 옮김
439·440 캔터베리 이야기 제프리 초서 · 이동일, 이동춘 옮김

세계문학전집은 계속 간행됩니다.